Miguel de Cervantes
El Ingenioso Hidalgo Don Quijote de la Mancha

•

기발한 시골 양반 라 만차의
돈 끼호떼 1

창 비 세 계 문 학

3

•

기발한 시골 양반 라 만차의
돈 끼호떼 1

•

미겔 데 세르반떼스
민용태 옮김

창비

차례

●

일러두기

1. 이 책은 마르띤 데 리께르(Martín de Riquer) 역주 *Miguel de Cervantes Saavedra: Don Quijote de la Mancha*(Barcelona: Editorial Juventud 1968)를 저본으로 하고, 비센떼 가오스(Vicente Gaos), 존 제이 앨런(John Jay Allen), 아메리꼬 까스뜨로(Américo Castro) 등의 역주 판본들을 참조하였다.

2. 1605년판 원서의 체제를 그대로 따랐으며, 번역저본에 충실하되 저자의 문체와 수사법의 원뜻에 최대한 가깝도록 일부는 우리말 맥락에 맞게 의역하였다.

3. 본문 중의 각주는 옮긴이의 것이다.

4. 외국어는 가급적 현지 발음에 준하여 표기하되, 일부 우리말로 굳어진 것은 관용을 따랐다.

기발한 시골 양반 라 만차의 돈 끼호떼

삼가 이 책을 히브랄레온의 후작이자
베날까사르와 바냐레스의 백작이며
뿌에블라 데 알꼬세르의 자작이자 까삐야, 꾸리엘 그리고
부르기요스의 영주이신 베하르 공작님께 바칩니다.

1605년, 특허를 받아 환 데 라 꾸에스따가 마드리드에서 출판하다.

국왕 지정 서적상 프란시스꼬 데 로블레스 서점에서 판매함.[1]

---

1 이것이 우리가 아는 『돈 끼호떼』 초판본의 표지 문안이다. 이 책보다 앞선 1604년 본이 있으리라는 설이 있으며, 지금까지 발견된 적은 없으나 그 존재를 믿게 하는 많은 증거들이 있으니 다음과 같다. ① 1604년 8월 23일 왕의 인가를 받아 1605년 마드리드에서 출간된 악자소설 『악녀 후스띠나』(*La Pícara Justina*)에는 당시에 유행하던 '꼬리 떨어진 시구'풍으로 쓴 시가 나오는데, 거기 "……나는 돈 끼호(떼)나 라사리(요)보다 유명한……"(2권 3부 4장)이라는 구절이 나온다. 이는 이미 돈 끼호떼라는 이름이 1604년 이전부터 알려져 있었다는 증거이다. ② 로뻬 데 베가(Lope de Vega)가 1604년 8월 1일, 똘레도 시에서 썼다고 서명한 어떤 편지에는 이런 구절이 있다. "시인들 이야기는 않겠네. 요사이는 별것들이 많으니까, 내년에는 무더기로 쏟아져나오겠지. 하지만 세르반떼스같이 형편없는 작가는 있을 리 없고, 『돈 끼호떼』를 칭찬하는 머저리는 없겠지……" ③ 환 뻬레스(Juan Pérez)라는 개종한 무어족 작가는 『기독교 신앙의 열네가지 역설』(1637, 로마 까사나뗀세 도서관 소장 필사본)이라는 책에서, 1604년 알깔라 데 에나레스의 어느 서점에서 한 손님이 기사소설을 칭찬하자 거기 있던 학생 하나가 "곧 또다시 다른 『돈 끼호떼』가 나오겠구먼"이라고 했다는 이야기를 쓰고 있다. Oliver Asín, "El 〈Quijote〉 de 1604," *Boletín de Real Academia Española* XXVIII (1948) 80~126면 참조.

| 감정가 |

승정원에 거주하는 우리 국왕 폐하의 왕실 서기인 본인 환 가요 데 안드라다는, 미겔 데 세르반떼스 싸아베드라Miguel de Cervantes Saavedra가 쓴『라 만차의 기발한 시골 양반』El Ingenioso Hidalgo de la Mancha이라는 제목의 책을 검토하여 본 서적의 가격을 장당 3.5마라베디²로 책정했으며, 이 책이 총 83장으로 되어 있으므로 예시한 가격으로 합산하면 책값은 총 290.5마라베디³임을 확인하고 증명하노라. 책은 종이로 만들어 팔아야 하며, 이 감정가로 팔도록 인가하였기에 가격은 이 책 맨 처음에 표시하도록 하고, 이 가격 표시 없이는 판매할 수 없음을 명하노라. 이와 같은 사실을 증명하고자 본 증서를 발행하노라. 바야돌리드, 1604년 12월 20일.

환 가요 데 안드라다

| 오자에 관한 증명 |

이 책은 원고의 원문과 비교하여 차이가 없고 정확하다는 점을 증명함.⁴ 1604년 12월 1일, 알깔라 대학교의 신학자들의 하느님의 성모 대학에서.

프란시스꼬 무르시아 데 라 랴나 석사碩士

---

2 '마라베디'(maravedi)는 스페인의 옛 화폐단위이다.
3 당시『돈 끼호떼』권당 가격은 은(銀)으로 27.5그램이 조금 넘는 값이다. F. Mateu Llopis, *Un comentario numismático sobre el Don Quijote de la Mancha*, Barcelona: 1949 참조.
4『돈 끼호떼』초판본은 특히 오자가 많다. 당시 이런 '증명'은 형식적인 것에 그쳤다.

| 특허장 |

왕은

그대 미겔 데 세르반떼스로부터 '라 만차의 기발한 시골 양반'이라고 이름 붙인 책을 지었다는 진술과 함께, 무척 공을 많이 들인 대단히 교훈적이고 유용한 책이므로 필요하다고 생각하는 기간 동안 유통할 수 있는 특허와 인쇄허가를 내달라는 신청을 받은바, 우리 승정원의 의원들이 최근 제정한 책 인쇄에 관한 출판법에 의거하여 언급한 책을 검토한 결과, 허가를 내주는 것이 좋다고 생각하여 그대에게 이 허가서를 보내기로 의결하였노라. 따라서 그대를 위하여 이 허가를 내주니, 그대와 그대의 권한을 전수받은 자 외에는 어떤 자도 위에 언급한 '라 만차의 기발한 시골 양반'이라 이름 붙인 책을 인쇄할 수 없으며, 이 허가는 본 허가서 발행일로부터 헤아려서 십년 동안 모든 까스띠야 왕국에서 유효하니라. 그대의 허가 없이 이 책을 인쇄하고 판매하거나, 인쇄하게 하고 판매하게 한 사람들에게는 인쇄물과 조판을 빼앗고 법을 어길 때마다 5만 마라베디의 벌금을 물릴 것이니, 이 경우 벌금 중 3분의 1은 고발자에게, 다른 3분의 1은 우리 승정원에게, 그리고 나머지 3분의 1은 선고한 재판관에게 돌아갈지니라. 허가받은 십년 동안 그대가 이 책을 인쇄하려고 할 때마다, 그 인쇄가 원고에 의거했는지를 알 수 있도록 각 장마다 인지를 찍고 원고 끝에 우리 궁전에 거주하는 승정원 서기 환 가요 데 안드라다의 서명이 있는 원고와 함께 책을 당 기관에 제출해야 하노라. 아니면 우리의 인가를 받은 원고 수정관이 작성한 공문서 형식의 인증서를 가져와야 할 것이다. 인증서에는 이 책이 원고에 따라 인쇄되었고, 원고를 보고 인쇄가 수정되었음과, 그에 의하여 지적된 오자가 인쇄되어 있는가에 관한 증명과, 인쇄된 책에 상당하는 감정가를 정할 수 있도록 해야 한다. 그러면 우리는 인쇄하는 자에게 그 책을 인쇄하도록 보낼 것이다. 인쇄하는 자는 책의 처음이나 첫 장은 인쇄하지 말아야 하며, 작가나 책 인쇄비를 부담하는 자, 혹은 어느 누구에게라도 책을 한권이라도 보내서는 안될 것이니라. 이는 누구보다도 먼저 우리 승정원에서 책을 수정하고 감정가가 정해지기까지 정당한 교정을 실행하고 감정가를 책정하기 위함이니라. 인쇄가 이렇게 되어 있을 때, 우리 왕국의 법과 소관규정을 어기는 일이 없이 처음이나 첫 장을 인쇄하고, 이어서 우리의 인증서와 허가증, 감정가, 오자 증서를 실을 수 있느니라. 우리 승정원의원들과 다른 관계기관에 우리의 허가서와 거기 쓰인 내용을 준수하도록 하는 지시서를 송부하노라. 바야돌리드, 1604년 9월 26일.

국왕

우리 국왕의 명에 따라 환 데 아메스께따

| 베하르 공작에게 바치는 헌사 |

삼가 이 책을 히브랄레온의 후작이자 베날까사르와 바냐레스의
백작이며 뿌에블라 데 알꼬세르의 자작이자 까삐야, 꾸리엘
그리고 부르기요스의 영주이신 베하르 공작님께 바칩니다.[5]

....
5 1601~19년 베하르의 공작이었던 사람의 이름은 돈 알론소 디에고 로뻬스 데 수
니가 이 쏘또마요르(Don Alonso Diego López de Zúñiga y Sotomayor)이다. 세르
반떼스는 그후 한번도 자신의 책에서 베하르 공작의 이름을 들먹인 적이 없다.
이 헌사도 세르반떼스가 정성을 들여 쓴 게 아니라, 시인 페르난도 데 에레라
(Fernando de Herrera)가 『가르실라소 시집』(Poesías de Garcilaso, 1580)을 내면서
아야몬떼 공작에게 쓴 헌사를 그대로 베낀 것이다. 세르반떼스가 필력이 부쳐서

16

    귀하께서 좋은 예술을 옹호하시며, 특히 내용의 고상함으로 속인들의 입방아에 무너지지 않는 예술을 흔쾌히 도와주시는 높은 취향의 소유자임을 알고, 모든 책을 영광스럽게 기꺼이 받아주시리라 믿어 귀하의 고명하신 이름하에 『기발한 시골 양반 라 만차의 돈 끼호떼』를 세상에 내놓기로 결심하였습니다. 귀하의 위대함을 존경하는 마음으로 청하오니, 즐거운 마음으로 이 책의 옹호자가 되어주소서. 지식 있는 자들의 집안에서 쓴 작품들은 아름답고 우아한 치장과 현학으로 가득 차 있겠지만 제 작품에는 그런 것은 없사옵니다. 다만 자기 무식의 한계를 견뎌내지 못하고 흔히 그릇된 판단으로 혹독하게 남의 작품을 비난하는 자들에게서, 안전하게 저를 지켜주는 보호막이 되어주십사 하는 것뿐이옵니다. 고명하신 귀하께서는 저를 눈여겨보아주십사 하는 저의 좋은 뜻을 굽어살피시고, 제 조그만 성의를 물리치지 않으시리라 믿습니다.

미겔 데 세르반떼스 싸아베드라

헌사를 베꼈으리라고 볼 수는 없다. 베하르 공작이 세르반떼스를 탐탁지 않게 보고 도움을 거절해서가 아니었을까.

책머리에

　한가하신 독자여, 굳이 말씀드리지 않아도 아시겠지만, 저는 제 지혜의 산물이라 할 수 있는 이 책이 사람이 상상할 수 없을 만큼 가장 아름답고, 가장 사려 깊고, 가장 멋진 책이기를 소망합니다. 그러나 만물은 자기와 가장 닮은 것을 창조해낸다는 자연의 법칙을 저도 어길 수 없으니, 저처럼 배운 데 없는 빈약한 재주가 만들어낸 것이라고 해야, 깡마르고 주름살투성이에 세상 어느 누구도 상상하지 못한 거친 생각들로 가득 차 제멋대로 사는 한 작자가, 지상의 모든 불편이 도사리고 있고 모든 구슬픈 소리가 모여 있는 감옥에서 지어낸 이야기밖에 더 되겠습니까? 조용하고 평화로운 장소, 산과 들의 즐거움, 하늘의 고요함, 졸졸 흐르는 맑은 물소리, 그런 곳에서 정신의 안정을 취하면 아무리 삭막한 예술혼이라도 그 풍요를 느낄 터이고, 세상을 경이와 황홀로 가득 채울 그런 자식을 낳는 데도 큰 도움이 되겠지요. 그러나 더러 못생기고 아무

매력이 없는 자식을 둔 아버지도 제 자식에게는 사랑으로 눈이 어두워져, 자식의 단점은 보지 못하고 오히려 그것을 장점이나 예쁜 짓으로 여기고 친구들에게 재기나 멋이 넘친다고 자랑하기도 하지요. 그러나 저는 이 돈 끼호떼의 아버지 같기는 하지만 사실은 의붓아버지여서, 요즘의 그런 시류를 따르지 않으려 하니, 친애하는 독자여, 다른 이들처럼 거의 눈물까지 글썽이면서 혹 자식의 결점이 보이더라도 모른 체하거나 용서해달라고 간청하는 짓은 않겠습니다. 이 아이가 그대의 친척도 친구도 아니고, 그대는 자신의 몸속에 자신의 마음을 그대로 지니고 있으며, 왕이 자기 땅의 주인이듯 그대도 그대 집의 주인이니, '내 이불 속에서는 왕도 죽인다'는 속담처럼 그대의 자유선택과 자유의지를 따르십시오. 그대는 이 이야기에 대해 아무런 의무도 존경심도 가질 필요가 없으며, 마음 내키는 대로 어떤 말씀을 하셔도 좋습니다. 나쁘게 말했다고 그대를 비방할 리도 없고 좋게 말했다고 상을 줄 리도 없을 테니까요.

흔히 책 앞에 관습처럼 붙는 서문이나 쏘네트니 경구니 찬사 따위의 목록은 늘어놓지 않고, 아무 겉치레 없이 다만 있는 그대로, 그대에게 이 책을 바칠 생각이었습니다. 사실대로 말하자면 책을 쓰는 데 힘이 좀 들었지만, 그대가 지금 읽고 있는 이 머리말 쓰기가 제일 힘들었습니다. 몇번이나 펜을 들었지만 무엇을 써야 할지 몰라 펜을 내려놓곤 했지요. 그런데 종이를 앞에 놓은 채, 귀 뒤에 펜을 꽂고 책상머리에 팔꿈치를 괴고 볼에 손을 대고는 무슨 말을 쓸까 하며 멍하니 있는데, 뜻밖에 유쾌하고 지적인 제 친구 하나가 들이닥치지 않았겠습니까. 그 친구는 제가 생각에 잠겨 있는 것을 보고는 이유를 물었지요. 굳이 숨길 까닭이 없는지라 돈 끼호떼의 이야기에 붙일 서문을 고심하는 중인데 아예 서문을 쓰지 않아야 할지, 나아가 이런 고귀한 기사의 업적을 세상에 알리지 말아야 할지 망설이고 있노라 했지요.

"왜냐하면 예로부터 소위 법을 결정짓는 사람들은 일반인들이라 할 수 있는데, 오랜 세월 동안 망각과 침묵 속에서 잠자던 내가 이 많은 나이를 등에 업고 이렇게 나타나는 걸 보면 그 사람들이 도대체 뭐라고 할지, 내가 당황하리라고 자네 또한 생각하지 않나?[1] 독창적이지도 않고, 문체도 밋밋하며, 사상도 빈약하고, 지식도 이론도 부족하여 수세미처럼 말라비틀어진 읽을거리를 가지고 말일세. 보통 다른 책들은 터무니없는 통속적인 이야기책이라도 아리스토텔레스, 플라톤 등 온갖 철학자의 말들은 다 끌어다 독자들로 하여금 감탄케 하고, 작가를 세상에서 가장 학식 있고, 책을 많이 읽고, 수사에 뛰어난 사람으로 여기는데, 여백에 인용구도 없고, 책 끝에 주석도 붙이지 않은 이런 책을 세상에 내보내려니 어찌 걱정이 되지 않겠는가? 요즘은 그 성스러운 성서까지 인용하더군! 어떤 작가들은 다 자기가 성 토마스 아퀴나스고 또다른 자들은 다들 교회의 박사들이란 말이겠지. 게다가 품위를 지키려고 아주 기발한 방법까지 쓰는데, 한 줄에는 사랑에 빠진 연인을 그려놓고 또다른 줄에는 교회의 설교 따위를 조금 늘어놓으니, 그야말로 보고 듣기에 재미있고 즐거우라고 하는 짓이겠지만 말이야. 내 책에는 이런 것들은 일절 없으니, 책 여백에 인용할 것도 없고 책 말미에 해설할 것도 없으며, 다른 모든 작가처럼 자기가 보고 따른 작

---

1 세르반떼스는 목가소설 『라 갈라떼아』(*La Galatea*)를 1585년에 출판한 지 이십년이나 지나서야 『돈 끼호떼』를 출간하게 되는데, 그동안은 어떤 책도 발표하지 못한 '망각 속의 작가'였다. 이때 세르반떼스의 나이는 마르띤 데 리께르에 따르면 58세이다. 학자에 따라서는 57세라고도 한다.

가들이라고 책 앞에 ABC순으로 아리스토텔레스부터 시작해서 크세노폰Xenophon이나 조일로스Zoilos나 제욱시스Zeuxis까지 이름들을 나열해놓고, 조일로스는 욕쟁이고 다른 사람은 화가인 줄도 모르고 무조건 신기만 하는, 그런 짓도 하지 않았다네. 게다가 내 책에는 맨 앞 장에 붙이는, 적어도 공작, 후작, 주교, 귀부인 또는 유명한 시인이 쓴다는 그런 쏘네트도 없다네. 내가 아는 고관대작 친구들 두어명에게 부탁하면 아마 우리 에스빠냐에서 가장 유명하다는 작가들도 따라가지 못할 만큼 훌륭한 쏘네트를 써주기는 할 걸세. 하지만 이 사람, 내 친구여!" 저는 말을 계속 이었습니다. "나는 차라리 돈 끼호떼 양반을 라 만차의 서류 뭉치 속에 그냥 파묻어 내버려두기로 했네. 나중에 하늘이 돌봐서 내게 부족한, 그런 멋진 장식을 지닌 사람을 보내줄 때까지는 말일세. 내가 아는 것도 없고 부족한 게 많아서 그런 것들을 메워넣을 능력도 없는데다 혼자 써도 될 것을 써달라고 작가들을 찾아다니기에는 너무 게으르고 농땡이기 때문이지. 그래서 이렇게 골똘히 생각하며 망설이고 있었는데, 이 정도면 자네가 들어봐도 충분히 신경 쓸 만한 일이지."

이 말을 들은 친구는 손바닥으로 이마를 치며 한바탕 박장대소를 하더니, 저에게 말했습니다.

"세상에, 이 사람아, 내가 자네를 알아온 그 오랜 세월 동안 내가 줄곧 잘못 알아온 사실이 있다는 걸 지금에야 깨닫게 되었구먼. 그동안 나는 항상 자네가 모든 행동에서 사려 깊고 침착한 줄 알았는데, 지금 보니 자네는 그런 사려 깊은 사람이 되기에는 하늘과 땅만큼 거리가 있구먼. 아주 쉬운 일이라 잠깐이면 쉽게 해결될 수 있는 문제를 가지고, 더 큰 다른 어려움에 맞닥뜨리더라도 헤쳐나갈 천재적이고 성숙한 자네가 그토록 명청하게 망설일 수 있단 말인가? 정말이지 이건 능력 부족이라기보다는 지나친 게으름 때문이고, 적절한 방법을 찾지 못해 생긴 병이지. 내 말이 사실인지 아닌지 알아보고 싶지 않은가? 그럼 잘 들어보게. 눈 깜짝할 사이에 자네의 어려움과 자네가 말한 부족하다는 점을 다 처리해줄 테니…… 무엇이 어려워서 모든 방랑기사의 거울이요, 빛인 자네의 저 유명한 돈 끼호떼 이야기를 세상에 내놓을까 말까 망설이고 소심하게 주저한단 말인가?"

"여보게!" 친구의 말을 듣고 저는 대답했지요. "그러니까 자네가 내 망설임의 빈틈을 채워주고, 쩔쩔매는 내 혼란을 말끔히 씻어주겠다 이 말인가?"

그러자 그가 말했습니다.

"먼저, 처음에 실어야 할 쏘네트나 경구, 찬사가 없다고 했지. 그것도 작위가 있는 중요한 사람의 글이어야 하는데, 그게 신경이 쓰인다는 거 아냐. 그건 조금만 노력해서 자네가 직접 쓰고, 그 글에다 자네 마음에 드는 이름을 붙이고 세례를 하면 되는 거 아닌가. 인도의 요한 승정이나 뜨라삐손다[2] 황제가 쓴 거라고 하면서 말일세. 내가 들은 바로는 그들이야말로 정말 유명한 시인이라고 하더군. 혹시 그들이 시인이 아니거나, 아니면 현학자인 척하는 자들이 이 일로 잔소리를 하고 물고 늘어지더라도 그런 놈들은 두푼어치 가치도 없는 놈들이니 신경 쓸 거 없네. 막상 그게 거짓으로 밝혀진다 할지라도 그걸 쓴 자네의 손을 자르지는 못할 테니 말일세. 자네 이야기에 실은 격언이며 구절 들을 끌어온 작가나 책을 여백에 주석으로 인용하는 문제는 그냥 생각나는 대로 머리에 외고 있

---

2 뜨라삐손다는 오늘날 터키의 트레비손다(Trebisonda)로, 중세 그리스제국 네 지역 중 하나이며 기사소설에 자주 인용되는 지역이다.

는 어떤 문장이나 라틴어를 주워섬기거나, 아니면 적어도 그걸 찾아내는 데 자네가 힘이 덜 들도록 하면 되는 거지. 예를 들어 자유와 속박에 대해서라면 이렇게 써보지그래.

자유와 해방은 황금으로도 살 수 없다.[3]
Non bene pro toto libertas venditur auro.

그다음엔 여백에 호라티우스를 주석으로 인용하든지 아니면 그 말을 한 누구든지 적는 걸세. 만약 죽음의 힘에 대해 다루고자 하면,

창백한 죽음은 의지할 곳 없는 불쌍한 사람의 움막에도,
권세 높은 왕의 궁정에도 똑같이 찾아온다.[4]
Pallida mors aequo pulsat pede pauperum tabernas,
Regumque turres

하고 인용하면 된다네.
만약 원수에 대해서도 사랑과 우정을 가지라 하느님이 명령하신 대목에는 즉각 성서로 들어가서 약간의 호기심을 가지고 적어도 하느님이 말씀하신 그대로 써야지. '내 그대들에게 말하노니, 그대들의 원수를 사랑하라.'(Ego autem dico vobis: diligite inimicos

---

3 『이솝우화』 3장 14절에 나오는 무명씨의 시구이다. 중세에 자주 인용되던 말로 이따 대승정(Arcipreste de Hita)의 번역대로 옮겼다.
4 호라티우스의 『카르미나』(Carmina) 1권 4장. 루이스 데 레온 사제(Fray Luis de León)도 인용했다.

vestros)[5] 만약 사악한 생각에 대해 쓰려면, 복음서를 가지고 가야지. '마음속에서 나쁜 생각이 솟아나느니라.'(De corde exeunt cogitationes malae)[6] 그리고 우정의 불확실성을 말할 때는 카토[7]의 2행 대구가 안성맞춤이지.

> 네가 행복한 시절에는 친구도 많더니
> 네가 역경에 처하니 너 혼자로구나.[8]
> Donec eris felix, multos numerabis amicos,
> Tempora si fuerint nubila, solus eris.

이런 라틴어 토막과 다른 어구 들을 좀 섞으면 자네를 전문 라틴어 학자 정도로 알 텐데, 요즘엔 고전어 학자라면 명예와 이득이 적지 않지. 책 끝에 해설을 다는 문제는 그렇게 하면 가장 확실하고 안전할 걸세. 자네 책에서 어떤 거인의 이름을 지으려 한다면 거인 골리아스라고 하는 거야. 그리하면 힘도 거의 안 들이고 아주 거창한 해설을 붙일 수가 있거든. 말하자면 이렇게 붙일 수 있지, '거인 골리아스, 혹은 골리앗은 블레셋인[9]으로, 목동 다비드가 떼레빈또 골짜기에서 커다란 돌멩이로 쳐서 쓰러뜨린 사실이 구약성서 「열왕기」에 나와 있음'이라고. 그 장을 찾아보면 그 말 그대

---

5 「마태복음」 5장 44절.
6 「마태복음」 5장 19절. 『돈 끼호떼』 초판본에는 'malae'라고 나와야 할 것이 'malas'로 나온다. 세르반떼스의 실수일까, 인쇄공의 오식일까.
7 카토는 3세기 로마의 시인이며 철학자로 『카토 철학서』(Leber Catonis philosophae)라는 책에 유명한 금언들을 많이 담았다.
8 세르반떼스가 카토의 말을 인용하는 이 구절은 실은 오비디우스의 『비가』(Tristia) I. 9. 5~6에 나온다.
9 필리스티아 사람을 일컫는다. 지중해 동쪽 연안의 국가로 옛 이스라엘의 적이다.

로 쓰인 것을 자네도 알게 될 걸세.[10] 그다음, 인문학이나 우주형상학에 조예가 깊은 사람인 척하려면 자네 책에 따호 강을 들먹이고, 거기에 눈에 띄게 이런 주석을 붙이게. '따호 강은 에스빠냐의 어느 왕이 이름을 붙였는데, 어떤 장소에서 발원하여 대양으로 흘러들어가고, 저 유명한 리스본 시의 성벽들을 에워싸고 흐르며, 강변의 모래가 황금이라는 일설이 있는바, 기타 등등'이라고 말일세. 또한 자네가 도둑에 관해 다루고자 한다면 내가 줄줄 꿰고 있는 까꼬의 이야기를 들려주지. 만약 화류계 여자들의 이야기라면, 몬도녜도 주교가 계시지 않는가.[11] 그분 책의 라미아, 라이다, 플로라를 끌어와 주석을 붙이면 매우 신빙성을 더하리니…… 잔인한 여자 이야기라면 오비디우스가 자네에게 메데이아를 빌려줄 수 있고,[12] 마법사나 마녀라면 호메로스의 칼립소와 베르길리우스의 키르케가 있지 않는가. 용감한 장군들 이야기라면 저 율리우스 카이사르는 직접 쓴 『전기』에 있는 자신을 빌려줄 것이고, 플루타르코스는 수천의 알렉산드로스를 소개할 것이네. 사랑 이야기라면 이딸리아 말을 조금만 알아도 레온 에브레오[13]를 만날 수 있는데, 자네가 원

---

10 이는 구약성서 「사무엘상」 17장 48~49절에 나오는 이야기이다.
11 에스빠냐의 16세기 작가 게바라(Fray Antonio de Guevara)를 말한다. 과딕스 (Guadix)와 몬도녜도(Mondoñedo)의 주교였으며 황제 까를로스 1세의 실록 작가였다. 그의 유명한 『가족 서간문』에는 여기에 언급한 화류계 여인을 다룬 '오래된 연인들' 이야기가 나온다. 게바라의 책들은 당시에도 거짓과 사기로 가득 차 있다는 평판이 자자했는데, 이 책에 대해 "주석을 붙이면 매우 신빙성을 더하리니……"라고 한 것은 세르반떼스 특유의 아이러니한 표현이다.
12 『변신이야기』(Metamorphoseon) 7권의 이야기를 말한다.
13 레온 에브레오(León Hebreo)의 『사랑의 대화』(Dialoghi d'Amore)를 일컫는다. 에스빠냐어로는 잉까 가르실라소 데 라 베가(Inca Garcilaso de la Vega)가 번역했고, 세르반떼스의 목가소설 『라 갈라떼아』의 이상적 사랑론에 크게 영향을 미쳤다고 한다.

하는 이상으로 충분히 들려줄 것이네. 이상한 이국땅으로 돌아다니고 싶지 않으면 우리나라에서는 폰세까의 『하느님의 사랑론』[14]을 찾을 수 있지. 그 책에는 자네나 기발한 사람들이 볼 만한 것들이 아주 많다네. 결론적으로 말해서, 자네는 그저 이들의 이름들만 대거나 책에다 내가 말한 이런 이야기들을 다루기만 하면 되고 주석이나 해설은 내게 맡겨주게나. 맹세코 내가 책의 모든 여백은 다 주석으로 메워주고 책 뒤에 써야 하는 것도 넉장은 채워줄 테니까.

그러면 이제 자네 책에는 없고 다른 책에는 많다는 작가 인용 문제로 넘어가보세. 이런 문제는 아주 쉽게 해결할 수 있지. 왜냐하면 자네 말대로 A부터 Z까지 모든 작가를 다 열거한 책 하나만 찾으면 되니까.[15] 그 책을 보고 알파벳 순서대로 자네 책에 옮겨적으면 되는 거야. 비록 거짓말인 게 빤히 보이지만, 자네가 그 작가들을 이용할 필요가 전혀 없을 텐데 그게 무슨 상관인가. 혹시, 소박하고 단순한 자네의 이야기책에다 그 모든 작가를 인용했다고 믿는 바보가 있을 수도 있겠지. 다른 데 소용은 없을지라도 긴 작가 목록은 자네 책을 권위있게 보이게는 해줄 걸세. 더군다나 자네가 그 작가들을 따라서 글을 썼는지 아닌지 자신에게 아무 상관 없는 일을 따로 연구할 만한 사람이 어디 있겠나.

아무튼 내가 제대로 알고 있다면, 이 책은 자네가 필요하다고 말한 그런 작가들 이름 따위는 아무 소용이 없는 거야. 왜냐하면 책 내용이 전부 기사도 책들에 대한 반박뿐인데, 기사도 책들을 아리

---

14 끄리스또발 데 폰세까(Cristóbal de Fonseca)의 *Tratado del Amor de Dios*(1592)이다.
15 여기 이 말에는 자기와 적대관계에 있던 극작가 로뻬 데 베가가 흔히 쓴 방법을 은근히 조롱하는 뜻이 비친다. 로뻬는 『엘 뻬레그리노』(*El Peregrino*)에서 155명에 이르는 작가를 알파벳순으로 나열한다. 『이시드로』(*Isidro*)에는 267명의 작가 이름이 들어갔다.

스토텔레스가 알 리가 전혀 없고 성 바실리오가 말한 적도 없고 키케로도 들어본 적 없을 테니 말이야.[16] 그렇다고 이런 황당무계한 이야기들이 천문학의 관찰이나 진리의 정확성과 상관있는 것도 아니고, 기하학적 수치나 수사학을 잘 아는 자들이 쓰는 논리의 반증도 필요하지 않지. 인간적인 것과 성스러운 것을 섞는 건 결코 기독교적 정의라 할 수 없으니, 이 책은 이런 혼합된 설교를 할 필요도 없지. 어떤 글을 쓰더라도 글 쓰는 데 중요한 것은 오로지 사실 그대로의 모방이고, 모방이 완벽할수록 그만큼 글이 더욱 좋아지지. 그래서 자네의 책이 단지 세상과 세속인들 사이에서 기사도 책들이 범람하며 권위를 갖는 걸 깨부수는 데 목적을 두고 있다면, 구태여 철학자의 명언이나 성서의 충고를 구걸할 필요가 어디에 있으며, 시인들의 이야기나 수사학자들의 문장, 성인들의 기적 따위가 무슨 소용이 있겠는가? 그보다는 평범하면서도 의미있고, 적절하게 잘 정돈된 말로 자네 글의 단문이나 복합문 들이 낭랑하고 재미있게 전개되도록 하는 게 더욱 중요하다네. 되도록 힘닿는 데까지 자네의 의도를 잘 묘사해서 자네가 말하려는 개념을 복잡하거나 어둡지 않고 분명하게 잘 전하는 게 중요해. 또한 자네의 글을 읽으면서 우울한 사람은 웃고, 잘 웃는 사람은 더 웃으며, 바보는 화내지 않고, 점잖은 사람은 기발함에 감탄하며, 심각한 사람은 경멸하지 않고, 진지한 사람도 칭찬하도록 힘써야 할 걸세. 그리하여 많은 사람이 싫어해도 훨씬 더 많은 사람이 그토록 칭송하는 기사소설이라는, 근거도 없는 수많은 책을 모두 쓰러뜨리는 데 주안점을 두어야 할 것일세. 그 목적만 달성해도 적잖은 성과를 거두었

---

16 여기 언급한 세 작가는 로뻬의 『이시드로』에 인용된 사람들이다.

다고 할 수 있지 않겠나."

저는 친구가 하는 이야기를 가만히 듣고 있었는데, 그 친구의 말이 참으로 인상적이어서 군말 없이 받아들여 그의 말대로 이 서문을 썼습니다. 그러니 관대하신 독자여, 이 서문에는 제 친구의 사려 깊음과 절실한 순간에 좋은 충고를 얻은 저의 행운, 그리고 저 유명한 라 만차의 돈 끼호떼 이야기를 복잡하지 않고 진지하게 쓴 이 책을 발견한 당신의 위안이 들어 있을 것입니다. 라 만차의 돈 끼호떼로 말하면, 이 근방 몬띠엘 평야 지역의 모든 주민 말로는, 그 주변에서는 오래전부터 지금까지 가장 용감한 기사이자 제일 순수한 연인이었다고 합니다. 그토록 존귀하고 영예스러운 기사를 그대에게 소개해주는 공로에 대하여 저 스스로 공치사를 하고 싶지는 않습니다. 그러나 기사의 하인인 저 유명한 싼초 빤사를 아시게 된 점은 제게 감사하셔야 할 줄로 압니다. 제 생각에는 세상에 널려 있는 저 쓸데없는 기사소설 책 속에 흩어져 있는 기사 하인의 덕과 매력을 모두 다 갖춘 자로 그대에게 보여줄 테니 말입니다. 이만 하느님의 가호로 건강하시길 바라며, 저를 잊지 마소서. 안녕히.[17]

---

17 끝은 '안녕'이라는 뜻의 라틴어로 '발레'(Vale)이다. 고전적인 어감을 살려 옮긴다.

『라 만차의 돈 끼호떼』에 바치는 글

둔갑술의 마녀 우르간다[1]

네가 운이 좋아 훌륭한 사람들에 ─
정성스레 잘 가는 책이 된다 ─
풋내기들도 너를 아무것 ─
모른다고 탓하지는 않으리 ─
그러나 안절부절못하다 ─
어느 멍청이 녀석 손 ─

---

1 『골 지방의 아마디스』에 나오는 마녀 우르간다를 지칭한다. 둔갑술에 능하여 늘 모습을 바꾸고 남이 알아보지 못하게 했다. 이 시의 형식을 '꼬리 떨어진 시구'라고 하는데, 알론소 알바레스 데 쏘리아(Alonso Alvarez de Soria)가 처음 쓰기 시작했다고 한다. 『악녀 후스띠나』에 나오는 시를 비롯해 가벼운 놀이시에 많이 쓰였다. 마지막 단어의 악센트 부분에 운(韻, rima)을 맞추고 그뒤에 나오는 음절을 잘라버리는 시 형식이다.

떨어지는 운세가 된다─

손을 입에 가져가지─

씹히는 것은 하나도 없─

호기심은 있다고 하려─

손가락만 빨고 있으─

따라서 내 경험에 의하─

좋은 나무에 기대는 사람─.

좋은 그늘의 도움을 받지─

베하르²는 너에게 행운의 별─

왕가의 나무를 너에게 주─

결실로 왕자들을 낳으─

거기에서 한 공작이 꽃피─

새로운 알렉산드로스 대왕이 되리─

그의 그늘에 도달하리

운수가 대통하리─

그대는 라 만차의 한 고귀─

기사의 모험을 이야기하리─

그로 말하면, 한가한 독서─

머리를 돌게 하였는지─

귀부인이며 갑옷이며 기사─

그를 그토록 유혹하였으─³

2 세르반떼스가 책을 헌정한 베하르 공작을 말한다.
3 루도비꼬 아리오스또(Ludovico Ariosto)의 『성난 오를란도』(*Orlando furioso*)의 첫

성난 오를란도처럼 사랑—

마음을 가라앉히고—

오직 팔뚝의 힘 하나—

엘 또보소의 둘시네아⁴를 얻었—

문장에 점잖지 못—

상형문자는 새기지 말지—⁵

전부 그림 있는 카드만 나오—

추잡한 점들에게 지게 될지—⁶

책을 바치는 글에서 겸손—

아무 조롱도 받지 않으리—

"무슨 돈 알바로 데 루나—

무슨 카르타고의 한니발—

무슨 에스빠냐의 프란시스꼬 왕—

운이 없음을 한탄하더—?"

하늘에 빌어서 문자 쓰—

<hr>

구절인 "Le donne, i cavallier, l'arme, gli amori"를 모방하여 말하는 것이다.

4 이 우르간다의 예언을 쓸 때 아직 돈 끼호떼는 둘시네아를 보지도 못했다. 그렇다면 세르반떼스는 이 당시 그녀의 존재를 작품에 반영할 것을 미리 염두에 두었던 것일까?

5 문단의 적이었던 로뻬 데 베가의 사건 하나를 빗대어 말한 것으로 알려져 있다. 로뻬가 1598년 『라 아르까디아』(*La Arcadia*)의 첫 장에 열아홉개의 탑을 그린 문장을 그려넣고, 에스빠냐 서사시의 전설적 영웅 베르나르도 델 까르삐오 (Bernardo del Carpio)의 후손인 척 과시했다가 당시 문인들로부터 크게 비웃음을 샀던 일을 조롱조로 말한 것이다.

6 에스빠냐 카드놀이에서 그림보다 점이 점수가 많은 것을 빗댄 것이다.

라틴어 잘하게 해달라 말지—

그 흑인 환 라틴[7] 꼴밖에 더 되—?

함부로 하는 라틴어는 피할 일—

예리한 척하다 나를 부러뜨리지 말—

철학자인 척 말다툼하지 말—

왜냐하면, 네가 입을 비틀고 말하—

속임수를 쓰는 사람이라 할 것—

귀 있는 데서 조금만 입을 움직여—

"왜 나한테 또 수작을 붙여?" 할 테—

그림 같은 거 그리려 말—

남의 사생활을 알려고 하지 말—

자신에게 아무 상관 없는 일에—

그냥 모르는 척하는 것이 점잖은—

남의 말 잘하는 사람은 흔—

곤경에 빠지기 쉬운 법이—

그대는 오직 좋은 명성을 얻기 위—

등잔에 눈썹을 태우며 공부하—

미련한 짓을 하는 사람—

그 빚을 영원히 갚을 수밖에 없나—

지붕이 유리로 되어 있는—

손에 돌을 들고 이웃에—

---

7 떼라노바(Terranova) 공작 부인의 흑인 노예로 1573년에 죽었는데, 라틴어를 워낙 잘한다는 소문 때문에 이런 별명이 붙었다.

던지는 게 잘못임을 알지 —
정신이 제정신인 사람 —
무슨 작품을 쓸 때 —
신중하게 조심해서 쓰게 하 —
처녀들의 심심풀이용으 —
쪽지나 발표하는 사람들이 —
아무렇게나 써도 무슨 상관 —

골 지방의 아마디스가 라 만차의 돈 끼호떼에게

　　쏘네트

내가 뻬냐 뽀브레의 그 큰 언덕에서
임에게 버림받고 홀로
즐거운 인생을 고행으로 지낸
울음의 세월을 모방한 그대[8]

그 예쁜 눈이 그대에게
짭짤하지만 풍성한 술을 주고
그대에게 은과 주석과 동을 빼앗고
땅의 흙을 먹이로 준 인생

---

8 돈 끼호떼는 1권 25~26장에서 아마디스의 고행을 모방한다.

이제 마음 놓고 살라, 영원히
최소한 제4의 천체에서, 황금빛 태양의
신 아폴론이 그대의 말을 모는 동안

그대는 용감한 기사의 명성을 가질 것이며
그대의 조국은 모든 나라 중에서 제일가며
그대의 현명한 작가는 세상에 유일한 독보적 존재로 남으리니

그리스의 돈 벨리아니스[9]가 라 만차의 돈 끼호떼에게

쏘네트

쳐부수고, 자르고, 구기고, 말하고, 행동하고
지구상에서 방랑기사가 할 수 있는 그 이상을 다 했네
나는 노련했고, 나는 용감했고, 나는 당당했네
수천의 모독을 복수로 갚았고, 수만을 쳐부쉈네

명예의 여신에게서 나의 공적으로 영원의 이름을 얻었고
나는 신중하고 마음씨 좋은 연인이었노라
내 앞에서는 세상의 모든 거인이 난쟁이였으며
결투는 어디서든지 받아주었노라

----

9 기사소설 작가 헤로니모 페르난데스(Jerónimo Fernández)의 『용감하고 놀라운
  그리스의 왕자 돈 벨리아니스의 첫 이야기』(*El libro primero del valeroso e increíble
  Príncipe don Belianís de Grecia*, Burgos: 1547)의 주인공이다.

운명의 신을 내 발밑에 굴복시켰으며
나의 사리판단은 대머리 기회의 여신의
앞머리채를 사정없이 끌고 다녔노라[10]

그러나, 비록 내 인생이
달의 뿔 위로 치솟는 행운을 누렸지만
나는 그대의 위업을 부러워한다네, 오, 위대한 돈 끼호떼여!

오리아나 부인[11]이 엘 또보소의 둘시네아에게

　　　쏘네트

오, 아름다운 둘시네아여, 누가 그대 사는
엘 또보소와 내가 살던 미라플로레스[12]를 놓고
아무리 편안하고 좋은 휴식처라 할지라도
그 런던 주변의 경치를 그대의 시골 풍경과 바꾸겠는가!

오, 누가 그대의 욕망과 제복으로
그 몸과 마음을 치장하여, 그 유명한 기사를

---

10 기회의 여신(La Ocasión)은 거의 대머리에 앞머리 몇 가닥만 늘어뜨린 모습으로
　늘 그려졌는데, 이 구절은 기회만 오면 무조건 이용할 줄 알았다는 뜻이다.
11 오리아나 부인(la señora Oriana)은 리수아르떼 왕의 딸이며 골 지방의 아마디스
　의 애인이었다.
12 런던 가까이에 있던 성 이름이 '미라플로레스'(Miraflores, 꽃의 정경)이다.

행운아로 만들고, 어느 결투와도 비교할 수 없는
위대한 싸움을 바라볼 수 있었으랴!

오, 누가 그렇게 순결한 몸으로
아마디스 나리에게서 도망쳐나오랴
그대가 신중하신 돈 끼호떼에게서 빠져나오듯!

오, 둘시네아는 부럽지 않을 만큼 남의 부러움을 받을지니
슬펐던 세월이 즐겁게 생각되고
이제 끝없는 환락을 누리시기를.

골 지방의 아마디스의 하인 간달린이 돈 끼호떼의 하인 싼초 빤사에게

　　　쏘네트

안녕, 유명하신 어른, 운명의 여신이
기사의 하인 일을 그대에게 맡기시고
그렇게 부드럽고 사려 깊게 대우해서
별 어려움 없이 잘 지내신 분

괭이질이나 낫질에 비해
방랑하는 직업이 싫지 않은지라
이제는 소박한 기사 하인 일이 유행이지만
소박한 마음으로 헛된 꿈을 꾸는 오만을 고발하나니

나는 그대의 당나귀와 그대의 이름을 부러워하노라
그리고 그대의 배낭 또한 부러워하지
그대의 사려 깊은 준비성을 보여주었으니까

다시 한번 안녕, 오, 싼초여! 참 착한 사람아
오직 그대에게 우리의 에스빠냐 오비디우스[13]가
따귀를 한대 올리며 경의를 표하노라[14]

멋쟁이 대필 시인이 싼초 빤사와 로신안떼에게 써준 시

싼초 판사에게

나는 싼초 빤사요, 라 만차 ─
기사 돈 끼호떼의 하인 ─
점잖게 인생을 살려 ─
먼지 속에 발을 들여놓았 ─;
『셀레스띠나』[15]라는 책 ─
인간 냄새만 좀더 덮으 ─

---

13 고대 로마의 시인이며 대표작으로 『변신이야기』가 있다.
14 원문에 쓴 말은 'con buzcorona'로 경의를 표한다고 되어 있다. 이 말은 보통, 사
　람을 조롱하거나 장난칠 때 키스하도록 손을 내주면서 키스하는 자의 따귀를 때
　리는 방식이다.
15 『라 셀레스띠나』(La Celestina). 1499년 작품으로 페르난도 데 로하스(Fernando
　de Rojas)의 희비극이다.

내 생각에는 성스러운 책—
거기 나오는 말처—
기회만 있으면 빠져나—
꿍꿍이로 여기 붙어 있다—

로신안떼에게

나는 로신안떼요, 저 유명—
영웅 시드[16]의 명마 바비에까—
증손자로, 몸이 좀 마른 죄—
돈 끼호떼의 수중에 들어갔—
잘 달리지 못한 것은 똑같지—
내가 먹을 여물은 무슨 일—
있어도 놓치는 법이 없었—
이걸로 내가 라사리요—
구했는데요, 그가 장님 모르—
포도주를 빨아 마실 때—
내가 밀짚 하나를 주었습—[17]

---

16 꼬르네유가 그를 소재로 「르 시드」라는 극을 썼고 현대에 「엘 시드」로 영화화
된, 에스빠냐 건국 영웅을 말한다. 에스빠냐 최초의 구전 서사시 「시드의 노래」
(메넨데스 삐달에 의하면 1410년에 완성되었다)의 주인공이며 기사이다.

17 에스빠냐 최초의 악자소설 『라사리요 데 또르메스』(*Lazarillo de Tormes*) 이야기
에 나온 대목으로, 장님의 길잡이로 들어간 소년 라사리요가 장님 몰래 포도주
를 훔쳐먹는 장면이다. 라사리요는 장님 몰래 술통 주둥이에 밀짚 하나를 집어
넣고 그 밀짚으로 포도주를 살짝 빨아 마셨다. 그 밀짚을 지금 로신안떼 자신이
주었다고 둘러대고 있다.

성난 오를란도가 라 만차의 돈 끼호떼에게

쏘네트

그대가 귀족이 아니라면 빠르 작위도 받지 못했겠지
수천의 비슷한 기사 중에서 그대가 한 기사일 수 있었다면
그런 기사는 그대가 있는 곳에서는 찾아볼 수 없었겠지
오, 한번도 패한 적 없는 불멸의 승리자여

나는 오를란도일세, 돈 끼호떼여, 안젤리까에게
온 마음을 빼앗겨, 먼 바다들을 보고 다녔지
명예의 여신 신전에 망각의 신이
무시하지 못할 그런 용기를 바쳤지

나는 물론 그대의 적수가 되지는 못하네, 이 영예는
그대의 업적과 그대의 명예 덕택에 얻은 것이지
그대도 나처럼 정신을 잃었으니까

그러나 만일 저 오만한 무어인을 길들이고
무서운 대결에서 이겨준다면 그대는 나의 편이리니
오늘날 우리를 똑같이 사랑에 우는 불행한 두 사람으로 보니까

페보의 기사가 라 만차의 돈 끼호떼에게

쏘네트

너의 칼에 내 칼이 적수가 되지는 못했노라
에스빠냐의 페보여, 신기한 선비여
그 높은 용기와 영광에 나의 손이 미치지 못했노라
하루가 나고 하루가 죽는 곳에 그 칼은 번개였지

제국들을 무시했노라, 붉은 동양이 부질없이
내게 선사한 왕좌도 나는 버리고 왔노라
나의 아름다운 여명, 끌라리디아나[18]의
거룩한 얼굴을 보고 싶은 마음 하나로

단 하나의 이상한 기적으로 나는 그녀를 사랑했노라
그러나 그녀가 불행해지자 그녀의 분노를 지배한
나의 이 팔뚝은 그녀 없는 그 무서운 지옥을 두려워했노라

그러나 그대, 고명하신 에스빠냐인 돈 끼호떼여
그대는 둘시네아 때문에 이 세상에 영원하리라
둘시네아가 그대로 인해 유명하고 정숙하고 현명한 것처럼

---

18 끌라리디아나(Claridiana)는 『페보의 기사 이야기』(*Historia del Caballero del Febo*)
에 의하면 뜨라뻬손다 황제와 아마존 왕국의 여왕 사이에서 난 딸이다.

쏠리스단[19]이 라 만차의 돈 끼호떼에게

쏘네트

돈 끼호떼 나리, 비록 세상의 광기가
그대의 머리통을 온통 다 부숴뜨렸다 해도
그대는 누구에게도 속되고 천박한 짓을
저지른 인간으로 비난받지는 않을지니라

그대의 행적은 난장판 취급을 받겠지,
그대가 애꾸눈을 온전한 눈으로 만든다고 돌아다녔으니
포로로 난동 부리고 온갖 추잡한 짓을 한 죄로
수백번 수천번 뭇매를 맞아야겠지요

그리고 그대의 어여쁜 둘시네아가
혹시 그대에게 실례를 저지르거나
그대 사랑의 아픔에 좋은 모습이 아니거나
그런 거동이 그대의 배우자 되기에 거슬린다면
결국 싼초 빤사가 중매를 잘못한 것이고

---

19 쏠리스단(Solisdán)이 누구인지에 대해서는 논란이 많다. 뜨라뻬손다의 제왕 쏠리만(Solimán)의 오자인지(세르반떼스도 앞에서 그가 뜨라뻬손다의 시인이고 여기에 한마디 할 수 있음을 시사했으니까), 아니면 세르반떼스가 여기서 아무렇게나 만들어낸 이름인지에 대해 정확한 대답을 할 수 있는 사람은 아무도 없다. 그러나 그것이 인쇄공의 오식이든 세르반떼스가 만들어낸 이름이든 여기 나온 이대로가 정답이라는 사실은 명확하다. 어느 것이든 상상으로 만들어낸 이름들인데, 더 정확한 상상과 덜 정확한 상상의 차이를 누가 가늠할 수 있겠는가?

그놈이 나쁜 놈, 그녀가 무정한 여자, 그대가 사랑을 잃은 거지

바비에까와 로신안떼의 대화

쏘네트

바 어떻게 그토록 날씬한가, 로신안떼?
로 밥을 안 먹고 일만 하니까.
바 보리도 주고 여물도 준다는데?
로 우리 주인이 한입도 못 먹게 하잖아.
바 아니, 이봐요, 참 예의가 없으시구먼.
　　아무리 당나귀 주둥이라고 주인을 모독하다니.
로 당나귀 신세야 태어날 때부터 죽을 때까지지.
　　한번 보시려나? 사랑에 빠져보시라구.
바 사랑하는 게 바보짓인가?
로 크게 점잖은 짓은 아니지.
바 형이상학적으로 말라깽이시구먼.
로 먹는 게 있어야지.
바 하인한테 불평 좀 하지.
로 그걸로 안되지.
　　어떻게 내가 내 아픔을 불평하겠나,
　　주인도 하인도 집안일을 맡은 사람도
　　모두가 로신안떼처럼 다 삐쩍 마른걸.

1장

라 만차의 유명한 양반 돈 끼호떼의 성격과
그 수련과정에 대하여

라 만차의 어느 마을, 지금 그 마을 이름은 잘 생각나지 않지만,[1]

....

[1] 세르반떼스는 돈 끼호떼의 고향을 구체적으로 언급하지 않으려 했다. 이는 그가
처음부터 라 만차의 특정 고장을 돈 끼호떼의 출생지로 결정하지 않았거나, 아
니면 그가 2권 74장에서 해명하듯 "라 만차의 모든 고장이나 마을에서, 그리스
의 일곱 도시가 호메로스의 고향을 두고 경쟁을 벌였듯이, 다들 돈 끼호떼를 자
기 고장 사람으로 모시고 싶어 싸우게 하"려고, "시데 아메떼가 정확하게 적고
싶어하지 않았던" 이유로 쓰지 않았는지는 불분명하다. 엄격하게 말해서 지금
처럼 1권 처음에 "잘 생각나지 않지만"의 목소리는 그의 말대로면, "제2의 작가"
인 세르반떼스의 것이고, 2권 마지막은 시데 아메떼의 생각이었다고 하니 앞뒤
가 맞지 않지만 어쨌든 어느 쪽으로 보아도 돈 끼호떼의 고향이 모호한 것은 부
정할 수 없다. 이 모호성은 다른 곳곳에서 발견되는 모호성과 함께 세르반떼스
문체의 가장 큰 특성이라 할 수 있다. 특히 이런 모호성은 「책머리에」에서도 언
급되듯이 상상의 자유를 존중하고, 독자를 상상의 세계로 초대하는 의도적인 장
치라 할 수 있다. 그 모호성이 의도되었다는 증거는 많은 작가가 있었음을 암시
하면서도 뭐든지 모른다고 얼버무리는 바로 다음 대목에서 명백해진다. "이분은
성씨가 끼하다인가 께사다인가 하는 분인데, 이분에 대해 글을 쓴 작가에 따라
이름이 여러가지여서 확실하지 않지만 가능한 자료로 추측건대 본명은 께하나

여하튼 얼마 전 그곳에 시골 영감 하나가 살았는데, 그 집 안에 들어가면 가문의 문장紋章처럼 창대에 창이 꽂혀 있고, 가죽으로 된 낡은 방패 하나, 삐쩍 마른 농삿말과 사냥개 한마리가 있었다. 지출의 4분의 3은 먹는 데 썼는데, 보통은 쇠고기보다는 좀 질이 떨어지는 돼지고기, 저녁식사로는 고기 부스러기, 토요일은 금욕일이니까 쇠뼈를 곤 곰탕, 금요일엔 콩 수프였고, 일요일이면 닭고기 비슷한 미식이 더러 밥상에 오르기도 했다.

　나머지는 옷차림에 썼는데, 명절이면 고운 무명 망또 같은 가운에 섀미 구두를 신고 양털 스카프로 광을 내지만, 보통 때는 깨끗하게 빤 고운 무명옷을 입고 귀족티를 내곤 했다.[2] 집에는 마흔이 넘은 가정부와 아직 스무살이 채 안된 조카딸이 있었고, 잡일을 하는 어린 하인 하나가 더 있었는데, 이 아이의 일은 농사도 짓고 말에 안장을 씌우기도 하는 그런 정도였다. 우리 이야기의 주인공은 나이가 쉰 가까이 되었지만 골격이 튼튼하고, 군살이 없는데다 얼굴이 삐쩍 마르고, 아침에는 일찍 일어나고, 또 사냥을 하는 게 취미였다. 이분은 성씨가 끼하다인가 께사다인가 하는 분인데, 이분에 대해 글을 쓴 작가에 따라 이름이 여러가지여서 확실하지 않지만 가능한 자료로 추측건대 본명은 께하나가 진짜이지 않을까 사

가 진짜이지 않을까 사료된다"라고 한 뒤 이어서 "지금 우리가 하는 이야기가 하나도 거짓말이어서는 안된다는 것"이라고 쓰고 있다. 그렇긴 하다, 말을 거의 안 했을 뿐 거짓말을 하지는 않았으니까. 독자를 놀리는 것이거나 너무하다는 생각이 들기도 하지만, 독자와 함께 즐겁게 상상하며 자유롭게 놀자는 것이다. 따라서 "하나도 거짓말" 없다는 말은 '모두가 거짓말'이라는 말도 된다. 돈 끼호떼의 행적을 신처럼 다 알아도 그것을 사실 그대로 기억하고 기록할 말은 없다. 자끄 데리다의 해체주의 이론을 따른다면, 세르반떼스는 탁월한 선구자다. 그는 가장 거짓없이 기록하는 방법은 가장 모호하게 말하는 것임을 이미 알고 있었다.
2 그 당시 에스빠냐 시골 귀족의 전형적인 식단과 의상이다.

료된다. 하지만 이런 이야기들이 무슨 상관이겠는가. 중요한 것은 이분이 정통 시골 귀족이며, 지금 우리가 하는 이야기가 하나도 거 짓말이어서는 안된다는 것, 이 정도면 충분하지 않은가.

그러니까 이야기는 그 양반이 심심하면—일년 내내 한가함이 그 양반의 일이지만— 기사소설을 읽는데, 그런 이야기가 하도 재 미있고 마음에 들어서 그 좋아하던 사냥도 다 잊고 심지어 농사일 관리까지 다 제쳐둔 판이라는 거였다. 어디 그뿐인가. 워낙 기사소 설을 좋아하고, 신기해하고, 거기에 정신이 빠지다보니 기사소설 사느라 경작지까지 다 팔아치워, 결국 세상에 나온 기사에 관한 이 야기란 이야기는 그 집에 다 있을 정도였다. 그는 자신이 읽어본 바로는 그토록 유명한 펠리시아노 데 쎌바가 쓴 소설만큼 훌륭한 소설은 세상에 없다고 생각했다.[3] 그 확실한 문장과 기기묘묘한 소 설의 문체가 너무 멋있고, 특히 곳곳에 쓰여 있는 사랑과 갈등, 그 리고 하소연에 가까운 어휘들이 그를 매혹했기 때문이다. "나의 이 성을 지배하는 비이성적 이성은 이토록 나의 이성을 약화시키는구 나. 이 어쩔 수 없는 이성이 그대의 아름다움으로 고뇌하고 있습니 다"[4]라든지, 다음 구절에 나오는 "……성스럽게 그대의 성스러움

---

3 기사소설의 대가로서 유명한 작가가 펠리시아노 데 쎌바(Feliciano de Silva)이다. 뒤이어 인용하는 문장은 기사소설의 기괴한 말놀이로 자주 언급되는 예이다.
4 같은 말의 반복으로 머리가 어지러울 만큼 기괴한 말놀이지만, 사실 그 글의 내용은 "그대의 아름다움으로 고뇌하"는 너무도 진지한 사랑의 철학임을 알 수 있다. 사랑에 눈먼 가슴에는 "나의 이성을 지배하는 비이성적 이성"이 눈을 뜬 다. 일종의 신비주의적 이성이요, 성 환 데 라 끄루스(San Juan de la Cruz)의 「송 가」(Cántico)에서 "밤" 속을 인도하는 "가슴속에 타는 불빛 하나"인지도 모른다. 이는 돈 끼호떼가 책을 많이 읽은 뒤 머리가 이상해졌거나 아니면 최상의 지혜 를 얻은 상태였기 때문이 아닐까. 쎄르반떼스는 이어서 돈 끼호떼의 "골수가 다 말라버"렸다고 쓰는데, 쎄르반떼스가 잘 알던 우아르떼 박사(Dr. Huarte)의 사상

을 별들의 성스러움으로 더욱 강하게 하는 높은 하늘의 거룩함이여, 그대의 위대한 거룩함에 값하고자 거룩한 삶을 벼르는 거룩함을 알겠나이다" 등이 그러했다.

이런 말들만 읽다가 우리 불쌍한 양반은 정신이 오락가락해져 그 말들을 이해하고 의미를 풀어보려고 밤을 새우곤 했다. 세상에, 아리스토텔레스가 그 말들을 이해하고 해석하려고 지금 다시 살아난다 해도 도저히 알아볼 수 없는 그런 말들은——유명한 기사소설 『그리스의 돈 벨리아니스』의 기사 돈 벨리아니스가 그토록 많이 찔리고 상처를 많이 입어도 안 죽는 것은——말도 안된다고 생각했을 것이다. 왜냐하면 아무리 뛰어난 의사들이 치료했다손 치더라도, 수백번 이상을 찔리고 맞았다면 얼굴이나 몸뚱이는 흉터며 상처로 어디 하나 성한 데가 없을 게 뻔한 이치일 테니 말이다. 그 일이야 어찌 되었건, 작가가 그 끝없는 모험 이야기를 끝내겠다고 한 약속 하나만은 칭찬할 만하다고 했다. 그는 여러번 자신이 직접 펜을 들고 그 책이 약속한 대로 책 끝에다 바로 '모험, 끝'이라고 써넣고 싶은 충동을 느꼈고, 또 그의 고집으로 보면 틀림없이 그렇게 써넣고 말았을 터이나 끊임없이 떠오르는 다른 생각들이 처음 생각을 흩뜨려놓곤 했다. 그는 종종 마을 신부와 다투기도 했다. 그 신부로 말하면 씨구엔사인가 어딘가의 시시한 대학에서 학위를 받

이론(四象理論)으로 해석하면, '마르다'(seco)는 '지혜롭다'는 뜻이다. 즉, 돈 끼호떼를 깊이 성찰해보면, 책을 많이 읽어 참지혜를 얻게 되었다고 해석할 수 있지 않을까. 책을 많이 읽으면 머리가 좋아지지, 왜 이상해지겠는가. 이 대목에서는 세르반떼스 특유의 아이러니가 빛난다. 속물들의 눈에는 돈 끼호떼가 책을 읽다 돌아버린 것이고, 신의 눈에는 그가 참공부를 하고 신비로운 눈을 갖고 다시 태어난 것이다. 여기서 세르반떼스는 대단히 자조적이기도 하다.

았다는 학식이 높은 사람인데, 둘은 늘 영국의 빨메린[5]과 골 지방의 아마디스 중 누가 더 훌륭한 기사인지를 두고 말다툼을 벌였다. 그러나 같은 마을의 이발사 니꼴라스 선생은 그 빨메린과 아마디스 둘 중 누구도 페보의 기사에는 못 미친다고 우겼다. 페보의 기사가 가장 뛰어난 기사이고, 혹시 그 사람과 견줄 만한 기사가 있다면 골 지방의 아마디스의 동생인 돈 갈라오르 정도라면서 갈라오르는 모든 조건을 갖춘 훌륭한 사나이로 아마디스처럼 눈물 많고 달콤새콤한 그런 기사는 아니지만 용기로 치면 그의 형에 못지않다고 했다.

결국 그 양반은 독서에 너무 빠져든 나머지 밤이면 밤마다 날이 훤히 샐 때까지, 낮이면 낮마다 밤이 어둑어둑해질 때까지 책만 읽었는데, 잠은 안 자고 책만 읽는 바람에 머릿속 골수가 다 말라버려 마침내 정신이 이상해지고 말았다. 머릿속은 기사소설에서 읽은 갖가지 환상으로 가득 찼고, 둔갑술, 결투, 전투, 상처, 그리고 사랑이며 귀부인 잘 모시는 예법, 그밖에 상상을 초월하는 폭풍우나 엉터리 이야기들이 그의 생각 속에 실재로 자리했다. 그리하여 자신이 읽은 유명한 기사소설 속의 꿈같은 희한한 이야기들이 모두 현실이라고 믿게 되었다. 그는 이 세상에 기사소설 속 이야기보다 더 명확한 현실은 없다고 생각했고, 에스빠냐 정복기의 최초의 기사 시드가 대단히 훌륭한 기사이기는 하지만 그 휘장도 찬란한 '불타는 칼의 기사'[6]와는 비교도 안된다고 말했다. 이 기사는 어마어마

---

5 프란시스꼬 데 모라에스 까브랄(Francisco de Moraes Cabral)의 『영국의 매우 용맹한 기사 빨메린 이야기』(*Libro del muy esforzado caballero Palmerín de Inglaterra*)의 주인공. 1547년에 까스띠야어로 번역되었다.
6 기사소설 『그리스의 아마디스』의 주인공이다.

하게 큰 사나운 거인 둘을 칼등 하나로 단번에 요절을 낸 투사였기 때문이다. 더욱 훌륭한 기사는 돈 베르나르도 델 까르삐오라고 할 수 있는데, 땅을 관장하는 신의 아들인 안테오를 두 팔로 끌어안아 물에 빠뜨려 죽인 헤라클레스의 도술을 사용하여 론세스바예스에서 마술의 왕 롤랑을 죽였다. 또한 거인 중에서는 모르간떼를 가장 좋게 말했는데, 다른 거인 족속들은 모두 거만하고 천방지축인 반면, 거인 모르간떼는 교양있고 상냥한 데가 있어서이다. 그러나 이모든 사람 중에서 레이날도스 데 몬딸반을 최고로 쳤으니, 특히 레이날도스가 자신의 성을 나와서 손에 닿는 대로 모든 것을 약탈하고, 바다를 건너가 순금으로 만들어졌다고 전해지는 마호메트의 상을 훔쳐오는 대목에서는 찬탄을 금치 못했다. 그리고 배반자 갈랄론을 실컷 때리고 발길질하기 위해서라면 자신이 데리고 있는 가정부와 심지어 자기 조카딸까지도 내어줄 수 있다고 말했다.

그는 이렇게 완전히 정신이 돌아버려서, 마침내 이 세상 그 어떤 미치광이라도 한번도 상상해보지 못한 이상한 생각을 하게 되었다. 나라를 위해 봉사하고 자신의 명예를 세우기 위해서도 자신이 지금 방랑기사가 되는 게 필요하고 또 적절하다고 판단한 것이다. 방랑기사가 되어 칼을 차고 말을 타고서 모험을 찾아 세상 방방곡곡을 순회하며 책에서 읽은 대로 방랑기사가 되기 위한 수련과 수행을 시작해야 되겠다는 생각이었다. 위험과 고난을 무릅쓰고 모든 억울한 자를 풀어주고, 세상일을 해결해줌으로써 영원한 명예와 명성을 얻어야겠다는 각오였다. 그런 생각을 하자 이 불쌍한 영감은 자신의 힘과 용기로 금방 개선장군이라도 된 듯, 그리하여 적어도 저 작은 뜨라뻬손다 제국의 제왕 정도는 된 듯 기분이 으쓱해졌다. 이렇게 즐거운 생각들을 하면서, 그런 이상한 생각에 이상하게 심취한 나머지 마침내 자신이 원하는 바를 하루빨리 실천에 옮기기로 했다. 제일 먼저 시작한 것이 긴긴 세월을 한쪽 구석에 잊은 듯이 처박아놓아 녹슬고 청태와 먼지가 가득한, 증조할아버지로부터 물려받은 칼과 창, 투구를 꺼내어 닦는 일이었다. 그것들을 하나하나 깨끗이 닦고, 펴고, 최선을 다해 손질했다. 그런데 딱 하나 큰 결점이 있었으니, 투구가 달랑 머리 꼭대기 부분만 남아 있고 얼굴과 코를 가리는 아랫덮개가 없었던 것이다. 하지만 그것은 자기가 직접 만들어 붙여 해결하기로 하여 딱딱한 마분지로 모자라는 아랫덮개 비슷한 것을 만들어 붙여놓고 보니 꼭대기 부분과 잘 들어맞는 완전한 투구 모양이 되었다. 그러나 사실은 실패작이었으니 그 투구가 칼을 맞아도 버틸 수 있을 만큼 튼튼한지 시험해보려고 칼을 꺼내 두어번 때려보았는데, 때리자마자 일주일 걸려 만든 투구가 순식간에 산산조각이 나버렸다. 그렇게 쉽게 조각이 나버리다니 도저히 있을 수 없는 일이라 생각하고는 이번에는 안쪽에다 쇠막대기를 받쳐 새로 만들었다. 다시 만들고 보니 튼튼해 보여 기분이 좋아진 그는 다시 시험해볼 생각은 않고 그대로 다듬어서 멋있는 투구로 여기고 모셔두었다.

다음에는 자신의 말을 보러 갔다. 비록 머리는 부스럼투성이에다 비루먹고, 마르기는 저 유명한 고넬라 말보다도 더했지만, '털이 많다고 뼈가 없을쏘냐', 그의 생각에는 알렉산드로스 대왕의 말 부세팔루스나 시드의 말 바비에카와도 비교가 안될 정도로 훌륭해 보였다. 그는 그뒤 나흘 동안이나 말에게 어떤 멋진 이름을 붙여줄까 생각에 생각을 거듭했다. 왜냐하면—늘 혼잣말처럼 하는 소리지만—이렇게 유명한 기사의 말이, 하인이 아무리 좋다 하더라도 그럴듯한 이름 하나 없이 나다닌다는 것은 말이 안되기 때문이다.

그래서 이 말이 방랑기사의 유명한 말이 되기 전에 어떤 말이었는지를 알려주면서도 현재의 신분을 드러내는 데 적당한 이름을 지으려고 무척 애를 썼다. 주인이 신분을 바꾸면 말도 이름을 바꾸는 것은 너무나 당연한 이치이고, 새로 시작한 수련과 기사도의 원칙에 따라 온 세상에 어마어마한 명성을 떨칠 수 있는 그런 이름이어야 했다.

그래서 머리와 상상력을 동원하여 여러 이름을 만들고, 지우고, 빼고, 붙이고, 없애고, 다시 만들기를 거듭하다가 마침내 '로신안떼'Rosinante라는 이름으로 결정하였다. '로신안떼' 하면 듣기에도 좋고 고상하며 의미있어 보였다. 그 의미는 지금 기사의 말이 되기 전에는 '로신', 즉 '농삿말'이었다는 신분이 드러나고, 그것은 '안떼', 즉 '이전'의 일이면서 동시에 지금은 세상의 모든 농사짓는 말 중에서 가장 '먼저', 즉 최고의 말이라는 뜻을 지니기 때문이었다.

말에게 마음에 꼭 드는 이름을 붙여주고 나니, 이제는 자신에게도 새로운 이름을 붙여야겠다는 생각이 들어 어떤 이름을 붙일까 하고 다시 여드레 동안을 몰두해 마침내 '돈 끼호떼'라는 이름을 생각해냈다. 이 이름에 대해선 이미 이야기했듯이 실제 이야기의 작가들이 추측해낸 사실은 우리 주인공의 진짜 이름은 다른 사람들 말처럼 '께사다'가 아니라 '끼하다'일 것이 분명하다는 결론이다. 어쨌든 그 유명한 기사 아마디스도 자신의 이름을 그냥 '아마디스'라고도 했지만 자기 고향이나 나라의 이름을 덧붙여 '골 지방의 아마디스'라고 부른 것을 기억하고는 그도 당당한 기사로서 자기 이름에 고향의 이름을 붙여 '라 만차의 돈 끼호떼'라고 부르기로 했다. 그렇게 붙여놓으니 그가 보기에 자신의 가문과 고향이 이름 속에 버젓이 살아 있고, 또한 그런 이름을 성으로 달고 다님으로써 고향을 영원히 빛내주는 뜻도 담긴 것 같았다.

이렇게 무기를 모두 닦고, 떨어진 투구를 만들어 맞추고, 말에게 이름을 지어주고, 자기 이름까지 정하고 나니까 이제 남은 일은 사랑할 귀부인을 찾는 것이었다. 왜냐하면 사랑하는 귀부인이 없는 기사는 잎사귀도 열매도 없는 나무요, 혼 없는 육체였기 때문이다. 그래서 그는 혼자 중얼거렸다.

"만약 내가 재수가 없거나 아니면 운이 좋아서, 방랑기사들에게 흔히 일어나는 일이지만 어디 가서 어떤 거인과 맞붙게 되어, 내가 단칼에 그놈을 쓰러뜨리거나 그 몸뚱이를 두쪽으로 갈라놓기라도 하면, 그러니까 마침내 그놈을 이기고 항복을 받게 되면 내 영광을 돌릴 귀부인이 있어야 마땅하지 않은가? 그놈을 귀부인에게 보내고, 그놈이 나의 사랑하는 귀부인 앞에서 무릎을 꿇은 뒤 굽실굽실하며 처량한 목소리로, '부인, 저로 말할 것 같으면 말린드라니아 섬나라의 왕 까라꿀리암브로라는 거인으로서 이 세상 어디에 비해도 더이상 훌륭할 수 없는 기사 라 만차의 돈 끼호떼에게 기상천외의 한판 결투에서 패하여 기사의 명을 받들어 이렇게 대부인 안전에 대령하였나이다. 부디 부인의 높으신 하해와 같은 처분만 바라겠사옵니다'라고 읊조리게 해야 하지 않겠는가?"

이렇게 혼자 한바탕 연설을 해놓고, 이내 자신의 귀부인이 될 여자 이름을 생각하고 나니 하늘에라도 오를 듯 기분이 좋았다. 사실 우리가 아는 바로는, 그가 살던 마을에서 가까운 한 고을에 아주 아름다운 농사꾼 처녀 하나가 살았는데, 그가 한때 그녀를 짝사랑했지만 그 여자 쪽에서는 알지도 못하고 눈치도 못 챘던 것 같다. 그 여자 이름은 촌스럽게도 알돈사 로렌소였는데, 바로 이 여자를 자기가 연모해 마지않는 귀부인으로 모시는 게 좋겠다고 생각한

것이다. 그리하여 그는 또 원래 이름에서 너무 벗어나지 않으면서
도 공주나 귀부인 냄새가 나는 그런 이름을 생각한 끝에 '엘 또보
소의 둘시네아'라고 부르기로 했다. 엘 또보소는 그녀의 고향이어
서 붙인 이름이고, '둘시네아' 하면 그의 생각에는 음악적이고 흔
하지 않은 이름인데다 자기 이름이나 그가 붙인 여러 다른 이름들
처럼 '둘세'라고 할 때 '달콤한' 의미가 있어서 좋았던 것이다.

2장

돈 끼호떼가 처음 고향을 떠날 때의 이야기

　이런저런 준비를 모두 마치고 나자, 그는 자기 생각을 실천에 옮기는 데 더이상 망설일 필요가 없다고 생각했다. 세상이 그를 원하고 있는데 자신이 늦으면 죄가 된다는 생각에 일을 서둘렀다. 하루빨리 세상에 나가 원한은 풀어주고 굽은 것은 펴주며 불합리한 것은 바로잡아주고 미신은 깨우쳐주며 빚은 갚아주어야 했다. 그래서 아무에게도 자신의 의사를 알리지 않고, 아무도 안 보는 틈을 타 어느날—7월 중 가장 더운 날이었다—새벽 동이 트기 전에 갑옷을 입고 로신안떼 위에 올라탔는데 완전무장을 했다지만 투구 아래 내려덮인 얼굴가리개 부분은 엉성했다. 그는 손에 창과 가죽방패를 거머쥔 채 숨겨진 마당 뒷문으로 빠져나와 들판으로 향했다. 자신의 의도대로 별일없이 멋지게 첫발을 내디뎠다는 생각에 흥분해서 가슴이 두근두근하고 기뻐 어쩔 줄을 몰랐다. 그러나 막상 들판에 나서자 문득 무서운 생각이 그를 엄습했다. 그는 무척 놀라 이미 일을 벌이긴 했지만 그만둘까 생각했다. 그건 자신이 정식으로 기사 서품을 받지 않았다는 데 생각이 미쳐서였는데, 그렇다면 기사도 법칙에 따라 어떤 투사하고도 결투를 할 수 없고, 해서도 안되기 때문이다. 자기 같은 경우는 새내기 기사로서 칼만 휴대할 수 있으며, 방패에 문장을 새겨서도 안되었다. 문장은 자기 힘으로 싸움에 이겼을 때만 달고 다닐 수 있었다. 그런 문제에 생각이 미치자 실행하려던 계획이 망설여졌으나, 끝내는 그의 광기가 이성을 이겨 어떤 이유도 이미 시작한 그의 발길을 멈추게 할 수 없게 되었다. 그를 미치게 한 책들에서 읽은바, 다른 많은 기사들처럼 이런 경우엔 첫번째 만나는 사람에게서 기사 서품을 받으면 되는 것이다. 칼만 휴대해야 한다는 규정은 또한 깨끗해야 한다는 의미이니까 기회가 있으면 가지고 있는 칼들을 하얀 밍크보다 빛나게 닦아놓으리라 마음먹었다. 이렇게 결심하고 나자 마음이 놓인 그는 이런 것이 모험의 매력이라 생각하면서 말의 발이 이끄는 대로 길을 따라 걸었다.

천하에 다시없을 우리의 모험가는 쉬엄쉬엄 길을 가면서 혼잣말로 뇌까렸다.

"앞으로 다가오는 어느 미래에, 어느 현명한 작가가 내 이야기를 적어 유명한 내 행적이 진정으로 세상에 밝혀지리라는 것을 누가 의심하랴? 그때 그 작가는 첫새벽에 처음 출정하는 내 모습을 이야기하는 대목에서는 이렇게 적겠지. '황금빛 태양신 아폴론이 이 넓고 광활한 땅의 표면에 그의 아름다운 황금 머리털, 황금 갈기를 펼치고 누워 있을 즈음 유명한 기사 라 만차의 돈 끼호떼가 한가한 펜놀음을 팽개치고 그 유명한 말 로신안떼의 등 위에 올라 그의 발에 익은 몬띠엘의 옛 평원으로 서서히 나아가기 시작했다. 그때는 바로 장밋빛 여명께서 질투 많은 남편의 부드러운 침대를 박차고 라 만차 지평선의 문과 발코니로 나와 지상의 영혼들에게 얼굴을 내미는 시간이더라. 여명이 밝아오는 걸 보고 울긋불긋한 작은 새들은 바이올린 같은 혀로 꿀처럼 달콤한 음악을 연주하며 인사를 올리더라'라고."

그리고 이 말은 사실이었으니, 그는 몬띠엘 평원을 지나고 있었다. 그는 다시 말을 이었다.

"그 유명한 내 행적이 밝혀지는 날은 정말 행복한 시대, 행복한 세상일지니라! 나의 업적은 미래에 두고두고 기억될 수 있도록 대리석으로 조각되고, 목판에 그려지고, 청동에 새겨지리라. 오, 그대, 현명한 마술사여, 그대가 누구이든지 이 이상한 이야기의 기록을 맡게 될 현자여, 내 그대에게 부탁하노니, 나의 이야기를 쓸 때는 나의 인생과 모든 여정의 영원한 반려자인 나의 착한 로신안떼를 부디 잊지 말아다오!"

그러고는 다시 말을 이었다, 마치 진정으로 사랑에 취한 듯이.

"오, 둘시네아 공주님, 사랑의 포로가 된 이 마음의 주인이시여! 냉정하게 저를 버리고 떠나시는 그대를 보고 이 마음은 무척이나 아팠습니다. 아름다운 그대 앞에 절대 나타나지 말라며 무섭게 훈계하고 나무라실 때 저는 한없는 모멸감을 느꼈습니다. 그대를 향한 사랑 때문에 고통받고 있는, 오직 그대만을 위한 이 가슴을 부디 잊지 말아주십시오."

이런 말들과 함께 다른 엉터리 이야기들을 주워섬겼는데, 모든 말이 책에서 배운 그대로였고, 되도록이면 말투까지 그대로 따라 했다. 그가 길을 가는 것은 느리고 해가 올라오는 것은 빨라서 햇볕이 하도 뜨거워 자칫하면 머릿속 골까지 녹아내릴 듯했다. 아직 그 머릿속에 골이 남아 있다면 말이다.

　그날은 거의 하루종일 길을 갔지만 특별히 이야기할 만한 아무일도 일어나지 않았다. 이렇게 아무 일도 없자 그는 초조해졌다. 마음 같아선 금방이라도 누군가와 맞닥뜨려 강력한 팔뚝의 힘을 시험해보고 싶었기 때문이다. 작가에 따라서는 그에게 일어난 첫 모험이 뿌에르또 라뻬세에서였다고 하기도 하고, 또다른 사람들 이야기로는 처음이 그 풍차 모험이었다고 하지만, 여하튼 이번에 내가 라 만차의 연감에 쓰인 기록에서 알아본 바로는 그날 그는 온종일 걷기만 했다. 날이 어둑어둑해지자 말과 그는 지칠 대로 지치고, 배가 고파 죽을 지경이 되었다. 피곤한 몸을 좀 쉬고 배고픔을 달랠 만한 성이나 목동들의 초막집이라도 보이는가 하고 사방을 둘러보다가 문득 가던 길에서 그리 멀지 않은 곳에 있는 객줏집 하나를 발견했다. 마치 동방박사가 별을 만난 듯한 기분이 들었다. 예수가 태어난 베들레헴이 아니라 직접 구원의 성곽으로 그를 인도하는 그런 별 같았다. 그는 길을 재촉했고, 밤이 다 되어서야 그 집에 도착했다.

　문 앞에는 처녀로 보이는 아낙네가 둘 있었는데, 그 여자들은 우리가 흔히 말하는 창녀 비슷한 직업여성들이었다. 그녀들은 말을 몰고 다니는 짐꾼들과 함께 쎄비야로 가는 여자들이었는데, 그날 밤에는 우연히 그 객줏집에서 하룻밤을 묵기로 되어 있었다. 모험을 좋아하는 우리 기사 양반은 생각하거나 상상하거나 눈에 보이는 일이 모두 책에서 읽은 그대로 일어난다고 믿는 터라 그 객줏집을 보자 금세 그 집이 어느 성주가 사는 커다란 성곽이라고 생각했다. 그 성곽은 첨탑이 네개 있고, 위쪽 성가퀴는 은빛으로 번쩍였으며, 거기에다 깊은 해자와 해자 위로 여닫는 다리가 놓인 커다란 성이었다. 책에 묘사된 비슷한 성들에서 보았듯이, 그 성에는 기타 세세한 부속건물들까지 없는 게 없을 듯했다. 그는 성처럼 보이는 그 객줏집에 다다라 그 집에서 조금 떨어진 곳에서 로신안떼를 멈 춰세우고는 난쟁이가 망루로 나와 나팔을 불어 기사가 성에 도착했음을 알리는 무슨 신호가 있기를 기다렸다. 그러나 그 의식은 늦어지고, 로신안떼는 빨리 마구간으로 가려고 안달이어서 그는 그대로 객줏집 문 앞까지 다가갔다. 거기서 우두커니 서 있는 두 젊은 여자를 보았는데, 그의 눈에는 그녀들이 성문 앞에서 한가하게 놀이를 즐기고 있는 아름다운 양갓집 규수나 매력적인 귀부인으로 보였다. 그 순간 이상한 일이 벌어졌다. 밭에서 돼지 떼—이런 속된 말을 써서 안됐지만 여하튼 그렇게 부를 수밖에—를 잡으러 다니던 돼지장수가 흩어진 돼지들을 모으느라고 뿔나팔을 불었는데, 순간적으로 돈 끼호떼에게는 그 소리가 기다리던 나팔 소리로 들렸다. 말하자면 어떤 난쟁이가 자기가 온 것을 보고 신호를 보내는 거라고 믿은 것이다. 그래서 그는 이상할 정도로 기뻐하며 객줏집 앞 그 귀부인들에게로 다가갔고, 그 여자들은 한 남자가 창과 방패를 지니고 투구로 이상하게 무장한 채 접근하자 잔뜩 겁에 질려 급히 객줏집 안으로 들어가려 했다. 도망가는 모습을 보고 그들이 겁먹은 것을 알아차린 돈 끼호떼는 마분지로 만든 얼굴가리개를 들어올려 먼지로 뒤덮인 깡마른 자신의 얼굴을 드러내고는 자세를 가다듬고 점잖은 목소리로 말했다.

"부인들께서는 자리를 피하시지 않아도 됩니다. 혹시 무례한 일이 있을까 절대 두려워하지 마십시오. 본인으로 말하면 기사도를 지키는 자로서 무례한 짓은 하지도 않고, 할 생각도 없는 사람이니까요. 더군다나 부인들의 용태를 보아하니 지체 높은 집안의 규수들 같으신데 감히 어찌 그런 일이 있겠습니까."

여자들은 그를 쳐다보며 그 꼴불견의 얼굴가리개에 가려 잘 보이지 않는 그의 얼굴을 보려고 눈을 굴리다가 자신들을 '규수'라고 부르는 것을 듣자 자기들 직업과는 너무 동떨어진 말이라서 터져 나오는 웃음을 참지 못했다. 그걸 보고 돈 끼호떼는 벌컥 화를 내며 말했다.

"아름다우신 부인들께서는 절제를 보이셔야 할 줄로 압니다. 하찮은 일로 함부로 웃는다는 것은 정말 어리석은 행동입니다. 하지만 제가 이런 말씀을 드리는 것은 부인들께 불편한 심기를 갖거나 걱정을 끼치고자 하는 뜻은 아니올시다. 불초소생의 마음에는 오직 그대들을 모시고 섬기는 일만 있을 뿐입니다."

이해할 수 없는 이상한 말투며 우리 기사님의 흉한 몰골에 그녀들의 웃음소리는 더욱 커졌고, 그럴수록 돈 끼호떼의 분노 또한 점점 커졌다. 그때 객줏집 주인이 나타나지 않았다면 정말 큰일이 벌어질 뻔했다. 주인은 무척 뚱뚱했지만 그 대신 마음씨는 퍽 온화한 사람이었다. 그는 그 이상야릇한 사람을 보자마자 처녀들과 함께 웃음을 터뜨릴 뻔했는데, 그도 그럴 것이 투구로 무장을 했다고는 하지만 말고삐며 창, 방패, 가슴받이胸甲가 들쑥날쑥 맞는 게 하나도 없었기 때문이다. 그러나 그는 사실 그런 정신 이상한 사람들의 행패가 두려웠기에 말을 공손하게 해야겠다고 마음먹고 이렇게 말했다.

"기사 나리, 주무시고 가실 데를 찾으신다면 침대만 빼고──왜냐하면 이 객줏집에는 침대가 없으니까요──다른 것은 얼마든지 있사옵니다."

돈 끼호떼는 이 요새의 성주──그에게는 객줏집이 요새로, 주인이 성주로 보였으니까──가 고분고분하게 구는 것을 보고는 대답했다.

"성주 나리, 그런 건 괘념치 않소이다. 노래에도 나오지 않소. '나의 치장은 무기뿐/나의 휴식은 싸움뿐'[1]이라고."

손님이 자신을 '성주 나리'라고 부르자, 주인은 자기를 성이 많은 까스띠야 지방 출신으로 알았나보다라고 생각했다. 사실 그 주인은 안달루시아에서 온 사람으로 그것도 거지 많고 도둑 많은 싼 루까르 출신이어서 도둑질로 말하면 그 유명한 까꼬에게도 질 리 없고, 짓궂기로 말하면 어느 양아치 못지않았다. 그는 이렇게 대답했다.

"그러니까, 노랫말대로라면 나리의 '침대는 딱딱한 바위'여도 좋고, '잠은 항상 날 새우는 것'이란 말씀이시군요. 그러시다면 마음 푹 놓고 여기서 말을 내리셔도 되겠습니다. 평생 가도 안 주무시기로 치면 이 오두막집에는 기회도, 자리도 많을 터이니 하룻밤 쯤이야 어찌 못 모시겠습니까."

말을 마친 주인은 이내 돈 끼호떼가 말에서 내리는 것을 도와주러 다가왔고 돈 끼호떼는 힘들여 어렵사리 말에서 내렸다. 그날 하루 종일 먹은 게 없었으니 말에서 내릴 힘이나 있었겠는가. 말에서 내린 돈 끼호떼는 주인에게 말을 잘 보살펴주라면서, 자기 말은 이 세상에서 유일하게 빵을 먹는 훌륭한 말이라고 했다. 주인은 말을 다시 보았지만 그 말은 훌륭해 보이기는커녕 돈 끼호떼가 말한 것의 절반에도 못 미쳐 보였다. 말을 마구간에 끌어다놓고 주인이 다

---

1 돈 끼호떼는 당시 무척 유명하던 로만세(스페인의 이야기시 형태) 민요를 뇌까리고 있다. "나의 치장은 무기뿐/나의 휴식은 싸움뿐,/나의 침대는 딱딱한 바위/내 잠은 항상 날 새우는 것."

시 손님의 청을 들으러 왔더니, 돈 끼호떼의 투구며 방패 같은 무
장武裝은 벌써 친구가 된 아까 그 처녀들이 벗기고 있었는데, 가슴
받이와 등받이背甲는 벗길 수 있었지만 목가리개頸甲며 그 요상하게
만든 얼굴가리개는 어떻게 벗겨낼지 알 수가 없어 쩔쩔매고 있었
다. 더군다나 얼굴가리개는 파란 줄로 꽁꽁 얽어매 줄을 끊어야지
그러지 않으면 도저히 풀 수 없을 것 같았다. 하지만 돈 끼호떼는
그 얽어맨 줄을 끊는 것만은 절대 용납하지 않아 할 수 없이 얼굴
가리개만은 그대로 두었는데, 누가 보아도 그 꼴은 정말 이상하고
우스꽝스러웠다. 돈 끼호떼 생각으로는 그의 무장을 풀어주는 그
닳고 닳은 여자들이 자기가 당도한 성의 여주인이나 귀부인 같았
으므로 그녀들에게 옛 노래 구절을 이용해 멋지게 말했다.

　"'고향 마을을 떠나온 뒤/세상에 이 돈 끼호떼처럼/이처럼 아름
다운 귀부인들에게/이같이 융숭한 대접을 받은 기사가 있을까/규
수들이 그를 보살펴주고/공주들이 말을 보살피니.' 그 말 이름이
로신안떼, 저의, 바로 저의 말입니다. 부인들, 라 만차의 돈 끼호떼
가 소생의 이름이고요. 부인들을 더 모시고 부인들을 위하여 공을
세워 저절로 이름이 알려질 때까지 이름을 밝히지 않으려 했사오
나 베풀어주신 은혜가 기사 란사로떼에 대한 이 옛 노래[2]와 무척이
나 잘 맞다보니 이렇게 공도 세우기 전에 이름을 미리 알려드려 죄
송스럽기 짝이 없사옵니다. 하나, 앞으로 때가 오면 소생이 그대들
의 명령을 따르며 부인들을 모시고 싶은 마음을 이 팔뚝의 힘으로
직접 보여드릴 날이 있을 줄로 압니다."

　그 여자들은 이런 수사가 많은 말투에 익숙지 않은 터라, 아무 대

2 '란사로떼'(Lanzarote)는 아서 왕의 원탁의 기사 랜슬럿(Lancelot)의 에스빠냐식
　이름이다. 이 노래는 그에 대한 로만세의 일부를 약간 변형한 것이다.

꾸도 하지 않고 그저 뭐 먹고 싶은 것은 없으시냐고 물을 뿐이었다.

"공복을 채워야 하는데 여부가 있겠습니까." 돈 끼호떼가 대답했다.

"소생의 생각으로는 상황이 상황이니만큼 요기가 될 만한 거라면 다 좋겠습니다."

우연히 그날은 또 육식을 안하는 금요일이어서 객줏집에 있는 거라고는 말린 생선 몇 토막뿐이었다. 까스띠야에서는 '명태'라 하고 안달루시아에서는 '건어물', 다른 지방에서는 '자반', 또다른 데서는 '뜨루추엘라'truchuela라고 하는 말린 생선이었다. 그녀들은 먹을 거라고는 그것밖에 없는데 그런 거라도 드시겠느냐고 물었다.

"명태가 작은 토막이라도 여러개만 있으면 한마리나 마찬가지니 있는 대로 주십시오. 한푼짜리 열개나 열푼짜리 한개나 그게 그거지요. 더 좋기로야 질긴 쇠고기보다는 연한 암송아지 같은 게 낫고, 염소고기보다는 양고기 같은 게 좋겠지만…… 하지만 어쨌든 무장하고 다니는 게 너무 무겁고 힘들어서 '금강산도 식후경'이라는 생각이 간절합니다."

객줏집 문 앞에 상이 차려졌고 주인은 잘 익지도, 잘 버무리지도 않은 명태 요리 한 접시와 돈 끼호떼의 투구처럼 때 묻고 시커먼 빵 한 조각을 가져왔다. 그런데 무엇보다도 우스꽝스러운 것은 돈 끼호떼가 그걸 먹는 꼴이었다. 얼굴가리개를 쓴 채 입 있는 데만 살짝 치켜든 상태라서 누가 옆에서 떠먹여주지 않으면 입에 음식을 넣을 수가 없었다. 할 수 없이 여자 하나가 그 일을 도와주어 먹을 것은 그런대로 떠먹일 수 있었는데 마시는 건 도무지 어떻게 할 수가 없었다. 어쩔 도리 없이 객줏집 주인이 얼굴가리개에 구멍을 내어 밀짚 하나를 꽂고 한쪽 끝을 입에 물리고 다른 쪽 끝에 포도주를 따랐다. 얼굴가리개를 묶은 줄을 끊지 않는 조건으로 돈 끼호떼는 이 모든 작업을 참을성 있게 따랐다. 마침 이때 객줏집에 돼지 잡는 농군이 들어서서 지니고 다니던 피리를 서너번 불었다. 피리 소리를 듣자 돈 끼호떼는 자신이 지금 틀림없이 어느 성에 와 있으며, 식사를 위해 음악을 연주해주는 것이라고 믿었다. 그리고 지금 먹고 있는 생선은 맛있는 송어이며, 빵은 고급 흰 빵이고, 그 창녀들은 귀부인들이며, 객줏집 주인은 틀림없는 성주라고 생각했다. 그런 생각을 하니 이렇게 떠나온 게 정말 잘한 일이란 느낌이 들었다. 하지만 가장 큰 걱정은 아직 정식 기사 서품을 받지 않았다는 것이다. 사실 일이 이렇게 되면 기사로서 인정받지 않고는 정식으로 어떤 모험도 결투도 할 수 없을 터이니 말이다.

3장

가장 우스꽝스러운 돈 끼호떼의 기사 서품식 장면

돈 끼호떼는 이런저런 생각들로 지친데다 객줏집에는 먹을 것도 별로 없어 먹는 데 별로 시간이 걸리지 않았다. 저녁을 마친 돈 끼호떼는 바로 객줏집 주인을 불러 마구간에 몰아넣고는 그 앞에 무릎을 꿇고 애원을 했다.

"용맹하신 성주님, 저의 작은 소원을 들어주시기 전에는 저는 이 자리에서 한발도 물러설 수가 없습니다. 이 일은 성주님의 명성을 드높이고 백성들에게도 이로울 것입니다."

주인은 손님이 자기 발밑에 엎드리자 정신이 없었고, 그보다 그런 이상한 말을 진지하게 읊조려대니 무슨 말을 해야 할지 어떻게 행동해야 할지 어리둥절하기만 했다. 그는 제발 손님께서는 자리에서 일어나주십사 간청할 뿐이었는데, 돈 끼호떼는 성주께 드리는 간청이 받아들여지지 않는 한 일어설 수 없다고 하여 결국 주인은 돈 끼호떼가 원하는 대로 은혜를 베풀기로 약속할 수밖에 없었다.

"역시 기대한 대로 훌륭하십니다, 성주님." 돈 끼호떼는 대답했다. "이렇게 관대한 배려와 은혜를 베풀어주시겠다니요. 그럼 말씀드리겠습니다. 청컨대 부디 소인에게 내일 당장 기사 서품식을 베풀어주십시오. 오늘 밤 바로 귀하의 성 예배당에서 밤새 무기를 지키며 예를 올리겠습니다. 그리고 내일은 말씀드린 것처럼 소인의 평생 소원이 이루어지는 날입니다. 기사 서품을 받고, 기사의 의무대로 세상 방방곡곡을 찾아다니며 모험을 시작할 것이며, 가난하고 천대받는 자들을 도우며 기사도와 방랑기사의 책무를 완수하겠습니다. 소인이 기사이니만큼 이런 일들을 하면서 공적을 세우는 것이 제가 할 일이라고 생각됩니다."

객줏집 주인은 이미 말한 것처럼 약간 짓궂은 데가 있고, 또한 손님의 거동이 벌써부터 제정신이 아니란 것을 눈치채고 있어서 그런 이상한 말을 듣자 곧 그 말을 따르기로 했다. 또 그날 밤 웃을 일이 생겼으니, 이 장난이 어디까지 가는지 따라가보자는 마음도 있었다. 그래서 그는, 그대의 소원이 그러하고 또 그걸 자기에게 청하는 건 대단히 잘 생각한 일이라며 치켜세우고, 그 우아한 모습이며 자태로 보아 정말로 위대한 기사로 보이는데 그런 분이 그런 생각을 하는 건 지극히 당연한 일이라고 아는 척까지 했다. 또한 자기도 젊은 시절에는 그런 영예로운 수행에 몸담은 적이 있어 세상 곳곳을 돌아다니며 모험을 벌인 사람이라고 했다. 거지 많고 도둑 많고 깡패 많은 말라가의 뻬르첼레스며, 리아란의 섬들, 쎄비야의 꼼빠스, 쎄고비아의 아소게호, 발렌시아의 올리베라, 그라나다의 론디야, 싼루까르의 바닷가, 꼬르도바의 뽀뜨로, 똘레도의 벤띠야스 그리고 그외 구석구석까지 험한 데는 안 가본 곳이 없다고 떠벌렸다. 돌아다니면서 날쌘 손재주와 가벼운 발놀림으로 애꾸눈도 많이 만들고, 과부도 많이 데리고 자고, 처녀도 많이 건드리고, 불쌍한 학생도 많이 속이고, 결국은 에스빠냐에 있는 법원이란 법원, 재판소란 재판소는 안 가본 데가 없다고 말했다. 그리하여 결국 이 성에 돌아와 은거하며 자기와 다른 사람의 재산으로 근근이 생활하고 있다면서 자기 성은 어떤 신분이나 어떤 조건의 방랑기사라도 받아들이고 있으며, 그것은 오직 자기가 그들을 너무 좋아하기 때문이며, 자기의 좋은 뜻을 이해하는 사람들이면 무엇이든 가진 것을 자기와 함께 나누어먹으면 그만이라고 말했다.

이어서 새로 지으려고 몽땅 헐었기 때문에 자기 성에는 아직 무기를 놓고 예를 올릴 예배소가 없다고 했다. 꼭 필요하다면 어디서나 예를 드려도 된다고 알고 있으니, 그날 밤은 마당 어디서나 보초를 서도 좋다고 했다. 그리고 다음 날 운이 좋으면 정식으로 서품식을 올릴 것이며, 그러면 그는 기사가 되고, 기사도 보통 기사가 아니라 세상에 둘도 없는 멋진 기사가 될 것이라고 말했다.

주인이 돈 끼호떼에게 돈은 가져왔느냐고 묻자, 돈 끼호떼는 땡전 한푼 안 가져왔다고 대답하면서, 자신이 읽은 방랑기사 이야기책에서는 누구도 돈을 가지고 다니지 않았다고 말했다. 이 말에 주인은 그건 잘못 안 것이라며, 이야기책에 돈을 가지고 다닌다는 말이 없는 것은 그 이야기를 쓴 작가들이 돈이나 깨끗한 내의 같은 필수불가결하고 뻔한 일들은 구태여 적을 필요가 없다고 생각해서 그런 것이므로 그 기사들이 아무것도 안 가지고 다녔다고 믿어서는 안된다고 타일렀다. 따라서 그 많은 책 속에 우글우글한 모든 방랑기사가 만약의 사태에 대비해서 돈주머니는 꼭 준비해 가지고 다녔다는 건 이미 밝혀진 사실이니 앞으로는 확실히 알라고 다그쳤다. 또 하나, 속옷도 많이 가지고 가고, 혹시 사막이나 싸움터에서 결투를 하다가 부상자가 날 수도 있고 상처를 입을 수도 있는데 그때마다 구해줄 누군가가 있는 것도 아니니 작은 약물함도 가지고 다니라고 했다. 물론 영험한 마술사 친구가 구름 타고 공중으로 날아와 무슨 선녀나 난쟁이를 시켜 그때마다 처방에 맞는 약물통을 가져오게 한다든지, 한번 마시면 무슨 일이 있었냐는 듯이 상처며 아픈 데가 단번에 나아버리는 그런 방법이 있겠지만, 여하튼 그런 묘안이 없을 땐 옛날에도 데리고 다니던 하인을 시켜 혹시 상처가 나면 치료하려고 돈이나 필요한 물품들, 예를 들어 약물이며 가제, 실 같은 것들을 준비해 다니게 했다고 했다. 어쩌다가 그런 기사가 하인을 데리고 다니지 않은 경우엔—그런 일은 거의 없고 있다고 해도 예외지만—거의 기사 자신이 사람들 눈에 안 띄는 곳, 말 옆구리나 다른 중요한 물품 사이에 교묘하게 주머니를 차고 다녔다면서 그 이유는 만약 그런 방법이 아니라면 방랑기사가 말 안장에 물건을 가지고 다니거나 하는 일은 반칙이기 때문이라 했다. 그리고 자식 같아서, 곧 자식 같은 기사가 될 테니까 충고하고 싶은 말인데, 앞으로는 절대로 돈 없이 다니거나 지금 말한 약 같은 것 없이는 다니지 말 것이며, 내 말을 따르면 생각지도 않은 일이 닥쳤을 때 얼마나 유용한지 알게 될 것이라고 신신당부했다.

돈 끼호떼는 가르쳐주신 그대로 하나도 빠짐없이 이행하겠노라고 약속하고, 곧 그가 말한 대로 객줏집 한쪽 옆에 있는 큰 마당에서 무기를 지키는 예를 수행하기로 했다. 돈 끼호떼는 우물가에 있는 물통 위에 무장을 풀어 쌓아놓고, 창을 들고 방패를 껴안은 채 점잖은 자세로 물통 앞을 어정거렸는데, 보초를 서기 시작하자 벌써 밤이 깊어졌다. 객줏집 주인은 집에 있는 모든 사람에게 이 손님이 미쳤다는 것과, 지금의 무기 지키는 예하며 앞으로 기대되는 기사도 작전에 대하여 낱낱이 이야기했다. 사람들은 모두 그런 미친 짓이 있을 수 있는가 놀라며 멀리서 그를 살펴보자고 몰려갔다. 그들은 돈 끼호떼가 침착한 얼굴로 걷다가 때로는 창을 붙들고 무기를 바라보며 한참 동안 눈을 떼지 않고 서 있는 것을 보았다. 밤이 아주 깊었지만 달이 무척 밝아서 마치 달빛에 비친 기사의 모습과 경쟁하는 듯하여 모두들 그 새내기 기사가 하는 짓을 하나도 빠짐없이 볼 수 있었다. 그때 객줏집에 머물던 한 마부가 우연히 말에게 물을 주어야겠다는 생각이 들어 물을 주려다 물통 위에 놓여 있던 돈 끼호떼의 무기를 치워야만 했다. 그러자 돈 끼호떼는 그 마부가 다가오자 크게 소리쳤다.

"오, 그대여, 그대가 누구이든지 간에 무엄한 기사로다, 아직 한 번도 칼을 휘두른 적이 없는, 세상에서 가장 용맹한 기사의 무기를 만지려 들다니. 그대가 하려는 짓을 잘 보고, 그 무기들엔 손끝도 닿지 않도록 하라. 감히 거기 손을 대는 날엔 그 댓가로 목숨을 부지하기 어려울 줄 알라."

마부는 그런 쓸데없는 잔소리에 신경 쓸 사람이 아니어서—사실 신경을 좀 썼다면 좋았을 텐데, 그랬더라면 몸이라도 성했을 것을—오히려 가지고 있던 밧줄을 멀찍이 던졌다. 이걸 보고 돈 끼호떼는 하늘을 우러러보고 생각하기를—아마 둘시네아를 생각했던 모양이지만—이 한마디는 꼭 필요하다고 느꼈다.

"오, 둘시네아여, 무릎 꿇고 애원하는 저의 이 가슴속 말을 들어주십시오. 이것이 저의 첫번째 결투입니다. 부디 이 싸움에서 그대의 은혜와 구원을 바라는 이 마음이 약해지지 않게 하소서. 부디 저를 돌봐주옵소서, 그대여."

이 비슷한 기원의 말을 쏟아놓으면서, 방패를 풀어 앞에 세우고 두 손에 창을 쥐고는 얼마나 세게 마부의 머리를 내리쳤는지 한번만 더 맞았더라면 의사가 와서 보살필 필요조차 없을 뻔했다. 이렇게 임무를 완수하고, 돈 끼호떼는 무기를 집어들고 처음과 같은 침착한 걸음걸이로 다시 보초를 서기 시작했다. 그 일이 있은 지 얼마 안되어 또 한 사람이 방금 무슨 일이 벌어졌는지 알지도 못하고—쓰러진 마부는 아직도 정신을 못 차리고 있던 터라—앞 사람과 똑같이 노새에게 물을 먹일 생각으로 나와서 물통을 비우려고 위에 있던 무기며 장신구들을 치우게 되었다. 돈 끼호떼는 아무에게 도움도 청하지 않고, 말 한마디 없이 다시 방패를 들고 또다시 창을 치켜들고는 완전 박살은 안 날 만큼 두번째 마부의 머리통을 세번 이상 내리쳤다. 네번째에는 머리통이 깨지고 말았으니, 시끄러운 소리를 듣고 객줏집에 있던 모든 사람과 주인이 우르르 달려나왔다. 이걸 보자 돈 끼호떼는 방패를 움켜쥐고, 칼에 손을 올리며 말했다.

"오, 아름다우신 공주님이시여, 이 연약한 저의 가슴에 힘과 활기를 주시는 공주님이시여! 이제야말로 그대의 사랑의 포로가 된 이 기사에게 그 고귀한 눈을 돌리실 때가 되었습니다. 어마어마한 모험을 기다리고 있는 당신의 이 기사를 보소서."

이 말로 그의 생각에는, 갑자기 온몸에 힘이 솟구치는 느낌이 들어 순간 온 세상의 마부가 다 달려든다 해도 한 발자국도 물러서지 않을 자신이 생겨났다. 부상을 입은 마부의 동료들은 그 꼴을 보자 멀리 서서 빗발치듯 돌멩이를 던져댔고, 돈 끼호떼는 있는 힘을 다해 방패로 돌멩이를 막아내며 무슨 일이 있어도 자신의 무기와 장신구들이 있는 물통 곁을 떠날 생각을 안했다. 객줏집 주인은 소리소리 지르며 그 사람을 내버려두라 하면서 그 사람은 미쳤다고 하지 않았느냐고 다그치고 미친 사람은 세상 사람을 다 죽인다 해도 미쳤기 때문에 감옥에 가지도 않을 거라 했다. 돈 끼호떼 또한 더 큰 소리로 욕설을 퍼부어대며 이 "무뢰한들" "배신자들"이라고 소리소리 지르고, 이 성의 성주는 비열하고 형편없는 기사라고 욕하며 어떻게 이런 식으로 방랑기사를 대접하게 내버려두느냐며 만약에 자기가 정식 기사 서품을 받은 처지라면 이런 무례한 행동의 댓가가 무엇인지 톡톡히 맛을 보여주었을 거라고 해댔다.

"하지만 너희같이 야비하고 천박한 쌍놈들이 무슨 짓을 해도 나는 상관 않겠노라. 던져라, 던져, 자, 오라고, 덤벼보라고. 하고 싶은 대로 다 해봐라, 이놈들아. 네놈들이 미련하고 무례한 만큼 복수할 테니 어디 두고 보자고."

그 말소리가 하도 당당하고 용감해서 돈 끼호떼에게 덤비던 사람들이 공포를 느낀데다 객줏집 주인까지 설득하여 그들은 돌 던지는 것을 중단했다. 돈 끼호떼도 부상당한 마부들을 치우는 걸 내버려두고는 처음과 똑같이 침착하고 조용한 자세로 다시 무기와 장신구를 챙겼다.

객줏집 주인은 이 손님의 장난이 심상치 않아 보여 또다시 불행한 사태가 벌어지기 전에 재수없는 기사 서품인가 뭔가를 어서 빨리 끝내버려야겠다고 생각했다. 그래서 돈 끼호떼에게 다가가 아까 저 미천한 사람들이 자신도 전혀 모르는 사이에 기사님께 저지른 무례함을 용서해주십사며 사과를 하고, 그 사람들은 이미 자신들이 저지른 실수 때문에 혼이 단단히 났다고 했다. 또 자기가 아까 뭐라고 말하더냐고, 이 성에는 예배소가 없다고 하지 않았느냐고 달래고 앞으로 보초도 더이상 설 필요가 없다고 말하면서, 정식 기사가 되는 의식은 목덜미를 쳐주고, 등을 두들겨주는 것이 자기가 기사 예식서에서 알고 있는 전부라고 알려주었다. 그런 의식이라면 어느 들판 한가운데서라도 할 수 있는 것이 아니냐면서 무장을 지키는 의식은 두시간이면 되는데 기사는 지금 네시간 이상을 서 있었으니 이제 다 끝내도 된다고 말했다. 이 모든 말을 돈 끼호떼는 그대로 믿고는 명령에 따라 곧 그 자리에 나오겠다고 약속하며 가능한 한 빠른 시간 내에 서품을 끝내주십사 부탁했다. 왜냐하면 정식 기사가 된 후 또다시 이런 공격을 받게 될 때엔 성안에 살아 있는 것은 목숨 하나 남겨놓지 않을 작정이기 때문이라고 했다. 물론 존경하는 성주께서 죽이지 말라는 사람들은 제외하겠다고 말했다.

그 성주 아닌 성주는 이 말을 듣고 점잖게 잘 알았다고 말하고, 곧 책을 하나 가지고 왔는데 마부들에게 제공한 여물이며 지푸라기를 적어놓은 장부책이었다. 아이 하나가 쓰다 남은 양초 한 토막을 가지고 왔고, 성주는 아까 말했던 두 아가씨를 데리고 돈 끼호떼가 있는 곳으로 왔다. 돈 끼호떼에게 무릎을 꿇도록 명령하고 마치 무슨 경건한 기도문을 뇌까리듯이 한참 장부책을 읽다가 중간쯤 손을 들어 돈 끼호떼의 목덜미를 묵직하게 내리쳤다. 목을 친 뒤 기도하듯이 계속 입속으로 무슨 말을 중얼거리면서 그가 지니고 있던 칼로 점잖게 등을 두드렸다. 그러고 나서 한 아가씨에게 기사의 허리에 칼을 채워주도록 명하자, 아가씨는 얌전한 척 아주 점잔을 떨며 칼을 채워주었다. 얌전한 척 애쓰지 않아도 된다면 그 의식 하나하나가 우스워서 배꼽이 빠질 지경이었지만, 앞서 보았던 새내기 기사의 성질이나 위엄이 절대 웃음을 터뜨리지 못하게 했다. 칼을 채워주면서 그 얌전한 귀부인이 말했다. "하느님의 가호로 그대는 행운의 기사가 되고 부디 결투에서 승리를 얻을지라."

돈 끼호떼는 귀부인의 존함이 어떻게 되느냐고 물었다. 이는 앞으로 이와 같은 은혜를 베풀어주신 분을 기억하고 모시는 것이 기사의 임무이기 때문이며, 또한 자신의 무공으로 성취한 영예의 일부를 마님께 바칠 생각이라고 말했다. 그녀는 아주 얌전한 목소리로 "제 이름은 라 똘로사고요, 똘레도에 사는 수선공의 딸로 싼초비에나야 영지 가까이 살아요"라고 대답했다. 이어서 그녀는 자기가 어디에 있더라도 기사님을 늘 어른으로 모시겠다고 약속했다. 돈 끼호떼가 마님 같은 분을 천하게 라 똘로사라고 불러서는 안 되니 앞으로는 이름 앞에 귀부인 존칭을 붙여 '도냐 똘로사'라고 부르게 해달라고 간청하자 그녀는 그렇게 해도 좋다고 약속했다. 다른 아가씨가 신발에 박차를 신겨주었는데, 그녀와도 칼을 채워준 아가씨와 나눈 대화와 거의 똑같은 말이 오갔다. 이름을 묻자 라 몰리네라라고 하면서 안떼께라의 방앗간집 딸이라고 했다. 그녀에게도 역시 귀부인 존칭을 붙여 '도냐 몰리네라'라고 부르게 해달라는 말과 앞으로 정성을 다해 모시겠다는 약속을 했다.

이렇게 눈 깜짝할 사이에 세상에 없는 기사 서품 의식을 마치자 돈 끼호떼는 한시바삐 말을 타고 모험을 찾아나서고 싶은 마음밖에 없었다. 로신안떼에게 바로 말안장을 씌우고 그 위에 올라타고는 객줏집 주인을 껴안고 기사 서품을 해주신 은혜에 감사하다는 말과 여러 이상한 소리를 지껄였다. 그 많은 말을 누가 다 여기 일일이 이야기할 수 있으랴. 언변이 돈 끼호떼 못지않은 객줏집 주인 또한 문밖에까지 나와서 돈 끼호떼보다는 짧지만 나름대로 미사여구를 써가며 답변을 했다. 그리고 하룻밤 숙박비도 받지 않고 잘 가시라고 작별인사까지 했다.

4장

객줏집에서 나온 뒤 우리의 기사에게 벌어진 일들

돈 끼호떼가 기분이 좋아져 점잖게 객줏집을 떠난 것이 아마 새벽 무렵이었을 텐데, 정식 기사가 된[1] 그는 날아갈 듯 신이 나서 미친 듯이 말에 박차를 가했다. 그러나 객줏집 주인이 해준 충고, 특히 돈이며 내의를 꼭 지니고 다녀야 한다는 말이 머리에 떠올라 집으로 되돌아가서 모든 준비를 다 하고 하인도 하나 구해서 떠나야겠다고 마음먹었다. 한동네에 사는 가난하고 자식이 몇 딸린 농군이 있는데, 그 사람에게 기사의 시종 역할을 맡기면 적격이라는 계산을 했다. 이런 생각을 하면서 로신안떼를 고향 마을 쪽으로 몰았고, 말은 늘 다니던 길이라 신나게 달리기 시작했으니 그 가벼운

---

1 실제로 돈 끼호떼가 정식으로 기사 서품을 받은 적이 없기 때문에 이 부분은 상당히 중요하다. 객줏집 주인으로서는 장난으로, 돈 끼호떼 입장에서는 당시 기사를 만드는 영주들이 없으니까 어쩔 수 없이 허구로 기사 서품을 받게 된 것인데, 이것은 이 작품의 본질적 모호성과 연결되어 대단히 상징적이다.

발걸음이 거의 땅에 닿지 않는 듯했다.

그렇게 얼마 달리지 않아서였다. 오른편 어느 울창한 숲 속에서 가느다랗게 사람 목소리가 들리는 듯했는데 신음 소리 같기도 했다. 그 소리를 듣자마자 돈 끼호떼는 말했다.

"하느님도 고마우시지, 아니, 이렇게 빨리 눈앞에 기회를 내려주실 줄이야. 이제야 비로소 기사의 책무를 수행하고, 그토록 꿈꾸던 소망의 결실을 얻을 기회가 생겼군. 보아하니, 이 소리는 틀림없이 곤경에 처한 여자나 남자의 목소리로 지금 내 도움과 구원을 청하고 있는 게야."

이렇게 말하고는 말고삐를 돌려 그 목소리가 들리는 쪽으로 로시난떼를 몰아갔다. 숲 속으로 들어서자 몇 걸음 떨어지지 않은 곳에 말 하나가 떡갈나무에 매여 있고, 그 옆 나무에는 한 열다섯살 쯤 되어 보이는 아이 하나가 웃통이 다 벗겨진 채 고래고래 소리를 지르고 있었다. 그도 그럴 것이 건장하게 생긴 농부가 혁대로 아이를 마구 두들겨패고 있었던 것인데, 때릴 때마다 농부는 뭐라고 꾸짖으며 충고를 했다.

"입 닥치고 눈 똑바로 뜨고 지켰어야지!"

그때마다 아이가 빌었다.

"다시는 안 그럴게요, 주인님! 정말 절대로 다시는 그런 일 없을 거예요, 나리! 앞으로는 정말 더 주의해서 양 떼를 지키겠습니다, 나리! 약속할게요."

이걸 지켜본 돈 끼호떼는 성난 목소리로 말했다.

"무례한 기사로고! 방어할 능력이 없는 자와 싸움을 벌이는 건 기사도에 어긋나도다. 어서 그대의 말에 올라 창을 잡으시오."

마침 말을 매어놓은 떡갈나무에 농부의 것인 창 하나가 있었다.

"내 그대에게 지금 하는 짓이 얼마나 비열한 행동인가를 가르쳐 주겠소."

농부는 기사 복장을 한 이상한 사람이 자기 얼굴에 창을 들이대자, 순간 죽었구나 하고 생각하고 공손하고 고분고분한 태도로 말했다.

"기사 나리, 지금 제가 벌주고 있는 이 아이는 제 하인으로, 제가 이 근방에서 기르는 양 떼를 지키는 일을 하고 있습니다. 그런데 이놈이 늘 딴 데 정신이 팔려서 날마다 양이 한마리씩 모자라지 않겠습니까. 그래서 제가 못된 짓 하지 말고 정신 차리라고 벌을 주니까, 또 이놈이 제가 저한테 줄 급료를 떼먹으려고 추잡한 짓을 한다고 지껄이지 뭡니까. 하느님을 두고 맹세하지만 이놈 말은 거짓말입니다요."

"거짓말? 내 앞에서 '거짓말'이라고 하다니, 이 어느 순 촌놈, 쌍놈 집안의 예의냐? 대낮에, 하늘에 해가 멀쩡히 빛나고 있는데 감히 '거짓'이라고 하다니, 이 창으로 네 몸이 두 동강이 나야 알겠느냐? 삯을 주지 않은 게 있으면 잔소리 말고 당장 지불해라. 그러지 않으면 하늘의 벌을 받을 것이다. 하늘은 처리할 일을 지금 이 자리에서 청산하고 끝내기를 바라노라. 그리고 곧바로 이놈을 풀어주도록."

농부는 머리를 숙이고 한마디 대꾸도 안하고 하인 아이를 풀어주었다. 돈 끼호떼가 아이에게 몇달이나 급료를 받지 못했느냐고 물었더니, 한달에 7레알[2]씩 아홉달이 밀려 있다고 했다. 돈 끼호떼가 계산을 해보니 총 73레알[3]이었다. 돈 끼호떼는 만약 죽고 싶지

---

2 '레알'(real)은 에스빠냐 은화로 34마라베디에 해당한다.
3 7×9=63이나 원서에는 73레알로 나와 있다. 작가의 실수이거나 인쇄과정의 오류

않다면 지금 바로 그 돈을 계산해주라고 농부에게 말했다. 농부가 신중하게 대답하기를 사정이 사정이고 약속도 한 만큼—아직 약속까지는 안한 처지였지만—돈은 주겠는데 급료가 그 정도는 아니고, 아이에게 신겼던 구두 세켤레와 아파 누웠을 때 피를 두번 뽑은[4] 비용인 1레알은 제해야 된다고 했다.

"그건 일리가 있구먼." 돈 끼호떼는 말했다. "하지만 그 구두나 치료비 문제는 그대가 죄없는 아이를 그만큼 두들겨팼고, 이 아이가 그대가 사준 구두를 찢었다 해도 그대는 이 아이의 몸을 찢어놓았으니 된 거 아닌가. 또한 간호사인가 간호부인가 하는 사람이 아픈 애한테 피를 두번 뽑았다면, 그대는 멀쩡한 애한테 지금 그 정도 피를 흘리게 하지 않았는가. 이렇게 따지면 이 아이가 그대에게 빚진 게 없는 셈이지."

"그건 좋고요, 문제는 제가 지금은 돈이 없거든요. 지금 당장 우리 집으로 간다면 1레알이건 2레알이건 여부가 있겠습니까, 다 지불하지요."

"제가 주인과 함께 다시 집으로 돌아간다고요?" 이름이 안드레스라는 아이가 말했다. "전 죽었습니다요. 안돼요, 꿈에라도 그럴 수 없습니다. 제가 혼자 있기만 해보세요. 그냥 그 자리에서 성 바르똘로메처럼 살가죽을 벗겨 죽일 겁니다."

"어찌 그러겠는가?" 돈 끼호떼가 나무랐다. "내 말을 지키도록 이 사람에게 명령했으면 됐지. 이 사람도 기사이므로 기사의 법도를 알 테고 약속까지 했으니, 급료는 지불하고 자유롭게 해주어야

일 것이다.
4 당시 의학지식상으로는 혈액량 과다가 만병의 근원이라고 보았기 때문에 피뽑기가 성행했다.

지."

안드레스는 말을 덧붙였다. "나리, 이분은 나리가 말씀하신 그런 기사가 아닙니다요. 기사도, 신사도 아닐뿐더러 그런 서품은 받아 본 적도 받을 생각도 없는 사람입니다. 이분은 끼따나르에 사는 유명한 부자 환 알두도란 분이거든요."

"알두도 집안에도 양반이나 기사가 있겠지. 또 그런 건 상관없어." 돈 끼호떼는 말했다. "더 나아가서 모든 인간은 다 인과응보야."

"그건 옳으신 말씀인데요." 안드레스가 말했다. "그런데 우리 주인은 무슨 업보가 그리도 많으신지 제 땀과 수고와 급료까지 안 주려고 할까요?"

"내가 언제 안 주겠다고 했느냐, 애야." 농부가 말했다. "네가 나하고 집에 가기만 하면 준다고 하지 않았느냐. 나는 약속한 대로, 세상에 법관이나 기사가 수천이 있다 해도 지불할 건 지불한다고 하지 않았느냐, 1레알이건 2레알이건 기분 좋게……"

"그 '기분 좋게'라는 말까지는 바라지 않소." 돈 끼호떼가 말했다. "기분 좋게 주려면 그 기분까지 돈으로 계산해서 주시구려. 그러면 되오. 약속대로 잘 이행하기를 바라겠소. 이행하지 않는 날엔 지금 약속대로 내가 다시 찾아와서 벌을 내릴 것이오. 그때는 도마뱀보다 더 좋은 기술로 숨어도 내 눈에 걸려들 것이오. 지금 약속을 이행하라는 명령을 정 못 믿겠다면, 이 말을 한 내가 누구인지를 밝히리라. 나로 말할 것 같으면, 용감한 기사 라 만차의 돈 끼호떼요. 무례와 불의를 용서치 않는 기사라오. 안녕히 계시길 바라며, 약속하고 맹세하신 걸 지키지 않으면 법대로 처벌이 가해질 것을 마음속에 잊지 마시오."

이 말을 하고 돈 끼호떼는 로신안떼에 박차를 가해 잠깐 사이에 두 사람과 멀어졌다. 농부는 돈 끼호떼가 멀어지는 것을 눈여겨보다가 숲 너머로 사라지자 하인 안드레스에게 다가가서 말했다.

"이리 와라, 얘야. 저 불의를 징벌하는 해결사님께서 명령하신 대로 너에게 밀린 빚을 갚아야지."

"그러실 줄 알았습니다." 안드레스가 말했다. "저렇게 훌륭한 기사님의 명령을 따르시겠다니 주인님께서는 참 잘 생각하신 것 같아요. 그분은 정말로 좋은 분이세요. 워낙 용감하고 좋은 재판관이시니까, 정말이지, 제가 급료를 못 받으면 다시 돌아오셔서 약속대로 복수를 해주시겠죠."

"나도 그렇게 생각해." 농부가 말했다. "하지만 아무리 생각해도 내가 너를 더 사랑하는 것 같구나. 네게 줄 돈을 좀더 늘리려면 빚을 더 불려야 하겠지?"

주인은 아이의 손을 잡아 다시 떡갈나무에 묶고는 죽도록 두들겨팼다.

"안드레스, 이제 어디 한번 '나리' 하고 불러보시지." 농부는 말했다. "남의 억울한 일을 해결해주신다는 '나리' 말이야. 내가 요렇게 두들겨패는 데는 해결책이 없을걸. 이 정도로 끝났다고 생각지 않는다. 지금 내 마음은 네가 그토록 두려워한 대로 당장 껍질을 벗겨버리고 싶은 심정이거든."

마침내 주인은 안드레스를 풀어주면서 그 사람이 말한 대로 법대로 처벌해줄 사람을 어디 가서 찾아보라고 했다. 안드레스는 울먹이면서 기어이 그 용감한 돈 끼호떼 기사님을 찾아가서 지금 벌어진 일을 낱낱이 고하겠다고 벼르면서 떠나갔다. 이 일을 알게 되는 날엔 주인은 일곱 배 이상의 죗값을 치르고야 말리라고 했지만,

그는 울면서 떠났고 주인은 남아서 웃고 있었다.

어쨌든 이것이 용감한 돈 끼호떼 기사가 처음 해결해준 억울한 사정이었다. 돈 끼호떼는 그 일을 해결하고 나니 무척 기분이 좋았다. 자신의 기사생활이 멋지고 훌륭하게 제대로 시작된 것 같아 아주 만족해하며 고향을 향해 길을 가면서 나지막이 중얼거렸다.

"오, 아름답고 또 아름다우신 엘 또보소의 둘시네아시여, 그대야말로 지상에 있는 모든 여자 중에서 가장 행복한 여자라고 불러도 과언이 아닐 것입니다. 그대야말로 오늘과 내일에 군림할, 가장 용감하고 가장 이름난 기사, 이 라 만차의 돈 끼호떼의 온 마음과 정성을 송두리째 휘어잡는 행운을 가지셨기 때문입니다. 세상 모든 사람이 다 알듯이, 이 돈 끼호떼는 어제 정식 기사 서품을 받았으며, 오늘은 이유없이 학대받는, 억울하고 부당한 사건 하나를 해결했습니다. 즉, 오늘 한 연약한 어린아이를 사정없이 두들겨패던 비정한 적의 손에서 그 채찍을 빼앗았습니다."

이때 그의 앞에 네 갈래로 갈라지는 길이 나왔다. 그러자 그에게는 옛날 방랑기사들이 길을 가면서 십자로가 나올 때 어느 길로 가야 할까 망설이며 점잖게 생각에 잠기던 모습이 떠올랐다. 그는 기사들의 모습을 따라 잠깐 멈추고는 한참 생각을 가다듬은 뒤 로신안떼의 고삐를 풀어주고 말이 가는 대로 길을 따랐다. 로신안떼는 처음 의도대로 자기 마구간이 있는 곳을 향해 갔다.

한 2마일쯤 갔을 때, 돈 끼호떼의 눈에 길게 줄지어 가는 많은 사람이 보였다. 나중에 알았지만 그 사람들은 무르시아로 명주를 사러 가는 똘레도의 장사꾼들로 모두 여섯이었는데 다 양산을 받치고 있었다. 뒤에는 말을 탄 하인이 넷, 옆에는 노새를 몰고 걸어가는 아이 셋이 함께였다. 돈 끼호떼는 그 일행을 보자 또다시 새로운 모험이 닥쳤다고 생각했다. 그는 될 수 있는 대로 자기가 기사소설에서 읽은 모든 행적을 따라해야겠다고 생각했는데, 그때 딱 떠오른 한가지 방법이 이런 경우에는 최고라고 생각되었다. 그래서 그는 점잖고 의젓한 태도로 말에 발을 꼭 붙이고, 창을 쥐고, 방패로 가슴을 가리고는 길 한가운데 서서 앞의 기사들이 다가오기를 기다렸다. 그는 그 사람들을 기사로 판단한 것이다. 그 일행이 그를 보고 들을 만한 거리까지 다가오자 돈 끼호떼는 목소리 높여 의젓하게 말했다.

"내 말을 들으시오. 라 만차의 왕후, 엘 또보소의 둘시네아 님은 이 세상에 둘도 없는 가장 아름다운 여인이오. 만약 이 사실을 인정하지 않겠다면 누구든 당장 그 자리에 멈추시오."

이 말소리를 들은 장사꾼들은 걸음을 멈추었는데, 보아하니 그런 말을 하는 사람의 몰골이 이상하기 그지없어 그 몰골과 말하는 소리로 보아 사람들은 그가 미쳤다는 걸 금방 알아챘다. 그러나 지금 자신들에게 인정하라고 한 말이 무슨 영문인지를 몰라 좀더 찬찬히 살펴보기로 했다. 그들 중 약간 짓궂은 사람 하나가 무척 점잔을 빼면서 한마디 했다.

"기사 나리, 저희는 그대가 말하는 그 귀부인이 어떤 분인지 모릅니다. 저희에게 그 부인을 보여주셔야 알지요. 그래서 그대 말씀대로 그분이 정말로 그렇게 아름다우시다면, 나리의 청이 정 그러하시니 저희도 지체없이 고백하리다."

"그분을 그대들에게 보여준다면," 돈 끼호떼가 호통을 쳤다. "그런 자명한 사실을 어찌하여 그대들에게 인정하라 하겠는가? 중요한 것은 보지 않고 믿어야 한다는 거요. 그렇게 믿고, 인정하고, 고백하고, 맹세하고, 받들겠다고 하지 않으면 지금 당장 나와 결투를 해야 할 거요. 이상하고 방자한 사람들 같으니라고. 지금 당장 기사도의 법도대로 한명씩 차례대로 덤비시오. 아니면 한꺼번에 다 덤벼도 좋소, 그대들같이 천한 무리의 버릇이나 관습이 그렇다면. 난 내가 한 말이 옳다는 것을 믿고 여기에서 당신들을 기다리겠소."

"기사 나리," 장사꾼이 말을 받았다. "여기 있는 모든 왕자님의 이름으로 부디 간청하건대, 우리들이 한번도 보지도 듣지도 못한 사실을 인정하라 하시니 양심이 허락하지 않고, 또 저희가 모시는 저 시골 에스뜨레마두라 여왕님, 알까리아 왕후님께 누가 될까 해서 청하니 부디 나리께서 콩알만 한 초상화 한점이라도 보여주셔야 실낱같은 확신이라도 얻어 안심하고 기분 좋게 말씀드릴 수가 있으며, 나리께서도 바라던 답을 얻으시니 만족하지 않겠습니까? 아직 저희 마음은 나리 편이니 나리께서 보여주시는 초상화의 여인이 한 눈이 애꾸이고 또 한 눈에서는 빨간 모래와 유황가루가 쏟아진다 할지라도, 어쨌든 저희는 나리의 마음을 기쁘게 해드리고자 원하시는 대로 모두 맞다고 말씀드릴 것입니다."

"쏟아지긴 뭐가 쏟아져, 이 발칙한 놈아!" 화가 머리끝까지 치민 돈 끼호떼가 소리쳤다. "네 말대로 귀부인의 눈에서 쏟아지는 것이 있다면 그건 솜털에 싼 사향이요, 호박색 보석일 것이다. 그 부인은 애꾸도 곱사등도 아니고, 곧기로는 과다라마의 실패보다도 더욱 곧은 분이시다. 하나, 너희들이 나의 아름다운 귀부인에게 그토록 엄청난 모독죄를 저질렀으니 어디 맛 좀 보아라!"

이렇게 말하면서 아까 입을 놀리던 자를 향하여 창을 아래로 겨누고 무섭게 치달았는데 분노에 찬 모습이 하도 맹렬해서 달리는 도중에 로신안떼가 돌에 부딪쳐 쓰러지지만 않았더라도 그 무엄한 장사치는 혼쭐이 날 뻔했다. 로신안떼가 나뒹굴어졌고, 말을 탄 주인 또한 들판을 한참 뒹굴었다. 돈 끼호떼는 일어나려 했지만 도저히 일어날 수가 없었으니 창이며 방패며 박차며 투구에다 그 옛날 갑옷의 무게 때문에 몸을 추스를 수가 없었던 것이다. 일어나려고 발버둥 쳤지만 뜻대로 되지 않자 땅에 누운 채로 계속 말을 해 댔다.

"비겁하게 도망가지 마라, 이놈들아, 비열한 놈들아! 지금 이리된 건 내 죄가 아니고 말 때문에 이리 누워 있는 것이니라."

일행 중에 노새를 몰고 다니던 머슴 하나가 짓궂은 마음이 들었는지 땅에 떨어진 불쌍한 늙은이가 떵떵거리는 소리를 듣자 그만 참지 못하고 대답 대신 옆구리를 내리찼다. 그러고는 더 가까이 다가가 창을 집어 박살을 낸 뒤, 그 몽둥이로 우리의 돈 끼호떼를 후려치기 시작했다. 얼마나 두들겨팼는지 비록 갑옷과 투구를 입었다고는 하나 온몸이 맷돌로 갈아놓은 몰골이 되었다. 그 머슴의 주인 되는 사람들이 소리소리 질러 그를 놓아주라고 했지만 총각은 열이 받아 있던 터라 자기 분이 다 풀릴 때까지 몽둥이를 놓지 않았다. 떨어진 다른 창 도막들까지 다시 주워 산산조각이 날 때까지 가련한 늙은이에게 매질을 퍼부었다. 폭풍우같이 쏟아지는 매질을 당하면서도 돈 끼호떼는 입을 다물지 않고 하늘과 땅을 두고 맹세코 이런 악당들을 절대 용서하지 않겠다고 소리를 질러댔다.

머슴도 지쳤고, 장사꾼들은 매 맞은 그 불쌍한 영감에 대한 이야깃거리 하나씩을 간직하고 가던 길을 다시 갔다. 영감은 마침내 혼자 남게 되자 다시 몸을 일으킬 수 있을까 하고 힘을 써보았는데 건강하고 아무렇지 않았던 아까도 일어나지 못했는데 이렇게 맞고 온몸이 박살이 났으니 몸을 추스를 수 있었겠는가? 그러나 방랑기사들에게 이런 불행쯤은 흔히 일어나는 일이라고 알고 있기에 그

만한 게 다행이라고 생각하고 모든 잘못은 말에게 덮어씌웠지만
온 몸뚱이가 녹초가 되어버려 도저히 일어날 수가 없었다.

5장

우리 기사의 불행한 사건에 대한 이야기가 계속되다[1]

결국 몸을 옴짝달싹할 수조차 없음을 알게 된 돈 끼호떼는 늘 하던 처방대로 일을 수습하는 수밖에 없었는데, 그건 읽은 책의 어느 대목을 생각해내는 것이었다. 그런 얼빠진 생각으로 문득 떠올린 것이 발도비노스와 만뚜아 후작께서 까를로또에게 당해 산중에서 쓰러져 있을 때의 일이었다. 아이들도 다 알고 어른들도 모르는 사람 없고 노인들까지 믿고 칭찬하는, 마호메트의 기적보다 진짜 실감나는 이야기였다. 돈 끼호떼에게는 이 이야기가 지금 당한 이 지경에 딱 들어맞는 가장 적절한 처방이라고 생각되었다. 그래서 가능한 한 슬픈 표정을 짓고 땅바닥을 뒹굴면서 상처 입고 쓰러진 그

---

1 이 장의 이야기는 작자 미상의 로만세 「로만세 단막극」(Entremés de los romances)에서 영감을 받았으리라는 게 통설이다. 한 농부가 로만세에 푹 빠져서 정신을 잃고 노래 속에서 좋아하는 영웅들을 모방하며 세상을 떠돌다 결국 돈 끼호떼처럼 몽둥이찜질을 당한다는 내용인데, 세르반떼스는 이 로만세에서 『돈 끼호떼』를 쓰는 데 필요한 많은 영감을 받았으리라 추측된다.

숲의 기사가 했다는 대로, 약하디약한 숨결로 중얼거렸다.

어디에 계시나이까, 나의 귀부인이시여,
그대는 나의 이 불행이 아프지도 않사옵니까?
아니면 모르고 계시온지요, 부인,
아니면 그대의 사랑은 거짓이오, 부정이오?

이렇게 돈 끼호떼는 그 로만세 구절을 읊어갔는데 마지막에는
이런 구절이 나왔다.

오, 존귀하신 만뚜아 후작님,
나의 육신의 주인이시며 삼촌 되시는 어른이시여!

이 구절을 읊조리고 있을 때, 우연히 한동네 이웃에 사는 농부
하나가 방앗간에 밀을 한 짐 져다주고 돌아오다 그곳을 지나게 되
었다. 농부는 길바닥에 돈 끼호떼가 자빠져 있는 것을 보고 다가와
서는 누구신데 어디가 아파서 그리 애통해하느냐고 물었다. 돈 끼
호떼는 그 사람이 틀림없는 자기 삼촌 만뚜아 후작일 거라고 믿고
로만세 노래에 나오는 대로 계속 대답을 해나갔다. 로만세에 나오
는 그대로 황제의 아들이 자기 아내와 사랑에 빠져서 자신은 울고
있노라고 불행을 이야기했다.
그런 엉터리 이야기를 듣고 농부는 놀랐지만 몽둥이질에 산산
조각이 난 투구의 턱받이를 벗기고 온통 먼지투성이인 얼굴을 닦
아주었다. 얼굴을 닦아내자 그가 누군지 알아본 농부가 말을 했다.
"끼하나 영감님!"─아마 돈 끼호떼가 정신이 총총하고, 방랑기

사가 되기 전 조용한 시골 귀족이었을 때의 이름인 듯하다—"누가 영감님을 이 꼴로 만들어놓았단 말이오?"

그러나 돈 끼호떼는 농부의 물음에 계속 로만세의 가사대로 답을 이어갔다. 그걸 본 농부는 온 힘을 다해서 가슴받이며 호구를 벗기고 몸에 상처가 났는가를 살펴보았는데, 몸에는 핏자국도 상처도 전혀 없었다. 농부는 돈 끼호떼를 땅에서 일으키려고 갖은 애를 써 겨우 자기 당나귀 위에 올려 태웠다. 그 당나귀가 기사의 말보다 더 의젓한 말 같았으니까. 그러고는 부러진 창 도막 등 무기들을 모두 주워 로신안떼 등에 묶고 로신안떼와 자기 당나귀의 고삐를 쥐고 마을로 걸어갔다.

돈 끼호떼가 중얼거리는 엉터리 소리를 들으며 농부는 생각에 잠겼다. 하도 두들겨맞고 녹초가 되어 당나귀 위에 몸을 지탱하기도 어려웠는지 돈 끼호떼도 잠자코 있었는데 가끔씩 하늘이 꺼질 듯 한숨을 내쉬곤 했다. 그 모습이 너무 처량해서 농부는 다시 그에게 어디 아픈 데 없냐고 묻지 않을 수 없었다. 그러자 또다시 무슨 귀신의 장난인지 조금 전에 했던 발도비노스의 이야기는 잊어버리고 그 정황에 딱 어울리는 로만세의 이야기가 돈 끼호떼의 머리에 떠올랐으니 안떼께라의 성주 로드리고 데 나르바에스가 무어족 영웅 아빈다라에스를 체포해서 자신의 성으로 데려갈 때의 일말이다.

그래서 농부가 몸이 어떠냐고, 어디 아픈 데는 없냐고 다시 묻자 포로가 된 아빈다라에스가 성주 로드리고에게 대답하던 말 그대로 똑같은 사설로 농부에게 대답했다. 그가 읽은 호르헤 데 몬떼마요르의 목가소설 『라 디아나』에 나오는 구절 그대로, 거기 쓰인 그대로 대답했다. 소설 속의 구절을 적당히 이용하여 말을 해대자, 농부는 그 바보 같은 미친 소리는 듣는 둥 마는 둥 그저 걷기만 했다. 이 것저것 하는 짓으로 보아 이 사람이 미쳤다는 것을 알고는 그 장황한 쓸데없는 소리가 자신의 신경을 돋우는 것을 참으면서 바삐 마을로 길을 재촉했다. 마침내 돈 끼호떼는 이렇게 말했다.

"돈 로드리고 데 나르바에스 나리, 귀하께서 아셔야 할 것은 제가 말씀드린 이 아빈다라에스의 연인, 아름다운 하리파 아가씨는 이젠 엘 또보소의 미녀 둘시네아로 바뀌었다는 겁니다. 이 새로운 여인을 위하여 저는 이 세상에서 전무후무한 위대한 기사도의 공적을 쌓아 그 부인께 바칠 것입니다."

이 말을 듣고 농부는 대답했다.

"이보시오, 나리. 정말 이러시겠소? 나는 돈 로드리고 데 나르바에스도 아니고 만뚜아 후작도 아니고, 나리 댁 이웃에 사는 뻬드로 알론소요. 나리도 발도비노스도 아빈다라에스도 아니고, 우리 동네 훌륭한 어르신 끼하나 영감님 아니시오."

"나는 내가 누군 줄 아오." 돈 끼호떼가 대답했다. "그리고 나는 내가 지금 말한 사람들보다 더 훌륭한 사람이 될 수 있다는 것도 알고 있소. 프랑스 왕을 옹위한 열두 귀족기사²보다, 저 유명한 아서 왕, 알렉산드로스 대왕, 샤를마뉴 대제, 율리우스 카이사르, 그 밖의 어느 기사보다 더욱 훌륭해질 수 있소이다. 그들 하나하나가 이룩한 공적도, 아니 그들 공적을 모두 합친다 해도 앞으로 내가 이룩할 공적을 따라가지 못할 것이오."

이런 이야기 저런 이야기로 사설을 나누면서 그들은 저녁이 다

---

2 프랑스 왕이 선발한 세계의 명기사 열두 명으로, 모두들 용맹성과 실력과 성격이 비슷하다고 해서 '빠르'(Par, 같은, 동급의)라는 존칭을 주었다. 민요나 기사소설에 자주 인용되는 인물들이다.

될 무렵 마을에 당도했다. 농부는 마을에 다 와서도 이 양반이 이 토록 두들겨맞아 꼴사나운 기사 몰골로 나타나는 것을 마을 사람들이 볼까 두려워 밤이 더욱 어둑어둑해지기를 기다렸다가 얼추 시간이 다 되었다고 생각될 즈음에야 마을로 들어갔다. 돈 끼호떼 집안에서는 난리가 벌어졌다. 그 집에는 돈 끼호떼의 절친한 친구들인 마을 신부와 이발사가 와 있었는데, 가정부가 그 친구들에게 소리소리 지르며 이야기를 하는 중이었다.

"글쎄, 우리 불쌍한 주인 양반의 이 어처구니없는 일을 어찌해야 되남요, 뻬로 뻬레스 수사 나리?—신부의 이름이 뻬로 뻬레스였다—벌써 사흘째나 그 양반도, 말도, 방패도, 창도, 갑옷도 보이질 않으니 말입니다. 아이구, 이렇게 멍청할 수가, 이제야 이해되기 시작하는데, 사람이 태어나고 죽는 것처럼 틀림없는 사실은 주인님이 붙들고 시도 때도 없이 읽어대던, 그 망할 놈의 기사도에 관한 책들이 그 양반 정신을 돌게 만든 거라고요. 이제 생각해보니, 그 양반이 늘 혼잣말로 그런 소리 하던 걸 들은 기억이 나네요. 당신께서도 방랑기사가 되어 집을 떠나 세상을 떠돌아다니며 모험을 찾아가야겠다는 말씀 말이에요. 그놈의 책들일랑 모두 사탄이나 악마들에게나 넘겨줄 것이지. 그래, 이 라 만차 지방에서 제일 섬세하고 훌륭하신 분의 지혜를 이렇게 엉망으로 망쳐놓고 말았다니……"

조카딸도 똑같은 말을 하고 한마디 덧붙였다.

"그런데 말이 났으니 말인데, 니꼴라스 선생님!—이발사의 이름이 니꼴라스였다—저의 숙부님께서는요, 그 빌어먹을 모험소설을 이틀 동안이나 꼬박 밤낮없이 읽어대곤 한 적이 여러번 있어요. 그러고 나면 손에서 책을 내던지시면서, 가짜 칼을 집어들고 사방의 벽을 향해 칼싸움을 벌이고, 그러다 지치면 당신이 탑만 한 커다란 거인을 넷이나 죽였다고 말씀하시곤 했어요. 또 지칠 대로 지쳐서 쏟아지는 땀을 보고는 당신이 결투로 입은 상처에서 나오는 피라고 하시는 거예요. 그리고 이내 커다란 물통의 찬물을 통째로 다 마시고는 정신이 들어 진정이 되시면 그 물이 대단한 마술사이며 당신의 친구인 에스끼펜가 뭔가 하는 현자가 떠다놓은 소중한 생명수라나요. 하지만 모든 게 소녀의 불찰이었어요. 미리 어른들께 숙부님의 미친기를 말씀드리지 못한 죄지요. 일이 이렇게까지 심해지기 전에 병을 고치고 이 마귀 같은 책들을 모두 불살라버렸어야 했는데…… 책들도 많기도 하지요, 요것들을 이교도 태워 죽이듯이 불구덩이에 집어넣었어야 했는데……"

"내 말도 그 말입니다." 신부가 말했다. "정말이지, 이 책들이 다른 사람들에게 알려지기 전에 하루빨리 화형시켜버려야 합니다. 또 혹시라도 다른 누군가 이 책들을 읽고 우리 친구에게 일어난 불행한 사태가 생긴다면 큰일이지요."

이 야단법석인 소리를 농부와 돈 끼호떼는 밖에서 다 듣고 있었다. 그제야 농부는 이 양반이 무슨 병에 걸렸는지 알아채고 일부러 소리쳐 말했다.

"여보시오, 문들 여시오. 발도비노스 나리와 만뚜아 후작님이 심한 부상을 입고 당도하셨소. 그리고 저 용감한 안떼께라의 성주 로드리고 데 나르바에스 나리가 무어족 장군 아빈다라에스를 체포하여 끌고 오는 중이외다."

이 고함 소리를 듣고 모두 밖으로 나와보니, 한 사람은 동네 친구요, 또 한 사람은 주인 나리이자 숙부인 것을 알았다. 나리는 아직 당나귀에서 내릴 힘도 없는지라 모두 달려가 그를 안아서 내렸다. 돈 끼호떼는 말했다.

"모두들 멈추시오. 난 지금 말의 실수로 부상을 심하게 입고 왔소. 날 침대로 데려다주고, 가능하면 용하다는 마술사 우르간다 여인을 불러서 내 상처를 살피고 치료하게 해주시오."

"저런, 세상에!" 가정부가 말했다. "내 짐작이 딱 맞았구먼. 나리가 저러다 무슨 일을 당할 줄 알았어! 자, 어서 올라오세요, 나리. 그 우르간단가 우거진가 하는 여자가 안 와도 여기서 다 치료해드릴 거구만요. 정말이지 그 빌어먹을, 천번만번 빌어먹어도 쌀 기사소설인가 뭔가 하는 것 때문에 우리 주인님이 이 모양 이 꼴이 되시다니요!"

사람들은 그를 곧 침대로 옮기고 상처가 있는지 살펴보았지만 다친 데는 하나도 없었다. 그러자 돈 끼호떼는 이 세상 어디를 가도 찾아보기 힘든 가장 사납고 어마어마하게 큰 거인 열명과 한판 승부를 벌이다 자기 말 로신안떼와 함께 땅에 심하게 굴러서 온몸이 으스러지기만 했을 뿐이라고 말했다.

"허헛!" 신부가 말했다. "도대체 어느 춤판에 거인들이 있다던가? 하늘을 두고 맹세하네만, 내 내일 밤까지 그놈들을 모두 잡아 태워죽일 걸세."

그들은 돈 끼호떼에게 질문을 수없이 퍼부어댔으나, 그는 한마디도 대답하지 않았고 바라는 건 오직 먹을 것과 잠 좀 자게 해달라는 것뿐이라 했다. 그게 지금 가장 필요한 약이었으므로 모두 그말을 들어주었다. 신부는 농부에게서 돈 끼호떼를 만났을 때의 이야기며 자초지종을 다 들었다. 농부는 그를 만났을 때 그가 하던 헛소리와 데리고 오던 길에 내뱉던 말까지 모두 이야기해주었다. 이야기를 다 들은 신부는 다음 날 자기가 하려는 계획에 더욱 확신

을 갖게 되었고, 이튿날 친구인 이발사 니꼴라스를 불러 돈 끼호떼
의 집으로 왔다.

6장

신부와 이발사가 이 기발한 시골 양반의
서재를 뒤지면서 일어난 엄청나게 멋진 이야기

돈 끼호떼는 아직도 자고 있었다. 친구들이 돈 끼호떼의 조카딸에게 망령이 들게 한 그 책들이 있는 서재 열쇠를 달라고 하자 조카딸은 두말없이 얼른 열쇠를 내주었다. 모두들 서재 안으로 들어갔는데 가정부도 따라 들어왔다. 장정이 잘된 커다란 책만 해도 백 권이 넘었고, 거기에다 작은 책들까지 빽빽이 쌓여 있었다. 가정부는 그 책들을 보자 그대로 황급히 방을 뛰쳐나가서는 성수 한 바가지와 나뭇가지를 들고 다시 와서 말했다.

"신부님, 이것 좀 받으시지요. 요걸 이 방 구석구석에 좀 뿌리시고, 책에 묻어 있는 그 많은 요귀를 몰아내셔야지요. 요놈들을 우리 뜻대로 내쫓지 못하고 거꾸로 요놈들에게 붙들리면 우리가 끝장이 난다니까요."

가정부의 소박한 말에 신부는 웃으면서 이발사에게 책을 빼놓지 말고 하나씩 자기에게 넘기라고 했다. 혹시 불에 처넣지 않아도 될 책들이 있을까 해서 무슨 내용인지 먼저 알아보고 싶어서였다.

"안돼요, 모두 없애버려요." 조카딸이 말했다. "하나도 남겨둘 필요 없어요. 모든 책이 다 아저씨를 미치게 했으니, 모조리 창문 밖 마당으로 던져버려요. 마당에 차곡차곡 쌓아서 불을 붙이는 게 좋겠죠. 아니, 뒤뜰로 가지고 가서 모닥불을 피우든지…… 그러면 연기가 나도 사람들이 덜 괴로울 테니까."

가정부도 그 말에 동의했으니 그 죄없는 책들을 죽여 없애버려야 한다는 게 두 여자의 마음이었다. 그러나 신부는 생각이 달라서 먼저 그 책들의 제목이라도 읽어보자는 것이었다. 이발사 니꼴라스가 제일 먼저 손에 건네준 책은『골 지방의 아마디스』[1]였다. 신부는 말했다.

"정말로 신기한 게 이 책이란 말씀이야. 내가 듣기로는, 이 책이 에스빠냐에서 찍은 첫번째 기사소설인데, 그뒤 다른 모든 기사소설이 이 책을 본뜨고, 아마디스에 관한 수많은 이야기를 만들어냈거든. 이런 나쁜 풍조를 만들어낸 원흉이 바로 이 책이니만큼 이건 당연히 화형시켜야 마땅해."

"아니되지요, 신부님." 이발사가 말했다. "저도 들은 바가 있는데 그래도 기사소설이라고 쓴 책 중에서는 이 책이 최고라 하더군요. 그러니 이런 책 중에서 유일하게 남겨두어야 할 게 이 책 같네요."

"하긴 그렇군." 신부가 말했다. "그렇다면 우선 이 책은 살려두지. 어디 그 옆에 있는 다른 책을 좀 보세."

---

1 돈 끼호떼가 가장 열심히 모방한 기사가 '골 지방의 아마디스'이다.『네권의 덕망 높은 골 지방의 아마디스』(*Los cuatro libros de Amadís de Gaula*)가 이 유명한 기사들, 아마디스 가문 이야기의 첫 씨리즈이다.

"이것은," 하고 이발사가 말했다. "아마디스의 아들인 『기사 에스쁠란디안 영웅전』이군요."

"사실 이 책은," 하고 신부가 말했다. "자기 아버지 책과 같은 대우를 해줄 순 없겠지? 가정부 아주머니, 자, 받아요. 그 창문 열고 이 책을 마당으로 던져버려. 앞으로 모닥불을 많이 피워야 할 텐데 불쏘시개로 이 책부터 시작하자고."

가정부가 기분 좋게 그걸 받아 내던졌고 그 알량한 기사 에스쁠란디안은 마당으로 날아가 나둥그러져 꾹 참고 이제 곧 닥칠 화형식이나 기다릴 수밖에 없었다.

"자, 또 보자고." 신부가 말했다.

"이 책은 『그리스의 아마디스』인데요, 이쪽에 줄줄이 꽂혀 있는 책들은 모두 아마디스 가문의 무용담들 같습니다" 하고 이발사가 말했다.

"그럼 모두 마당으로 던져버리라고!" 신부가 말했다. "삔띠끼네스뜨라 여왕도, 목동 다리넬과 그가 부른 목가들도, 그 작가라는 자의 괴상망측한 빌어먹을 소리들은 모두 태워버리라고. 방랑기사라는 말만 나오면 내 아버지라도 모두 다 태워버릴 판이니……"

"저도 동감이올시다." 이발사가 말했다.

"제 생각도요." 조카딸도 한마디 거들었다.

"그렇고말고요," 하며 가정부가 말을 이었다. "자, 이리들 줘요, 모두 마당으로 버리자고요."

책들을 넘겨주었는데 엄청나게 많아서 가정부는 계단을 내려갈 필요도 없이 그대로 창문 밖 아래로 내던졌다.

"그 덩치 큰 책은 또 누구 이야기지?" 신부가 물었다.

"이건," 이발사가 대답했다. "『돈 올리반떼 데 라우라』[2]의 이야기인데요."

"이 책의 작가는," 신부가 말했다. "『꽃밭』이라는 책도 썼지. 사실 두 책 중 어떤 책 내용이 더 진짜인지 아무도 몰라. 굳이 더 좋은 책이라고 한다면 아마 거짓말이 좀 덜 들어 있다고나 해서일까. 내 이야기는, 이런 말도 안되는 소릴 떠벌리는 것들은 그냥 마당으로 던져버리라는 말이지."

"다음 책은 『이르까니아 지방의 플로리스마르떼』³인데요." 이발사가 말했다.

"거기에 플로리스마르떼 기사님이 계셔?" 신부가 다그쳐 물었다. "그 사람 이야기라면 당장 마당으로 버려. 이상한 출생의 비밀에다 꿈같은 모험담이 많지만, 문체가 맛대가리 없고 딱딱해서 형편없는 책이야. 아주머니, 다른 책들하고 같이 마당으로 던져버려요."

"말씀만 하십시오, 나리"라고 답하며 가정부는 정말 신이 나서 시키는 대로 내던졌다.

"이 책은 『기사 쁠라띠르』⁴군요." 이발사가 말했다.

"그건 오래된 책이구먼" 하고 신부가 대꾸했다. "내 생각엔 일말의 가치도 없어. 딴소리 말고 던져버려."

그 책도 그렇게 처리되고 다른 책을 펼쳤는데, 제목이 『십자가의

2 안또니오 데 또르께마다(Antonio de Torquemada)의 『무적의 기사 돈 올리반떼데 라우라의 이야기』(*Historia del invencible caballero don Olivante de Laura*, Barcelona: 1564)를 말한다. 또다른 작품 『꽃밭』(*Jardin de flores*)은 1570년 작품이다.

3 원제가 *Florismarte de Hircania*인 이 책은 1556년 바야돌리드에서 출판된 것으로 저자는 오르떼가(Mechor Ortega)이며, 한 영웅이 수백만이 넘는 적을 물리친다는 엉터리 기사소설이다

4 작자 미상의 『매우 용감한 기사 쁠라띠르 이야기』(*Crónica del muy Valiente y esforzado caballero Platir*, Valladolid: 1533).

기사』[5]라는 책이었다.

"이렇게 성스러운 이름을 가졌으면 좀 무식해도 용서할 수도 있지만 '십자가 뒤에는 꼭 악마가 도사리고 있는 법'이라는 말도 있지. 별 볼일 없는 책이야. 화형시켜."

이발사가 다른 책을 들고 말했다.

"이 책은 『거울의 기사』[6]인데요."

"아, 이분이야 내 익히 알고 있지." 신부가 말했다. "레이날도스 데 몬딸반께서 도둑 중에 도둑인 동료들, 친구들, 그리고 열두 영웅과 진짜 역사가인 뚜르뻰과 함께 일을 벌인 책이구먼. 내 벌써부터 놈들을 이 땅에서 영원히 추방해야 한다고 생각하던 참이었지. 비록 마뗴오 보이아르도라는 유명한 작가의 창의력이 좀 돋보이고, 또 우리의 시인 루도비꼬 아리오스또[7]께서도 이 책에서 영감을 얻어 글을 쓰기도 했지만 말씀이야. 하지만, 아무리 위대하신 아리오스또 님의 책이라도 여기 이 책처럼 자기 나라 말인 이딸리아어로 되지 않은 책은 전혀 존경할 가치가 없어. 진짜 자기 나라 말로 쓰인 책이라면 내 머리맡에 놓고 모시겠지만……"

"내가 보고 있는 이 책은 이딸리아 말인데요." 이발사가 말했다.

---

5 『레뽈레모 이야기』(*Crónica de Lepolemo*, Valencia: 1521)를 말하며 '십자가의 기사'(*El Caballero de la Cruz*)로도 불린다.

6 1533년 쎄야에서 출판된 『거울의 기사』(*El Espejo de Caballerías*)를 말한다. 뻬드로 로뻬스 데 싼따 까딸리나(Pedro López de Santa Catalina)를 시작으로 여러 지역에서 출판되었으나, 여기서는 『사랑에 빠진 오를란도』(*Orlando Enamorado*)의 1~3권을 암시한다. 신부의 말대로 마뗴오 보이아르도(Matteo Boiardo)의 『사랑에 빠진 오를란도』는 충실한 번역이 아니었다.

7 루도비꼬 아리오스또는 세르반떼스가 자주 인용하고 돈 끼호떼가 모방을 일삼은 『성난 오를란도』의 작가이다. 이 책 「『라 만차의 돈 끼호떼』에 바치는 글」 각주 3 참조.

"그런데 한마디도 모르겠어요."

"그 글을 안다고 해도 이 책은 나빠." 신부가 덧붙였다. "만약 이 분을 에스빠냐에 끌어오지만 않았다면 목숨은 살려줄 수 있겠지. 에스빠냐 말로 옮기다보니 원작이 가지고 있는 가치가 전부 사라져버렸다 이거야. 시로 쓰인 책을 다른 나라 말로 옮기려고 하면 항상 그리될 수밖에 없거든. 아무리 조심을 하고 재주를 부려도, 처음 원작이 지니고 있던 맛이나 내용에는 미치지 못하니까. 내 말인즉, 이 책이나 프랑스의 명기사들을 다룬 책들은 있는 대로 찾아내서 마른 구덩이에 끌어모았다가 어찌해야 하는가를 좀더 생각해보아야 한다 이 말씀이야. 그러나 시중에 돌아다니는『베르나르도 델 까르삐오』⁸나 소위『론세스바예스』⁹라고 하는 다른 책들은 예외지. 그 책들은 내 손에 들어오기만 하면 바로 아주머니 손으로 넘겨. 사정없이 화형이야."

이발사도 당연히 그렇게 해야 한다며, 그 말씀이 정말 적절한 조치라고 맞장구를 쳤다. 신부가 워낙 신앙심이 돈독하고 또한 진실을 사랑하는지라 세상 모든 일에 대해서 틀린 말 하지 않는다는 것을 알기 때문이었다. 이발사가 다른 책을 펴들었더니『올리바 지방의 빨메린』¹⁰이라고 쓰여 있었고, 그 옆엔『영국의 빨메린』¹¹이라는

8 아구스띤 알론소(Agustín Alonso)『놀라운 기사 베르나르도 델 까르삐오의 공훈과 업적 이야기』(Historia de las hazañas y hechos del increíble caballero Bernardo del Carpio, Toledo: 1585).

9 프란시스꼬 가리도 비예나(Francisco Garrido Villena)『프랑스의 열두 기사의 죽음을 가져온 론세스바예스의 유명한 전투의 진정한 승리』(El verdadero suceso de la famosa batalla de Roncesvalles con la muerte de los doce Pares de Francia).

10 원제는 Libro del famoso caballero Palmerín de Oliva로 '기사 빨메린' 씨리즈의 첫 작품이며, 1511년 쌀라망까에서 출간되었다.

11 프란시스꼬 데 모라에스 까브랄의『영국의 매우 용맹한 기사 빨메린 이야기』를

책이 또 있었다. 그걸 조예가 깊으신 신부님이 또 보더니 말했다.

"그 '올리바'인지 '올리브 열매'인지는 당장 조각조각 내서 재도 안 남도록 태워버려야 해. 그러나 그 '영국의 빨메린'인가 '빨마 야 자수'인가는 유일본이니 잘 간직해두어야 할 거야. 알렉산드로스 대왕이 다리오의 전리품 속에서 발견해서 시인 호메로스의 작품을 간직하려고 빼앗았던 그런 상자 같은 걸 하나 만들어 보관해두어야 한단 말일세. 여보게, 친구. 이 책이야말로 두가지 점에서 중요하네. 첫째는 책 자체가 대단히 훌륭하다는 것이고, 둘째는 이 책을 쓴 작가가 뽀르뚜갈의 어진 임금이었다고 전해지기 때문이지. 미라과르다 성의 모든 모험은 정말 잘 썼고, 내용도 매우 좋아. 아주 적절한 표현과 해박한 지식에다 말하는 사람의 품위를 지키는 사려 깊은 궁중 말씨들이 또 아주 명확하거든. 그래서 내 말은, 이발사 선생 그대만 좋다면 이 책과 『골 지방의 아마디스』만은 화형에서 면제해주고 싶어. 다른 책들이야 더이상 볼 필요도 없이 그냥 사형이지, 뭐."

"아닙니다." 이발사가 나섰다. "지금 제가 집어든 책은 저 유명한 『돈 벨리아니스』[12]인뎁쇼."

"하지만 그 책은," 하고 신부가 맞받았다. "2, 3, 4부가 모두 지나치게 분통을 터뜨리는 장면이 많아서 좀 진정제를 써야 할 필요가 있을 거야. 그 책에서 '명예의 성' 부분은 모두 떼어내야 되고, 그외에도 더 중요한 과오들이 많지. 그 흠들을 일일이 다 고치려면 허송세월까나 해야 할 텐데, 그걸 모두 수정한다면 자비로운 판단을

가리킨다.

12 헤로니모 페르난데스의 『용감하고 놀라운 그리스의 왕자 돈 벨리아니스의 첫 이야기』를 가리킨다.

기대할 수도 있겠지. 어쨌든 그러기 전에 우선 친구 자네가 집에 보관하고 아무에게도 읽혀서는 안될 걸세."

"그게 좋겠군요." 이발사가 말했다.

그러고는 더이상 기사소설들을 들춰보는 것도 힘들 것 같아서 가정부에게 그 큰 책을 모두 마당에다 갖다 내버리라고 부탁했다. 가정부도 마침 그것들을 모두 불태워버리고 싶던 차라 부탁에 대한 답을 기다릴 필요도 없었다. 당장 크고 얇은 보자기 하나를 펼치더니 한꺼번에 거의 여덟권이나 싸서는 창문 밖으로 던졌다. 하도 많은 책을 싸다보니 한권이 이발사의 발밑으로 떨어졌다. 누구 책인지 궁금해서 이발사가 집어보니 『백의의 기사 띠란떼의 용감하고 놀라운 다섯권의 이야기』[13]였다.

"저런!" 신부가 큰 소리를 질렀다. "여기에 백의의 기사 띠란떼가 계시다니! 어디 이리 줘봐요. 친구, 이건 내가 한때 아주 재미있게 읽었던 책이로구먼. 한동안 이 책에 심취했었지. 그 용감한 기사 돈 끼리엘레이손 데 몬딸반이 있고, 그 아우 또마스 데 몬딸반과 기사 폰세까도 있구먼. 그리고 에스빠냐에 침입했던 알라노족과 용감하게 싸운 유명한 기사 띠란떼의 싸움 이야기도 나오고, 쁠라세르데미비다[14]란 묘한 이름을 가진 처녀의 재치있는 말씨와 레뽀사다 과부의 내숭도 재미있지. 그리고 자기 하인 이뽈리또에게 반한 왕후의 이야기도 있고. 정말이지, 이 친구야, 이 책이야말로 세상에서 제일 잘 쓴 책일세. 말하자면 이 책에서는 기사들이 밥도 먹고, 잠도 자고, 죽기도 하고, 죽기 전에 물론 유언도 하고, 모든 걸 보통 사람 하는 짓 그대로 하는 거야. 수많은 기사소설에 나오는

---

13 *Los cinco libros del esforzado e increíble caballero Tirante el Blanco*, Valladolid: 1511.
14 Placerdemivida. '내 인생의 행복'이란 뜻이다.

허무맹랑한 이야기들과는 달리 말이야. 이 책을 쓴 사람은, 기사를 평생 동안 뱃일을 하게 한다든지 강제노동을 하게 한다든지 하는 식으로 일부러 과장하거나 미친 짓을 하게 하지는 않았지. 집에 가져가서 읽어보면 내가 한 말이 모두 사실이란 걸 알게 될 걸세."

"사실이겠지요." 이발사가 대답했다. "하지만, 여기 남은 이 작은 책들은 어떻게 하지요?"

"이 책들은," 하고 신부가 말했다. "기사소설이 아닌 것 같아. 시집일 거야."

그러고 한권을 꺼내 펼쳤다. 호르헤 데 몬떼마요르의 『라 디아나』라는 목가소설이었다. 다른 책들도 다 같은 종류일 거라 생각한 신부가 말했다.

"이 책들은 다른 것들처럼 태울 필요는 없다네. 기사소설처럼 피해를 주지는 않으니까 아무 해가 없을 거야. 다른 이들에게 해를 주지 않는 편견없는 지혜로 가득한 책이거든."

"아이고, 나리!" 조카딸이 소리쳤다. "다른 책들처럼 모두 다 태워버리라고 하셔도 좋을 텐데요. 뭐, 우리 아저씨가 기사병이 다 낫고 나서는 이 책들을 읽고는 이제는 목동이 되어 숲이나 초원으로 나돌아다니며 악기를 타고 노래나 부르겠다고 하시면 그런 난리 또한 없을 텐데요. 그보다 더 큰 일은, 이제 시인이 되겠다고 하시면 어떡해요. 사람들 말로는 시인병이야말로 한번 붙으면 안 떨어지는 불치병이라고 하던데요."

"이 아가씨 말도 맞구먼." 신부가 말했다. "우리 친구에게 앞으로 또 이런 변괴나 발작이 일어나게 해서는 안되지. 그럼 몬떼마요르의 『라 디아나』부터 시작해볼까. 내 생각에는 불태울 필요까지는 없다고 보는데, 다만 현녀 펠리시아의 이야기나 마술의 샘이 나오는 부분, 그리고 그뒤의 시구들은 없애버렸으면 좋겠어. 이런 책 중에서 그래도 가장 먼저 나온 작품이니 명예는 남겨두어야 하지 않겠소?"

"여기 다음 책은," 하고 이발사가 말했다. "쌀라망까 작가가 낸 소위 『라 디아나』 속편이라는 책하고, 또 다음 책은 제목은 같은데 작가가 힐 뽈로네요."

"그 쌀라망까 작가가 쓴 책은 마당살이를 하는 책들과 동료가 되어 운명을 같이하라 하고, 힐 뽈로의 것은 아폴론 신의 책처럼 귀중하게 간직해야 할 거야. 그리고 더 보자고. 친구, 좀 서둘러야 되겠어. 시간이 꽤 됐어."

이발사가 다른 책을 펴면서 말했다. "이것은 『사랑의 운명에 관한 열권의 책』이라는 이딸리아 싸르데냐의 시인 안또니오 데 로프라소의 책이군요."

"내가 신부의 명예를 걸고 한마디 하면 이 세상에 아폴론이 아폴론이고, 예술의 신 뮤즈가 뮤즈이고, 시인들이 정말 시인들이었던 때부터, 세상에 이렇게 엉터리같이 웃기는 책은 한번도 쓰인 적이 없었다네. 어떻든 그 방면으로는 최고의 책이고, 이런 종류의 글로 세상에 나온 모든 책 중에서 유일한 걸작이지. 이 책도 안 읽어봤다면 세상에 재미있는 책이란 한권도 안 본 사람이라고 해야 할 거야. 그 책 이리 줘봐요, 친구. 정말이지 저 유명한 피렌쩨산産 최고 승복을 준다고 해도 이 책을 얻은 기쁨만큼은 못할 걸세."

신부는 매우 기뻐하며 그 책을 받아 따로 놓아두었다. 이발사는 계속 이야기했다.

"다음은 『이베리아 목동』 『에나레스 강의 요정들』 『질투의 환멸』인뎁쇼."

"그 책들은 더이상 볼 필요도 없어." 신부가 말했다. "당장 아주 머니의 세속의 품으로 넘겨주면 돼. 그리고 왜냐고 꼬치꼬치 묻지 말게. 일일이 대답하려면 끝이 없으니까."

"이번 책은 『필리다의 목동』입니다."

"그 친구는 목동이 아니야." 신부가 말했다. "목동이 아니라 아주 점잖은 궁정관료이지. 보물 간직하듯이 소중히 보관하게."

"그다음에 여기 이 커다란 책은," 하고 이발사가 말했다. "제목이 『다양한 시의 보고』라고 되어 있는데요."

"그 다양한 시가 그토록 많지만 않았더라도," 신부가 말을 이었다. "더욱 칭찬받았을 텐데, 좋은 작품들 중에서 천박한 것들은 좀 걸러내야 될 걸세. 간직하라고. 그 저자가 또 내 친구 아니겠는가. 그 책보다 다른 영웅적인 쟁쟁한 책들도 쓴 사람 것이니 예의는 갖춰야지."

"이것은," 이발사가 말했다. "로뻬스 말도나도의 『소곡집』[15]인데요."

"그 책의 저자도," 하며 신부가 말을 이었다. "나의 친한 친구일세. 그 사람이 하는 시 낭독을 들을라치면 감동 안하는 사람이 없지. 시 읊조리는 목소리가 너무 부드럽고 매혹적이거든. 목가 형식의 시 중에는 좋은 것들이 더러 있지만 많지는 않아. 좋은 것들 몇 편과 함께 간직하라고. 그런데 그 옆에 있는 저 책은 또 뭐지?"

"미겔 데 세르반떼스라는 사람의 『라 갈라떼아』[16]라는 책인데

---

15 가브리엘 로뻬스 말도나도(Gabriel López Maldonado)의 『소곡집』(El Cancionero) 은 1586년에 마드리드에서 나왔으며, 특히 세르반떼스 자신도 이 책 만들기에 참여했다.
16 세르반떼스 소설 속에 세르반떼스 자신의 목가소설을 등장시켰다. 『라 갈라떼아』(La Galatea, Alcalá: 1585)는 계속 2권이 나온다고 했으나 출판된 적은 없고 원

요." 이발사가 말했다.

"아, 그 세르반떼스라는 친구, 오래전부터 나와 아주 절친한 사이지. 내가 알기로는, 그 사람은 시 쓰는 일보다는 불행에 더 이력이 나 있는 것 같아. 이 친구 책은 무언가 독창성이 보이긴 해. 하지만 시작만 해놓고 무엇 하나 끝내놓은 게 있어야지. 속편이 나올 거라고 했으니 어디 기다려봐야지. 그때 수정을 좀 해서 내면 지금까지 냉대하던 행운의 신이 그 친구에게 자비를 베풀지도 모르지. 그때까지는 우선 이 책을 자네 집에다 간수해놓도록 하게, 친구."

"그렇게 하지요." 이발사가 답했다. "그리고 또 여기에도 세권이 있는데요. 알론소 데 에르시야의 서사시『라 아라우까나』, 꼬르도바의 배심관 환 루포의『라 아우스뜨리아다』, 발렌시아 시인 끄리스또발 데 비루에스의『엘 몬세라떼』입니다."

"그 세 책은 모두," 신부가 말했다. "에스빠냐어로 쓴 영웅서사시로는 최고의 걸작들이어서 이딸리아의 유명한 대서사시들과 견줄 만하지. 에스빠냐가 낳은 가장 좋은 걸작시들이니까 잘 보관하시게."

신부는 더이상 책을 볼 기운이 없어서 그밖의 다른 책들은 모두 불사르라고 할 참이었다. 그때 이발사가 또 책 한권을 들고 있었는데, 책 제목이『안젤리까의 눈물』[17]이었다.

고가 유실된 듯하다.『돈 끼호떼』가 출판되기 전에 세르반떼스가 발표한 유일한 소설이 바로 이 목가소설인데, 위에 언급한 자평으로 보아 큰 성공을 거두지는 못했고, 세르반떼스는『돈 끼호떼』가 출간되는 1605년까지 이십년 동안 좌절에 빠져 지낸 것으로 보인다.

17 루이스 바라오나 데 쏘또(Luis Barahona de Soto)『안젤리까의 눈물』(*Las lágrimas de Angélica*). 1586년 그라나다에서 출판되었다. 아리오스또의『성난 오를란도』의 여주인공 안젤리까는 옛 중국에서 왔다는 미녀 중의 미녀로, 지극히 아름다운 여인, 무정한 여인의 상징이며, 에스빠냐 황금기에 많은 시인의 영감을 불러일으

"이거 정말 내가 통곡할 뻔했구먼," 신부가 그 이름을 듣고 말했다. "만일 내가 그런 책을 태워버리게 했다면 말일세. 그 작가로 말하자면 우리 에스빠냐에서뿐만 아니라 세계에서도 이름난 시인 중의 한 사람이지. 오비디우스의 이야기 몇편 번역한 것도 정말 훌륭하더구먼."

킨 뮤즈이기도 하다. 세르반떼스의 절친한 친구이며 적이기도 했던 로뻬 데 베가도 『안젤리까의 아름다움』(*La hermosura de Angélica*, 1602)이라는 작품을 썼다.

7장

우리의 기사 라 만차의 돈 끼호떼가
두번째로 출정한 데 대하여

바로 이때였다. 갑자기 돈 끼호떼가 고래고래 소리를 지르기 시작했다.

"여기다, 여기야, 용감한 기사들아! 여기가 바로 그대들의 힘찬 팔뚝 힘을 과시할 수 있는 장소야. 지금 궁중무신들이 결투의 최고 상을 모두 휩쓸어가고 있다."

이 야단법석과 소란스러운 소리에 달려가느라고 남아 있는 책들을 더이상 검토할 시간도 없었다. 나중에 안 바로는 돈 루이스 데 아빌라가 쓴 『라 까롤레아』와 『에스빠냐의 사자』 그리고 『제왕의 행적』이 보지도 못한 채 불구덩이로 사라졌다. 이 책들이야말로 틀림없이 남아 있어야 할 책들이었는데, 만약 신부가 이 책들을 미리 보았다면 그런 무서운 화형에는 처하지 않았으리라.

그들이 돈 끼호떼가 있는 방으로 갔을 때, 그는 벌써 일어나 있었다. 계속 미친 듯이 소리소리 지르며 사방을 향해 좌우로 칼을 휘두르고 있었는데, 전혀 잠을 자지 않은 사람처럼 완전히 깨어 있었다. 그들은 돈 끼호떼를 껴안아 억지로 다시 침대에 눕혔다. 약간 진정을 한 돈 끼호떼는 신부 쪽으로 고개를 돌려 입을 열었다.

"정말이지, 뚜르뻰 대승정님! 세상에 이름을 떨친 우리 열두 기사라는 사람들이 이번 결투에서 저따위 궁중기사들에게 이렇게 형편없이 승리를 넘겨준다는 것이 통탄스럽습니다. 이미 지난 사흘간의 경기에서 우리 투사들이 그토록 명성을 날리고도 말입니다."

"조용히 좀 하시게나, 이 친구야." 신부가 말했다. "운이란 이럴 수도 있고 저럴 수도 있지. 모두 다 하느님께서 정하시는 일 아닌가. 오늘 지더라도 내일 또 이기면 되는 일, 그대는 지금은 우선 건강이나 돌보시게. 내 생각엔 지나치게 피로한 모양이구먼, 아니면 큰 상처를 입었든지."

"상처 정도가 아니외다." 돈 끼호떼가 말했다. "깨어지고 부서지고 박살이 났사옵니다. 그걸 누가 부정할 수 있겠습니까. 그 돈 롤단¹이란 기사가 상수리나무 몽둥이로 나를 죽어라고 두들겨팼으니 이 꼴이 됐지요. 순전히 나의 명예를 질투해서 말입니다. 내가 자신과 용맹을 겨룰 유일한 적수라고 본 거지요. 하지만 내가 이 침대에서 몸만 일으키면 기어이 복수하고야 말 것입니다. 그러지 않으면 내 이름이 레이날도스 데 몬딸반이 아니지요. 그놈이 아무리 요술을 건다 해도 상관없습니다. 하지만 우선 먹을 것이나 좀 가져다주시오. 그게 지금 내게 가장 긴요한 일인 것 같소. 그리고 그 복수건은 내가 책임질 테니 걱정하지 마시오."

---

1 프랑스의 무훈시 『롤랑의 노래』에서 롤랑(Roland)은 에스빠냐에서는 '롤단'(Roldán)이라 했고, 이딸리아에서는 작가 아리오스또나 보이아르도가 '오를란도'(Orlando)라고 불렀다. 라틴어 이름으로는 '로똘란도'(Rotolando)가 된다.

그들은 돈 끼호떼가 시키는 대로 우선 먹을 것을 가져다주었다. 그는 다시 잠이 들었고, 사람들은 그가 미친 데에 다시 놀랐다.

그날 밤 가정부는 온 집 안과 마당에 있는 모든 책을 불살랐다. 일이 예정대로 진행되었더라면 청사에 길이 빛날 사건으로 기록됐을 텐데, 책들을 검사한 검찰관들의 근무태만 때문인지 그리되지 아니하고 일은 뒤틀어졌다. 결과적으로 '인과응보'라는 법칙대로 나아갈 수밖에 없게 되었다.

그리하여 이발사와 신부가 친구의 노망을 치유하고자 내린 처방 하나가 책이 있던 서재의 문을 막고 벽을 봉해버리는 것이었다. 돈 끼호떼가 깨어나도 책들을 찾지 못하도록 하고—그러니까, 원인을 없애면 결과가 생기지 않을 것 아니냐는 생각이다—만약 책에 대해서 물으면 어느 마술사가 마술로 서재며 모든 것을 다 가져가버렸다고 대답하도록 했다. 이틀이 지나자 돈 끼호떼가 병상에서 일어났다. 그리고 제일 먼저 찾은 게 자기 책들이었는데, 그는 서재가 보이질 않자 이곳저곳 찾으러 다녔다. 늘 서재 문이 있었던 곳으로 와서 손으로 만져보고는 몇번이나 사방을 두리번거리다가 한참이 지난 뒤에 가정부에게 서재 있는 곳이 어느 쪽인지를 물었다. 이럴 때 무어라고 대답할지 충분히 교육받은 가정부는 돈 끼호떼에게 대답했다.

"무슨 방이 있다고 찾고 계시는 거예요? 이 집에는 이제 그런 방이나 책이 없어요. 귀신이 와서 모두 다 가져가버렸거든요."

"귀신이 아니에요." 조카딸이 말을 받았다. "마술사였어요. 아저씨가 여기를 떠나신 날 마술사가 구름을 타고 와서는 자기가 타고 온 용에서 내리더니 서재로 들어갔어요. 그 안에서 무슨 짓을 했는지 모르지만 조금 뒤에 가서 보니 마술사는 지붕을 뚫고 날아가고 있고 온 집 안은 연기로 가득 찼더군요. 정신을 차리고 그 사람이 무슨 짓을 했나 보니까 책도 없고 방도 없어진 거예요. 아주머니나 저나 생각나는 거라곤 그 나쁜 늙은이가 떠나면서 큰 소리로 한 말이었어요. 자기는 이 책들과 방 주인에게 아무도 모르는 원한이 있어 이 집에 일부러 해코지를 하고 가는 것이니 그 결과는 두고 보면 알게 될 거라고 했어요. 또 자기 이름은 현자 무냐똔이라고 하고요."

"프리스똔²이라고 했겠지." 돈 끼호떼가 말했다.

"몰라요." 아주머니가 말했다. "프리스똔이라고 했는지, 프리똔이라고 했는지 제가 아는 건 그 이름이 '똔' 자로 끝난다는 것뿐이에요."

"그렇구먼." 돈 끼호떼가 말했다. "그 친구는 영리한 마술사지, 나의 강력한 적이기도 하고. 그 마술사가 나에게 악의를 품고 눈독을 들이는 건 앞으로 이 돈 끼호떼라는 기사가 나와서 자기가 보호하는 기사를 멋진 결투 한판으로 참패시킬 걸 알고 있기 때문이야. 그 마술사는 자신의 마술 능력으로 벌써부터 내가 나타나리라는 걸 알고 있지. 또 그때가 되면 아무리 방해하려 해도 자기 기사가 질 수밖에 없다는 것도 말이야. 그래서 그 늙은 마술쟁이가 온갖 기술을 써서 나에게 갖은 고초를 다 겪게 하는 거지. 하지만 내 맹세컨대, 그놈이 자기 맘대로 해코지를 하게 내버려두지 않을 거야. 내가 하늘로부터 점지받은 영예와 명예를 함부로 뺏거나 거역할 수는 없지."

---

2 『그리스의 돈 벨리아니스』의 저자라는 가상의 현자이자 마법사 프리스똔 (Fristón)을 말한다. 이는 마치 9장에서 『돈 끼호떼』의 저자를 시데 아메떼 베넹헬리(Cide Hamete Benenjeli)라고 한 것과 같은 기법이다.

"누가 그걸 의심하나요?" 조카딸이 말했다. "하지만 아저씨! 누가 그런 싸움을 또 걸어오겠어요? 그냥 이대로 집 안에서 점잖게 편히 계시는 게 세상 떠돌아다니시는 일보다 낫지 않겠어요? 양털 깎으러 갔다가 털까지 홀라당 깎이고 돌아오느니요. 밀가루로 빵을 빚어야지 모래로 빵을 빚을 수는 없지 않겠어요?"

"허허, 이것아!" 돈 끼호떼가 나섰다. "이 아가씨가 뭘 잘 모르는구먼. 누가 내 털을 벗기기 전에 내가 먼저 통째로 벗겨놓을 거야. 내 머리털 하나라도 만지겠다는 생각을 갖고 있는 놈들은 모두 수염까지 홀라당 벗겨놓고 말겠어."

그가 화가 치밀어오르는 것이 보였기 때문에 두 여자는 더이상 말대꾸를 하지 않기로 했다.

그리하여 그는 보름 동안을 아주 조용하게 집 안에서 보냈으며, 저번처럼 미친기도 두번 다시 나타나지 않았다. 그동안 두 친구 이발사와 신부와 함께 매우 재미있는 토론을 벌이기도 했는데, 그는 현재 세상이 가장 필요로 하는 것은 방랑기사 같은 정의의 투사들이며, 지금은 사라진 방랑기사 제도가 다시 부활되어야 한다고 주장했다. 신부는 이따금 반박하기도 하고 어떨 때는 수긍하기도 했으니 말 요리를 잘해나가지 않으면 그의 비위를 맞출 수가 없었기 때문이다.

돈 끼호떼는 자기 동네에 사는, 머리에 든 건 없어도 착하디착한—'가난한' 사람이라는 말보다는 '착한' 사람이라는 말이 더 듣기 좋으니까—농부에게 간곡한 청을 하나 했다. 여러번 설득하고 약속을 한 끝에 그 불쌍한 촌사람은 그의 하인이 되어 함께 따라나서기로 결심을 했다. 돈 끼호떼가 한 여러 감언이설 가운데 하나는, 자기를 따라가주기만 한다면 언젠가는 정말 좋은 일이 생길 것이며, 그 좋은 일이란 시시한 것 따위가 아니고 섬 하나를 통째로 정복하는 일이고, 그렇게 되면 그 농부를 섬의 영주로 앉혀주겠다는 것이었다. 이런 약속 저런 약속 끝에 마침내 싼초 빤사라는 시골 농부는 처자식을 두고 이웃 나리의 하인으로 길을 떠나는 일을 수락하게 되었다.

곧이어 돈 끼호떼는 싼초에게 돈을 마련하라고 시켰는데 이것저것 팔고, 저당까지 잡혀가며 가진 것들을 헐하게 처분해 상당한 금액이 만들어졌다. 또 친구에게서 방패 하나를 빌리고, 망가진 투구도 최대한 수선을 한 뒤 하인인 싼초 빤사에게 떠날 날짜와 시간을 알려주었다. 싼초에게도 가장 필요한 게 무엇인지를 알아 준비하라는 말도 잊지 않았다. 무엇보다 배낭을 꼭 챙기라 하자 싼초는 그리하겠다면서 자신은 오래 걷는 데 별로 익숙지 못하니 자기가 갖고 있는 좋은 당나귀 한마리도 끌고 갈 생각이라고 했다. 당나귀 문제가 나오자 돈 끼호떼는 방랑기사의 하인이 당나귀를 끌고 다닌 경우가 있는지 생각해보았다. 아무리 생각해봐도 그런 경우는 없는 것 같았다. 그러나 당나귀를 타고 가는 것을 일단은 허락해주기로 결심했다. 그의 생각으로는 길을 가다가 맨 처음 마주친 무례한 기사의 말을 빼앗아 싼초에게 그 말로 바꿔타게 해 훌륭한 기사에게 걸맞은 하인 행색으로 차려줄 작정이었다. 자신은 전에 객줏집 주인이 가르쳐준 대로 내의며 필요한 물건들을 챙겼다. 모든 것이 완벽하게 준비되자, 싼초는 처자식과 작별도 안하고, 돈 끼호떼 또한 가정부나 조카딸에게 알리지도 않은 채 어느날 밤에 둘은 사람들이 안 보는 틈을 타 그곳을 떠나 그대로 한참을 갔고, 동이 틀 무렵에야 누가 찾으러 와도 자신들을 찾지 못하리라는 것을 확신했다.

쌴초 빤사는 당나귀 위에 배낭과 술통을 매달고 주인이 약속한 대로 금방이라도 어느 섬의 영주가 될 것 같은 희망에 부풀어 당당한 모습으로 길을 걸었다. 우연이긴 하지만 돈 끼호떼는 그가 저번에 왔던 길과 같은 방향, 같은 길을 가게 되었는데 그곳은 몬띠엘 평원이었다. 그러나 지난번처럼 길이 그렇게 팍팍하지 않았고, 아침이라 햇살이 비껴 있어 그다지 피로하지도 않았다. 이때 쌴초가 주인에게 말했다.

"방랑기사 나리, 소인한테 약속하신 섬 건은 잊으시면 안됩니다요. 그 섬이 아무리 커도 지가 잘 다스릴 것이구만요."

그 말에 돈 끼호떼는 대답했다.

"여보게, 이 친구야! 그대도 알아두어야 할 것은 예부터 방랑기사들 사이에는 자기가 정복한 왕국이나 섬에 자기 하인을 영주로 앉히는 게 관행이라는 것일세. 그래서 나의 결심은 은혜를 갚을 줄 아는 그런 좋은 관습이 내 대에 와서 없어져서는 안된다는 게야. 나는 오히려 그런 좋은 관습을 지키는 것뿐 아니라 더 뛰어나고 싶다네. 왜냐하면 그 기사들은 가끔씩, 아니 자주 하인들이 늙을 때까지 그 많은 밤과 낮을 죽도록 고생시키고 써먹을 대로 다 써먹은 뒤 작은 마을이나 좀더 큰 고을의 백작 아니면 후하게 대접해도 후작 작위 정도 주어서 살게 하는 것이 보통이었지. 그러나 그대가 살고 내가 살아남으면 엿새도 못 가서 왕국 하나 얻는 건 문제도 아닐 테고, 심지어 그 왕국에 딸린 다른 왕국도 얻을 수 있을 게야. 그리되면 그대를 그 왕국 하나의 왕으로 앉히는 건 지극히 당연한 일 아니겠나. 그게 시간이 오래 걸릴 거라고 생각 말게. 우리 같은 기사에게 일어나는 일이나 사건은 모두가 보지도 듣지도 못한 기상천외의 모험들이어서 어쩌면 그대에게 약속한 것보다 더욱 쉽게 더 커다란 선물을 줄 수도 있을 테니까 말이야."

"그러니까," 싼초가 대답했다. "소인이, 나리께서 말씀하신 그런 어떤 기적으로 왕이 된다면 적어도 내 여편네 마리 구띠에레스도 여왕이 되고 내 자식들은 왕자가 되겠구만요."

"그렇고말고, 이 사람아!" 돈 끼호떼가 답했다.

"지는 그렇게 생각허지 않아요." 싼초 빤사가 말을 받았다. "왜냐면요, 하늘에서 하느님이 지상에 왕국을 비처럼 쏟아붓는다 치더라도 말이에요. 우리 마리 구띠에레스 머리 위에 떨어질 왕국은 없을 거구만요. 우리 여편네야말로 여왕이 되기엔 싹수가 노라니까요. 백작 부인 정도라면 맞을지 몰라도, 그것도 하느님이 도우신다는 조건으로……"

"그대가 하느님께 도움을 청해보지그래, 싼초." 돈 끼호떼가 답했다. "하느님이 적당한 것을 알아서 주실 테니까. 그러나 너무 의기소침해지지는 말게나. 그렇다고 작은 성주도 안되는 자리에 만족해서는 안되지."

"그러지는 않겠습니다요, 나리." 싼초가 대답했다. "더군다나 나리같이 뛰어난 어른을 모시는데 나리가 어련히 잘 알아서 소인에게도 맞고, 또 소인도 잘해나갈 만한 자리를 마련해주시겠지요."

8장

용감한 기사 돈 끼호떼가 풍차와 맞선 기상천외의 모험 이야기와 그밖의 재미있는 사건들에 대하여

이때 평원에 풍차 삼사십개가 나타나자, 그걸 본 돈 끼호떼가 하인에게 말했다.

"우리가 기대한 것보다 어쩌면 더욱 멋진 행운이 이제 우리 눈앞에서 벌어지나보네. 친구, 싼초 빤사여! 저기 저게 보이는가? 저기 서른명이 넘는 어마어마하게 큰 거인들이 나타난 거 말일세. 내 당장 저놈들과 싸움을 벌여 닥치는 대로 목숨을 빼앗아버릴 작정이네. 그 전리품으로 곧 우리는 부자가 될 거야. 이거야말로 정의의 싸움이며 이 땅에서 저런 악독한 죄의 씨앗을 없애버리는 게 하느님에게 봉사하는 일일세."

"거인이라니 무슨 거인이오?" 싼초 빤사가 물었다.

"아니, 저기 저," 돈 끼호떼가 말했다. "기다란 팔뚝을 자랑하는 거인들이 안 보이나? 어떤 놈은 팔 길이가 거의 두마장¹이 넘는 놈도 있는데."

"아닌데요, 나리." 싼초가 대답했다. "저기 보이는 저건 거인들이 아니라 풍차인뎁쇼. 그리고 팔뚝처럼 보이는 건 풍차 날개예요. 저 날개가 바람에 돌면서 돌절구를 돌리죠."

"보아하니," 하고 돈 끼호떼가 말했다. "자네는 이런 모험이라는 것을 통 모르는 모양이구먼. 저건 거인이야. 정 겁이 나면 저만치 물러나서 기도나 하라고. 그동안 난 저놈들과 여태껏 보지 못한 맹렬한 싸움을 벌일 테니까."

이 말을 하자마자 돈 끼호떼는 하인 싼초가 소리소리 지르며 만류하는 것도 듣지 않고 로신안떼에 박차를 가했다. 싼초는 싸우러 가는 저기 저것들은 틀림없는 풍차이며, 거인들이 아니라고 소리쳤다. 그러나 돈 끼호떼는 그게 거인들이라 확신하고 달려가던 참이라 하인 싼초의 소리가 들리지도 않았고, 가까이 다가갈 때까지 무엇인지 보이지도 않았다. 오히려 고래고래 소리 지르며 덤벼들었다.

"도망가지 마라, 이 추악하고 비겁한 놈들아! 여기 너희들을 공격하는 기사는 단 한명뿐이노라."

이러는 동안 바람이 약간 불었고 그러자 커다란 날개들이 움직이기 시작했다. 이를 본 돈 끼호떼가 말했다.

"너희들이 아무리 팔을 휘둘러도, 저 유명한 거인 브리아레오보다 더 많은 팔을 휘두를지라도, 이놈들아, 나한테 혼날 줄 알아라."

이렇게 말하면서 마음의 주인인 둘시네아에게 부디 이 위기에서 자신을 구해달라고 온 마음으로 가호를 청한 뒤 방패로 몸을 가리고 창을 겨눈 채 전속력으로 로신안떼를 몰아 맨 앞에 있는 풍차

---

1 에스빠냐식 거리의 단위인 '레구아'(legua)를 '마장'으로 옮겼다. 1레구아는 약 5.5킬로미터이다.

를 들이받았다. 풍차 날개에 창을 꽂았으나 바람을 받아 세차게 돌아가는 날갯죽지에 창이 금방 산산조각 나버렸다. 그 바람에 말과 기사가 함께 딸려가다 들판으로 사정없이 나둥그러졌다. 싼초 빤사가 당나귀를 몰아 있는 힘을 다해 구하러 달려왔을 때 돈 끼호떼는 이미 꼼짝달싹할 수가 없었으니 로신안떼와 함께 넘어지는 바람에 충격을 크게 받았기 때문이다.

"아이구 저런!" 싼초가 소리쳤다. "제가 뭐랬어요, 나리. 무슨 일을 할 때는 잘 살펴하시라고 말씀드렸잖아요. 저건 틀림없는 풍차라구요, 세상에 머리가 돈 사람이 아니면 누가 그걸 모르겠냐구요."

"조용히 하게나, 싼초!" 돈 끼호떼가 대답했다. "결투라고 하는 것은 세상 어느 일보다 언제나 우여곡절이 더 많다고 하지 않던가. 더군다나 내가 짐작하건대 그 프리스똔이라는 영리한 마술사가 내 책과 서재를 훔쳐 달아나다가 저 풍차들로 둔갑한 게 분명하네. 말하자면 자기 거인들을 풍차로 둔갑시켜 내 창끝을 피하려고 한 거지. 내게 승리의 영광을 안겨주지 않으려고 말이야. 나를 그토록 미워하고 질투하거든. 하지만 그의 사악한 요술도 선의의 위대한 내 칼 앞에서는 끝내 별 볼일 없게 될 걸세."

"모두 하느님 뜻이죠, 뭐." 싼초가 말했다.

그런 뒤 돈 끼호떼를 일어나도록 부축해 등이 반쯤 벗겨진 로신안떼 등에 태웠다. 두 사람은 지나간 모험을 이야기하며 뿌에르또 라삐세를 향해 길을 갔다. 돈 끼호떼의 말에 따르면 라삐세야말로 사람들이 많이 지나가는 곳이기 때문에 수많은 모험이 기다리고 있을 거라 했다. 가지고 다니던 창이 사라져 무척 서운한 돈 끼호떼는 하인에게 한마디 했다.

"내가 책에서 읽어 기억하기로는 디에고 뻬레스 데 바르가스라는 한 에스빠냐 기사가 결투에서 칼이 부러지자 참나무에서 굵은 나뭇가지인지 나무둥치인지를 하나 꺾어 그걸 칼 대신 썼다고 해. 그날 그가 얼마나 잘 싸웠는지 수많은 무어족 적군이 작살나는 바람에 그 사람 별명이 뒤에 '작살'이 되었다는 거 아니겠어? 그리하여 그 후손들은 그다음부터 그분의 존함을 '바르가스 작살 기사'라고 불렀다는구먼. 이 말을 하는 이유는 어디 상수리나무나 참나무를 발견하면 당장 크고 좋은 나무둥치 하나를 잘라 정말로 멋진 한판 승부를 자네에게 보여주고 싶다 이거지. 그땐 자네도 정말이지 상상할 수도 없는 멋진 결투를 직접 보고 산증인이 되는 영광을 맛보게 될 걸세."

"제발 그렇게만 된다면 얼마나 좋겠어요." 싼초가 말했다. "지는 나리가 하시는 말씀은 모두 그대로 믿으니까요. 하지만 몸은 좀 똑바로 세우고 가세요. 한쪽으로 누워서 가시는 것 같잖아요. 그 모습을 보니 아까 떨어지면서 어디 박살이 나셨나봐요."

"그건 사실일세." 돈 끼호떼가 대답했다. "지금 내가 아프다고 끙끙대지 않는 건 우리 방랑기사는 어떤 상처를 입어도, 설령 배에서 창자가 다 터져나오더라도 신음을 해서는 안되기 때문이야."

"법도가 그러하다면, 지가 헐 말이 없네요." 싼초가 말했다. "허나 어디 아프신 데가 있으면 아프다고 하셔야 지도 마음이 편하죠. 지 같으면 어디 조금만 아파도 아프다는 소리를 못 참을 거구만요. 기사의 하인이라고 아픈 것을 참아야 한다는 건 이해하기 어려운데요?"

돈 끼호떼는 자기 하인의 소박한 대답에 웃음이 그치지 않았다. 그래서 원하든 원하지 않든 언제든지 아프면 아프다고 끙끙댈 권리가 있다고 인정했다. 그리고 지금까지 자신이 읽은 책에서는 그렇게 해도 기사도 정신에 어긋난다는 대목은 본 적이 없다고 덧붙였다. 쌴초는 벌써 밥 먹을 시간이 다 되었나보다고 말했지만 주인은 아직 밥 생각이 없다며 너나 먹으라고 했다. 주인의 허락을 받자 쌴초는 당나귀 위에서 좀더 몸이 편하게 자리를 잡고 배낭에 넣어두었던 음식을 꺼내 주인 뒤를 느릿느릿 따라가며 음식을 오물거렸다. 이따금씩 가죽술통을 꺼내 위로 추켜들고 홀짝거리는 모습이 어찌나 맛있어 보이는지 술맛 좋기로 이름난 말라가의 최고 양조장 주인도 부러워할 지경이었다. 그렇게 홀짝홀짝 마셔대며 가노라니, 주인이 자기에게 무슨 약속을 했는지는 생각도 안 나고 모험을 찾아서 다닌다는 것이 아무리 위험하다 해도 힘들기보다는 아주 편안하게만 느껴졌다.

결국 그날은 나무들 틈에서 하룻밤을 보냈다. 돈 끼호떼는 나무들 중에서 창으로 쓸 만한 마른 가지 하나를 꺾어 부러진 창끝의 쇳조각을 그 끝에 붙였다. 돈 끼호떼는 그날 밤 내내 잠을 안 자고 기사소설에서 읽은 대로 마음의 주인인 둘시네아 공주를 생각하며 지새웠다. 책에는 기사가 숲이나 황량한 벌판에서 밤을 보낼 때는 며칠이고 잠을 안 자고 기사의 귀부인을 사모하며 시간을 보낸다고 되어 있었기 때문이다. 쌴초는 주인과 같을 수가 없었다. 먹은 것도 있고, 그것도 배추 국물 같은 게 아니라 배가 든든하게 식사를 한지라 단번에 잠에 빠져들었다. 한번 잠에 빠진 쌴초를, 주인이 부르지 않는 바에야 깨울 사람은 없었다. 해가 중천에 떠서 햇살이 얼굴을 때려도, 새날이 밝았다고 인사라도 하듯 즐겁게 무더기로 조잘대는 새들의 합창에도 그는 평안하게 잤다. 이윽고 잠을 깨자 쌴초는 더듬더듬 가죽술통을 찾았는데, 술이 지난밤보다 약간 줄어든 걸 느끼자 무척 가슴이 아팠다. 아직 갈 길이 먼데, 술이 금방 다 떨어지면 다시 채울 기회가 없을 것 같아서였다. 돈 끼호떼는 아침도 먹지 않겠다고 했다. 이미 말했듯이 귀부인을 그리는 달콤한 꿈으로 밥을 대신하고자 해서였다. 두 사람은 다시 그들의 목적지인 뿌에르또 라삐세를 향해 길을 재촉했고, 오후 3시경이 되어서야 그곳에 다다랐다.

"여기에서야말로," 그곳을 바라보며 돈 끼호떼가 입을 열었다. "소위 기사의 모험이라고 하는 것을 그 밑바닥까지 체험할 수가 있을 걸세. 하나, 싼초 빤사, 내 형제여. 자네가 주의해야 할 것은 내가 어떤 커다란 위험에 놓이더라도 나를 방어하고자 칼에 손을 대어서는 절대 안된다는 거네. 나를 공격하는 자들이 예의라곤 없는 천하고 속된 무리라면 물론 자네가 나서서 나를 도와줄 순 있겠지. 그러나 그들이 당당한 기사들이라면 절대 자네가 나설 자리가 아니라는 걸 명심하게. 자네가 정식으로 기사 서품을 받을 때까지는 기사들 싸움에 끼어드는 것은 기사도 법도에 어긋나며, 그런 행동은 용납되지 않아."

"그러믄입쇼, 나리." 싼초가 대답했다. "저는요, 나리께서 걱정 안하셔도 고것만은 꼭 잘 지키겠습니다. 지는 원래 성격이 천하태평이고 그런 싸움이나 소란스러운 일에 끼어드는 건 딱 질색인 사람입니다요. 하기야, 지 몸을 다치거나 그런 위험이 닥칠 때 방어하는 데 이런저런 법을 따지겠습니까만은, 그것이 그렇잖습니까. 하느님의 법이나 사람의 법이 다 그렇듯이 자기 몸이 다칠 지경이 되면 각자 알아서 자기방어를 하는 게 당연하지요."

"그야 물론 나도 그렇게 생각하지." 돈 끼호떼가 말했다. "하나, 내가 기사들과 싸우는데 자네가 날 도와주려고 할 때는 그 천성적인 충동을 확실히 자제하라는 말일세."

"그거야 꼭 그렇게 하겠다니깐요." 싼초가 대답했다. "그 규칙만은 일요일마다 성당 가듯이 꼭 지키겠습니다요."

이렇게 이야기를 나누고 있는데, 그때 조그만 낙타를 탄 성 베니또파의 사제 두 사람이 길에 나타났다. 따라오는 노새 두마리도 낙타 못지않게 컸는데 그들은 해를 피하려고 양산을 받치고 얼굴에는 햇빛가리개까지 감고 있었다. 그뒤에는 말을 탄 네댓명이 호위하는 마차가 하나 따라왔고, 노새를 몰고 머슴아이 둘도 걸어서 따라오고 있었다. 나중에 알았지만, 마차에 탄 사람은 비스까야 지방의 한 귀부인으로, 남편이 아주 영예로운 책무를 띠고 식민지인 '인디아스'[2]로 나가는지라 남편을 따라가려고 식민지청이 있는 쎄비야로 가는 중이었다. 비록 같은 길을 가고 있었지만, 사실 두 사제는 가마에 탄 사람들과 동행은 아니었다. 그러나 돈 끼호떼는 이들을 보자마자 하인에게 말했다.

"내 눈이 정확하다면, 이것이야말로 지금까지 한번도 본 적 없는 가장 유명한 한판 승부가 되리라. 왜냐하면 저기 보이는 시커먼 덩치들은 틀림없이 무슨 요술사들이고, 그 요술사들이 지금 저 마차에다 공주를 납치해가는 중인 게야. 이제야 내가 온 힘을 다해 불의에 시달리는 공주를 구해드려야 할 때가 되었도다."

"요건 풍차사건보다 더 심각하겠는데……" 싼초가 말했다. "나리, 이것 좀 보세요. 저 시커먼 사람들은 성 베니또파 사제들이구요, 저 마차는 그냥 여기를 지나가는 행렬 같구만요. 나리, 지 말씀이, 뭐든 좀 잘 보고서 덤빌 때 덤비시라니깐요. 그렇게 귀신에 홀

----
2 오늘날의 중남미와 멕시코, 필리핀 등지를 모두 '인디아스'라고 불렀다.

려서 어쩌시려고 그래요."

"내가 벌써 말하지 않았는가, 싼초여!" 돈 끼호떼가 대답했다. "자네는 기사들의 모험이 어떤 것인지를 몰라. 내가 말한 건 틀림없는 사실이야. 두고 보라고."

이렇게 말하고 앞으로 나아가 사제들이 오는 길 한복판에 버티고 섰다가 그들이 좀더 가까이 다가와 이제 자신의 말을 알아들을 수 있으리라 생각되자 큰 소리로 말했다.

"이 천하에 없는 마귀 같은 놈들, 어서 그 마차에 갇힌 높으신 공주님을 냉큼 풀어드리지 못할까. 아니면 너희들이 저지른 그 사악한 행동의 댓가로 바로 이 자리에서 당장 죽을 줄 알아라!"

사제들이 말고삐를 멈추고 돈 끼호떼의 그 이상야릇한 복장이나 말에 깜짝 놀라서 대답했다.

"기사 나리, 우리들은 천하에 없는 마귀도, 귀신도 아니옵고 성베니또 사원의 사제들입니다. 우리는 우리 길을 가고 있을 뿐이고, 저 마차 안에 있는 분이 무슨 공주인지, 납치를 당한 것인지 모르는 일입니다."

"이 사람에게는 그런 얄팍한 수작이 안 통하느니라, 난 이미 네놈들을 잘 알아, 이 사기꾼 같은 족속들아!"

그러고는 더이상 대답을 기다릴 필요도 없다는 듯이 로신안떼에 박차를 가하면서 창을 낮게 겨누고 첫번째 사제에게 달려들었다. 얼마나 용감하고 맹렬하게 공격했는지 그때 사제가 노새에서 미끄러져 떨어지지 않았다면 정말 박살이 났을 것이다. 아니면 죽지는 않더라도 상처투성이가 되어 형편없이 땅에 굴러떨어졌을 게 분명했다. 두번째 사제는 자기 동료의 난데없는 수난을 보자 다리야 날 살려라 하며 있는 힘을 다해 노새를 몰아 바람보다 더 빠르게 들판으로 달아났다.

싼초 빤사는 사제 한 사람이 땅에 떨어져 있자 당나귀에서 가볍게 내리더니 사제에게 덤벼들어 그의 옷을 벗기기 시작했다. 그때 사제의 두 머슴이 다가와 왜 그러느냐고 묻자 싼초는 자기 주인 돈 끼호떼께서 결투에서 이기셨으니 전리품을 챙겨야 하므로 이리하는 게 당연한 거 아니냐고 대답했다. 머슴들은 이것이 무슨 장난인가 싶기도 하고, 싸움이니 전리품이니 하는 소리도 알아듣지 못했다. 그들은 돈 끼호떼가 마차에 탄 여자들과 이야기를 나누느라 약간 떨어져 있는 것을 보고는 싼초에게 덤벼들더니 그를 땅에 쓰러뜨리고 수염이고 뭐고 있는 대로 쥐어뜯고 발길질을 해대 초주검으로 만들어버렸다. 싼초는 땅에 쓰러져 숨도 못 쉬고 정신을 잃고 말았고, 그때를 틈타 사제는 황급히 노새에 다시 올라탔는데, 공포에 질린 창백한 얼굴로 벌벌 떨고 있었다. 그 사제는 말에 오르자마자 자기 동료를 뒤쫓아 말을 몰았고 앞서간 사제는 일이 어떻게 되어가는지 볼 겸 멀찌감치 떨어져 기다리고 있었다. 그러다 동료가 도망쳐오자 더이상 그 사건이 어떻게 끝나는가를 지켜볼 엄두도 내지 않고 마치 등 뒤에 귀신이라도 쫓아오는 듯이 몇번이고 성호를 그으며 가던 길로 떠났다.

돈 끼호떼는 아까 말했듯이 가마에 탄 여자와 말을 나누고 있었다.

"지극히 아름다우시고 고명하신 부인이시여, 이 기사에게 어떤 명령이든 내리기만 하소서. 이 기사는 성심껏 부인을 모시렵니다. 부인을 납치한 오만방자한 자들은 이미 이 기사의 강력한 힘 앞에 무릎을 꿇었습니다. 혹시 부인을 위험에서 구해준 기사가 누구인지 궁금하실까 염려되어 미리 밝히자면 제 이름은 라 만차의 돈 끼호떼라 하고 모험을 찾아 떠도는 방랑기사로, 비할 데 없이 아름답고 고귀하신 엘 또보소의 둘시네아를 섬기는 기사입니다. 이 기사가 베푼 은혜에 감사를 베풀 의향이 있으시다면 바라건대 다른 건 말고 엘 또보소로 이 귀부인을 찾아가 제가 보냈다는 말씀을 전하시고, 제가 부인을 구해드린 일을 소상히 말씀해주시기만 하면 됩니다.”

돈 끼호떼가 하는 말을 하인 하나가 듣고 있었다. 마차를 호위하고 따라오던 머슴들 중 하나였는데, 싸움 잘하기로 유명한 비스까야 출신이었다. 마차를 막고 앞으로 못 나가게 하더니 이제는 엘 또보소로 돌아가야 한다고 하는 말을 듣고, 곧바로 돈 끼호떼에게 다가갔다. 그러고는 돈 끼호떼의 창을 움켜쥐고 표준말도 아닌 완전 토박이 사투리로 이렇게 말했다.

“이봐, 기산지 뭔지 허는 사람, 이거 세상에 무서운 게 없구만. 당장 이 마차를 놓아주지 못해? 당신, 이 비스까야 주먹맛에 확실히 죽어볼 테야?”

돈 끼호떼는 이 말이 무슨 말인지 잘 알아들어서 아주 침착한 목소리로 말했다.

“자네가 기사가 아니었으니 망정이지, 진짜 기사였다면 벌써 그 무례하고 오만한 행동은 죗값을 치르고도 남았을 게다, 이 못된 녀석!”

그러자 비스까야 친구가 대들었다.

“내가 기사도 신사도[3] 아니라고? 아니, 이 청천대낮에 무슨 싸가지 없는 말이여? 네가 창을 던지건 칼을 빼건, 어디 누가 더 쌈 잘

---

3 caballero는 ‘기사’란 말에서 ‘신사’란 뜻으로 바뀐다. 이 친구는 돈 끼호떼의 이 말을 혼동하고 있다.

하는가 한판 붙어볼겨? 이 비스까야 놈이 땅에 떨어지면 기사 놈은 바다에 빠져 죽어. 이 귀신이 물어갈 양반아, 사실인지 아닌지 시험해볼라면, 어디 한번 붙어봐!"

"그래, 어디 맛 좀 보아라. 이건 기사 아그라헤스⁴의 마지막 말이렷다." 돈 끼호떼의 대답이었다. 돈 끼호떼는 창을 땅에 던지고 방패를 움켜쥐더니 칼을 빼어든 채 비스까야 놈의 목숨을 빼앗을 결심으로 달려들었다. 비스까야 친구는 그가 다가오는 걸 보자, 세를 주고 빌린 형편없는 노새를 믿고 싸울 수 없을 것 같아 노새에서 내리려고 했으나 그럴 틈이 없어 할 수 없이 칼을 빼어들었다. 마침 마차 곁에 있었기 때문에 방석 하나를 집어들어 방패로 삼았다. 둘은 곧 불구대천의 원수처럼 목숨을 걸고 맞붙었다. 다른 사람들이 싸움을 막으려고 했지만 막무가내였다. 비스까야 친구는 그 더듬거리는 사투리로 이 싸움에서 끝장을 내겠다고 으름장을 놓으며 만약 막는 자가 있으면 주인마님이고 누구고 모두 죽여버리겠다고 덤볐다. 마차에 타고 있던 부인은 그 광경을 보고 너무 놀라고 겁에 질려 마차꾼에게 조금 떨어진 데로 비키자고 해 멀찌감치에서 그 맹렬한 결투를 지켜보았다. 싸움이 시작되었고, 먼저 비스까야 친구가 돈 끼호떼의 방패 위 어깨를 향해 세차게 칼을 내리쳤다. 이때 만약 돈 끼호떼가 막지 못했다면 그대로 위에서 허리까지 칼에 내리찍힐 뻔했다. 돈 끼호떼는 그런 어마어마한 공격에 충격을 받고 큰 소리로 기도를 올렸다.

"오, 아름다움의 꽃이며 내 영혼의 주인이신 둘시네아 님이시여! 그대의 기사를 구해주소서. 그대의 훌륭한 뜻과 정의를 세우고

----

4 『골 지방의 아마디스』에 나오는 인물 이름이다. '맛 좀 보아라'는 싸움을 시작하기 전에 흔히 내뱉는 위협적인 말이다.

자 지금 이런 혹독한 처지에 놓였나이다!"

이 말과 함께 칼을 쥐고 방패로 몸을 가리고 비스까야 놈을 공격한 게 모두 한순간이었다. 단칼에 모든 것을 끝장내겠다는 결심이었다.

비스까야 친구는 그가 맹렬한 기세로 공격해오자 곧 그 분노를 알아차리고 자기도 돈 끼호떼와 똑같이 맞붙을 결심으로 방석으로 단단히 방패막이를 하고 기다렸지만 노새를 이쪽으로도 저쪽으로도 한 발자국도 돌려세울 수가 없었다. 노새는 너무 지친데다 그런 싸움에 익숙하지 못해 꼼짝달싹하지 못한 것이다.

앞서 말한 대로, 돈 끼호떼가 비스까야 놈을 향해 칼을 높이 쳐들고 단칼로 두쪽을 내겠다는 결심으로 다가오고, 비스까야 친구 또한 똑같이 칼을 치켜들고 방석으로 몸을 가린 채 그를 맞을 준비를 하고 있으니, 모든 정황이 가공할 만한 대사건이 터질 것 같은 일촉즉발의 순간이었다. 마차 속의 주인마님도 다른 종들도 하느님께서 자신들이 처한 이 무서운 위험에서 구원해달라고, 에스빠냐의 모든 성상과 신전 들에 빌고 기도하며 계속 성호를 긋고 있었다.

그러나 불행한 일은 바로 이 순간, 이 대목에서 싸움 사건을 종결하지 못하고 이 이야기의 작가가 이야기를 끝맺는다는 것이다. 작가는 돈 끼호떼의 이야기가 실린 문서에 더이상 이 사건의 행적이 나오지 않는다고 사죄하고 있다. 사실 이 이야기의 제2의 작가인 나[5]는 이런 신기한 이야기가 망각의 법칙에 내맡겨졌으리라는

---

5 세르반떼스는 「책머리에」에서 자신을 돈 끼호떼의 '의붓아버지'라고 했는데, 여기서부터 '제2의 작가'의 자리로 물러앉는다. 여기에서는 라 만차의 어느 실록에 나온 돈 끼호떼의 행적에 대한 기록을 읽고 있던 상황이고, 나중에 아랍 작가 베넹헬리의 『돈 끼호떼』를 만날 때 다시 한번 제2의 작가로 물러선다. 이는 당시 많은 기사소설이 사용하던 기법이지만, 세르반떼스에게는 문체의 모호성을 돋

것이 믿기지가 않았다. 라 만차의 천재들이 이 유명한 기사에 대한 이야기를 그들의 실록이나 책상 서랍 속에 한 조각도 남겨두지 않을 정도로 그토록 호기심이 없었더란 말인가? 이런 생각을 하면서 두번째 작가는 안타까워하고, 곧 이 즐거운 이야기의 결말을 찾으려고 애썼다. 다행히 운이 좋아 그 이야기를 찾아낼 수 있었는데, 그 이야기는 다음 장에서 계속하기로 한다.

보이게 하는 특별한 향기로 작용한다. 작가들이 많으니 자연히 돈 끼호떼의 행적은 정확한 부분이 없거나 희미해지고, 독자의 상상력의 범위는 갈수록 커진다. 자유로운 상상에의 초대가 『돈 끼호떼』이며, 이것이 모르는 것을 일부러 아는 척 꾸며내는 허구가 아닌, 모두의 상상력이 참여하여 만들어내는 한층 깊은 사실주의인 것은 이 때문이다.

9장

용감한 기사 라 만차의 돈 끼호떼[1]와 늠름한 비스까야의 청년 사이에 일어난 대결투가 결판이 나다

이 이야기의 1부[2]에서 우리는 용감한 비스까야 청년과 유명한 기사 돈 끼호떼가 서로 칼을 빼어 높이 치켜든 채 금방이라도 성난 맹수처럼 칼을 내리치려는 찰나에 이야기가 끝나버린 걸 알고 있다. 이 상황에서 칼을 제대로 맞는다면 최소한 몸이 두쪽 나거나, 칼을 위에서 아래로 후려칠 경우엔 머리가 석류처럼 벌겋게 벌어 졌을 게 분명했다. 그러나 이 재미있는 이야기가 바로 그 순간에 끊기는 바람에 우리는 궁금증만 더해갈 뿐이고 작가가 어디에다 그 나머지 이야기를 적어놓았는지 알 길이 없었다.

---

1 1605년 1권에는 『기발한 시골 양반 라 만차의 돈 끼호떼』(*El Ingenioso Hidalgo Don Quijote de la Mancha*)로 되어 있으나, 1615년 2권에는 『기발한 기사 라 만차의 돈 끼호떼』(*El Ingenioso Caballero Don Quijote de la Mancha*)로 나와 있다. 돈 끼호떼가 '기사'(caballero)로 나오는 것은 객줏집에서 장난으로 기사 서품을 받은 3장부터 이다.
2 원래 세르반떼스는 이 소설을 4부로 나누었다.

이 문제로 나는 무척 고심을 했다.[3] 왜냐하면 조금 읽은 것이 오히려 안 읽은 것만 못하다는 불쾌감을 주었기 때문이다. 내가 보기에는 그 재미있는 이야기에 사건이 아직 많이 남아 있는 것 같은데, 그걸 찾아내기란 무척 어려울 거 같아 고민에 빠졌다. 내 생각에 그렇게 훌륭한 기사의 행적을 기록해둔 현명한 작가가 한 사람도 없었다는 게 믿기지 않을뿐더러 그건 우리 관례에도 없던 일이다. 방랑기사들의 이야기라면 누군가가 책임을 지고 꼭 이런 기상천외의 행적을 기록해두는 것이 상례였다. 옛말에도 있듯이,

> 모험을 찾아가는 이야기가
> 사람들이 좋아하는 이야기,

이기 때문이다. 방랑기사들에게는 대개 현명한 작가 한두 사람이 꼭 붙어 따라다니면서 일일이 그 행적을 적거나 그들의 세세한 생각, 어린애 같은 행동까지도 그대로 묘사하는 것이 늘 있는 일이었고, 아무리 꼭꼭 숨겨놓은 이야기라도 그런 것을 캐내는 게 작가들의 재미였다. 그런데 돈 끼호떼 같은 훌륭한 기사가 얼마나 운이 없었으면 기사 뻴라띠르를 비롯하여 수많은 명기사들에게는 차고 넘치던 작가[4] 하나 없었단 말인가. 아무리 생각을 해보아도 이런 멋진 이야기가 반쪽이 되어 망가졌다는 게 믿기지가 않아서, 모든

---

3 제2의 작가 세르반떼스가 이제 자기 소설의 작중인물로 둔갑하는 순간이다. 이미 『라 갈라떼아』의 작가로, 신부의 친구로 작중에 등장했지만, 여기서는 제2의 작가의 창작과정 또는 번역과정 — 때로는 자기를 번역자라고 하기도 하니까 — 을 자신의 감정과 판단을 곁들여 표현하고 있는 걸 눈여겨보는 게 좋다. 이로써 독자는 작가와 함께 돈 끼호떼의 행적 찾기에 동참하게 된다.
4 현자 갈떼노르(Galtenor)가 『기사 뻴라띠르 이야기』의 가상 작가이다.

것을 없애고 삼켜버리는 무정한 시간을 원망하며 세월이 흐르면서 숨겨졌거나 사라졌으리라 믿었다.

또 한편으로는 돈 끼호떼의 서재 책들 중에 『에나레스의 목동들』과 『요정들』『질투의 환멸』 같은 최신작들이 있는 걸로 보아 돈 끼호떼의 이야기 또한 최근에 일어난 일들이어서 미처 책으로 쓰이지 않았거나 아니면 그의 동네 사람들이나 주변 사람들의 기억 속에는 아직 남아 있으리라는 생각도 했다. 이렇게 생각하자 정신이 어지럽고, 더욱더 돈 끼호떼의 진짜 이야기가 궁금해졌다. 우리 기사도의 빛이요, 거울인 에스빠냐 기사, 라 만차의 돈끼호떼 이야기─우리 시대, 이 난세에 분연히 일어나 억울한 일을 해결해주고, 과부를 구해주고, 처녀를 보호할 줄 아는 기사…… 숫처녀의 몸으로 산과 들, 마을과 마을을 떠돌고, 귀부인의 시중을 들며, 말을 몰고 따라다니다가 자칫 어느 난봉꾼이나 촌머슴들에게 당하지 않으면 어마어마하게 큰 거인에게 강간당하고 마는 그런 처녀들이 많았으니까. 심지어 지난날에는 여든해 동안을 이런 생활로 한번도 지붕 밑에서 자보지도 못하고 어머니가 낳아준 그 모습 그대로 순결하게 무덤으로 간 처녀도 있었다니까. 그러니까 내 말은 이런 점 저런 점으로 보아 우리의 기사 돈 끼호떼는 만천하가 길이길이 기리고 기억할 만한 훌륭한 분이었다는 것이고, 그런 만큼 내가 아무리 힘들고 어려운 일이 있더라도 꼭 이 아름다운 이야기의 종말을 찾아내고야 말겠다는 결심을 할 수밖에 없지 않겠느냐는 이야기이다. 하늘과 운과 인연이 나에게 도움을 주지 않는다면 세상은 정말로 재미있는 이야기 하나를 잃어버릴 거라는 생각도 들었다. 비록 찬찬히 읽어도 한두시간의 심심풀이 소일거리밖에는 안되겠지만,[5] 하여튼 이리하여 그 책을 찾아나서게 되었다.

하루는 내가 똘레도의 저잣거리 알까나에 나가 있는데, 한 소년이 비단장수에게 낡은 책이며 종이들을 팔러 왔다. 원래 길에 떨어진 찢어진 종이쪼가리 하나라도 읽기를 좋아하는 나인지라 자연히 관심이 쏠려서 소년이 팔고 있는 잡기장 하나를 집어들었다. 보아하니 그 책은 아랍 글자로 쓰였는데, 아랍 글자인 줄은 알지만 읽을 줄은 몰라서 우리말을 알고 그 책을 읽을 만한 아랍인이나 무어인이 있나 찾아보았다. 그곳은 고대 히브리어를 번역하는 사람도 있을 만한 곳이어서 번역할 만한 사람을 찾기는 어렵지 않았다. 우연히 한 사람을 찾아 번역을 부탁하고 책을 손에 넘겨주었더니, 그 친구는 책 중간을 펼쳐보고 잠깐 읽다가 갑자기 웃음을 터뜨렸다.

무엇이 그렇게 우습냐고 물었더니, 그 친구 대답이 책 가장자리에 낙서로 써놓은 말이 너무 웃긴다고 했다. 무어라고 쓰여 있느냐고 묻자, 그는 웃음을 그치지 않고 말했다.

"그러니까, 이 가장자리에 쓰인 말을 그대로 읽어줄게요. '이 책에 몇번이고 나오는 엘 또보소의 둘시네아라는 여자는 온 라 만차 지방에서 돼지고기를 소금에 절이는 데 최고의 손맛을 자랑하는 여자였다고 한다'라고 써 있어요."

나는 '엘 또보소의 둘시네아'라는 말을 듣자 깜짝 놀라 정신이 없었다. 그 책이 바로 돈 끼호떼의 이야기를 담은 책이라는 것을 알아차렸기 때문이다. 나는 그에게 빨리 그 첫 부분을 읽어보라고 했다. 내 말을 따라 그 즉시 그가 아랍어를 에스빠냐 말로 옮긴즉 이렇다고 했다. '라 만차의 돈 끼호떼 이야기, 아라비아의 역사가 시데 아메떼 베넹헬리 지음.' 그 책 제목이 귀에 와닿는 순간, 나는

---

5 어떻게 읽어도 두세시간은 걸릴 것이다. 이 말 속에는 자기 소설을 낮추는 세르반떼스 특유의 겸손이 깔려 있다.

넘치는 기쁨을 감추느라 무척 점잔을 빼야 했다. 그리고 비단장수를 제치고 직접 소년에게 0.5레알을 주고 책 모두와 잡기장을 샀다. 만약 그 소년이 내가 얼마나 그 책을 원하는지를 알았다면, 6레알 이상은 너끈히 받아갈 수 있었을 게다. 나는 즉시 무어인과 그 자리를 떠 곧바로 대성당 예배실로 가, 그에게 돈 끼호떼에 관한 모든 잡기장의 이야기를 에스빠냐 말로 번역해달라고 요청했다. 번역료는 원하는 대로 줄 테니 거기 있는 그대로 글자 하나 빼지도 더하지도 말고 옮겨달라고 했다. 그는 무어인이 좋아하는 건포도 두말, 밀 두 가마니로 만족하며, 빠른 시일 안에 충실하게 번역해주겠다고 약속했다. 그렇지만 나는 이런 반가운 발견을 그냥 놓아둘 수 없어 일을 좀더 쉽게 하려고 그 무어인을 집으로 데려왔고, 그는 우리 집에서 한달 반 조금 더 걸려 전부를 번역했다. 여기 이야기하는 것이 바로 그것이다.

표지에는 돈 끼호떼와 비스까야 사람의 싸움이 아주 실감나게 그려져 있었다. 이야기에 나오는 그대로 둘 다 칼을 들고, 한 사람은 동그란 방패를, 또 한 사람은 방패 대신 방석을 든 채 공격자세를 취하고 있었다. 비스까야 사람의 노새 역시 실감나게 묘사되었는데, 단거리 대여용 노새로 그 노새 발에는 '돈 싼초 데 아스뻬이띠아'라는 이름표가 붙어 있는 걸 보아 아마 비스까야 사람의 이름인 듯했다. 로신안떼의 발에도 '돈 끼호떼'라는 명찰이 있었다. 로신안떼는 정말 기막히게 잘 묘사되었으니, 길고 축 늘어진 몸집에다, 진짜 가늘고 삐쩍 마르게 척추까지 앙상하게 그려놓고 게다가 열병으로 문드러진 흔적까지 뚜렷하게 그렸다. 비루먹은 농삿말 '로신안떼'라는 이름과 어쩌면 그리 잘 어울리는지 대단한 솜씨였다. 그 옆에는 싼초 빤사가 자기 당나귀의 고삐를 잡고 서 있고, 당나귀 발에는 '싼초 산까스'라는 명패가 붙어 있는데, 그림으로 보니 그 주인이 배가 불룩 튀어나오고, 키가 작달막하고, 다리가 길어 '배때기'를 뜻하는 '빤사'나 '다리'를 뜻하는 '산까스'라는 이름이 붙은 것 같았다. 이 이야기에 더러는 이 성, 더러는 저 성으로 싼초를 부르는 이유가 바로 거기에 있었다. 다른 사소한 것들이 눈에 띄었지만 별로 중요한 건 아니었고,[6] 이야기를 사실 그대로 묘사했느냐가 중요하므로 사소한 것일지라도 사실이라면 나쁠 것은 없었다.

이 책 속 이야기의 진실성 여부에 약간 의심이 가는 점이 있다면, 그것은 작가가 다름 아닌 아라비아 사람이라는 데 있다. 아라비아 사람들은 거짓말쟁이로 소문이 난데다 우리의 숙명적인 적들이기에 장점보다는 단점이 더 많이 기록되었으리라 생각되기도 했다. 예를 들어 이런 훌륭한 기사에 대하여 더욱 칭송해야 하거나 할 수 있는데도 펜을 아껴 일부러 쓰지 않고 지나가버린다든지 할 가능성이 있는데, 이것이야말로 나쁜 짓이고 최악의 의도적 행위라고 할 수 있다. 역사가란 사사로운 감정에 흔들리지 않아야 하고 가장 정확하고 진실해야 하며, 개인의 이익이나 두려움, 원한, 편애로 진실을 버리고 그들의 붓을 굽은 길로 가게 해서는 안된다. 역사는 진실의 어머니이며 시간의 경쟁자, 행적의 저장고, 과거의 증인, 현재의 실증이며 전달이고, 미래에 대한 경고이기 때문이다. 이 이야기 속에는 가장 온건한 책 속에서 우연히 기대할 수 있는 모든 것을 발견할 수 있을 것이다. 다만 이 책에 어떤 장점이 부족하다

---

6 작가는 싼초 빤사라는 이름을 작품 내내 사용하나 여기서는 산까스라는 이름을 썼다. 이것이 작가의 실수였음을 변명하는 것일지도 모르나 중요한 일은 아니라고 말하는 부분이다.

면 이야기 주인공의 잘못이라기보다는 작가인 무어인의 나쁜 버릇이 표출된 결과로 보아야 할 것이다. 아무튼 번역에 따르면 이 이야기의 2부는 이렇게 시작되고 있다.

분노에 찬 두 용감한 전사가 날카로운 칼을 높이 쳐들고 자세를 취하는 모습이 마치 하늘을 찌르고, 땅과 지옥을 위협하는 듯 보였다. 둘 다 그만큼 의기양양했다. 먼저 칼을 내려친 사람은 성난 비스까야 사람이었다. 어찌나 격렬하고 세게 후려쳤는지 중간에 칼을 비키지 않았다면 그 무서운 결투는 물론, 우리 기사의 모든 모험이 끝장날 뻔했다. 그러나 행운이라는 것이 더욱 큰일을 하라고 우리 기사 편에 있었던지 상대방의 칼은 빗나갔다. 돈 끼호떼는 왼쪽 어깨를 맞아 보호대가 벗겨졌고 그 공격을 당하는 바람에 귀 반쪽과 투구의 한 귀퉁이가 떨어져나갔다. 여하튼 돈 끼호떼는 여지없이 패배하여 땅에 떨어지는 처참한 몰골이 되었다.

세상에 이럴 수가, 이 모양 이 꼴로 땅에 떨어진 우리 기사의 가슴속에 치밀어오르는 분노를 지금 누가 일일이 다 이야기할 수 있겠는가! 더이상 말이 필요없었다. 우리의 기사는 다시 등자를 밟고 말에 기어올라 두 손에 칼을 더욱 꽉 움켜쥐고 맹렬하게 비스까야 사람을 향해 칼을 내리쳤다. 칼은 정통으로 그 사람의 방석과 머리에 그대로 내리꽂혔다. 그토록 좋은 방패를 들었으나, 그 사람의 머리 위로 마치 산더미가 내려앉는 것 같았다. 입이며 코, 귀로 피가 쏟아졌고, 노새의 몸에서 떨어지면서 노새의 목을 껴안고 버티지 않았다면 틀림없이 몸이 아래로 굴러떨어졌을 것이다. 결국 등자에서 발이 빠지고 팔을 놓아버리자 이 무서운 충격에 놀란 노새가 들판으로 달아나 몇번 뛰더니 그만 주인을 땅에 떨어뜨렸다.

돈 끼호떼는 아주 침착한 자세로 그 광경을 지켜보았다. 상대방이 땅으로 떨어지자 말에서 뛰어내려 가벼운 걸음걸이로 그에게 다가갔다. 그리고 칼끝을 눈앞에 들이대고 항복하라고 하면서 항복하지 않으면 목을 베겠다고 했다. 비스까야 사람은 완전히 정신이 빠져 무슨 말을 해야 할지를 몰랐다. 그때 마차에 타고 있던 귀부인들이 말리지 않았다면 그 사람은 분노로 눈이 먼 돈 끼호떼에게 큰일을 당할 뻔했다. 그때까지 기겁한 채 이 싸움을 보고만 있던 부인들이 돈 끼호떼에게 다가가 제발 시종의 목숨만은 살려달라고 애걸복걸했다. 그러자 돈 끼호떼는 목소리를 가다듬어 엄숙하게 말했다.

"귀하고 아름다운 부인들이시여, 기꺼이 청하시는 바를 들어드리겠습니다. 하지만 한가지 조건이 있으니 그걸 지키셔야 합니다. 그것은 이 사람은 엘 또보소라는 곳으로 가서 세상에 둘도 없는 둘시네아 공주를 만나 자신과 당신들을 제가 보냈다는 말을 하고 그분 뜻대로 하겠다며 처분을 기다려야 한다는 것이옵니다. 이 약속은 꼭 지켜야 합니다."

겁에 질려 어찌할 바 모르는 이 부인들은 돈 끼호떼가 무얼 부탁하는지를 알지도 못하고, 둘시네아가 누구인지 물어볼 생각도 못한 채 모든 것을 약속했고, 돈 끼호떼가 시키는 대로 시종이 하도록 하겠다고 했다.

"그렇게 약조를 해주신다면, 비록 이 사람의 잘못이 크지만 더이상 벌은 주지 않겠습니다."

10장

비스까야 사람과 돈 끼호떼 사이에 벌어진 다음 이야기와 양구아스 지방 패거리와의 사이에 빚어진 위험한 사건들[1]

바로 이때 싼초는 일어나 있었는데, 신부들과 아이들의 매타작으로 몰골이 약간 망가진 형상이었다. 주인 돈 끼호떼 나리의 싸움에 온 정신을 다 쏟아 온 마음으로 하느님께 빌고 있었다. 부디 주인님이 이기게 해주시고, 이 싸움에서 어느 섬이라도 얻게 해주시고, 약속대로 자기가 영주로 앉게 해주시기를 빌었다. 그러다가 싸움이 다 끝나고 주인님이 다시 로신안떼 위에 올라타려고 하자, 싼초는 등자를 잡고 그가 말에 오르기 전에 그 앞에 무릎을 꿇고 돈 끼호떼의 손을 붙들고 입을 맞추며 말했다.

"부디 간청하건대, 돈 끼호떼 주인 나리, 이 무서운 전투에서 획

---

1 1605년판 이 10장의 제목은 좀 이상하다. 비스까야 사람과의 싸움은 이미 끝났고, 양구아스 사람들과의 모험은 15장에서 벌어진다. 이런 것을 보면 세르반떼스가 소설의 각 장들을 다 쓴 뒤에 제목을 붙였거나 또는 인쇄공들이 붙였을 가능성도 있다. 어찌 되었든 성급하고 무책임한 데서 오는 실수들이 이 초판본의 특색 중 하나이다.

득하신 섬을 제가 다스리게 하소서. 소인은 그 섬이 아무리 크다고 해도, 섬들을 통치했던 세상 그 누구보다도 더 잘 다스릴 수 있다고 느낍니다요."

그러자 돈 끼호떼가 말했다.

"이보게, 친구, 이번 모험이나 이 비슷한 싸움들은 섬들을 놓고 싸우는 게 아니라 우연한 충돌이라는 게야. 이런 싸움에서 얻는 것이라고는 머리통이 깨지거나 귀가 하나 날아가는 불상사들이지. 앞으로 멋진 모험들이 닥칠 테니 인내심을 갖고 기다리게. 그때는 자네를 영주로 앉히기만 하겠는가, 더한 자리도 주지."

싼초는 감동해서 다시 한번 그의 손과 갑옷 자락에 입을 맞추었다. 그러고는 돈 끼호떼가 로신안떼에 올라타는 것을 도와주고, 자신도 당나귀 위에 올라타 주인을 따라갔다. 돈 끼호떼는 마차에 탄 여자들과는 작별인사도, 말도 안하고 느릿느릿 그 옆의 숲 속으로 들어갔다. 싼초도 부지런히 당나귀를 몰아 뒤를 따랐으나 로신안떼의 발걸음이 너무 빨라서 늘 뒤처졌다. 하는 수 없이 주인 나리께 좀 천천히 기다려달라고 소리치자 돈 끼호떼는 로신안떼의 말고삐를 잡고 싼초가 다가올 때까지 기다렸다. 하인이 피로한 기색으로 다가와서 이렇게 말했다.

"나리, 이제 어느 교회라도 가서 잠깐 숨었다 가는 게 좋을 듯합니다요. 나리와 싸운 그 친구가 상처가 심한지라 곧 어디 '성스러운 형제단'(자경단)[2]에라도 사건을 신고하고 우리를 체포하라고 할걸요. 만일 잡히기라도 하면 감옥에서 빠져나오는 데도 우린 고

---

2 '성스러운 형제단'(Santa Hermandad)이라 직역하고 '자경단'(自警團)이라고 뜻을 덧붙인 것은 이 조직이 무장을 하고 길이나 들판의 도둑, 강도, 난봉꾼 들을 잡아들이는 임무를 수행했기 때문이다.

생깨나 할 거구만요."

"입 닥쳐, 이 사람아." 돈 끼호떼가 말했다. "그래, 방랑기사가 살인보다 더한 범죄를 저질렀다 한들 기사가 재판에 부쳐졌다는 이야기를 한번이라도 보거나 읽은 적이 있는가?"

"소인은 '개판' 같은 건 모르는 사람입니다." 싼초가 대답했다. "소인은 평생 누구에게 개판 쳐본 적도 없구요.³ 다만 '성스러운 형제단'이 들이나 길가에서 싸우는 사람들을 잡아가는 데라는 것은 알고 있구만요. 다른 문제라면 지가 끼어들 일이 아니지요."

"그렇다면 너무 걱정하지 말게나, 이 친구야!" 돈 끼호떼가 대답했다. "무슨 일이 있더라도 내가 자네를 곤경에서 구해줄 테니 말야. 자경단에 끌려간다면 더군다나 내가 가만있겠나. 그건 그렇고 어디 말 좀 해보게, 이 세상 어디에서 나보다 더 용감한 기사를 본 적이 있는가? 고금의 어느 책에서라도 말야. 적을 향해 돌진할 때 나보다 더 늠름하고, 적과 버티는 데 나보다 더 활기차고, 공격에서 나보다 더 정확하고, 쓰러뜨리는 데 나보다 더 재주 많은 기사 본 적이 있냐고?"

"사실은 말입니다요." 싼초가 대답했다. "소인은 책 같은 건 한번도 읽어본 적이 없구만요. 글이라면 쓸 줄도 읽을 줄도 모르니까요. 하지만 정말이지 목숨 걸고 한마디 하자면 소인이 평생 많은 사람을 섬겼지만 주인님같이 물불 모르고 덤비시는 분은 모셔본 적이 없구만요. 하느님이 보살펴서서 제발 이런 무서운 사건들 때문에 지가 아까 말씀드린 그런 데서 처벌받지 않아야 할 텐데. 나리께 부탁드리고 싶은 말은요, 제발 상처 좀 치료하시라는 거예요.

---

3 싼초는 'homicidios'(살인)라는 말을 'omecillos'(증오)로 오해한다. 이 말놀이를 '재판'을 '개판'으로 오해한 것으로 옮겼다.

그 귀에서 아직 피가 많이 흐르고 있어요. 여기 배낭에 흰 고약 조금하고 실을 넣어왔구만요."

"그런 건 약이 아니지." 돈 끼호떼가 말했다. "내가 만약 지금 피에라브라스 향유[4] 만드는 법을 생각해내기만 한다면 말이야, 그런 건 필요없을 텐데. 그 향유 한 방울이면 시간이고 약이고 다 절약할 수 있을 텐데."

"그것이 무슨 약병, 무슨 향료라는 것인데요?" 싼초가 물었다.

"그 향유로 말하면," 돈 끼호떼가 말을 이었다. "지금 내 머릿속에 만드는 방법이 떠올랐는데, 그거 한 방울이면 죽음도 겁 안 나지. 어떤 상처도 그것만 있으면 죽지 않게 된다는 말이지. 내가 그걸 만들어 자네에게 주는 날이 오면, 자네는 걱정할 게 하나도 없겠지. 결투에서 내 몸이 두 동강이 나는 것을 보아도——기사들의 싸움에는 흔히 그런 일이 벌어지거든——땅에 떨어진 몸 한쪽을 곱게 주워 말 위에 있는 다른 한쪽에 피가 굳기 전에 붙이면 되지. 물론 두 몸뚱이를 정확하게 잘 맞추는 건 주의해야지. 그러고는 내가 말한 향유를 두 방울만 마시게 하면, 온몸이 씻은 듯이 거뜬하게 낫게 된다고."

"정말 그런 약이 있다면," 싼초가 말했다. "지는 지금부터 주인님이 약속해주신 섬 같은 건 포기하구요, 그저 지가 이토록 힘들게 봉사한 댓가로 그 영약 만드는 기술만 전수해주신다면 더 바랄 게 없겠구만요. 지 생각으로는요, 그거 한 방울이면 어딜 가도 2레알 이상은 받을 테니 아무 근심 걱정 없이 남은 생은 편히 살 수 있겠

---

4 프랑스 구전 서사시에 피에라브라스(Fierabrás) 이야기가 나온다. 사라센제국의 거인이 로마에서 예수를 미라로 만들고 남은 향유 두 통을 훔치는데, 이 향유는 마시기만 하면 모든 상처나 병을 낫게 하는 효험이 있었다고 한다.

네요. 그런데 궁금한 건, 그 약 만드는 데 비용은 많이 드나 하는 거네요."

"3레알이 채 못되는 비용으로 한말은 만들 수 있지." 돈 끼호떼가 말했다.

"아이구 맙소사!" 싼초가 말했다. "세상에 그런 좋은 기술을 가지고도 뭘 우물쭈물하세요, 지금 당장 만들어 소인에게 가르쳐주시지 않고?"

"조용히 하게, 이 사람아!" 돈 끼호떼가 말했다. "더 많은 비약도 자네에게 가르쳐줄 테고, 더 많은 은혜도 베풀어줄 작정이네. 그러니 우선 여기 아픈 데나 치료해주게나. 귀가 생각보다 많이 아프구면."

싼초는 배낭에서 고약과 실을 꺼냈다. 그러나 돈 끼호떼는 막상 자신의 투구가 부서진 것을 보자 금방 기절할 듯하더니 손에 칼을 움켜쥐고 눈을 하늘로 치켜뜨며 외쳤다.

"세상 만물의 창조주와 가장 성스러운 경전들을 앞에 두고 거기에 쓰인 길고 긴 맹세문을 두고 내 맹세하나니, 이놈들을 절대로 용서하지 않겠노라. 저 위대한 만뚜아 후작께서 자기 조카 발도비노스를 죽인 자들에게 복수하기 전까지는 식탁에서 밥도 먹지 않고 아내와 잠자리도 하지 아니하고, 그밖에 내가 기억하지 못한 수많은 금욕생활을 했듯이, 이 버르장머리 없는 짓을 한 놈에게 완전히 복수하기 전에는, 내 만천하에 천명하건대 맹세코 그와 똑같이 이를 갈고 기다리겠노라."

이 말을 듣자 싼초가 그에게 말했다.

"돈 끼호떼 나리, 그 기사가 나리께서 말씀하신 대로 우리 둘시네아 공주님을 찾아가뵈라는 명령을 그대로 이행하면, 시키신 대로 의무를 수행했으니 다른 죄를 더 짓지 않는 바에야 벌을 더 주어서는 안되지 않겠습니까요?"

"듣고 보니, 그대가 잘 지적해주었군." 돈 끼호떼가 말했다. "그렇다면 그 기사에게 새로운 복수를 하겠다는 맹세는 수정하겠네. 하지만 이미 약속한 금욕생활을 그대로 이행하겠다고 한 건 다시 맹세하네. 내 힘으로 어느 기사에게서 내 투구와 똑같은, 그렇게 좋은 투구를 빼앗기 전까지는 말이야. 내 말을 헛소리라고 생각해서는 안되네, 싼초. 난 지금 맘브리노 투구를 빼앗고 했던 수행을 글자 그대로 본받으려 하는 게야. 싸끄리빤떼가 그 투구 때문에 경을 쳤지."[5]

"빌어먹을 그런 맹세는 뭐하러 자꾸 하십니까요, 나리." 싼초가 다그쳤다. "자꾸 그러시면 몸에도 안 좋고 마음에도 부담이 가실 텐데요. 그러니까 말씀해보세요. 며칠이 지나도 투구 쓴 사람을 못 만나면 우린 어떻게 해야 된다는 말인가요? 지금 나리가 본받아 따르시겠다는, 그 미친 늙은이 만뚜아 후작이 맹세한 대로 옷도 벗지 않고 자고, 사람 사는 마을이나 집 같은 데서 편히 자지도 않고, 그 밖에 다른 수천가지 고행과 고생과 불편함을 감수하면서까지 맹세를 지키겠다는 말씀이 아닌가요? 나리, 잘 생각 좀 해보세요, 요즘 요 근방 길거리에는 무사 같은 사람들은 지나다니지 않아요. 다니는 사람들이라고 해야 짐수레꾼들이나 마부들뿐이라구요. 그 사람들은 투구 같은 건 쓰지도 않을뿐더러 아마 평생 가야 투구라는 말조차도 들어본 적이 없을걸요."

---

5 보이아르도의 『사랑에 빠진 오를란도』에 나오는 맘브리노는 무어족 왕이며 그의 투구를 레이날도스 데 몬딸반이 얻게 된다. 아리오스또의 『성난 오를란도』에서 레이날도스를 죽이고 투구를 얻은 자는 싸끄리빤떼가 아니라 다르디넬이다.

"그건 자네가 모르고 하는 소리야." 돈 끼호떼가 말했다. "단 두 시간도 안돼 여기 어디 네거리에서 무사들이 나타날 테니 두고 보라고. 미녀 안젤리까를 잡으러 알브라까 위에 나타났던 수천만 기사보다 더 많은 무사들이 말이야."[6]

"가만있자, 그러면 정말 좋겠군요." 싼초가 말했다. "그래서 제발 일이 잘 풀려서 빨리 지가 원하는 섬 하나를 얻을 기회만 온다면야 당장 죽어도 좋지요."

"이미 자네에게 말하지 않았는가, 싼초! 그 문제는 아무 걱정 말라고. 섬이 안되면 덴마크 왕국이나 작은 쏠리아디사 왕국[7]도 있지 않는가. 그런 왕국 정도면 자네에게도 안성맞춤이고, 더군다나 섬이 아니고 육지이니 자네가 더욱 좋아하겠지. 그러나저러나 그 이야기는 그때 가서 하기로 하고, 그 배낭에 뭐 먹을 것 좀 있나 보지 그래. 어느 성에든 도착만 하면 오늘 하룻밤을 지내며 자네에게 말한 대로 그 향유를 만들 작정인데, 이거 정말이지, 귀가 너무 아파 오는구먼."

"여기 양파 하나하고 치즈 조금, 그리고 빵 몇 조각이 있구먼요." 싼초가 우물거리며 말했다. "하지만 나리같이 귀한 분이 드실 만한 음식이 못되어서……"

"거 정말 자네가 뭘 모르는구먼!" 돈 끼호떼가 대답했다. "싼초, 내 자네에게 이야기하네만, 방랑기사라고 하는 사람들은 한달을 먹지 않아도 아무렇지 않아야 하며, 간혹 먹을 것을 입에 대더라도

---

6 『사랑에 빠진 오를란도』에 나오는 알브라까는 아시아의 먼 나라로, 안젤리까를 잡아온 지역으로 나와 있다.
7 원문에는 『끌라마데스 기사 이야기』에 나오는 웅주 이름인 알리아디사 이름을 따서 썼으나, 그다음 책부터는 『골 지방의 아마디스』에 나오는 '쏘브라디사' 왕국이라는 이름을 쓴다.

손에 닿는 대로 아무거나 먹는 것이 예법이지. 자네가 나처럼 많은 기사소설들을 읽었다면 내 말이 사실임을 알았을 걸세. 내가 읽은 기사소설이 많았지만, 그중 어느 책에서도 방랑기사들이 식사하고 다녔다는 이야기는 못 봤어. 어쩌다 그들에게 베풀어지는 성대한 연회석 같은 데서는 빼놓고 말이야. 그러니까 그외엔 그냥 아무거나 먹고 지냈다는 이야기겠지. 물론 기사라고 아무것도 안 먹고, 용변도 안 보고, 다른 모든 생리적인 현상도 무시하고 지내지는 못했을 거라고 짐작은 가지만 말이야. 사실 그 기사들도 우리처럼 똑같은 사람이니, 일생을 대부분 인가 없는 빈 들판이나 숲 속으로 다녔고, 요리사를 데리고 다니지도 않았으니 먹기야 했겠지만 늘 형편없는 시골 음식들이었겠지. 지금 자네가 주는 이런 음식처럼 말일세. 그러니 이 친구야, 나는 이걸로 족하니 너무 마음 아파하지 말게나. 어쨌든 자네가 새로운 법도를 만들거나 방랑기사의 정도를 벗어나게 할 생각은 말게나."

"용서하십시오, 나리!" 싼초가 말했다. "소인은 이미 말씀드렸듯이, 읽을 줄도 모르고 쓸 줄도 모르는 무식쟁이인지라 기사도가 무엇인지도 모를 뿐만 아니라 어떤 게 기사도 계율에 맞는지 안 맞는지도 모릅니다요. 아무튼 앞으로는 기사님이신 나리를 위해 마른 과일 같은 것은 모두 배낭에 모으겠으며, 기사가 아닌 소인을 위해서는 닭고기나 쇠고기 같은 좀 영양가 있는 것을 준비해 다니겠습니다."

"내 말은 그런 말이 아니야." 돈 끼호떼가 말을 받았다. "방랑기사들이 꼭 자네가 말하는 그런 과일들만 먹어야 한다는 소리가 아니라, 그 기사들이 보통 먹었던 음식들이 그런 것들이지 않겠느냐는 거지. 아니면 들판에서 그들이 아는 풀 같은 것을 찾아 뜯어먹을 수도 있었을 터이고…… 나도 그런 풀들은 알고 있지."

"그거야말로 좋겠네요." 싼초가 대답했다. "그런 풀들을 안다면 말입니다요, 방금 지가 생각하기엔 그런 풀들을 아는 것도 언젠가 쓰일 때가 있을 것 같구만요."

그러고 나서 싼초는 가지고 온 것들을 꺼냈고, 둘은 다정하게 앉아 한가로이 식사를 했다. 하지만 그날 밤 묵을 데를 찾아봐야 한다는 생각에 그 바싹 마른 초라한 음식들을 빨리빨리 먹어치웠다. 그리고 곧 말 위에 올라타서, 날이 어두워지기 전에 인가가 있는 곳을 찾아야 한다는 생각에 걸음을 재촉했다. 그러나 해는 짧아서, 그들이 어느 목동들의 움막 가까이 당도했을 때 이미 그들이 원하던 희망이 사라졌음을 알았다. 그래서 거기서 하룻밤을 지내기로 마음먹었다. 싼초는 사람 사는 마을에 가서 자지 못한 게 속상했지만 그 주인은 하늘이 탁 트인 벌판에서 잠을 잔다는 게 여간 기분 좋지 않았다. 돈 끼호떼는 이런 일이 벌어질 때마다 자신의 기사도 수련을 도와주는 더할 나위 없는 고행의 기회라고 생각했기 때문이다.

11장

염소치기들과 함께 있으면서 벌어진 일들에 대하여

　염소치기들은 기분 좋게 돈 끼호떼와 싼초를 받아주었다. 싼초는 로신안떼와 자기 당나귀를 되도록 편한 자리에 매어두고는 염소치기들이 염소고기 몇 덩이를 솥에다 넣고 끓이느라 나는 맛있는 냄새 쪽으로 다가갔다. 싼초는 고기들이 다 익었는가 보고 당장 솥에서 꺼내 배 속으로 집어넣고 싶은 마음이 굴뚝같았지만 염소치기들이 고기를 솥에서 꺼내고 있었기에 꾹 참았다. 그들은 땅에다 양가죽을 펴고 신속하게 상이라는 것을 차린 뒤 있는 것이니 같이 먹자고 아주 친절하게 두 사람을 그 자리에 초대했다. 양가죽 주위로 그 목장에 있는 목동 여섯 사람이 둘러앉았고, 조그만 여물통을 거꾸로 엎어놓고 돈 끼호떼에게 그 자리에 앉으라고 촌스럽지만 정중하게 권했다. 돈 끼호떼는 앉고 싼초는 서서 뿔로 만든 술잔에 술을 따랐다. 싼초가 서 있는 것을 보고 주인이 말했다.

　"이보게, 싼초! 방랑기사의 길에도 이런 행복이 있는 걸세. 기사들이 수행을 하다보면 우연찮게 이런 일들이 있는 거야. 잠깐 사이에 이렇게 세상 사람들에게 존경과 환대를 받게 될 줄을 알았겠는가. 자네도 여기 내 옆에 이 좋은 분들과 함께 같이 앉게나. 내가 자네의 주인이고 어른이지만 이제는 자네도 나와 똑같이 격의없이 행동하는 것이 좋아. 말하자면 나와 같은 그릇으로 밥을 먹고, 내가 마시는 것을 같이 마시고 그래야지. 왜냐하면 방랑기사의 기사도라고 하는 건 사랑의 도리와 같아서 모든 일이나 사람들을 모두 동등하게 생각하기 때문이지.”

“황공합니다, 나리!” 싼초가 말했다. “그런데 황제와 나란히 앉아서 먹는 것도 좋겠지만 소인은 그저 먹을 것만 있으면, 그냥 이렇게 혼자 서서 먹는 게 훨씬 편하고 좋구만요. 그뿐 아니라 사실대로 말씀드리자면 소인은 예의를 차리고 조심할 필요도 없이 지자리에서 아무렇게나 먹는 게 빵 한 조각에 양파만 있어도 훨씬 맛이 있고 잘 넘어가니까요. 점잖은 식탁의 칠면조고기면 뭐해요. 거기 앉으면 고기도 천천히 씹고, 포도주도 조금씩 마시고, 입도 자주 닦고, 기침이 나와도 기침도 못하고…… 혼자서 자유롭게 먹으면 아무렇게나 해도 좋은 것을, 아무 짓도 못하고 고생하는 게 뭐가 맛이 있남요? 그러니 나리, 시방 나리께서 방랑기사의 법도를 지키고자 나리의 하인을 위해 베푸시려는 그런 은혜는 더 편하고 영양가 있는 걸로 바꿔서 베풀어주시면 좋겠구만요. 그 뜻은 감사히 받아들이겠으나, 소인은 앞으로 세상이 끝이 난대도 절대 사양하겠습니다요.”

“자네가 아무리 그렇다 해도 여하튼 앉게나, 겸손하면 하늘이 돕는 법이라네.”

이렇게 말하고 돈 끼호떼는 싼초의 팔을 잡아끌어 억지로 자기 옆에 앉혔다.

염소치기들은 기사도니 하인도니 하는 이상한 소리들을 전혀 알아듣지 못하고 그저 말없이 먹는 데만 열중하면서도 아주 점잖게 고깃덩어리를 주먹으로 움켜쥐고 있는 손님들을 바라보았다. 고기를 다 먹자 아직 털을 깎지 않은 양가죽 위에 도토리며 밤들을 수북이 쏟아놓았고, 그 옆에는 마치 석회 덩어리같이 딱딱한 치즈 반조각을 내놓았다. 이것저것 먹어대면서 옆에 있는 뿔로 만든 술잔은 쉴 틈 없이 이리저리 돌려가며 하도 마셔대는 통에 우물의 두레박처럼 비었다 채워졌다 정신없이 바빴다. 그러다보니 밖에 내놓았던 술 두 통 중 하나가 다 비어버렸다. 돈 끼호떼가 실컷 배를 채우고 난 뒤, 도토리 한 줌을 손에 쥐고 찬찬히 바라보면서 목소리를 높여 설교를 늘어놓았다.

"아, 정말로 행복한 시절, 행복한 세상이 있었으니 옛사람들은 그때 그 시절을 일컬어 황금세기라 했노라.[1] 그 황금이라는 것이 우리 철기시대, 돈타령하는 시대처럼 값이 비싸서 좋아하고, 운 좋게 쉽게 구할 수 있어서 '황금세기'라고 하는 것이 아니라, 그 시절의 사람들은 '네 것' '내 것'이라는 이 두 단어조차 모르고 살았기 때문이야. 그때 그 성스러운 시절에는 모든 것이 다 공동소유여서 날마다 먹을 것을 구하느라 애써 일할 필요도 없고, 배고프면 손을 들어 튼튼한 도토리나무에서 먹을 만큼 열매를 따먹으면 되었지. 도토리는 항상 달게 맛이 들어 있었고 사람들이 언제든지 자유롭

─────────────────

1 로마의 시인들 오비디우스나 베르길리우스를 모방하여 에스빠냐 고전 시인들이 자주 인용한, 자연 속에서 자연인으로 살던 시절의 '황금세기'에 대한 이야기이다. 이와 가장 가까운 글이 안또니오 데 게바라(Antonio de Guevara) 신부의 『마르쿠스 아우렐리우스 혹은 왕자들의 지침 시계』(*Marco Aurelio o Reloj de Príncipes*)라고 한다.

게 따먹을 수 있도록 열려 있었으니까. 맑은 샘물과 흐르는 강물이 곳곳에 넘쳐나서 언제든지 맛있고 맑은 물을 먹을 수 있었지. 바위 틈새와 나무 구멍에는 열심히 일하는 착하고 얌전한 벌 떼가 큰 나라를 이루어 누구든 손만 내밀면 사심없이 자기들이 만들어놓은 달콤하고 풍성한 결실을 베풀어주었지. 당당한 코르크나무들은 다른 재주는 없어도 예절 바르기로는 일등이어서 그 널따랗고 가벼운 코르크 껍질을 선사했지. 그 껍질로 사람들은 거친 나무기둥으로 얼기설기 지은 집의 지붕을 덮는 것을 배웠는데, 단지 하늘에서 오는 비나 우박을 피하기만 했던 거지. 세상 모든 것이 그때는 다 화평하고, 친절하고, 조화로웠어. 그때는 구부러진 쟁기의 무거운 날이 우리의 첫째 어머니인 자연의 자비스러운 가슴을 찾아오거나 파헤칠 생각조차 하지 못할 때였어. 그 어머니께서 누가 억지로 달라 안해도, 손수 그 넓고 풍성한 젖가슴 곳곳에서 당신이 거느린 자식들이 실컷 먹고 마시고 즐길 수 있도록 베풀어주셨으니까. 그때야말로 진짜 소박하고 아름다운 염소치기 아가씨들이 머리를 땋거나 풀어헤친 채로 골짜기와 골짜기, 풀밭과 풀밭을 돌아다녔고, 옷이라 해보아야 정숙한 여자라면 누구나 항상 가려야 된다고 생각하는, 정절이 요구되는 데만 얌전하게 가리면 되었지. 치장이라고 하는 것도 지금 유행하는 옷들과 달랐지. 요즘은 띠로[2]의 자주색 비단이나 여러번 손질하여 다듬고 다듬은 옷감들을 좋아하지만, 푸른 우엉 이파리에다가 담쟁이덩굴로 엮은 치마면 충분했지. 그런 옷을 입고도 지금 우리 도회 여자들이 야릇한 호기심에 입고 다니는 이상하고 희한한 유행 옷차림보다 훨씬 화사하고 어울리는 모

2 띠로(Tiro)는 오늘날 레바논 남부의 도시로, 고대 페니키아 왕국의 항구도시 티루스이다.

양들이었다고. 그때는 아가씨들도 소박한 마음에서 우러나오는 순진한 느낌 그대로 사랑의 생각들을 그냥 읊조리는 것이 보통이었고, 좋은 말을 하려고 일부러 돌려서 말하거나 꾸미지도 않았단 말이지. 진실이나 평범을 가장한 사악한 행동도 협잡도 속임수도 없었고, 정의라는 것이 글자 그대로 정확하게 지켜져 지금 흔한 난장판처럼 배경이니 잇속이니 하는 것들이 공정성을 흐리고 못되게 하는 짓들을 감히 못했지. 재판관의 판정에 요즘처럼 봐줄 사람은 봐주는 식의 통념은 비집고 들어갈 틈이 없었는데, 왜냐하면 재판하는 사람도 재판받을 사람도 없었으니까. 처녀와 순결은 이미 말했듯이, 어딜 가나 흠잡을 데 없이 번듯하게 지켜졌고 희롱이나 음탕한 손길에 더럽혀지는 일은 없었고, 순결을 잃게 될 때는 스스로 마음에서 우러나 좋아서 벌어진 일일 뿐이었지. 그런데 이 멋대가리 없는 우리 시대에는 어느 여자의 순결도 안전할 수가 없다는 게 문제야. 크레타의 미궁 같은 은밀한 궁궐을 짓고 아무리 여자를 숨겨놓아도 틈만 나면 하늘에서 나타났는지, 아니면 그 빌어먹을 여자를 꾀는 기술이 넘쳐서 여자들 마음으로 사랑의 독약이 아무도 모르게 스며들게 했는지 아무리 숨어 살아도 모두 허탕이야. 그래서 세월이 가면서 음란한 폐습이 갈수록 퍼지자, 순결한 여자들의 정조를 지키고자 방랑기사 제도라는 게 생겨난 거지. 말하자면 처녀들의 순결을 지키고, 과부들을 보호하고, 불쌍한 사람들이나 고아들을 구제하는 일을 맡기 위해서지. 이런 기사의 한 사람이 여기 있는 바로 나라는 사람일세. 우리 형제 같은 친구들, 정말 이토록 나와 내 하인을 반겨주고 대접해주어서 무척 고마우이. 비록 예부터의 법도로도 방랑기사가 나타나면 늘 잘해주는 것이 의무이지만, 그대들은 그런 법도를 모르고도 우리를 받아주고 이토록 잘해주니 우리도 당연히 그대들의 친절에 보답하도록 가능한 한 온 마음을 다해 노력할 걸세."

이렇게 긴 설교를—물론 안해도 좋은 소리들이었지만—늘어놓은 사람은 우리의 기사 나리였다. 갑자기 맛있는 도토리를 보자 문득 황금시절이 생각나서였는데, 물론 염소치기들에게는 부질없는 설교였다. 그들은 아무 말 없이 그저 멍청하게 듣고만 있었고, 싼초도 똑같이 묵묵히 도토리만 주워먹으며 자주 두번째 술통의 술을 끌어다 입에 댔다. 술통을 차갑게 하려고 시원한 코르크나무에 달아놓았기 때문이다.

돈 끼호떼는 저녁을 먹는 일보다 이야기하는 데 시간을 더 많이 쏟았다. 이야기가 끝나자 목동 한 사람이 말을 꺼냈다.

"방랑기사님, 저희들이 이렇게 대충 차렸지만 정말 기쁜 마음으로 나리를 대접해드리고 있다는 걸 보여드리고자 저희가 이제 즐거운 오락시간을 마련하겠습니다. 이제 좀 있으면 여기에 우리 친구 하나가 올 텐데, 그 친구에게 노래를 부르게 하겠습니다. 이 젊은이는 아는 것도 많고, 또 사랑을 잘 아는 친구인데요, 특히 글도 쓰고 읽을 줄 알고 또 라벨 기타를 잘 타는 가수이기도 하니, 더 말할 게 없지요."

목동이 이 말을 끝내기가 무섭게 그들 귀에 라벨 기타 소리가 들리더니, 조금 지나자 바로 그 기타의 주인공이 나타났다. 나이가 스물두살쯤 되어 보이는, 상당히 멋있는 청년이었다. 저녁은 먹었느냐고 친구들이 묻자 그는 먹었다고 했다. 그에게 저녁을 권하던 친구가 말했다.

"그렇다면 우리에게 노래 한 곡 들려주겠나? 안또니오! 여기 있는 손님 양반께서 이렇게 깊은 산중에 사는 사람들 중에도 음악을 아는 사람이 있다는 걸 아시게 말이야. 우리가 벌써 자네의 멋진 재주를 말씀드렸으니, 그 실력을 한번 보여드려야지. 어서 여기 앉아서, 고귀하신 자네 삼촌께서 지어주셨다는 자네 사랑 이야기를 한번 불러봐. 마을에서 들어보니 아주 좋더구먼."

"그거 좋지." 청년이 대꾸했다.

그러고는 더이상 권하지 않아도 옆에 있는 베어낸 상수리나무 그루터기에 앉아 기타 줄을 고르더니 아주 멋지게 노래를 시작했다. 노랫말은 이러했다.

안또니오

난 알아, 올라야, 네가 나를 사랑하는 줄,
비록 네가 내게 아무 말은 안해도
비록 네가 내게 그 말없는 사랑의 말
그 눈길조차 내게 보내지 않아도.

난 너를 잘 아니까
네가 나를 사랑한다는 것을 믿어.
마음으로 아는 사랑은
한번도 불행한 적이 없었지.

하지만 그건 사실이야, 올라야,
언젠가 너는 내게 보여주었지
네 마음이 쇳덩이 같다는 걸,
너의 그 보드라운 가슴이 바위 같다는 걸.

그러나 너의 야속한 꾸짖음과
얌전하게 나를 피하는 모습 너머
나의 희망은 언젠가 내가 다다를
너의 옷깃 가장자리에 있어.

나의 믿음은 나를 이끄는
미끼새를 향하여 달려가고 있어.
누가 찾지 않아도 줄지 않는 나의 믿음.
선택받아도 더 커지지 않는 나의 믿음.

사랑한다는 것은 섬기고 모시는 일,
예절 바른 네 모습을 보며
내 희망의 끝은 내가
꿈꾸는 대로 되리라는 생각.

모시고 섬기는 일이 사람의
가슴을 은혜롭게 만드는 일이라면
내가 한 몇가지 일 또한
나의 승부를 장담하게 할 것.

네가 그것을 보았다면,
한번 이상 너는 알았으리,
내가 입는 옷은 항상 같은 옷
일요일에도 월요일에도 단정한 정장.

사랑과 모양새는 항상
같은 길을 간다고 하기에
나는 항상 너의 눈앞에서
깔끔해 보이려고 애썼지.

너 때문에 춤도 안 추고
시도 때도 없이 노래하는 일도 없지,
첫닭 울 때 노래하는 소리도
너는 들어본 적이 없을 터.

너의 아름다움에 대하여
내가 칭송한 이야기는 하지 않으마.
비록 진실한 이야기였지만
어떤 말은 남의 원망을 사니까.

내가 너를 칭송하는 걸 보고
떼레사 델 베로깔은 이렇게 말했지.
"그렇게 천사를 사랑한다고 하더니
결국 원숭이를 사랑하게 되더라고.

머리카락을 거짓으로 칭송하고
아름다움을 거짓으로 꾸며대고
그 많은 과장과 헛소리를 하다보면
사랑하는 마음 자체를 속이게 되는 법."

난 그게 말도 아니라고 했지.
그녀는 화를 내더라고, 그녀 친구가
그녀를 찾아왔지, 나를 욕하더라고,
하지만 너는 알지, 그와 내가 다른 점.

나는 네게 많은 사랑을 원치 않아,
너에게 구애를 하고 사랑을 하는 게
그냥 계집질하려고 하는 짓은 아냐,
나의 뜻은 훨씬 선량한 거야.

교회를 가야 결혼의 연을 맺지,
비단 실끈으로 인연을 맺지,
네가 한쪽 멍에에 목을 대면
나도 같은 멍에에 목을 맬 거야.

그게 아니라면, 내 지금부터
정말 하늘을 두고 맹세하지만,
죽어도 이 산속에서 나가지 않을 테야
나가면 중이 되어 나가든지.

목동은 이렇게 노래를 끝냈다. 돈 끼호떼는 몇 곡 더 부르라고
청했지만 싼초 빤사는 생각이 달랐다. 그는 노래를 듣기보다는 자
고 싶은 생각이 더욱 간절하였기에 주인에게 말했다.
"나리께서도 그만 쉬시려면 이 밤의 잠자리를 어디에 잡을 건지

준비하셔야죠. 좋기는 하지만 이분들도 하루 종일 일했으니 노래만 부르며 밤을 지새울 수는 없지 않습니까요?"

"싼초, 자네 마음을 익히 알겠네." 돈 끼호떼가 대답했다. "술통에 자꾸 손이 가는 걸 봤는데, 지금은 음악보다 잠이 더 급할 법하지."

"우리 모두에게 지금 그게 제일 좋죠, 그렇구말구요." 싼초가 대답했다.

"그건 부정하지 않겠네." 돈 끼호떼가 말을 받았다. "그러니 자네는 원대로 어디 가서 쉬라고. 나는 직업상 잠자는 것보다는 눈을 뜨고 이 밤을 지새우는 게 좋을 듯하이. 하지만 여하튼 싼초, 이 사람아, 내 귀는 다시 한번 좀 봐주지 않겠나? 필요 이상으로 아파오는구먼."

싼초는 시키는 대로 했다. 염소치기 하나가 그 상처를 보더니 걱정할 것 없다고 하며 자기에게 그 정도는 금방 낫게 할 처방이 있다고 했다. 그러고는 주위에 많은 로즈메리 이파리 몇개를 뜯어 입으로 씹더니 소금 약간과 섞어 돈 끼호떼의 귀에 붙이고 붕대로 잘 감았다. 목동은 더이상 좋은 약이 없다고 다짐했는데, 그건 사실이었다.

12장

돈 끼호떼와 함께 있던 사람들에게
한 목동이 들려준 이야기

그러고 있을 즈음, 마을에서 먹을 것을 갖다주는 총각 하나가 도착해서 말을 했다.

"자네들, 이 고장에서 일어난 소식 들었어?"

"우리가 그걸 어떻게 알아?" 한 사람이 말을 받았다.

"글쎄 말이야," 하며 청년이 말을 이었다. "오늘 아침에 그리소스또모라는 목동이 죽었어. 그 유명한 학생 출신 목동 말이야. 그런데 사람들 말이 그 빌어먹을 계집애 마르셀라를 짝사랑하다 죽었다고 소문이 자자해. 목동의 옷을 입고 그 근방의 숲길을 누비고 다닌다는 부자 기예르모의 딸 말이야."

"마르셀라 때문에 말이야?" 한 사람이 물었다.

"바로 그 여자 때문이야." 청년이 말했다. "그런데 더 기막힌 건, 글쎄, 그 친구가 죽으면서 유언으로 자기를 그냥 무어인처럼 들판에 묻어달라고 했다나. 사람들 말이 그가 그 여자를 처음 만난 것으로 알려진 그 떡갈나무 샘이 있는 곳, 그 바위 밑에 묻어달라는 거래. 그리고 또다른 유언도 남겼는데, 하지만 동네 신부님 주장은, 그 사람 출신이 귀족 같으니까 그 말대로 해서는 안될 일이라며 유언대로 안할 거라는 거야. 이런 주장들이 많지만 그 친구와 똑같이 학교에 다니다가 함께 목동이 된 그의 절친한 친구 암브로시오는 그리소스또모가 유언에 남긴 대로 하나도 빠짐없이 그대로 해주어야 한다는 거야. 하여튼 온 마을이 지금 발칵 뒤집혔고, 지금 나오는 말로는 결국 암브로시오와 죽은 친구의 동료 목동들이 그리소스또모가 원하는 대로 할 거래. 그래서 내일 성대한 장례식을 치르고 아까 말한 곳에 묻으러 온다는 거야. 내 생각엔 정말 볼만한 구경거리일 거야. 어쨌든 난 꼭 그걸 보러 가겠어, 아무리 내일 거기에 못 갈 사정이 생기더라도."

"우리 모두 똑같이 가봐야지." 목동들이 이구동성으로 말했다. "우리 중에 한 사람 누가 염소 떼를 지킬지 제비뽑기를 하자구."

"그 말은 좋은데, 뻬드로!" 한 사람이 말했다. "하지만 그렇게 복잡하게 할 것 없어. 여러 사람 대신 내가 남을게. 그렇다고 내가 관심이 없거나 착한 짓 하고 싶어서 그런다고 생각하진 마. 지난번 다친 이 발이 지금 어디 걸어다닐 처지가 아니야."

"어쨌든 우리 모두 감사허구먼." 뻬드로가 말했다.

그러자 돈 끼호떼는 뻬드로에게 그 죽은 사람이 누구이며 그 염소치기 아가씨는 누구였는지 이야기해달라고 졸랐다. 뻬드로는 자기가 아는 바로는 죽은 사람은 그 고장의 한 마을에 사는 부자 양반이며 오랫동안 쌀라망까 대학에서 공부를 하고 마침내 고향에 돌아왔는데, 책도 무척 많이 읽고 아는 것도 많아 사람들의 존경을 받았다고 한다.

"사람들 말로는 주로 별에 대한 지식이 많아서 저기 하늘에 일어나는 일, 해와 달에 관한 것을 다 알았답니다요. 해와 달의 '질식'도 정확히 알아맞혔다니깐요."

"일식, 월식이라고 해야지, 이 사람아. '질식'이 아니라 천체의 두 큰 발광체가 어두워지는 거 말이지."

그러나 뻬드로는 그런 자질구레한 소리에는 아랑곳하지 않고 이야기를 계속했다.

"그뿐 아니라 그해 풍년이 들지 횡년이 들지도 알아맞혔다고 하던데요."

"'횡년'이 아니라 '흉년'이지." 돈 끼호떼가 말했다.

"'횡년'이건 '흉년'이건," 뻬드로가 말을 이었다. "농사짓다보면 나오는 말 있잖아요. 그러니까 내 말은 그 사람이 그렇게 한 말을 믿고 그 사람 아버지나 친구들은 그대로 해서 아주 부자가 됐다고 하더라구요. 왜냐면 그가 충고하는 대로 하면 다 되었으니까요. '올해는 밀을 심지 말고 보리를 심어라, 이곳에는 콩을 심지 말고 보리를 심어야 돼, 다음 해에는 올리브가 잘될 거야, 다음 삼년은 올리브유 한 방울도 못 건져.' 이런 충고를 했다고 하더군요."

"그런 학문을 점성학이라고 하는 걸세." 돈 끼호떼가 말했다.

"지가 그게 무언지 알 게 뭐예요." 뻬드로가 되받았다. "지가 아는 건 그 사람이 고런 거나 또 딴것도 다 알고 있었다는 거지요. 그 사람이 쌀라망까에서 돌아오고 몇달이 지나지 않은 어느날, 갑자기 하루아침에 목동이 되겠다고 목동의 가죽옷을 입고 나선 거예요. 대학생 복장인 긴 망또를 벗어던지고 말이에요. 함께 학교를 다닌 친구 암브로시오라고 하는 사람도 똑같이 목동으로 나섰어요. 이야기를 하다보니 잊었는데, 죽은 그리소스또모라는 사람은 또 노래 짓기도 대단히 좋아했다는군요. 노래를 하도 좋아해서 크리스마스이브 같은 때는 직접 캐럴을 지어 부르고, 성체축일에는 성극도 써서 우리 동네 청년들에게 직접 연극을 하게 했는데, 그걸 보고 모두들 최고라고 했대요. 우리 고장 사람들은 갑자기 그 두 대학생이 그렇게 목동이 되어 나타나니 정말 모두들 놀랐다는군요. 아무도 그 둘이 무슨 까닭으로 그런 이상한 변신을 하게 되었는지 알다가도 모를 일이라고 했답니다. 그때쯤 해서 그리소스또모의 아버지가 죽었고 그는 많은 부동산과 소·양·닭 같은 가축도 적잖게 물려받았고, 물론 돈도 많이 상속받았지요. 그러니까 전 재산의 주인이 된 셈인데, 그는 당연히 그럴 만했지요. 사람이 아주 친절하고, 인심도 좋고, 착한 사람 좋아하고, 용모 또한 복받을 만큼 수려했지요. 그런데 그뒤에 갑자기 사람과 옷이 바뀌어버린 거예요. 이유인즉슨, 친구들에게 고백한 바로는 글쎄 그 마르셀라라는 목동 아가씨에게 반해서 그리되었다는 겁니다. 죽어버린 불쌍한 그리소스또모가 그 목동 아가씨 때문에 미쳐서 목동이 되어 이 벌판을 헤집고 다닌 거지요. 지가 말씀드리고 싶은 것은, 아무래도 아시게 되겠지만, 도대체 이 처녀가 누구인지, 얼마나 잘생겼는지 알고 싶은 것뿐이외다. 아무리 오래 살아도 이런 이야기는 들어보지 못했을 겁니다, 동방갑자[1]보다 더 살아도 말입니다."

"'삼천갑자 동방삭'이라고 해야 알지." 돈 끼호떼는 그 염소치기

---

[1] 여기서 '동방갑자'라고 표현한 것은 원문에서 뻬드로가 싸르나(sarna, 옴딱지)라고 말하자 이를 돈 끼호떼가 싸르나가 아니라 '싸라'(Sarra, 사라, 성경에 120세까지 살았다고 나오는 아브라함의 처)라고 지적하는 부분이다. 이것은 앞에서 싼초의 무식함을 이용해 작가 특유의 말놀이 유머를 드러낸 부분과 유사한 기법이다. 그러나 원문을 직역하면 말놀이의 맛이 살지 않으므로 우리 정서에 맞고 쉽게 이해 가능한 표현으로 바꿔보았다.

가 단어를 바꾸면서 실수하는 걸 견디다 못해 한마디 받아쳤다.

"동방갑자나 동방삭이나 그게 그거죠." 뻬드로가 신경질을 냈다. "나리, 정말 이런 식으로 말끝마다 꼬치꼬치 따지고 나서시면 일년이 가도 이야기는 못 끝냅니다요."

"미안하네, 친구!" 돈 끼호떼가 말했다. "사실 '동방갑자'는 '삼천갑자 동방삭'과는 말이 다르니까 한 소리였지. 하지만 자네 말이 틀린 건 아니야. '동방갑자'나 '삼천갑자 동방삭'이나 오래 산다는 의미는 있지. 어쨌든 계속 이야기하라고. 이젠 무슨 말을 해도 더이상 안 막을 테니."

"그러니까 내 이야기는, 고명하신 나리!" 목동이 말을 이어갔다. "우리 마을에 그리소스또모의 아버지보다 훨씬 더 부자인 농부가 있었다는 겁니다요. 그 사람 이름이 기예르모인데, 천하에 복이 많아 많은 재산뿐만 아니라 보옥 같은 딸이 하나 있었죠. 그 딸을 낳다가 어머니는 죽었는데, 그 어머니로 말하면 요 근방에서는 가장 얌전하고 정숙한 부인이었죠. 지금도 내 눈에 선합니다만요, 그 생김새가 머리칼은 햇빛같이 빛나는 금발이고 얼굴은 보름달이었죠. 아름다움은 그렇다 치더라도 집안일 잘하고 가난한 사람을 도울 줄 아는 정말 좋은 분이었지요. 정말이지, 지금은 저세상 하느님 곁에서 영혼이 편히 사실 거라 생각해요. 그렇게 착한 부인이 죽자, 남편 기예르모도 돈 많고 어린 딸 마르셀라를 우리 고장의 유지이고 신부인 삼촌에게 맡겨두고 세상을 떠나고 말았어요. 딸아이를 볼 때마다 우리는 그토록 아름답던 그 어머니를 생각했지요, 딸이 그만큼 잘 컸으니까요. 그녀의 모든 것이 어머니로부터 물려받은 게 분명하다고 사람들은 생각했죠. 아니나 다를까, 열네살인가 열다섯살이 되니 이 딸아이가 정말 예뻐져 보는 사람마다 세상에 어찌 저리 예쁠 수가 있냐고 했지요. 보는 사람마다 반하고, 그 여자 때문에 정신을 잃을 정도였지요. 삼촌은 정성을 다해 이 아이를 돌보고 집에 꼭꼭 숨겨두었죠. 아무리 그래도 그 아가씨가 예쁘다는 소문은 세상에 다 퍼져서 우리 동네 총각들뿐만 아니라 인근 수백리 안의 동네 총각들, 정말 쟁쟁한 집안의 자제들까지 그녀의 아름다움과 많은 재산에 반해 아내로 삼겠다고 그 삼촌에게 무작정 청혼에 청혼을 하는 거예요. 하지만 삼촌은 곧디곧은 기독교인인지라, 여자아이가 나이가 차서 곧 결혼시켜야 할 때가 된 건 알지만 그 아이의 동의 없이는 절대로 결혼시키지 않겠다는 생각이었지요. 아무리 재산이나 논밭을 주겠다고 해도 눈 하나 깜짝 않고 그 아이의 재산을 꼭 지키면서 결혼을 늦추고 있었지요. 말이야 바른 말이지, 마을에서는 그 훌륭한 신부에 대해 칭찬이 자자했어요. 지 말을 알아들으실지 모르겠지만, 방랑하시는 나리, 사실 요 근방은 마을이 좁아서 무슨 일만 나면 다 상관을 하고, 말도 많아요. 나리, 지가 솔직히 말씀드립니다만요, 이런 데서, 특히 이런 마을에서 신부가 일반 사람들에게 좋은 소리 들으려면 여간 잘하지 않고서는 정말 어렵거든요.”

“그건 정말 그렇지.” 돈 끼호떼가 말했다. “이야기 계속하게, 정말 좋은 이야기야. 그리고 뻬드로, 자네 이야기 솜씨나 입담도 정말 좋구먼.”

“타고난 천성이 이야기하기를 좋아하는 터라 그리 들리셨겠지요. 어쨌든 그다음 이야기는요, 삼촌이 그 많은 구혼자 중 하나하나의 좋은 점과 나쁜 점을 일일이 설명하고는 마음에 드는 이를 골라서 결혼하는 게 어떻겠느냐고 권하면서 간청도 해보았지만 조카딸은 막무가내로 현재로서는 결혼할 생각이 없다고 딱 잡아뗐다는 거예요. 아직 나이가 어려 결혼생활이라는 책임을 떠맡을 만한 능력이 없다는 대답이었는데, 듣고 보니 사리에 맞는 말인지라 삼촌도 더이상 조카딸을 귀찮게 않고 그저 나이가 좀더 들기만을 기다려야 했습죠. 나이가 들어 제 맘에 드는 배필을 고를 때까지 말입니다. 삼촌의 주장인즉, 아무리 부모라 할지라도 자식들의 의사에 어긋나는 결혼을 시켜서는 안된다는 지당한 말씀이었지요. 하지만, 어렵쇼, 누구도 생각지 못한 일이 덜컥 벌어지지 않았겠습니까. 어느날 날이 밝으니, 그 얌전한 마르셀라 아씨가 갑자기 목동이 되겠다고 나선 겁니다요. 바로 그길로 삼촌의 승낙도 받지 않고, 동네 사람들의 만류도 뿌리치고, 그 고장의 다른 염소치기 아가씨들과 함께 곧장 산과 들로 달아나서는 염소 떼를 몰고 다니기 시작한 거죠. 마침내 그 아가씨가 밖으로 나돌자 그녀의 아름다움이 만천하에 드러나게 되었고, 그야말로 잘생긴 총각이라는 총각, 양반 자식이며 농부들까지 모두 그리소스또모 신세가 되었지요. 모두들 목동의 옷을 입고 들판을 헤매며 그녀의 환심을 사려고 돌아다니는 꼴이 되었단 말씀입니다요. 그 많은 청년 중에 한 사람이, 지가 말씀드렸듯이, 저 죽은 친구였다 이거지요. 이 사람도 몇번이고 이제는 그녀를 사랑하지 않는다고 했다가 다시 잊지 못하고 따라다녔지요. 그렇다고 마르셀라 아씨가 방탕하고 자유분방한 생활을 했다고는 생각지 마세요. 전과 마찬가지로 얌전치 못한 행실이란 찾아볼 수가 없었고, 그 어디를 보아도 평소의 정숙함을 흩뜨릴 만한 그 비슷한 구석도 없었어요. 오히려 훨씬 더 조신하고 정절을 지키는 데 혼신을 다해서, 그녀에게 반해서 쫓아다니는 어느 누구도 욕심을 채울 만한 조그만 희망조차 얻었다는 이야기도 못 들어봤고, 사실 그런 이야기 자체를 전혀 기대할 수조차 없었구요. 그런데 목동들을 피한다거나 혼자 숨어 다니는 게 아니라 늘 그들과 같이 다니고 이야기도 많이 나누면서, 항상 다정하고 예의 바르게 대해주곤 했다지요. 그러다가 혹시 그중 어느 하나가 음탕한 생각을 갖고 있다는 것을 알게 되면, 그것이 비록 결혼을 전제한 정당하고 성스러운 의도였다고 할지라도 마치 화살을 날리듯 곁에 얼씬도 못하게 쫓아내곤 했답니다. 그 아가씨가 그런 태도로 일관하는지라, 사실 그녀의 행실은 무서운 흑사병보다도 더 비참한 상처를 많이 남겼지요. 그도 그럴 것이 그 아가씨가 그토록 상냥하고 예쁘니 남자들이 그녀를 좋아하고 사랑하는 마음이 드는 것은 정한 이치인데, 막상 가차없을 만큼 무정하고 냉담한 반응을 보고는 끝내 절망과 초조의 구렁텅이로 빠지곤 했지요. 많은 남자들이 할 말을 잃고, 소리소리 지르며 그녀를 천하에 무정한 여자, 잔인한 것, 또다른 비슷한 원한의 소리로 원망했어요. 사람마다 제각각 원망의 사정은 달랐을 테니까 말씀입니다. 나리께서도 이곳에 잠시만 있어보면, 이 근방 산골짜기며 산등성이에서 그녀를 사랑하다가 실연한 목동들의 울부짖는 소리가 메아리치는 것을 들으실 것입니다. 여기서 얼마 떨어지지 않은 곳에 한 스무그루가 넘는 너도밤나무들이 서 있는데, 이 나무들마다 그 매끈한 껍질에 모두 마르셀라 이름이 새겨진 걸 볼 수 있을 겝니다. 그리고 어떤 나무엔 그 이름 위에다 왕관을 새겨놓았지요. 이건 사랑에 빠진 사람이 마르셀라는 월계관을 써도 좋을 만큼 인간의 아름다움을 나타내는 최상의 여왕이라는 표시를 그렇게 해놓은 것입니다요. 여기서 한 목동의 한숨 소리가 들리면 저기서 다른 목동의 신음 소리가 들리고, 이쪽에서는 사랑을 하소연하는 노랫소리, 저쪽에서는 절망에 찬 비가가 메아리치지요. 상수리나무 밑이나 바위 아래 쭈그리고 앉아 아침 해가 훤하게 뜰 때까지 그녀 생각에 취하고 미쳐 온통 눈물에 젖어 눈 한번 못 붙이는 사람이 있는가 하면, 또 어떤 사람은 이 무더운 여름 한 낮의 짜증나는 열기에서도 뜨거운 모래사장에 누워 시도 때도 없이 계속 한숨을 쉬어대며 자비로운 하늘에 대고 하소연하고 있는 형편이니 이를 어찌합니까. 이런 사람 저런 사람, 이런 남자 저런 남자가 상사병에 죽어가도 아름다운 마르셀라는 아무 거리낌 없이 자유롭게 으스대고 다니지요. 그래서 그녀를 아는 우리들은 모두 저 높은 콧대가 언제 꺾일지, 이 무서운 상황을 극복하고 저토록 아름답고 빛나는 여인을 차지하게 될 행운아는 누가 될지, 모두 기대가 대단하답니다요. 제가 지금까지 알고 있던 사실을 고대로 모두 말씀드렸으니 아까 그리소스또모가 죽은 원인을 이야기한 목동의 말이 거짓이 아님을 이제는 잘 아셨으리라 믿습니다요. 그러니, 내일 그 장례식에 가시면 나리께도 좋은 구경거리가 될 것 같아서 각별히 말씀드립니다요. 그리소스또모는 친구도 많고, 장례지까지 거리도 여기서 오리도 못될 것이구먼요."

"내 자네 말 명심해두겠네." 돈 끼호떼가 말했다. "그리고 그 흥미진진한 이야기를 다 들려주어서 무척 재미있었다네. 감사하이."

"아, 참!" 목동이 말을 받았다. "지가 아는 마르셀라 애인들 사건은 아직 절반도 못되는구먼요. 내일 길 가다가 또 어떤 목동을 만나면 남은 이야기를 더 들려줄 거구먼요. 지금은 어디 처마 밑에 가서 한잠 주무시는 게 좋을 것 같네요. 여름 날씨인데 들판에서 자다가는 그 상처가 덧날 수도 있으니까요. 하기야, 지가 붙여드린 약이 좋아서 다른 탈이 날 걱정은 안해도 좋을 듯합니다만요."

싼초 빤사는 목동의 그 많은 이야기엔 관심도 없었기에 어서 주인님이 삐드로 움막으로 들어와 주무시기를 권했다. 돈 끼호떼는 그의 말을 따랐고, 남은 밤을 마르셀라를 사랑하는 이들을 흉내내 사랑하는 둘시네아에 대한 그리움으로 지새웠다. 싼초 빤사는 로 신안떼와 자기 당나귀 사이에서 잠자리를 보았는데, 짝사랑에 신 음하는 사나이의 모습이 아니라 말발굽에 차여 녹초가 된 사람으 로 잠에 떨어졌다.

13장

목동 아가씨 마르셀라의
마지막 이야기와 다른 사건들

동녘 산등성이로 날이 밝아오자마자 염소치기 여섯명 중 다섯 사람이 벌떡 일어나 돈 끼호떼를 깨우러 와서, 돈 끼호떼에게 아직도 그 유명한 그리소스또모의 장례식을 보러 가실 의향이 있느냐, 가시겠다면 자기들이 함께 가겠다고 했다. 돈 끼호떼는 "가고말고!" 하면서 벌떡 일어나 싼초에게 즉시 말안장을 얹으라고 했다. 싼초는 부지런히 채비를 끝냈고, 모두들 바삐 길을 나섰다. 얼마 못 가서 오솔길을 가로지를 때쯤 그들이 있는 쪽으로 여섯명 정도 되는 목동들이 장례식 차림을 하고 오고 있었다. 까만 가죽옷을 걸치고, 측백나무 가지와 협죽도꽃으로 화환을 만들어 머리에 쓰고, 손에는 대추나무로 만든 커다란 지팡이가 들려 있었다. 목동들과 함께 여행 복장이 아주 훌륭하고 점잖아 보이는 기사 둘이 말을 타고 오고 있었는데, 말 옆에는 그들을 모시는 시종으로 보이는 세 소년이 걸어오고 있었다. 가까워지자 점잖게 인사를 나누며 서로 가는 길을 물어보니 그들 역시 장례식에 가는 길이었다. 그래서 모두 함께 가게 되었다.

말을 탄 한 사람이 같이 가는 사람에게 말을 꺼냈다.

"비발도 양반, 제 생각이오만 우리가 좀 늦더라도 이 유명한 장례식을 보고 가기로 한 건 잘한 일 같소. 그 죽은 목동과 그를 죽음으로 몰고 간 마르셀라에 대해서 이 목동들이 우리에게 들려준 신기한 이야기들을 봐서는 말이오."

"제 생각도 동감이외다." 비발도가 대답했다. "사실 하루가 아니라 나흘이 걸린다 해도 꼭 보고 갈 생각이오."

돈 끼호떼는 그 사람들에게 마르셀라와 그리소스또모에 대해서 들은 이야기가 어떤 것이냐고 물었다. 한 친구가 대답하기를 자기들이 저 목동들을 만난 것은 그날 새벽이었는데, 입고 있는 복장이 너무 애절해 보여서 왜 그런 모습으로 가느냐고 이유를 물어보았다는 것이다. 그들 중 하나가 마르셀라라는 목동 아가씨의 아름다움과 이상한 행적을 말해주고, 그녀에게 구애를 한 수많은 사람의 이야기, 특히 그리소스또모가 죽은 이유와 그 남자의 장례식 얘기까지 들려주었다는 것이다. 돈 끼호떼도 뻬드로가 자신에게 들려준 이야기를 해주었다.

이야기가 끝나고 또다른 이야기가 시작되었다. 비발도라는 사람이 이번에는 돈 끼호떼에게 무슨 연유로 전쟁도 없는 이 고장에서 그렇게 무장을 하고 다니느냐고 물었다. 그 말에 돈 끼호떼가 대답했다.

"본인이 수행하고 있는 직책이라는 것이 내가 다른 복장으로 다니는 것을 허용하지 않기 때문입니다. 편안한 생활이나 호의호식, 안락한 삶이 얌전한 선비들을 위해 마련된 삶의 양태라면, 고생과 불안, 그리고 무기는 소위 세상 사람들이 말하는 방랑기사라는 사람들을 위해 주어진 생활의 모습입니다. 미천한 소생은 비록 어쭙잖지만 앞서 말씀드린 방랑기사 일을 수행하고 있습니다."

　돈 끼호떼의 설명을 들은 사람들은 그가 미쳤음을 알아차렸다. 이 사람이 도대체 어떤 종류의 광기를 앓고 있는지 궁금한 비발도라는 사람은 그 방랑기사라는 말이 무슨 뜻이냐고 다시 물었다.

　"아니, 귀하들께서는 책을 읽어본 적이 없으신지요?" 돈 끼호떼가 말을 받았다. "영국 역사나 사료 들에 아르뚜로 왕[1]의 그 유명한 행적이 쓰인 것을 안 읽어보셨는지요? 우리 노래나 까스띠야 노랫말에도 아서 왕의 이야기로 늘 나오는 그 이야기 말입니다. 대영제국에서는 누구나 다 아는, 전설이 된 이야기지요. 이 왕은 죽은 게 아니라 마법으로 까마귀로 몸을 바꿔 지금도 살아 있으며, 세월이 가면 다시 영국을 통치하고 왕국과 왕관을 되찾을 거라 합니다. 영국 사람 어느 누구도 까마귀를 죽이지 않는 것을 보아도 그 이유가 분명하지 않습니까? 바로 이 위대한 아서 왕의 시기에 원탁의 기사들을 중심으로 저 유명한 기사도라는 것이 생겨났고, 거기에서 바로 이야기 그대로 '호수의 랜슬럿'과 '기네비어 왕비'의 로맨스가 벌어지고 중매쟁이 역할을 한 사람이 저 현숙하고 고명하신 '낀따뇨나 귀부인' 아니었습니까. 거기서 나온 노래가 우리도 잘 알고, 요즘 에스빠냐에서 모두 부르는,

　　세상에 어느 기사도

----

1 '아르뚜로'(Arturo) 또는 '아르뚜스'(Artús)는 아서 왕을 가리킨다. '랜슬럿'의 에스빠냐식 이름은 '란사로떼'이고, '기네비어'의 에스빠냐식 이름은 '히네브라'이다.

그렇게 많은 귀부인에게
그렇게 사랑받지는 못했다네
영국에서 왔던 랜슬럿만큼은

이라는 노래고요. 이 노래에는 그 기사의 강렬한 사랑의 여정이 얼마나 달콤하게 진전되어갔는지 나와 있지요. 바로 이때부터 손에 손을 거쳐 기사도라는 게 세상 방방곡곡에 알려지고 퍼지게 된 겁니다. 기사도로 공적을 많이 쌓아 유명해진 분이 바로 골 지방의 저 용감한 아마디스와 그뒤 5대까지 이어지는 아들 손자 들이었지요. 그리고 저 용맹스러운 이르까니아 지방의 펠릭스마르떼, 그리고 아직까지 칭송을 해도 모자라는 백의의 기사 띠란떼, 또 오늘날까지 우리가 보고 듣고 이야기하는 무적의 명기사 그리스의 돈 벨리아니스가 있지요. 바로 이것이, 여러분, 방랑기사라고 하는 것이고, 제가 말한 이런 수행을 기사도라고 하지요. 그리고 이것이, 아까 말씀드렸듯이 비록 부족하지만 불초소생이 직무로 받아들인 일이고, 제가 하는 일은 지금까지 말씀드린 기사들이 수행한 것과 똑같습니다. 바로 그런 연유로 지금 제가 이런 인적없는 고적한 벌판을 누비며 모험을 찾아헤매고 있지요. 오로지 약하고 궁지에 몰린 사람들을 돕는다는 일념 하나로 눈앞에 닥치는 대로, 가장 위험한 모험일지라도 이 팔뚝의 힘이 다할 때까지 몸과 마음을 바쳐 싸울 생각입니다.”

돈 끼호떼가 말을 마치자, 같이 가던 모든 사람이 '이 영감이 정말 정신이 나갔구나' 하고 확신하게 되었고, 그의 머리를 돌게 한 정신병의 종류도 알게 되었다. 모두들 기사도에 대해 다시 알게 되어 놀란데다 돈 끼호떼의 광기에 또 한번 더 놀랐다. 점잖으면서도 성격이 무척 쾌활한 비발도는 얼마 남지 않은 길을 팍팍하게 갈 필요가 없다고 생각해 장례지가 있는 산에 이르자 돈 끼호떼의 미친소리를 더 들어볼 양으로 이렇게 말을 꺼냈다.

"제 생각에는 말입니다, 방랑기사 나리. 나리께서는 지상에서 가장 어려운 직업을 선택하신 것 같습니다. 제가 알기로는 아주 힘든 수행으로 유명한 까르뚜하 사제들도 그렇게까지 고생은 안하리라 생각되는데요."

"물론 고생스러울 수도 있지요." 돈 끼호떼가 대답했다. "하지만 이 세상이 이를 필요로 하고 있다는 사실에는 손톱만큼도 의심의 여지가 없다고 봅니다. 왜냐하면 솔직히 말해서, 대장이 시키는 임무를 졸병이 수행한다고 해서 그 졸병이 명령하는 대장보다 꼭 못하다는 법은 없지 않느냐는 이야기입니다. 내 말은 그러니까, 성직자들이 고요하고 평화롭게 이 땅에 하늘의 복을 내려주십사 기도하는 거나 기사와 군인 들이 수도사들이 기원하는 바를 직접 실현하려고 하는 거나 차이가 없다는 이야기지요. 기사들은 팔뚝의 힘과 칼날의 용기로 지붕 아래서가 아니라 벌판에 나가, 견딜 수 없는 한여름 뙤약볕이며 한겨울의 창끝 같은 얼음을 온몸으로 이겨내며 의로운 일을 구현하고자 노력하는 것입니다. 따라서 기사들은 이 땅에 신의 뜻을 이루고자 하는 사도이자 지상에 신의 정의를 팔뚝의 힘으로 구현하고자 하는 사람들이지요. 전쟁이나 결투, 싸움에 관련된 모든 일이 땀 흘리고, 애태우고, 고생하지 않으면 실천에 옮길 수 없는 것들이기에 힘없는 사람들을 구원해주십사 하고 하느님께 평화롭고 한적한 곳에서 조용하게 기도하는 사람들보다 무기를 가지고 싸우는 사람들이 아무래도 더 고생스러울 수밖에 없지요. 물론 방랑기사의 직분이 은둔생활을 하는 성직자보다 높다는 이야기가 아닙니다. 그건 생각할 수도 없는 일이지요. 내 말 뜻은, 내가 고생을 해서 하는 소리일 수도 있지만 기사가 훨씬 고생을 많이 하고, 매도 많이 맞고, 배도 많이 곯고, 목도 많이 타고, 궁핍하고, 찌그러지고, 이도 득실거리는 인생을 산다는 말입니다. 지난날의 방랑기사들이 인생살이에서 그만큼 불행을 많이 당한 건 분명하거든요. 그러다가 어느 기사가 자기 팔뚝의 힘으로 제왕의 자리에까지 오르면, 그거야말로 피와 땀의 댓가로 올라간 것이지요. 그런데 거기까지 올라간 기사들을 도와줄 마법사나 현자 들이 없으면 제왕이고 뭐고 그때까지 가졌던 소망은 좌절당하고 모든 희망까지도 사기당하는 결과를 낳곤 했지요."

"제 생각도 똑같습니다." 그 사람이 말을 받았다. "그러나 모든 것을 다 제쳐놓더라도 딱 하나만은 방랑기사들이 정말 잘못하고 있는 것 같습니다. 그건 기사들이 위험천만인 커다란 모험에 맞닥뜨릴 때, 말하자면 목숨을 걸어야 할 대접전이 벌어질 때 싸우러 돌진하면서 하느님의 가호를 요청할 생각을 않는다는 것입니다. 보통 우리 같은 사람들은 모두 그런 위험한 상황에 처하면, '하느님, 저 좀 도와주십시오!' 하는 게 보통인데 기사들은 그러지 않고 자기들이 섬기는 귀부인에게, 마치 그녀가 자신들의 하느님인 양 온 정성을 다 바쳐 가호를 청한단 말이에요. 그건 아무리 생각해도 약간 이단적인 냄새가 나는 행동 같아요."

"이 양반아!" 돈 끼호떼가 말을 받았다. "그건 절대로 잘못이라 할 수 없어요. 만약에 어떤 방랑기사가 다른 식으로 가호를 청했다면 그게 오히려 실수한 겁니다. 방랑기사도에는 예법이 있고 관행이 있지요. 방랑기사가 어떤 결투를 치러야 할 커다란 모험에 직면했을 때 항상 자신이 섬기는 귀부인을 마음속에 불러내 그녀에게 보드랍고 사랑스러운 눈길로 마치 그 간절한 눈길이 지금 닥치는 이 어려운 상황에서 어떻게든 도움을 주시고 보호해주십사 하는 간청으로 비치도록 기도해야 하는 겁니다. 그리고 듣는 사람이 없다고 할지라도 기사는 입속말로라도 충심으로 그녀의 가호를 청해야 하는 겁니다. 이런 예는 기사 이야기에 수없이 나오는 예식이고, 이런 예를 갖춘다고 해서 하느님께 가호를 청하지 않는다고 생각해서는 안됩니다. 모험을 수행하면서도 기도할 시간과 장소는 얼마든지 있으니까요."

"사정이야 어찌 되었든," 그 사람이 말을 되받았다. "제 마음은 좀 개운치 않군요. 사실 저도 기사소설을 많이 읽어보았지만도, 두 방랑기사가 말을 주고받다가 이런 말 저런 말에 갑자기 화를 내고, 다짜고짜 말을 돌려서는 들판 한가운데 거리를 두고 멀찍이 섰다가 온 힘을 다해 돌진해 서로 맞닥뜨리는데, 달려오는 도중에 자신들의 귀부인에게 가호를 청한다 이 말씀입니다. 이런 결투를 치르게 되면, 보통 한 사람은 상대방의 창에 찔려 말 옆구리로 굴러 쓰러지고 다른 기사도 비슷한 꼴이 되는데, 자기 말의 갈기라도 잡지 못하면 그대로 땅에 떨어져 죽을 판에, 이 긴박한 위기의 순간에 어떻게 귀부인의 가호를 청할 여유가 있을지 이해가 안 간다는 말이지요. 그보다 훨씬 좋은 방법은 결투하면서 자기의 귀부인에게 가호를 청하며 시간을 버리는 것보다 모든 사람이 당연히 그래야 하는 것처럼 하느님께 기도를 하는 것이 당연하지 않느냐는 말씀입니다. 더군다나 내가 알기로 방랑기사라고 모두가 다 가호를 청할 귀부인이 있는 것도 아니고, 사랑하는 사람이 있는 것도 아니었으니 말이에요."

"그건 있을 수 없는 일이에요." 돈 끼호떼가 되받아쳤다. "내 말은 방랑기사치고 사랑하는 귀부인이 없는 기사는 없다는 말이지요. 왜냐하면 기사들에게 사랑하는 사람이 있다는 것은 하늘에 별이 있는 것처럼 너무나 당연하고 자연스러운 것이어서, 내가 확실히 말하지만, 사랑 없는 방랑기사가 있었다는 이야기는 내 평생 들은 적이 없소이다. 만약 사랑하는 사람 없는 기사가 있었다고 하면 정식 기사가 아니라 사이비 기사 취급을 받았을 겁니다. 아마도 기사도의 성에 입문하는 과정이 정식 문으로 들어온 게 아니라 도둑이나 강도처럼 담치기를 해서 들어온 경우일 것이오."

"그렇다 치더라도," 그 사람이 말했다. "제 기억이 나쁘지 않다면 용맹스러운 골 지방의 아마디스 동생인 돈 갈라오르도 가호를 청할 만한 뚜렷한 애인이 없었던 것 같은데요. 여하튼 귀부인 같은 것은 아쉬워하지 않으면서도 그토록 용감하고 유명한 기사였지 않습니까."

거기에 대하여 우리의 돈 끼호떼는 이렇게 대답했다.

"이 양반아, 제비 한마리 온다고 봄이 오는 건 아니잖은가. 더 나아가, 내가 알기로는 그 기사도 은밀하게 사랑하는 사람이 있었소. 경우에 따라서는 마음에 꼭 드는 여자가 없으면 좋게 보이는 여자마다 다 사랑하게 되는 것도 자연스러운 일이지. 그러나 결론적으로, 이미 연구된 바로는, 그 기사도 자기 마음의 주인이 되는 한 여자를 섬기고 있었고, 자주 그리고 아주 은밀하게 그녀에게 가호를 빌었답니다. 왜냐하면 그는 은밀한 기사가 되는 것을 좋아했기 때문이거든요."

"나리 말씀대로 모든 방랑기사가 사랑하는 사람을 갖는 게 원칙이라면," 그 사람이 말했다. "나리께서도 기사 수행을 하고 계시니까 사랑하는 귀부인이 있다는 말씀이시군요. 그렇다고 나리께서는 돈 갈라오르처럼 은밀한 기사가 되는 것을 좋아하시지 않는 것 같으니, 여기 있는 모든 사람과 저의 간절한 청원이오니, 부디 사랑하는 귀부인의 아름다움과 신분, 고향, 그리고 이름을 저희에게 들려주실 수 없겠습니까? 나리처럼 고명하신 기사님께 존경받고 사랑받고 있다는 것을 세상 사람들이 알게 되면 그 부인께서도 행복하게 생각하실 것입니다."

그러자 돈 끼호떼는 깊은 한숨을 쉬고 말했다.

"사실 나를 아프게 하는 그 달콤한 여인이 내가 그분을 사랑하고 있다는 것을 세상이 아는 걸 좋아하는지 싫어하는지조차 말할 수가 없구려. 다만 지금 내가 할 수 있는 이야기는, 이렇게 정중하게 물어주시니까 대답하는데, 이름은 둘시네아이고, 고향은 라 만차의 한 고을인 엘 또보소라는 곳이고, 신분은 공주쯤 되리다. 내 마음의 주인이며 여왕이시니까요. 그녀의 아름다움으로 말하면 인간의 상상을 초월한다고 봐야지요. 모든 시인이 자신의 뮤즈들에게 바치는 불가능과 기적에 가까운 아름다움의 모든 자질이 그녀의 모습에서는 그대로 사실이 되고 있으니까요. 그녀의 머리칼은 황금 실이고, 이마는 낙원처럼 아름답고, 눈썹은 하늘의 무지개, 눈은 태양, 볼은 장미, 입술은 산호, 치아는 진주, 목은 하얀 석고, 가슴은 대리석, 손은 상아이고 하얀 피부는 눈 그 자체이외다. 그리고 사람의 눈에 안 띄게 얌전하게 감추고 있는 부분들까지 말하면 더 아름다워서, 내가 생각하고 이해하기로는, 오직 점잖은 상상만 그 모습을 가늠해볼 수 있는, 어디에도 비할 데 없는 아름다움이라고 알고 있습니다."

"혈통과 가문, 그리고 족보를 알고 싶습니다만." 비발도가 말했다.

이에 대해 돈 끼호떼가 대답했다.

"혈통은 로마의 명문인 쿠르티우스나 가이우스, 스키피오는 아니고, 근대의 꼴로나나 우르시노의 가문도 아니며, 까딸루냐의 명문인 몬까다나 레께센 집안도 아니고, 발렌시아의 레베야나 비야노바 집안도 아닙니다. 또 아라곤 지방의 빨라폭스, 누사, 로까베르띠, 꼬레야, 루나, 알라곤, 우레아, 포스, 구레아 집안도 아니지요. 까스띠야 지방의 세르다, 만리께, 멘도사나 구스만의 혈통도 아닙니다. 뽀르뚜갈의 알렌까스뜨로, 빠야, 메네스 집안도 물론 아니지요. 하지만 라 만차 지방의 가문 중에서는 명문입니다. 비록 새로운 가문이지만 앞으로 다가올 세기의 훌륭한 명문들 중에서는 으뜸갈 위대한 가문이라고 할 수 있지요. 그리고 더이상 이 문제에 대해서는 반박을 받아들이지 않겠소. 이의를 제기한다면 체르비노가 '성난 오를란도'의 상으로 받은 무기 밑에 쓴 조건을 기억하시오.

    아무도 이 무기는 건드리지 마오
    오를란도와 한판 붙을 생각이 없다면."

"비록 제 가문은 라레도의 벼락부자 까초뻰 가문이옵니다만," 그 사람이 말했다. "라 만차의 엘 또보소 가문과는 감히 비교하고 싶지 않군요. 사실대로 말씀드리자면 지금까지 그런 성을 가진 가문은 제 귀로 들어본 적이 없는데요."

"세상에, 어찌하여 그 가문 이름도 들어보지 못했다는 거요!" 돈 끼호떼가 윽박지르듯 말했다.

주위의 다른 사람들도 열심히 두 사람의 이야기를 듣고 있었는데, 옆에 있는 염소치기들이나 양치기들도 돈 끼호떼를 머리가 돌아도 한참 돈 사람으로 여겼다. 오직 싼초 빤사만 돈 끼호떼라는 분이 태어날 때부터 누구인 줄 알아왔고, 모든 것을 다 아는 터라 그분께서 정말 진리를 말씀하고 계신다고 생각했다. 다만 약간 의심이 드는 것은 엘 또보소에 둘시네아라는 아름다운 아가씨가 있다는 대목으로, 싼초가 엘 또보소 마을 가까이 살았어도 그런 이름의 그런 공주가 있다는 소문은 한번도 들어본 적이 없었기 때문이다.

이렇게 이야기를 나누고 있는데 높은 두 산 사이의 골짜기 길로 한 스무명쯤 되는 목동들이 내려오고 있는 것이 보였다. 모두들 검은 모피로 만든 가죽옷에다 다들 꽃 화환을 썼는데, 나중에 알았지만 어떤 꽃모자는 소나무 가지로, 어떤 것은 측백나무 가지로 엮은 것이었다. 그중 여섯 사람은 갖가지 꽃이며 나뭇가지로 덮은 널빤지를 들고 왔다. 그걸 본 양치기 중 하나가 말했다.

"저기 오는 사람들이 그리소스또모의 시신을 들고 오는 분들인데, 저 산자락이 그 사람이 묻어달라고 한 곳이래요."

이 말을 듣자 모두들 걸음을 재촉했는데, 그들이 다다랐을 때는 그 사람들이 널빤지를 막 땅에 내려놓았을 때였다. 그중 네 사람이 날카로운 곡괭이로 어느 딱딱한 바위 옆에다 무덤을 파고 있었다.

사람들은 서로 예의 바르게 인사를 나누었다. 돈 끼호떼와 같이 온 사람들도 가까이 와서 널빤지를 바라보았는데, 시신이 꽃에 싸여 누워 있었다. 목동 차림새를 한 서른살 정도 되어 보이는 청년인데, 비록 지금은 죽었지만 살았을 때는 체격도 좋고 얼굴도 잘생겼을 미남형이었다. 널빤지 위 시신 주위에는 책 몇권과 많은 종이쪼가리들이 아무렇게나 나풀거렸다. 그걸 바라보는 사람들이나 무덤을 파는 사람들이나, 거기 있는 모든 사람이 한결같이 아름다운 침묵을 지키고 있었다. 이윽고 관을 들쳐메고 온 사람 하나가 다른 사람에게 말했다.

"이봐, 잘 보라고, 암브로시오. 여기가 그리소스또모가 말한 장소가 맞냐고, 그 사람이 유언으로 말한 바로 그 장소에 확실하게 묻어야 된다고 했잖아."

"맞아, 여기야." 암브로시오가 대답했다. "그 불행한 친구가 여러번 내게 자기 아픈 기억의 장소를 말해주었거든. 여기에서 그 친구가 처음으로 그 어여쁜 철천지원수를 보았고, 여기서 또 처음 자기 생각을 고백했다는 거야. 사랑하고 있다는 마음을 정중하게 말했다고 했어. 그리고 여기서 마르셀라가 마지막으로 자기는 당신을 사랑하지 않는다고 냉정하게 거절했고, 그래서 그 친구가 자신의 비참한 인생을 끝내기로 마음먹은 곳이 또한 여기야. 그래서 여기에다 그 많은 사랑의 아픔을 기리고자 영원한 망각의 한가운데에 자기를 묻어달라고 한 것이지."

돈 끼호떼와 같이 온 사람들에게 그는 이야기를 계속했다.

"여러분, 여러분이 불쌍한 눈길로 바라보고 있는 이 몸뚱이는 한때 하늘이 끝없는 자질과 아름다움으로 가득 채웠던 영혼이 들어 있던 곳, 바로 그리소스또모의 몸입니다. 그 친구는 재능도 뛰어나고, 예절도 바르고, 행실도 으뜸이며, 죽어도 우정은 변치 않는 흠잡을 데 하나 없는 훌륭한 사람이었습니다. 남에게 으스대지도 않고 점잖은, 놀기를 좋아해도 천박하지 않은, 요컨대 선행에서 누구보다도 먼저이고 모든 불행에서는 둘째가라면 서러운 진짜 친구였습니다. 진정한 사랑을 했지만, 거절을 당했지요, 목숨 바쳐 사랑했지만, 차갑게 배척당했습니다. 맹수에게 구애를 했고, 대리석에서 따스함을 구했으며, 바람을 쫓아헤맸고, 고독을 향해 소리 질렀습니다. 그러나 이 모든 사랑도 아픔도 보상은 없었습니다. 되돌아온 건 인생의 한창나이에 목숨을 끊어 죽음의 껍질로 변한 공로뿐입니다. 그 아름다운 인생을 마감하게 한 건 한 목동 아가씨였습니다. 그는 그녀를 사람들의 영원한 기억 속에서 영원히 잊히지 않게 하고자 갖은 애를 다 썼습니다. 그것은 바로 지금 여러분들이 보고 있는 이 종이들을 읽어보시면 알 것이오. 비록 나는 죽은 사람의 유언에 따라 시신을 땅에 묻은 뒤 곧 이것들을 모두 태워버려야 합니다만."

"자네가 그걸 태워버린다면 그 일을 시킨 그 친구보다 더 혹독하고 잔인한 행동을 하는 게 될 걸세." 비발도가 말했다. "사실, 태우라고 시킨 게 전적으로 사리에 맞지 않을 경우엔 그런 유언을 그대로 실행에 옮기는 게 좋지도 않고 옳지도 못한 경우가 있거든. 시인 베르길리우스도 죽은 뒤 자기 시 『아이네이스』를 다 태워버리라고 했다지만, 그때 아우구스투스 카이사르가 그 위대한 시인의 유언을 그대로 실행하는 걸 내버려두었다면 결코 훌륭한 짓을 했다고 하지는 못할 걸세. 그래서 하는 말인데, 암브로시오 선생, 자네가 친구의 몸은 묻을지언정 친구가 쓴 글들은 망각 속에 묻어서는 안되지. 자네 친구가 고통에 시달리다 한 명령이니 분별없이 그대로 따를 필요는 없지. 차라리 이 글들을 남겨두었다가 살아 있는 다른 사람들에게 마르셀라의 무정함과 잔인성을 잊지 않는 교훈으로 삼게 하세나. 앞으로라도 사랑에 빠지는 사람이 있으면, 이런 무서운 절망의 나락으로 빠지게 된다고 조심하고 멀리하도록 경각심을 심어주어야지. 여기 온 일행이나 나도 자네 친구의 애절한 사랑과 절망의 이야기를 다 들어 안다네. 자네가 얼마나 아끼는 친구였는지, 어떻게 해서 죽게 되었는지, 그리고 죽으면서 남긴 유언도 모두 알고 있네. 그 슬픈 이야기를 듣다보면, 마르셀라가 얼마나 무정했는지, 그리소스또모가 얼마나 사랑했는지, 자네들의 돈독한 우정까지 잘 알 수 있겠더구먼. 특히 미친 사랑의 불길을 따라 눈앞의 오솔길만 보고 고삐 풀린 말처럼 달리다보면 결말이 어떻게 끝나는 것인지 알게 되었어. 엊저녁에 그리소스또모가 죽은 줄 알았고, 이 장소에 묻히게 될 거라고도 들었지. 그래서 호기심도 나고 불쌍하기도 해서 우리가 가던 길을 돌려 이리로 온 걸세. 들어보니 너무 마음 아픈 이야기여서, 우리 모두 직접 눈으로 한번 확인하고 가자는 의견이었지. 가능하면 우리가 어떻게 도와줄 일이 없을까 해서 우리도 무척이나 마음 아파서 온 길이니, 우리의 뜻을 생각해서라도, 암브로시오! 부디, 내 이렇게 간곡히 부탁하네만, 그가 쓴 글들을 태워버리지 말고 우리가 그중 몇장만 가져가게 해주게나."

비발도는 암브로시오의 대답도 기다리지 않고 손을 내밀어 가까이 있는 종이 몇장을 집었다. 그걸 보자 암브로시오가 말했다.

"점잖은 분이니, 이왕 집은 종이들은 가지셔도 상관 않겠습니다만 남은 것들을 태우지 말라는 생각은 부질없는 것 같습니다."

비발도는 그 종이들에 도대체 무어라고 쓰여 있나 궁금해서 즉시 한장을 펼쳐보았다. 거기에는 「절망의 노래」라는 제목이 쓰여 있었다. 암브로시오가 그 말을 듣고 이렇게 말했다.

"이게 그 불행한 친구가 마지막으로 쓴 글이군요. 정말 그 순간 얼마나 고통스러워했는지 아시려면 모두 들어보도록 소리내어 읽어주세요. 무덤을 다 파려면 아직 시간이 있으니 읽어도 되겠네요."

"내가 기꺼이 읽어드리리다." 비발도가 말했다.

거기 있는 사람 모두가 궁금해하던 터라 비발도 주위로 둥그렇게 둘러앉았고, 비발도가 청아한 목소리로 거기 쓰인 글을 읽어내려갔다. 그 글은 이러했다.

14장

죽은 목동의 절망에 찬 시에 대한 이야기와
뜻밖의 사건들

그리소스또모의 노래

잔인한 여인아, 너의 무정함, 냉혹함이 마침내
이 사람 저 사람, 이 입 저 입으로
떠돌아다닐 수밖에 없게 되리니,
내 이 슬픈 가슴을 쥐어짜는 지옥 같은 고통에
뒤틀어진 내 목소리에서 나오는
아픈 노랫소리를 듣게 하리라.
나의 아픔과 너의 행실을 낱낱이
이야기하려 애쓰겠지만, 나의 소망과는 달리
비참한 내 애간장, 갈기갈기 찢긴 조각들이
무서운 절규의 노랫소리에 섞여
더욱 고통스럽게 들리리니,

들으라, 귀를 기울이고 자세히 들으라
아름다운 노랫소리가 아니니라,
어쩔 수 없이 내가 좋아 사랑에 미친 죄로
너의 원망을 사고, 아픔만이 내 것이 된
나의 쓰라린 심장 깊은 곳으로부터
흘러나오는 이 소란스러운 목소리를 들으라.

사자의 포효, 사나운 늑대의
공포스러운 외침 소리, 비늘이 번뜩이는 뱀의
소름 끼치는 휘파람 소리, 어떤 괴물의
경악스러운 으르렁거림,
까악까악 울어대는 까마귀의 불길한 울음소리,
불안한 바다 소리에 반주되어 웅웅대는 바람,
이미 패배한 투우의 끈질긴 울음소리
홀로 된 산비둘기의 애끓는 울부짖음
질투에 우는 부엉이의 슬픈 노랫소리
이 지옥처럼 어두운 군상들의 통곡 소리와 함께
모두모두 그 아픈 마음들을 밖으로 내뿜으라
모두 한목소리로 뒤섞이어, 모든 감정이
얽히고설켜 걷잡을 수 없나니, 내 마음속에 있는
잔인한 고통 또한 하나하나 이야기를 하자면
정작 새로운 목소리가 필요하도다.

이 걷잡을 수 없는 혼란한 마음에서
흘러나오는 슬픈 메아리는, 조국 따호 강의

모래알들도, 저 유명한 베띠스 강가의
올리브나무들도 차마 듣지 못하리니,
나의 이 잔혹한 아픔은
높은 암석 위로 깊은 골짜기로
흩뿌려질지라, 거기 죽은 헛바닥으로
살아 있는 말로, 사람 흔적 없는
멀리 떨어진 해변이나 어두운 골짜기에서,
아니면 한번도 햇살이 비치지 않은 곳,
아니면 리비아 벌판을 누비는
표독스러운 맹수 떼 사이에서
나의 아픔이 포효하리라,
비록 황량한 사막에서 내 고통의
목쉰 메아리들이, 세상에 없는 너의
무정함을 알리며 어지러이 울어댈지라도,
내 짧은 인생의 비운을 슬퍼하여
이 나의 아픔은 넓은 세상으로 퍼질지라.

무정함은 사람을 죽인다, 인내는 공포스럽다.
의혹은 참이거나 거짓, 질투는 가장 참혹하게
사람을 죽인다, 오래 보지 못하면
인생이 어지럽다, 행복한 만남에의 희망이
아무리 굳셀지라도, 잊힐까 두려운 마음을
이기지는 못한다, 모든 것에는 피할 수 없는
확실한 죽음이 도사리고 있다. 그러나 나는
정말 무서운 기적으로 지금 살아남아

나를 죽도록 괴롭히는 의혹을 알면서
무정하게 버림받은 몸으로, 질투와
그리움 속에 안간힘으로 살아가고 있나니,
그녀가 나를 잊어도 망각 속에 오히려
마음속 사랑의 불꽃을 더욱 지피며,
그 많은 고통 속에 살아도, 어둠 속에
나의 눈길은 끝내 희망을 찾지 못하고,
이제 나도 지쳐 희망조차 버렸나니,
이제 사랑의 앙심이 깊을 대로 깊어
차라리 그녀 없이 영원히 살리라 맹세하노라.

두려움의 원인이 이토록 확실한데
한순간이나마 희망과 두려움에 떠는 것이
어쩌면 옳다고 할 수 있는 짓일까?
견디기 어려운 질투가 눈앞에 있는데
그걸 이대로 보며, 마음에 뚫린 수많은
상처 때문에, 이대로 이 눈을 감아야 하는가?
순결한 진실이 이제 거짓말이 되었고
그 모든 게 사실이 되었는데, 아, 쓰라린 배신이여!
여자의 무정함이 이렇게 드러났는데, 어느 누군들
불신의 창을 있는 대로 열지 않을 수 있겠는가?
오, 사랑의 영토를 지배하는 황포한 폭군이여
질투여! 차라리 이 손에 칼을 쥐여다오.
무정함이여, 이 나에게 목을 맬 밧줄을 다오.
아, 그러나 아무리 잊으려 해도, 그대와의 추억은

잔인하게 모든 생각을 이기고, 고통을 잠재우는도다.

마침내 나는 죽고 말리라, 비록 살아도 죽어도
아무 좋은 일을 바랄 수는 없겠지만
나의 꿈과 그리움 속에 끝까지 남아 있으리.
참으로 사랑했기에 내 사랑은 옳았노라 말하리라.
오랜 폭군인 사랑의 신에게 굴복한 영혼은
더욱 자유로운 법, 마음도 몸도 그토록 아름답던
그녀가 나의 영원한 적이었다고 말하리라.
그녀를 잊는다는 것은 나의 잘못 때문이며
우리에게 주는 고통의 이름으로, 사랑의 신은
그의 영토를 정당한 평화로 다스리나니.
하나의 악연으로, 오직 이런 생각을 가지고
그녀의 무정함이 나에게 준 이 비참한
인생의 기약을 앞서 끝내려 하노라.
미래의 행복이나 박수나 월계관도 바라지 않고
불어오는 바람결에 이 몸과 마음을 던지리라.

그대는 그 알 수 없는 이유로 지겹고 피로한
이 인생과, 끝내는 그것을 마감해야 할
이유를 만들었나니, 기꺼이 그대의 무정함 앞에
목숨을 바치는 내 마음의 깊은 상처를 보시라.
문득 어느날, 내가 죽었음을 알고, 그대 고운 눈동자의
그 맑은 하늘이 흐려지는 행운이 있을지라도,
부디 바라건대, 그러지는 말아주시기를.

내 영혼의 껍질을 그대에게 드리는 것이
그대가 좋아해야 할 아무 뜻이 없음을 아시라.
차라리 이런 장례식에는 웃음을 터뜨리며
나의 종말이 그대 아름다움의 축제임을 알리라.
하지만 그대에게 이런 말을 하는 것도 철없는 짓,
이미 내 인생에 이토록 빨리 종말이 오게 한
그대의 아름다움과 영광은 세상이 다 아는 일.

이제 시간이 다 되었다, 탄탈로스여, 그대의
지옥 같은 목마름이여, 오라, 시시포스여, 그대의
노래의 그 무서운 고통과 짐이여, 오라, 티티오스여
그대의 독수리를 모셔오라, 그리고, 익시온이여
그대의 바퀴를 멈추지 마라, 그리고 그토록
애를 쓰는 자매들이여, 모두들 다 함께
죽도록 애통해하는 아픔을 내 가슴에 옮겨오라
그리고 낮은 목소리로─절망으로 죽은 자에게는
그러하듯이─슬프고 고통에 찬 조가를 부르라,
염을 하는 것조차 바라지 않은 육신에게.
그리고 세개의 얼굴을 한 지옥의 문지기와
수천의 귀신과 괴물 들이 고통의 노래로 화답하리라.
사랑으로 죽은 주검에게 이보다 더 훌륭한
장례식이 무슨 필요가 있겠는가.

절망의 노래여, 그대가 슬픈 내 곁을 떠날 때는
더이상 울지 마라. 오히려 무덤에 가더라도

슬퍼하지 말지니, 그대가 태어난 이유 때문에

나의 불행으로 그대는 더욱 행운을 얻을지니……

그때까지 듣고 있던 사람들은 그리소스또모의 노래가 참 좋다고 했으나, 글을 읽은 비발도는 자기가 들은 마르셀라의 착한 마음씨나 얌전함과는 거리가 먼 말들이 많은 것 같다고 하면서 노래 속에서 그리소스또모가 마음씨 곱고 행실 좋기로 이름난 마르셀라를 비방하는 투로 질투니 의혹이니, 버림받은 것을 불평하고 있는 것이 이상하다고 했다. 그러자 암브로시오가 자기 친구의 마음속 비밀을 다 알고 있다는 듯이 이렇게 말했다.

"선생, 그게 이상하다면 제가 해명을 하겠습니다. 알고 보면, 이 불행한 친구가 이 노래를 쓸 때는 마르셀라에게 버림받은 처지였지요. 사실은 그 친구가 스스로 떠나 있었던 거지만…… 그 친구는 그녀가 사람이 없을 때 보통 하는 행동이 자기에게도 들어맞는지 시험해보려 했던 거지요. 그러나 떠나와 있는 연인에게는 온갖 걱정과 두려움이 있기 마련이라서 그리소스또모도 혼자 상상한 질투나 의혹을 진짜 그녀가 저지른 것처럼 걱정하고 있었던 것뿐입니다. 내가 이렇게 말하면, 그 행실 좋기로 이름난 마르셀라의 평판과는 이 노래가 상관없다는 것을 아시겠습니까? 마르셀라라는 아가씨는 좀 오만하고 대단히 무정하며, 인정이 없다는 것 빼놓고는 아무리 질투로 깎아내리려 해도 흠잡을 데가 별로 없는 여자랍니다."

"그건 사실이지요." 비발도가 말했다.

말을 마치고, 불타다 남은 것들 중 다른 한장을 읽으려고 할 때였다. 갑자기 무슨 휘황찬란한 환영 ─ 그때 그녀의 모습이 그러했다 ─ 같은 것이 앞에 훤히 나타나면서 눈을 가렸다. 무덤을 파고 있던 곳의 바위 꼭대기에 목동 복장을 한 바로 그 마르셀라가 그 아름다운 자태를 드러낸 것이다. 그녀의 아름다움은 듣던 것보다 훨씬 뛰어나, 그녀를 본 적이 없던 사람들은 황홀해서 말없이 그녀를 바라보았다. 그녀를 자주 보아온 친구들도 이제 처음 보는 사람들보다 더욱 놀라서 그녀를 다시 보았다. 그러나 그녀를 보자마자 암브로시오가 성난 표정으로 그녀를 향해 말했다.

"이 산중에서 가장 지독한 독사 같은 여인께서, 혹시 그대의 잔인함이 앗아간 이 비참한 생명이 그대를 보고 그 상처의 피를 쏟는 장면을 확인하러 오셨는가? 아니면 그대의 위대하심이 저지른 잔인한 공적을 보고 으스대러 오셨는가, 그 높은 곳에서 불타는 로마를 바라봤던 잔혹한 네로 같은 모습을 보여주러 오셨는가, 아니면 아버지 타르퀴니우스를 죽인 패륜의 딸이 불행한 아버지의 시체를 뻐기며 밟아보고 싶어서 오셨는가?[1] 그대가 온 이유를 빨리 말하라고, 원하는 게 무엇인지. 내가 알기로는 그리소스또모는 그대가 원하는 건 한번도 받아들이지 않은 것이 없는 줄 아는데, 여기 있는 우리 또한 비록 친구가 죽었지만 그대의 소망을 받아들이지 않을 수 없음을 알고 있지."

"내가 여기 온 것은, 오, 암브로시오, 그대가 말한 그런 이유로 온 것은 아니오." 마르셀라가 대답했다. "할 이야기가 있어서 내 발로 여기 온 것일 뿐이오. 모두 그리소스또모가 나 때문에, 나의 죄로 고민하다 죽었다고 하는데, 그건 잘못된 생각이지요. 여기 내 말을 듣고 계시는 분들께 드리는 말씀인데, 사리가 분명한 분들이라 어떻게 되어 이런 일이 벌어지게 되었는지는 말씀드리지 않아도 곧

---

1 실제로 로마의 왕 타르퀴니우스를 죽인 것은 그의 아내이지 딸이 아니다. 딸의 마차에 의해 유골이 훼손되었다.

진실을 아시게 되리라 믿습니다. 그대들이 말하듯이, 하늘이 나를 아름답게 낳아주셨고, 나를 사랑하게 해달라고 강요하지 않아도 내 아름다움을 사랑할 마음이 생기게 했지요. 그래서 그대들이 내게 사랑하는 마음을 표시하거나 진정으로 좋아하면 나도 그대들을 사랑해야 할 의무가 있는 것처럼 말씀들 하시는데, 하느님이 내게 주신 지혜를 짜서 말씀드리자면, 내가 알기로는 아름다운 것은 사랑하는 사람이 많기 마련이라는 겁니다. 한편 사랑을 당하는 쪽에서 보면, 내가 아름다워서 사랑하는 사람을 같이 사랑해야 할 의무가 있다는 생각은 이해할 수가 없습니다. 더구나 그 아름다움을 사랑하는 사람이 우연히 아름답지 못할 수도 있고, 아름답지 못한 것은 아무도 좋아하지 않을 수 있지요. 그래서 그런 사람이, '난 네가 아름다워서 사랑해, 난 비록 추하게 생겼지만 내가 널 사랑하니까 나를 사랑해주어야 해' 한다면 잘못된 생각이지요. 하지만, 둘 다 모두 아름다운 사람들이었다 할지라도 꼭 마음이 같이 통한다는 법도 없지요. 사람들이 다 아름답다고 여겨도 꼭 사랑이 느껴지는 것은 아니니까요. 어떤 아름다움은 보기에는 좋지만 마음에는 안 들 수가 있거든요. 예쁜 여자라고 모든 이에게 사랑을 느끼게 하고 마음을 들뜨게 한다면, 사람들의 마음이 모두 혼란스럽고 종잡을 수 없이 방황하겠지요. 어디에다 마음을 두어야 할지 몰라서 말이에요. 왜냐하면 예쁜 사람들은 끝없이 많고, 사랑하고 싶은 마음도 끝없이 많을 수밖에 없으니 말이에요. 그래서 제가 들은 바로는, 진정한 사랑이란 둘이 아니며 누가 시켜서가 아니라 마음에서 우러나는 것이라고 하더군요. 말은 그렇다지만 저 또한 그렇게 생각합니다. 그런데 그대들은, 나를 진정으로 좋아한다는 말에 의무감을 느껴 제가 억지로라도 마음을 주어야 한다는 뜻으로 말하는데 무엇 때문인가요? 이야기를 바꾸어서, 만약 하늘이 나를 예쁜 여자가 아니라 추한 여자로 태어나게 했는데, 나를 사랑하지 않는다고 내가 그대들에게 불평을 한다면 과연 내 태도가 옳은지요? 더군다나, 더 생각하셔야 할 것은 내가 내 마음대로 선택해서 예쁘게 태어난 것은 아니라는 사실입니다. 이러이러한 모습으로 태어나게 해달라고 내가 청하지도 않았는데 하늘의 은혜로 이 모양 이 모습으로 만들어진 겁니다. 그래서 독사가 비록 독으로 사람을 죽여도 자연의 힘이 독을 갖고 태어나게 한 것이 죄라고 할 수 없듯이, 저도 예쁘다는 이유로 비난받아서는 안된다는 말씀입니다. 정숙한 여인에게 아름다움은 날카로운 칼이나 멀리 있는 불꽃 같아서, 가까이 가지 않는 사람에게는 상처를 주거나 불에 데게 하는 일이 없습니다. 여자의 덕과 정절은 영혼의 화환입니다. 화환 없이는 육체가 비록 아름답다 하여도 아름답게 보이지 않는 법이지요. 그러하온대, 여자에게 정절이라는 것이 몸과 마음을 감싸고 아름답게 하는 큰 자질이라 한다면, 그 아름다움 때문에 사랑받게 된 여자가 어찌하여 그 정절을 잃어야만 합니까? 자기 맘대로 자기가 좋아서 갖은 성의와 노력과 억지를 다해서 정절을 빼앗으려고 하는 그 뜻을 꼭 받아들여야 하는 겁니까? 저는 자유롭게 태어났고, 자유롭게 살고자 이 산과 들의 고독을 선택했습니다. 이 산의 나무들이 나의 친구들이며, 시냇가의 맑은 물이 나의 거울입니다. 여기 이 샘물에게는 내 생각과 아름다움을 이야기합니다. 나는 멀리 있는 불덩이고, 멀리 놓인 칼이지요. 나를 보고 반한 사람들에게 나는 말로써 오해를 풀어주었습니다. 사랑하는 마음이 희망을 먹고 사는 것이라면, 나는 그리소스또모나 다른 남자 어느 누구에게도 어떤 약속도 한 적이 없으니, 이거야말로 내가 잔인해서 죽인 것이 아니라 그의 좋아하는 마음이 자기를 죽인 거라고 할 수 있지요. 그 사람들의 사랑하는 마음이 진실했고, 내가 그들 마음에 호응했어야 좋았으리라는 생각으로 지금 내게 죄를 씌우고 있다면, 말씀드리겠어요. 지금 여기 무덤을 파고 있는 바로 이 장소에서 그가 내게 사랑한다는 말을 최초로 밝혔을 때, 단지 저는 영원히 혼자 사는 것이 좋으며, 내게 아름다움이 있다면 그건 이 땅이 내 아름다움의 껍질과 묻혀 사는 정절의 열매를 가져가겠지요라고 말한 죄밖에 없습니다. 만약 제가 의사를 밝혔음에도 불구하고 그가 아무 희망도 없는 사랑을 밀고 나가며, 세상 풍파에 복수를 하려고 했다면 그건 정신 빠진 소용돌이 와중에 혼자 빠져 죽은 게 아닙니까? 제가 그 사람과 놀아났다면 그것은 거짓일 게고, 제가 그 사람 마음에 호응했다면 그것은 내 마음과 좋은 의도가 아니라 빗나간 생각이었을 것입니다. 그 사람은 짝사랑인 줄 알면서 사랑을 했고, 싫어하는 모습도 보지 않았으면서 절망에 빠졌습니다. 그 사람의 고민이 정말로 내 죄 때문이라고 생각하시는 분 나와보세요! 사랑에 실패한 사람은 아파하는 게 당연하고, 약속한 희망을 저버린 사람이 있으면 절망하지요. 하지만 제가 보고 싶어서 불렀던 분은 말씀하셔도 좋아요. 제가 마음을 받아들였던 분은 남 앞에서 기분 좋게 자랑해도 좋아요. 하지만 누구에게도 약속한 적도 없고, 속인 적도, 부른 적도, 받아들인 적도 없는 사람에게 잔인하다느니 살인자라느니 하시는 건 옳지 않습니다. 하늘은 아직까지도 제게 분별없이 사람을 사랑하라고 하지는 않으셨습니다. 제 마음에 좋은 사람을 선택해서 꼭 사랑을 해야 한다는 생각은 아직 들지 않습니다. 혼자 생각으로는 제게 욕심이 나서 저에게 구애를 하는 사람 하나하나에게 저는 이렇게 다 깨우쳐드리고 싶어요. 앞으로는 혹시 저 때문에 죽는 분이 있다면 질투나 버림받아 죽었다는 생각은 말아달라는 말씀입니다. 아무도 사랑하지 않는 여자가 어떻게 질투인들 줄 수가 있겠어요. 혼자의 환상으로 일어난 일을 버림받았기 때문이라고 여겨서는 안되지요. 저를 살모사라거나 맹수라고 부르시겠다면, 저를 그냥 이대로 나쁜 여자, 독한 여자로 생각하세요. 저를 무정한 여자라고 하신다면, 저를 그냥 사랑하지 말아주세요. 배은망덕한 여자라고 하신다면, 은혜를 주지 마세요. 말처럼 잔인한 여자라고 생각하면 저를 따라다니지 마시고요. 그래야 이 독한 여자, 맹수 같은 여자, 무정한 여자, 잔인한 여자, 배은망덕한 여자를 절대로 더이상 찾지도, 따라다니지도, 사랑하지도 않게 될 테니까요. 그리소스또모를 죽인 것이 불타오르는 욕정과 성급함이었다면, 어찌하여 저의 정숙한 행동과 조심성만을 죄라고 하시는지요. 이 나무들을 벗 삼아 순결을 지키고 있는 저에게 남자들과의 관계에서 정결할 것을 요구하는 사람들이 왜 그 정결을 빼앗으려 하나요? 여러분도 잘 알듯이 저는 재산도 있고, 남의 재산을 탐하지도 않습니다. 저는 자유로운 신분이라서 무엇에 얽매이는 것을 좋아하지 않고, 누구를 좋아하지도 싫어하지도 않습니다. 이 사람을 속이고 저 사람을 사랑하지도 않고, 어떤 사람을 놀리고 다른 사람과 놀아나지도 않습니다. 이 동네 아가씨들과 정다운 이야기를 나누고, 제 염소들을 보살피는 일이 저의 취미입니다. 제가 원하는 것은 이 산 주위에 다 있습니다. 혹시 여기에서 나간다면 하늘의 아름다움을 바라보기 위한 것이지요, 영혼이 태초의 고향집을 향하는 발걸음이라고 할까요."

이렇게 말한 뒤 어떤 대답도 기다리지 않고 그녀는 등을 돌려 산속으로 들어가 가까운 골짜기 쪽으로 사라졌다. 거기 있던 모든 사람이 그녀의 아름다움과 얌전한 말씨에 감탄했다. 그중 몇명—그녀의 아름다운 눈빛에 강력한 사랑의 화살을 받은 청년들—이 지금까지 들은 명백한 깨우침의 말에도 아랑곳하지 않고 그녀를 쫓아갈까 하는 표정이었다. 그걸 보자 돈 끼호떼는 여기에서야말로 자신의 기사도가 꼭 필요하다고 생각했다. 즉, 곤경에 빠진 아가씨를 구하는 그의 임무가 생각이 나서 칼자루에 손을 대고 알아들을 만한 목소리로 높이 외쳤다.

"지금 어느 누구도, 어떤 신분이나 계급의 사람도 저 아름다운 마르셀라 아가씨를 따라갈 생각은 말아야 할 것이다. 충분히 분명한 말투로 그녀는 자신이 그리소스또모의 죽음과는 아무런 상관이 없음을 밝혔느니라. 자신을 사랑한 어떤 남자의 욕망에도 전혀 호응할 뜻이 없이 고고하게 살았음을 보여주었다. 그렇기에 그녀는 추적하고 쫓아다니는 대상이 아니라 세상 모든 선량한 사람으로부터 추앙받고 존경받아야 할 여자이다. 세상 여자 중에 오직 그녀만이 가장 정숙한 마음으로 삶을 사는 모습을 보여주었거늘……"

돈 끼호떼의 위협이 무서웠든지 암브로시오가 죽은 친구 일을 끝내자고 제의한 때문이었든지 거기 있는 목동들 중 아무도 떠나거나 움직이는 사람이 없었다. 그들은 마침내 무덤을 다 파고 그리소스또모의 잡기장을 불살랐고, 무덤 속에 친구의 몸을 내려놓고는, 모두들 한없이 눈물을 흘렸다. 무덤을 커다란 바위로 덮어 묘석 작업을 끝냈다. 암브로시오의 말로는 거기에 묘비명을 새길 생각이라고 했다. 그 내용은 다음과 같다.

여기 한 연인의 얼어붙은
초라한 육신이 누워 있노라,
비록 한명의 목동이었지만

비련으로 목숨을 잃은 사람.

그를 피하는 아름다운

여인의 무정하고 가혹한 손길에 죽었노라.

그녀와 함께 사랑의 여신의 횡포는

아직도 끝나지 않았더라.

　이윽고 무덤 맨 위쪽에 수많은 꽃다발이며 꽃잎을 뿌렸고, 친구인 암브로시오에게 모두 조의를 표하고 헤어졌다. 비발도와 그의 친구, 그리고 돈 끼호떼도 거기 있는 손님들과 길 가던 사람들에게 작별을 고했다. 길 가던 사람들은 돈 끼호떼더러 그들과 함께 쎄비야로 가자고 청하면서 그곳은 여러가지 모험을 찾기에 정말 적당한 곳이라서 어느 거리 어느 구석을 가도 다른 데보다 훨씬 일이 많이 벌어진다고 꼬드겼다. 돈 끼호떼는 여러모로 정보도 주고, 용기도 북돋아주신 은혜에 감사한다고 답하고, 지금으로서는 쎄비야에 가고 싶지도 않고 가서도 안된다고 말했다. 사악한 강도들이 득실거리기로 유명한 이 모든 산중에서 그놈들을 모두 처치하기 전까지는 여기를 떠날 수 없다고 했다. 돈 끼호떼가 품은 선의의 결심을 보고 길 가는 사람들은 더이상 그를 괴롭히지 않기로 하고 다시 그에게 작별인사를 한 뒤 가던 길을 따라 거기를 떠났다. 길을 가면서 그들에겐 할 이야기가 많았다. 마르셀라의 이야기며 그리소스또모의 이야기, 그리고 돈 끼호떼의 미친 짓들이 모두 이야깃거리였다. 돈 끼호떼는 염소치기 아가씨 마르셀라를 찾아갈 결심을 했는데, 자신이 힘닿는 대로 그녀를 도와줄 작정이었다. 그러나 이 진짜 이야기의 내용을 살펴보면, 그때 그가 생각한 대로 일이 벌어지지는 않았다. 여기서 2부 이야기를 끝내기로 한다.

15장

무지막지한 양구아스들[1]과 맞부딪쳐 수난을
당한 돈 끼호떼의 불행한 모험 이야기

시데 아메떼 베넹헬리 현자님의 이야기에 따르면, 돈 끼호떼는 목동 그리소스또모의 장례식에서 만났던 그의 친구들, 손님들과 헤어지자마자 하인 싼초와 함께 목동 아가씨 마르셀라가 들어가는 것을 본 그 골짜기 숲으로 들어갔다고 한다. 두시간 이상이나 사방을 헤맸지만 그녀를 찾아내지 못했다. 그러다 신선한 풀이 그득한 초원에 이르게 되었는데, 옆에는 상쾌하고 고요한 시냇물이 흐르고 있었다. 그곳이 아주 마음에 드는데다 마침 대낮의 열기도 한참 끓어오르기 시작하는 때라 거기에서 몇시간을 보내기로 했다.

돈 끼호떼와 싼초는 말에서 내려 당나귀와 로신안떼를 풀어놓

---

1 이 양구아스들이 누구냐 하는 문제는 까다롭다. 나는 비센떼 가오스의 해석을 따라 '짐수레꾼, 마부'로 해석하려 한다. 그런데 사실 이 장에는 어떤 '양구아스'도 나오지 않는다. '갈리시아 사람들'이 나올 뿐이다. 가오스는 쏘리아의 양구아스들 중에 짐수레꾼과 마부가 많고 그 직업이 유명했기 때문에, 그 직업의 동의어로 그 지방 이름이 쓰였으리라 추측한다.

고 그곳에 널려 있는 풀을 실컷 뜯어먹게 했다. 그리고 배낭을 끌어내려 예의 같은 건 차릴 것도 없이 배낭 속에 든 음식을, 주인과 하인이 친구처럼 평화롭게 앉아서 먹기 시작했다.

쌴초는 로신안떼가 워낙 온순하고 사나운 데라곤 없다고 생각했기에 어디에다 매어둘 생각은 안했다. 그 유명한 꼬르도바 초원의 암말들이 다 덤벼도 맞서 싸우는 일이란 일어나지 않으리라 믿었기 때문이다. 그런데 재수가 없었는지 악마가 늘 잠만 자는 것은 아니었다. 마침 그 골짜기의 풀밭에서 양구아스들의 조랑말 떼가 풀을 뜯고 있었는데, 원래 양구아스들은 풀과 물이 많으면 어디에서나 짐승들을 풀어놓고 한나절을 보내는 습관이 있었다. 돈 끼호떼가 우연히 머물고 있는 곳이 바로 그 사람들이 아주 좋아하는 곳이었다.

일이 벌어진 것은, 로신안떼가 거기 있는 조랑말 아가씨들과 재미를 보고 싶은 생각이 들었기 때문이다. 암컷의 냄새를 맡자 짐승의 본능과 습관대로, 주인 허락도 없이 그쪽으로 가서 슬쩍슬쩍 장난기 있는 발길질로 정을 통하고 싶은 의사를 건넸다. 그런데 보아하니, 그 조랑말 아가씨들은 풀 뜯어먹는 일 외에는 다른 생각이 없었던 모양인지 로신안떼를 보더니 말발굽과 이빨로 응대했다. 그리하여 순식간에 로신안떼는 뱃대끈이 끊어지고 안장도 떨어진 채 벌거숭이가 되어버렸다. 로신안떼가 더 혼쭐이 난 건 그다음부터여서, 자기네 조랑말들이 괴롭힘을 당하는 걸 보고는 양구아스들이 몽둥이며 말뚝을 들고 와서는 로신안떼를 사정없이 두들겨패 만신창이로 만들어 땅에 쓰러뜨려놓은 것이었다.

이러는 차에, 돈 끼호떼와 쌴초는 로신안떼가 두들겨맞는 꼴을 보고 허겁지겁 달려왔다. 돈 끼호떼가 쌴초에게 말했다.

"내가 보니, 친구여, 이 사람들은 기사가 아니라 아주 저질의 순 쌍놈들 같구나. 내 말은 바로 우리 눈앞에서 로신안떼에게 곤욕을 치르게 한 저놈들에게 당장 복수를 할 터인즉 자네가 날 도와주어 도 좋다는 말일세."

"복수는 무슨 얼어빠질 복수래요?" 쌴초가 대답했다. "저 사람 들은 스무명이 넘고 우리는 두 사람, 아니 어쩌면 한 사람 반밖에 안되는뎁쇼."

"나는 백명도 당해낼 수 있어." 돈 끼호떼가 되받았다.

그리고 더이상 말을 않고 칼을 꺼내 양구아스 놈들에게 덤벼들 었고, 주인의 행동을 보고 흥분하여 쌴초도 따라붙었다. 단번에 돈 끼호떼가 한 사람을 칼로 찔러, 그 사람은 입고 있던 가죽 윗도리 가 찢기고 등판에 커다란 상처가 생겼다.

자기들이 수가 많은데도 겨우 둘밖에 안되는 친구들에게 두들 겨맞는 것을 본 양구아스들은 각자 몽둥이를 들고 둘을 에워싸고 는 있는 힘을 다해 사정없이 몽둥이세례를 퍼붓기 시작했다. 사실 대로 말하면, 쌴초는 몽둥이 두방에 땅에 쓰러졌고, 돈 끼호떼도 그 좋은 용기와 재주가 필요없을 정도로 상황이 좋지 않아 나가떨어 졌는데, 그게 우연히도 아직 일어나지 못하고 있던 로신안떼의 발 끝이었다. 이 무식한 촌사람들의 손에 쥐어진 성난 몽둥이가 얼마 나 격렬하게 무두질을 해댔는지 알 만했다.

두 난동꾼의 체면과 몰골을 형편없이 뭉개놓은 양구아스들도 끝에는 자신들의 행패가 심했다고 여기고 재빨리 말에다 짐들을 싣고는 가던 길로 떠나버렸다. 먼저 고통을 느낀 건 쌴초 빤사였는 데, 주인님이 곁에 있다는 것을 알자 신음 섞인 병든 목소리로 웅 얼거렸다.

"아이고, 돈 끼호떼 나리! 아이고, 우리 나리!"

"왜 그러나, 싼초 이 사람아?" 돈 끼호떼가 싼초와 똑같이 고통에 찬 여자 같은 목소리로 답했다.

"부디 청하건대," 싼초가 대답했다. "나리께서 전에 만드셨다던 그 만병통치 물약 피에라브라스가 있으면, 부디 제게 지금 두 모금만 주셨으면 해서요. 만일 나리 손닿는 데 그 약이 있으면요. 모든 상처에 잘 듣는다니 뼈다귀 부러진 데도 혹시나 효험이 있지 않을까 해서요."

"하기야, 그게 여기 있다면야 우리가 지금 무슨 걱정이겠나? 정말 재수도 없지……" 돈 끼호떼가 답했다. "하지만, 싼초 이 사람아, 내 자네에게 방랑기사의 명예를 걸고 맹세하네만, 우리 운명이 달리 바뀌지 않는 한 이틀 안에 꼭 그 약을 갖게 될 걸세. 아니면 내 손이 병신이 될 거라고 맹세하네."

"그러하면, 나리 생각에는 며칠이나 지나야 우리가 발을 움직일 수가 있을까요?" 싼초 빤사가 말을 받았다.

"내가 지금 아는 것은," 하고 상처투성이 기사 돈 끼호떼가 말했다. "그날이 며칠일지 모른다는 것뿐일세. 하지만 이 모든 죄는 나에게 있어. 나처럼 기사 서품을 받지 않은 사람들 앞에서는 칼을 잡지 말았어야 하는 건데…… 그래서 기사도의 계율을 지키지 않은 죄로 결투의 신이 나에게 이런 벌을 내리신 모양이구먼. 그러니 싼초 이 사람아, 앞으로 우리 둘의 안전에 무척 중요한 사항이므로 자네도 이걸 명심해두는 게 좋을 걸세. 그건 저놈들과 비슷한 망나니들이 우리에게 모욕을 주거들랑 내가 그놈들에게 칼을 뽑는 것을 기다릴 필요도 없이 자네가 칼을 빼서 맘대로 찔러도 좋다는 거네. 내가 그놈들에게 먼저 칼을 뽑는 그런 짓은 절대 안하겠네. 자네를 도우러 기사들이 달려오면 나 또한 있는 힘을 다해 그 망나니들을 물리치고 막아낼 걸세. 그동안 수천가지 증거나 경험으로 보아 자네도 잘 알겠지만, 내 이 강력한 팔뚝의 힘은 한없이 크지 않은가."

불쌍한 돈 끼호떼는 용맹무쌍한 비스까야 사람을 이기고 나서 이렇게 오만해져 있었다. 그러나 싼초 빤사는 주인님의 경고가 별로 마음에 들지 않아서 대답하지 말라는 말을 듣고도 입을 열었다.

"나리, 지는 평화롭고 온순하고 조용한 사람이고, 어떤 모욕을 당해도 안 들은 척 참을 줄도 압니다. 먹여살려야 할 처자식이 있는 몸이니까요. 그러하니, 제가 나리께 명령을 할 수는 없지만 확실하게 한 말씀 올리겠는데요, 저는 촌놈이건 기사건 사람 앞에서는 절대 칼에 손을 대지 않겠구만요, 지금부터 지가 죽을 때까지요. 저한테 어떤 모욕을 준 사람도 모욕을 줄 사람도 모두 참겠습니다. 그 사람이 지체 높은 사람이건 천한 사람이건, 부자건 가난한 사람이건, 귀족이건 상것이건, 양반이건 상놈이건 신분이나 지위고하를 막론하고요. 저한테 나쁜 짓을 했어도 좋고, 할 것이어도 좋고, 상관없어요."

그 말을 들은 주인 나리는 이렇게 말했다.

"내 이 숨 좀 돌리고, 좀더 천천히 이야기를 하고 싶네. 이쪽 갈비뼈 통증이 우선 좀 잠잠해져야 자네에게 알아듣도록, 자네가 지금 무엇을 잘못 알고 있는지를 설명할 텐데…… 이리 좀 오게나, 이 멍청한 사람아! 그러니까 지금까지는 재수가 없어서 운명의 신이 우리를 돌봐주지 않았지만, 일단 운이 좋아 길이 트이면 순풍에 돛 단 듯이 우리 맘대로 우리가 원하는 곳에 갈 수 있는 때가 올 걸세. 그때는 내가 자네에게 약속한 섬 같은 걸 얻게 되는 거지. 내가 섬을 정복해서 자네에게 그 섬의 영주를 시키면, 자넨 어떻게 되겠어? 그러니까 자네가 기사가 아니고 기사가 되고 싶은 생각도 없다는 이유로, 말하자면 자네에게 모독을 가한 자들을 복수하고 영지를 지킬 생각도 용기도 없다는 이유로 그 자리를 못 지키게 되어도 괜찮겠다는 말인가? 내 말은, 새로 점령한 왕국이나 영지에서는 그곳 주민들 마음이 늘 새 주인의 편이 되어 조용히 있어주지 않는다는 것을 알기 때문에 하는 이야기일세. 주민들은 두려움이 많기 마련이거든. 늘 하는 말로, 세상을 새로 바꾼답시고 다시 발칵 뒤집어 놓지는 않을까 하는 두려움이지. 그래서 섬의 주인은 무슨 사건이 일어나도 스스로를 방어하고 공격할 수 있는 용기와 통치할 수 있는 지혜가 필요한 법이야."

"시방 우리한테 일어난 이 일 가지고는," 싼초가 말을 받았다. "나리께서 말씀하신 그런 용기와 지혜를 저도 갖고 싶네요. 하지만, 불쌍한 이 사람의 명예를 걸고 말씀드리는데요, 시방 필요한 건 그런 연설보다는 약이 우선이라는 생각이 들구만요. 나리께서도 어디 일어나실 수 있는지 보세요. 우선 로신안떼를 도와주어야겠네요. 모든 이 불상사가 저 말 때문에 일어난 걸 생각하면 도와줄 가치도 없지만…… 지는 한번도 로신안떼가 그런 짓을 하리라고는 생각 안했어요. 지처럼 평화롭고 순진한 놈으로 보았거든요. 어쨌든 사람은 오래 두고 보아야 안다는 말이 맞는 것 같구먼요. 이 세상에 확실한 것이 어디 있겠나요. 나리께서 그 불쌍한 방랑기사에게 그토록 어마어마하게 칼질을 해댔는데, 그뒤에 바로 이어서 나리 등판에 그렇게 엄청난 몽둥이세례가 폭풍처럼 쏟아지게 될 줄을 누가 알기나 했겠어요?"

"이 사람아! 그래도 자네 등짝은," 하고 돈 끼호떼가 되받았다.

"그런 세상 풍파에 길들여져 있겠지만 내 등이야말로 홀란드산㊟ 비단이불과 비단옷에 싸여 자라온 몸일세. 그러니 이런 불행으로 느끼는 고통이 훨씬 더 큰 게 당연하지. 정말 지금 내 생각만 이렇지 않다면…… 아니 '생각'이라니…… 확실하게 내가 아는 것은, 만일 이런 모든 불편이 기사도 수행에 없어선 안될 일이라는 게 아니라면 아마도 분통이 터져 그냥 이 자리에서 죽고 말았을 걸세."

이 말에 싼초는 대답했다.

"나리, 이런 불행들이 기사도 수행의 결과라면, 말씀 좀 들어봅시다. 이런 일이 자주 일어나나요, 아니면 일정한 기간에만 일어나게 되어 있남요? 소인 생각으로는 이렇게 두번만 당해도 불구가 되어 세번째는 감당해낼 수가 없을 것 같은뎁쇼. 한없이 자비로우신 하느님이 목숨이라도 구해주시지 않는다면요."

"이 사람 싼초, 자네가 알아둘 게 있네." 돈 끼호떼가 말했다. "방랑기사의 삶은 수천가지 위험과 불행을 무릅쓰게 되어 있다네. 내가 많은 책에 나오는 각양각색의 방랑기사 체험담들을 읽어서 알고 있는 바로는 그렇게 위험을 무릅써야 방랑기사들이 왕이나 제왕이 되는 기회를 언제든지 얻는다는 것이지. 내가 지금 이렇게 아프지만 않다면, 당장이라도 자네한테 어떤 기사들이 오직 그 팔뚝힘 하나로 방금 내가 말한 높은 지위에 오르게 되었는지, 또한 그 기사들이 그 자리에 오르기 전후로 얼마나 많은 고초와 수난을 겪었는지 일일이 이야기해줄 수가 있겠네만…… 왜냐하면 그 용감한 골 지방의 아마디스 기사도 철천지원수인 아르깔라우스의 포로가 된 적이 있었으니 말일세. 알려진 바로는 그 마법사가 아마디스를 잡아서 자기 집의 정원 기둥에 묶어두고 말채찍으로 이백대 이상을 두들겨팼다는 거야. 또다른 이야기는 좀 믿기가 어려운 익명의 작가가 쓴 것인데…… 그 유명한 페보의 기사가 한번은 어떤 성에서 발밑에 놓인 무슨 덫에 걸려 빠지게 되었는데 떨어진 데가 땅밑에 있는 깊은 동굴이었다네. 그 속에서 손과 발이 꽁꽁 묶인 채 온갖 눈과 모래와 물이 퍼부어지는, 이른바 물고문을 당해 그 통에 거의 죽을 뻔했다는 거 아닌가. 그때 그 기사의 친한 친구인 한 현자의 도움이 아니었다면 불쌍한 기사는 그 곤경에서 정말 혼쭐이 났을 거라는 거야. 그러고 보면 지금 나는 좋은 사람들 틈에서 그래도 운이 좋은 셈일세. 우리들이 지금 겪은 고초보다는 이 기사들이 겪은 수난이 훨씬 컸지. 왜냐면 싼초 자네도 잘 알아야 하네만, 어쩌다 손에 들린 연장으로 얻어맞은 상처로 모욕을 받았다고 할 수는 없는 거야. 그 문제는 결투 계법에도 분명하게 쓰여 있지. 예를 들어서, 구두수선공이 손에 들고 있던 구두틀로 사람을 때렸다면, 비록 그게 나무 몽둥이로 만든 거라 할지라도 맞은 사람이 몽둥이찜질을 당했다고는 말할 수 없지 않은가. 내 말은 우리가 이런 불상사로 녹초가 되었다고 해서 모욕을 당했다고는 볼 수 없다는 소리지. 저들이 우리를 두들겨팬 무기는 다름 아닌 그자들이 쓰는 말뚝뿐이었거든. 지금 생각하기로는 그들 중 누구도 단도나 칼, 검을 갖고 있지는 않았으니까 말이야."

"소인은 그런 걸 살펴볼 만한 여유가 없었는뎁쇼." 싼초가 말했다. "소인이 제 대검에 손을 대자마자, 놈들이 온 어깨에 소나무 몽둥이세례를 퍼붓는 통에 갑자기 두 발에 힘이 빠지고 앞도 안 보이고…… 그러다보니 지금 여기 누워 있는 꼴이던걸요. 그 말뚝찜질이라는 게 모독적이었는지 아닌지는 전혀 생각해볼 필요가 없구만요. 맞아서 내 몸이 아플 뿐이니깐요. 이번에 두들겨맞은 건 평생 내 등판이며 기억 속에 잘 새겨져 남겠네요."

"어찌 되었든 내 형제여, 자네가 알아두어야 할 건," 돈 끼호떼가 말했다. "세월이 가면 나쁜 기억도 다 잊히게 되고, 죽으면 고통도 다 없어진다는 말일세."

"아이고, 세상에! 그런 불행이 또 어디 있겠어요?" 싼초가 되받았다. "아니, 모든 게 다 잊히도록 세월을 기다려야 하고, 아픔을 잊도록 죽음을 바라야 한다니요? 우리 불행이 고약 두어개 붙여서 나을 병이라면 그래도 낫겠네요. 하지만 보아하니, 병원에 있는 약이란 약을 다 가져다 써도 상태가 어지간히 좋아질 것 같지도 않는뎁쇼."

"쓸데없이 약한 소리 그만하고 힘을 내게나, 싼초!" 돈 끼호떼가 대답했다. "나도 힘을 내서 로신안떼가 좀 어떤가 살펴봐야겠네. 그 불쌍한 놈은 이런 불행을 당해야 할 아무런 죄가 없는데……"

"그거야 뭐 대단할 게 있나요?" 싼초가 말을 받았다. "로신안떼도 정말 훌륭한 방랑기사인데요. 하지만 소인이 정말 대단하게 생각하는 건 우리가 무참히 맞았는데도 소인의 당나귀가 아무 일 없이 무사하다는 일입니다요."

"하늘이 무너져도 살아날 구멍이 있다고, 불행에는 항상 헤쳐나갈 방도가 있는 법이지." 돈 끼호떼가 말했다. "내 말은, 이제 로신안떼가 못쓰게 되었으니, 그놈이 대신 나를 실어주면 되겠다는 말일세. 내 상처를 치료할 만한 어느 성으로 여기서 나를 데려가면 되지. 아무려면 기사가 그런 보잘것없는 짐승이나 타고 간다고 내가 큰 불명예로 생각하기나 하겠는가. 책에서 읽은 기억으로는 웃음 많고 즐거운 디오니소스 신의 선생이며 양육교사였던 저 늙으신 실레노스 양반께서도 대문이 백개나 되는 이집트의 커다란 도시에 들어갈 때 아주 기분 좋게 아름다운 당나귀 한마리를 타고 입성하셨다더구면."

"어르신께서 말씀하신 대로 아마 그분은 기사답게 의젓하게 타고 가셨을 테지만," 하고 싼초가 말을 받았다. "그렇게 의젓하게 타고 가시는 것하고 지금 나리같이 쓰레기 가마니처럼 옆으로 걸쳐 엎드려서 가시는 것하고는 큰 차이가 있어 보이는뎁쇼."

"전쟁이나 결투에서 얻은 상처는 불명예라기보다는 명예스러운 거라네. 그러니 이 친구 싼초, 더이상 나를 공박하지 말게. 지금 자네가 할 일은 가능하면 어서 일어나도록 하는 게야. 그리고 자네 마음 내키는 대로 어서 나를 자네 당나귀에 올려놓으라고. 밤이 오면 이 한적한 곳에서 또 무슨 강도라도 나타날까 무서우이, 그전에 어서 여기를 떠나세."

"소인이 나리게 듣기로는," 싼초가 말했다. "방랑기사란 일년 중 대부분을 사막이나 허허벌판에서 자는 게 보통이고, 그렇게 지내는 걸 대단한 영광으로 여긴다고 하는 것인뎁쇼."

"그건, 이 사람아!" 돈 끼호떼가 말했다. "사정이 어쩔 수 없을 때나 기사가 사랑에 빠졌을 때 고행 삼아 그런다고 했지. 그리고 그건 사실 그대로일세. 실제로 자기가 사랑하는 귀부인이 알지도 못하는 이년 동안을 밤이고 낮이고, 비가 오나 눈이 오나 바위 위에서 지낸 기사가 있었다네. 이들 중 한 사람이 바로 아마디스였는데, 이름을 바꾸어 벨떼네브로스라고 하고는 '험바위'라고 부른 유명한 골짜기에서 팔년인지 팔개월인지를 살았다는 거야. 그 기간은 지금 확실히 기억하지 못하지만…… 중요한 것은 사랑하는 귀부인 오리아나가 어떤 섭섭한 행동을 했다고 거기에서 고행을 했다는 사실이지. 하지만 이제 그 이야기는 그만두세나, 싼초. 그리고 이 당나귀에게도 로신안떼에게처럼 또다른 불상사가 생기기 전에 빨리 우리 일이나 끝내지.”

“설마 그런 일이야 벌어지려구, 빌어먹을!” 쌴초가 내뱉었다.

그러고는 서른번 넘게 '아이구' 소리를 지르고, 예순번 한숨을 쉬며, 백스무번을 여기까지 따라온 자기 신세를 한탄하고 저주하고 야단법석을 떨면서 몸을 일으켰다. 일어서려다가 중간에 힘이 달려 몸을 채 가누지도 못하고, 터키 활처럼 꾸부정하게 서 있었다. 그 지경으로 갖은 애를 다 써서 자기 당나귀의 안장을 씌웠다. 당나귀도 그날은 그야말로 정신없이 자유분방하게 나돌았던 터였다. 다음은 로신안떼를 일으켜세웠는데, 그 짐승이 고통을 표현할 혀가 있었다면 아마도 쌴초의 아픔도 주인의 신음 소리도 저리 가라 할 정도였을 것이다.

결국 쌴초는 돈 끼호떼를 자기 당나귀 위에 앉히고, 로신안떼는 그뒤를 따라가게 했다. 쌴초는 당나귀 목을 끌고, 큰길이 나올 만해 보이는 곳으로 얼마쯤 걸어갔다. 운이 좋았는지 불행 중 다행으로 십리도 못 가서 길이 보였고, 길가에는 객줏집이 하나 나타났다. 비록 돈 끼호떼의 눈과 취향으로는 무슨 성일 거라 생각했겠지만, 쌴초는 객줏집이라고 좋아했다. 그러나 나리는 그게 아니라 어떤 영주의 성이라고 하여 한참을 둘이서 옥신각신하다 끝을 못 낸 채 그곳에 도착했다. 쌴초는 더이상 알아볼 필요도 없이 당나귀와 말을 이끌고 성큼 안으로 들어섰다.

16장

어떤 영주의 성이라고 생각한 객줏집에서
이 기발한 시골 양반이 겪은 이야기

　당나귀 위에 걸쳐서 옆으로 누워 있는 돈 끼호떼를 본 객줏집 주인은 싼초에게 저이가 어디가 아프냐고 물었다. 싼초는 아무것도 아니라며, 그냥 바위에서 굴러떨어져 갈비뼈가 약간 으스러졌을 뿐이라고 답했다. 객줏집 주인에게는 아내가 있었는데, 그녀는 그런 객줏집 여자답지 않게 천성적으로 인정이 많아 이웃 사람이 재난을 당하면 자기 일처럼 아파하는 그런 성격이어서 곧장 돈 끼호떼의 아픈 데를 보살피러 다가왔다. 또 아직 처녀인 아주 예쁘게 생긴 딸 하나가 있었는데, 안주인은 손님을 치료하는 데 도와달라고 그 딸을 불렀다. 그리고 그 객줏집에는 아스뚜리아스 지방에서 온 아가씨 하나가 일을 하고 있었는데, 얼굴은 넓적하고, 목덜미는 납작하며, 코는 펑퍼짐한 그런 여자였다. 사실대로 말하자면, 다른 데는 많이 못생겼지만 몸매 하나는 멋있어서 그런대로 봐줄 만했다. 키는 머리에서 발끝까지 일곱뼘도 안될 만큼 작았고, 등판이

등짐을 진 것처럼 약간 꾸부정해서 시도 때도 없이 한사코 땅만 보고 다니는 모습이었다. 이 알량한 아가씨 또한 객줏집 딸을 도와서, 두 처녀가 헛간 같은 데에 아무렇게나 돈 끼호떼의 잠자리를 만들어주었는데, 그 헛간은 예전에 오랫동안 짚더미를 쌓아두던 곳으로, 여기저기 그 흔적이 분명했다. 객줏집에는 짐수레꾼 하나가 묵고 있었는데, 그 사람의 침대는 돈 끼호떼의 잠자리에서 조금 안쪽에 놓여 있었고 비록 짐승들의 말안장과 이불로 만든 침대이기는 하지만 돈 끼호떼의 침대보다는 훨씬 좋았다. 돈 끼호떼의 침대는 매끄럽지도 않은 판자 네 조각을 높낮이가 같지도 않은 긴 의자 두 개 위에 걸쳐놓은 것으로, 밑에 깐 매트리스라는 것은 얇기가 홑이불 같았고 그나마 곳곳에 하도 뭉친 데가 많아 군데군데 찢어진 데로 삐져나온 양털이 아니라면 그냥 더듬어 만져보아서는 무슨 딱딱한 자갈더미 같았다. 두개의 이불천은 방패에 붙은 가죽으로 만든 것이었고, 모포라고 하나 있는데 실이 줄줄 빠진 거여서 누군가 그 실줄을 헤아리기로 마음먹으면 하나도 빼지 않고 몽땅 셀 수 있을 정도였다.

이런 형편없는 침대에 돈 끼호떼가 누웠고, 이내 객줏집 안주인과 그녀의 딸이 그의 몸 위아래로 약을 발랐다. 이름이 마리또르네스라고 하는 아스뚜리아스 아가씨는 불을 켜들고 있었다. 객줏집 아낙네가 약을 바르면서 보니 돈 끼호떼의 몸 군데군데가 시퍼렇게 멍들었으므로, 낙상해서 생긴 상처라기보다는 어디서 두들겨맞은 것 같다고 말했다.

"두들겨맞은 게 아니에요." 싼초가 말했다. "그 바위에 모서리가 많고 깨진 구석이 많았습죠. 그래서 모서리에 부딪칠 때마다 멍이 든 겁니다요." 그리고 덧붙여 말했다. "죄송하지만 부인, 그 약을 다 바르지 말고 몇 덩이리는 남겨두셔야지요. 그 약이 필요한 사람이 또 있구만요. 소인도 등이 약간 아픈뎁쇼."

"그러니까," 객줏집 안주인이 말을 이었다. "자네도 굴러떨어진 모양이구먼."

"굴러떨어지다니요," 싼초가 맞받았다. "그게 아니라, 우리 어르신께서 떨어지시는 걸 보고 어쩌나 놀랐던지 시방 온몸이 아프구먼요. 마치 몽둥이찜질을 수천번이나 당한 것 같습죠."

"아마 그러셨을 거예요." 딸이 말을 받았다. "저도 여러번 그런 꿈을 꾼 적이 있는데요. 높은 탑에서 밑으로 떨어지는데 아무리 해도 발이 땅에 안 닿는 거예요. 그러고 나서 꿈이 깨면 온몸이 부서진 듯 초주검이 되어 있어, 정말 어디서 떨어진 것 같더라고요."

"아씨, 바로 그 말씀 그대로입니다요." 싼초가 말했다. "지는 꿈을 꾼 적은 없었습니다만요, 지금 제 정신보다 훨씬 멀쩡한 상태였는데 우리 주인 돈 끼호떼 나리보다 적잖이 멍이 들었는뎁쇼."

"기사 양반 이름이 뭐라구요?" 아스뚜리아스 아가씨 마리또르네스가 물었다.

"라 만차 지방의 돈 끼호떼라는 분입니다." 싼초 빤사가 대답했다. "이분은 모험을 찾는 기사로 먼 옛날부터 지금까지 세상에 둘도 없는, 가장 힘세고 훌륭하신 기사이십니다."

"모험을 찾는 기사라는 게 뭔데요?" 아스뚜리아스 아가씨가 다그쳐 물었다.

"세상물정을 그렇게도 모르는 풋내기요, 모험기사도 모르게!" 싼초 빤사가 되받았다. "이 아가씨야, 모험기사라는 건, 딱 두 마디로 말하면 몽둥이찜질을 당하고 황제도 되는 그런 직업이라우. 오늘은 세상에서 가장 불행하고 거지 같은 신세이지만, 내일은 왕국

두서너개 정도는 자기 하인에게 물려줄 수 있는 그런 분이 저분이
시라니깐요."

"그런데 자네는 이런 훌륭한 분을 모시면서," 객줏집 안주인이
말했다. "보아하니, 영지 한 뙈기도 못 가진 것 같구면."

"아직은 이른뎁쇼." 싼초가 대답했다. "사실 모험을 찾아헤맨 지
가 한달밖에 안되었고, 아직 이렇다 할 모험 같은 건 부닥쳐보지
못했거든요. 하지만 이것저것 찾다보면 하나쯤은 걸리겠지요. 사
실은 말입니다요, 우리 돈 끼호떼 나리께서 입은 낙상인지 골상인
지만 나으시고, 소인도 골병만 안 들었으면요, 에스빠냐의 최고 작
위를 준다 해도 소인의 희망과 바꾸지는 않겠구만요."

이렇게 오가는 모든 이야기를 돈 끼호떼는 아주 주의 깊게 듣고
있다가 간신히 침대 위에 일어나 앉으며 객줏집 안주인의 손을 잡
고 말했다.

"정말로 아름다운 부인이시여, 그대가 이 성에 본인을 묵게 하
신 건 정말 행운이라고 해도 좋을 것이외다. 본인이 그런 사람이지
만 더이상 자랑을 하지 않는 것은 우리 속담처럼 자화자찬이 사람
을 속물로 만들까 두려워서외다. 하지만 하인이 본인의 신분을 말
해주었겠지요. 단지 그대에게 말씀드리고 싶은 것은 본인에게 베
푼 은혜에 대해서는 기억 속에 영원히 기록하여두시라는 것이오.
내 평생 이 은혜는 꼭 갚겠소이다. 이 순간 하늘을 두고 맹세하고
싶은 것은, 본인이 지극히 사랑하는 사람이 없고 내 맘으로 되뇌는
저 아름답고 무정한 여인에 대한 사랑의 의리를 지켜야 할 신분이
아니라면, 이 어여쁘신 눈빛의 포로가 되고 말았을 거라는 거요."

객줏집 안주인과 딸, 그리고 착한 마리또르네스는 방랑기사의
말에 어리둥절하여 무슨 그리스어를 듣는 것처럼 그러려니 하며

듣고만 있을 뿐이었다. 듣자하니, 모든 말이 간청이나 구애를 하는 말 같다는 건 이해했지만, 그런 말투에 익숙하지 않은 터라 서로 힐끔힐끔 쳐다보며 놀라고 있었다. 그래서 객줏집 사람들이 으레 하는 말투로 구애의 말에 대충 고맙다고 답하고는 그 자리를 떠났다. 아스뚜리아스 아가씨 마리또르네스가 그 주인보다 적잖게 아픈 데가 많은 싼초를 치료했다.

그 짐수레꾼은 마리또르네스 아가씨와 그날 밤 함께 재미를 보기로 미리 약속이 되어 있었다. 그녀는 주인들이 잠들고 손님들이 조용해지면 그의 잠자리로 찾아가서 그가 원하는 욕구를 채워주겠다고 약속했던 것이다. 이 착한 아가씨는 한번 그런 약속을 하면 반드시 지키는 여자로 소문이 나 있었으니, 비록 아무도 보지 않는 산속에서 한 약속일지라도 약속은 약속이라는 것이었다. 그녀는 좋은 집안 출신이라는 걸 자랑으로 여기고, 일이 조금 꼬여 불행하게 그런 신세가 되었을 뿐이므로 객줏집에서 그런 일을 하고 지내는 것을 모욕이라고 생각하지 않았다.

돈 끼호떼의 비좁고 딱딱하고 불안한 엉터리 침대는 입구에서 제일 가까운 쪽이었는데, 뚫린 천장 사이로 별이 보이는 헛간 한가운데였다. 바로 그 옆에 싼초가 따로 만든 덕석 위에 담요 하나를 덮고 자고 있었는데, 담요라고 해야 양털이라기보다 나무껍질로 만든 천 조각처럼 보였다. 이 두 침대에 이어서 바로 그 짐수레꾼의 침대가 있었다. 그의 침대는 앞에서도 말했듯이 자기가 몰고 온 노새 중 가장 좋은 두마리의, 온갖 치장으로 장식된 말안장으로 만든 것이었다. 그의 노새는 모두 열두마리였는데, 다 통통하고 때깔이 좋은 유명한 말들이었다. 그럴 법도 한 게 이 사람은 아레발로 지방의 부자 짐수레꾼들 중의 하나였기 때문이다. 이 이야기의 작가도 이 수레꾼을 잘 알고 있어서, 그러니까 자기의 친척뻘이 된다는 의미를 드러내는 건지, 그 사람에 대해서는 아주 자세히 언급하고 있다. 시데 아메떼 베넹헬리라는 작가는 호기심이 아주 많고 매사에 정확하기를 좋아하는 것 외에도, 자세히 보면 언급하고 있는 이야기들이 정말 사소하고 형편없는 사실이라 하더라도 그냥 지나치는 법이 없다. 점잖은 역사가들은 일어난 사실들을 요약해서 간략하게 이야기하는 버릇이 있는데, 이런 점에서 베넹헬리 같은 역사가에게서 많이 본받아야 한다. 그렇게 간략히 기술하여 다시 입에 올리기도 어렵고, 작품의 가장 핵심적인 부분을 몰라서 또는 사악한 마음으로, 아니면 부주의하여 반쯤 이야기하다 말아버리면 독자의 아쉬움이 크기 때문이다. 『리까몬떼의 원탁의 기사』[1]의 작가나 다른 또미야스 백작의 행적을 적은 책의 작가는 정말 칭찬할 만하다! 얼마나 정확하게 모든 사실을 다 묘사하고 있는가!

그건 그렇고, 내 이야기는, 짐수레꾼이 자기 짐승들을 둘러보고 두번째 여물을 넣어준 뒤 그의 말안장 침대에 누워 약속을 잘 지키는 마리또르네스를 기다리고 있을 무렵이었다. 싼초는 약을 다 바르고 벌써 누워 있었는데, 아무리 자고 싶어도 갈비뼈가 아파서 잠을 이루지 못하고 있었고, 돈 끼호떼 또한 갈비뼈가 아파서 토끼처럼 눈을 멀겋게 뜨고 누워 있었다. 객줏집 전체가 조용했고, 온 객줏집에 불빛이라고는 대문 한가운데 달린 남포등에서 흘러나오는 빛뿐이었다.

이 아름다운 고요 속에서 우리의 기사는 여느 때처럼 지나간 일들을 곰곰이 생각하고 있었다. 그의 불행을 적은 작가들도 책 속에

---

1 *La crónica de los nobles caballeros Tablante de Ricamonte*, Toledo: 1513. 프랑스 작품을 번역한 것이다.

서 일일이 그 생각들을 이야기하고 있는데, 그때 돈 끼호떼에게는 아무도 상상할 수 없는 이상한 미친 생각이 떠올랐다. 그것은 자기가 지금 어떤 유명한 성에 와 있다고 느껴서—이미 말했듯이 돈 끼호떼는 그가 머무는 모든 객줏집은 다 성으로 생각했으니까—객줏집 주인 딸은 성주의 공주인데 친절에 넘친 나머지 결국 돈 끼호떼에게 반해서 그날 밤에 부모 눈을 피해서 잠시 그와 동침을 하러 오겠다고 약속한 걸로 생각해버린 것이다. 틀림없이 그럴 거라고, 자신이 만들어낸 이런 요상한 상상을 사실로 믿고 그는 고민하기 시작했고, 이건 자신의 명예와 지조가 걸린 아주 위험한 상황이라 생각했다. 그리하여 설령 아서 왕의 부인 기네비어가 시녀인 낀따뇨나를 데리고 몸소 눈앞에 나타난다 할지라도 자신은 사랑하는 귀부인 엘 또보소의 둘시네아를 배신할 수는 없다고 마음속에 굳게 다짐했다.

이런 엉터리 생각을 하고 있을 때, 다른 약속시간—돈 끼호떼에게는 두려운—이 다가왔으니, 아스뚜리아스의 아가씨가 올 시간이었던 것이다. 그녀는 무명 그물로 머리칼을 묶어올린 채 잠옷 바람에 맨발로 조용히 더듬거리며 수레꾼을 찾아 세 남자가 자는 방에 들어섰다. 그러나 그녀가 문에 들어서자마자 돈 끼호떼가 먼저 기미를 알아차리고, 약을 바른 상처며 갈비뼈가 아픈 것도 참고 벌떡 일어나 침대에 앉았다. 그러고는 두 팔을 벌려 그 아름다운 처녀를 맞이했다. 아스뚜리아스 아가씨는 잔뜩 몸을 움츠리고 입을 꼭 다문 채 손을 앞으로 내어 더듬더듬 자기 애인을 찾아오던 중에 갑자기 돈 끼호떼의 두 팔에 부딪치게 되었다. 그는 처녀의 손목을 꼭 움켜쥐고, 그녀가 말을 할 엄두도 못 내는 사이에 자기 쪽으로 끌어당겨 침대에 앉혔다. 그는 이내 그녀의 속옷을 더듬었다. 그 옷은 마포자루 같은 삼베옷이었으나 돈 끼호떼는 가늘고 고운 비단옷으로 느꼈다. 팔목에 유리로 만든 염주 같은 것을 끼고 있었으나, 그의 눈에는 동양의 진귀한 진주로 느껴졌다. 머리칼은 어찌 보면 말갈기처럼 거칠었으나, 그의 눈에는 대낮의 햇살도 무색할 만큼 찬연한 아라비아의 황금 실타래로 보였다. 그리고 그녀의 입냄새로 말하자면 분명히 형편없는, 마른고기 잡탕 냄새가 진동했지만, 돈 끼호떼는 그녀의 입에서 보드랍고 향기로운 향료 냄새를 느꼈다. 그는 자기가 기사소설에서 읽은 다른 공주의 그 모양 그 모습 그대로 그녀를 상상 속에서 그리고 있었다. 기사소설에 쓰인 대로 심한 상처를 입은 기사를 공주가 사랑에 못 이겨 돌보러 올 때 주로 입고 왔다고 한 그 화려한 치장들을 상상했다. 이 불쌍한 양반의 눈먼 상상력이 이 정도였으므로 이 알량한 아가씨가 실제로 입은 옷이나 치장, 입냄새, 피부의 감촉은 그의 꿈을 깨는 데 전혀 도움이 되지 못했다. 그 모양, 그 입냄새를 그 짐수레꾼 아닌 다른 누군가가 보고 맡았다면 금방 구역질이 나서 토하고 말았겠지만, 돈 끼호떼는 오히려 자기 품속에 세상에서 가장 아름다운 여신을 안고 있는 것 같은 황홀감이 들었다. 그래서 그는 그녀를 꼭 붙들고, 나지막하지만 사랑에 찬 목소리로 말했다.

"아름답고 고귀하신 부인이여, 이토록 아름다운 그대의 자태를 직접 뵙게 된 이 커다란 은혜에 제대로 보답이라도 할 수 있는 상태라면 얼마나 좋겠사옵니까만, 불행히도, 선량한 사람을 따라다니며 항상 못살게 구는 운명의 장난으로 이 몸이 부서지고 만신창이가 되어 이렇게 침대에 누워 있는 신세가 된지라, 비록 마음은 그대의 뜻을 만족시켜드리고 싶으나 몸이 말을 듣지 않사옵니다. 덧붙여 또 하나 더욱 중요하고 불가한 사유를 들자면, 내 숨은

마음을 온통 사로잡고 있는 유일한 여인이 계시온데, 그 이름이 엘
또보소의 둘시네아라는 세상에 둘도 없는 귀부인으로, 그분께 이
미 제 모든 것을 바치기로 약속이 되어 있사옵니다. 이런 문제가
걸려 있지 않다면, 이 기사가 세상에 바보가 아닌 바에야, 그대가
친절하게 이렇게 베풀어주신 행운의 순간을 그냥 지나치겠사옵니
까."

　마리또르네스는 돈 끼호떼의 손에 꽉 붙들린 채 땀을 뻘뻘 흘리
며 심각한 고민에 빠져 있었다. 그녀에게 하는 말이 무슨 말인지
알 수도 없었으며 들을 겨를도 없었고, 그저 말없이 그 손에서 빠
져나오려고 안간힘을 썼다. 그 알량한 짐수레꾼 양반은 벌써부터
잔뜩 색정이 발동해 있던 터라, 자기 계집이 문으로 들어올 때부
터 그녀가 다가오는 것을 느끼고 있어서 돈 끼호떼가 하는 말을 귀
담아듣고 있었다. 그리고 이 아스뚜리아스 계집이 약속을 딴 남자
로 바꾸었을까 하는 마음에 질투가 나서 돈 끼호떼의 침상 가까이
바짝 다가갔다. 알아듣지는 못했지만 이 돈 끼호떼의 사설이 어떻
게 나가는가를 지켜보느라 잠잠히 보고만 있었다. 그러나 아가씨
가 뿌리치고 벗어나려고 하는데 돈 끼호떼가 애써 붙잡고 있는 것
을 눈치채고 이런 짓궂은 행동은 잘못되었다고 생각하여 팔을 높
이 들어 사랑에 취한 그 기사의 좁은 턱뼈를 사정없이 내리쳤다.
돈 끼호떼의 입은 온통 피투성이가 되었고, 이것만으로도 부족해
서 그는 아예 돈 끼호떼의 옆구리 위로 올라가 그냥 지근지근 밟는
다기보다는 발길질로 갈비뼈 전체를 송두리째 부숴버렸다.

　침대라고 해야 애초부터 약간 허술하고 받침이 튼튼하지 못했
던 터라 그 위에 짐꾼 하나의 무게가 겹쳐지자 그걸 지탱하지 못하
고 그대로 바닥으로 꽝 내려앉고 말았다. 그 시끄러운 소리에 객줏

집 주인이 잠을 깼다. 그리고 몇번 마리또르네스를 불러도 대답이
없자 이내 저 난리소동은 그녀의 짓일 거라 짐작하고 몸을 일으켜
등잔불 하나를 켜들고 야단법석이 벌어진 그곳으로 발을 옮겼다.
주인이 오는 것을 본 아가씨는 그 무서운 성질을 알기에 온몸을 야
단스럽게 부들부들 떨면서 아직 자고 있는 싼초 빤사의 침대 쪽으
로 다가가서 쭈그리고 몸을 감쌌다. 객줏집 주인이 들어와서 소리
를 질렀다.

"어디 있어, 이 갈보 년아! 틀림없이 요건 네년의 짓이지!"

이때 싼초가 잠을 깼는데, 마치 짐보따리 같은 것이 자기 몸 위
에 올라와 있는 것을 느끼고는 이건 무슨 악몽을 꾸는 거라 생각하
고 사방으로 주먹을 휘두르기 시작했다. 그 주먹 중 몇방에 마리또
르네스가 맞았고, 아픔을 느끼자 그녀는 이건 처녀의 정절이 걸린
문제라 생각하고 온 힘으로 되받아쳤다. 수없이 주먹세례를 받게
되자 싼초는 안타깝게도 잠이 깼다. 누군지도 모르는 사람에게 자
신이 이렇게 두들겨맞고 있자 있는 힘을 다해 일어서 마리또르네
스를 부둥켜안으면서 이 둘 사이에는 지금껏 본 적 없는 우스꽝스
러운 난장판 싸움이 벌어졌다.

이때 객줏집 주인의 등잔 불빛으로 자기 여자가 어떤 처지에 놓
여 있는지 알게 된 짐수레꾼은 돈 끼호떼를 놓아둔 채 필요한 도움
을 주러 그녀에게 달려갔다. 객줏집 주인도 함께 다가갔지만 그 의
도는 달라서 그녀를 혼내주러 갔으니, 틀림없이 그녀 하나 때문에
이 모든 조화가 일어났다고 믿고 있었기 때문이다. 그래서 우리 속
담에 나오는 이야기 식으로, 고양이는 쥐를 물고, 쥐는 줄을 물고,
줄은 기둥을 물고 늘어지는 격이 되었다. 짐꾼은 싼초를 때리고, 싼
초는 아가씨를 때리고, 아가씨는 싼초를, 주인은 아가씨를…… 이

렇게 모두가 잠시도 쉬지 않고 바삐바삐 주먹질을 해댔다. 이때 엎친 데 덮친 격으로 주인의 등잔불이 꺼져 모두가 어둠 속에 남게 되자, 사정없이 있는 대로 서로를 두들겨패는 통에 어디든 손에 닿기만 하면 성한 데라곤 없었다.

다행히 그날 밤 그 객줏집에 소위 똘레도의 오래된 '성스러운 형제단'이라 하는 자경단 순찰원 하나가 숙박을 하고 있었다. 그 사람도 이렇게 싸움으로 소란스러운 것을 들었는지라, 자기 방망이를 들고 자경단 직급을 나타내는 양철 표식을 달고 깜깜한 방에 들어서서 소리를 질렀다.

"'성스러운 형제단'입니다! 체포하겠습니다. '성스러운 형제단'의 이름으로 체포하겠습니다."

그리고 그가 첫번째로 맞부딪친 건 무너진 침대 위에 주먹을 맞고 쓰러진 돈 끼호떼였는데, 그는 기절해서 입을 위로 한 채 철퍼덕 누워 있었다. 더듬거리는 손길로 돈 끼호떼의 수염을 만져본 자경단원은 계속 말했다.

"자경단입니다, 도와주세요!"

그러나 손에 잡힌 사람이 소란도 떨지 않고 움직이는 기척도 없자, 그는 돈 끼호떼가 죽은 줄로 알았고 그 안에 있는 사람들이 그를 죽인 장본인들이라고 생각했다. 이렇게 의심이 가자, 그는 목소리에 더욱 힘을 주어 말했다.

"객줏집 문을 폐쇄합니다! 아무도 나가서는 안됩니다. 여기 사람 하나가 죽었습니다!"

이 목소리가 모든 사람을 소스라치게 놀라게 했고, 그 심각한 목소리에 조용히 싸움을 그쳤다. 객줏집 주인은 자기 방으로 물러갔고, 짐수레꾼은 자기 안장침대로 돌아갔고, 아가씨는 자기 오두막으로 갔고, 재수없이 변을 당한 돈 끼호떼와 싼초만이 있는 자리에서 꼼짝할 수가 없었다. 이때 자경단원은 돈 끼호떼의 수염을 놓고 범인들을 체포하고자 불을 찾으러 나갔다. 그러나 불은 어디에도 없었는데, 주인이 자기 방으로 갈 때 일부러 남포등을 꺼버렸기 때문이다. 그 자경단원은 어쩔 수 없이 부엌으로 가서 긴 시간 노력 끝에 겨우 다른 등잔불 하나를 켤 수가 있었다.

17장

불행하게도 성으로 생각했던 객줏집에서
용감한 돈 끼호떼와 착한 하인 싼초 빤사가
계속해서 겪어야 했던 수많은 고초에 대하여

이때 돈 끼호떼가 그 광란의 발작에서 깨어나, 마침내 정신이 들었다. 그러자 그는 전날 그 '몽둥이의 골짜기'[1]에서 쓰러졌을 때 하인을 불렀던 그 목소리 그대로 안타깝게 싼초를 부르기 시작했다.

"싼초 이 사람아, 자는가, 자? 이 친구야?"

"어떻게 잠을 잘 수가 있남요. 아이구, 내 팔자야!" 싼초는 고통과 절망에 차서 대답했다. "오늘 밤 세상 귀신이란 귀신은 모두 다 나만 쫓아다니는 것 같구만요."

"당연히 자네가 그런 생각을 할 법하구먼." 돈 끼호떼가 말했다. "내가 잘 몰라서 그러는지는 몰라도, 어떻든 이 성이 마법에 휩싸인 것 같단 말일세. 자네가 알아야 할 건…… 여하튼, 지금 내가 한 말은 내가 죽은 뒤에도 절대로 비밀로 하겠다는 약속을 먼저 하

---

1 '몽둥이의 골짜기로─시드 장군이 지나갔더라'로 시작하는 옛 로만세를 인용한 것이다.

게."

"약속하지요." 싼초가 대답했다.

"내가 이리 말하는 건," 돈 끼호떼가 덧붙였다. "원래 나라는 사람이 남에게 불명예를 주는 건 딱 질색이니까 말이야."

"글쎄 맹세한다니깐요." 싼초가 다시 말했다. "나리께서 세상을 다 사시고 난 뒤까지 입을 다물겠습니다요. 그러시다 혹시 내일이라도 당장 이 일이 밝혀질지 누가 알아요?"

"아니, 내가 그렇게 빨리 죽기를 원했더냐, 싼초 이놈아." 돈 끼호떼가 말했다. "그래, 내가 자네에게 그리 못되게 굴었단 말이냐?"

"아이구, 소인은 그런 뜻으로 말씀드린 건 아니고요," 싼초가 대답했다. "소인이 원체 이야기를 오래 참고 기다리는 것을 딱 질색해서요. 그렇게 입을 꼭 다물고 있다가, 입안에서 썩어문드러지는 건 싫거든요."

"그거야 어찌 되었든," 돈 끼호떼가 말했다. "내 자네의 사랑과 예절을 믿기에 말해주네만, 오늘 밤에 내가 그토록 바라고 바라던 세상에 둘도 없는 아주 이상야릇한 일이 벌어졌단 말일세. 간단하게 말하자면, 글쎄, 조금 전에 이 성의 성주 따님이 나를 보러 온 거야. 그 아가씨는 세상 어디에서도 찾을 수 없을 정도로 아주 예쁘고 아름다운 모습이었지. 말로 표현하기 힘들 정도로 아름다운 단장, 아, 그 아리따운 이해심…… 그외에 숨겨진 다른 모습이야 어찌 다 말로 할 수 있으리! 나의 귀부인인 엘 또보소의 둘시네아에게 바친 약속을 지키려고 손도 안 대고 가만히 있고자 하는 이 마음을 자네는 아는가? 자네에게 단지 하고 싶은 말은, 글쎄, 내 손안에 떨어진 이 커다란 행운을 하늘이 질투했는지, 아니면, 그래 그게

216

더 사실일지 모르겠군. 그러니까 아까 말했듯이, 이 성이 마법에 걸려 있었던 거야. 글쎄, 그녀가 어디서 나타났는지도 모르고 얼굴도 보지 못한 채 아주 달콤하고 사랑으로 넘치는 대화를 나누고 있는데 엄청나게 큰 거인의 무서운 팔뚝에 달린 손 같은 게 내려오더니 내 턱을 뺑 치는 게 아니겠어. 그래서 내 턱이 이렇게 온통 피범벅이 된 거지. 그뒤 나를 얼마나 두들겨팼는지, 어제 로신안떼의 실수로, 자네가 알다시피, 그 갈리시아 놈들에게 언어맞은 참극 때보다 더 죽을 지경이 되었구면. 이런 일들로 미루어 추측하건대, 그 아가씨의 보석 같은 아름다움을 어떤 귀신 들린 무어족이 지키고 있어서 내게 올 여자는 아니었던 것 같아."

"물론 소인에게 올 여자도 아니었구요." 싼초가 대답했다. "지는요, 사백명이 넘는 무어족들에게 마구 두들겨맞았으니까요. 그러니까 어제 맞은 몽둥이세례는 그래도 약과였어요. 허지만 나리, 말씀 좀 해보세요. 우리를 지금 이 모양 이 꼴로 만든 이 이상야릇하고 알량한 모험의 이름이 도대체 뭔가요? 그래도 나리는, 말씀하신 대로 세상에 없는 어여쁜 여자라도 만져봤으니 불행 중 다행이지요. 그런데 지는 평생 맞을 엄청난 매를 맞고 얻은 게 뭐래요? 세상에 빌어먹을 팔자도 이런 팔자가 어디 있을까요? 지는 방랑기사도 아니고, 평생 그런 거 될 생각도 없는데, 세상에 재수없는 일이란 일은 전부 나한테만 일어나니……"

"그러니까, 자네 또한 두들겨맞았단 말인가?" 돈 끼호떼가 물었다.

"아, 글쎄, 그랬다고 하잖습니까요. 지 신분이야 아랑곳하지도 않고……"

"너무 마음 아파하지 말게나, 친구!" 돈 끼호떼가 말했다. "내가 금방 아주 좋은 약을 만들 텐데, 그걸 바르면 눈 깜짝할 사이에 나을 걸세."

바로 이때, 예의 자경단원이 마침내 등잔불을 켜고, 죽은 사람이 있는 것 같아서 살펴보려고 그곳으로 들어왔다. 내복 바람에 머리에는 두건을 쓰고 손에 촛불을 든 아주 험악한 얼굴의 사나이가 들어오는 것을 보자 싼초가 나리에게 물었다.

"주인님, 혹시 이 사람이 우리를 마저 박살내려고 다시 돌아온 귀신 들린 그 무어족이 아닐까요?"

"그 무어족일 수는 없네." 돈 끼호떼가 대답했다. "귀신 들린 사람들은 누구에게도 그 모습을 보이지 않는 법이거든."

"보이지는 않아도 아프게는 하던뎁쇼." 싼초가 말했다. "못 믿겠으면 지 등판 좀 보라구요."

"내 등도 아프기는 마찬가지일세." 돈 끼호떼가 대답했다. "그러나 그런 거는 여기 보이는 사람이 귀신 들린 무어족이라고 믿을 만큼 충분한 증거는 못돼."

자경단원이 다가왔다가 그들이 이렇게 조용하게 이야기를 나누고 있는 것을 보자 잠깐 멈칫했다. 여하튼 돈 끼호떼가 왕창 얻어터지고 두들겨맞아 아직도 꼼짝달싹 못하고 벌렁 누워 있는 것은 사실이었다. 그는 돈 끼호떼에게 다가가 물었다.

"이 양반, 그래 좀 어떻소?"

"내가 너 같으면 '양반'이라 안하고 '종'이라고 하겠다, 이놈!" 하고 돈 끼호떼가 되받았다. "이 고장에서는 방랑기사에게 이렇게 말을 함부로 해도 되는 거냐? 이 바보 같은 놈아!"

몰골이 형편없는 사람에게 이런 욕지거리를 듣는 대접을 받고 보니 자경단원도 참을 수가 없어 기름이 가득 든 등잔을 치켜들어 그대로 돈 끼호떼의 머리에 내리치니 그의 머리통이 완전히 박살 나버렸다. 사방이 깜깜해지자 그 자경단원은 바로 나가버렸다. 싼초 빤사가 말했다.

"나리, 이 사람이 틀림없이 그 귀신 들린 무어족이구만요. 그 보석인지 아가씨인지는 다른 사람들에게 주려고 지키고 있었고, 우리에게는 오직 주먹세례, 등잔세례만 주기로 되어 있었나봐요."

"그 말이 맞아." 돈 끼호떼가 대답했다. "마법에 걸린 이런 사건은 신경을 써서는 안되느니, 괜히 이런 일을 가지고 화를 내거나 분통을 터뜨릴 필요는 없다네. 이 사람들이 귀신같이 눈에 안 보이니 아무리 발버둥 쳐도 복수하려야 복수할 데를 찾을 길조차 없지 않은가. 싼초, 이 사람아, 가능하면 일어나게. 일어나서 이 성의 영주를 불러서 기름 약간과 포도주, 소금, 쑥을 좀 달라고 하게나. 내가 바로 몸에 좋은 약을 만들 텐데, 지금이야말로 그 약이 꼭 필요하네. 귀신이 때린 이 상처에서 지금 피가 많이 쏟아지고 있단 말일세."

싼초는 온 뼛골이 쑤셔오는 것을 느끼며, 겨우 일어서서 객줏집 주인이 있는 깜깜한 곳으로 가다가, 아까 때렸던 적이 무슨 짓을 하는지 엿듣고 있던 자경단원과 마주쳤다. 싼초는 그에게 말했다.

"나리, 누구시든지 간에, 어쨌든 부탁 좀 합시다요. 부디 청컨대, 쑥 약간하고 기름, 소금, 포도주 좀 저희에게 주실 수 없는지요. 고것들이 있어야 세상에서 제일 훌륭한 방랑기사라 할 수 있는 우리 주인님을 낫게 하겠는데요. 시방 그분이 이 객줏집에 있는 귀신 들린 무어족의 손에 맞아 저 침대에 누워 계시거든요."

자경단원은 이 말을 듣고는, 이 친구가 머리가 약간 모자라는 사람이라고 생각했으나 날도 밝았기에 객줏집 문을 열고 주인을 불러 그 사람이 원하는 것을 말해주었다. 객줏집 주인은 원하는 것을 주었고 싼초는 그것들을 들고 돈 끼호떼에게 가져갔다. 그는 아까 등잔불에 맞은 머리에 손을 얹고는 아파서 끙끙대고 있었으나 다행히 머리에는 제법 큰 혹 두개 정도의 상처밖에 없었다. 피가 나온다고 생각한 것은 아까 난리 통에 생고생을 하면서 흘린 땀방울들이었다.

드디어 그는 그 약재들을 받아 전부 한데 섞더니 일종의 혼합액을 만들어 적당하다고 생각될 때까지 한참 동안 푹 삶고 끓였다. 그러고는 약을 넣을 호리병 같은 것을 요청했는데 객줏집에 그런 병이 없자 할 수 없이 객줏집 주인이 공짜로 선물한 양철로 만든 기름병 같은 아무 병에나 넣기로 마음먹었다. 그 병 위에다 대고 여든번 이상 성자를 부르고 또다시 그 횟수만큼 성모마리아를 부르는 등 온갖 주문과 기도를 퍼부으며 한마디 한마디마다 세례식에서처럼 십자가를 그었다. 그 예식에는 싼초와 객줏집 주인과 자경단원도 함께 있었고, 짐수레꾼은 조용히 자기 노새들을 돌보고 있었다.

이렇게 약을 만든 뒤, 돈 끼호떼는 영험한 약이라고 생각하는 그 향유의 효능을 자신이 직접 바로 시험해보고 싶어서 병을 채우고 솥단지에 남아 있는, 거의 반되쯤 되는 그 약물을 죽 들이켰다. 다 들이켜기가 무섭게 토하기 시작했는데, 배 속에 남아 있는 게 하나도 없을 정도였다. 구토와 함께 속이 뒤집어지고 얼마나 혼이 났는지 온몸에 땀이 있는 대로 쏟아졌다. 그는 이불을 좀 덮어달라고 하면서 혼자 있겠다고 했고, 사람들은 원하는 대로 해주었다. 그러고 세시간 이상 푹 잔 뒤 깨어나니 뼈 부러진 데도 좋아지고 정말 몸이 개운해진 것 같았다. 그는 몸이 다 나았다고 생각했고, 그 피에라브라스 향유가 진짜로 약효가 있다고 믿고는 앞으로 이 처방만 있으면 어떤 싸움이고 결투고 상처고 아무리 위험하다 할지라도 두려움 없이 대처할 수 있다고 생각했다.

싼초 빤사도 주인의 몸이 좋아지자 신비하다고 생각해서 솥단지에 아직 적잖게 남아 있는 약물을 달라고 했다. 돈 끼호떼가 그 물을 주자 싼초는 두 손으로 받아 주인님이 마신 것보다 적지 않은 양을 멋지게 온 마음을 다해 들이마셨다. 불쌍한 싼초의 배 속이 주인님의 배 속보다 좋지 못한지, 처음 토하자마자 그 메스꺼움과 고통으로 온몸에 땀이 비 오듯 하고 기절초풍할 지경인지라 이번에야말로 정말로 인생의 종말이 왔구나 하고 생각되었다. 너무 고통스럽고 힘이 들어 그 약을 준 도둑놈과 그 약인가 뭔가에 대해 온갖 저주를 퍼부었다. 그걸 보고 돈 끼호떼가 말했다.

"싼초, 내 생각에는, 이런 모든 재앙이 자네가 정식 기사가 되지 못해서 오는 것 같네. 내가 알기로 이 영약은 기사가 아닌 사람들에게는 별 효험이 없다거든."

"나리께서는 그걸 아시면서," 싼초가 되받았다. "세상에 지 가문과 지가 재수가 없어도 유분수지, 왜 그런 걸 소인이 맛보게 내버려두셨나요?"

이때 마신 게 속에서 발동을 하자 가여운 싼초의 코와 입 두 고랑으로 토사물이 어찌나 무섭게 쏟아지는지 그가 다시 누운, 띠로 만든 덕석 자리도, 덮고 있는 나무껍질 같은 담요도 모두 엉망이 되어버렸다. 온갖 발작과 난동이 벌어지고 땀으로 목욕을 해대는데, 싼초 본인뿐만 아니라 모든 사람이 싼초의 목숨이 그대로 끊어지는 줄 알았다. 이 발작과 폭풍우가 거의 두시간 동안 계속되고 난 후에도 낫기는커녕 더 망가지고 녹초가 되어서 도저히 일어나지도 못했다.

그러나 돈 끼호떼는, 아까 이야기했듯이, 몸이 한결 나아져서 금방이라도 모험을 찾아떠나고 싶었다. 그의 생각에는 거기서 시간을 허비하고 있는 순간순간이 그의 도움과 보호를 필요로 하는 많은 사람과 세상에 죄를 짓는 것 같았고, 더구나 자기가 만들어본 묘약으로 자신감과 확신이 생겼다. 그런 생각에 이끌려 직접 로신안떼에게 안장을 얹고 하인의 당나귀에게도 안장을 지워주고, 싼초를 도와 옷을 입히고 나귀 위에 태웠다. 돈 끼호떼는 이내 말 위에 올라타고는 객줏집 한구석으로 가서 거기 있는 가느다란 쇠꼬챙이 하나를 집어들었으니 창으로 사용할 생각이었던 것이다.

객줏집에 있던 스무명이 넘는 사람이 그를 지켜보고 있었는데, 객줏집 주인 딸도 그 자리에 있었다. 돈 끼호떼도 그녀에게서 눈을 떼지 못했고, 이따금씩 가슴속 깊은 곳에서 끓어오르는 듯한 한숨을 내쉬었다. 그러자 전날 밤 그가 갈비뼈에 약을 바르는 것을 본 사람들은 아직 거기가 아파서 그러려니 생각했다.

말에 탄 채로, 돈 끼호떼는 객줏집 문 앞에서 주인을 불러 아주 조용하고 엄숙한 어조로 말했다.

"성주 나리, 그대의 성에서 본인에게 베풀어준 환대가 지극히 크고도 지극했사옵니다. 내 평생 이 은혜는 잊지 않고 감사드리겠사옵니다. 만일 어느 오만불손한 자가 나리에게 모욕을 주어 복수가 필요하시면, 그때 이 은혜를 꼭 되갚아드리겠습니다. 아시겠지만 본인이 하는 일은 약한 자들을 도와주고, 능욕당한 사람들의 복수를 해주며, 반역자들을 벌하는 것이옵니다. 만약 이런 짓을 당해서 누군가의 도움이 필요하시면 기억을 더듬으셔서, 권하고 싶으시다면 그저 말씀만 하시옵소서. 제가 약조하건대, 기사도의 명예를 걸고 그대의 뜻대로 사과를 받아내고 복수를 해드리겠사옵니다."

객줏집 주인 또한 똑같이 침착하게 대답했다.

"기사 나리, 저는 어떠한 모독에 대해서도 귀하께서 복수를 해주시는 것이 필요치 않는 사람이외다. 저도 제게 잘못을 저지른다고 생각되는 일이 있으면 복수할 줄 아는 사람이니까요. 다만 바라는 게 있다면 지난밤 우리 객줏집에서 주무신 비용은 내시라는 것이지요. 귀하의 말들에게 먹인 짚이며 보리죽과 저녁식사 값과 침대 사용료 말씀입니다."

"아니, 그럼 여기가 객줏집이란 말이오?" 돈 끼호떼가 다그쳤다.

"객줏집 중에서도 좋은 집이지요." 주인이 대답했다.

"지금까지 내가 속고 있었구먼." 돈 끼호떼가 말했다. "정말이지, 난 여기가 그래도 과히 나쁘지 않은 성이라고 생각했소이다. 그런데 여기가 성이 아니고 객줏집이라니, 지금으로서는 어쨌든, 미안하지만 숙박료는 낼 수 없겠소이다. 방랑기사의 법도를 어길 수는 없으니까요. 제가 확실하게 알기로는 지금까지 읽은 책에서 이와 반대되는 사실을 본 적이 없으니까 하는 말인데, 기사가 머문 객줏집에서 숙박비나 다른 비용을 지불한 적은 없었소. 왜냐하면, 기사들이 밤낮으로 모험을 찾아헤매며 겪는, 견디기 힘든 그 고생의 댓가로 어디서나 대접을 잘해주고 무엇이든 베풀어주는 것이 법이나 준칙으로 나와 있기 때문이오. 겨울에나 여름에나, 춥거나 덥거나, 목이 마르거나 배가 고프거나, 말을 타거나 걸어가거나 이 땅 위의 모든 애로와 하늘의 무심함을 무릅쓰고 헤매야 하는 게 기사들이니까요."

"난 그런 일과는 상관없는 사람이오." 주인이 대답했다. "빚진 거나 갚으시고, 기사도니 뭐니 쓸데없는 잔말은 그만둡시다. 나는 내 재산 내가 챙기겠다는 일 빼고는 딴생각은 없소이다."

"그대는 멍청하고 나쁜 숙박업자로구먼." 돈 끼호떼가 되받았다.

그러고는 창을 비스듬히 치켜든 채 로신안떼에 박차를 가하여 아무도 붙잡을 틈도 주지 않고 객줏집을 빠져나와 하인이 뒤를 따라오는지 돌아보지도 않고 꽤 멀리 가버렸다.

객줏집 주인은 그가 돈도 주지 않고 떠나가버리자 이번에는 싼초 빤사에게 다가와서 돈을 내라고 했다. 싼초는 주인께서 돈을 내지 않겠다고 했으니 자기도 돈을 줄 수 없다고 말했다. 자기는 방랑기사의 하인 신분이므로 자기에게도 객줏집이며 식당에서 돈을 내지 않는 이유나 법칙은 똑같이 적용된다고 주장했다. 이 말에 주인은 약이 오를 대로 올라서 만약 돈을 내지 않으면 혼날 줄 알라고 위협했다. 그 말에 싼초는 자기 주인님이 받으신 기사도의 법칙을 따르기 위해 목숨을 바치는 한이 있더라도 땡전 한푼 줄 수 없다고 하면서, 이유인즉슨 방랑기사의 오랜 전통과 귀중한 법이 자신 때문에 훼손되어서는 안되며, 자신이 앞으로 세상에 나올 기사의 하인들에게 그토록 정당했던 법을 어겼다고 비난받으며 원망들을 일을 해서는 안되기 때문이라고 했다.

그때 그 불행한 싼초에게 정말 재수없는 일이 벌어졌다. 그 객줏집에 머물던 사람 중에는 쎄고비아에서 온 포목장이 넷, 뽀뜨로 데 꼬르도바에서 온 바늘장수 셋과 쎄비야 출신 장사꾼 둘이 있었는데, 모두 마음씨는 좋지만 놀기 좋아하고 심술궂은 장난꾼들이었다. 그들 모두 장난 좀 쳐볼까 하는 거의 똑같은 생각으로 싼초에게 다가가 그를 당나귀에서 끌어내리고, 그중 하나는 들어가서 손님 침대에서 담요를 가지고 왔다. 그러더니 싼초를 그 담요에 던져놓고는 눈을 들어 천장을 올려다보더니 자기들의 장난에 필요한 높이보다 방 천장이 약간 낮은 것을 알고는 마당으로 나가기로 마음먹었다. 마당이야 높이가 하늘이었으니까. 그리고 거기서 싼초를 담요 한가운데 눕혀놓고 마치 축제에서 개를 쳐올리며 놀리듯이 하늘 높이 던져올리기 시작했다.

담요 쳐올리기에 괴로워하는 싼초의 아우성치는 소리가 얼마나 시끄러웠는지 나리의 귀에까지 들렸다. 돈 끼호떼는 그 소리를 주의 깊게 들어보았는데, 그때 생각으로는 뭔가 새로운 모험이 닥치고 있다는 느낌이었다. 결국 그 소리치는 사람이 자기 하인 싼초라는 것을 확실히 알고는 말고삐를 돌려 있는 힘을 다해 객줏집까지 달려왔다. 객줏집이 닫혀 있자 어디 들어갈 데가 있나 하고 집을 뱅뱅 돌다가 별로 높지 않은 마당 담벼락까지 다가가서야 자기 하인을 가지고 짓궂게 장난치는 광경을 보았다. 싼초가 공중으로 올라갔다 내려왔다 하는 모습이 너무 빠르고 너무 우스워서, 정말 화가 치밀지만 않았다면, 내 생각에도 그는 웃고 말았으리라. 돈 끼호떼는 말 위에서 그 흙담에 올라서려고 시도해보았으나 몸이 워낙 부서지고 녹초가 된 터라 말에서 내리는 것조차 어려웠다. 그래서 말에 탄 채 싼초를 담요 위에 놓고 쳐올리고 있는 놈들에게 갖은 욕설이며 악담을 퍼부어댔는데, 그 말들은 작가도 일일이 적당한 말로 다 적을 수 없을 정도였다. 그런다고 그놈들이 하던 짓이나 웃음을 멈추지도 않았고, 공중제비를 당하는 싼초가 비명 소리 역시 그칠 리 없었다. 더러는 위협 섞인 말투로, 더러는 애걸을 하면서 계속 소리를 질러댔지만, 결국 그들이 완전히 지쳐서 그만둘 때까지 아무런 말도 소용이 없었고 필요도 없었다. 그뒤, 그들은 당나귀를 끌어와 싼초를 올려 앉히고 윗도리를 덮어주었다. 개중 동정심이 많은 마리또르네스가 너무 지친 싼초의 모습을 보고 도와

주어야겠다 싶어 우물에 가서 아주 차가운 물 한 주전자를 길어와 그에게 주었다. 싼초가 그 물을 받아 입에 가져가려다가 갑자기 그의 주인이 외치는 소리에 멈칫했다. 돈 끼호떼가 말했다.

"싼초, 이 사람아, 물 마시지 마! 이 사람아, 물 마시면 자넨 죽어! 알아? 여기 내가 만든 그 성스러운 향유가 있지 않는가!" 하면서 약물이 든 병을 보여주었다. "여기 이 병에 든 물 두 방울만 마셔도 자넨 틀림없이 낫게 될 거야."

이 소리를 듣고 싼초는 뒤를 돌아보듯 눈을 돌리고 더 큰 목소리로 말했다.

"혹시 나리께서는 소인이 기사가 아니라는 사실도 잊으셨남요? 아니면 엊저녁에 겨우 남은 지 속창자까지 마저 토해내기를 바라시는 겁니까? 빌어먹을 그 약물일랑은 혼자 가지고 계시구요, 소인은 그냥 가만히 내버려두세요."

이 말을 마치기가 무섭게 입에 댄 것을 마시더니 첫 모금에 물인 것을 알자 더이상 입에 대지 않고 마리또르네스에게 술 좀 가져다달라고 청했다. 그녀는 아주 기꺼이 그의 청을 들어주었으며 자기돈으로 술값을 지불했다. 사실 그 여자로 말하면, 비록 그런 일에 종사하고 있지만 착한 기독교인으로서 앞뒤가 분명한[2] 여자였던 것이다.

싼초는 마실 것을 다 마시자 자기 당나귀에 발길질을 하고 객줏집 문을 활짝 열고는 문을 나섰다. 자기가 맘먹은 대로 돈 한푼 안

---

2 여기서 '앞뒤'라고 번역한 대목의 원문은 'tenía unas sombras y lejos de cristiana' 라고 되어 있다. 여기에서 'lejos'는 회화용어 '원경'으로, 배경으로 쓰이는 풍경이나 사람을 의미한다. 즉, 앞뒤를 가려서 그릴 줄 아는 기법은 그녀가 모든 일에 사리에 맞게 처신했다는 뜻이다.

내고 나왔음에 기분 좋아하면서. 비록 늘 그랬듯이 손해 본 것은 외상으로 잡힌 자기 등짝이었지만…… 사실 객줏집 주인은 돈을 안 낸 댓가로 그의 배낭을 잡아놓았으나 쌴초는 정신이 없던 터라 뭐가 빠졌는지 알아차리지 못했다. 그가 밖으로 나간 것을 보자 주인은 대문을 빗장으로 꼭 잠그려 했으나 아까 그 장난꾼들이 그러지 못하게 말렸다. 그 사람들이야말로 돈 끼호떼가 정말 원탁의 네 기사였다 할지라도 눈곱만큼도 겁을 안 낼 친구들이었던 것이다.

18장

싼초 빤사가 돈 끼호떼와 나눈 이야기와 이야깃거리가 될 만한 다른 모험들에 대하여

싼초가 기절하여 초주검이 다 되어 주인 나리에게 왔는데, 상태가 심각해 자기 당나귀도 몰지 못할 지경이었다. 돈 끼호떼가 이 모양의 싼초를 보자 이렇게 말했다.

"지금에 와서야 확실히 알겠네그려, 착한 싼초 이 사람아! 그 성인지 객줏집인지가 틀림없이 귀신 들렸다는 것을 말일세. 자네를 가지고 그렇게 잔혹하게 장난을 친 그자들이 귀신이나 딴 세상 사람들이 아니고 누구겠는가? 내 생각을 확증할 수 있는 건 내가 직접 보았기 때문이라네. 자네의 그 슬프고도 비극적인 장면을 지켜보며 담장 언저리에 이르렀을 때, 나는 그 담장 위에 올라갈 수도 없었을 뿐만 아니라 심지어 로신안떼에서 내릴 수조차 없었다네. 내가 그때 무슨 마법에 걸려 있었기 때문인 것 같아. 자네에게 내 명예를 걸고 맹세하지만, 내가 거기에 올라가거나 말에서 내릴 수만 있었다면 분명히 복수를 했겠지. 비록 그렇게 행동하는 게 기사도의 법도에 어긋나는 한이 있더라도 그 비열한 악당 놈들이 한 그 못된 짓을 평생 후회하도록 말일세. 이미 여러번 자네에게 말한 바 있지만, 사실 기사는 기사가 아닌 사람에게는 손을 대지 못하게 되어 있어. 꼭 필요하고 긴급한 상황에서 자기 스스로의 목숨이나 인격을 방어하기 위한 일이 아니라면 말이야."

"소인도 복수할 수만 있다면 했을 거구만요, 정식 기사가 되었으나 못되었으나요. 허지만 못했지요. 그런데 지 생각에는 지를 가지고 노는 그놈들이 나리 말처럼 귀신 들린 사람이나 귀신이 아니라 우리와 똑같이 살과 뼈를 가진 사람들인 게 확실하더구만요. 그 사람들 모두 나를 쳐올리면서 서로 부르는 소리를 들으니까, 다들 이름이 있던데요, 한 사람 이름은 뻬드로 마르띠네스고, 다른 하나는 떼노리오 에르난데스, 그리고 객줏집 주인 이름은 내가 들으니 왼손잡이 환 빨로메께라 하던데요. 그러니께 나리, 마당의 담장을 뛰어넘지 못한 거나 말에서 뛰어내리지 못하신 건 마법에 걸린 것 때문이 아니라 다른 이유구만요. 소인이 이런 일을 당하면서 솔직히 얻은 결론은요, 우리가 찾아다니는 모험인가 행운인가가 우리에게 가져다줄 것은 수많은 불행밖에 없을 거라는 생각이고, 이러다 종국에는 우리 오른발이 어느 발인지도 모르게 될 것이구만요. 소인의 좁은 소견으로는요, 그냥 우리 고향으로 돌아가는 게 옳은 생각 같네요. 지금 보리와 밀 수확철이고 농사일이 바쁠 때니까 사람들 말처럼 이렇게 '천방지축' '동분서주'[1] 헤매고 다니는 것보다는 그게 훨씬 낫지요."

---

1 원문에는 '……de Ceca en Meca y de zoca en colodra, como dicen'으로 되어 있다. 직역하면 "'세까'라는 마을에서 '메까' 성지로, 광장에서 술집으로……"인데, 결국 이곳저곳 천방지축 떠돌아다니는 것을 이르는 말이다.

"싼초 이 사람아! 그게 다 몰라서 하는 소릴세." 돈 끼호떼가 대답했다. "자네는 기사도의 고뇌와 영광을 몰라! 입 다물고 좀 참게나. 자네 눈으로 똑똑히 볼 날이 올 걸세. 이렇게 수행을 하고 다니는 것이 얼마나 영예로운 일인가를. 아니라면 말해보게, 세상에서 싸움에 이기고 적에게서 승리를 얻는 것에 버금가는 즐거움이 어디 있으며 그보다 더 큰 만족이 어디 있겠나? 세상에 그런 즐거움은 다시없어."

"그게 그런가보지요." 싼초가 대답했다. "소인은 모르는 일이니까요. 소인이 뭐 잘났다고 그런 영예로운 자리에 낄 이유가 있겠남요. 다만 지가 아는 건 우리가 방랑기사가 된 뒤로, 아니 나리가 기사가 된 뒤로, 한번도 싸움에 이겨본 적이 없지요. 그 비스까야 사람하고의 일 말고는 말입니다. 그 싸움에서도 나리께서는 귓불 반쪽과 투구 절반을 잃으셨지요. 그리고 그 뒤로 지금까지 얻은 건 몽둥이찜질이요, 받은 건 주먹세례뿐이지 않습니까요. 그 담요말이 사건은 소인이 하나 더 앞서는 거구요. 그것도 소인이 복수조차 할 수 없는 귀신 들린 사람들이 저지른 일이라니까, 나리, 나리 말씀처럼 적을 이기는 즐거움이 도대체 어디에 있는지 알아나봅시다."

"그게 내가 갖는 아쉬움이고, 자네 또한 그걸 섭섭해하는 건 당연하지, 싼초!" 돈 끼호떼가 말했다. "그러나 지금부터는 내가 좋은 칼 하나를 손에 넣도록 노력하겠네. 내가 말하는 칼은 진짜 명품인지라, 그 칼을 지니고 다니는 사람에게는 어떤 종류의 마법도 통하지 않는 훌륭한 칼이지. 그렇게 되면, '불타는 칼의 기사'라고 불렸던 아마디스[2]에게 닥친 행운이 내게도 일어나지 말라는 법이 없을

2 그리스의 아마디스로, 그 유명한 '골 지방의 아마디스'의 증손자이다.

거야. 그가 찼던 칼은 세상의 그 어떤 기사가 가진 칼 중에서도 가장 훌륭한 칼이어서, 아까 말한 효능 외에도 칼날이 면도날처럼 잘 베어져서 아무리 튼튼하고 마력이 있는 갑옷이라고 할지라도 그 칼 앞에서는 당할 수가 없었지."

"운수 좋기를 바라기로는 소인 같은 사람도 없습죠." 싼초가 말했다. "만일 그 말이 사실이고, 나리께서 그런 칼을 구하시게만 된다면, 지는 오직 무사가 된 기사님들만 섬기겠습니다요. 그리고 그 묘약처럼 기사님들을 보호해드리구요. 일이 그렇게만 된다면야, 저희 기사님 하인들이야 고생을 죽도록 해도 싸지요."

"그건 걱정 말게나, 싼초!" 돈 끼호떼가 말했다. "모두 다 하늘이 더 잘 알아 자네를 도와줄 테니까."

이런 대화를 나누면서 돈 끼호떼와 하인은 길을 가고 있었다. 갑자기 돈 끼호떼는 가던 길 쪽에서 그들을 향해 다가오는 커다랗고 짙은 흙먼지 떼를 보았다. 그것을 보자 싼초를 돌아보고 돈 끼호떼가 말했다.

"오늘이 바로 그날이다, 오, 싼초여! 지금이야말로 운명의 여신이 나를 위해 마련해놓은 행운이 무엇인가를 보게 되리라. 내 말하지만, 이날이 바로 그날이다. 다른 어느 때보다 내 팔뚝의 힘을 보여줄 절호의 기회인즉 오늘이야말로 앞으로 올 세대에게 기사도의 청사에 두고두고 남을 위대한 업적을 세워야겠노라. 자네의 눈에도 저기 일어나는 저 뽀얀 먼지가 보이는가, 싼초? 저건 모두 각양각색의 수많은 사람으로 이루어진 엄청난 규모의 군대가 이쪽으로 행진해오면서 일으킨 먼지들이지."

"그런 식으로 본다면 군대가 두 부대이네요." 싼초가 말했다. "이쪽 반대편에서도 저 비슷한 먼지구름이 일어나고 있으니까요."

돈 끼호떼가 다시 돌아보니 싼초의 말이 사실이었다. 돈 끼호떼는 더없이 기뻐하며, 저건 틀림없이 두 군대가 광활한 평원 한가운데서 서로 충돌하고 맞붙어 싸우려는 것이라고 말했다. 어느 때고 어느 순간이고 기사소설에 나오는 결투며 사랑이며 불운이며 사건이며 마법 등만 생각하는 돈 끼호떼의 머릿속은 늘 전쟁의 환상으로 가득 차 있었으니 그런 방향으로만 말하고 생각하고 행동하는 것이었다. 사실 그가 본 먼지구름은 양 떼 암수 무리가 각각 다른 방향에서 같은 길로 오면서 일으킨 먼지였으나, 그 짐승 떼는 먼지에 묻혀 가까이 올 때까지는 눈에 뜨이지 않았던 것이다. 그러나 그리도 열심히 돈 끼호떼가 그게 군대라고 이야기하니까 싼초도 그 말을 믿게 되었다. 그래서 "나리, 그러면 우리는 어떻게 해야 할까요?" 하고 말을 했다.

"어떻게 하다니?" 돈 끼호떼가 말했다. "고난에 처한 불쌍한 사람들에게 은혜를 베풀고 도와주어야지. 싼초, 여기 우리 앞쪽으로 오는 군대의 지도자이자 지휘관이 저 커다란 뜨라뽀바나 섬[3]의 주인인 위대한 알리판파론 황제인 것을 자네도 알렸다. 우리 뒤에서 행진해오는 다른 군대는 그 황제의 적인 가라만따족[4]의 왕 '걷어올린 팔뚝의 뻰따뽈린'이라는 분의 군대인데, 그분의 별명은 싸움을 할 때 항상 오른 팔뚝을 맨살로 걷어붙이고 시작한 데서 나왔지."

"그런데 왜 저 두 왕이 원수지간이 되었나요?" 싼초가 물었다.

"서로 원수지간이 된 건," 돈 끼호떼가 대답했다. "이 알리판파

<hr>

3 뜨라뽀바나(Trapobana)는 오늘의 스리랑카(실론)이다. 그러나 이후부터 돈 끼호떼가 열거하는 이름들은 허황한 것들이며, 보통 기사소설에 자주 등장하는 인물들의 이름을 희화한 인명들이다.
4 가라만따족(los garamantas)은 고대 아프리카 부족의 하나이다.

론이라는 친구는 성질이 사나운 이단자인데, 아주 예쁘고 우아한 데다 독실한 기독교인, 뻰따뽈린 왕의 딸에게 홀딱 반했거든. 그런데 그 딸의 아버지가 기독교도가 아닌 이단자 왕에게 딸을 줄 수 없다고 한 거야. 먼저 그 거짓 예언자 마호메트의 법을 버리고 기독교로 개종하지 않으면 안된다는 말인 거지."

"그럴 수가!" 싼초가 말했다. "뻰따뽈린이 별로 잘한 게 없네요! 소인이 맹세코 힘닿는 데까지 그 사람을 도와야겠구만요."

"그거야 자네가 옳다고 하는 일을 하면 되네, 싼초!" 돈 끼호떼가 말했다. "이런 싸움에 끼어드는 건 구태여 정식 기사일 필요는 없으니까."

"고 문제는 잘 이해하겠는데요," 하고 싼초가 답했다. "허지만 이 당나귀를 어디다 놓고 가야 이 실랑이가 지난 뒤에 당나귀를 확실히 찾을 수가 있을까요? 왜냐하면 이런 말을 타고 그런 싸움에 나가 싸우는 게 지금까지는 없었던 일인 것 같아서요."

"그건 그렇구먼." 돈 끼호떼가 말했다. "그 당나귀는 그냥 제멋대로 내버려두는 게 좋겠지, 잃어버리거나 말거나…… 일단 싸움에 승리하면 말들이야 수없이 많이 갖게 될 테니까, 로신안떼도 다른 말로 바뀌지 않게 조심해야지, 그럴 위험성이 있으니까. 그러니 내 말 잘 듣고, 보라고. 지금 두 부대가 다가오는데, 자네에게 가장 지체 높은 기사들이 누구인지 알려줄 테니까. 자네가 더 자세히 살펴볼 수 있도록 저기 보이는 저 언덕으로 피하세. 저곳에서라면 두 부대가 훤히 잘 보일 테니까."

그들은 언덕배기에 올랐는데, 거기서는 돈 끼호떼가 군대라고 하는 두 짐승 떼를 잘 살펴볼 수 있으리라 생각했다. 물론 뿌옇게 일어나는 먼지구름이 그들의 눈길을 막고 흐리게 하지 않는다면…… 그러나 어찌 되었든, 돈 끼호떼는 자신의 상상 속에서 없는 것을 있다 하고, 눈에 보이지 않는 것을 보는 터라 목소리를 높여 말을 했다.

"저기 저 황금빛 갑옷을 입고, 방패에는 한 아가씨 발밑에 꿇어 엎드린 왕관을 쓴 사자의 문장을 넣은 저 기사가 그 유명한 뿌엔떼 데 쁠라따의 영주, 용맹스러운 라우르깔꼬라는 자지. 또다른 황금꽃 갑옷을 입고, 방패에는 푸른 들판에 세개의 은빛 왕관을 새긴 기사는 끼로시아의 대공, 공포의 미꼬꼴렘보이고, 그 사람의 오른편에 있는 거인 같은 골격을 가진 다른 기사는 아라비아 세 왕국의 영주인, 천하에 겁 없는 브란다바르바란 데 볼리체인데, 저렇게 뱀가죽으로 갑옷을 만들어 입고 방패로는 문짝 하나만 들고 나오곤 하지. 저 문짝이 유명한데, 삼손이 죽으면서 적들을 복수하고 쳐부순 사원의 문짝 중 하나라는 거야. 하지만 눈을 돌려 다른 쪽을 보라고. 바로 앞에, 이 군대의 전방에, 천하무적의 개선장군인 신新 비스까야의 왕자 띠모넬 데 까르까호나가 보이지. 파란색·초록색·흰색·노란색 네 부분으로 나뉜 갑옷으로 무장하고, 방패에는 영국 기사의 문장에 많은 진노랑 바탕에 황금 고양이를 그리고 '야옹'이라고 글자 쓴 게 보이지? 저건 기사가 모시는 귀부인 이름의 첫마디인데, 사람들 말이 그 여자가 알펜니껜 델 알가르베 공작의 딸인 천하의 미울리나 아가씨라는 거야. 또 저 크고 튼튼한 암말의 등 위에 떡 버티고 탄 기사는 눈처럼 흰 갑옷에, 문장 하나 그려넣지 않은 흰 방패를 들고 있지? 저분은 프랑스 출신의 뻬에르 빠뺑이라고 부르는 새내기 기사인데, 우뜨리께 남작령의 영주이지. 또 저기, 박차를 단 발뒤꿈치로 아름답고 가벼운 얼룩말의 옆구리를 차고 있는 기사는 푸르고 하얀 무늬의 멋진 갑옷을 입고 있는데, 저분이

네르비아의 막강한 공작인 에스빠르따필라르도 델 보스께로서, 방패에는 아스파라거스 이파리를 문장으로 새기고, 에스빠냐어로 이렇게 써놓았지, '내 운명을 추적하라'라고."

　이런 식으로 그가 상상하는 이 부대 저 부대의 그 많은 기사의 이름을 열거해갔고, 그 많은 기사 하나하나에게 갑옷이며 색깔이며 무늬며 좌우명이며를 세상에 없는 광기의 상상력을 동원해 즉흥적으로 붙여가면서 쉬지 않고 말을 했다.

　"이 앞에 있는 부대는 여러 나라 사람이 뭉쳐 만든 군대지. 여기에는 저 유명한 트로이 강[5]의 단물을 마시고 사는 사람들도 있고, 아프리카의 마실리꼬, 즉 모로코 평원을 누비는 산사람들, 행복한 아라비아에서 잘고 고운 황금 모래사막을 누비던[6] 사람들, 그 유명한 맑고 투명한 떼르모돈떼 강의 신선한 강변에서 놀고 즐기던 사람들, 황금빛 빡똘로, 리디아 강의 여러 물길을 피로 물들이던 사람들, 약속을 잘 지키지 않는 아프리카 누미디아 사람들, 좋은 화살과 활 잘 쏘기로 유명한 페르시아 사람들, 도망가면서도 싸우는 파르티아 사람들, 메디아 사람들, 집을 자주 옮겨다니는 아랍인들, 백인들처럼 잔인한 카스피 해 북동쪽 스키타이 사람들, 입술에 구멍을 뚫은 에티오피아 사람들, 그밖에 얼굴은 보아서 알지만 그 민족 이름은 기억이 안 나는 끝없이 많은 나라 사람이 군대를 이루고 있는

----

5 원문에는 'del famoso Xanto'(저 유명한 싼또)라고 나와 있는데, 트로이 강을 말한다.
6 초판본에는 이 번역과 같은 'cubren'(덮다)으로 나오지만 2판부터는 'criban'(체로 치다)으로 읽는 판본들이 많다. 세르반떼스의 필사본 필체가 'cu'와 'cri'를 구분하기 힘들었기 때문에 비롯된 혼선 같다. 여기서는 전체 문맥이 '트로이 강' '모로코 평원' 등 광활한 지역을 말하는 대목이어서 아라비아의 모래사막을 누비는 이미지가 타당하다고 본다.

걸세. 이쪽 다른 부대에는 올리브숲이 많은 옛 안달루시아 베띠스 강의 수정 같은 물줄기를 마시고 사는 사람들이 오고 있구먼. 그리고 항상 풍성하고 황금빛인 똘레도 따호 강의 약물로 얼굴을 닦고 윤기를 낸 사람들, 그라나다, 쎄비야를 가로지르는 성스러운 헤닐 강물을 쓰며 즐기고 사는 사람들, 목장과 목초가 풍성한 과달끼비르 강 근처의 들판을 누비는 사람들, 낙원 같은 헤레스의 초원에서 즐겁게 살던 사람들, 금빛 곡창으로 왕관처럼 에워싸인 부자 마을라 만차의 사람들, 옛 에스빠냐 고트족의 피를 받은 오랜 유물과 창으로 무장한 사람들, 물줄기가 완만하기로 유명한 옛 바야돌리드의 삐수에르가 강에서 목욕을 하는 사람들, 숨은 물줄기가 많기로 유명한 구불구불한 과디아나 강의 광활한 목장에서 가축을 치고 사는 몬띠엘 가까운 곳 마을 사람들, 바람 소리 많은 삐레네 산중의 추위나 알프스 근방의 우뚝 솟은 아뻰니노 산맥의 하얀 눈송이 속에 떨고 사는 사람들, 그리고 마지막엔 구라파 안에 숨어 사는 모든 사람이 있지."

아이고 맙소사! 얼마나 많은 지방, 얼마나 많은 나라 사람을 언급했는가. 놀라운 정확성으로 하나하나 묘사하고, 각 고장의 특성을 일일이 짚어가며, 그동안 읽은 거짓말투성이 책들의 세계에 정신없이 홀랑 빠진 채로……

쌴초도 주인의 말에 질려 말 한마디 못하고, 이따금씩 고개를 돌려 나리가 말하는 거인이며 기사 들이 보이는지 살펴보았지만 아무도 보이지 않자 이렇게 말을 했다.

"나리, 귀신이 물어갈 노릇이네요, 여기 이 들판 어디를 보아도

....
7 여기 묘사들은 극작가 로뻬 데 베가의 『라 아르까디아』 3권에 나오는 몇 구절에 대한 패러디 같다고 마르띤 데 리께르는 말한다.

나리께서 말씀하신 그 많은 사람 중에 기사도 거인도 사람 하나도 보이지 않는뎁쇼. 아무튼 소인의 눈에는 그 사람들이 보이지 않으니, 이것도 엇저녁의 귀신들처럼 어쩌면 마법에 걸려 있는 것들 아닐까요?"

"어찌 그런 말을 하는고?" 돈 끼호떼가 대답했다. "자네에게는 저 말 울음소리와 나팔 소리, 북소리가 안 들리는가?"

"소인의 귀에는," 싼초가 대답했다. "양 떼가 울어대는 소리밖에 안 들리는뎁쇼."

그리고 그건 사실이었다. 벌써 그들이 있는 곳 가까이 두 짐승 떼가 오고 있었기 때문이다.

"그대가 겁에 질려서," 돈 끼호떼가 말했다. "뭘 제대로 보지도 듣지도 못하는 걸세, 싼초! 왜냐하면 사람이 겁에 질리면 결과적으로 감각이 흐려지고 사물들이 있는 그대로 보이지 않는 법이거든. 그렇게 겁이 나거들랑 어디 구석에 물러가 있게, 나는 내버려두고…… 혼자서도 내가 도와야 하는 편에다 승리를 가져다줄 수 있으니까."

이 말을 하고, 돈 끼호떼는 로신안떼에 박차를 가하고, 창을 창받이에 꽂은 채 언덕배기를 비호같이 내려갔다. 싼초가 소리소리질렀다.

"돌아오세요, 나리, 돈 끼호떼 나리, 하느님께 맹세하지만 시방 쳐부수려고 하는 것들은 양 떼와 염소 떼라니깐요! 되돌아와요, 제발, 이런 환장할 일이…… 이게 무슨 미친 짓이에요? 거긴 거인도, 기사도, 고양이도, 갑옷도, 쪼개진 방패도, 온전한 방패도, 하얗고 푸른 문장도 빌어먹을 것도 없다니까요. 무슨 짓을 하시는 거예요? 아이구 내 팔자야!"

아무리 불러대도 돈 끼호떼는 돌아오지 않았고, 오히려 큰 소리로 고함을 치면서 달려갔다.

"어이, 기사들, 용맹스러운 '걷어올린 팔뚝의 삔따삘린' 황제의 깃발 아래 명령을 받고 싸우는 자들아, 나를 따르라! 이 기사가 그대들의 적 뜨라뽀바나의 알리판파론에게 얼마나 간단하게 복수해주는가를 볼지어다!"

이렇게 말하면서, 양 떼 부대 한가운데로 뛰어들어서는 어찌나 사납고 용맹스럽게 창을 휘두르는지 마치 진짜 자기의 철천지원수에게 창질을 해대는 것 같았다. 짐승 떼를 몰고 오던 양치기며 목동 들은 그런 짓을 하지 말라고 소리소리 질렀으나 아무 소용이 없자 허리에 차고 있던 고무새총을 꺼내 주먹만 한 돌을 돈 끼호떼의 귀 언저리를 겨냥해 쏘아댔다. 돈 끼호떼는 돌 같은 것에는 신경도 안 쓰고, 오히려 사방을 더욱 휘젓고 다니며 소리 질렀다.

"어디 있느냐, 이 오만방자한 알리판파론아? 나와 붙어라! 여기는 단 한명의 기사일 뿐이다. 이 기사가 일대일로 네 힘을 시험하고자 하노라! 네 목숨을 끊어, 저 용감한 삔따삘린 가라만따의 목숨을 살리고자 하나니……"

이때 강가의 돌멩이 하나가 날아와 옆구리에 맞더니 갈비뼈 두 개가 무너져내렸다. 이렇게 크게 혼이 나자 그는 틀림없이 자기가 죽거나 큰 부상을 입은 줄로 알았다. 그는 자신의 비약을 기억하고는 그 병을 꺼내어 입에 가져다대고 배 속에 약을 부어넣기 시작했다. 그러나 그가 충분하다고 생각할 만큼 약물을 다 들이켜기도 전에 다른 돌멩이 하나가 또 날아와 손과 병에 정통으로 맞아 약병은 산산조각이 나고, 어금니와 앞이빨 두서너개가 나가고, 손가락 두 개가 여지없이 뭉개져버렸다.

첫번째 맞은 돌멩이와 두번째 맞은 돌의 충격이 이 정도이다보니 불쌍한 기사는 어쩔 도리 없이 말에서 떨어지고 말았다. 목동들이 그에게 다가와 보고는 자신들이 그를 죽인 거라 생각해서 죽어 쓰러져 있는 양 일곱마리를 싣고, 황급하게 양과 염소 떼를 몰고 더이상 살펴볼 생각도 하지 않고 그대로 가버렸다.

싼초는 언덕에 서서 주인 나리가 미친 짓을 하는 광경을 바라보고 제 수염을 쥐어뜯으며 재수없이 저런 영감을 알게 된 사주팔자를 저주하고 있었다. 그러나 주인 나리가 땅에 자빠지고, 목동들이 다 떠나버린 것을 알자 언덕에서 내려와 주인에게로 다가갔는데, 비록 정신은 남아 있지만 몰골이 말이 아닌 그를 보고 이렇게 말했다.

"소인이 되돌아오시라고 말하지 않던가요, 돈 끼호떼 나리? 나리께서 쳐부수려고 한 것은 군대가 아니라 양 떼들이었단 말입니다."

"그런 것들은 저 도둑놈 같은 내 적 마법사가 나타나게도 했다 없어지게도 했다 하는 법이라네. 싼초, 자네도 알아야 할 것은 그런 마법사들은 자기가 원하는 대로 우리 눈앞에 무엇이든 나타나게 하는 짓을 아주 쉽게 저지른다니까. 나를 쫓아다니는 이 악랄한 친구는 내가 이 전투에서 승리하여 영광을 차지할 것을 미리 알고 시기질투한 나머지 적의 부대들을 갑자기 양 떼로 둔갑시킨 거라네. 그게 아니라면 내가 부탁할 테니 한번 해보게나, 싼초. 그래야 사건의 내막을 깨우치고 내 말이 사실인 줄 알게 될 테니까. 당장 자네 당나귀에 올라타고 그것들을 멋지게 쫓아가봐. 조금만 더 따라가면 놈들이 원래 사람으로 변할 테니까. 양 떼가 아니고 내가 처음 자네에게 묘사해준 그대로 버젓이 사람들이 되어 있을 거라고.

그러나 지금 당장 가지는 말게나. 지금 자네 은혜와 도움이 필요해. 가까이 다가와 내 어금니와 이빨이 몇개나 모자라는지 좀 보라고. 내 느낌엔 입에 남은 이빨이 하나도 없는 것 같아."

싼초가 바싹 다가가니, 그의 눈이 거의 돈 끼호떼의 입속에 들어갈 정도였다. 그때 마침 돈 끼호떼의 배 속에 들어 있던 약물이 발동을 하여 싼초가 입속을 들여다보려는 그 순간, 총을 쏘듯 세차게 배 속에 있던 것들이 쏟아져나와 그 모든 토사물이 동정심 많은 싼초의 수염에 쏟아졌다.

"어이구!" 싼초가 소리쳤다. "그런데 이게 뭔 일이란가? 틀림없이 이 죄 많은 영감이 치명상을 입었구면. 입으로 피까지 토해내는 걸 보니깐……"

그러나 좀더 자세히 살펴보니, 그 색깔이며 맛이며 냄새가 피가 아니라 돈 끼호떼가 마신 그 병의 약물인 것을 알 수가 있었다. 그러자 싼초의 배 속이 홀랑 뒤집혀 웩웩 구역질을 하더니 곧바로 주인 나리 몸에 죄 토해냈다. 일이 이렇게 되니, 두 사람 몰골이 참으로 희한하더라. 싼초가 겨우 배낭에서 닦을 것과 주인을 치료할 것을 꺼낼 생각으로 자기 당나귀에게로 갔으나 그 배낭은 사라지고 없었으니, 싼초는 정신이 돌아버릴 지경이었다. 다시 신세 한탄을 하고, 마음속으로 주인을 버리고 고향으로 돌아갈 계획을 세웠다. 지금까지의 노임도 포기하고, 약속된 섬의 영주가 되는 희망도 버리고……

이때 돈 끼호떼가 일어나더니 남은 이빨이 마저 빠지지 않도록 왼손으로 입을 막고 오른손으로 로신안떼의 말고삐를 잡았다. 말은 주인 곁에서 한순간도 떠나지 않고 있었다—충실하고 잘 훈련된 말이었으니까. 돈 끼호떼가 하인이 있는 곳으로 가서 보니, 싼초는 당나귀에 기대어 손으로 턱을 괸 채 심각한 표정을 짓고 있었다. 돈 끼호떼가 그런 모습을 보고, 크게 슬픈 표정으로 말했다.

"쌴초, 자네가 알아야 할 것은, 사람이란 다른 사람보다 더 노력하지 않으면 다른 사람보다 뛰어난 사람이 될 수 없다는 것이네. 우리에게 일어난 이 모든 폭풍우 또한 곧 날씨가 잠잠해지고 일들이 잘 풀릴 거라는 징후이기도 한 걸세. 행운도 불행도 마냥 오래 갈 수는 없어. 그래서 나온 결론이 재난이 오래간다는 것은 행운이 벌써 가까이 왔다는 말이라는 걸세. 그러니 나한테 일어난 불행 때문에 고민하지는 말게, 자네는 이런 일과는 상관없으니……"

"상관이 없다니요?" 쌴초가 되받았다. "그러니까, 혹시 어제 담요말이를 당한 사람이 내 아버지의 아들, 나 아니고 딴 사람이었남요? 그리고 오늘 내 귀중한 재산이 다 들어 있는 배낭이 사라졌는데, 그 피해자가 똑같이 나라는 사람 아니고 딴 사람인가요?"

"아니, 자네 배낭이 없다고, 쌴초?" 돈 끼호떼가 물었다.

"없다니까요!" 쌴초가 대답했다.

"그러니까 오늘은 먹을 것이 없다는 소리구먼." 돈 끼호떼가 되받아서 말했다.

"그게 그렇겠구만요." 쌴초가 대답했다. "여기 이 초원에 나리께서 잘 아신다는 먹을 만한 풀이 없다면요. 나리같이 지독하게 불행한 방랑기사님들께서는 이렇게 먹을 것이 없을 때는 늘 풀잎으로 한 끼를 때웠다면서요."

"어떻든지 간에," 돈 끼호떼가 말했다. "지금 나는 디오스코리데스가 말하는 그 약초들이나 라구나 박사가 그려놓은 풀들[8] 전부보

8 디오스코리데스(Dioskorides)가 쓴 약초에 관한 저서 『약물지』(De Materia Medica)를 번역하고 주석을 단 사람이 당시 유럽에서 유명한 라구나(Andrés Laguna) 박

다도 빵 한 조각이나 정어리나 청어 대가리 한두어 토막이면 정말 맛있게 식사를 할 텐데. 그러나 여하튼, 착한 싼초 이 사람아! 자네는 우선 당나귀를 타고 나를 따라오게나. 우리가 하느님을 모시기 위해 이렇게 방황하고 다니는데, 하느님이 모든 것을 다 가지셨으니 무엇인들 먹을 게 없겠는가. 공중에 사는 모기도 먹을 것이 있고, 흙에 사는 벌레도 먹을 것이 있고, 물에 사는 올챙이에게도 먹을 것을 주시는데…… 하느님은 정말 자비로우셔서 좋은 사람이나 나쁜 사람 위에도 한결같이 해가 뜨게 하시고, 옳은 사람이나 옳지 않은 사람 위에도 똑같이 비를 내리시지 않는가."

"나리께서는 그게 더 나을 뻔했어요." 싼초가 말했다. "방랑기사 되시는 것보다 설교사가 되시는 게요."

"방랑기사라고 하는 사람들은 모든 것에 대해서 알고 있고, 또 알아야 하는 걸세." 돈 끼호떼가 말했다. "지난 세기에는 빠리 대학을 나온 학자처럼 왕궁 들판 한가운데서 설교나 연설을 하고자 머무는 방랑기사도 있었다지 않는가. 그런 데서 창이 펜을 무디게 한 적이 없고, 펜이 창을 무디게 하지 않는다는 말이 나온 것이네."

"그건 그렇고, 나리 말씀이야 어찌 됐든지 간에," 싼초가 대답했다. "지금은 여기서 뜨고, 오늘 밤 어디서 묵을지 찾아봅시다요. 그리고 이제는 제발 담요도, 담요말이꾼도, 귀신도, 귀신 들린 무어족도 없는 곳이길 바랍니다요. 만일 고것들이 있으면, 빌어먹을, 잠이고 뭣이고 다 글러버릴 테니까요.[9]"

사였다. 그 책은 1555년에 출판되었다.
9 원문에는 'daré al diablo el hato y el garabato'라고 되어 있는데, 'el hato'(목동들의 숙소)나 'el garabato'(고기 걸어놓는 고리)나 소리의 유사성 외에 머무는 곳이라는 뜻이 있다. 즉, 머무는 곳을 악마에게 내주어 잠자기는 글렀다는 뜻이 된다.

"자네가 하느님께 그렇게 청해보게나!" 돈 끼호떼가 말했다. "그리고 자네 맘대로 인도하게나. 이번에는 우리 숙소 문제를 자네 선택에 맡기고 싶네. 그런데 여기 손 좀 주게나. 손가락으로 여기 좀 만져봐. 이 오른쪽 턱뼈 있는 거기가 아픈데, 어금니와 이빨이 도대체 몇개나 빠졌나 좀 잘 보게."

샨초가 손가락을 넣어 만져보면서 물었다.

"나리께선 어금니가 이쪽에 원래 몇개 있으셨나요?"

"네개!" 돈 끼호떼가 답했다. "사랑니 빼고는 모두 완전히 성한 이빨이었지."

"확실히 알고 말씀해보세요, 나리!" 샨초가 대답했다.

"네개란 말일세, 다섯개 아니면." 돈 끼호떼가 대답했다. "내 평생 어금니든 이빨이든 빼본 적이 없으니까. 빠진 이도 없고 충치나 풍치로 썩은 이도 없었어."

"그런데 이쪽 밑에는, 나리 이빨이 어금니 두개 반밖에 안 남았는데요. 위쪽에는 반쪽이 아니라 아예 하나도 없구만요, 손바닥처럼 미끈하네요."

"아이고, 재수도 없어라!" 돈 끼호떼가 하인의 슬픈 전갈을 듣고서 하는 소리였다. "칼을 드는 팔이 아니라면 차라리 팔 하나를 잃는 게 낫지. 샨초 자네에게 말하지만, 어금니 없는 입은 절구돌 없는 방아지 뭐겠는가. 그래서 이빨 하나를 다이아몬드보다 더 귀하게 치지 않는가 말일세. 그러나 이 모든 불행도 어려운 기사 수행을 하다보면 늘 일어나는 일이니, 이 친구야, 말에 올라 길을 인도하게, 나는 자네 가는 대로 따라갈 터이니."

샨초는 그 말대로 했다. 쭉 곧게 나 있는 큰길에서 벗어나지 않으면서 머물다 갈 곳이 있을 법한 쪽으로 길을 재촉했다.

돈 끼호떼는 턱뼈가 아파서 펀치도 않고 빨리 가지도 못할 처지여서 그냥 천천히 길을 갔다. 그를 심심치 않게, 재미있게 해주려고 싼초는 무슨 이야기든 하고 싶었다. 그에게 들려준 것 중 하나를 다음 장에서 이야기하기로 한다.

19장

싼초가 주인과 나눈 흥미진진한 이야기,
시체를 둘러싼 모험과 그밖의 유명한 사건들에 대하여

"소인 생각에는, 나리, 요사이 일어나고 있는 모든 불행한 사건들은 틀림없이 나리께서 기사도 계율에 벗어난 행동을 한 죄의 댓가로 받는 형벌 같습니다요. 식탁에 차려놓고 앉아 빵을 먹는 일이 없을 것이며, 귀한 여인과 쓸데없이 노닥거리는 일이 없을 것이며, 그에 따르는 기타 여러 계율을 지키겠다고 서약해놓고선 하나도 지키지 않으신 건 아닙니까? 나리께서는, 그 무어족 이름이 내 기억이 잘 안 나지만, 그 악당 같은 말란드리노 투구[1]인가 뭔가, 그걸 빼앗을 때까지는 서약을 꼭 지키겠다고 맹세하지 않았습니까요?"

"자네 말이 참으로 맞네, 싼초." 돈 끼호떼가 말했다. "사실대로 말하면, 그 기억을 내가 그만 깜빡했네. 그리고 자네는 제때 그 사실을 내게 깨우쳐주지 못한 죄로 담요말이를 당한 게 분명할 걸세.

---

1 싼초는 기사소설에 나오는 'Mambrino'(맘브리노)라 들은 것을 'Malandrino'(악당)로 혼동하고, 희화한다.

앞으로 나도 시정을 하겠네. 기사도에는 모든 죄를 면하게 해주는 방법이 또 있지."

"그럼, 소인이 혹시 서약 같은 것을 한 일이 있남요?" 싼초가 따져 물었다.

"서약을 했건 안했건 상관없어." 돈 끼호떼가 말했다. "우선 내가 알기로는, 자네가 그 일에 참여를 전혀 안했다고 말할 수는 없다는 거지. 그리고 어찌 되었든 미리 처방을 해두는 것이 나쁘지 않을 걸세."

"그게 그렇게 되었다면요," 싼초가 말했다. "나리, 그 서약 문제처럼 제발 요것만은 잊어서는 안돼요. 어쩌면 그 귀신들이 다시 한번 소인을 가지고 장난을 치거나, 끈질기게 버티면 나리까지 가지고 놀 생각이 있을지 모른다는 사실 말이에요."

이런 이야기 저런 이야기를 하다가 길을 가는 도중에 밤이 되었다. 그날 밤 들어가 쉴 곳도, 잠자리 하나도 찾아내지 못하고 밤을 지새우는 건 좋지 않을 듯했고, 우선 배가 고파 죽을 지경이었다. 배낭이 없으니, 양식이며 먹을 것이 하나도 없었다. 불행은 엎친 데 덮친다더니, 그들에게 이번에는 거짓말 하나 보태지 않고 정말 모험 같은 모험이 하나 찾아왔다. 어두워지는가 싶더니 깜깜한 밤이 되었고, 어쨌든 둘은 길을 따라 계속 갔다. 싼초 생각으로는 그 길이 큰길이므로 한두마장 정도 가면 당연히 객줏집 같은 게 있으리라 믿었다.

사위는 어두워가고, 하인은 배고프고, 주인은 뭐 좀 먹었으면 하는 생각으로 길을 가고 있는데, 갑자기 그들 눈에 휘황한 불빛 여러개가 들어왔다. 그들이 가는 길 앞에서 그들 쪽을 향하여 오는, 마치 움직이는 별같이 보이는 불빛들이었다. 싼초는 그 불을 보자

기겁을 했고, 돈 끼호떼도 제정신이 아니었다. 한 사람은 당나귀 고삐를 당기고 다른 한 사람은 말고삐를 잡으며, 저게 뭐하는 것들인가 주의 깊게 바라보면서 조용히 있었다. 그 불빛들이 자신들 쪽으로 가까이 다가오고 있는 게 보였고, 불들은 가까워질수록 더욱 크게 보였다. 그걸 본 싼초는 사시나무처럼 벌벌 떨기 시작했고, 돈 끼호떼의 머리칼도 고슴도치처럼 곤두섰다. 돈 끼호떼는 가까스로 용기를 내서 말했다.

"이거야말로 틀림없이 가장 크고 가장 위험한 모험인 것 같구나, 싼초. 여기서야말로 내 용기와 힘을 몽땅 발휘할 필요가 있겠어."

"아이구, 내 팔자야," 싼초가 울먹였다. "보아하니 이상한 것 같은데, 만일 이 모험이 귀신들 짓이라면, 남아날 갈비뼈가 또 있을꼬……"

"아무리 귀신들이 많아도," 돈 끼호떼가 말했다. "자네 옷의 실오라기 하나라도 건드리는 놈 있으면 내 가만두지 않으리라. 지난번에 놈들이 자네를 가지고 논 것은 내가 마당의 벽을 뛰어넘지 못한 때문이지만, 지금은 평평한 들판이므로 여기서는 내 멋대로 칼을 휘두를 수가 있어."

"그런데 만약 마술에 걸려 지난번처럼 나리를 꼼짝 못하게 하면," 싼초가 말했다. "들판이라 한들 무슨 소용입니까?"

"어떻든지 간에," 돈 끼호떼가 되받았다. "자네한테 하는 부탁은 마음을 든든히 가지라는 걸세. 싼초, 경험이 쌓여가면 나처럼 다 침착한 태도를 배우게 될 테니까."

"정 그러시다면 침착해져볼게요." 싼초가 말했다.

그리고 둘은 길 한쪽으로 비켜서서 걸어오고 있는 저 불빛들이 무엇일까 주의 깊게 살펴보았다. 그러자 거기 바짝 붙어서 셔츠를 둘러쓴 사람들[2]이 오고 있는 게 보였는데, 그 무시무시한 모습에 싼초 빤사의 마음은 완전히 얼어붙어 마치 심한 열병으로 오한이 든 사람처럼 윗니와 아랫니가 다닥다닥 부딪치기 시작했다. 처음 본 것과는 다른 걸 보자 떨리는 정도며 이빨 부딪치는 소리가 더욱 커져갔다. 셔츠를 둘러쓴 사람들이 거의 이십여명이나 되는데다 모두 말을 타고 손에는 횃불을 들고 있었기 때문이다. 그들 뒤에는 검은 천을 씌운 가마가 따라오고, 가마 뒤에는 또다른 말 탄 사람 여섯이 노새의 발목까지 덮는 상복을 입은 채 뒤쫓고 있었다. 그 말들은 그냥 조용하게 길을 가는 말들이 아닌 이 분명했다. 셔츠를 뒤집어쓴 사람들은 안타까운 듯한 낮은 목소리로 자기들끼리 뭔가 웅얼웅얼거리면서 가고 있었다. 그 늦은 시간에, 사람 하나 없는 들판에서 이런 이상한 광경을 보았으니 싼초의 마음이나 그 주인의 가슴에 공포감이 치밀어오르는 건 당연했다. 싼초가 온 힘을 다해 돈 끼호떼에게 꼭 붙어 있는 걸 보아도 겁이 났던 게 사실이리라. 그러나 주인의 생각은 그 반대였으니, 그에게는 저기 보이는 것이 그가 읽은 책 속의 수많은 모험 중 하나로, 그의 상상 속의 세계가 그 순간 생생하게 실현된다고 보았다.

돈 끼호떼는 그 가마 안에는 어떤 죽은 기사나 중상을 입은 사람을 실은 관이 있을 것이라고 상상했고, 그 복수는 오직 자신에게 맡겨진 임무라고 생각했다. 그는 더이상 말을 않고 창을 받침대에 올린 채, 안장에 똑바로 앉아서는 점잖고 늠름한 자태로 셔츠를 덮어쓴 사람들이 지나갈 길목의 중간에 섰다. 그리고 그들이 가까이

---

2 여기서 '셔츠를 둘러쓴 사람들'(los encaminsados)은 무사를 연상시킨다. 무사들이 밤에 전투를 할 때는 아군임을 표시하기 위해 군복 위에 셔츠를 입곤 했기 때문이다.

오자 목소리를 높여 말했다.

"게 서라, 기사들아. 아니면 누구든지 간에 먼저 누구의 사람들이며, 어디에서 오는지, 어디로 가는지, 저 관 속에 무엇을 넣어가는지 소상히 밝히렷다. 보아하니, 너희들이 무슨 횡포한 짓을 했거나, 아니면 누군가 너희들에게 무슨 짓을 한 모양인데, 당연히 내게 그 내막을 알리는 게 좋을 줄 알라. 만약 너희들이 잘못을 저질렀다면 벌을 주기 위함이요, 만약 누가 너희에게 못된 짓을 했다면 복수해주기 위함이니라."

"우리는 갈 길이 바쁜 사람들이오." 셔츠를 쓴 사람 중 하나가 대답했다. "객줏집도 멀고 하니, 말씀하시는 소상한 이야기를 해드리고자 여기서 지체할 수가 없소이다."

그러고는 노새를 몰아 앞으로 나아갔다. 이 대답에 돈 끼호떼는 굉장히 기분이 나빠져 노새의 고삐를 붙들며 말했다.

"멈춰라, 좀더 예의가 있어야지. 내가 묻는 말에 아뢰렷다. 그러지 않으면 너희 모두 지금 나와 결투다!"

그 노새는 겁이 많아 잘 놀라는데, 돈 끼호떼가 고삐를 잡자 기겁을 해서 두 발을 하늘로 치켜들고 주인과 함께 땅에 엉덩방아를 찧었다. 함께 걸어가던 한 머슴은 셔츠 입은 사람이 넘어지자 돈 끼호떼에게 욕설을 퍼붓기 시작했다. 돈 끼호떼는 화가 날 대로 나서 더이상 기다리지도 않고, 창을 치켜들고 상복 입은 한 사람에게 달려들었고, 그 사람은 크게 부상을 당한 채 땅에 떨어졌다. 다른 사람들 사이를 휘젓고 다니며, 어찌나 재빠르게 공격하고 짓부수는지 정말 볼만한 광경이었다. 로신안떼가 얼마나 가볍고 자랑스럽게 뛰어다니는지, 그 순간에 갑자기 날개가 돋았나 의심스러울 정도였다.

셔츠를 둘러쓴 사람들은 모두 무기도 소지하지 않았고 겁도 많아 순식간에 싸움을 그만두고 들판으로 줄행랑을 쳤는데, 횃불을 치켜들고 달려가는 모습이 즐거운 축제의 밤에 가면을 쓰고 달려가는 사람들처럼 보였다. 상복을 입은 사람들은 옷이 엉망진창이 된 채, 소매가 없는 긴 외투 같은 복장에 싸여 움직일 수가 없었다. 그리하여 돈 끼호떼는 아무 걱정 없이 모두를 실컷 두들겨패서, 원하지는 않았지만 그 자리를 뜨게 만들었다. 모두들 생각하기를, 저 사람은 사람이 아니라 지옥에서 온 악마이고, 가마에 싣고 가는 죽은 시체를 자기들에게서 빼앗으러 왔다고 믿었기 때문이다.

이 모든 광경을 지켜보던 싼초는 자기 주인의 용기에 감탄해 혼잣말로 중얼거렸다.

"정말 우리 주인은 자기 말처럼 힘이 세고 용감하다니까."

횃불 하나가 땅에서 불타고 있었고, 그 옆에 노새가 넘어뜨린 첫번째 사람이 쓰러져 있었다. 돈 끼호떼가 다가가 창끝을 얼굴에 대고 항복하라고 하면서 항복하지 않으면 죽이겠다고 하자 쓰러진 사람이 대답했다.

"더이상 어떻게 항복을 해요, 움직일 수도 없는데요. 다리 하나가 부러졌어요. 제발 부탁하건대, 같은 기독교인 기사[3]시라면, 저를 죽이지 말아주십시오. 그렇지 않으면 신성모독을 저지르는 것입니다. 저는 석사학위를 받은 수사이고요, 첫 성직을 수행하고 있습니다."

---

3 원문에는 'caballero cristiano'(기독교인 기사)라고 되어 있지만, 돈 끼호떼의 상상 속이 아니면 당시 일반 사회에는 '기사'란 없었다. 물론 돈 끼호떼의 광기에 아부하기 위해 '기사'로 부를 수도 있지만, '좋은 사람' 정도의 뜻으로도 풀이할 수 있다.

"그러면 어떤 놈이 너를 여기 데려왔느냐, 성직에 있는 사람이라면서?" 돈 끼호떼가 물었다.

"누구라니요, 나리?" 쓰러진 사람이 되물었다. "운이 없어서 따라온 거지요."

"그러면 너는 더 큰 벌을 받게 될 터이다." 돈 끼호떼가 말했다. "만약 내가 처음 물은 것에 대해 만족할 만한 대답을 못하면 말이다."

"그거야 쉽게 해명해드리지요." 석사가 말했다. "그러니까 말입니다, 아까 석사라고 했지만 실은 제가 학사밖에 못됩니다. 제 이름은 알론소 로뻬스고요, 고향은 알꼬벤다스입니다. 지금은 다른 열한 사제와 함께 바에사 시에서 오는데, 그 사람들이 횃불을 들고 도망간 사람들입니다. 지금 우리는 죽은 시신을 모시고 쎄고비아 시로 가고 있습니다. 저 가마 안에 시신이 있는데, 그분은 바에사에서 돌아가셔서 거기 모셔져 있었는데, 말씀드렸듯이 지금은 그분의 뼈를 고향인 쎄고비아에 있는 그의 무덤으로 모셔가던 길이었습니다."[4]

"그럼 누가 그를 죽였는가?" 돈 끼호떼가 물었다.

"하느님이 데려가신 거지요. 페스트에 걸려 고열로 돌아가셨어요." 학사가 대답했다.

"그러니까," 돈 끼호떼가 말했다. "누가 그를 죽였다면 내가 복수해주어야 하는데, 우리 천주님께서 그 수고 하나를 덜어주셨구

---

4 이 모험담은 성 환 데 라 끄루스나 돈 환 데 아우스뜨리아(Don Juan de Austria)의 이동장면 같다고 생각되지만 가는 길의 행로나 세세한 사항들이 학사가 이야기한 것과 반드시 일치하지는 않는다. 그러나 한가지 확실한 것은 이 이야기가 『영국의 빨메린』 I, 76면에 나오는 이야기의 의도적인 패러디라는 점이다.

먼. 그러나 누가 죽였다고 할지라도 죽인 사람은 입을 꼭 다물고 고개를 저어야[5] 할 것이오. 왜냐하면 나 자신을 죽인다 해도 꼭 그렇게 할 테니까. 신부님께 아뢰올 게 있다면, 본인은 라 만차의 기사로서 이름은 돈 끼호떼라 합니다. 제가 수행하는 일이란 세상을 돌아다니면서 억울한 일을 해결해주고 절름발이를 바로 서게 해주는 일이오."

"절름발이를 바로 서게 해준다니 어떻게 그럴 수 있는지 이해가 안 갑니다." 학사가 말했다. "당신은 다리 하나를 부러뜨려서 곧게 선 사람을 절름발이로 만들었어요. 나는 아마 평생 동안 바로 설 수가 없을 겁니다. 나에겐 억울한 일을 해결해준 것이란 게 오히려 억울한 지경에 빠뜨린 일밖에 더 했습니까? 나는 영원히 이대로 억울하게 살아야 할 겁니다. 모험을 찾아다닌다는 그대와 우연히 마주친 게 내게는 정말 지독하게 재수없는 일이었어요."

"모든 일이 다 그렇게 그런 방식으로 일어나는 것은 아니오." 돈 끼호떼가 말했다. "불상사가 있었다면, 알론소 로뻬스 학사님, 밤에 상복을 덮어쓰고, 기도를 하면서, 횃불을 켜든 채 이상한 흰옷을 입고 그렇게 나타나시니, 꼭 불길한 것이거나 저세상에서 온 사람 같지 않았겠소? 그래서 난 그대들을 공격하여 내 임무를 수행할 수밖에 없었던 거요. 내 판단으로는, 그대들이야말로 지옥에서 온 사탄이라 믿었던 거요."

"내 운이 그래서 이렇게 되었을까요." 학사가 말했다. "이제 나리께 간청하건대, 내게 이런 피해를 주신 방랑기사님, 나를 이 노새 밑에서 나오게나 도와주십시오. 안장과 등자 사이에 내 다리가 끼

<hr />

5 원문에는 '어깨를 움츠리다'(encoger los hombros)라고 되어 있다. '나는 모르는데요'라고 식의 몸짓이다. 우리말로는 '고개를 젓다'가 더욱 확실하다.

어 있습니다."

"나 같으면 그런 일은 내일쯤 말하겠소이다." 돈 끼호떼가 말했다. "세상에, 그런 소망을 말하는 데 언제까지 기다릴 작정이었소?"

돈 끼호떼는 곧 싼초 빤사에게 오라고 소리쳐 불렀으나 싼초는 올 생각이 없었으니, 그 선량한 사람들이 끌고 온 노새 등에 실린 짐더미에 먹을 것이 많아 그것을 훔치느라 여념이 없었다. 외투를 벗어 자루로 만들어 그 안에 들어갈 수 있는 대로 채워 자기 당나귀에 실었다. 그러고서야 주인이 부르는 곳으로 와서는 노새 밑에 눌려 있는 학사님을 끌어내는 일을 도왔고, 그 사람을 노새 위에 앉히고 횃불을 주었다. 돈 끼호떼는 동료들이 간 길을 뒤쫓아가라면서, 자신이 그럴 수밖에 없었던 사정을 이해하고 그분들을 욕되게 해서 죄송하다고 전해달라 말했다. 싼초도 역시 그에게 말했다.

"만일 어떤 용감한 분이 일을 그 지경으로 만들었느냐고 묻거들랑 라 만차의 돈 끼호떼, 다른 이름으로는 '불쌍한 몰골의 기사'라는 분이었다고 전해주시오."

학사는 떠났다. 그러자 돈 끼호떼는 싼초에게 왜 하필 그때 자기를 '불쌍한 몰골의 기사'라고 불렀느냐고 물었다.

"그건 소인이 말씀드리리다." 싼초가 대답했다. "소인이 저 불쌍한 사람이 들고 있는 횃불에 비친 나리 얼굴을 한참 보고 있으니, 정말이지 나리의 모습이 근래에는 한번도 본 적이 없는 그런 험한 몰골이었답죠. 싸움 때문에 피로하셔서였든지, 아니면 이빨과 어금니가 빠져서였든지 간에 어쨌든 그렇게 보였던 모양입니다요."

"그래서 그런 게 아니니라." 돈 끼호떼가 말했다. "그게 아니라,

내 행적의 역사를 기록하는 책임을 맡게 될 현자께서 내가 어떤 별호 하나는 갖는 게 좋으리라고 생각하셔서였겠지. 지난날 모든 기사가 별칭을 하나씩 가지고 있었듯이 말일세. 어떤 자는 '불타는 칼의 기사'[6] 어떤 이는 '일각수 우니꼬르닉스 기사'[7] 어떤 이는 '사자 몸에 독수리 머리를 한 그리포의 기사'[8] 또다른 사람은 '죽음의 기사'[9]라고 했지. 보통 이런 이름과 문장으로 이 둥근 지구 방방곡곡에 알려졌던 걸세. 그래서 아까 내가 말한 그 현자가 자네 혀와 생각 속에 이제 나를 '불쌍한 몰골의 기사'라고 부르도록 영감을 불어넣은 게야. 오늘부터는 내 이름을 '불쌍한 몰골의 기사'라 부르게 할 생각이네. 그 이름에 내가 더욱 어울리도록 기회가 있다면 내 방패에 아주 불쌍한 내 모습 하나를 그려넣으라고 하겠네."

"뭐하러 그런 그림을 그려넣으려고 돈과 시간을 낭비하나요?" 싼초가 말했다. "나리께서 그 얼굴 그대로 내밀고 사람들더러 직접 보라고 하면 될 거 아니겠어요? 그러면 틀림없이 다른 방패니 그림이니 필요도 없이 사람들이 나리를 부를 때 '불쌍한 몰골의 기사여' 할 거구만요. 사실이구만요. 소인이 나리께 드리는 이 말씀은 맹세코 농담입니다만, 나리께서 그렇게 어금니도 없고 배도 고프시니까 그 얼굴이 어찌나 험악한지요, 이미 말씀드렸잖아요, 그 불쌍하게 보이는 그림은 그려넣지 않아도 오해는 전혀 없을 것 같다니까요."

돈 끼호떼는 싼초의 구수한 언변에 웃음을 터뜨렸다. 그러나 어

6 그리스의 아마디스를 말한다.
7 그리스의 돈 벨리아니스와 루지에로 데 아리오스또(Luggiero de Ariosto)를 일컫는다.
8 펠리뻬 2세 때의 역사적 인물인 아렌베르크 백작(Conde de Arenberg)을 말한다.
9 그리스의 아마디스의 별칭이다.

떻든 그는 그 이름을 자신의 별칭으로 삼고, 방패나 가슴 방패에 자기가 상상했던 대로 그려넣기로 했다.

이때 아까 그 학사가 되돌아와서 돈 끼호떼에게 말했다.[10]

"제가 잊고 갔습니다. 나리께서는 파문당하신 것을 알아야 합니다. 성스러운 사람이나 물건에 난폭하게 손을 댔기 때문입니다. 어떤 일로도 신부나 사제를 해치면 파문당한다(juxta illud: Si quis suadente diabolo)[11] 기타 등등."

"나는 그 라틴어를 이해하지 못하겠는데요." 돈 끼호떼가 대답했다. "내가 알기로는, 나는 손을 댄 것이 아니라 이 창을 댄 것이지요. 더군다나, 나는 사제나 교회의 어떤 것을 해친다는 생각을 한 일이 없소이다. 성실한 기독교인이고 가톨릭교도로서 교회나 신부를 존경해왔으니까요. 내가 공격한 것은 귀신이나 저세상의 요물들이었지요. 일이 그렇게 된 걸 보니 우리 최대의 기사 시드 루이 디아스에게 일어난 사건이 생각나는군요. 시드가 성스러운 교황님 앞에서 왕의 사절의 의자를 부쉈고, 그는 그 사건 때문에 파문당했지요. 그러나 선량한 시드는 그런 것에는 상관하지 않고 대단히 영

---

10 이 구절은『돈 끼호떼』의 옛날 책에는 거의 안 나온다. 학자 셰빌(Schevill)이 초판본의 오류들을 고치면서 이 대목을 집어넣은 것이다. 요즘『돈 끼호떼』본들은 근거 없이 이 구절을 빼기도 한다. 역자는 마르면 데 리께르와 함께 이런 설명은 있어도 좋다고 본다. 원래 초판본에는 떠나간 '학사'가 여기서 갑자기 말을 하는 것은 앞뒤가 맞지 않다. 이렇게 사실성이 전혀 없는(요즘 해체주의나 '메타픽션'이『돈 끼호떼』를 모델로 해석하려는 의도는 이해하지만) 이야기 전개는 전체 맥락 연결로 보아 무리이다. 어떻든 이 대목은 학사가 다시 돌아왔으리라는 추측과 부연 설명을 따른다. 다른 말들은 초판본 그대로다.

11 1545년부터 1563년까지 이딸리아 뜨렌또에서 열린 종교회의(Concilio de Trento)에서 신교도를 비롯한 비정통적 기독교인들을 벌하고자 만든 계율의 하나로, 신부나 성직자를 보호하는 조항의 첫 구절이다.

예롭고 용감한 기사로 행동하고 다녔지요."[12]

이 말을 듣자 학사는 반박 한마디 못하고 그대로 떠났다. 돈 끼호떼는 가마에 싣고 왔다는 시체가 유골인지 아닌지 직접 보고 싶었으나 싼초가 말렸다.

"나리, 나리께서는 지금까지 소인이 나리와 함께 겪은 모험 중에서 가장 무사하게 이 위험한 모험을 마치셨습니다요. 저 사람들이 비록 깨지고 패배했습니다만, 어쩌다 단 한 사람에게 이렇게 많은 사람이 당했나 싶은 억울한 생각이 들 수 있지요. 그래서 창피하고 성질이 나서 다시 한번 붙어보자고 우리를 찾아올 수도, 그래서 또 우리 일이 복잡하게 꼬일 수도 있거든요. 당나귀도 그런대로 괜찮고, 산도 가깝고, 배도 고파서 힘드니 점잖은 발걸음으로 물러서는 게 우리가 할 일 같네요. '죽은 사람은 무덤으로, 산 사람은 빵집으로'라는 속담처럼요."

싼초가 먼저 당나귀를 타고 나리에게 자기를 따라오라고 했다. 돈 끼호떼는 싼초의 말이 맞다고 생각해 말없이 그뒤를 좇았다. 작은 두 야산 사이로 난 길을 가다가 얼마 안되어 숨어 있는 넓은 골짜기를 발견하고 말에서 내렸다. 싼초가 당나귀에 실어둔 짐을 내렸고, 둘은 파란 잔디 위에 누워 시장기를 반찬으로 맛있게 아침과 점심과 새참과 저녁을 한순간에 먹어치웠다. 장례식의 수도사들이 ─ 거의 고생할 짓은 안하고 사는 ─ 노새의 봇짐 속에 싣고 가던 도시락통 몇개로 배를 가득 채운 것이다.

그러나 또다른 불행이 닥쳤으니, 그건 싼초에게는 최악의 사건

---

12 여기 이야기는 시드에 관한 여러 로만세 중 사건 하나를 언급하고 있다. 원본의 원만하고 겸손한 시드보다 오만하고 횡포한 시드의 모습이 실린 로만세를 기억하고 있다.

으로, 마실 포도주도, 심지어 목을 축일 물조차 없었던 것이다. 목이 말라 쩔쩔매던 싼초가 그들이 있던 초원이 파릇파릇한 작은 풀들로 가득한 것을 보고 한 이야기는 다음 장에서 하기로 한다.

20장

용감한 라 만차의 돈 끼호떼,
이 유명한 기사가 가장 위험 없이 끝낸,
세상에서 들도 보도 못한 모험에 대하여

"여기 있는 풀들을 보니 가까운 곳에 이 풀들에게 물기를 대주는 샘이나 시냇물이 있겠구만요. 그러지 않고서야 풀이 무성할 수가 있겠나요. 나리, 그러니, 조금 더 앞으로 나가보는 게 좋겠구만요. 가다보면 사람 죽이는 이 무서운 갈증을 해소할 데가 우연히 어디 나타날 것 같습니다요. 목마른 게 배고픈 것보다 더 힘드네요."

돈 끼호떼도 싼초의 제의가 맞는 것 같아서 로신안떼의 고삐를 잡고, 싼초는 당나귀 등에 저녁으로 먹고 남은 음식들을 실은 뒤 고삐를 잡았다. 둘은 초원 위쪽으로 더듬어가기 시작했으나 밤이 너무 깊어 무엇 하나 눈에 보이지 않았다.

그러나 한 이백 발자국도 못 가서 그들 귀에 아주 요란스러운 물소리가 들려왔으니, 우뚝 솟은 커다란 암벽에서 굴러떨어지는 물소리 같았다. 그들은 물소리를 듣고 굉장히 기뻐하며 멈춰서서 그 소리가 어느 쪽에서 나는지 들어보았는데 느닷없이 다른 시끄러운 물소리가 또 들려왔다. 그들은 흠뻑 행복감에 젖었는데, 특히 겁 많고 소심한 싼초의 기쁨이 더 컸다. 그런데 물소리를 들으니 쇠사슬이나 무쇠의 삐걱거리는 소리에 맞춰 무언가를 쿵쿵 치는 소리 같았다. 그 소리와 함께 성난 물줄기가 내리쏟아지는 소리…… 돈 끼호떼의 강심장이 아니면 누구라도 겁이 덜컥 날 지경이었다.

이미 말했듯이, 깜깜한 밤이었다. 그들은 가까스로 울창한 나무 숲 사이로 들어갔는데, 나뭇잎들이 보드라운 바람결에 흔들리면서 무시무시한 소리를 냈다. 호젓한 그곳, 그 장소와 어둠, 물소리, 이파리의 수런거리는 소리 모두가 놀라움과 공포를 자아냈다. 더군다나 쿵쿵 치는 소리도 계속 끊이지 않고, 바람도 자지 않고, 아침도 밝아올 생각을 안했다. 이런 공포스러운 분위기와 함께 지금 자신들이 어디 있는지도 모르는 판국이니…… 그러나 돈 끼호떼는 담대하게 로신안떼 위에서 펄펄 뛰며 방패를 부둥켜안고 창을 비스듬히 겨눈 채 말을 했다.

"내 친구 싼초여, 그대는 알렷다. 나는 하늘의 뜻으로, 이 무쇠의 시대에 황금의 시대를, 말하자면 황금세기를 부활시키려고 태어난 사람이니라. 내 앞에는 모든 위험과 위대한 공적과 용감한 행적이 기다릴 뿐이다. 나는, 다시 말하지만, 원탁의 기사 시대를 부활시킬 것이며, 프랑스의 열두 기사, 세계에 이름난 아홉 기사를 능가하는 기사가 되리라. 그리하여 마침내 원탁의 기사들, 빨라띠르 기사들, 올리바르 기사들, 띠란떼 기사들, 페보의 기사들이며 벨리아니스 기사들과 기타 지난 세기의 모든 유명한 방랑기사를 망각 속에 잠재우고, 내가 태어난 이 시대에 가장 위대하고 신기하고 훌륭한 무공을 세워 지난 세기에 찬란했던 그들의 행적과 영광을 어둠 속에 잠들게 하겠노라. 충직하고 정의로운 나의 부하여, 그대가 보듯이, 이 밤의 칠흑 같은 어둠과 이상한 정적, 이 나무숲의 귀먹을 듯 혼란스러운 굉음 소리, 우리가 찾아온 저 물의, 마치 나일 강 상류의 높은 산꼭대기에서 내리쏟아지는 듯한 저 공포스러운 물소리, 우리의 귀청을 찢을 듯 끝없이 내리치는 저 쿵쿵대는 소리, 이런 것들 하나하나가 전쟁의 신 마르스의 심장이라도 경악과 공포와 두려움으로 가득 차게 하겠지만, 더군다나 이런 모험과 이상야릇한 사건에 습관이 되어 있지 않은 우리 같은 자에게는 그 공포가 오죽하겠는가마는, 그러나 지금 내가 그대에게 이야기하는 이 모든 것은 단지 내 용기를 불러일으키는 자극제일 뿐이니, 아무리 어렵더라도 이 모험을 향하여 돌진하고 싶은 충동으로 지금 내 가슴속 심장이 폭발할 것 같도다. 그러니 이 로신안떼의 뱃대를 약간 더 졸라매주고, 그대는 여기 남아 있으라. 한 사흘이면 충분하니 여기서 나를 기다리라. 사흘이 되어도 안 돌아오면, 자네는 고향으로 돌아가게나. 고향에 돌아가서 혹시 좋은 일을 하고 싶거든, 내 부탁하노니, 엘 또보소에 가서 누구에게도 비할 수 없는 나의 귀부인 둘시네아 공주에게 고하게. 그녀를 흠모하는 기사 하나가 기대에 어긋나지 않는 모험에 돌진하다 목숨을 잃었노라고……"

주인의 말을 들은 싼초는 세상에서 가장 가슴 아픈 눈물을 흘리며 말했다.

"나리, 소인은 나리가 어찌하여 이런 무시무시한 모험을 감행하시려 하는 줄 압니다요. 그러나 지금은 밤이고, 우리를 보는 사람 하나 없으니 한 사흘간 물을 못 마시더라도 길을 살짝 돌려 이 위험을 피해갈 수도 있지 않겠습니까요. 우리를 보는 사람 하나 없으니 우리를 비겁한 사람으로 몰 사람인들 어디 있겠나요? 또 하나,

우리 동네 신부 이야기인데요, 나리께서도 잘 아는 그분 설교 말씀이 위험한 일만 찾으면 그 위험 속에 죽게 된대요. 그러니까 이런 엉뚱한 일에 덤벼들어 목숨을 걸 필요는 없는 거라구요. 그러다가는 기적이 일어나도 살아나기도 힘든 일이구요. 지금까지야 하늘이 도와서 나리께서는 나처럼 담요말이를 당하시지 않은 것만 해도 다행으로 생각하셔야지요. 더군다나 시신을 모시고 가던 그 많은 적에게서도 무사하게 승리하시고 자유롭게 풀려나셨지 않았남요. 그런데 이렇게 해도 나리의 무정한 마음이 부드럽게 풀리지 않고 감사하는 마음이 없다면 나리는 여기 이곳에서 벗어나지 못한 채 끝나고, 소인은 겁에 질려 아무에게나 혼을 빼앗기겠다는 생각이 드는구만요. 소인은 고향을 떠나올 때, 처자식 다 버리고 나리를 섬기는 일이 훨씬 값어치 있고 절대 나쁘지 않을 거라고 생각해서 따라나왔구만요. 허지만 욕심이 자루를 찢는다고, 이제 소인의 희망에 상처가 나고 있는 느낌이네요. 나리께서 몇번이고 약속하신 그 운수 없는 시커먼 섬이란 것을 곧 얻게 되나보다 하고 희망에 들떴을 때, 소인에게 그 섬을 주시기는커녕 이렇게 인적 하나 없는 멀고 먼 곳에 버려두시겠다는 뜻으로 보이니까요. 제발 애걸합니다요, 나리, 이런 천부당만부당한 짓은 거두어주소서.[1] 만일 나리께서 이런 행각을 도저히 포기할 생각이 없으시다면 내일까지만이라도 거사를 미루세요. 소인이 목동짓을 할 때 배운 지식으로 보아하니 지금부터 동틀 녘까지는 세시간 정도밖에 안 남은 것 같구만요. 시방 하늘 왼쪽 팔 선상에 한밤중이 걸렸고, 머리 위에 작은곰자리 입이 와 있는 걸 보니 말이에요.[2]"

1 여기서 싼초는 돈 끼호떼처럼 옛날 말투를 쓴다.
2 멘시사발 신부(Padre Mensizábal)가 『돈 끼호떼』를 펴내면서 밝힌 바로는 여기 나

"자네가 어찌 그런 걸 볼 줄 아는가, 싼초." 돈 끼호떼가 말했다. "어디에 그 선이 있고, 어디에 그 입인지 뒤통수인지가 있다는 말인가? 지금 깜깜한 밤이어서 하늘에는 별 하나 안 보이는데?"

"그렇구만요." 싼초가 말했다. "허지만 겁이 나면 없는 눈도 생기는 법입니다요. 땅 밑에 있는 것도 보일 지경인데 하늘 위에 있는 것이 안 보이겠습니까요. 말을 하다보니까, 시방 날이 새려면 조금밖에 안 남은 것 같다는 말로 이해하시면 되겠네요."

"잘못이 어디 있든지 간에," 돈 끼호떼가 대답했다. "나는 지금 그 어느 때보다도, 눈물이나 애걸 때문에 기사로서 당연히 해야 할 의무를 멀리했다고 변명할 수 없다네. 그러니 싼초, 내 자네에게 부탁하니, 입 좀 다물게. 하느님께서 지금 천하에 없는 무시무시한 모험을 치르라고 내 마음에 명령하신 이상 나의 안위를 지켜주시고 자네 슬픔을 위안해주는 문제는 하느님이 책임지실 거네. 자네가 할 일은 로신안떼의 뱃대를 잘 매어주고 여기서 기다리는 걸세. 나는 죽든 살든 빨리 한바퀴 돌고 오겠네."

싼초는 나리의 마지막 결심을 보니 아무리 눈물 흘리고 간청하고 충고해도 소용이 없다는 것을 알고는 자기 방법을 사용해서 날 샐 때까지 주인이 그 자리에서 기다리도록 해야겠다고 마음먹었다. 그래서 로신안떼의 뱃대를 멋지게 매어준다는 구실로 아무도 모르게 자기 당나귀의 고삐로 로신안떼의 양발을 묶어놓았다. 그리했으니 돈 끼호떼가 출발하려고 해도 나갈 수가 없었다. 말이 나가지를 못하고 제자리에서 뛰기만 했기 때문이다. 싼초 빤사가 자기 수작이 성공한 것을 보고 말했다.

오는 것이 목동들이 하늘을 보며 시간을 가늠할 때의 방법이라고 한다.

"허어, 나리, 하늘이 소인의 눈물과 기도를 듣고 로신안떼를 움직이지 못하게 했나보네요. 나리께서 원대로 박차를 가해보시려면 어서 해보세요. 그래봤자 운명의 신을 욕되게 하고, 속담에서처럼 '송곳에 뒷발질하기'[3]지요."

돈 끼호떼는 초조하고 지쳤지만 아무리 로신안떼에게 발길질을 해도 말은 도무지 움직이려 들지 않았다. 말이 묶여 있다는 것은 눈치채지 못해서, 결국 진정하고 로신안떼가 몸을 쓰거나 날이 샐 때까지 기다릴 수밖에 없었다. 그는 이런 이상한 일이 싼초의 수작이라는 생각은 못하고 틀림없이 무슨 다른 데 원인이 있을 거라고 생각하면서 말했다.

"그러니까 싼초, 로신안떼가 몸을 움직일 수 없으니 날이 밝아올 때까지 기다리는 걸로 만족할 수밖에 없겠구나. 내 비록 동이 빨리 트지 않아 울고 싶은 심정이지만."

"우시기는요," 싼초가 대답했다. "지금부터 날 샐 때까지 소인이 재미있는 이야기를 해서 즐겁게 해드리겠구만요. 혹시 그 말에서 내리셔서 이 파란 풀밭에서 한잠 주무시고 싶지는 않남요? 방랑기사들이 늘 그러했듯이, 동이 트고 기다리는 기상천외의 모험이 닥칠 때를 위해 좀더 편히 쉬어두셔야지요."

"지금 말에서 내리다니, 또 잠을 자다니 그게 무슨 소리인고?" 돈 끼호떼가 말했다. "나라는 사람을 이런 위험을 앞에 두고 휴식을 취하는 사람으로 보았던가? 자네나 자게. 자네야 잠을 자든 말든 맘대로 하려고 태어난 사람이지만 난 내가 해야 할 일을 알아 처신하는 사람이니까."

---

3 우리 속담에 비슷한 말이 없는 것 같아서 '……dar coces contra el aguijón'을 직역했다. 결국 제 살 깎기라는 뜻인데, 여기에는 직역이 더 어울린다.

"화내지 마시지요, 나리." 싼초가 대답했다. "그렇게 화내시라고 한 소리가 아니었구만요."

그 말과 함께 싼초는 나리 옆에 바짝 다가가 한 손은 말안장 앞쪽을 잡고, 다른 한 손은 다른 쪽을 꼭 잡은 채 주인의 왼쪽 넓적다리를 꼭 껴안았다. 싼초는 돈 끼호떼 곁에서 손가락 하나도 뗄 수가 없었다. 아직도 어둠 속에서 무엇을 쿵쿵 번갈아가며 내리치는 소리에 공포에 떨며 어찌할 바를 몰랐던 것이다. 아까 약속한 대로 재미있는 이야기를 해보라고 돈 끼호떼가 권하자 싼초는 저 쿵쿵거리는 소리의 무서움이 가시면 이야기하겠노라고 했다.

"허지만, 어찌 되었든지 간에, 이야기 하나를 해보도록 노력해야겠구만요. 소인이 이야기를 잘하면, 혹시 가다가 실수 안하고 그러면 이 이야기가 진짜 좋은 이야기인 것을 아실 테니 나리께서는 찬찬히 잘 들으세요. 자, 시작합니다요. '옛날옛적에, 호랑이 담배 먹던 시절에, 복이 오려면 모든 사람에게 오라 하고, 재앙이 오려면 재앙을 부르는 놈에게 가라 할 것이고……'[4] 그러니까, 나리도 알아야 할 것이, 옛날 사람들이 자기들 이야기 속에 집어넣은 교훈은 자기들 맘대로 집어넣었던 게 아니구만요, 그게 로마 사람인 까똔 손소리노[5]의 말인디, '재앙은 재앙을 부르는 놈에게 간다'라는 말은 지금 여기에 그냥 그대로 딱 들어맞는 말이에요. 나리께서는 여기 가만히 계셔야 하고, 괜히 아무 데고 재앙을 부르러 가서는 안된다는 말이구만요. 그러니 우리 그냥 딴 길로 가십시다요, 이렇게

<hr />

4 옛사람들이 이야기를 시작할 때에 늘 하는 말이다.
5 까똔 센소리노(Catón Censorino)를 잘못 이야기한 것이다. 속담이나 금언 잘 알기로 유명한 로마인 카토를 가리키는 것인데, 당시 초등학교 교과서에도 카토가 유명한 속담가로 나오는 터라, 서민들은 속담의 대가 하면 늘 카토를 끌어댔다.

무서운 일이 겹쳐서 사람 죽겠는디 꼭 이 길을 따라가라고 누가 하지도 않으니까요."

"자네는 이야기나 계속하게, 싼초." 돈 끼호떼가 말했다. "그리고 우리가 가야 할 길은 내가 걱정할 터이니⋯⋯"

"그러니께 이야기는," 싼초가 말을 이었다. "에스뜨레마두라라는 한 마을에 어느 방정맞은 양치기 목동이 살았는디, '방정맞은'은 빼고 양을 치는 사람이 있었는디, 그 목동인지 방정맞은 놈인지 하여튼 내 이야기에 나오는 놈이 로뻬 루이스라고 하는 작자였는데, 이 친구가 또랄바라고 하는 목동 아가씨에게 홀딱 반해 있었것다, 또랄바라고 하는 목동 아가씨인즉 한 부자 목장주의 딸이었고, 이 부자 목장주는⋯⋯"

"그런 식으로 이야기를 하다가는, 싼초," 돈 끼호떼가 말했다. "그렇게 하던 이야기를 두번씩 반복하다가는 이틀이 가도 이야기가 안 끝나겠네. 그냥 죽 이어서 하라고. 사람이 점잖은 사람처럼 이야기를 해야지. 안하려면 하지 말고."

"소인이 이야기하는 방법이 어떤디요?" 싼초가 되받았다. "우리 고향에서는 모든 이야기를 다 그렇게 하는구만요. 지는 다른 방법으로 이야기할 줄도 모르고, 나리께서도 사람이 갑자기 새사람이 되라 어째라 하시는 건 잘하시는 게 아니구만요."

"자네 맘대로 하게나." 돈 끼호떼가 대답했다. "일이 이렇게 되었으니, 자네 이야기나 들어야지 별수있나⋯⋯ 계속하라고."

"그러니께요, 존경하는 나리." 싼초가 말을 이었다. "그러니께 소인이 말씀드린 대로, 이 목동이 또랄바 목동 아가씨에게 홀딱 반했더라 이겁니다. 그 아가씨로 말할 것 같으면 조금 뚱뚱하고 말괄량이인데다 약간 사내같이 생긴 데가 있었구만요, 콧수염이 좀 나 있었으니까요. 지금 이 눈에 보이는 것처럼 선하구만요."

"그러니까 자네가 그 여자를 만났다는 말이구먼?" 돈 끼호떼가 말했다.

"직접 만나지는 않았구만요." 싼초가 대답했다. "허지만 이 이야기를 들려준 그 친구 말이 이것은 분명히 사실이라고 하더만요. 그래서 다른 사람한테 이야기해줄 때도 자기가 그걸 다 그대로 보았다고 맹세를 해도 좋다고 하더구만요. 그러니께, 날이 가고 달이 가고, 귀신은 잠 안 자고 일만 다 그르쳐놓고, 그래서 결국 그 목동의 목동 아가씨에 대한 사랑도 증오와 원한으로 변했다지 뭡니까요. 그 원인인즉, 남 험담하기 좋아하는 사람들 말이, 아가씨가 목동에게 약간의 질투 같은 것을 느끼게 해주자고 했던 게 그 선을 넘어 절대 안해야 될 선까지 간 모양이더구만요. 그 일이 얼마나 서운했던지, 그뒤로 목동은 그 여자를 소름 끼치게 생각하고 그 여자를 보지 않으려고 아예 그 마을을 뜰 생각이었다지 뭡니까요, 평생 그 아가씨를 보지 않을 어디론가 떠나버리겠다는 마음이었다는 겁니다요. 또랄바 아가씨는 로뻬에게 버림을 받자 그를 한번도 사랑한 적이 없었지만 이내 그 목동을 좋아하게 됐다는구만요."

"그게 여자들 본능이야." 돈 끼호떼가 말했다. "자기들을 좋아하는 사람을 싫어하고, 자기들을 싫어하는 사람을 좋아하고…… 이야기를 계속하게나, 싼초."

"결국," 싼초가 말했다. "그 목동은 자기 결심을 실천에 옮기기로 하고, 자기 양 떼를 미리 거두어 에스뜨레마두라 들판으로 길을 떠났답니다요. 그 길로 뽀르뚜갈 왕국으로 넘어가려구요. 또랄바 아가씨는 그걸 알고 목동을 따라나섰다지 뭡니까. 맨발로 걷고, 손에는 긴 지팡이를 짚고, 목에는 배낭을 걸치고, 배낭 속에는 유명

한 이야기인데, 거울 조각 하나와 빗 하나 그리고 무슨 얼굴 화장
수병 하나를 넣어갔다는디요. 거기다 무엇을 넣었건, 지는 그 문제
는 알아볼 필요도 관심도 없구요. 다만 이야기는 드디어 그 목동이
양 떼와 함께 과다아나 강을 건너는 데까지 왔다는 겁니다요. 그때
마침 강물이 붇고 붇어 엄청나게 불어났는디, 목동이 도착한 그 근
방에는 배라고 할 만한 건 하나도 없고, 목동과 양 떼를 건너편으
로 데려다줄 사람 하나 없었다는 겁니다요. 그러니 목동은 고민고
민해쌓고, 뒤를 보니 또랄바 아가씨가 바싹 따라오고, 그렇게 되면
또 그 여자가 울고불고 난리를 칠 테니 귀찮기 짝이 없고…… 그런
데, 그렇게 한참 두리번거리고 있자니 거기 어부 하나가 배 하나를
옆에 두고 서 있더라는 겁니다요. 문제는 배가 너무 작아서 그 배
에는 오직 사람 하나와 양 한마리밖에는 탈 수가 없었다는 거예요.
어쨌든 목동은 어부에게 말을 했고, 어부는 목동과 목동이 몰고 온
양 삼백마리를 건네주기로 약조를 했다 이 말씀입니다요. 어부가
배에 타고, 양 한마리를 건네주었지요. 그러고 돌아와서 또 한마리
를 건네주었지요. 그러고 또 돌아와서 다시 또 한마리를 건네주었
구만요. 나리, 이제 나리께서 어부가 건네주는 양 수를 잘 세보세
요. 만일 한마리라도 세는 걸 놓치면 이야기는 끝납니다요. 세다가
마릿수가 하나라도 빠지면 제대로 셀 수가 없거든요. 이야기를 계
속합니다요. 그러니께 건너편 나루터는 진흙탕에다가 바닥이 미끄
러웠다는구만요. 그래서 어부가 오고 가는 데 시간이 무척 많이 걸
렸다지요. 어쨌거나 어부는 또다시 양 한마리를 가지러 왔고, 그다
음에 또 한마리, 다시 또 한마리……"

"그래서 양 떼를 다 건네주었다고 하게나." 돈 끼호떼가 말했다.
"그렇게 왔다 갔다 하면서 그러고 있으면 일년이 가도 양 떼를 다

못 건네주지 않겠는가."

"지금까지 몇마리를 건네주었남요?" 싼초가 물었다.

"빌어먹을, 내가 그걸 어떻게 아나?" 돈 끼호떼가 대답했다.

"그러니까 소인이 말하지 않았남요, 잘 세시라고. 그러면 맙소
사, 이야기가 다 끝났구만요. 더이상 이야기가 안되잖아요."[6]

"어찌 그럴 수가 있단 말이냐?" 돈 끼호떼가 말했다. "건네준 양
의 마릿수를 세는 게 이야기의 핵심에서 그토록 중요해서, 그래 그
많은 양을 세다가 하나라도 놓치면 더이상 이야기가 안된다는 건
가?"

"안되지요, 안되구말구요." 싼초가 대답했다. "그러니까, 지가 나
리께 양이 몇마리 건너갔느냐고 여쭈어봤더니 모른다고 하셨잖아
요. 바로 그 순간에 지 기억 속에서도 이야기하려던 이야기가 다
달아나버리고, 정말이지 정말 재미도 있고 내용도 좋은 이야기였
는데……"

"그러니까," 돈 끼호떼가 말했다. "그 이야기가 다 끝났다고?"

"끝났다마다요." 싼초가 말했다.

"내 자네에게 진실로 말하는데," 돈 끼호떼가 말했다. "금방 한
그 이야기인지 우화인지 소설인지는 세상 사람 누구도 생각한 적
이 없는 새로운 이야기일세. 내 평생 그런 식으로 이야기하고 그런
식으로 끝맺는 이야기는 한번도 들은 적이 없고 앞으로도 못 들을
걸세. 비록 자네의 좋은 이야기에 기대를 많이 하진 않았네만 놀랄
건 없지, 아마 끊임없이 쿵쿵대는 저 소리가 자네 정신을 좀 흐려
놓은 모양이지."

---

6 이 이야기는 오래전부터 입에서 입으로 전해 내려오는 구전설화의 하나이다.

"그도 그럴 법하지요." 싼초가 대답했다. "허지만요, 지 이야기로 봐서는 더이상 할 말이 없네요, 건네주는 양의 수를 세는 게 틀리는 순간에 이야기는 끝나니까요."

"끝내고 싶으면 맘대로 끝내게나." 돈 끼호떼가 말했다. "어디, 로신안떼가 움직일 수 있는가나 보세나."

돈 끼호떼는 다시 박차를 가해보았지만 말은 다시 펄쩍 뛰기만 하고 그 자리에 그대로 머물렀다. 그만큼 잘 묶여 있었던 것이다.

바로 이때, 보아하니, 차츰 다가오던 아침 추위 때문이었든지, 아니면 싼초가 배 속이 좀 묽어지는 것을 저녁으로 먹었든지, 아니면 자연법칙이었든지 ─ 이 마지막 이유가 제일 타당하다고 생각되지만 ─ 어쨌든 바로 이때 남이 대신 해줄 수 없는 일을 꼭 해야만 하는 욕망과 의지가 솟아나게 되었다. 하지만 싼초는 어찌나 겁을 먹고 있었던지, 그때 자기 주인의 손톱 밑 시커먼 때 한점이라도 위안이었던 터라 한 발자국도 벗어날 수가 없었다. 그러나 욕구가 치미는데 그걸 참고 있어야 한다는 것도 불가능해서 조용하게 해결하겠다고 한 게, 우선 뒤쪽 안장을 잡고 있던 오른손을 놓는 거였고, 그 손으로 곧잘 미끄러지는 헐거운 허리띠를 아무 소리 없이 살짝 풀었다. 그러니 다른 도움 하나 없이도 속잠방이가 스르르 흘러내리며 허물 벗은 귀뚜라미 꼴이 되었다. 그리고 윗내의를 올릴 대로 올리고, 허공에 작지 않은 두 엉덩이를 내밀었다. 그러고 나자 ─ 싼초 생각이 이렇게라도 하는 게 그 무서운 고통과 고뇌에서 벗어나는 최상의 방법이라고 생각되었기 때문에 ─ 더 큰 고민 하나가 생겼으니, 끙끙 시끄러운 소리를 안 내고는 배설을 할 수 없다는 것을 깨달은 것이다. 싼초는 이를 악물고 어깨를 움츠리며 최대한 숨을 죽였다. 그러나 이렇게 열심히 노력을 했음에도 재수없이 그토록 겁을 주던 쿵쿵 소리와는 조금 다른 소리가 났다. 돈 끼호떼가 그걸 듣더니 말했다.

"이게 무슨 소린가, 싼초?"

"모르겠는뎁쇼." 그가 대답했다. "무슨 새로운 사건인가봅니다요, 불행이나 모험이 한두번으로 끝나겠어요?"

그러고는 다시 한번 모험을 해보았는데, 이번에는 매우 성공적이어서 아까보다 소리 하나 소란 하나 안 피우고 그렇게 고민스러웠던 숙제가 속 시원히 풀렸다. 그러나 돈 끼호떼는 귀가 밝은 만큼 냄새 맡는 코도 멀쩡했다. 싼초는 돈 끼호떼와 실로 꿰맨 듯 꼭 붙어 있어서 배설물에서 모락모락 김이 직선으로 위로 올라오니 그 김의 어느 한 가닥이 돈 끼호떼의 코에 안 닿게 할 수는 없는 일이었다. 냄새가 코에 닿자마자 돈 끼호떼는 두 손가락으로 코를 쥐고 사람 살리라는 듯이 코맹맹이 소리로 말했다.

"내 생각에는, 싼초, 자네가 무척이나 겁이 났나봐."

"겁이 나지요," 싼초가 대답했다. "허지만, 하필 지금 나리께서 그런 말씀을 하시니 무얼 보고 하시는 말씀인가요?"

"분명히 향수 냄새는 아닌 것 같은 자네 냄새가 어느 때보다도 지독하거든." 돈 끼호떼가 답했다.

"그럴 수도 있겠구만요." 싼초가 말했다. "허지만 지가 죄가 있남요. 나리께서 때아닌 이때에 이렇게 안 다니던 길로 데리고 다니시니 그런 거지요."

"저기 한 서너 발쯤 물러나 있게나, 이 친구야." 돈 끼호떼는 이 말을 하면서 줄곧 코에서 두 손가락을 떼지 못하고 있었다. "지금부터는 자네의 신분을 더욱 잘 지키고 나한테 해야 할 예의를 잘 갖추어야 하겠어. 자네와 이야기를 너무 많이 하다보니까 이런 불손한 짓까지 하게 되었구먼."

"지 생각이 틀림없다면," 싼초가 되받았다. "나리께서는 지금 소인이 안해야 할 짓을 지 스스로 저질렀다고 생각하고 계시는 거지요?"

"더 나쁜 것은 남을 놀리는 짓이야, 친구." 돈 끼호떼가 대답했다.

이런 이야기 저런 대화를 나누면서 주인과 하인은 하룻밤을 지냈다. 그러나 싼초는 아직도 좀더 걸어야 아침이 올 것을 알고, 더듬더듬 로신안떼를 풀어놓고 속잠방이 끈을 묶었다. 로신안떼는 풀려난 것을 느끼자, 비록 천성은 전혀 용기를 못 내는 친구였지만 묶여 있던 그동안이 억울했던지 마냥 앞발질을 해대기 시작했다. 왜냐하면 앞발 뒷발로 춤추는 짓은──그에게 미안한 말이지만── 할 줄 몰랐기 때문이다. 돈 끼호떼는 로신안떼가 움직이는 걸 보자 이제야 행운이 오나보다 생각하고, 바로 지금이 그 무시무시한 모험을 향해 돌진할 때라고 착각했다. 이때 마침내 동이 훤히 터오르면서 사물들이 다르게 보이기 시작했다. 돈 끼호떼는 자신이 큰 나무들 사이에 있으며, 그 나무들은 밤나무이며, 나무 그림자가 굉장히 어두운 것도 보았다. 아직 쿵쿵거리는 소리가 끊이지 않는다는 건 알았으나 누가 그런 짓을 하고 있는지는 알 수가 없었다. 그래서 그는 로신안떼에게 박차를 가하면서 싼초에게 작별인사를 하고, 앞에서 이야기한 것처럼 아무리 늦어도 사흘만 거기서 기다리면 된다 하고, 만약 사흘 뒤에도 돌아오지 않으면 하느님의 뜻대로 그 위험한 모험에서 목숨을 다했으리라 확실히 믿으라고 당부했다. 또 둘시네아 공주님을 꼭 찾아뵙고 안부를 전하라고 재차 당부하고, 싼초가 봉사한 댓가는 걱정할 게 없다며, 고향을 떠나오기 전에 자기가 써놓은 유서에 일한 기간의 비율에 따라 봉급 문제는 모두 보상받게 되어 있노라고 이야기했다. 그러나 혹시 하느님의 은혜로 무사히 이 위험에서 빠져나오는 날, 전에 약속한 섬은 틀림없이 받게 될 터이니 걱정하지 말라고 했다. 싼초는 주인의 가슴 아픈 말을 듣고서 또다시 울음을 터뜨리고 이번 일이 지나서 마무리되는 마지막 날까지 나리를 버리고 떠날 수 없다고 결심했다.

이렇게 싼초가 눈물을 흘리고 진지하게 결심한 것으로 보아, 이 이야기의 저자는 싼초가 적어도 양반이며 좋은 집안 태생이었으리라는 결론을 내린다. 싼초의 진지한 감정에 주인 또한 마음이 부드러워졌으나 보드라운 마음이 유약해질 정도는 아니어서 되도록이면 태연한 태도를 일부러 보이면서 아까 그 물소리와 쿵쿵거리는 소리가 난다 싶은 쪽으로 발길을 옮겼다.

싼초는 여느 때처럼 자신의 영원한 친구이자 행운과 역경의 동반자인 당나귀의 고삐를 잡고 걸어서 돈 끼호떼를 따랐다. 그늘진 나무들과 밤나무 숲 사이를 한참 걷다보니 높은 바위 자락에 작은 풀밭이 나왔고, 그 바위틈 사이에서 어마어마한 물줄기가 세차게 떨어지고 있었다. 바위 밑에 아주 허름한 집 몇채가 있었는데, 집이라기보다는 헐린 건물의 뒷자리 같았다. 이들 집 사이에서 아직도 그치지 않는 그 쿵쿵거리는 소리와 요란스러운 물소리가 새어나오고 있었다.

로신안떼는 쿵쿵거리는 소리와 요란한 물소리에 야단법석이었고, 돈 끼호떼는 말을 진정시키며 조금씩 조금씩 집들 가까이 다가가면서 온 마음으로 귀부인 둘시네아에게 기도하고 이 무시무시한 모험과 작업에 도움을 달라고 빌었다. 그리고 비는 김에 하느님께 자기를 잊지 말아달라고도 기도했다. 싼초는 옆에 꼭 붙어서 목을 기린처럼 뺀 채 로신안떼의 발 사이로 눈을 두리번거리면서 그렇게 자신을 긴장하게 하고 겁을 주었던 그것이 무엇이었는지 보려고 했다.

다시 백 걸음쯤 더 걸었으리라. 그때 모퉁이 하나를 돌자, 거기에 확실한 원흉이 얼굴을 드러내고 나타났다. 온 밤을 그토록 공포와 두려움에 떨게 하던 그 무서운 소리의 주인공은 다름 아니라, 그것은─오, 독자여, 더이상 고민하거나 분노하지 마라!─여섯 개의 물레방아 절굿공이였고, 이것들이 번갈아 내리치면서 그토록 요란스러운 소리를 냈던 것이다.

돈 끼호떼는 그것을 보고는 말도 못하고 사지를 떨며 그대로 기절해버렸다. 싼초는, 기가 막힌 표정으로 고개를 가슴에 처박은 나리의 모습을 보았다. 돈 끼호떼 또한 싼초를 보았더니, 싼초의 볼은 통통 부어 있고 입은 웃음으로 가득 차 있으면서 그 웃음이 금방 폭소로 터질 것 같은 표정이 분명했다. 우울한 심정의 돈 끼호떼는 싼초의 모습을 보자 더이상 참을 수가 없어 그만 웃음을 터뜨렸다. 싼초는 주인이 웃기 시작하자 참았던 웃음을 터뜨렸는데 어찌나 웃었던지 배꼽이 빠질까 걱정이 되어 옆구리를 두 주먹으로 움켜쥐지 않으면 안되었다. 네번이나 진정하려고 애썼으나 네번 이상 첫번째와 같이 참을 수 없이 웃음보가 터졌다. 돈 끼호떼도 세상이 떠나갈 듯 웃어댔다. 더구나 싼초가 농담조로 이렇게 말하자 더 웃었다.

"그대는 알렷다, 오, 내 친구 싼초여! 나는 하늘의 뜻으로 이 무쇠의 시기에 이 땅에 황금세기를, 말하자면 황금의 시대를 부활시키려고 태어난 사람이니라. 내 앞에는 모든 위험과 위대한 업적과 용감한 행적만이 기다릴 뿐이다……"

싼초는 그 무시무시한 쿵쿵거리는 소리를 처음 들었을 때 돈 끼호떼가 했던 말을 그대로 거의 똑같이 되새겼다.

돈 끼호떼는 마침내 싼초가 자기를 놀리고 있는 것을 알게 되자 기가 막혀 화를 벌컥 냈다가 화가 극도로 치밀어 창을 들어 두번 내리쳤는데 그 창이 우연히 싼초의 등판에 맞은 게 다행이지 만일 머리에 맞았더라면 싼초의 후손들에게가 아닌 바에야 다시는 그에게 급료를 지불하지 않아도 될 뻔했다. 싼초는 나리가 자기 농담을 그토록 기분 나쁘게 받아들이는 것을 보자 주인이 더 화내지 않을까 하는 두려운 마음에 아주 목소리를 죽여 이렇게 말했다.

"진정하십시오, 나리, 다시는 농담 안할게요."

"그래서, 자네는 그렇게 놀려대지만 나는 웃음이 안 나와." 돈 끼호떼가 말했다. "이보게, 이 즐거운 친구, 자네 생각으로는, 이것들이 물레방아 절굿공이가 아니고 다른 더 큰 위험한 모험이었다면 거기 덤벼들어 끝장낼 정도의 용기가 내게 없었을 것 같은가? 내가 기사지만 내 신분이 기사라고 해서 모든 소리를 다 구분해내고 물레방아 소리인지 아닌지 모두 알아야 한다는 법은 없지 않은가? 더군다나 자네처럼 평생 그런 것들 사이에서 나고 자란 촌놈들이야 늘 이런 걸 봐왔겠지만 사실 나 같은 사람은 이런 물레방아 같은 건 본 적이 없을 수도 있지 않은가. 아니라면, 어디 절굿공이 여섯개를 여섯 장사로 만들어 이 사나이 코앞에 하나씩이든 한꺼번이든 붙어보라고 해. 내 그놈들을 몽땅 한 손에 눕히지 못하면 자네 맘대로 나를 가지고 놀아도 좋아."

"더이상 말씀 안하셔도 압니다요, 나리." 싼초가 받았다. "솔직히 말씀드려서 소인이 웃음이 좀 지나쳤나봅니다, 나리. 허지만 말씀해보세요, 나리, 이제 제가 좀 진정이 됐으니까요, 천만다행히 하느님 덕택으로 이번처럼 나리께서 겪은 이 많은 모험 속에서 무사히 살아남았으니 말인데요, 사실 우습지 않습니까요, 저희가 그렇게 덜덜 떨었던 일이 이야깃거리가 안되겠습니까? 적어도 지는 겁이 났습니다요, 나리께서 두려움이 없다는 건 이미 알고 있고 겁이나 공포가 무엇인지도 모르신다는 것을 압니다만요."

"그건 부정하지 않아." 돈 끼호떼가 대답했다. "우리에게 일어난 일이 웃을 만한 사건이었다는 거 말일세. 그러나 이야기할 만한 거리는 못돼. 모든 사람이 사건을 제대로 알아서 판단할 만큼 점잖은 건 아니거든."

"적어도," 싼초가 말했다. "나리는 창 꽂는 거 하나만은 제대로 꽂으셨구만요, 지 머리를 겨냥했는데 지가 옆으로 피하는 바람에 다행히 지 등을 찍으셨으니깐요. 허지만 이나저나 모든 게 판명되겠지요. 소인이 들은 말로는 '믿는 도끼에 발등 찍힌다'[7]라고 하고, 또한 높으신 어른들은 종에게 나쁜 말을 한 뒤에 바지를 선사한다고도 하구요. 그분들이 몽둥이찜질을 한 뒤에는 무엇을 주시는지는 소인은 모릅니다만, 방랑기사님들은 몽둥이질 뒤에는 섬이나 육지의 영지 같은 것을 주지 않는지 모르겠네요."

"운이 닿으면 그렇게 되기도 하겠지." 돈 끼호떼가 말했다. "자네가 하는 말 모두가 사실인데, 지나간 일은 용서하게나. 자네도 사리를 아는 사람이니 말하네만, 먼저 손찌검하는 것은 사람 손이 하는 짓이 아니야. 그리고 앞으로는 한가지만 주의해주게. 나에게 지나치게 많은 말과 행동은 삼가주게나. 내가 읽은 기사소설을 세려면 끝이 없을 정도로 많지만 그 속에서 나는 자네처럼 윗사람과 말많이 하고 떠드는 하인을 한번도 본 적이 없어. 사실 그건 자네와

---

7 원문에는 'Ese te quiere bien, que te hace llorar'(너를 좋아하는 사람이 너를 울린다) 라고 되어 있다. 우리 속담과는 약간 다르지만 이렇게 옮겨보았다.

나의 큰 잘못이지. 자네 잘못이란 나를 존경하지 않는 것이고, 내 잘못이란 내가 존경받을 만한 짓을 못하는 거지. 존경스러운 모습으로야 골 지방의 아마디스의 하인 간달린으로 피르메 섬의 백작이었는데, 그 사람 이야기를 읽어보면 주인을 대할 때는 항상 모자를 손에 쥐고 고개를 숙인 채 동양의 터키 사람처럼 허리를 구부리고 이야기를 아뢰었다는군. 하기야, 돈 갈라오르의 하인 가사발은 또 어떠한가? 그 사람은 늘 말이 없었는데, 그 훌륭한 침묵의 위대성이 우리에게 말해주는 점은 그 크고 진실한 이야기 책 전편에 그 사람 이름이라고는 단 한번밖에 안 나온다는 거야.[8] 내가 한 모든 이야기를 종합해볼 때 싼초, 주인과 종, 어른과 머슴, 기사와 하인은 구분이 있어야 한다는 점일세. 그러니 오늘부터는 우리도 너무 장난질하지 말고, 좀더 예의를 갖추어 대하기로 하세. 왜냐하면 내가 자네에게 무슨 화를 내든지 간에, 집안의 불행이란 점에선 마찬가지이니까. 자네에게 약속한 이득이나 은혜는 때가 되면 받게 될 거고, 그걸 다 받지 못하게 된다 할지라도, 내가 말했는데 급료야 없어지겠는가.”

“나리 말씀이 다 맞구만요.” 싼초가 말했다. “허지만 소인이 하나 알고 싶은 건 혹시 그 은혜를 받는 때가 오지 않아 급료로라도 받아야 할 필요성이 생길 수도 있겠다는 겁니다요. 그런데 당시엔 방랑기사의 하인 급료는 얼마나 되었던가요? 그러니까 월급으로 받았습니까요, 아니면 토목장 일꾼들처럼 일수로 받았나요?”

“내가 생각하기로는,” 돈 끼호떼가 대답했다. “그 하인들이 그냥 봉사를 한 것이지 평생 월급을 받은 것 같지는 않아. 내가 집에 두

---

8 『골 지방의 아마디스』에서 가사발의 이름은 실제로 57장에 한번밖에 안 나온다. 그러나 일반적으로 기사의 하인이 주인과 그토록 말을 안 한 것은 아니다.

고 온 봉합한 유서에 자네 문제를 언급한 것은 혹시 내게 무슨 일이 있을까 해서이지. 사실 우리 시대와 같은 재난의 시기에 기사가 어떤 식으로 행동해야 하는지는 나도 잘 몰라. 다만 내가 바라는 것은 저세상에 가서라도 그런 작은 일로 내 마음이 아픈 일은 없도록 하기 위해서였어. 왜냐하면 싼초, 자네도 알아둬야 할 것이, 세상에는 모험가의 생애보다 더 위험한 것은 없거든."

"그건 그래요." 싼초가 말했다. "물레방아 절구 소리 하나만으로도 나리같이 용감하신 모험가이며 방랑기사인 분의 가슴이 요란을 떨고 안절부절못할 지경이었으니까요. 허지만 안심하셔도 되겠구만요. 앞으로 소인은 나리의 위대하신 행적에 대해 절대 입을 떼는 일이 없을 거니까요. 소인의 주인이며 어른으로서 경의를 표하는 말 빼놓고는요."

"그렇게 하면," 돈 끼호떼가 되받았다. "이 땅 어디에서고 잘 살 수 있으리라. 다시 말하지만, 부모님 다음에는 주인을 부모처럼 섬겨야 하느니라."

21장

맘브리노 요술투구[1]를 훌륭하게 구해낸
최대의 모험과 우리의 무적기사에게 벌어진
또다른 사건들에 대하여

이때 싼초는 눈물을 찔끔거렸다. 그리고 그 물레방앗간에 잠깐 들어나 가보자고 했으나 돈 끼호떼는 그 지긋지긋하고 끔찍한 사건 때문에 어찌나 혼이 났는지 무슨 일이 있어도 그 안에는 들어가고 싶지 않았다. 그래서 길을 오른쪽으로 돌려, 전날 왔던 길과 비슷한 다른 길로 들어섰다.

조금 가다가 돈 끼호떼는 말을 타고 가는 사람 하나를 만났는데, 그 사람은 머리에 무슨 황금처럼 번쩍번쩍 빛이 나는 걸 쓰고 있었다. 그걸 보자마자 돈 끼호떼가 싼초를 돌아보고 말했다.

"내 생각에는 말이야, 싼초, 세상 속담치고 맞지 않는 말이 없는

----

1 레이날도스 데 몬딸반이 쟁취한 요술투구이다. (이 책의 10장 각주 5 참조) 여기서는 세르반떼스가 기사소설에 나오는 흔한 이야기들을 끌어와 패러디로 웃기고 있다. 기사가 요술 칼, 창, 방패, 최후의 만찬 성배까지 찾으러 다니는 것은 기사소설에서 흔한 이야기이다.

것 같아. 그 모든 말이 다 직접 경험에서 우러나온 것들인데, 경험이야말로 모든 지식의 어머니 아닌가. 특히 '전화위복'이라든가 '한 문이 닫히면 또다른 문이 열리는 법'이라는 이야기 같은 거 말일세. 이 이야기를 하는 건, 엊저녁에는 그 물레방아에 속고 우리가 찾던 행운의 문이 닫히더니 지금은 우리 앞에 더 좋은 행운과 확실한 모험의 문이 활짝 열린 것 같다는 말일세. 만약 지금 내가 이 행운의 문으로 잘 들어가지 못하면, 모든 잘못은 내게 있네. 지금은 물레방아 사건처럼 전혀 아는 바 없어서 당할 리도 없고, 그때처럼 깜깜한 밤도 아니야. 이 이야기는, 내 눈이 멀지 않았다면, 저기 우리를 향해 오는 저 사람이 머리에 맘브리노 요술투구를 쓰고 오고 있단 말이야. 그 투구로 말할 것 같으면, 내가 이미 꼭 찾겠다고 맹세한 거 알고 있지?"

"나리, 무슨 말씀이신지 잘 보시고 행동을 하셔야지요." 싼초가 말했다. "소인이 원하는 것은요, 그저 물레방아만 아니었으면 좋겠네요. 마저 박살나고 혼까지 빼앗기지는 않게요."

"이런 귀신이나 물어갈 녀석!" 돈 끼호떼가 다그쳤다. "투구와 물레방아가 무슨 관계가 있어?"

"소인은 아무것도 모르지요." 싼초가 답했다. "허지만, 정말이지 지금 지가 전처럼 말을 제대로만 할 수 있다면요, 자상히 설명을 하겠는데요, 지금 말씀하시는 거라면 잘못 보실 수도 있다는 것을 아시라는 말이구만요."

"뭘 잘못 보았다는 게야, 공연히 트집이나 잡고…… 망할 녀석!" 돈 끼호떼가 말했다. "이봐, 저기 가무잡잡한 바둑무늬 얼룩말 위에 타고 우리를 향해 오는 저 기사가 머리에 황금투구를 쓰고 오는 게 자네 눈에는 안 보인다는 겐가?"

"소인이 보기에는요." 쌴초가 대답했다. "지 것처럼 거무죽죽한 당나귀를 타고 오는 사람 하나 보이구요, 그 머리 위에는 뭐 하나가 번쩍이는 것이 있긴 있네요."

"그래, 저것이 바로 맘브리노 요술투구라는 것이네." 돈 끼호떼가 말했다. "저리 한쪽으로 비켜서게, 나 혼자 맡을 테니까. 시간도 아낄 겸 재빨리 이 모험을 끝내고 그토록 원하던 투구를 내 것으로 만들 테니, 두고 보라고."

"비켜서더라도 소인은 걱정이구만요." 쌴초가 되받았다. "허지만 제발," 다시 말을 이었다. "혹 떼러 갔다 혹 붙이고 오시지는 마시구요."[2]

"아까도 말했지만, 아우님. 더이상 실수로라도 그 물레방아 사건만은 들먹이지 말라고 했지?" 돈 끼호떼가 말했다. "내 기어코……더는 말 안하겠네, 자네 혼 좀 나야 되겠어.[3]"

쌴초는 입을 다물었다. 혹시 나리가 '내 기어코……' 하고 분명히 맹세한[4] 말을 지키지 않을까 두려웠다.

사실을 그대로 이야기하자면, 그 투구니 말이니 하며 돈 끼호떼가 기사라고 본 사람은 이런 사람이었다. 그 주변에는 두 마을이

<hr>

2 원문에는 'que orégano sea, y no batanes'(물레방아가 아니라 꽃박하이기를 바라요)로 나온다. 여기서 '꽃박하'라는 말은 '제발 꽃박하인 줄 알다가 돌미나리나 캐진 마시구요!'(Quiera Dios que orégano sea y no se nos vuelva alcaravea)라는 경구에서 따온 말이다. 쌴초가 '물레방아'를 끌어온 것은 전에 혼난 일을 상기시키려는 것으로, 기대는 좋은데 찬물 끼얹은 결과는 아니기를 바란다는 뜻이다. 우리 속담은 역자가 맥락을 고려해 붙인 것이다.
3 원문은 'que os batanee el alma'(하느님이 자네 영혼을 두들겨패야 되겠어)이다.
4 "'내 기어코……' 하고 분명히 맹세한"이라고 옮기고 나니, 원문의 'el voto(…) redondo como una bola'('내 기어코' (…) 공처럼 둥근 맹세)라는 과장의 말이 걸린다. 쌴초는 주인을 비웃듯 이렇게 말했지만 우리말로 어울리지 않아 바꿨다.

있었는데, 하나는 너무 작은 마을이어서 약을 파는 데도, 이발사도 없고 그 옆 마을엔 그것들이 있어서 큰 마을 이발사가 작은 마을을 돌봐주고 있었다. 그때 작은 마을에 수술을 받을 사람이 하나 있었고, 또 한 사람은 수염을 깎아야 해서 이발사가 그날 세숫대야를 가지고 오던 길이었다. 그런데 이야기가 그렇게 되려고 그랬는지, 오는 길에 비가 내리기 시작하자 아마도 새로 산 모자가 비에 젖을까 염려스러워 그 세숫대야를 머리에 얹었는데, 그 대야가 깨끗한 것이어서 오리만 되어도 번쩍번쩍 빛날 수밖에 없었던 것이다. 싼초가 말한 대로 거무죽죽한 당나귀를 타고 오니, 이때가 바로 돈 끼호떼가 바둑무늬 말과 기사와 황금투구로 착각한 순간이었다. 돈 끼호떼는 눈에 보이는 것마다 소설에 자주 나오는 엉뚱한 기사 행각이나 황당한 생각으로 이해했기 때문이다. 그리고 돈 끼호떼는 그 불쌍한 기사가 가까이 오자 그 사람과 구구한 말 같은 건 한마디도 나누지 않은 채 로신안떼를 최대한 빨리 몰고 나아가서는 적의 몸뚱이를 창 하나로 꿰뚫을 생각으로 창을 아래로 겨누었다. 가까이 이르자 질주를 멈추지는 않고 이렇게 말했다.

"방어하라, 너는 나의 포로다. 아니면 당연히 자진해서 항복할지어다."

이발사는 걱정은커녕 생각지도 않은 괴물이 자신에게 달려들자, 방법이 없었다. 우선 창에 맞지 않으려 하다보니 당나귀에서 떨어질 수밖에 없었고, 땅에 떨어지자마자 고라니보다 더욱 가볍게 팔딱 일어나더니 바람보다 더욱 날쌔게, 바람아 나 잡아라 하고 들판으로 내달리기 시작했다. 세숫대야는 땅에 떨어졌고, 그걸 낚아챈 돈 끼호떼는 무척이나 기뻐했다. 그러고는 하는 말이, 그 무식한 친구가 사리를 알아 도망갔다고, 바다살쾡이의 지혜를 알고 있었나보다고 말했다. 살쾡이는 사냥꾼들에게 쫓기고 시달리면 자기들의 어디를 약으로 쓰려고 잡으려는 줄 본능적으로 알고는 그 부위를 이빨로 물어뜯어서 떼어놓고 도망친다는 이야기가 있다면서……
돈 끼호떼는 싼초에게 그 투구를 들어올리라고 말했다. 싼초는 세 숫대야를 손에 들더니 말했다.

"이런, 좋은 세숫대야인데요, 한 은화 1레알 정도 나가겠지만 지금은 1마라베디 값밖에 안되는 물건인뎁쇼."

그리고 주인에게 그걸 주자 돈 끼호떼는 그것을 머리에 썼다. 앞과 옆을 어루만져보고 투구 아랫부분을 찾아봤지만 아무 데도 없자 이렇게 말했다.

"이 유명한 투구를 처음 쓴 친구는 틀림없이 맞춤으로 이걸 만들어 썼을진대 머리통이 무척 컸던 모양이구먼. 그런데 더 엉망인 것은 반쪽이 없단 말이야."

싼초는 세숫대야를 투구라고 부르자 웃음을 참을 수 없었으나 성질 고약한 나리가 화를 터뜨릴 것을 생각해 터져나오는 웃음을 꾹 참았다.

"무엇이 좋아서 웃는가, 싼초?" 돈 끼호떼가 말했다.

"소인이 웃는 건요," 그가 대답했다. "이 철모를 쓴 무식한 주인의 머리통이 상당히 크다는 생각을 하고 웃었습니다요. 이 철모가 영락없이 이발소의 세숫대야같이 생겼는뎁쇼."

"지금 내가 무슨 생각을 하는 줄 아는가, 싼초? 이 유명한 요술투구라는 물건이 무슨 이상한 사건으로 그 가치도 모르고, 귀하게 생각할 줄도 모르는 그 사람 손에 들어간 거야. 그래서 자기가 무슨 짓을 하는 줄도 모르고, 이것이 진짜 순금으로 만들어진 것만 보고는 한쪽을 녹여 돈으로 바꾸어 쓴 거야. 다른 한쪽으로 이걸 만들었는데, 자네가 말하듯이 이렇게 세숫대야같이 된 거지. 그러나 일이 어찌 되었든지 간에 내가 이 투구를 아니까 변한 거야 상관없지. 대장장이만 만나면 곧바로 고쳐서, 최초의 전쟁의 신인 마르스를 위해 만든, 어떤 신의 무기에도 지지 않는 뛰어난 투구를 만들 걸세.[5] 그러나 그전에라도 아무튼 날아오는 돌멩이라도 방어하기엔 충분하지 않은가."

"그건 그렇겠네요." 싼초가 말했다. "지난번 두 군대와 싸울 때처럼 투석기로만 돌을 안 쏜다면요. 그때 나리의 어금니들이 십자가를 그었고, 성스러운 묘약이 든 병이 박살나지 않았나요. 지가 비록 그 약 때문에 오장을 다 토하고 말았지만······"

"그 약물을 잃어버렸다고 내가 마음 아파하진 않네, 자네도 알잖아, 싼초." 돈 끼호떼가 말했다. "그 약 처방전은 내 머릿속에 있어."

"소인도 처방을 알고 있구만요." 싼초가 대답했다. "허지만 지가 고걸 만들고 다시 맛보는 날엔 그걸로 그날이 세상 끝이구만요. 또하나 더, 내 평생에 다시는 고런 걸 필요로 하는 일에는 참석 안할 거구요. 온 정신을 바짝 차려 누구에게도 상처주지 않고, 상처받는 일도 없도록 잘 지킬 생각이구만요. 다시 담요말이를 당하는 그런 일은 겪지 않을 거구요. 그런 불행한 일은 상상도 못해요, 만일 그런 일이 벌어지면 어깨를 으쓱하고, 숨을 멈추고, 두 눈을 감고, 담요와 운명이 가지고 노는 대로 끌려가는 수밖에요."

"정말 자네는 양반이 아니구먼, 싼초." 이 말을 듣고, 돈 끼호떼가 말했다. "이유인즉, 한번 당한 모독을 절대 잊지 못하는 걸 보니

---

5 불과 기술의 신 불카누스는 마르스의 무기를 만들어주었다. 특별히 투구를 만들어준 기록은 없지만.

말일세. 사람이 너그럽고 점잖은 마음을 가지면 그런 어린애 장난 같은 사건을 마음에 담아두어서는 안된다는 것을 알아야지. 그런 놀림을 당했기로 자네 다리가 병신이 됐나, 갈비뼈가 부러졌나, 머리가 깨졌나? 그 사건을 잘 분석해보면, 사람들의 심심풀이 놀림감이 된 거야. 그게 장난이 아닌 줄 알았다면 내가 벌써 거기로 돌아갔지. 돌아가서는 그리스인들이 헬레네를 훔쳐갔을 때 복수한 것처럼 자네 복수를 해주었지. 그 헬레네라는 여인도 요즘 같으면, 아니 나의 둘시네아가 그때 있었더라면, 정말이지, 그렇게 미녀로 이름나지는 못했을 거야."

여기서 싼초는 한숨을 길게 쉬어 구름으로 날리며 말을 했다.

"장난이었다고 합시다요. 왜냐하면 예삿일에 복수가 있을 수는 없으니까요. 허지만 예삿일이든 장난이든 간에 정도가 있다는 것은 지도 압니다요. 그리고 또 하나요, 내 등판에 아픔이 남아 있는 한 기억에서도 지워지지 않으리라는 것입니다요. 그런데 이 문제는 제쳐두고요. 이 바둑무늬 얼룩말은 어떻게 할까요, 보아하니, 거무죽죽한 당나귀 같은디요. 나리께서 무찌르신 그 마르띠노라는 사람이 여기 아무렇게나 놓고 갔잖아요? 그 사람 먼지 구덩이에 빠졌다가 구사일생으로 도망갔으니,[6] 당나귀 가지러 다시 올 생각은 절대 없을 텐데요. 정말이지, 색깔도 까무잡잡한 게 아주 좋은 당나귀네요!"

"나라는 사람은 본래," 돈 끼호떼가 말했다. "이긴 자의 물건을 빼앗는 사람이 아니야. 더군다나 기사도에서 승리자가 결투에서

---

6 원문의 'cogió las de Villadiego'(비야디에고를 얻었으니)는 'las calzas de Villadiego'(비야디에고의 신발)에서 나온 말로, 그 고장의 신발은 가볍고 길 가는 데 좋아 여행용으로 이름이 높았다. 따라서 원문은 '가벼운 신발로 도망쳤다'는 뜻이다.

자기 말을 잃었다든지 하는 경우가 아니고는 기사에게 말을 빼앗고 걸어가게 만드는 것은 예가 아니지. 그런 경우에야 정당한 싸움에 이긴 전리품으로 패자의 말을 정당하게 취할 수는 있지. 그러니 싼초, 그 말인지 당나귀인지, 자네가 뭐라고 부르든지 간에 그것은 놔두게나. 그 주인은 우리가 여기서 멀리 떠나간 것을 보면 곧 찾으러 올 걸세."

"참말이지, 소인이 가져갔으면 참 좋겠구만요."싼초가 되받았다. "아니라면 하다못해 내 당나귀와 바꾸든지…… 소인의 것이 저 놈만큼 좋아 보이지 않네요. 참말로 그 기사도 규율이라는 게 까다롭긴 하구만요, 좀 너그럽게 당나귀 하나쯤 다른 당나귀로 바꿀 수 있게도 못하남요? 정 그렇다면 말안장이나 등자만이라도 좀 바꿔도 되는지 알고 싶네요."

"그 문제까지는 내 생각도 확실치 않네."돈 끼호떼가 말했다. "의심이 가는 문제이니까 내가 좀더 잘 알게 될 때까지는 우선 그건 바꾸어도 괜찮겠어, 정 그것들이 필요하다면 말일세."

"꼭 필요하다마다요,"싼초가 답했다. "지한테는 더이상 필요한 게 없을 것 같구만요."

그러고는 허락을 얻어 부활절에 대승정들이 새 승복으로 갈아입듯 정중하게 착복식을 치렀다. 그렇게 그의 당나귀에게 온갖 예쁜 장식을 달고 나니 그 초라한 몰골이 다소 좋아 보였다.

이렇게 하고서, 좀전의 노새로부터 빼앗은 진수성찬 중 남은 것으로 점심을 먹었고, 물레방앗간에서 내려오는 시냇물을 마셨다. 물을 마시면서도 물레방아 쪽은 돌아보지 않았으니, 그들에게 그토록 겁을 주었던 것이라 보기만 해도 지겨웠기 때문이다.

시장기를 때우고 우울증도 좀 가시자, 그들은 말을 타고 정처없이 길을 떠났다. 방랑기사들이 가는 길이란 게 원래 확실히 정한 곳을 두고 가지 않는 법이라 로신안떼의 마음 내키는 대로 길을 따라갔다. 로신안떼 마음을 따라 주인의 마음도 가고, 당나귀의 마음도 따라갔는데 당나귀는 항상 어디든 말이 인도하는 대로 사랑과 우정으로 그를 따라갔다. 어찌 되었든 그들은 큰길로 다시 나오게 되었고, 별다른 계획 없이 그 길을 따라 하염없이 가고 있었다.

이렇게 길을 가다가 싼초가 나리에게 말했다.

"나리, 나리께서는 소인이 잠깐 이야기를 좀 나눌 수 있도록 허락해주시겠습니까요? 나리께서 소인에게 그 무서운 침묵령을 내리신 뒤로는 뱃속에 네댓가지 일들이 썩어문드러지고, 오직 하나가 지금 혀끝에 있는데 또 실수할까봐 입을 못 열겠네요."

"말해보게." 돈 끼호떼가 말했다. "그러나 말을 할 때는 짧게 하게, 이야기가 길면 듣기 좋은 말이 없어."

"그럼 말씀드리겠습니다요." 싼초가 대답했다. "요 며칠 전부터 지금까지 죽 생각해봤는뎁쇼, 이 텅 빈 들판이며 네거리 길을 헤매고 다니면서 나리께서 찾는 모험들이라는 것이 말입니다요, 얼마나 벌어들이는 소득이 없는지, 설령 거기서 가장 위험스러운 싸움을 끝내고 이긴다손 치더라도 누구 하나 보는 사람도 없고 아는 사람도 없지 않습니까요? 그래서 그 공적이라는 것이 나리의 지당하고 좋으신 의도와는 반대로 그저 영원한 침묵 속에 묻히게 되지 않겠습니까? 소인 생각으로는, 나리께서 더 좋은 생각이 있으시다면 모르겠지만, 어떤 왕이나 다른 위대한 왕자를 위해 우리가 봉사를 하는 게 더 낫지 않을까 싶네요. 그 왕자가 무슨 전쟁이라도 치르고 있으면 나리께서 그 싸움을 위해 봉사하시면서 나리의 용감무쌍함, 위대한 힘, 그리고 큰 지혜를 발휘하면 우리가 모시는 그분이 그걸 보시고 어쩔 수 없이 그 공적에 따라 우리에게 보상을 하실 게 틀림없고, 또 거기에다 나리의 업적을 후대에 길이 전하도록 기록을 남길 사람도 있겠구요. 소인의 공덕이야 하인으로서의 한계를 벗어날 리 없으니 이야기할 것은 없겠지만요. 만일 기사도에서 하인들의 공적도 기록하는 습관이 있다면 소인의 것도 그 글줄에 들어갈 수 있으리라는 생각입니다만……"

"자네 말이 틀린 건 아닐세, 싼초." 돈 끼호떼가 말했다. "하지만 그런 경지에 도달하기 이전에 우선 인정을 받으려면 모험을 찾아 세상을 떠돌아다닐 필요가 있는 거라네. 그리하여 어떤 모험을 잘 끝내고 이름과 명성을 얻으면, 어떤 대군주나 전공이 뛰어난 유명한 기사의 궁전에 가더라도 아이들이 도시의 성문으로 그가 들어오는 것을 보자마자 모두 그를 따르고 에워싸며 소리소리 지를 것 아닌가. 말하자면 '이분이 태양의 기사야!' 한다든지 아니면 뱀의 기사니 뭐니 하면서 그런 휘장을 달고 위대한 전공을 세운 것을 기억할 걸세. '이분은 장사 브로까브루노신데, 거의 구백년 동안 긴긴 마법에 걸려 있던 페르시아의 마멜루꼬 대제를 마법에서 풀려나게 하신 분이야!'라든지 하면서 말일세. 그래서 손에서 손으로, 입에서 입으로 기사의 전공과 명성이 울려퍼지고, 그리되면 그 왕국의 왕이 궁전 창문에 나와 있다가 아이들이나 다른 여러 사람의 시끌벅적한 소리를 듣고 방패의 문장이나 갑옷으로 그 기사를 알아보자마자 이렇게 말할 거야. '어이, 여봐라, 과인의 궁전에 있는 모든 기사는 나와서 저기 오시는 기사도의 꽃을 영접하도록 하라!' 왕의 명령을 받고는 모두 밖으로 나올 것이고, 그때 왕은 계단 중간까지 마중 나와 기사를 꼭 껴안고 얼굴에 키스를 하며 그동안의 노고를 위로하겠지. 그러고는 손을 잡고 왕비의 거실이 있는 곳으로 기사를 인도할 것이며, 거기에서 왕비와 그 딸 공주를 만나게 될 텐데, 그 공주로 말하면 이 세상 어디를 가도 정말 찾아보기 힘든 가장 완벽하고 아름다운 처녀일 게야. 그러고 나면 공주는 얌전하게 기사에게 눈길을 줄 테고, 기사 또한 그녀와 눈이 맞을 것이고, 서로 세상에 사람이 어찌 저리 귀하고 아름다울 수 있을까 생각하게 될 테고, 서로는 어떤 영문인지도 모른 채 복잡한 사랑의 그물에 걸려들어 사랑의 포로가 되겠지. 어떻게 해야 서로의 감정과 안타까움을 고백할 수 있을까 하며 마음속에서 커다란 고민에 휩싸일 테고. 기사는 훌륭하게 꾸며진 어떤 궁실로 인도되어, 그 방에서 갑옷을 벗고 아름다운 진홍빛 망또를 걸치겠지. 갑옷을 입은 모습이 좋다면 겉옷을 벗고 속조끼 바람으로 있어도 더한층 멋있고 좋겠지. 밤이 오면 왕과 왕비, 공주와 함께 저녁을 먹을 터인데, 식탁에서도 기사는 주위 사람들의 시선을 피해 공주에게서 눈을 떼지 못하고, 그녀도 똑같이 안 보는 척 기사를 자꾸 훔쳐보리니, 내가 이미 말했듯이, 공주는 아주 얌전한 처녀이거든. 식탁이 치워지면 식당 문 쪽에서 뜻밖에도 커다란 두 거인 사이에 어여쁜 여인 하나를 거느리고 작고 못생긴 난쟁이 하나가 들어와서는, 이것은 먼 옛날의 현자가 만든 모험[7] 같은 것으로 이 일을 성공적으로 치르면 세상에서 제일가는 기사로 대접받게 된다며 문제를 내놓겠지. 이윽고 왕은 거기 있는 모든 사람에게 시험에 응해보라 할 것이고, 아무도 성공적인 결말을 못 내는데 손님으로 온 기사가 그 모험을 성공시켜 명성을 훨씬 더 높이리라. 공주는 참으로 기뻐하며 자기

----

7 여기서 '모험'이란 기사들 사이에서 유행하던 놀이인데, 오디세우스가 『오디세이』에서 큰 활을 당긴다든지, 아주 위험하고 용기가 필요한 문제를 제시한다든지 하여, 기사의 힘과 용맹성을 시험하는 관습에서 나온 것이다.

마음을 그렇게 높으신 분께 두게 된 것을 진심으로 보람있고 만족스러운 것으로 여기리라. 여기 재미있는 것은 이 왕인지 왕자인지, 아무튼 그 무언가 되는 사람이 자기처럼 강력한 다른 군주와 대단히 격렬한 전투를 벌이고 있는 중이어서 손님으로 온 기사는 그 궁에서 며칠을 머문 뒤 이미 말한 그 전투에서 왕을 위해 싸울 수 있도록 윤허해주십사 청하게 되는 거지. 왕은 쾌히 승낙하고, 기사는 성은을 베풀어주신 데 대해 감사하며 점잖게 손에 키스를 하리라. 그날 밤 기사는 공주가 자는 방이 있는 정원의 창살 사이로 사랑하는 그녀와 작별을 고하는데, 그 창가로 말하면 이미 공주가 무척 신임하고 모든 걸 다 알고 있는 시녀의 심부름으로, 벌써 여러번 거기서 그녀와 이야기를 나눈 곳이라, 그곳에서 기사는 다시 한숨을 쉬고, 공주는 기절을 하고, 시녀는 물을 가져오고, 아침은 오고, 이러다 발각되면 공주의 정절에 누가 될까봐 걱정에 걱정을 하며 이별을 참으로 아쉬워하리라. 마침내 공주는 정신을 차리고 창살 틈으로 하얀 손을 기사에게 내밀리라. 기사는 천번이고 만번이고 그 손에 키스하면서, 그녀의 손을 온통 눈물에 젖게 하리라. 두 연인은 서로의 좋은 일 나쁜 일을 어떤 방식으로 서로에게 전할 것인가를 약조하고, 공주는 되도록이면 거기 오래 머물지 마시라고 말하고, 기사는 빨리 돌아오겠노라고 온갖 맹세를 하리라. 다시 그 손에 키스를 하고 가슴 아픈 작별을 하는데, 자칫하면 곧 숨이 넘어갈 듯하리라. 그곳에서 자기 방으로 돌아가 잠자리에 들어도 이별의 아픔으로 잠을 이루지 못하고, 새벽같이 일어나 왕과 왕비와 공주께 작별을 고하러 가는데, 왕 부부에게는 작별인사를 드리지만, 공주 마마께서는 몸이 불편하셔서 손님을 맞을 수가 없다고 하리라. 기사는 이별의 고통이 너무 커서 공주가 그러한 줄 알기에 가슴이 찢어지는 듯하여 자칫하면 그 마음의 아픔을 드러내지 않아야 하는 것을 잊을 뻔하리라. 심부름하던 시녀가 앞에 있어서 그것을 눈치채고 아씨에게 가서 고하니, 공주님은 눈물로 그녀를 맞으며 하는 말이, 자신의 가장 큰 안타까움은 아직도 자기 기사가 어느 왕의 가문인지도, 아무것도 모르는 심정 때문이란다. 시녀가 기사님처럼 점잖고 예의 바르고 용감하신 분은 왕족이나 중요한 사람이 아니고서는 그토록 훌륭하실 수가 없다고 하니, 이 말로 슬픔에 찬 공주는 위안을 삼으리라. 공주가 자기 부모님들께 마음 아픈 표정을 보이지 않으려고 애써 마음을 달래고는 한 이틀이 지난 뒤에야 사람들 앞에 얼굴을 보이리라. 기사는 이미 떠났고, 전쟁에서 싸워 왕의 적을 이기고 많은 도시를 점령하고 수많은 전투에서 승리하여 왕궁으로 돌아와 늘 만나던 곳에서 공주를 만나리니, 전쟁의 공로로 그녀를 부인으로 주십사, 공주 아버지에게 청하기로 약조하리라. 왕은 선뜻 그에게 공주를 주겠다고 하지 않으니, 이는 기사의 혈통을 몰라서이리라. 하지만 어찌하든, 납치를 하든지 다른 어떤 방법으로든지 간에 공주는 기사의 부인이 되고, 왕 또한 이를 대단한 행운으로 반기게 되리라. 그 이유인즉, 내막을 알아보니 그 기사라고 하는 사람은 어떤어떤, 내 생각에는 아마 지도에도 안 나오는 무슨 왕국의 용감한 왕의 아들임이 밝혀졌던 것이리라. 그 아버지가 죽고 공주가 후계자가 되니, 이 단 두마디로 기사는 왕이 되고, 여기서 이제 기사의 하인이나 기사를 높은 자리에 오르도록 도와준 모든 사람에게 은혜를 갚는데, 기사의 하인에게는 공주의 시녀를 아내로 줄 터인데, 그 아가씨로 말하면 틀림없이 전에 사랑의 심부름을 하던 여자이며, 대단한 왕족으로 후작의 딸일 것이니라."[8]

"소인이 원하는 게 바로 그겁니다요, 더도 덜도 말고 바로 그대로요." 싼초가 말했다. "그걸 지가 바라는 겁니다요, 모든 것이 글자 그대로 '불쌍한 몰골의 기사'라고 부르는 나리의 이름으로 이루어져야 합니다요."

"그건 걱정하지 말게나, 싼초." 돈 끼호떼가 대답했다. "지금 이야기한 그대로 그와 똑같은 과정을 밟고 방랑기사들이 출세하여 왕이나 황제의 자리에 오르게 되었으니까 말일세. 지금 우리가 알아봐야 할 것은 어떤 기독교 나라의 왕이나 세속의 군주가 전쟁 중이며, 어여쁜 딸을 가지고 있는가를 찾아보는 일이야. 하지만 이것은 더 생각해볼 시간이 있을 테고, 우선은 자네에게 말했듯이 왕궁으로 가는 여러 곳에서 명성을 떨쳐야 하는 게지. 그리고 내게 한가지가 더 필요한데, 전쟁 중인 왕과 그 왕의 어여쁜 딸이 있고 온 세상에 이루 말할 수 없는 명성을 얻었다손 치더라도, 내가 무슨 재주로 왕의 혈통이라든가 아니면 적어도 제왕의 사돈의 팔촌[9]이라도 되게 하느냐 이거지. 왜냐하면 나의 유명한 공적으로는 대우를 잘 받는다고 할지라도, 왕이 우선 내 혈통을 잘 알지 못하면 자기 딸을 내 아내로 주려고 하지는 않을 것이기 때문일세. 그래서 이 결점 때문에 내 팔뚝의 힘과 용기로 얻은 영광을 놓치게 될까 두렵네. 사실 알고 보면 나도 이름있는 명가의 귀족이고, 영지나 돈도 있고, 오백냥의 연금을 받을 권리[10]가 있는 사람이니 내 이야기

---

8 돈 끼호떼는 기사소설들에 나오는 이야기를 완벽하게 제시하고 있다. 여기 이야기는 『백의의 기사 띠란떼』와 비슷하다.

9 원문의 'primo segundo'는 '육촌 형제'로 먼 친척을 의미한다.

10 'de devengar quinientos sueldos'라는 말은, 귀족들이 어떤 모욕을 당했을 때 보상금으로 500 '수엘도'(옛날 동전. 나라와 시대에 따라 가치가 달라졌다)를 받을 수 있는 특권을 지칭하는 말이다.

를 쓰는 현자가 내 가계와 족보를 엄밀히 검토해보면 내가 혹시 왕의 다섯번째나 여섯번째 손자가 될지도 모를 일이지. 왜냐하면 싼초 자네도 알아야 할 것이, 세상에는 두가지 혈통이 있어서야. 하나는 세월이 가면서 차츰 가계가 흐려져 이제는 거꾸로 선 피라미드처럼 끝만 남은, 잊힌 왕이나 왕자로부터 내려오는 후손들이 그것이고, 또 하나는 처음엔 낮은 혈통의 사람들이었다가 가문이 차차 융성해져 위대한 영주 자리에까지 오르게 된 사람들이 있지. 그 차이라고 하는 게, 하나는 전에는 존재감 있는 사람이었으나 지금은 아닌 사람, 다른 하나는 전엔 존재가 없다가 지금은 누구네 하는 사람들이란 것이지. 나는 전자에 속한다고 봐야지. 자세히 알아보면 내 조상은 유명하고 위대했던 것 같아, 그 정도면 장인 될 왕도 만족할 만하겠지. 그래서 당연히…… 아니면 그렇지 않아도 공주가 나를 사랑하게 될 테니 내가 무슨 물장수의 아들이란 걸 확실히 알게 되어 아버지가 싫어하더라도 나를 주인으로 남편으로 받아들이게 될 걸세. 그러하지 않으면 그녀를 납치해서 좋은 곳으로 데려가서 살면 되는 게야. 세월이 가면 부모의 분노도 사위어질 테니까."

"거기에 딱 맞는 말이네요." 싼초가 말했다. "양심도 없는 친구들이 하는 말인 '힘으로 빼앗을 수 있는 걸 좋게 달라고 하지 마라'라는 말보다 이 경우에는 이 말이 더 맞겠지요, '좋은 사람에게 백번 간청하는 것보다 가시덤불 한번 뛰어넘는 게 상책!'이라는 말 말이에요. 이 말을 하는 건 그 왕이라는 분이, 나리의 장인이 되시겠지만, 공주 아씨를 순순히 내어주지 않겠다고 고집을 피우시면 나리 말씀이 맞지요, 납치해서 건너뛰는 게 원칙이지요. 그런데 문제는 이렇게 서로가 화해를 하고 평화롭게 왕국을 나누어가질 때까지 불쌍한 하인은 그 은혜라는 걸 기다리며 이빨만 빨고 있어야하는 거 아니냐는 겁니다요. 심부름하던 그 처녀, 말하자면 하인의아내가 될 여자는 이미 같이 나갈 공주가 없고, 기사는 하늘이 행운을 주지 않는 바에야 그녀와 온갖 고생을 하고 있고, 그렇다면소인이 보기에 가장 좋은 해결책은 그 왕이 기사에게 정식 부인으로 그냥 주어버리는 것이 좋겠지만 그것도 안되고……"

"그거야 누가 그 왕에게서 딸을 빼앗겠나?" 돈 끼호떼가 말했다.

"그래서 일이 그렇게 된다면," 싼초가 대답했다. "하느님께 기도나 하면서 좋을 대로 운명이 해결해주십사 하고 내버려두어야 하겠네요."

"하느님의 뜻에 맡겨야지." 돈 끼호떼가 말을 고쳤다. "내가 원하고, 싼초 자네가 필요로 하는 것을 아실 테니까. 그리고 재수없으면 재수없는 운수 탓이고……"

"제발 하느님 뜻대로 됐으면 좋겠네요." 싼초가 말했다. "소인은기독교인이고, 백작이 되려면 하느님 뜻 하나면 충분하지요."

"충분하고도 남아, 이 사람아!" 돈 끼호떼가 말했다. "그것도 안된다 하더라도 아무것도 상관할 필요가 없네. 왕이 된 내가 자네에게 귀족 작위쯤 못 주겠나, 자네가 작위를 사거나 내 일을 돌봐주지 않는다 해도…… 왜냐하면 자네를 백작으로 만들면, 거기 기사는 죽으라고 하지, 누가 뭐라고 해도, 비록 가슴이 아프겠지만 자네를 '각하'라고 불러야 할 테니까."

"그런데 제기랄, 소인이 '자기'를 인가할 줄 모를 텐디요!" 싼초가 말했다.

"'작위'라고 해야지, '자기'라고 하지 말고."[11] 나리가 말했다.

"그러면 그렇지요." 싼초 빤사가 대답했다. "지 말은 지도 맞는 말을 할 줄 알게 될 거라는 말씀이지요. 소인도 한때는 종교단체의 선전원이었는데요, 지한테 그 선전원의 옷이 얼마나 어울리든지 사람들이 다 소인이 그 종교단체 간부 정도의 풍채는 갖고 있다고 했구만요. 그런데 소인이 공작의 망또를 떡하니 위에 걸치고, 아니면 외국 백작들처럼 진주와 황금이 주렁주렁 달린 옷을 입으면 그 모습이 어떨까요? 소인 생각에는요, 사람들이 백리를 멀다 않고 보러 올 것 같구만요."

"모양은 그럴듯하겠지." 돈 끼호떼가 말했다. "하지만 그 수염은 좀 자주 깎을 필요가 있을 거야. 그렇게 형편없이 빗발치듯 텁수룩하게 수염을 기르고 있으니, 이틀에 한번이라도 말끔히 면도를 안 해주면 총을 쏜대도 자네가 누군지 모를 걸세."

"그거야 이발사 하나만 잡아다," 싼초가 답했다. "집에서 월급 주고 쓰면 되지 뭐가 문제입니까요. 더군다나 필요하다면, 그놈더러 소인 뒤에 마부 대장으로 따르게 하겠습니다요."

"그런데 자네가 그걸 어떻게 아는고?" 돈 끼호떼가 물었다. "위대한 기사들이 자기 뒤에 마부를 따르게 하는 걸?"

"소인이 그건 말씀드리죠." 싼초가 대답했다. "예전에 소인이 한 달 동안 서울에 있었던 적이 있었습죠. 거기서 지가 봤는데, 아주 조그맣게 생긴 한 양반이, 다들 하는 소리가 무척 높은 분이라고 합디다만, 뒤에 말 탄 사람을 하나 거닐고 다니는데, 앞 양반이 몇

---

11 원문에서는 싼초가 'litado'(공물)라는 엉터리 소리를 했고, 돈 끼호떼는 'dictado'(직위, 작위)라는 뜻으로 바로잡아준다. 앞에도 나온 말놀이인데, 우리말로 그 뜻을 재미있게 살려 번역했다.

바퀴를 돌아도 그냥 말 꼬리처럼 따라다니기만 합디다요. 소인이 어째 저 사람은 앞 사람하고 함께 가지 않고 항상 뒤만 따라다니느냐고 하니까, 사람들 말이 그게 마부라고 합디다요. 높은 사람들은 뒤에 그런 사람들을 데리고 다니는 게 관습이라구요. 그때부터 그걸 알았고, 절대 안 잊어버립니다요."

"자네 말이 맞네." 돈 끼호떼가 말했다. "자네도 그렇게 자네 이발사를 데리고 다닐 수 있지. 관습은 한꺼번에 만들어진 게 아니야, 하나만 생겨난 것도 아니고…… 그러니 자네가 처음으로 뒤에 이발사를 달고 다니는 백작이 될 수도 있지. 더구나 말안장을 씌우는 것보다 수염 다듬는 게 더 가까운 사이일 경우가 많지."

"그 이발사 문제는 소인께 맡겨두십시오." 싼초가 말했다. "나리 문제는 왕이 되시는 일을 빨리 하셔서 소인을 백작으로 만들어주시는 것입죠."

"그렇게 될 걸세." 돈 끼호떼가 대답했다.

그리고 두 눈을 치뜨고 다음 장에 나오는 이야기를 바라보았다.

22장

돈 끼호떼가 불행한 사람들,
즉 자신들의 의사와 달리 가고 싶지 않은 곳으로
끌려가는 수많은 사람을 풀어준 이야기에 대하여

아랍어 작가며 라 만차 사람인 시데 아메떼 베넹헬리는 이 중대하고 당당한 역사를 세세한 부분까지 재미있게 많은 상상력을 동원하며 써내려가면서, 이렇게 이야기를 계속한다. 유명한 라 만차의 돈 끼호떼와 하인인 싼초 빤사가 이런 이야기 저런 이야기를 하다가 21장의 마지막 말을 하고, 돈 끼호떼가 두 눈을 치떠 바라보니, 자기들이 가는 길 쪽으로 한 열두명 정도 되는 사람들이 걸어서 오고 있었다. 모두들 손에 수갑이 채워진 채 커다란 쇠밧줄 같은 것에 목들이 줄줄이 묶여 있었고, 그들과 함께 말을 탄 두 사람과 걸어오는 두 사람이 있었는데, 말 탄 사람은 총을 들고 있었고, 걸어오는 사람은 투창과 칼을 들고 있었다. 싼초 빤사가 그들을 보자 말했다.

"요것이 왕이 시켜서 억지로 대형 전함 노 젓는 일에 복역하러 가는 죄수 행렬이구만요."

"누가 시켜서 억지로 끌려가는 사람이라고?" 돈 끼호떼가 물었다. "왕이 백성에게 억지로 일을 시키다니 그게 될 법한 소린가?"

"그런 이야기가 아니고요," 싼초가 대답했다. "이 사람들이 죄를 지어서, 왕이 나라를 위해 전함에서 노 젓는 일에 복역하도록 벌을 내려, 억지로 끌려가는 사람들이라는 말입지요."

돈 끼호떼가 되받았다. "그게 어찌 된 영문이든지 간에, 이 사람들을 데려가는데, 그들의 의사와는 달리 억지로 데려가고 있단 말이 아닌가."

"그렇습죠." 싼초가 말했다.

"사실이 그러하다면," 나리가 말했다. "이게 바로 내가 임무를 수행할 때라는 게야. 억지로 강압된 자들을 풀어주고 고난에 처한 자들에게 달려가 구해주는 일이 내 일 아닌가."

"나리, 잘 생각하시지요." 싼초가 말했다. "법의 판결은 바로 왕의 명령인데요, 그것은 아무에게나 강압하고 모욕을 주는 게 아니라 죄를 지은 댓가로 벌을 주고 있는 겁니다요."

이때 죄수들의 행렬이 다가왔다. 그러자 돈 끼호떼는 매우 점잖은 말로 호송하는 자들에게 청하기를, 이 사람들을 이런 방식으로 끌고 가야 하는 이유와 동기를 상세히 알려줄 수 있겠느냐고 물었다.

말을 탄 경비 한 사람이, 이 사람들은 황제 폐하의 죄수들이며 지금 전함으로 복역하러 가는 중이고, 더이상 말할 것도 없고 당신이 상관할 일도 아니라고 했다.

"아무리 그렇다 할지라도," 돈 끼호떼가 되받았다. "이 사람들이 왜 이렇게 불행한 처지에 놓이게 되었는지, 그 이유를 하나하나 소상히 알고 싶소이다."

이 말에 이어 그가 듣고 싶은 이유를 말하게 하려고 대단히 신중한 변론을 늘어놓았다. 그러자 말은 탄 다른 경비 하나가 말했다.

"여기 이 악당들 하나하나의 죄상과 판결문이 적힌 서류를 가지고 가기는 합니다만, 지금 여기서 그걸 꺼내 읽고 어쩌고 할 시간이 없습니다. 나리께서 여기 오셔서 이 사람들에게 직접 물어보시지요. 원하면 대답을 하겠지요. 아니, 대답을 할 거구만요. 이 사람들은 못된 짓을 하고도 그런 이야기를 떠벌리기 좋아하는 친구들이니까요."

이렇게 허락을 받았지만, 받지 않아도 능히 그럴 분이신 돈 끼호떼는 직접 그 행렬로 가서 첫번째 사람에게 무슨 죄를 지었기에 이런 꼴로 끌려가게 되었느냐고 물었다. 그 사람이 대답하기를 사랑 때문에 이 모양 이 꼴이 되었다고 말했다.

"사랑했다는 이유뿐이라고?" 돈 끼호떼가 되받았다. "아니, 사랑했기 때문에 배를 저으러 가야 한다면, 나도 언젠가는 거기서 노를 저어야 하는 신세가 되겠구먼."

"나리께서 생각하시는 그런 사랑 사건이 아니구요." 죄수가 말했다. "지는 하얀 옷이 가득 담긴 빨래바구니[1]를 무척 사랑했는디요, 고 바구니를 얼마나 꼭 부둥켜안고 놓질 않았던지, 포졸들이 와서 억지로 그걸 내게서 빼앗지 않았다면요, 지금도 지 뜻대로라면 바구니를 놓지 않았을 거구만요. 현장범이었지요, 고문 같은 것은 없었구요, 판결이야 등짝에 곤장 백대 맞는 걸로 끝났지요. 거기에 덧붙여 삼년간 빵깐이나 '구라빠'에서 노 젓는 형벌이 내려졌지요.

---

1 원문은 'canasta de colar'이다. 옛날의 '표백용 바구니'로, 쎄바스띠안 데 꼬바루비아스 오로스꼬(Sebastián de Cobarrubias Orozco)에 의하면, 베를 빨래할 때 바구니에 잿물을 부어 걸러내어 표백을 했다고 한다.

그래서 끝장 본 겁니다요."

"그 '구라빠'라는 게 뭔고?" 돈 끼호떼가 물었다.

"우리들 말인디요, 전함 끄는 형벌입니다." 죄수가 대답했다.

그 사람은 스물네살쯤 되어 보이는 청년이었고, 고향은 삐에드
라이따라고 했다. 돈 끼호떼는 두번째 사람에게도 똑같이 물었다.
슬프고 우울한 모습일 뿐 그자는 대답을 하지 않았으나 조금 전 말
한 사람이 대신해서 이야기를 해주었다.

"이 사람은요, '자발머리없어'² 잡혀가는 겁니다요. 말하자면, 노
래와 음악 때문이지요."

"아니, 어떻게," 돈 끼호떼가 되풀이했다. "노래 잘하고 음악 잘
한다고 죄를 받아 잡혀간다는 말인고?"

"그렇구말구요, 나리." 그 죄수가 말했다. "절망 속에 노래한다
는 것보다 더 나쁜 죄가 없지요."

"그보다 내가 전에 들은 말로는," 돈 끼호떼가 말했다. "노래하
면 고통이 달아난다고 했는데……"

"여기서는 그 반대지요." 죄수가 말했다. "한번 불면, 평생 운다
고 한답니다."

"그 말은 이해 못하겠구먼." 돈 끼호떼가 말했다.

그러자 호송원 한 사람이 말했다.

"기사 나리, '절망 속에 노래한다'는 말은 이런 불량스러운 놈들
말로 '고문에 못 이겨 자백을 한다'는 소리지요. 이 나쁜 놈은 고문
에 못 이겨, 자기가 말 도둑이라고, 즉 남의 짐승을 도둑질했다고
죄를 불었거든요. 그래서 그 자백 때문에, 등짝에 곤장을 벌써 이

---

2 원문은 'canario'로 '죄를 자백한 사람'을 부르는 속어이다. 우리말에 적당하게 옮
　겨보았다.

백대를 맞은 것 외에도 육년 동안 함대 노 젓기 형을 받아 끌려가는 것 아닙니까. 그래서 저렇게 생각에 잠겨 슬픈 모습이지요. 왜냐하면 다른 도둑들은 그곳에 남고, 여기 같이 가는 도둑들은 자기를 못살게 굴고 업신여기며 혼쭐을 내거든요. 절대 안했다고 버틸 용기도 없이 자백을 했기 때문에 그를 무시하는 거지요. 그 이유인즉, '예'라고 하거나 '아니요'라고 하거나 몇 글자 차이인데, 범죄자라고 하는 게 증거물이나 증인들의 말보다는 자기 혀 놀리는 데 따라 죽음과 삶의 운명이 모두 걸려 있는 것 아니겠습니까. 그래서 저 사람들이 저러는 게 제 생각에도 아주 틀린 짓은 아니라는 겁니다."

"내가 이해하기에도 그렇구먼." 돈 끼호떼가 대답했다.

그가 세번째 사람으로 넘어가서 다른 사람들에게처럼 물어보았더니 그 사람은 재빨리 씩씩하게 대답했다.

"저는 금화 10두까도[3]가 없어서 오년간을 '구라빠'님 모시고 노 저으러 갑니다."

"내가 기꺼이 금화 20두까도를 줌세," 돈 끼호떼가 말했다. "자네를 이 형벌에서 풀어줄 수 있다면 말일세."

"그 말씀은 제가 듣기에는," 그 죄수가 말했다. "바다 밑에 천금을 두고도 필요한 걸 살 데를 못 찾아 굶어죽는 사람이 하는 소리 같군요. 제 말은 나리께서 지금 베푸시는 그 금화 20두까도가 제때 제게 있었다면 지금같이 개처럼 줄에 묶여서 이 길거리에 이러고 있지 않고, 그 돈으로 재판소 서기의 붓에 기름을 먹이고, 변호사의 재주를 한껏 살려서 지금쯤은 서울 똘레도의 소꼬도베르 광장에서

---

3 '두까도'(ducado)는 11레알에 해당하는 금화이다.

놀고 있을 거란 말입니다. 하지만 하느님은 위대하시니 참고 살면
되지요."

돈 끼호떼는 네번째 사람에게로 갔다. 그 사람은 가슴 아래까지
치렁치렁 하얀 수염을 늘어뜨린 기품있어 보이는 얼굴의 남자였
다. 그분은 무슨 이유로 거기 왔느냐는 물음에 그냥 울기만 하고 아
무 대답도 안했다. 그러자 다섯번째 죄수가 대신해서 말해주었다.

"이 점잖으신 양반은 사년형을 받고 배를 저으러 간답니다. 그것
도 사람들 앞에서 창피를 주기 위해 화려한 의상을 입혀 말에 태우
고 거리 곳곳을 걸어다니게 한 뒤에 말입니다."

그러자 싼초가 말했다. "그건 지가 보기에는 창피당할 일을 저질
렀기 때문이겠네요."

"그렇습죠." 그 죄수가 덧붙였다. "몸이며 물건이며 할 것 없이
거간꾼 노릇을 하러 다닌 죄 때문에 벌을 받게 된 것이지요. 사실
은 이 신사께서는 중간상인 노릇을 했는데요, 마술사처럼 수실 달
린 옷을 입고 목걸이를 하고 다닌 죄랍니다."

"그 수실 달린 옷이나 목걸이를 하고 다니지는 않고," 돈 끼호떼
가 말했다. "단지 남을 위해 깨끗하게 중개인 노릇만 했다면, 그 큰
배에 가서 노를 저을 게 아니라 오히려 그 배의 선장이 되어 지휘
를 할 사람이지. 왜냐하면 중개인이라는 직업은 그렇게 아무나 하
는 일이 아니어서 질서가 잘 잡힌 나라에서도 점잖은 사람이나 해
야 하는 꼭 필요한 일이거든. 아주 잘난 가문의 사람이 아니면 아
무나 해서는 안되는 일이고, 그런 직업을 가지는 데도 반드시 면접
이나 시험을 봐야 될 걸세. 다른 직업도 중개상인처럼 선발 숫자를
알리고 시험을 보지 않던가. 그래야만 머리도 없고 생각도 없는 사
람들이 이런 중매인지 중개인지를 한답시고 돌아다니면서 저지르

는 많은 죄악을 피할 수가 있을 거야. 보통 머리 빈 계집들이나 종놈들, 경험도 없고 나이도 어린 건달들은 일이 가장 필요할 때, 무슨 중요한 역할 같은 게 필요할 때는 갑자기 손과 입이 얼어붙고 허둥대며 제 오른손이 어디 있는지도 모른단 말씀이거든. 내 이야기를 더 해서 왜 나라에 이런 긴요한 직업이 있어야 하고, 또 그런 사람을 선발할 필요가 있는지 더 설명하고 싶지만, 지금 여기는 그런 말을 할 장소가 아닌 것 같아. 때가 되면 이런 일을 맡아 처리할 사람에게 말하겠네. 내가 지금 중개상을 하다가 끌려와서 이렇게 고초를 당하고 있는 이 기품있는 얼굴과 이 하얀 머리칼을 보니 마음이 언짢아서 하는 소릴세. 그 이야기를 하다보니 마술산가 점쟁인가라는 죄목을 잊었구먼. 사실 나는, 순진한 사람들이 생각하는 것처럼 사람 마음을 억지로 꾀거나 홀리는 마술은 세상에 없다는 걸 잘 알고 있지. 사람 마음이란 자유롭게 선택하고 행동하는 능력이 있으므로 그 마음을 억지로 바꾸어놓을 마술도 마약도 없는 걸세. 이상한 계집들이나 못된 사기꾼들이 주로 하는 짓이 무슨 독약이나 약초를 혼합해 만들어 그걸로 사람들을 미치게 만드는 거지. 그래서 사람을 사랑하게 만드는 효험이 있는 것처럼 보이게 하는 게야. 내가 말했듯이, 사람 마음을 억지로 홀리는 것은 불가능한 일인데 말일세."

"그렇습지요." 그 착한 노인이 말했다. "사실대로 말씀드리면, 나리, 그 마술쟁이 일에는 저는 죄가 없습니다. 그 거간꾼 역할은 제가 안했다고 할 수가 없지만, 전 그 일을 하면서 나쁜 짓을 한다고 생각해본 적은 없어요. 내 뜻은 모든 사람이 싸움이나 고통을 받지 않고, 즐기면서 조용하고 평화롭게 살기를 원했을 뿐입니다. 그러나 이런 좋은 뜻은 아무 소용이 없었고, 그저 어쩔 수 없이 다시 돌아올 희망도 없는 그곳으로 끌려갈 수밖에요. 이제 나이도 많이 먹었고 오줌소태가 심해서 요즘 한순간도 편안한 순간이 없습니다요."

이 말을 하고 노인은 처음처럼 다시 울먹였다. 이 모습을 보자 싼초는 동정심이 일어서 품에서 1레알을 꺼내 동냥으로 주었다.

돈 끼호떼는 더 앞으로 나아가 다른 사람에게 죄를 물었다. 그 사람은 저번 사람 못지않게, 아니 그보다 더 늠름하게 말했다.

"내가 여기 잡혀가는 이유는 저의 두 사촌 누이들과 내 것도 아닌 또다른 여자 둘을 지나치게 농락한 죄 때문이올시다. 결국 모든 여자들과 놀아났지요. 그러다보니 농락한 여자들 사이가 얽히고설키고 하도 불어나서, 제기랄 누가 누군지 하나도 말을 못하겠네요. 내 죄의 죄상은 모두 드러났는데, 배경도 없고 돈도 없어 교수형에 목 잘려 죽을 뻔했는데, 배 끌려 육년 동안 갔다 오라는 선고를 내리더군요. 내 죄에 대한 댓가니 받아들였죠. 아직 젊으니까 오래 살다보면 다 해결이 되겠지요. 기사님, 혹시 나리께서 이 사람들을 구해줄 무슨 수가 있으시다면, 정말 하늘에 가서도 복 받을 것이고, 이 땅에서도 정말 우리들이 항상 하느님께 기도하여 나리의 건강과 장수를 축원할 것입니다. 그 훌륭하신 용모처럼 오래오래 잘사시도록 말씀입니다."

이 친구는 학생 복장이었다. 호송원 한 사람이 그는 말을 아주 잘하며 라틴어도 멋지게 구사할 줄 안다고 말했다.

이 모든 사람 뒤, 한 서른살 정도 되어 보이는 아주 잘생긴 사람이 오고 있었다. 다만 누구를 쳐다볼 때 한쪽 눈이 다른 눈 쪽으로 약간 쏠리는 듯했다. 묶여 있는 방식이 다른 사람들과 달라서 발에 족쇄를 채웠는데, 너무 커서 온몸을 다 얽어매고 있었고, 목에는 쇠고랑 둘을 찼는데, 하나는 목줄, 다른 하나는 얼굴을 숨기지 못하게 하는 소위 '친구 발'[4]이었다. 거기에서 쇠줄 두개가 허리까지 내려와 있었고, 그 쇠줄에 채워진 쇠고랑 두 개에 묶인 두 손은 큼지막한 자물통처럼 꼭 쥔 채였다. 그런 모습이라서 손을 입으로 올릴 수도, 머리를 숙여 손을 볼 수도 없었다. 돈 끼호떼가 왜 저 사람만 다른 사람보다 훨씬 포박을 많이 하고 가는가를 물었더니 경비가 대답하기를 그 사람 혼자 죄지은 것이 다른 모든 사람의 죄를 합친 것보다 더 크다고 했다. 그 친구는 얼마나 악랄하고 겁을 모르는지 저렇게 묶어가도 안심을 못하고 언제 또 도망가지나 않을까 걱정이라고 했다.

"무슨 죄가 그렇게 많겠소," 돈 끼호떼가 말했다. "겨우 배로 끌려가는 형밖에 안 받았는데……?"

"십년형을 받았지요." 호송원이 대답했다. "사람으로서는 죽은 사람이나 마찬가지지요.[5] 이 알량한 친구가 바로 그 유명한 악당 빠사몬떼의 히네시요, 다른 별명으로는 똥파리 히네시요[6]라는 사람이니 더이상 묻지 마시오."

"경감님," 그때 그 죄수가 말했다. "천천히 사실대로 밝히도록 합시다요. 이름이나 별명을 말해도 아무렇게 그러지는 맙시다요. 제 이름은 히네스지 히네스 새끼가 아닙니다. 빠사몬떼가 내 가문

---

4 원문은 'guardamigo o pie de amigo'로, 직역하면 '친구의 발'이다. 사실 이 기구는 파렴치범을 벌줄 때, 얼굴을 숨기지 못하도록 턱 밑에 끼우는 기구이다.
5 원문의 'muerte civil'은 죽은 사람이나 마찬가지로 시민으로서의 모든 권리를 빼앗는 형벌이다.
6 사실 원문의 별명은 'Ginesillo de Parapilla'이다. 'Ginesillo'는 에스빠냐어로 'Ginés'에 대하여 어린애 이름처럼 '히네스 새끼'로 부른 것이다. 'Parapilla'는 갈보를 뜻하는 욕으로, 'pilla'는 '악녀' '똥갈보'의 뉘앙스를 풍긴다. 그래서 뒤이어 히네스가 반항하는 것이다.

이름이고, 당신네 말처럼 그런 '똥파리'니 괴상한 이름은 아니올시다. 서로 자기 똥 구린 것이나 조심할 일이지 남의 일은 간섭 마시오."

"그 목소리 좀 낮추게." 경감이 되받았다. "잘나고 똑똑하신 도둑님, 미안하지만 그 주둥아리를 내가 꼭 다물게 할 수도 있네."

"그거 좋소이다." 죄수가 말했다. "사람은 하느님이 시키는 대로 살 뿐이죠. 하지만 언젠가 알게 될 것이외다. 내 이름이 똥파리 히네시요인지 아닌지는……"

"그런데 세상 사람들은 자네를 똥파리 히네시요라고 하지 않나, 이 사기꾼아?" 호송원이 말했다.

"그렇게 부르긴 하지요." 히네스가 대답했다. "하지만, 내 그렇게 부르지 못하게 하리다, 내 수염이 다 뽑히는 한이 있어도…… 이건 내 이를 악물고 맹세하오. 기사님, 우리한테 뭐 줄 거 있으면 빨리 주시든지 아니면 가보시오. 그렇게 남의 인생을 꼬치꼬치 알려고 하니 짜증나지 않소. 내 인생을 알고 싶으면, 내가 히네스 데 빠사몬떼인 줄이나 아시오. 내 인생은 이 다섯 손가락으로 다 써놓았소."

"이 말은 사실이외다." 경관이 말했다. "자기가 자기 역사를 다 써놓았습죠. 그런데 은화 200레알을 받고 감옥에 저당 잡혀놓아서 이젠 없지요."

"다시 빼앗을 거요." 히네스가 말했다. "금화 200두까도를 주고라도……"

"그게 그렇게 좋은 책인가?" 돈 끼호떼가 물었다.

"좋은 책이고말고요." 히네스가 대답했다. "잘 팔리는 『라사리요 데 또르메스』뿐만 아니라 그런 종류의 책 중에선 지금도 앞으로도 비교할 게 없을 거요. 당신에게 말하지만, 그 책은 진실만을 이야기하고 있소. 진실이어도 너무 재미있고 아름다워서 세상에 거짓말이 아무리 재미있어도 비교가 안될 겁니다.”

“책 제목이 뭐요?” 돈 끼호떼가 물었다.

“『히네스 데 빠사몬떼의 일생』이지요.” 히네스 자신이 대답했다.

“그런데 완성된 책이라 이거지?” 돈 끼호떼가 물었다.

“그게 어떻게 완성된 책이 될 수 있겠소.” 히네스가 대답했다. “내 인생이 아직 끝나지 않았는데…… 거기 쓰인 것은 내가 태어날 때부터 지난번 이 배 끌기 형을 받는 순간까지의 이야기들이오.”

“그러면 전에도 또 배 끄는 형벌을 받은 적이 있단 말인가?” 돈 끼호떼가 말했다.

“운수 팔자가 그러해서 당국으로부터 형을 받고 사년간을 거기서 생활한 적이 있습죠. 그래서 이미 감방 비스킷 맛이나 채찍 맛[8]은 잘 알고 있지요.” 히네스가 대답했다. “그래서 이번에 거기 가는 게 크게 서운하지도 않습니다. 거기 가서 내 책을 끝낼 수도 있을 거고, 아직 할 이야기가 무척 많거든요. 에스빠냐 전함 끄는 데는 글 쓰는 데 필요한 이상으로 조용한 시간도 많아요. 내 이야기는 내가 다 줄줄 꿰고 있으니까, 글을 쓰는 데 시간이 많이 필요한 것도 아니지만요.”

---

7 『라사리요 데 또르메스』는 1554년에 나와 대단한 인기를 누렸던 ‘악자소설’의 효시이다. 여기 나오는 말로 보아서는 실제로 세르반떼스가 같은 이름의 악자소설을 쓸 계획이 있었던 게 아닌가 생각된다. 우리말로는 최낙원 박사가 번역했다.(『불한당의 보고서』, 한마당출판사 1979)
8 원문은 ‘el biscocho y el corbacho’(비스킷과 채찍)이다. 전함 끄는 죄수들에겐 항해 중에 썩지 않도록 두번 구운 비스킷을 주고 배를 부지런히 젓도록 채찍질을 했다.

"재주가 있어 보이는군." 돈 끼호떼가 말했다.

"재수가 없을 뿐이지요." 히네스가 대답했다. "재주 많은 사람에게는 항상 재수없는 일만 따르게 마련이니까요."

"못된 놈들에게는 재수가 따를 수 없어." 경감이 말했다.

"내가 이미 말씀드렸죠, 경감님." 빠사몬떼가 대답했다. "천천히 사실대로 말하자고요. 높은 분들이 당신네에게 여기 가는 이 불쌍한 사람들을 학대하라고 그 경비봉을 준 건 아니겠지요. 국왕 폐하의 명령대로 우리를 인솔해서 데려가라고 주신 거라고요. 아니라면, 정말이지…… 그만하면 됐네요! 지난번 객줏집에서 저지른 행각이나 오점이 아무리 닦아내려 해도 언젠가 튀어나올 수도 있는 법이니까요. 세상 사람 모두 입 꼭 다물고, 잘 살고, 말 잘하고, 가던 길이나 갑시다요. 이제 노닥거릴 만큼 많이 노닥거리지 않았나요?"

경감은 빠사몬떼가 공갈을 친 댓가로 경비봉을 높이 치켜들어 그를 때리려고 했다. 그러나 돈 끼호떼가 중간에 끼어들어 학대하지 말라고 간청하면서, 그렇게 두 손 꼭꼭 묶여가는 신세에 혀 좀 제멋대로 놀린 게 별거냐고 타일렀다. 그러고는 줄지어 따라오는 모든 죄수를 돌아보며 돈 끼호떼가 말했다.

"자네들이 한 모든 이야기를 들어본 결과, 사랑하는 형제들이여, 내가 확실히 얻은 결론은 비록 자네들이 죄를 지어 벌을 받는다고는 하나 그 받아야 할 형벌에 대해 조금도 달갑게 생각지 않는 것 같다는 것이오. 즉, 형을 받으러 가는 게 전혀 마음에 내키지 않을 뿐더러 자네들의 뜻과도 상당히 상반되는 것으로 보였소. 저 친구는 고문에 못 이겨 용기를 잃고 자백했고, 이 친구는 돈이 없고 다른 친구의 도움이 없어서였고, 결국 재판관의 비뚤어진 판단이 여러분들의 신세를 망치게 한 원인이었소. 즉, 자네들 편에서 생각하면 정당한 판결을 받지 못한 것이오. 지금도 내 기억 속에 여러분들이 말한 모든 사실이 생생하게 남아 있고, 이것들이 나를 설득하고 강요하면서 말하기를, 하늘이 세상에 나를 낳게 하고, 지금 내가 수행하고 있는 기사도의 임무를 직접 실천하여 세상에 보여주라는 명령이오. 따라서, 내가 기사도 앞에 맹세한 대로 높은 사람에게 억눌린 자, 곤경에 빠진 자들을 도와주겠다는 약속을 이행하겠소. 그러나 나는 분별이 있는 사람이므로 순리로 풀 수 있는 일을 나쁜 방법으로 해결하지 않기 위해 우선 이 호송원들과 경관님께 제발 여러분들을 풀어주고 무사히 가게 내버려두라는 간청을 드려보겠소이다. 좋은 기회가 오면 왕을 위해 봉사할 다른 자들이 또 없지는 않을 테니까. 왜냐하면 내 생각에는 하느님과 자연이 자유롭게 태어나게 한 자들을 종으로 만든다는 게 혹독한 일인 것 같아서요. 더구나 호송원 여러분," 돈 끼호떼가 덧붙였다. "이 불쌍한 사람들은 당신들에게 나쁜 짓 한 게 하나도 없소. 죄는 사람들 각자 알아서 책임지라고 하시오. 하늘에는 하느님이 계시고, 하느님은 선한 사람에게는 복을 주고 악한 사람에게는 벌을 내리는 일을 게을리하지 않소. 점잖은 사람들이 자기들과 아무 상관 없는 일로 다른 사람의 사형집행인이 되는 것은 좋지 않소. 내 이렇게 침착하게 저들을 풀어줄 것을 청하노니, 내 말을 따르면 여러분들을 감사하게 생각할 것이오. 그러나 만일 여러분들이 자발적으로 풀어주지 않는다면 이 창과 이 칼과 이 내 팔뚝의 힘이 억지로라도 그대들이 내 말을 따르도록 하리라."

"말은 좋지만 그런 엉터리 같은 말이 어디 있소!" 경관이 대답했다. "잠시 그럴싸해서 들어줬더니 마침내 저런 알량한 결론이 나왔구먼! 아니, 그래, 왕의 명령으로 묶어 데려가는 사람들을 우리더러 풀어주라고 하니 마치 우리가 이 사람들을 풀어줄 권리가 있는 것처럼, 아니면 이분이 우리에게 그런 명령을 내릴 권한이 있는 것 같구먼. 나리, 나리님께서는 가던 길이나 계속 잘 가시구요, 머리에 이고 가는 그 세숫대야나 똑바로 쓰시라고요. 세상에 없는 세 발 달린 고양이 찾느라 괜히 고생하시지 말구요."

"네놈이야말로 고양이고 쥐새끼고 나쁜 새끼다, 이놈!" 돈 끼호떼가 말했다.

이 말을 하면서 육탄으로 어찌나 재빨리 덤벼들었는지 경관은 방어할 겨를도 없이 그만 창에 맞아 부상을 입고 땅에 쓰러졌다. 그가 총을 가지고 있었기에 우연히 잘 맞아떨어진 공격이었다. 다른 호송원들은 생각지도 않던 사건에 놀라서 멍했으나 정신을 차리고는 말 탄 호송원들은 칼을 꺼내들고, 걸어가던 자들은 투창을 든 채 돈 끼호떼에게 덤벼들었다. 돈 끼호떼는 침착하게 그들을 기다리고 있었는데, 그때 만약 죄수들이 그들에게 주어진 자유를 얻을 기회를 보고 풀려나려고 소란을 피우지 않았다면 돈 끼호떼는 혼쭐이 났을 것이다. 죄수들이 줄줄이 묶여 있던 밧줄을 끊으려고 안간힘을 써 한참 소란이 벌어졌고, 호송원들은 사슬을 푸는 죄수들에게 가랴 자기들에게 덤비는 돈 끼호떼를 막으랴 허둥지둥 뭐 하나 제대로 하는 게 없었다.

한편, 싼초는 히네스 데 빠사몬떼를 풀어주는 일을 도왔다. 히네스가 처음 풀려나 제멋대로 싸움에 뛰어들어 쓰러진 경관에게 달려들어서는 칼과 총을 빼앗아 그 총으로 호송원 하나에게 들이대고 또다른 놈에게 겨누면서 총은 절대 쏘지 않았는데도, 온 들판에 호송원 하나 없었으니, 이미 풀려난 죄수들이 던지는 수많은 돌멩이와 빠사몬떼의 총에 모두들 도망가버렸던 것이다.

그러고 나자 싼초는 이 사건으로 인해 일어날 일들을 생각하니 마음이 우울해졌다. 도망간 사람들이 이 일을 자경단인 '성스러운 형제단'에게 알릴 것은 뻔하고, 그들이 죄인들을 죽일 듯이 찾아나설 것 또한 뻔한 일이고…… 그래서 싼초는 주인 나리에게 바로 지금 이 자리를 떠나 어디 가까운 계곡에 숨어 있자고 말했다.

"그 말은 맞구먼." 돈 끼호떼의 말이었다. "하지만 지금 해야 할 일을 아는 것은 나야."

그러고는 온갖 난동을 피우며 돌아다니는 죄수들을 불러모았는데, 어떤 놈은 경관을 벌거숭이로 벗겨놓았다. 죄수들은 모두 둥그렇게 둘러앉아 그의 명령을 기다렸다. 그러자 그가 이렇게 말했다.

"태어날 때 잘 태어난 백성은 은혜를 받으면 감사할 줄 아는 것이야. 하느님이 가장 싫어하는 행위는 배은망덕함이거든. 이 말을 하는 것은, 여러분, 여러분이 나에게 입은 이 은혜를 확실히 보고 경험했겠지? 그 은혜의 댓가로 본인이 바라는 바는, 그게 나의 뜻이지만, 그대들의 목에 채워졌던 그 무거운 쇠사슬을 마음으로 지고 곧바로 길을 떠나 엘 또보소라는 도시에 가라는 말이야. 거기 가서 둘시네아 공주를 찾아가 인사를 드리고 말하기를, 그녀의 기사 '불쌍한 몰골의 기사'라는 사람이 충고를 받으라고 보냈다 하고, 그녀에게 하나하나 사실 그대로 그대들이 어떻게 해서 그토록 원하던 자유의 몸이 되었는지까지의 유명한 모험 이야기를 그대로 이야기하란 말일세. 이 말을 하고 난 뒤에는 그대들 맘대로 원하는 대로 가길 바라네."

히네스 데 빠사몬떼가 모두를 대변해서 답을 올렸다.

"나리께서 우리를 풀어주셨으니 우리의 주인이지만 하교하신 그 명령은 이행하기가 정말 불가능하고 불가능합니다. 왜냐하면 저희들이 한길로 같이 갈 수 없고 따로따로 떨어져 홀로 가야 하고 '성스러운 형제단'에게 들키지 않으려고 사람마다 나름대로 이 땅의 밑바닥에까지 숨어 다녀야 할 처지거든요. 자경단이 틀림없이 우리를 찾겠다고 나돌아다닐 테니까요. 나리께서 명령을 하시면 당연히 받들어야 하지만 그런 봉사나 엘 또보소의 둘시네아 공주님의 희생양으로 바치시기 전에, 무슨 모험이나 맹세로 대신하게 하시면 저희들은 나리의 뜻인 줄 알아모시고 밤이나 낮이나, 도망다니거나 쉬거나, 싸우거나 조용히 있을 때나 그 뜻을 이행하도록 노력하겠나이다. 그런데 시방 다시 소름 끼치는 이집트의 그 뜨거운 솥구덩이 속으로 되돌아가라거나, 다시 줄줄이 쇠고랑을 차고 엘 또보소라는 도시를 찾아가라고 하신 말을 다시 생각하면 낮이 밝아 아직 10시도 안되었는데 밤인 것과 같지요. 그러니 우리에게는 저 느티나무에 달려 있지도 않은 배를 따오라는 소리나 다름없는 부탁이라 할 수 있소이다."

"그러니까 제기랄," 화가 머리끝까지 치민 돈 끼호떼가 말했다. "야, 이 똥파리 아들 히네시요인가 뭔가 하는 이놈아, 사내새끼라면 네놈 혼자만이라도 그 쇠고랑 다 차고라도 꼭 가서 찾아뵈어야 돼."

빠사몬떼는 참을성이 많은 친구가 전혀 아니었고, 돈 끼호떼가 정신이 말짱한 사람이 아닌 것도 이미 알고 있었다. 무엇보다 그들이 그런 처지에 있는 것을 보고 풀어주겠다고 작전을 벌인 것부터가 정말 어처구니없는 일이었기 때문이다. 그는 동료들에게 눈짓을 하고는 그곳에서 멀어져 도망가면서 돈 끼호떼에게 비 퍼붓듯 돌멩이질을 해대니 돈 끼호떼는 그 둥그런 방패로도 막아내거나 손쓸 겨를이 없었고, 불쌍한 로신안떼는 동상처럼 아무리 박차를 가해도 꿈쩍도 하지 않았다.[9] 싼초는 자기 당나귀 뒤에 붙어서 둘 위에 우박처럼 내리쏟아지는 돌멩이며 폭풍우를 막아내고 있었다. 돈 끼호떼라고 그렇게 세게 던지는 돌멩이 수십개가 몸에 안 맞을 턱이 없었고, 마침내 돌멩이에 맞아 쓰러졌다. 돈 끼호떼가 쓰러지자 그 학생 죄수가 덮치더니 머리에서 세숫대야를 벗겨 등을 서너번 두들겨패고 땅에다 여러번 내리쳐서 끝내 박살을 내버렸다. 그들은 돈 끼호떼가 갑옷 위에 입은 조끼를 벗기고 갑옷 바지까지 벗기려 했으나 다리를 감싼 갑옷은 뜻대로 벗겨지지 않았다. 싼초는 윗도리를 벗기우고 속옷 차림으로 남았다. 죄수들은 그 싸움의 다른 전리품들을 서로 나누어갖고 하나씩 제 갈 길로 사라졌다. 그들이 진짜 두려워한 것은 쇠고랑을 차고서 엘 또보소의 둘시네아 공주님을 찾아뵙는 일보다 '성스러운 형제단'에게 잡히는 것이었다.

당나귀와 로신안떼, 싼초와 돈 끼호떼만이 남았다. 당나귀는 머리를 숙인 채 생각에 잠겨 있는데, 귓속에 웅웅대는 돌세례가 아직도 끝나지 않은 걸로 생각하는지 가끔씩 귀를 흔들었다. 로신안떼는 다른 돌멩이 하나를 맞고 똑같이 주인 곁에 쓰러진 뒤 계속 그 곁에 누워 있었다. 싼초는 속옷 바람으로 계속 '성스러운 형제단'을 두려워하고, 돈 끼호떼는 그렇게 잘해준 그자들에게 이렇게 낭패를 당한 사건을 두고 한없이 괴로워하고 있었다.

---

9 옴스비(John Ormsby)는 이렇게 번역한다. "로신안떼는 마치 청동으로 만들어진 양 박차를 움직이지 않았다."(Rocinante no more heeded his spur than if he has been made of brass) 역자는 이런 직역투가 불만스러워 본문과 같이 옮겼다.

23장

그 유명한 돈 끼호떼에게 씨에라 모레나에서 닥친 사건들, 진짜 희한한 모험 이야기 중의 하나를 사실 그대로 여기 풀어놓는다

이렇게 낭패를 당한 돈 끼호떼는 하인에게 말했다.

"내 항상 듣기로, 싼초, 속물들에게 잘해주는 건 밑 빠진 독에 물 붓기라고 하더군.[1] 자네가 한 말을 들었다면 지금 이렇게 괴롭지는 않겠네만 일은 이미 저질러졌으니 어쩔 수 없는 것이고, 앞으로나 자중하자고."

"나리께서 자중하신다면," 싼초가 대답했다. "소인이 이 세상을 떠나고 없겠지요.[2] 허지만, 지 말을 믿었다면 이런 고통은 없었을 거라고 하셨으니 하는 말인데, 지금 지 말을 들으면 더 큰 재앙은 피할 수가 있습니다요. 소인이 알려드리고 싶은 것은요, '성스러운

---

1 원문은 'echar agua en la mar'(바다에 물 붓기)이다.

2 원문은 'Así escarmentará vuestra merced (…) como yo soy turco'(소인이 터키인이라면 나리께서 자중하시겠지요)로 돈 끼호떼가 자중할 사람이 아니라는 뜻이다. 우리말로는 '터키인'이 이렇게 나쁜 의미로 사용되지 않으므로 말을 바꾸어 번역했다.

형제단'에게는 기사도가 안 통해요. 세상에 방랑기사가 수천명이라고 해도 그들은 단 서푼어치 관심도 없을걸요. 말씀드리지만요, 지금 지 귀에는 그 자경단원들의 화살 쏘는 소리가 벌써 웅웅거리는뎁쇼."

"역시 자네는 비겁한 데가 있어, 싼초." 돈 끼호떼가 말했다. "하지만 자네가 나를 옹고집쟁이라고 하거나, 자네 충고를 하나도 안 듣는 사람이라고 하는 말은 듣기 싫으니 이번만은 자네 권고를 받아들여서 자네가 그토록 두려워하는 분란을 피해 잠깐 떠나 있기로 하지. 하지만 조건이 하나 있네. 내 생전에, 아니면 내가 죽어도 누구에게라도 내가 겁이 나서 이 위험으로부터 피하거나 숨어 있었다고 말해서는 안되네. 오직 자네의 간청을 받아들여서일 뿐이야. 만약 이 문제에 대해서 딴소리를 한다면 자네는 거짓말쟁이이네. 그때나 앞으로나, 지금이나 그때부터나 자네가 딴소리를 하면 내 말이 아니라고, 거짓말이라고 할 것이네. 내가 겁이 나서 도피했다는 생각이 들거나 그런 말을 할 때마다 자네는 거짓말쟁이가 되는 거지. 이 문제에 대해서는 더이상 잔소리하지 말게. 내가 어떤 위험이 무서워서 일부러 피해 물러나 있다는 건 생각만 해도 싫다네. 특히 이번 일은 어디선가 공포의 그림자가 비치는 것 같아서 그냥 이 자리에 혼자 남아 '성스러운 형제단'뿐만 아니라 이스라엘 열두 부족의 형제들이 다 쳐들어온다 해도 꿋꿋이 기다려볼까 하는 생각도 있네. 성서에 나오는 칠인의 유태인 족장들이건, 그리스 사람들이 두려워한 영웅 카스토르와 폴룩스건, 아니면 세상에 존재하는 모든 형제들이나 형제 집단이 와도 나는 꿈쩍도 안할 걸세."

"나리," 싼초가 대답했다. "물러나 있는 것은 도망치는 게 아닙니다요. 위험이 생각보다 더 거세게 밀어닥치는데 가만히 앉아 기다린다는 게 결코 능사는 아니지요. 이럴 때 현명한 사람은 내일을 기약하고 오늘 몸을 지키는 것입니다요. 하루에 모든 것을 걸고 모험할 필요는 없지요. 소인이 비록 촌것이고 아무것도 모르나, 처세를 잘하는 데 있어선 아직 일가견이 있는 셈이니 소인의 충고를 받아들였다 해서 서운해하지 마시고 가능하시면 어서 로신안떼에 오르시는 게 좋겠습니다요. 못 오르실 것 같으면 지가 도와드리겠습니다요, 그리고 지를 따라오시지요. 짐작하건대 지금부터는 손보다 발이 더 부지런해야 할 것 같네요."

더이상의 잔소리 없이 돈 끼호떼는 말 위에 올랐고, 당나귀를 탄 싼초가 앞장서서 둘은 거기서 가까운 씨에라 모레나 산중으로 들어갔다. 싼초는 그 산을 다 지나서 비소나, 알모도바르 델 깜뽀로 찾아갈 생각이었다. '성스러운 형제단'이 자기들을 찾으려 해도 찾지 못하게 그 험준한 산속에서 며칠 숨어 있을 생각이었던 것이다. 이런 생각을 하면서도 힘이 난 건 아까 죄수들과 난장판이 벌어진 와중에도 당나귀 위에 싣고 오던 먹을 것이 무사한 것을 보았기 때문이다. 그 죄수들이 무엇이든 뒤지고 훔쳐간 걸 생각하면 이거야말로 기적이라 생각됐다.[3]

---

3 리께르의 『돈 끼호떼』 해석을 따르는 역자는, 그의 기준대로 1605년 환 데 라 꾸에스따에 의해 출판된 초간본을 바탕으로 한다. 초간본이 간행된 지 몇달 안돼, 같은 인쇄소에서 2판이 나오는데, 그 책에서는 이 부분에 다음 글이 이어지고 있다.

"그날 밤 씨에라 모레나 산중의 한가운데 이르렀을 때, 싼초는 거기서 밤을 지낼 생각을 했다. 여행하면서 짐도 무겁고 피로했던 만큼 적어도 며칠을 묵을 생각이었다. 그래서 그들은 떡갈나무가 우거진 두 바위 사이에서 밤을 보냈다. 그러나 재수가 없으려고 그랬는지, 그러니까 하느님을 진짜 믿지 않는 사람들이 늘 하는 말로 운이라는 것이 장난을 치고 모든 일을 그르친다고, 유명한 도둑놈이고 사기꾼인 히네스 데 빠사몬떼 또한 그때 그 산중에 숨어 있을 생각을 한 것이다. 돈 끼호떼의 광기의 은혜를 입어 끌려가던 쇠사슬에서 도망친 뒤, 당연히 두려워할 수밖에 없는 '성스러운 형제단'의 눈길을 피해 무서워서 우연히 숨는다고 한 곳이 하필이면 돈 끼호떼와 싼초가 숨어든 곳이었다. 그는 두 사람을 이내 알아보았고, 둘이 잠들 때까지 기다렸다. 그리고 악당들이란 늘 배은망덕하고, 급하면 무슨 짓을 못하랴마는 앞에 닥쳐올 일보다 현재 살아남는 게 급하다고, 히네스는 당연히 마음도 좋지 않고 은혜도 모르는 놈인지라 우선 급한 대로 싼초 빤사의 당나귀를 훔쳐야겠다는 결심을 했다. 로신안떼는 하도 비루먹은 말이어서 저당 잡히지도 팔지도 못할 물건이라 관심도 없었다. 싼초 빤사가 자는 사이에 히네스는 당나귀를 훔쳐 달아나 동이 트기 전에 이미 아무도 찾지 못할 만큼 멀리 떠나버렸다. 여명이 온 땅을 즐겁게 비추며 밝아왔지만, 싼초 빤사에게는 슬픔만 남았다. 싼초는 나귀가 없어진 것을 알았다. 그는 타고 갈 당나귀가 사라진 것을 확인하고는 세상에서 가장 애절하고 가슴 아픈 통곡을 터뜨렸다. 그 큰 통곡 소리에 깨어난 돈 끼호떼에게 싼초의 이런 말소리가 들렸다. '오, 내 사랑하는 내 자식아, 나와 똑같은 집에서 태어나서 내 아이들과 같이 뛰놀고 내 아내의 사랑을 받고 내 모든 이웃이 부러워하고 내 짐을 날라주고, 마침내 내 몸의 절반을 먹여살리던 내 자식아, 내가 날마다 일당으로 26마라베디를 받으면 내 먹을 것의 절반을 주었는데……' 돈 끼호떼는 그가 통곡하는 것을 보고 그 이유를 알게 되자 가능하면 가장 좋은 말로 싼초 빤사를 위로했다. 그리고 조금만 참으라고 하면서 약속하기를 집에 두고 온 당나귀 다섯마리 중에서 세마리를 그에게 주라는 교환 증서를 주겠다고 했다. 이 말을 듣고 싼초는 마음을 진정하고, 눈물을 닦으며 울먹이는 걸 멈추고, 그런 은혜를 베풀어준 돈 끼호떼에게 감사를 드렸다. 그리고 그가 그 산중으로 들어섰을 때……"

바로 이 부분이 중요한데, 세르반떼스의 실수였든지 인쇄공의 잘못이었든지 초판본에는 당나귀를 도둑맞은 사건이 안 나온다. 앞으로 이야기가 진전되면서 당나귀를 잃어버렸다는 것이 시사되다가도 어떨 때는 잃어버렸다는 그 당나귀를 싼초가 타고 나온다. 꾸에스따의 2판에도 이렇게 앞뒤가 안 맞는 문제는 시원하게 해결되지 않는다. 리께르의 생각으로는 초판본을 바꿀 필요가 없다고 본다. 이 부분을 바꾸고 보면 『돈 끼호떼』 2권 3장에 나오는 다음 변명이 필요가 없어진다. "…… 어떤 자들은 작가가 사기를 치거나 기억이 잘못되었다며 싼초에게서 당나귀를 훔쳐간 도둑놈이 누구인지를 작가가 잊어버렸다는 걸 지적하고 있습니다. 그 책에 그 이야기는 안 나오고, 오직 당나귀를 도둑맞았다는 것만 언급되고 있거든요. 그런데 얼마 안 가서 싼초가 똑같은 당나귀를 타고 다니는 게 보이죠, 당나귀가 나타난 적이 없는데 말이에요." 이런 구절이 초판본 출간 십년 뒤인 1615년에 나온 걸 보면, 세르반떼스 자신도 초판본의 실수(?)를 수정할 필요가 없다고 본 것 같다. 재미있는 것은 이 문제가 2권 4장에 더 자세한 변명으로 돈 끼호떼는 산속으로 들어가자 그가 찾는 모험에 아주 적합한 장소인 것 같아 마음이 적이 즐거웠다. 그렇게 험준하고 호젓한 장소에서 방랑기사들에게 자주 일어난 황홀한 사건들만 그의 머릿속에 떠올랐고, 그 생각에만 취해서 골똘히 생각하며 가다보니 다른 건 아무것도 기억에 없었다. 싼초도 아무 다른 걱정이 없이——안전한 장소로 가고 있다는 느낌이 든 뒤에는——오직 저번에 사제들에게서 빼앗은 먹을 것이 남았다는 생각과 그것으로 배를 채워야겠다는 마음뿐이었다. 그래서 여자처럼 자기 당나귀 위에 앉아[4], 자루에서 먹을 것을 꺼내 배때기에 집어넣으면서 주인을 따라갔다. 그렇게 가노라니 세상 어떤 다른 행복을 준대도 눈곱만큼도 부러울 게 없었다.

이때, 싼초가 눈을 들어 바라보니 나리가 문득 멈춰서서 창끝으로 땅에 떨어져 있는 부피가 큰 무슨 덩어리를 끌어올리려고 애쓰는 것 같았다. 그걸 보고 싼초는 도움이 필요하면 도와주려고 급히 그쪽으로 다가갔다. 가서 보니, 마침 창끝으로 어떤 방석 하나와 거기 묶인 가방을 들어올리고 있는 참이었다. 그것들은 완전히 썩어 문드러졌거나 아니면 반쯤은 썩고 부서져 있었다. 그러나 상당히 무거워서 싼초가 당나귀에서 내려서 받아주어야 했다. 주인은 그

또다시 소설화되고 있다는 점이다. 나는 「복합적 시각의 마술」(졸저 『서·중남미 문학론』, 전예원 1989, 91~119면 참조)에서 이야기에 또 이야기를 만들어내는 자유로운 소설법을 '실수의 미학'이라고 설명한 바 있다. 이 실수(?)는 당시 평단이나 세간에도 화제가 되었던 부분으로, 로뻬 데 베가의 『누군지 모르는 사랑』(*Amar sin saber a quién*)에도 '작가가 잊었다고 하지……'(3막) 따위의 조롱이 나올 정도였다. 『돈 끼호떼』를 최초로 영어로 번역한 셰빌을 비롯하여 많은 번역본들이 초판본대로 옮기고 첨가 부분은 이 책처럼 주석으로 처리하고 있다.

4 1608년 꾸에스따가 출판한 3판에는 '당나귀가 지고 가야 할 모든 것을 지고'라고 수정해 나온다.

안에 무엇이 들어 있는지 살펴보라고 했다.

싼초가 아주 재빠른 솜씨로 그걸 열어보았더니, 가방은 비록 자물쇠와 쇠줄로 묶여 있어도 다 썩고 부서져서 속에 있는 게 그냥 보였다. 거기엔 아주 훌륭한 홀란드산 셔츠 네벌과 깨끗하고 신기한 면사 제품들이 들어 있었다. 그리고 손수건 하나에 금화 꾸러미가 꽤 들어 있었는데, 그걸 보자 싼초는 말했다.

"하느님 맙소사, 세상에 이런 행운도 있구만요. 모험치고 이번은 정말 이득이 좀 있는 사건이구만요!"

그리고 더 뒤져보다가 아주 예쁘게 장식된 수첩 하나를 발견했다. 돈 끼호떼는 그 책을 달라 하고, 금화는 싼초더러 가져가 잘 간직하라고 했다. 싼초는 나리 손에 입을 맞춰 은혜에 감사를 표했고, 그 옷꾸러미 가방에서 금화를 빼서 먹을 것을 넣은 자기 자루에 넣었다. 그 모습을 지켜본 돈 끼호떼가 말했다.

"내 생각에는 말이야, 싼초, 이건 틀림없이 길을 잃은 어느 나그네가 이 산골짜기를 지나가다가 어떤 악당들에게 죽임을 당한 걸 게야. 그래서 그놈들이 여기 이 후미진 곳에 끌어와 묻어놓은 것 같아."

"그건 그럴 수가 없지요," 싼초가 대답했다. "그 사람들이 도둑이라면 이 돈을 그냥 놓고 갔겠습니까?"

"그건 그렇구먼." 돈 끼호떼가 말했다. "그러면 이게 어찌 된 영문인지 난 전혀 짐작을 못하겠단 말이야. 하지만 잠깐, 어디 이 수첩 어디에 무슨 말이 쓰여 있는지, 어디 우리가 궁금해하는 사연을 알아볼 수 있는 흔적이 있는지 알아보세나."

돈 끼호떼는 수첩을 펼쳤다. 거기에 처음 쓰여 있는 것은 글씨는 아주 잘 썼으나 무슨 습작 같은 쏘네트 한편이었다. 싼초도 들으라고 돈 끼호떼가 소리 높여 읽으니, 그 시는 이런 내용이었다.

사랑의 신이 아는 것이 없어서인지
잔인함이 넘쳐서인지, 아니면 나의 고통이
때를 만나지 못함인지, 나는 가장 무정한
슬픔 속에 사랑의 고통으로 시달리노라.

그러나 사랑의 신이 신이라면, 모르는
이야기가 없을진저, 신이 잔인할 수 없다는 것은
너무나 당연한 이야기인데, 아, 내가 이토록 사랑하고
또 아파하는 이 무서운 고뇌는 무엇을 하라는 건가?

그것이 필리, 그대 때문이라고 말하면, 말이 아니지.
그 많은 행복 속에 그 많은 아픔이 있을 수 없어.
그 맑은 하늘에서 이런 재앙이 떨어지다니.

나는 곧 죽게 되겠지, 그게 가장 확실한 일,
자신도 원인을 모르는 병에 걸린 병자에게
의학이 치료법을 안다면 기적일 뿐.

"이 노랫가락으로 보아서는," 싼초가 말했다. "아무것도 모르겠
는데요, 거기 그 '……피리, 그대 때문……'이라고 한 말에서, 피리
가 사건의 실마리를 끌어내는 열쇠가 되지 않는다면요."[5]

----

5 원문에서는 'Fili'라는 애인 이름을 'hilo'(실오라기)로 싼초가 잘못 알아듣는 식
으로 말놀이를 하고 있다. '실마리를 끌어낸다'는 우리말이 있듯이 'sacar el oviilo

"피리가 여기 왜 나와?" 돈 끼호떼가 다그쳤다.

"소인이 듣기에는," 싼초가 대답했다. "아니, 나리께서 '피리'라고 했는뎁쇼."

"'필리'라는 소리밖에 안했어." 돈 끼호떼가 말했다. "그리고 그건 틀림없이 이 쏘네트의 작가를 고민하게 한 애인의 이름이야. 참 말이지 아주 그럴싸한 시인이었던 것 같아, 내가 시를 잘 모른다면 몰라도……"

"그럼 아니, 나리께서도," 싼초가 말했다. "이런 시 같은 것에 조예가 있으시다는 말씀인가요?"

"자네가 생각하는 것보다 더 잘 알고 있지." 돈 끼호떼가 대답했다. "내가 사랑하는 엘 또보소의 둘시네아 공주께, 처음부터 끝까지 줄줄이 시로 써서 편지를 보내는 걸 보면 알 거야, 자네가 가져가게 될 테니까. 싼초 자네는 모르지만, 지난 세기의 방랑기사들은 거의 모두가 위대한 시인이었고 음악인이었어. 이 두가지 재주가, 말하자면 그 매력이라는 것이 사랑에 빠진 방랑기사들의 필수요건이었지. 사실 지난 세기 기사들의 노래나 시는 겉으로 아름답다기보다는 그 정신이 좋았던 것이지만 말이야."

"좀더 읽어보시지요, 나리," 싼초가 말했다. "궁금한 사연을 알 수 있는 구절이 어디 나올 법도 하네요."

돈 끼호떼가 종이를 넘겼다.

"응, 이건 산문이구먼, 편지 같아 보여."

"고지서 말씀인가요, 나리?" 싼초가 물었다.

---

de todo'도 '실오라기'와 연결되면서 싼초의 자연스러운 오해가 재미있게 전개되는데, 역자는 그 재미를 놓칠 수 없어, '필리'라는 이름을 '피리'로 잘못 들은 걸로 옮겨보았다.

"고지서라기보다는 사랑의 편지 같아." 돈 끼호떼가 대답했다.

"그럼 큰 소리로 읽어보세요, 나리." 싼초가 말했다. "소인도 요런 사랑 이야기라면 참 좋아하는구만요."

"그래, 그럼 읽어보도록 하지." 돈 끼호떼가 말했다.

싼초의 부탁대로 그는 목소리를 높여 편지를 읽었는데, 거기엔 이렇게 쓰여 있었다.

"당신이 지키지 않은 거짓 언약과 내게 닥친 이런 불행이 결국 나를 이 지경까지 이르게 했구려. 이제 당신 귀에 내 사랑의 하소연보다는 내 죽음의 소식이 먼저 들리게 되겠소이다. 오, 무정한 여인이여! 그대는 나보다 더 훌륭한 사람보다는 나보다 더 많이 가진 자를 택하고 나를 버리셨습니다. 그러나 고운 마음이 가장 큰 보배인 것을 아는 까닭에, 저는 남의 행복을 시샘하지도 않고, 저의 불행을 아파하며 울지도 않겠습니다. 그대의 아름다움이 이룩한 희망을 그대의 행실이 무너뜨렸습니다. 그토록 아름다우셨기에 그대가 천사인 줄 알았으나 그대의 행실을 보고 그대도 어쩔 수 없는 여자임을 압니다. 나를 갈등 속에 고민하게 했던 그대여, 부디 안녕히 계시오. 그리고 부디 기도하건대, 그대의 남편이 그대를 속인 것은 영원히 비밀로 남고, 후일에 당신이 선택한 일을 후회하지 않고, 내가 원하지 않는 복수의 길을 가는 일은 절대 없도록……"

편지를 다 읽고 난 뒤 돈 끼호떼는 말했다.

"이 편지를 보니, 아까 시를 읽었을 때보다 사연을 더욱 모르겠구먼. 애인에게 버림받은 실연한 사람이 쓴 것 같다는 것밖에는……"

수첩을 다 살펴보니 다른 시와 편지 들이 또 있었다. 어떤 것은 읽을 만했고 어떤 것은 읽을 수가 없었다. 그러나 모든 내용이 사랑의 하소연과 한탄, 상대에 대한 의심, 즐거움과 쓰라림, 사랑과 증오에 관한 것들이었고, 어떤 것들은 점잖은, 어떤 것들은 눈물에 젖은 사연들이었다.

돈 끼호떼가 수첩을 뒤적거리는 동안 싼초는 가방을 뒤지고 있었다.

가방 속과 방석을 샅샅이 들여다보고 의심해보고 다시 살펴보았다. 바느질한 데마다 뜯어보고, 양털이 얽힌 데도 구석구석 풀어보고, 혹시 자기의 부주의나 잘못으로 남겨둔 구석이 있을까 해서…… 백개가 넘는 금화를 찾아내고 나니 그렇게 된 것이다. 비록 더 찾아낸 금화는 없었지만, 그만하면 지난번의 담요말이 사건도, 사기 약물 먹고 토한 일도, 몽둥이세례도, 짐수레꾼에게 얻어맞은 일도, 배낭 잃어버린 것도, 웃옷 도둑맞은 것도, 훌륭한 나리 모신답시고 그토록 배고프고 목마르고 피로했던 일도 거기서 찾아낸 것으로 충분히 보상받고도 남는다고 생각했다.

불쌍한 몰골의 기사님께서는 그저 그 가방의 주인공이 누구일까 하는 끝없는 궁금증뿐이었다. 그 쏘네트와 편지들, 금화, 그리고 좋은 내의들로 보아 틀림없이 어느 귀족에 속하는 연인으로 사랑하는 귀부인 아씨의 냉대와 학대로 마침내 어떤 절망스러운 종말에까지 이르게 된 젊은이일 거라 추측했다. 그러나 그곳이 험하고 인적없는 곳이라 따로 알아볼 사람도 없고 해서 그냥 길을 더 가는 수밖에 별 도리가 없다고 생각했다. 상상 속에는 계속 그곳 어느 덤불 속에서 이상야릇한 모험이 터질지도 모른다는 기대를 안고, 그저 로신안떼 발길 가는 대로, 로신안떼가 갈 수 있는 길을 따라 그곳을 떠났다.

이런 생각으로 길을 가는데, 문득 눈앞에 보이는 조그만 산등성이 위에서 한 사나이가 바위에서 바위로, 덤불에서 덤불로 이상하게 가벼이 뛰어다니는 모습이 보였다. 턱수염은 까맣고 짙은데, 숱이 많은 긴 머리칼을 나부끼며, 맨발에 다리에 따로 걸친 것도 없이 그냥 벌거숭이로 뛰어다니는 것 같았다. 보아하니, 허벅지에는 사자무늬 벨벳 팬티 같은 것을 걸쳤는데, 그것도 하도 갈기갈기 찢어져 군데군데 훤하게 속살이 드러났고, 머리에는 모자도 쓰지 않았다. 비록 아까 말한 것처럼 빠른 걸음으로 뛰어다녔지만 불쌍한 몰골의 기사에게는 그 모습이 전부 눈에 들어왔다. 쫓아가려고 했지만 따라갈 수가 없었다. 로신안떼가 그런 험악한 곳에서 잘 걷지를 못하는 약점이 있을 뿐만 아니라 또 발걸음이 짧고 굼뜨기 때문이었다. 돈 끼호떼는 이내 그 사람이 그 가방과 방석의 주인공이리라 짐작하고 이 산중에서 그 사람을 찾아 일년을 헤매는 한이 있어도 기어이 만나고야 말겠다고 스스로 다짐했다. 그래서 싼초에게 당장 당나귀에서 내려 산 저쪽 다른 편으로 미리 가로질러가라고 하고, 자기는 다른 쪽으로 가겠노라고 말했다. 이렇게 작전을 펴면 눈앞에서 그토록 빨리 사라진 그 사람과 마주칠 수 있으리라 생각해서다.

"그렇게는 못하겠습니다요, 나리." 싼초가 대답했다. "나리와 떨어져 있으면 소인에겐 금방 공포증이 닥쳐와서요. 수만가지 환상과 무서운 일이 벌어지거든요. 이 말은 나리께서 꼭 기억해두셔야 합니다요. 소인은 앞으로 나리 곁에서 한 발자국도 떨어지지 않을 거구만요."

"그럼 그렇게 하지." 불쌍한 몰골의 기사가 말했다. "어쨌든 자네가 내 용기만을 믿고 살겠다는 게 대단히 기쁘네. 그거야 자네 몸의 혼이 다 빠져나가도 내 힘으로 도와줄 걸세. 그러면 자, 천천히 힘닿는 대로 살살 내 뒤를 따라오게나, 눈에는 불을 켜고……
이 작은 산을 돌아가보자고. 어쩌면 우리가 본 그 사람과 마주칠지
몰라. 그 사람은 틀림없이 바로 우리가 발견한 물건들의 주인일 거
야."

그 말에 싼초는 대답했다.

"그렇다면 찾지 않는 게 훨씬 낫겠는디요. 만약 우리가 그 사람
을 찾아 그가 그 돈의 주인인 것을 알면 그 물건을 돌려줘야 하지
않습니까요. 그러니 이런 쓸데없는 고생 말고 소인이 좋은 뜻으로
이 돈을 그냥 가지고 있는 게 더 좋지 않겠느냐는 말이지요. 그러
다 이런 희한한 짓이나 고생은 덜 하고서 다른 방법으로 진짜 주인
이 나타나면 그때는 마침 돈을 다 써버리고 난 뒤라서 왕도 소인
에게 그 돈을 돌려줄 필요가 없다는 판결을 내리지 않겠냐는 거지
요."

"그건 자네가 잘못 알고 있는 걸세, 싼초." 돈 끼호떼가 대답했
다. "우리가 주인이 누굴까 걱정하던 차에 바로 눈앞에서 그 사람
을 보았으니 당연히 그 사람을 찾아 그 물건들을 되돌려주어야지.
우리가 그 사람을 찾지 않고, 혹시 그 사람이 주인이 아닐까 고심
하다보면, 그가 주인이거나 아니거나 우리는 커다란 죄책감만 들
것일세. 그러니 이 친구 싼초, 내가 그 사람을 찾으면 자네 손에 들
어온 것을 빼앗기지 않을까 하는 걱정 때문에 찾지 않으려고 해서
는 안되지."

그러고는 로신안떼에게 박차를 가했고, 싼초도 여느 때처럼 당
나귀를 타고[6] 그를 따랐다. 산의 일부를 돌았을 때, 개천에서 고삐

---

6 『환 데 라 꾸에스따의 3판에는 '빠사몬떼의 히네시요 때문에, 짐을 걸머지고 발로
걸어서'라고 수정되어 있다.

가 달리고 안장이 채워진 채 개가 물어뜯고 까마귀가 반쯤 갉아먹은 몰골로 죽어자빠진 노새 한마리를 발견했다. 모든 것을 보아하니, 아까 달아나던 사람이 이 노새와 방석의 주인이라는 생각이 더욱 굳어졌다.

그들이 당나귀를 바라보고 있는데, 소나 양 떼를 몰고 다니는 목동의 휘파람 소리 같은 것이 들려오고 왼편으로 느닷없이 수많은 산양 떼가 나타났다. 산양 떼를 따라 산 위쪽으로 그 양들을 몰아가는 양치기가 나타났는데 나이 든 노인이었다. 돈 끼호떼가 소리쳐 그를 부르며 거기서 잠깐 내려오라고 청했다. 그 노인은 거기는 산양이나 늑대, 아니면 다른 산짐승밖에는 다니지 않고 사람 그림자도 안 다니는 곳인데 누가 가라고 해서 왔느냐고 물었다. 싼초가 말하기를, 모든 걸 다 이야기해줄 테니 좀 내려오라고 했다. 양치기가 내려와 돈 끼호떼가 있는 데로 다가와서 말했다.

"그 구덩이에 죽어 있는 노새를 보고 온 게 틀림없으시겠지요? 그러니까, 그게 그 장소에 있는 게 한 육개월은 되었을 거외다. 그런데 말 좀 들어봅시다, 혹시 이 근방에서 그 주인과 마주치지는 않으셨나요?"

"아무도 만나지 못했는데요." 돈 끼호떼가 대답했다. "우리가 본 건 여기서 멀지 않은 곳에서 방석 하나와 가방 같은 것뿐이외다."

"그 물건은 나도 본 적이 있지요." 양치기 노인이 말했다. "그러나 한번도 들춰보거나 가까이 가볼 생각은 못했지요. 그게 혹시 부정 탈 물건이기라도 하면 그걸 만졌다간 나더러 도둑질했다고 그걸 내놓으랄까 겁이 났거든요. 악귀라는 게 참 묘해서 발밑에서도 갑자기 돌이 불거져 넘어지기도 하고, 어찌 된 영문인지도 모를 일들이 많잖아요."

"바로 그 말이 지가 하고 싶은 말이외다." 싼초가 말을 거들었다. "소인도 거기서 그걸 발견했는디요, 돌멩이로 나를 때린다고 해도 거기 가까이 갈 마음이 없더라구요. 그래서 거기 그걸 놓고 왔으니 그대로 있지요. 방울 달린 고양이를 누가 잡습니까?[7]"

"노인장께서는," 돈 끼호떼가 말했다. "그러니까 그 물건들의 주인이 누구인지 알고 계시는가요?"

"내가 알고 있기로는," 노인이 말했다. "한 육개월이 될까 말까 하는 즈음의 일일 텐데, 여기서 한 세마장쯤 되는 곳에 있는 목동들 막사에 문득 점잖고 양반티가 나는 총각 하나가 나타난 거라. 당신네들이 발견하고 만지지도 않았다는 그 방석과 가방을 지고, 지금 죽어자빠져 있는 그 나귀를 타고 나타난 신사였지. 우리한테 묻는 말이, 이 고장 어디를 가야 가장 험악하고 은밀한 장소를 발견할 수 있느냐는 거였지. 그때 우리 대답이 사실 그대로이지만 바로 우리가 있는 지금 여기가 그런 곳이라고 대답했지. 만약 여기서 반마장만 더 산속으로 들어가면 다시 돌아나올 길을 잃을 수도 있다고, 여기로 다시 나오려면 따로 난 오솔길도 없다고…… 내 말은 그러니까, 이 총각이 우리 말을 듣더니 곧바로 말고삐를 돌려 우리가 가리키는 곳으로 길을 가더구먼. 우리는 모두 그 멋진 자태를 보고 기분 좋아했고, 그 묻는 모습, 그 바삐 달리며 산중으로 길을 돌리는 기세를 보고는 놀랐지. 그뒤 우리는 그 사람을 보지 못했어. 그로부터 며칠 지난 어느날 우리 목동 하나가 길을 가다가 그를 만났어. 그 젊은이는 말 한마디 않고 목동에게 다가와 주먹질 발길질로 수없이 두들겨패고는 먹을 것을 싣고 있는 나귀에게 가더니 가

---

7 원문은 '방울 달린 개를 저는 원하지 않아요'이다. 우리말에서는 개보다는 고양이가 그런 뜻으로 쓰이는 경우가 많아서 고양이로 바꾸어 번역했다.

지고 온 빵이며 치즈를 몽땅 빼앗아서 놀랄 정도로 빠른 동작으로 산속으로 숨어버렸지. 우리 양치기 몇이 이 사실을 알고 나서 그 사람을 찾는다고 거의 이틀 동안 산속 구석구석을 다 뒤지고 다녔지. 그러다가 결국 그 사람이 어느 아름드리 튼튼한 코르크나무 틈바귀 속에 숨어 있는 것을 발견했어. 우리를 보더니 아주 느릿느릿 거기서 나오는데, 옷은 다 해지고 얼굴은 햇볕에 타서 시커멓고 일그러져서 누군지 거의 알아볼 수가 없더라고. 우리는 소식을 들어서 알고 있었으니 옷들이 다 찢어졌어도 그가 바로 우리가 찾던 사람이구나 하고 알아볼 수 있었던 거지. 점잖게 우리에게 인사를 하더구먼. 그리고 몇 마디 훌륭한 말솜씨로, 자신이 이러고 다니는 것을 이상하게 생각지 말라고 하더라고. 자기는 죄를 많이 지은 사람이어서 이런 고행을 하도록 벌을 받았다고 하더구먼. 우리가 당신은 도대체 누구시냐고 몇번을 물었지만 끝내 대답을 못 듣고 말았지. 그리고 먹을 것을 안 먹고 살 수는 없으니 양식이 필요할 때는 우리에게 당신이 어디 있는가를 알려주기만 하라고 했지. 이런 방법이 싫으면 적어도 나와서 목동들에게 빼앗지는 말고 청하기만 하라고 했지. 우리 제의에 그는 감사하다고 말하고, 지난번 목동을 습격한 것은 잘못했다고 사과하더구먼. 그리고 다음부터는 아무도 괴롭히지 않고 먹을 것 좀 달라고 청하겠다며 우리 제의를 받아들였지. 그가 머무는 거처 문제에 대해서는, 가다가 밤이 오면 자기가 머무는 그곳이 곧 자기 잠자리라고 말하더구먼. 말을 마치고 애처롭게 흐느껴 울더라고. 그의 말을 들은 우리들로서는 마음이 돌이라도 가슴이 찡해지고 같이 눈물을 흘리지 않을 수가 없었어. 특히 우리가 그를 처음 보았을 때 모습과 그때 본 모습이 너무 다른 것을 보니 눈물이 났지. 아까 말했듯이 이 젊은이는 대단히 점잖고 잘생겼고, 예절 바르고 사리에 맞는 말만 골라 하는 양이 가문 좋은 양반 자제 같아 보이더라고. 그의 말을 듣는 우리야 모두 시골 뜨기들이었으니까 그의 점잖은 자태와 비교가 되어 우리가 촌티나고 무식한 것이 금방 드러나더구면. 그는 말이 절정에 이를 때는 잠깐 멈추어 입을 다물고는 한참 동안 땅바닥을 응시하곤 했지. 그러면 우리도 숨을 죽이고 조용히 그 모습을 보고 무척 안타까워하면서 생각에 잠긴 골똘한 표정을 거둘 때까지 한동안 기다렸지. 왜냐하면 그렇게 눈을 뜨고, 땅을 응시하며 속눈썹 하나 움직이지 않고 한참을 있다가, 또 어떤 때는 갑자기 눈썹과 이마를 찡그리고 입술을 다물며 눈을 감는 게 누가 보아도 이건 무슨 미칠 만한 사건이 있었다는 것을 쉽게 알아차릴 수가 있었기 때문이야. 우리가 생각했던 것이 정말 사실이었구나 하는 것은 그의 모습에서 곧 밝혀지게 되었는데, 땅에 누워 있다가도 갑자기 벌떡 일어나서 그 옆에 있는 누구에게든 미친 듯이 맹렬하게 덤벼드는 거야. 그 순간 만약 우리가 그를 떼어놓지 않았다면 주먹으로 치고 입으로 물어뜯어 죽였을 거야. 이렇게 덤비면서 하는 말이, '이 배신자 페르난도야! 나한테 한 그 못된 짓을 여기서 갚아주리라! 특히 그 사기와 거짓과 이 세상의 모든 죄악이 한데 똘똘 뭉쳐 숨어 숨 쉬고 있는, 그 네 심장을 내 두 손으로 꺼내리라!' 하면서 소리소리 지르는 거야. 그러고는 다른 말들을 또 해대는데, 그 말의 내용들이 모두 그 페르난도라는 자를 욕하는 말로, 그자를 사기꾼이며 배신자라고 몰아치는 것들이었어. 우리도 적잖게 마음 아파하며 어렵게 옆 사람에게서 그를 떼어놓았더니 그는 한마디 말도 없이 우리들을 남겨놓고 뛰어달아났어. 이곳 엉겅퀴며 떡갈잎이 무성한 숲으로 들어가 숨고 말았는데 우리가 따라갈 수가 없더구면. 이걸 보고서 우리가 한 추측인즉, 페르난도라는 이름을 가진 작자가 그 사람에게 아주 나쁜 짓을 해서 저렇게 정신이 돌아버릴 정도로 심한 지경에 이르렀고, 그래서 저렇게 이따금씩 광기가 도지는 거구나 하는 거였지. 그뒤 우리의 추측이 사실로 드러난 건 여기에서 또 여러번 사건들이 있고 나서였지. 그 사람은 어떤 때는 목동들에게 먹을 것이 있으면 좀 달라고 하기도 하지만, 다른 때는 억지로 빼앗으려 덤벼들기도 했지. 어쩌다 그 광기가 도지면 목동들이 아무리 기꺼이 주겠다고 해도 받지 않고 주먹으로 쳐서 빼앗는 거야. 그러다 제정신이 돌아오면 예의를 깍듯이 갖추어 점잖게 구걸을 하고, 받으면 눈물까지 흘리며 몇번이고 감사하다는 말을 잊지 않았지. 여러분들께 사실을 말씀드리면," 양치기 노인은 말을 이었다. "어제 목동 넷과 하인 둘, 또 내 친구 둘과 내가 다시 기어이 그 사람을 찾아야겠다고 길을 나섰어요. 어찌해서든 그를 찾아내면 억지로든 제 발로든 여기서 여덟마장쯤 되는 거리에 있는 알모도바르 마을에 꼭 데려가, 거기서 그 병을 고칠 수 있으면 고쳐볼 작정이었지요. 그리고 그 사람이 정신이 들면, 그 사람이 누구인지, 이런 불행한 소식을 알려야 할 친척들은 있는지 알아도 보고요. 이것이 임자들 질문에 대해 내가 알고 있는 것의 전부이고, 그대들이 발견한 물건의 주인은 여러분이 보셨다는 바로 그 벌거숭이로 빠르게 지나가는 그 사람이지요." 돈 끼호떼가 생각한 그대로 산으로 뛰어달아난 사람이 그 사람이라는 말이었다.

돈 끼호떼는 양치기 노인의 이야기를 듣고 감동해서 그 불행한 미치광이가 도대체 누구인지 더욱 알고 싶어져 이미 마음먹었던 생각을 실행에 옮기기로 했다. 말하자면 온 산을 헤매며 동굴이며 구석구석을 샅샅이 뒤져서라도 기어이 그 사람을 찾아내겠다는 각오였다. 그러나 운이 좋으려고 그랬는지 기대보다 빨리, 바로 그때 그들이 있던 곳으로, 산골짜기를 타고 그 청년이 나타났다. 청년은 혼잣말로 무어라고 중얼거리며 다니는데, 가까이 있어도 안 들릴 정도이니 더군다나 멀리서는 무슨 소리인지 더 알 수가 없었다. 입고 다니는 옷매무새는 아까 묘사한 그대로였지만 가까이서 보니 돈 끼호떼 눈으로는 그 위에 걸치고 다니는 다 떨어진 연미복이 원래는 호박색이었겠구나 하는 생각이 들었다. 그런 옷을 입고 다니는 사람이라면 저질의 사람은 아닐 듯한 인상을 받았다.

그 총각은 그들 가까이 오자 인사를 했는데, 목소리는 이상야릇하고 목이 쉬어 있었지만 예절 바른 말투였다. 돈 끼호떼 또한 점잔을 빼며 인사를 받고 로신안떼에서 내려서 점잖고 우아한 자태로 그를 포옹하러 다가가 오랫동안 알고 지낸 옛 친구처럼 한참을 껴안고 있었다. 돈 끼호떼를 '불쌍한 몰골의 기사'라고 하듯이 그 친구를 '험상궂은 몰골의 일그러진 기사'라고 부르기로 하자. 그 친구는 포옹을 받아준 뒤 잠깐 몸을 떼고 물러나서 돈 끼호떼의 어깨에 손을 얹더니 혹시 아는 사람인가 싶은지 그를 찬찬히 바라보았다. 돈 끼호떼의 몰골이며 자태, 그리고 그 갑옷을 보면서, 그 사람은 어쩌면 돈 끼호떼가 그를 보는 표정보다 더욱 놀라는 기색을 보였다. 결국 포옹 뒤에 먼저 입을 뗀 것은 '일그러진 기사'였다. 그 사람이 한 말은 다음 장에 계속하기로 한다.

24장

씨에라 모레나 산중에서 일어난 다음 이야기

그 구질구질한 산중 기사의 사연을 듣는 돈 끼호떼의 표정이 너무 진지했다고 이야기는 적고 있다. 그 사람은 말을 계속 이어갔다.

"그러니까 나리, 귀하가 누구시든 간에, 저는 귀하를 모르지만 불초소생에게 보여준 호의나 예절에 감사드립니다. 저도 예의를 갖추어 그토록 친절하게 잘 대해주신 데 대해 마음에서 우러난 마음을 표시하고 싶사오나, 지금 제 처지로서는 베풀어주신 호의에 감사하다는 마음만 있을 뿐 달리 어찌할 도리가 없군요."

"내 마음이라는 것도," 돈 끼호떼가 대답했다. "그저 성의를 다할 뿐이지요. 그대의 일에 마음을 쓰다보니 직접 만나 사연을 들어보기 전에는 이 산중에서 절대 나가지 않으리라 결심했답니다. 이상한 인생 편력으로 그대는 그토록 많은 고통을 당하셨는데, 그 문제에 대해서 어떤 처방이 있지 않을까 궁리도 했고 방도가 필요하다면 최선을 다해 강구해볼 생각도 했지요. 그대의 불행이 그 어떤 위안과 위로의 가능성도 허용하지 않을 정도로 꽉꽉 막혀 있는 것이라면 그대의 아픔을 함께 울어주고 가능한 대로 슬픔을 같이하는 것이 도와주는 길이라 생각했습니다. 불행한 처지일 때는 같이 아파해줄 사람이 있는 것도 위안이 되거든요. 만약 이런 나의 호의를 그대가 어떤 예의를 갖추어 감사할 만한 일이라고 생각한다면, 나도 청이 있소이다. 여보시오, 평소엔 아주 예절에 밝으신 분 같고, 또 이 세상살이에서 사랑도 많이 했고 지금도 사랑하고 계시니까 맹세코 말씀드립니다만, 제가 청하는 것은 그대가 누구이시며, 도대체 무슨 연유로 이 고적한 산중에 와서 산짐승처럼 살다가 죽을 생각을 하기에 이르렀는지 말씀 좀 해주십사 하는 겁니다. 입은 옷이나 사람됨으로 보아, 그대의 원래 신분과는 전혀 다른 모습으로 살고 계시는 것 같아 드리는 말씀입니다. 그리고 제가 받은 기사도의 예법과 명예를 걸고," 돈 끼호떼는 덧붙였다. "방랑기사로서 소생의 임무를 걸고 맹세하건대, 이 물음에만 통쾌히 대답해주신다면 진심으로 그대를 받들어모시겠소이다. 원래 나라는 사람이 진심과 성실밖에 모르는 사람이니까 말이외다. 그리하면 그대의 불행에 처방이 있다면 방법을 찾아볼 것이고, 아니면 약속했던 것처럼 아픔을 함께하며 도움이 되어드리겠소이다."

숲 속의 기사는 불쌍한 몰골의 기사가 이렇게 말하는 것을 듣자, 그를 쳐다보고 또 쳐다보고, 위아래로 다시 살펴볼 뿐 말이 없었다. 그렇게 찬찬히 그를 쳐다본 뒤에야 말했다.

"혹시 먹을 거라도 있으면 제발 좀 주시구려. 먹고 난 뒤에는 시키시는 대로 하겠습니다, 이토록 저에게 호의를 베풀어주시니 감사드리는 의미에서라도요."

쌘초는 곧 자기 자루에서 먹을 것을 꺼냈고, 양치기 또한 가죽부대에서 먹을 것을 내놓았다. 그걸로 그 '일그러진 기사'는 고픈 배를 채우는데 얼빠진 사람처럼 주는 대로 허겁지겁 주워먹었다. 어찌나 급히 먹는지 한입을 넣고는 다른 한입을 기다릴 여유도 없이, 먹는다기보다는 그냥 삼키고 있었다. 그가 먹고 있는 동안에 그 사람도, 그걸 바라보는 사람들도 말이 없었다. 식사를 끝마친 뒤, 그는 사람들에게 따라오라는 눈짓을 했고 다들 그를 따라갔다. 거기서 조금 떨어진 다른 쪽에 있는 바위 하나를 돌자 파란 풀밭이 나왔다. 풀밭에 이르자 그는 땅 위 잔디에 누웠고, 다른 사람들도 똑같이 했으며, 이런 모든 행동에 누구 하나 입을 여는 사람이 없었다. 마침내 편안하게 자리를 잡자 일그러진 기사가 이야기를 꺼냈다.

"여러분, 정 원하신다면, 길고 긴 제 인생의 불행했던 과거를 짧게 이야기해드리고자 합니다만, 여러분이 약속해주셔야 할 것은 이야기 도중 어떤 질문이나 행동으로 내 슬픈 이야기의 맥을 끊지 말아달라는 것입니다. 만약 그런 일이 생기면 무슨 이야기를 하고 있었든지 간에 그 순간 이야기를 중단하겠습니다."

일그러진 기사의 이 말을 듣자 돈 끼호떼는 싼초가 들려주던, 강을 건너는 양들의 수를 제대로 헤아리지 못하자 그 순간 중단해버렸던 그 이야기가 머릿속에 떠올랐다. 하지만 일그러진 기사를 돌아보자, 그 기사는 말을 이어갔다.

"이렇게 미리 주의를 드리는 건 불행했던 내 과거 이야기를 짧게 끝내고자 하는 뜻에서입니다. 이야기를 떠올리다보면 다른 이야기를 새로 덧붙일 수밖에 없으니, 여러분이 질문을 하지 않을수록 제가 빨리 이야기를 끝낼 수가 있기 때문이죠. 중요한 건 꼭 말씀드릴 테니 여러분의 궁금증을 풀어드리기엔 충분할 겁니다."

돈 끼호떼가 다른 사람들을 대표해서 그 약속을 받아들이자 그는 안심하고 이렇게 이야기를 시작했다.

"제 이름은 까르데니오[1]이고, 고향은 여기 안달루시아에서도 훌륭한 도시들 중 하나이며, 혈통은 귀족이고, 부모님은 부자이시나 저의 커다란 불행 때문에 부모님께서는 많이도 우셨으리라 생각됩니다. 저희 가문의 그 많은 재산으로도 사태를 해결할 수 없어 마음 아파하셨으니, 하늘이 내린 불행을 땅의 재산으로 막을 수가 없는 법이지요. 바로 그 땅에 하늘이 내리신 아름다운 여인이 살았는데, 사랑의 신이 모든 영광을 다 바쳐 만든 아름다움이라 저는 감히 마음을 줄 수도 없는 여인, 양갓집 규수인 루스신다가 바로 그 절세미인이었습니다. 저처럼 부잣집의 아가씨였지만, 다른 점은 저보다 운이 좋고 제 진실한 마음을 받아들이기엔 지조가 없었다고나 할까요. 저는 이 루스신다를 사랑했습니다. 제 유년기부터 지극히 사랑하고 아끼던 여인이었고, 그녀도 저를 사랑했는데 어린 나이에 걸맞은 순진함과 착한 마음으로 저를 좋아했습니다. 우리의 부모들이 둘의 마음을 알고는 그것도 나쁘지 않으리라 생각하셨는데, 이유인즉 이대로 둘의 관계가 계속 진전되면 나중엔 결혼을 시키면 될 것이며, 두 집안 다 가문도 좋고 재산도 있으니 아무런 문제가 없다고 본 것입니다. 나이가 들면서 둘 사이의 사랑도 깊어갔지요. 그런데 루스신다의 아버지는 제가 그녀 집에 찾아오는 건 귀족 가문의 예절에 어긋나는 것이고, 이 경우엔 시인들이 그토록 많이 노래했던 안타까운 티스베[2] 부모의 행실을 본받아야

1 세르반떼스가 만든 여기 이 주인공의 사랑과 불행을 소재로 셰익스피어가 「카데니오」라는 희곡을 썼다고 하나 지금은 분실되고 없다. 『돈 끼호떼』의 원본이 출간되고 사년 뒤(1609년)에 최초의 영어판이 나왔으니 셰익스피어가 분명히 영향을 받았을 것이다.
2 벽 하나를 사이에 두고 사랑의 안타까움에 가슴 졸이며 살았던 그리스신화 속 피

한다고 생각했지요. 그리하여 그 집에 들어가지를 못하게 하자 그리움과 그리움에 불이 붙고, 사랑의 불길에 불길을 더하는 셈이었지요. 비록 서로의 입을 열지는 못하게 했지만, 펜을 움직이지 못하게 한 건 아니었으니까요. 펜으로 쓰는 건 말로 하는 것보다 더 자유로워 마음속 깊이 숨겨둔 사연까지 사랑하는 사람에게 전할 수 있지요. 많은 이들이 사랑하는 이 앞에 서면 정신이 어지러워 단단히 결심했던 의사라도, 아무리 용감한 입이 있어도 말을 못하는 것이외다. 아, 정말이지, 내가 쓴 편지가 얼마나 많았는지…… 또 다정하고 얌전한 답장을 얼마나 많이 받았는지…… 또 얼마나 많은 사랑의 시와 노래를 지어서 제 영혼 밑바닥에서부터 우러나오는 감정을 호소하고 전했는지요! 편지에다 불타는 사랑의 그리움을 묘사하고, 만났던 추억을 되새기고, 그 마음을 즐겁게 하고…… 결국 너무 안타까운 나머지 제 영혼이 오직 그녀를 보고 싶은 마음으로 사위어가는 것을 느끼자 일을 실행할 결심을 했지요. 제가 그토록 열망하는 당연한 목표를 성취하는 데 가장 적절하다고 생각되는 일을 한순간에 결행해버리기로 마음먹었으니, 그건 그녀의 아버지에게 그녀를 정식 아내로 맞겠노라고 청혼하는 것이었지요. 청혼을 하자 그는 자기를 이렇게 찾아와서 고맙다고 말하고, 자기 집안의 여식 때문에 이런 영광을 주어서 감사하다고 하면서도 제 아버지가 살아 계시니 이런 청혼은 당연히 그 권한을 가진 분이 해야 하며 그분께서 좋다고 하지 않으면, 루스신다는 아무 여자처럼 데려가거나 훔쳐갈 수 없는 여자라고 말했습니다. 그 말씀이 지당하다고 생각했기에 저는 좋은 뜻을 감사히 받아들이겠다고 말했

라모스와 티스베의 경우를 떠올린 것이다.

지요. 그래서 저의 아버님께 말씀을 드릴 터이고 아버님이 그 일로 오실 거라고 했습니다. 이런 뜻을 가지고, 저는 바로 그 즉시 아버지께 제가 원하는 것을 말씀드리러 갔는데, 아버지는 손에 어떤 편지를 펼쳐들고 계시다가 제가 말을 꺼내기도 전에 그 편지를 저에게 주셨습니다. 그리고 '까르데니오야, 이 편지를 보면 리까르도 공작께서 너에게 은혜를 베풀고 싶어하시는 뜻을 알게 될 거야.' 하고 말씀하셨습니다. 리까르도 공작은, 이미 여러분들께서도 알 만한 분이시지만, 에스빠냐의 대왕족으로 여기 안달루시아에서 가장 좋은 땅의 영주이시지요. 편지를 받아 읽었더니, 무척이나 간절한 사연이어서 아버지가 그 청을 받아들이지 않으셨다가는 제 생각에도 좋지 않을 것 같은 느낌이 들었습니다. 그 청인즉, 저를 공작이 있는 곳에 즉시 보내달라, 자기 큰아들의 하인이 아니라 친구로 와달라는 것이었으며, 공작은 저를 좋아하느니만큼 책임지고 저를 마땅한 자리에 앉혀주겠다고 했습니다. 편지를 읽고, 저는 말을 할 수가 없었습니다. 더구나 그때 아버지께 들은 말이 이것이었습니다. '지금부터 이틀 안에 길을 떠나거라, 까르데니오야, 공작님의 뜻을 받들어모셔야지. 네가 사람이 되었다고 생각했는데 다행히 네가 성공할 길이 열리게 된 것을 하느님께 감사드려야지.' 이 말과 함께 아버지는 다른 충고들도 또 해주셨습니다. 출발할 날짜가 다가와 어느날 밤 저는 루스신다에게 모든 사정을 다 털어놓았습니다. 또 그녀의 아버님께도 똑같이 말씀드리고, 리까르도 공작께서 저에게 무엇을 원하시는지를 알고 돌아올 때까지 며칠만 참고 결혼 문제를 좀 연기해달라고 간절하게 부탁드렸습니다. 그 아버지는 제 말대로 하겠다고 약속했고, 그녀 또한 한없이 안타까워하면서도 꼭 그렇게 하겠노라고 수없이 제게 맹세를 했습니다. 마침내 저는 리까르도 공작이 계시는 곳으로 갔습니다. 공작께서 얼마나 저를 반겨주고 대접을 잘해주시는지 질투라는 게 일어나기 시작하더군요. 오래 있던 하인들이 저를 질투하기 시작하는데, 공작이 저에게 잘해주는 모습이 역력하자 결국 자기들에게 피해가 간다고 생각해서였습니다. 그러나 막상 제가 간 것을 가장 기뻐한 것은 공작의 둘째 아들로 이름이 페르난도라고 하는 잘생기고 점잖고 연애를 좋아하는 청년이었는데, 잠깐 사이에 너무 친하게 되자 주위 사람이 모두 한마디씩 할 정도였습니다. 비록 큰아들도 저를 좋아하고 잘해주었지만, 돈 페르난도가 정말로 잘해주고 좋아해주는 것과는 비교가 안되었습니다. 그렇게 되자 친한 친구 사이에는 서로 말하지 않는 비밀이 자연히 없어지듯이 돈 페르난도와 나는 사적인 일도 모르는 것이 없게 되었고, 우정으로 서로의 생각을 숨김없이 털어놓는 관계가 되었지요. 특히 사랑 문제로 돈 페르난도는 약간 고민에 빠져 있었는데, 그 이야기도 다 털어놓았죠. 아버지의 신하 되는 사람의 자식인 농갓집 처녀를 사랑하게 되었는데, 그녀 부모도 무척 부자였죠. 그녀는 매우 아름답고 얌전하고 정숙하고 조심성이 많아서 그 처녀를 아는 사람이면 이 좋은 자질들 중에 어떤 점이 더 뛰어나고 훌륭한지를 아무도 구분 못할 정도였습니다. 농갓집의 그 아름다운 처녀의 좋은 자질들이 돈 페르난도로 하여금 아무리 원해도 함부로 덤벼들지 못하게 했고, 결국 그는 소망을 이루고 그 농가 처녀를 완전히 자기 것으로 만들고자 결혼하겠다는 약속을 하기로 결심합니다. 다른 방법으로는 접근하는 게 불가능했으니까요. 저는 친구의 우정으로 여러가지 좋은 이야기로 성의껏 내가 아는 다른 사람들의 생생한 예를 들어가면서, 그런 결심을 그만두게 하려고, 그런 짓을 못하게 하려고 애를 썼지요. 그러나 아무리 말려도 소용이 없음을 알고, 그 친구의 아버지인 리까르도 공작에게 이 사실을 알려야겠다고 결심했답니다. 하지만 돈 페르난도는 영리하고 사리에 밝아서 제가 그런 짓을 할까봐 이미 겁내고 두려워하던 판국이었어요. 그의 생각에도 이런 일이 있으면, 그 집의 보호를 잘 받고 있는 제가 주인이신 공작 나리 가문의 명예에 해가 되는 일을 뻔히 알고도 숨기고 있어서는 절대 안되는 것을 알거든요. 그래서 저를 속이고 놀리려는 수작으로 저한테 이런 말을 했지요. 지금 자기가 그 아름다운 여인에게 마음을 빼앗겨 도저히 잊을 수가 없으니 그녀를 잊기 위해서라도 몇달 동안 여기를 떠나 있을 수밖에 없다며, 우리 둘이 제 아버지 집에 잠깐 가 있자고 제의했어요. 우리 마을은 세상에서 제일 좋은 말들이 있는 고장이고, 곧 열릴 말 축제를 보러 공작께서 내려오실 일이 있으니까 이래저래 안성맞춤이었지요. 이 말을 들은 저 역시 그 생각이 무척 마음에 들었답니다. 비록 돈 페르난도의 속마음이 그리 좋은 의도는 아니었지만, 저는 지금까지 생각한 것 중에서 가장 그럴싸한 제안이라며 찬성했습니다. 왜냐하면 이번에야말로 제가 다시 저의 루스신다를 만날 수 있는 가장 멋진 절호의 기회라고 생각되었기 때문입니다. 이런 생각과 소망으로 돈 페르난도의 생각에 찬성하고 그의 뜻과 용기를 북돋아주며 되도록이면 빠른 시일 안에 그 계획을 실행에 옮기라고 하고, 아무리 마음을 굳게 먹어도 사실 떨어져 있다는 게 쉽지 않은 거라고 말했습니다. 그러나 나중에 제가 안 바로는, 돈 페르난도가 제게 이런 제의를 했을 때 그는 이미 결혼 약속과 함께 그 처녀를 농간한 뒤였고 어찌할 도리 없이 모든 게 발각되는 것만 남아 있는 상황이었지요. 만약 그 실수를 아버지인 공작께서 알게 되면 어찌 될까 벌벌 떨면서 말입니다. 그 처녀와의 일은 이렇게 되었지요. 젊은이들에게 사랑이란 건 대부분 사랑 자체보다 욕망이어서 그 궁극적 목적은 쾌락에 있고, 욕심을 채우고 나면 끝장이 나게 마련, 사랑처럼 보이던 관계가 자연히 뒷걸음치게 되는 겁니다. 왜냐하면 그렇게 맺은 사랑은 자연법칙의 한계를 넘어 더 나아갈 수가 없거든요, 진짜 사랑하는 마음에는 그런 한계가 없지만요. 그러니까 제 말은 돈 페르난도는 그 처녀를 농간하고 나자 욕망이 가라앉고 열정이 식어버렸다는 겁니다. 그래서 애초에는 사랑의 열정 때문에 잊기 위해서 떠나가 있겠다고 거짓말을 했던 것이 이제는 그녀와의 약속을 지키기 싫어서 도망가고 싶어 더욱 급해진 겁니다. 공작께서는 승낙을 하시고, 저더러 그와 동행하라고 했습니다. 우리는 제 고향으로 왔고, 저의 아버지는 늘 그러시는 분이니까 우리를 반갑게 맞아주셨습니다. 저는 곧 루스신다를 만났고, 제 열정이 다시 되살아나기 시작했습니다. 그동안에도 제 사랑이 식는다거나 줄어든 적은 없었지요. 일이 불행하게 되려고 그랬는지, 저는 또 제 사랑의 마음을 낱낱이 돈 페르난도에게 들려주었지요. 우리는 아주 친한 사이이고 그의 태도도 그러했으니 그에게 숨기는 게 있으면 우정의 법칙에 어긋난다고 생각했으니까요. 제가 루스신다의 얌전함이며 고운 자태, 아름다운 모습을 자랑스럽게 말하며 그토록 칭송을 하니까 돈 페르난도에게도 그리 좋은 자질을 다 갖춘 처녀를 한번 보고 싶은 마음이 생겼답니다. 제가 그의 소원을 풀어주겠다면서 어느 밤에 우리가 늘 만나곤 하는 창문가 촛불 아래에서 그녀를 보여준 게 제 불행의 씨앗이 되었습니다. 실내복을 걸치고 나온 그녀의 모습이 어찌나 예뻤던지 돈 페르난도는 지금까지 보아온 모든 여자의 아름다움을 다 잊을 뻔했습니다. 입을 다물고 넋을 잃고 바라보더니, 결국 사랑에 홀랑 빠지게 된 겁니다. 그리하여 이제부터 들으실 제 불행의 역사가 시작되었습니다. 돈 페르난도의 욕정은 갈수록 불타올랐지만, 그 사실을 저에게는 숨기고 혼자서 오직 하늘에만 속마음을 내보이곤 했지요. 그런데 거기에다 운수가 사나우려고 그랬는지, 어느 날 제게 보낸 그녀의 편지를 그가 발견하게 된 겁니다. 그 편지는 아주 얌전하고 정숙하고 사랑 어린 어조로 어서 빨리 자기 아버지에게 자기를 아내로 달라고 청혼하라는 내용이었습니다. 그 편지를 읽은 돈 페르난도는, 세상의 다른 여자들에게도 고루 나누어 주어야 할 매력적인 지혜와 아름다움이 오직 그녀 루스신다에게만 다 모여 있는 것 같다고 말했습니다. 제 마음을 사실대로 고백하자면, 돈 페르난도가 그녀를 칭찬한 게 당연히 그럴 만한 이유가 있다고 생각하면서도 그의 입에서 그런 칭찬을 듣는 게 기분 나빴습니다. 그 이후 저는 돈 페르난도를 두려워하고 걱정스럽게 여기게 되었는데, 우리가 함께 있을 때면 어느 한순간도 루스신다 이야기를 안 하고 지나치는 적이 없었으니 그는 루스신다와 아무 상관없는 이야기에도 무조건 그녀를 끌어들여 화젯거리로 만들었습니다. 이런 일들로 저는 어쩐지 저도 모르게 질투가 나곤 했는데, 그건 물론 제가 루스신다를 믿지 못한다거나 그녀의 고운 마음씨를 조금이라도 의심해서가 아니었습니다. 그러나 어쨌든 그녀가 제게 언약을 하고 안심을 시키는 만큼 일이 잘못되면 어쩌나 하는 두려움도 컸습니다. 돈 페르난도는 제가 루스신다에게 써보내는 종이쪽지며, 그녀가 보내온 편지 답장을 항상 다 읽어보고 싶어했습니다. 둘의 참한 관계가 무척 마음에 들어서라는 구실을 대면서요. 그러던 어느날, 기사소설을 무척 좋아하던 루스신다는 『골 지방의 아마디스』를 빌려줄 수 있느냐고 제게 요청해왔습니다."

돈 끼호떼는 기사소설이라는 단어를 듣자마자 이렇게 말했다.

"이야기를 시작하실 때 먼저 그 귀부인 아가씨 루스신다 양이 기사소설을 좋아한다고 말씀하셨다면 그녀의 지혜가 얼마나 높은지 구태여 다른 구구한 말씀을 안하셔도 본인이 충분히 알아차렸을 것이오. 왜냐하면 나리께서 아무리 훌륭하다고 묘사를 하셔도 그렇게 재미있는 독서물에 취미가 없다면 저는 그저 별거 아닐 거라고 여겼을 테니까요. 그러니 이제는 더이상 그 아가씨가 얼마나 아름답고 귀하고 지혜가 뛰어난지 일일이 말씀 안하셔도 다 알겠습니다. 기사소설을 좋아하는 걸 안 것만으로도 저는 그녀를 세상에서 가장 아름답고 얌전한 여인으로 인정할 것이외다. 또 하나 드리고 싶은 말은, 귀하께서 『골 지방의 아마디스』와 함께 저 훌륭한 『그리스의 돈 루헬』[3]을 보내드리면 거기에 나오는 다라이다와 가라야 양의 이야기를 루스신다 아가씨께서 무척 마음에 들어하실 것이외다. 그리고 목동 다리넬의 예의 바른 태도와 그의 멋진 목가시 구절들도 기가 막히는 게, 다리넬이 그 시들을 아주 재치있고 우아하고 멋지게 노래하고 직접 구현해내거든요. 하긴 그 책이 없더라도 세월이 가면 다 해결될 일이지만요. 그건 시간이 오래 걸리지 않고, 귀하께서 나와 함께 직접 우리 고향에 가시기만 한다면 책이야 원하는 대로 구할 수가 있지요. 거기에는 내 삶을 즐겁게 하고 영혼을 살찌우던 책이 삼백권 넘게 있으니 그걸 직접 드릴 수 있지요. 내 생각으로는 저 질투 많고 사악한 마법사들의 해코지로 비록 지금은 한권도 없는 것 같지만요. 어찌 됐든 귀하의 이야기를 중간에 끊지 않겠다고 한 약속을 어겼으니, 이거, 미안하게 됐소이

----

3 '아마디스' 씨리즈의 여덟번째 소설인 *Florisel de Niquea y Rugel de Grecia*를 말한다.

다. 하지만 기사들이나 방랑기사 이야기를 들으면 버릇이 되어 말을 하지 않을 수 없는 게 마치 햇볕이 내리쬐면 땅이 따스해지고, 달빛이 내려오면 땅이 젖어드는 이치와 똑같다고나 할까요. 그러하니 용서하시고 하던 이야기나 마저 계속하시는 게 지금은 좋을 것 같소이다."

이런 이야기를 돈 끼호떼가 말하고 있는 동안 까르데니오는 머리를 가슴에 떨어뜨리고 깊은 생각에 잠겨 있는 듯, 돈 끼호떼가 두번이나 이야기를 계속하라고 해도 아무 대답도 없었고 고개를 들지도 않았다. 그러더니 한참 뒤에야 머리를 들더니 말을 이었다.

"제 머릿속에서 계속 떠나지 않는 생각, 세상 누구도 이 생각을 떨쳐버리게 할 수는 없겠지만요, 누가 뭐래도 달리 생각할 수가 없는 게, 하기야 그렇지 않다고 믿거나 생각한다면 바보이겠지만요, 그건 그 저질스러운 인간 엘리사바뜨 선생이 마다시마 여왕과 내연관계였다는 사실입니다.[4]"

"이런 그럴 수가, 그건 안되지!" 돈 끼호떼가 화가 나서 소리 지르며 여느 때처럼 맹세하듯 말을 이었다. "그건 정말 최악의 행동이오, 말하자면 가장 저질적인 행각이란 말이외다. 마다시마 아씨는 귀부인 중의 귀부인이셨지요. 그토록 지체 높은 공주께서 고름이나 짜는 그런 의사 녀석과 내연관계를 맺는 것은 생각할 수도 없는 일이지요. 그런 엉터리 생각을 한 사람이 있다면 완전히 사기꾼에 거짓말쟁이입니다. 그런 말은 무기가 있건 없건, 밤이건 낮이건, 서서 하건 말을 타고 하건 누가 어떻게 맹세를 하라고 해도 꼭 맹세코 해명해드리리다."

---

4 『골 지방의 아마디스』에 나오는 어떤 마다시마 여왕도 외과의사인 엘리사바뜨 선생과 내연관계였다는 이야기는 없다.

까르데니오는 돈 끼호떼를 아주 주의 깊게 바라보고 있었는데, 돈 끼호떼에게는 이미 그의 미친기가 다시 도져서 더이상 이야기를 계속할 수도 없는 상태로 보였다. 돈 끼호떼 또한 그 마다시마 공주 이야기를 듣고는 속이 상해버려서 이야기를 더 듣고 싶지도 않았다. 이상한 건 돈 끼호떼는 그 공주가 마치 자신이 진짜 모시고 있는 공주 아가씨나 된 듯이 그 아가씨 때문에 정신이 돌아버렸으니, 그 정도로 그 저주받을 기사소설들이 그의 마음을 사로잡고 있었던 것이다! 그러니까 이야기는, 미쳐 있던 까르데니오는 거짓말이니 사기꾼이니 갖은 욕설을 퍼붓는 돈 끼호떼의 말소리를 듣자 그 거친 행동이 지나치다고 생각했는지 갑자기 옆에 있는 돌멩이를 집어들어 돈 끼호떼의 가슴을 꽉 내리쳤다는 것이다. 돌멩이를 맞은 돈 끼호떼가 쿵 하고 뒤로 넘어졌다. 싼초 빤사는 주인이 그렇게 넘어지는 것을 보자 주먹을 불끈 쥐고 그 미친놈에게 달려들었고 그 친구는 싼초의 공격을 받자 주먹 한방으로 싼초를 자기 발밑에 쓰러뜨리고는 이내 싼초 위로 올라가 옆구리를 맘대로 짓이겨놓았고, 도와주려던 양치기도 똑같은 봉변을 당했다. 그 친구는 모두를 실컷 짓이겨놓고는 그 자리를 떠나 점잖게 산속으로 다시 들어가버렸다.

일어난 싼초는 잘못도 없이 그렇게 두들겨맞은 게 분해서 양치기에게 분풀이를 하려고 다가갔다. 그러고는 그 친구가 가끔씩 광기를 부린다는 것을 미리 알려주지 않은 게 죄라고 대들며, 진작 그걸 알았다면 방어할 준비라도 하고 있었을 게 아니냐고 했다. 양치기는 이미 말하지 않았느냐며 자기 이야기를 못 들었다면 그건 자기 죄가 아니라고 했다. 싼초 빤사는 그게 아니라고 따졌고 양치기도 다시 반박을 하면서 언쟁을 하다가 마침내 둘은 서로 수염을 움켜쥐고 주먹질을 해댔는데, 만약 그때 돈 끼호떼가 말리지 않았다면 그 둘은 또 만신창이가 될 뻔했다. 싼초는 양치기를 붙잡고 말했다.

"불쌍한 몰골의 기사 나리, 저 좀 내버려두세요. 이놈은 저처럼 촌놈이고 기사도 아니니 저 혼자서 제게 잘못한 것을 복수해야겠습니다요. 신사답게 깨끗하게 주먹으로 싸우겠습니다요."

"그건 그렇지만," 돈 끼호떼가 말했다. "내가 생각하기엔 저 친구는 오늘 벌어진 일에 아무런 죄가 없다네."

이렇게 타이르며 둘을 진정시킨 돈 끼호떼는 양치기에게 까르데니오를 다시 만날 수는 없겠느냐고 물으면서 듣고 있던 그 이야기의 결말이 무척 궁금하다고 했다. 양치기는, 처음에 말했듯이 그 사람의 거처는 확실히 모르지만 이 근처를 돌아다니다보면 그 친구가 미쳐 있건 정신이 들어 있건 언젠가는 꼭 다시 만나게 되지 않겠느냐고 했다.

25장

씨에라 모레나 산중에서
라 만차의 용감한 기사에게 일어난 이상한 일들,
그리고 사랑을 위해 기사 아마디스의 고행을
흉내내며 고행하던 돈 끼호떼에 대하여

양치기와 작별을 한 돈 끼호떼는 다시 로신안떼 위에 올라탔고, 싼초에게 뒤를 따르라고 했다. 싼초는 기분이 매우 좋지 않은 표정으로 자기 당나귀 위에 올라 그를 따라갔다. 둘은 점점 산속 험난한 곳으로 들어갔다. 싼초는 주인과 이야기를 하고 싶어 죽을 지경이었지만 나리가 먼저 말을 시작하기를 바라면서 아까 입을 다물라고 한 명령을 어기지 않으려고 애썼다. 그러나 침묵을 참다못해 싼초가 말했다.

"돈 끼호떼 나리, 저를 보아서 이번에는 허락을 해주셔야겠습니다요. 소인은 지금 당장 제 집과 처자식이 있는 곳으로 돌아갈 거구만요. 식구들과 있으면 최소한 하고 싶은 말은 하고 이야기를 나눌 수는 있으니까요. 나리께서는 그 친구를 찾아 밤이고 낮이고 사람 하나 없는 이 적적한 곳을 헤매자고 하시고, 나리께 맘대로 말도 못 붙이게 하시니 그건 지를 그냥 여기에다 생매장하시겠다는 말씀이나 같지요. 운이 좋아 이솝우화 시절처럼 짐승들이 말이나 한다면 그거야 천만다행이어서 지도 지 당나귀와 마음 내키는 대로 이야기하면서 소인의 불행도 참아낼 수가 있었을 테지만요.[1] 정말이지 이 짓은 참고 지내기가 불가능한 혹독한 벌이구만요. 평생 동안 찾아다니는 게 고작해야 노상 얻어터지고 발길질당하고 돌멩이에 맞고 주먹세례나 당하는 꼴이니까요. 게다가 입은 항상 꼭 봉하고 있으면서 사람이 마음속에 있는 말도 감히 제대로 못하고 벙어리처럼 살라 하니……"

"무슨 말인지 알아듣겠네, 싼초." 돈 끼호떼가 말했다. "자네 말은 내가 자네 혀에 붙인 금언령을 해제해주지 않아서 죽을 지경이라는 말 아닌가. 내 해제해줌세, 그러니 맘대로 말하게나. 단, 조건이 있는데, 자네가 말을 해도 되는 건 우리가 이 산중을 돌아다니는 동안만일세."

"그러시다면요," 싼초가 말했다. "소인 이제 말 좀 합시다요. 앞으로 일이 어떻게 될지 모르겠지만, 어쨌든 우선 금언령이 해제된 것을 즐기는 의미에서 지가 말을 하겠는데요. 도대체 그 마히마산가 뭔가 하는 여왕이 뭐기에 나리께서 그 난리를 치셨남요? 그 사젠가 선생인가[2]가 그 여자의 친구건 아니건 그게 나리께 무슨 상관입니까요? 나리가 무슨 재판관도 아닐진대 그러려니 하고 그냥 지

---

1 이 구절로 보면 싼초가 당나귀를 잃어버리지 않았다는 말이 된다. 『돈 끼호떼』의 출판인 꾸에스따의 초판본, 2판본, 3판본에도 이 말이 그대로 나온다. 이것을 보면 이 책의 번역저본으로 쓰고 있는 마르띤 데 리께르의 판단대로 23장의 원문에 싼초가 당나귀를 잃어버린 사건을 빠뜨리거나 집어넣지 않았던 때문으로 생각된다.

2 원문에는, 싼초의 무식으로, 여왕의 의사 'Elisabat'(엘리사바뜨)라는 이름을 그 끝 음절만 들어 'abad'(신부, 사제)로 이해하는 말놀이가 나온다. 이 맛을 살려 번역하고자 해서 '그 사젠가 선생인가……'가 된 것이다.

나치셨다면 지 생각엔 그 미치광이도 그냥 자기 이야기를 계속했을 테고, 그랬다면 그 많은 돌멩이질도 발길질도 안 당했을 거고, 거기에다 여섯번 이상이나 주먹으로 얻어터지진 않았을 거 아니냐는 말이구만요."

"정말이지, 싼초," 돈 끼호떼가 답했다. "자네가 나처럼 그 존귀한 마다시마 여왕의 정절이나 정숙함을 알았다면 내가 그때 얼마나 인내심을 가지고 참았는지 자네도 알 걸세. 그런 음탕한 욕설을 뇌까리는 그 주둥이를 부숴놓지 않은 것만 해도 다행이지. 왜냐하면 여왕의 신분에 있는 사람이 외과의사 나부랭이와 내연관계라고 하는 소리는 그 생각 자체만으로도 정말 커다란 욕설이 되는 게야. 그 이야기는 사실, 미친놈이 말한 엘리사바뜨라는 의사 선생도 대단히 지조가 있고 좋은 충고를 잘하시는 분으로 여왕의 주치의면서 시종이었지. 그런데 그것을 여왕이 그의 애인이었다고 생각한 건 천벌을 받아 마땅한, 말도 안되는 소리지. 까르데니오가 자기가 무슨 말을 하는지도 모르고 한 소리이거나 이미 그런 말을 할 때는 제정신이 아니었다고 보아야 할 게야."

"그 말이 지 말입니다요." 싼초가 말했다. "그러니까 그런 미치광이의 말에 왜 상관을 하셨느냐는 말이지요. 나리께서 운이 좋아 그 정도였지, 그놈이 내리친 돌멩이가 나리 가슴팍을 치듯이 머리를 때렸다면, 하느님이 알아서 처리할 그 여왕의 일 때문에 난리치다 우리 꼴 한번 좋을 뻔했구만요. 그랬다면 정말이지 제기랄, 까르데니오가 미쳤다고 한들 지가 가만두었겠습니까요?"

"미친 사람에게나 정신이 말짱한 사람에게나, 어떻든 여자들의 명예에 관해선 어떤 여인일지라도 사정을 막론하고 반드시 싸우고 옹호해야 하는 게 모든 방랑기사의 의무야. 더구나 마다시마 여왕

같이 행실이 훌륭해서 내가 특별히 좋아하는, 정말 지체 높고 뛰어난 여왕의 일일 때는 무슨 말을 더 하겠나. 그분이야말로 아름다운데다 정말로 정숙하고, 그 많고 많은 재난 속에서도 꾸준히 참아내신 훌륭한 분이셨어. 그때 엘리사바뜨 선생이 옆에 있으며 충고를 해준 것이 실제로 여왕에게 큰 도움이 되었고, 그의 덕택으로 그 역경을 견뎌내고 훌륭하게 이겨낼 수 있었던 거야. 바로 이런 데서 남 험담하길 좋아하는 무식한 서민들이 그녀가 의사의 애인이 아니었나 의심하고 그런 말을 해낸 거지. 그건 말도 안돼. 다시 말하지만 수천번 그런 소리를 해도 그건 거짓말일 뿐이고, 그런 생각이나 그런 말을 한 사람은 다 거짓말쟁이지."

"소인은 그런 생각도 안하고 그런 말도 안해요." 싼초가 말했다. "그 사람들한텐 그 사람들 일이구요, 지는 지 일 지가 알아서 하면 되는 거구요, 애인관계건 아니건 그건 하느님이나 알 일 아니겠어요? 소인은 소인 일만 하면 되니까 그런 건 모르고, 남의 일 알려고도 하지 않구만요. 사고팔고 거짓말하는 사람은 자기가 알아서 책임지겠지요. 더구나 소인은 벌거숭이로 태어나 벌거숭이로 살고 있어서, 더이상 얻을 것도 잃을 것도 없어요. 설령 그게 그렇다 치더라도 저하고 무슨 상관이 있남요? 많은 사람이 떼부자로 알았던 사람이 알고 보니 빈털터리라 한들 누가 허허벌판에 대문을 달라고 하던가요? 더구나 하느님에 대한 이야기라면 더욱 그렇구요."

"아이고 이 사람아!" 돈 끼호떼가 말했다. "무슨 바보 같은 소리를 그렇게 지껄여대는가? 자네가 끌어다붙인 속담들이 우리가 치른 사건과 무슨 관계가 있나? 싼초 이 사람아, 제발 입 좀 다물고 앞으로는 그저 자네 당나귀 모는 일이나 잘하게!³ 그리고 자네와 상관없는 일에는 끼어들지 말고. 그리고 정신 바짝 차리고 내 말을 잘 듣게. 내가 하는 모든 일은, 지금이든 앞으로든, 항상 기사도의 법칙에 따른 가장 정당한 행동이라는 거야. 세상에 기사로 살다 간 사람들이 많았다고 하지만 기사도의 법칙은 누구보다도 내가 잘 알고 있네."

"나리," 싼초가 대답했다. "그러니까 길도 절도 없는 이 산중에서 우리가 미친놈 하나를 찾아서 길을 잃고 이렇게 헤매야 하는 게 그 알량한 기사도 법칙이라굽쇼? 설령 그놈을 찾아낸다 하더라도 우리한테 한번 시작한 행패를 마저 끝내자고 덤빌지도 모르는뎁쇼? 그것도 지만 당하는 게 아니라 나리의 머리통과 소인의 갈비뼈를 왕창 부수고 말 텐디요?"

"입 닥쳐, 이 사람아. 내 다시 말하지만, 싼초," 돈 끼호떼가 말했다. "내가 여기 온 것은 그 미친놈을 찾겠다는 생각뿐만 아니라 여기에서 엄청난 공적을 세우려 함이야. 그 공적으로 이 지상에서 영원한 명성과 이름을 얻고, 방랑기사가 되고자 하는 사람들에게 어떻게 하면 가장 유명하고 완전한 기사가 될 수 있는지를 보여줄 거란 말이야."

"그 공적이라는 일이 위험이 아주 크남요?" 싼초가 물었다.

"그렇지 않아." 불쌍한 몰골의 기사가 대답했다. "운명의 주사위가 좋지 않은 쪽으로 굴러서 행운보다 불운이 닥칠 수도 있으나 모든 게 자네가 열심히 할 나름이지."

"소인이 열심히 할 나름이라구요?" 싼초가 물었다.

---

3 환 데 라 꾸에스따의 3판에는 1605년 초판본에서처럼 잃어버린 '당나귀'를 가지고 마치 지금 싼초가 타고 있는 것처럼 쓰였다. 아마도 세르반떼스는 이번 장에서 당나귀를 도둑맞는 이야기를 삽입하고 싶었던 걸로 추정된다. 여기 이후부터는 싼초의 '당나귀'가 없어진 걸로 나오기 때문이다.

"그렇다네." 돈 끼호떼가 말했다. "왜냐하면 지금 내가 심부름 보내려고 하는 곳에 자네가 빨리 가서 돌아오면, 내 고민은 빨리 끝나고 내 영광은 빨리 시작될 테니까. 그러니까 싼초, 내 말이 지금 어떻게 끝날지 더이상 자네가 초조하게 기다릴 필요 없이 설명을 하자면, 그 유명한 골 지방의 아마디스는 완벽한 방랑기사 중의 하나였지. 아니, '하나였다'는 말은 잘못이군. 그는 제일가는 단 한 사람으로, 당시 이 세상에 있던 모든 사람의 주인이요, 유일한 분이셨으니까. 돈 벨리아니스를 비롯해 저 위대한 아마디스와 견줄 만한 데가 있다고 하는 기사들이 불쌍하지. 그건 어림도 없어. 내 맹세코 말하지만, 그건 틀린 생각이야. 똑같은 이야기지만 어떤 화가든지 자기 예술에 성공하고 유명해지려고 하면 그가 아는 가장 훌륭한 화가의 원형을 모방하려고 노력하지. 이와 똑같은 법칙이 국가를 빛내고자 종사하는 유수의 직종이나 모든 수행에도 적용되는 이치로 당연히 그렇게 해야 하고 또 그렇게들 하지. 오디세우스처럼 갖은 고초 끝에 지조를 지킨 영웅의 명성을 얻고자 하면 바로 오디세우스를 모방해야지. 오디세우스가 얼마나 고난을 겪고 애를 썼는지는 고초 끝에 지조를 지킨 영웅으로 호메로스가 생생히 기록하고 있지 않는가. 베르길리우스도 아이네이아스라는 영웅의 이름으로 자비로운 자의 덕과 용감하고 사려 깊은 장수의 기민함을 잘 그리고 묘사한[4] 것은, 다음 세대에 영웅들의 훌륭한 인품이 귀감으로 남도록 하기 위해 영웅들의 실제 모습 그대로가 아니라 그럴 수 있는 훌륭한 모습이지. 이렇게 해서, 아마디스 기사도 진정한 용기와 사랑을 아는 모든 기사의 지표요, 별

---

4 초판본들에는 이 번역에서처럼 'describiéndolo'(묘사한)가 아니라 'descubriéndolo' (밝히는)로 나와 있다.

이며 태양이 되었고, 그래서 아마디스야말로 기사도와 사랑의 깃발 아래서 싸우는 우리 모두가 모방해야 하는 사표인 거야. 이치가 이러한 게 사실이니, 아마디스 기사를 가장 잘 모방하는 방랑기사가 훌륭한 기사도를 성취하는 데 가장 가까이 갈 수 있다는 생각이 나온 것이네. 그런데 이 아마디스 기사가 자신의 지조와 덕, 용기와 인내, 굳은 의지와 사랑을 잘 보여준 일 중의 하나가 사랑하는 오리아나 공주에게서 버림받고 '뻬냐 뽀브레' 산중으로 물러나 숨어 살면서 고행을 할 때였지. 이름도 벨떼네브로스라는 어두운 이름으로 바꾼 걸 보면, 정말로 의미가 깊고 자신이 스스로 선택한 고행의 삶에 꼭 들어맞는 별명이라고 할 수 있네. 따라서 나에겐 아마디스의 이런 면을 따르는 게 거인들을 쓰러뜨리고 적군들을 무너뜨리고 함대를 침몰시키고 마법을 파괴하는 것보다 훨씬 쉬운 일일 수 있어. 더구나 여기 이 장소가 그런 수행을 하기에 아주 적당한 곳이라서 이 기회를 놓칠 수 없지. 지금이야말로 행운의 여신이 이렇게 그 어려운 머리칼을 휘어잡게[5] 만들고 있으니 말씀이야."

"그러니까," 싼초가 말했다. "시방 나리가 이 외딴 한적한 장소에서 하시겠다는 일이 도대체 무엇인감유?"

"내가 이미 말하지 않았던가?" 돈 끼호떼가 대답했다. "나는 여기에서 아마디스의 고행을 본받아 분노와 광기에 찬 절망의 몸부림으로 수행을 하겠다고. 또한 저 용감한 롤랑[6]을 따를 것이니, 아

5 기회의 여신은 거의 대머리이다. 기회의 여신을 잡으려면 그 몇 가닥 안되는 머리칼 중 하나를 휘어잡아야 한다. 이 책 「『라 만차의 돈 끼호떼』에 바치는 글」 각주 10 참조.
6 아리오스또의 『성난 오를란도』의 주인공 오를란도의 프랑스식 이름이 '롤랑'이다. 이 책 7장 각주 1 참조.

리오스또의 『성난 롤랑』에서 미녀 안젤리까가 메도로와 추잡한 짓을 한 흔적을 샘가에서 발견하고 분노하던 그 롤랑의 모습 말씀이야. 그 고통으로 롤랑은 미쳐서 나무들을 쥐어뜯고, 맑은 샘물을 흙탕물로 만들고, 목동들을 죽이고, 짐승들을 처죽이고, 목동들의 움막을 불사르고, 집들을 무너뜨리고, 말들을 넘어뜨리고 그밖에도 기록에 남을 만한 수천가지 기상천외의 광란을 저지른 거야. 롤랑이건 오를란도건 로똘란도[7]건, 이 세 이름이 다 그 기사 이름인데, 그가 행하고 말하고 생각했던 모든 미친 짓을 하나하나 모방할 생각은 아니지만 가능한 한 대충 그 행각 중에서 가장 핵심적이라고 보이는 행동들을 따라할 것이야. 그렇게 하다보면, 남에게 상처를 주는 미친 짓은 안하고 아마디스처럼 마음 아파하며 통곡하는 고행으로 세상 누구보다 커다란 명성을 쌓은 그런 행각을 본떠 행하는 것으로 만족할 수도 있겠지."

"소인 생각에," 싼초가 말했다. "그런 짓을 한 기사들은 그런 미친 짓이나 고행을 할 이유가 있어 자극을 받아 그렇게 했지만, 나리에게는 그렇게 미쳐야 할 이유가 없는 것 같은데요? 어떤 귀부인이 나리를 냉대했나요, 아니면 무슨 배신의 흔적이라도 발견하셨나요? 엘 또보소의 둘시네아 공주께서 무어족이나 내국인하고 철없는 짓을 했다고 생각할 만한 근거라도 찾았나요?"

"문제의 핵심은 바로 그거야." 돈 끼호떼가 대답했다. "바로 그게 내 수행의 절묘한 점이지. 말하자면, 한 방랑기사가 좋건 싫건 이유도 없이 미친다는 것이지. 문제는 딱히 이렇다 할 만한 동기도 없이 정신이 나가서는 내 공주님에게 알리는 거야. 맨정신으로도

7 '로똘란도'는 라틴어식 이름이다. 이 책 7장 각주 1 참조.

내가 이 정도인데 화가 날 이유라도 있다면 어떠하겠는가를 말이야. 더군다나 항상 사모하는 나의 둘시네아 공주를 이렇게 오랫동안 뵙지 못하고 사니 아파해야 할 이유야 충분하고도 남지. 지난번 목동 암브로시오가 임을 못 보면 모든 아픔이 오고 공포를 느낀다고 한 말을 자네도 듣지 않았는가. 그러니 이 친구 싼초, 지금 이상한 짓을 한다고 부질없이 나를 말리려고 시간 낭비 말게나. 지금껏 세상에서 본 적이 없는 멋진 고행의 모습을 내가 보여줄 테니까. 난 미친 사람이고, 또 미친 사람이어야 해, 자네가 둘시네아에게 보내는 내 편지의 답장을 갖고 돌아올 때까지는. 그리고 내가 기대하고 약속한 대로 일이 이루어지면, 내 미친 짓과 고행은 끝이 날 걸세. 만약 일이 잘못 돌아가면 나는 정말 미친 사람이 될 터인데, 그때는 이미 미쳤으니 아무것도 알지 못하겠지. 그러니 그녀가 무슨 답장을 주든 그동안 내가 당한 고통이나 수고에서 벗어날 수 있겠지. 자네가 행운을 가져오면 정신이 멀쩡해져서 그 행복을 즐길 테고, 그렇지 못하면 미쳐버릴 테니 자네가 가져오는 불행을 알지 못할 것이고…… 그건 그렇고, 이보게 싼초, 전의 그 맘브리노 투구는 잘 간직하고 있는가? 지난번에 그 나쁜 놈이 투구를 박살내려고 하자 자네가 땅에서 주워올리는 걸 보았는데. 그 투구가 얼마나 훌륭한데, 그걸 보고 그놈이 차마 박살내지는 못했지.”

그 말에 싼초는 대답했다.

“맙소사, 제발, 우리 불쌍한 몰골의 기사 나리, 소인은 나리가 하신 말씀 중 몇가지는 차마 참고 견뎌낼 자신이 없습니다요. 말씀하시는 걸 들어보니, 지금까지 지한테 하신 기사도에 관한 이야기나 방랑기사들의 관습대로 왕국이나 제국을 손에 넣고, 섬을 주고, 다른 은혜나 위대한 행적을 베푼다고 했던 말들이 소인에게는 모두 구름 같은 이야기요, 거짓말인 거로 생각되며, 모두가 허풍인지 달풍인지 하여튼 그런 사기로 들립니다요. 어째서인고 하니 나리가 이발사의 세숫대야를 맘브리노 투구라 하고, 사나흘이 지났는데도 그 착각을 깨닫지 못하고 하시는 그런 말 그런 주장을 들으면 어느 누가 정신이 제대로 박혀 있다고 생각하겠습니까? 그 세숫대야는 다 쭈그러진 걸 지금 제가 옆구리에 차고 있습니다요. 정말 천행으로 운이 좋아서 언젠가 집에 돌아가 내 처자식을 볼 수 있게 되면 이 대야를 펴서 거기에 세수나 할까 하구요."

"이 사람 싼초, 정말이지, 자네가 내 앞에 맹세했듯이 내 맹세하고 말하는 거네만," 돈 끼호떼가 말했다. "자네야말로 세상 어느 기사의 하인 중에서도 가장 멍청한 생각을 갖고 있구먼. 나하고 다닌 지가 그렇게 오래됐는데, 방랑기사에게 일어나는 모든 일이 수수께끼 같다는 것을 아직도 느끼지 못했다는 말인가? 그건 그 일들이 실제로 그러해서가 아니라, 우리 주위에는 항상 수많은 마법사 떼가 따라다니고 있어서 우리 주변의 모든 물건을 뒤바꾸고 둔갑시키고 마음대로 하기 때문이야. 우리를 파멸시키고 싶거나 우리를 도와주고 싶거나, 자기들 마음 내키는 대로 사건을 뒤집어놓거든. 그래서 자네에게 세숫대야로 보이는 그것도 나에게는 맘브리노 투구로 보이는 것이고, 또 딴 사람에게는 다른 것으로 보일 수도 있지. 현명한 마법사의 묘한 술법이 오히려 나에게 이득인 것은 실제로는 맘브리노 투구인데 모든 사람에게 세숫대야로 보이게 한다는 거지. 이유인즉 맘브리노 투구는 누구나 탐내기 때문에 내가 그걸 가진 걸 알면 모두들 빼앗으려고 나를 쫓아다니겠지. 하지만 그냥 이발사의 세숫대야로 보이니까 아무도 그걸 구태여 가져갈 생각을 않는 거야. 그걸 부수겠다고 하다가 가져가지도 않고 땅에 버려두고 간 그 친구의 행동에서도 알 수 있듯이 말이야. 그 사람이 정말 진실을 알았다면 절대 두고 가지 않았을걸. 잘 간직해두게, 이 친구야, 지금 내게는 그게 필요하지도 않고, 그것보다 먼저 이 갑옷 장비들을 다 벗어버리고 태어났을 때처럼 벌거숭이가 되어야겠네. 난 정말로 롤랑이나 아마디스를 본받아 고행을 할 생각이니 말일세."[8]

이런 이야기를 하면서 마침내 그들은 높은 산자락에 닿았는데, 그 산은 깎아지른 커다란 암벽같이, 다른 많은 산에 에워싸인 채 홀로 우뚝 서 있었다. 산자락 밑으로는 고요한 시냇물이 흐르고 그 주위로 둥그렇게 티없이 새파란 초원이 펼쳐져 있어 보는 이의 경탄을 자아냈다. 그 언저리로 수많은 야생 나무와 꽃이 자라고 있어 아주 평화로워 보였다. 불쌍한 몰골의 기사께서는 바로 여기를 자신이 고행을 할 장소로 택하고는 그곳을 바라보더니 정신이 나간 사람처럼 큰 소리로 말을 하기 시작했다.

"오, 하늘이여! 바로 그대들의 가혹함으로 이 지경에 빠진 내가 이 불행을 곡하고자 어렵게 선택한 장소가 바로 이곳이외다. 내 눈물이 이 작은 시냇물의 물을 불릴 것이고, 내 끝없는 한숨이, 나의 구멍난 가슴이 앓고 있는 고통의 증인으로 서 있는 이 산 나무들의 잎사귀를 끊임없이 흔들 것이외다. 오, 그대들이여, 그대들이 누구든지 간에 이 인적없는 장소를 집으로 삼고 살아가는 야생의 신들이여, 이 불행한 연인의 사랑의 하소연을 들으소서! 여기 한 연인이 기나긴 그리움과 상상 속의 질투를 이기지 못해 이 거친 초야에 통곡을 하러 왔으니 모든 인간의 아름다움의 극치인, 저 예쁘고 무

---

[8] 마르띤 데 리께르에 의하면, 여기에 싼초의 당나귀가 도둑맞는 이야기가 나와야 한다는 것이다.

정한 여인의 가혹함을 내 하소연하려 하노라! 오, 그대들이여, 골짜기의 요정들, 숲의 요정들이시여, 이런 거친 산속에서 살아가는 신들이시여, 그대들은 저 음탕하고 날렵한 사티로스 신들의 애인이 되고 싶어 부질없이 애쓰지만, 제발 그들이 그대들의 달콤한 고요를 깨뜨리지 말게 하고, 부디 내 불행을 혼자 울도록 도와주시거나 아니면 하다못해 내 울음소리에 지치지 마시오! 오, 엘 또보소의 둘시네아여! 내 밤의 빛, 내 고통의 영광, 내 길의 이정표, 내 행운의 별이여, 그대가 하늘에 청할 일이 있다면 부디 모든 복이 함께하기를 바라노라. 그리고 그대에 대한 그리움과 아픔을 안고 내가 찾아온 이 장소를 살피시고, 나의 충실한 이 마음을 살피어 좋은 결과로 화답해주시기를…… 그리고 오늘부터 내 고독의 동반자가 되어줄, 오, 고독한 나무님들이시여, 내가 여기 있는 게 싫지 않으시다면, 그대들의 잎가지를 고요히 흔들어 알은체를 해주시오. 오, 그대, 이 기사의 하인이여, 내 행운과 불행의 착한 동반자여, 내가 여기서 하려는 행동을 잘 보고 꼭 기억하여 이 모든 것의 원인과 사연을 그 사람에게 읊어주고 이야기해줄지어다!”

이렇게 말하며 돈 끼호떼는 로신안떼에서 내려 곧바로 안장에서 굴레를 벗기더니 옆구리를 손바닥으로 치면서 말했다

“그대는 이제 해방이다. 나는 그대 없이 남겠노라. 오, 그 행실로 보면 무척이나 훌륭하고, 운으로 보면 지지리도 복도 없는 말아! 그대는 날개 돋친 명마 이뽀그리포도, 브라다만떼를 그토록 혼내준 그 유명한 말 프론띠노[9]도 따르지 못할 훌륭한 말이라고 그 이마에 쓰고 다니니, 자, 이제는 그대 원하는 대로 가려무나.”

....
9 아리오스또의 『성난 오를란도』에 나오는 명마들 이름이다.

이것을 본 싼초는 말했다.

"이제 보니, 내 당나귀의 안장을 푸는 수고로움을 없애준 그 친구가 정말 잘했네요. 정말이지 지금 여기 있다면 칭찬도 많이 해주고 등도 많이 두들겨주었을 거구만요.[10] 허지만 그 당나귀가 있었다면, 소인은 아무에게도 내 당나귀를 풀어주게 하지는 않았을 겁니다요. 뭐하러 풀어주냐구요. 우리 당나귀는 사랑에 고민하고 절망에 몸부림치는 사람들하고는 아무 연고도 상관도 없을 테니까요. 한때는 그의 주인이었던 나도 별 상관이 없는데요. 뭐 그건 그렇고, 불쌍한 몰골의 기사 나리, 나리께서 정말로 그 미친 짓을 해야 하고 소인은 진짜로 지금 떠나야 하는 건가요? 그렇다면 소인 당나귀가 없으니 대신 로신안떼에게 다시 안장을 얹어야 되겠네요. 그게 소인이 갔다 왔다 하는 시간을 절약하는 방법이 아니겠남요? 걸어서 다녀오려면 언제 갔다 언제 돌아올지 모르니까요. 솔직히 말하면 소인은 걷는 데 소질이 없구만요."

"내 말은, 싼초," 돈 끼호떼가 대답했다. "자네가 원하는 대로 하라는 걸세. 자네 생각도 과히 나쁘지 않구먼. 지금부터 사흘 안에 떠나야 하네. 왜냐면 그동안 내가 그녀를 위해 여기서 하는 말과 행동을 보고 그녀에게 그대로 전해주어야 하니까."

"그런데 지금까지 본 것 말고 소인이 무얼 또 더 보아야 하남요?" 싼초가 말했다.

"그 말 한번 잘했네!" 돈 끼호떼가 대답했다. "이제 내가 옷을 찢어발기고, 무기를 내팽개치고, 이 바위들에 머리통을 부딪치고 그밖에 이와 비슷한 다른 행동들을 할 텐데, 그걸 보면 자네도 놀랄

---

10 여기를 보면, 다시 한번 초판본에서 당나귀를 도둑맞은 일이 사실로 나온다.

걸세."

"아이구 맙소사!" 싼초가 말했다. "나리, 그 박치기는 조심하셔야 합니다요. 저런 바위에 부딪치기만 하면 그 순간 단 한번으로 고행이고 뭐고 다 끝장날 테니까요. 소인 생각으로 하는 말이지만요, 나리께서 정말 이 일을 수행하시는 데 그 박치기를 안할 수가 없고, 여기에다 꼭 머리를 쥐어박아야 한다면, 이 모든 게 엉터리이고 장난이고 속임수니까 그냥 물에다 한 두어번 쥐어박든지 아니면 솜같이 말랑말랑한 것에다 쥐어박으시라는 말입니다요. 그리고 소인에게 모든 걸 맡기십시오. 소인이 귀부인 아씨께는 나리께서 금강석보다도 더 딱딱한 바위 모서리에 머리를 박았다고 말씀드릴 테니까요."

"자네의 좋은 뜻은 충분히 감사하네만, 싼초 이 친구야." 돈 끼호떼가 대답했다. "자네에게 알려주고자 하는 바는, 내가 하는 이 모든 짓이 장난이 아니라 진짜라는 걸세. 내가 다른 식으로 행동하는 것은 기사도의 법칙을 어기는 일이 되니까 말일세. 기사도는 어떤 거짓말도 용납하지 않으며, 거짓말은 죄를 두번 짓는 걸세. 어떤 일을 다른 일로 바꿔서 하는 건 거짓말을 하는 것과 똑같은 죄야. 그래서 내가 머리통을 박는 것은 정말 그대로 확실하고 정확하게 해야 하고, 거기에는 어떤 야릇한 방법이나 요상한 속임수가 있을 수 없지. 다만 자네가 붕대 같은 걸 좀 주고 가는 게 필요할 것 같네, 재수없이 우리가 그 영묘한 유약을 잃어버려 지금은 없지 않은가."

"재수없는 건 당나귀를 잃어버린 게 더합죠." 싼초가 대답했다. "거기에다 붕대며 뭐며 다 두었는데 잃어버렸으니까요. 그리고 나리께 부탁드리는데요, 이제 더이상 그 빌어먹을 물약인가는 생각지도 마십시오. 소인은 그 말만 들어도 오장이 아니라 온 정신까지 뒤집히려고 합니다요. 부디 바라건대, 나리께서 하신다는 미친 짓을 봐야 할 사흘이 벌써 지났다고 생각하시면 좋겠습니다요. 소인은 벌써 다 봤고, 판단이 섰고, 합격했다고 생각하는구만요. 그러니 귀부인 아씨께는 잘 말씀 올리겠습니다요. 얼른 편지를 써서 소인을 보내주시지요. 소인의 가장 큰 소원은 그저 얼른 갔다 돌아와서 이 지긋지긋한 연옥에서 나리를 빨리 꺼내드리는 것밖에는 없구만요."

"연옥이라고 했겠다, 싼초?" 돈 끼호떼가 말했다. "연옥보다는 지옥이라고 하는 게 낫겠지. 지옥보다 더 심한 데가 있다면, 그보다 혹독한 시련이라고 불러도 좋으리라."

"지옥에 들어간 사람은," 싼초가 말했다. "소인이 듣기로는, 절대 '구제불능'[11]이라고 하던뎁쇼."

"그 '구제불능'이란 말이 무슨 뜻인지 모르겠구먼." 돈 끼호떼가 말했다.

"'구제불능'이란," 싼초가 말했다. "한번 지옥에 떨어진 사람은 거기서 나오려 해도 절대 나오지 못한다는 말입죠. 하지만 나리의 경우에는 그게 되레 거꾸로 되겠네요. 아니면, 소인의 발이 고장나든지요, 로신안떼를 세차게 몰지도 못할 지경으로 말입니다. 소인이 일단 엘 또보소에 제대로 들어가기만 하면, 둘시네아 귀부인 앞에서 나리가 하신, 아직 하시고 계시는 미친 짓과 바보짓을 전부다 말할 겁니다요. 그 소리를 들으면 아씨께서 참나무보다 딱딱한 마음을 가지고 계셨더라도 금방 비단장갑보다 보드라운 마음이 되

---

11 여기서 싼초는 'nula es retencio'라고 라틴어를 쓴다. 이는 원래 'Quia in infierno nulla est redemptio'로 '한번 지옥에 가면 절대 구제가 안된다'는 뜻인데 장례식 때 성당에서 들었음 직한 말이다. 어떻든 당시 서민들은 이 말을 많이 썼다.

실 거고, 소인은 그분의 꿀같이 달콤한 답장을 받아서 마녀처럼 공중을 날아서 돌아올 거구만요. 그래서 지옥 같은 이 연옥 생활에서 나리를 바로 구해드리겠어요. 지옥 같지만 지옥이 아니니까 구해드릴 희망이 있지요. 소인이 이미 말했듯이, 지옥에 계시다면 살아나올 희망이 전혀 없지요. 이러하니 나리도 딴말은 없으시겠지요."

"그 말은 맞구먼." 불쌍한 몰골의 기사가 말했다. "한데, 그 편지는 어찌 써야 하지?

"거기에는 나리의 새끼 당나귀를 소인에게 주라는 명령[12]도 쓰셔야지요." 싼초가 덧붙였다.

"모든 걸 다 안에 써넣도록 하지." 돈 끼호떼가 말했다. "그리고 여기엔 종이가 없으니 옛사람들이 했듯이 나무 이파리나 양초 널빤지 같은 데다 써야 되겠는데, 그것도 종이만큼이나 지금 여기서는 구하기가 힘들겠구먼. 어디에다 써야 할지 방금 내가 생각해냈는데, 정말 좋은 게 있으니, 그건 바로 까르데니오의 그 수첩이면 되겠어. 그리고 자네는 그 말을 좋은 글씨로 종이에 옮기도록 해야하는데, 어디 가다가 학교 선생이나 그런 사람을 처음 만나면 부탁을 하고, 선생이 없으면 성당지기라도 옮겨적을 수 있지. 하지만 대서쟁이한테는 적어달라고 해서는 안되네. 그 사람들은 글씨를 아무도 못 알아보게 써서 귀신도 무슨 말인지 모르거든."

"그런데 편지 뒤의 서명은 어떡허지요?" 싼초가 물었다.

"아마디스 기사의 편지에도 서명은 없다네." 돈 끼호떼가 대답했다.

---

12 싼초가 당나귀를 잃었을 때, 돈 끼호떼가 자신이 가지고 있는 새끼 당나귀들을 주겠다고 약속한 것을 이행하라는 말이다. 이 이야기는 2판의 23장에 끼워넣은 구절에 나온다. 이 책 23장 각주 3 참조.

"그럼 됐구만요." 싼초가 말했다. "하지만 새끼 당나귀를 주라는 명령은 꼭 서명을 하셔서 써넣으셔야 합니다요. 그런데 그 서명을 옮겨적으면 사람들이 사기 서명이라 할 거고, 그러면 새끼 당나귀를 못 가져오는데요."

"그 명령은 수첩 안에 서명해주겠네. 그걸 내 조카딸이 보면 명령을 이행하는 데 어려움이 없을 거야. 그리고 사랑의 편지 이야기인데, 거기에는 마지막에 '죽을 때까지 그대의 사람, 불쌍한 몰골의 기사'라고 서명하게나. 그리고 이 편지를 다른 사람이 가지고 가서는 일이 틀어질 게야. 내가 기억하기로는 둘시네아는 글을 쓸 줄도 읽을 줄도 모르고, 여태까지 내 편지나 글을 받아본 적이 없거든. 나의 사랑도 그녀의 사랑도 항상 정신적이어서 서로 점잖게 마주 본 적은 있어도 말로 해본 적은 없어. 게다가 워낙 가끔 마주치는 거여서, 내 맹세하며 진실을 고백하건대, 땅에 묻힐 이 두 눈빛보다도 더욱 그녀를 사랑하지만 열두해가 되어도 총 네번도 못 봤을 거야. 그리고 이 네번 중에도 이 사람이 그녀를 지켜보고 있다는 것도 눈치채지 못했을 수 있어. 그녀의 아버지 로렌소 꼬르추엘로와 어머니 알돈사 노갈레스가 규중 깊은 곳에 가둬 그토록 정성껏 금이야 옥이야 하며 키웠던 여자일세."

"아이구머니!" 싼초가 말했다. "그러니까 로렌소 꼬르추엘로의 딸이 바로 엘 또보소의 둘시네아 귀부인 아씨라구요? 그 원 이름이 알돈사 로렌소구요?"

"바로 그렇지." 돈 끼호떼가 말했다. "그녀야말로 온 우주의 여왕이라도 되실 만한 분이지."

"소인이 그 여자를 잘 알구만요." 싼초가 말했다. "그 여자는 온 동네 힘센 청년들보다 힘이 더 장사여서 무거운 쇠절구질도 혼자

잘한다고 알고 있습니다요. 하늘이 알고 땅이 아는 일이지만요, 그 여자야말로 정말 가슴에 털 난 장정보다도 더욱 용감하고 멋진 나무랄 데 없는 처녀지요. 세상에 어떤 방랑기사, 혹은 미래의 기사라도 그 여자를 귀부인으로 모시고 있는 한, 그에게 닥친 모든 어려움을 다 해결해줄 거구만요! 우와, 정말이지 그 여자 목소리하며 뚝심 센 건 더 말할 것도 없지요! 한번은 동네 종각 위에 올라가서 자기 아버지가 묵혀놓은 밭에서 얼쩡거리던 머슴들을 소리 질러 부르는데 그곳에서 한 오리 이상 떨어진 곳에서도 바로 종각 탑 밑에 있는 것처럼 그 목소리가 잘 들리더랍니다요. 가장 좋은 점은 예절은 아주 바르지만 아무에게나 장난치고, 뭐든지 보고 찡그리고 예쁜 척하는 애교 같은 건 전혀 없다는 겁니다요. 그래서 말인데, 우리 불쌍한 몰골의 기사님, 그 여자라면 나리께서는 정말 미칠 지경이 되시거나, 아니면 누구든 미치게 할 만한 처녀입니다요. 그뿐만 아니라 나리께서는 진짜 정당하게 절망에 빠지거나 목을 매도 좋으실 거라 생각됩니다요. 누구든 그걸 알면 나리가 저 지경이 될 수밖에 없었음을, 제기랄, 세상이 두 조각이 나도 인정하지 않는 사람이 없을 테니까요. 소인도 그 처녀를 보러 빨리 길을 떠나고 싶구만요. 그녀를 본 지가 상당히 오래되어서 아마 꽤 변했을 거구만요. 들판에 나가 늘 햇볕에 쪼이고 바람을 맞으며 일만 하는 여자들의 얼굴은 쉽게 상하거든요. 이제 나리께 하나 고백합니다만, 돈 끼호떼 어르신네, 지금껏 소인은 정말 아무것도 몰랐습니다요. 그저 성실하게 생각하기를, 둘시네아 귀부인 아씨는 어떤 공주이며 나리께서 그분을 사모하고 있구나 하고만 믿었지요. 아니면 적어도 그럴 만한 지체 높은 부인이어서 나리께서 그 훌륭한 선물들을 늘 보내시는구나 여겼습죠. 그 비스까야 놈이나 죄수들을 알현

토록 보내신 거라든지, 소인이 기사님의 하인으로 들어오기 전에
라도 나리께서 모험에 승리한 그 많은 전공이나 전리품, 그밖의 많
은 영광도 그분에게 보내셨을 거 아닙니까요. 하지만 잘 생각해보
면, 알돈사 로렌소 아가씨, 아니 엘 또보소의 둘시네아 아씨에게 나
리께서 전투에 이기신, 혹은 앞으로 쓰러뜨릴 자들을 모두 보내시
니 그자들이 그 여자 앞에 무릎을 꿇고 조아렸을 때 그녀 알돈사는
도대체 무슨 생각을 했을까요? 어쩌면 그들이 거기 도착했을 때,
그녀가 삼대를 째서 씻고 있거나 밭에서 탈곡을 하고 있을지도 모
르는데, 그들이 거기 달려가서 뵙자고 하면 그 여자가 그 꼴을 보
고 비웃거나 화를 내지 않겠습니까?"

　"이미 전에도 자네에게 여러번 이야기했네만, 싼초 이 사람아."
돈 끼호떼가 말했다. "자네는 정말 말이 너무 많아. 비록 재주는 무
디지만, 어떨 때는 상당히 예리한 데가 보이기도 하거든. 그러나 자
네가 얼마나 어리석고 내가 얼마나 온당한가를 보여주기 위해 짤
막한 이야기 하나 들려주지. 아름답고 부자이고 자유분방하고 특
히 쾌활하기가 그지없는 한 젊은 과부가 있었는데, 이 여자가 목
소리 좋고 건장한 한 수도사에게 홀딱 반했더라 이 말일세. 그것
을 그 수도사의 상관이 알게 되어 어느날 그 착한 과부에게 한 식
구처럼 다정하게 나무라는 뜻으로 이렇게 말했다는군. '참으로 놀
랍습니다, 아씨! 그도 그럴 것이 아씨처럼 예쁘고 부자이고 그렇
게 지체 높으신 분이 누구처럼 그렇게 천박하고 미련하고 형편없
는 남자에게 반했다니 말씀이외다. 이 집에는 선생도 많고 수도사
후보생도 많고 신학자 어르신들도 많으니 그 좋은 분들 중에서 고
르신다면 더할 나위 없이 좋지 않겠습니까. 예를 들어, 저 사람은
싫고 난 이 사람이 좋아 하는 식으로 말씀입니다.' 그러자 그때 그

여자는 아주 우아하고 활달하게 이렇게 대답했다는 걸세. '나리께서는 무언가 아주 잘못 알고 계신 것 같습니다. 소녀가 그 사람을 택한 게 나리가 보기에 바보 같은 사람이어서 잘못되었다고 생각하신다면 그 생각 자체가 참 구식이네요. 소녀가 그분을 좋아하는 것은 학식도 높고 아리스토텔레스보다 아는 것도 많기 때문이랍니다.' 그러니, 싼초 이 사람아, 내가 엘 또보소의 둘시네아를 사랑하는 것 또한 이 세상에서 가장 높은 공주님만큼 그녀가 훌륭하기 때문이라는 걸 알아야 하네, 그렇고말고. 시인들이 제멋대로 이름을 붙이고 사랑하고 칭송하는 그 귀부인들이 다들 실제로 존재하는 여인인 게 아닐세. 자네는 아마릴리스나 필리스, 씰비아, 디아나, 갈라떼아, 필리다라고 하는 여자들, 그러니까 책이나 노래에 나오는 여자들이나 이발소나 극장에서 흔히 시인들의 입을 통해 과거나 현재에도 늘 칭송하는 그 흔한 여자들이 다 진짜로 뼈와 살을 가진 여자들이라고 생각하나? 물론 아니지. 대부분 시의 소재로 쓰기 위해 가상의 여인을 만들어 쓴 것일 뿐이야. 그 사람들이 사랑을 느끼게 해야 하고, 또 사랑을 할 만한 덕과 용기를 가지는 게 필요하기 때문에 만들어진 여자들인 것일세. 그래서 나는 알돈사 로렌소라는 그 알량한 여자가 어쩌하든 그저 아름답고 정숙하다고 생각하고 믿으면 되는 일이야. 그리고 혈통 같은 게 그다지 중요하지 않은 건 족보를 일일이 조사하고 귀족 복장을 입힐까 말까 하고 찾아갈 사람은 없으니까 나는 그저 그 여자가 세상에서 가장 높은 공주님이라고 알고 믿고 있는 걸세. 왜냐하면, 싼초 이 사람아, 자네도 모른다면 알아둬야 할 게 여자에게서는 단 두가지가 그 무엇보다도 사랑의 마음을 자극하는 요소인데, 그건 바로 아름다움과 좋은 평판일세. 그런데 이 둘을 둘시네아는 충분하고도 남을 만큼 갖추고 있다는 사실이야. 그 아름다움에서 어떤 여자도 둘시네아를 따라가지 못하고, 또한 좋은 평판에서도 누가 이 여자를 따라가겠는가. 어찌 되었든 결론적으로 말해서, 나는 내가 말한 모든 것이 하나도 틀림없이 다 그렇다고 생각하니까, 그녀의 아름다움이며 지체 높음을 내가 원하는 대로 내 상상 속에 그리고 있지. 그 예쁘다는 헬레네도 루크레티아도, 과거의 그리스나 로마, 아니면 야생시대의 다른 어떤 유명한 여자들도 우리 둘시네아의 미모에 미치지 못하지. 사람마다 제멋대로 말을 하는 건 좋은데, 혹시 무식한 사람들이 그걸 보고 나무란다 하더라도 난 그런 혹독한 비판에 끄떡도 안할 걸세."

"나리께서 하신 말씀이 모두 지당하심을 소인도 압니다요." 싼초가 대답했다. "그러니 소인이 당나귀처럼 멍청하지요. 이런, 소인이 왜 또 이 당나귀 소리를 하는지 모르겠네요, 목매달아 죽은 집에서는 밧줄 이야기를 하지 말라 했는데…… 어쨌든 얼른 편지 주십시오. 빨리 인사 올리고 떠나얍지요."

돈 끼호떼는 수첩을 꺼내 한쪽 호젓한 곳으로 물러나 조용히 편지를 쓰기 시작했다. 편지를 끝내자 싼초를 불러서는 혹시 길을 가다 편지를 잃어버릴 수도 있으니 그 내용을 잘 기억하라고 직접 읽어주겠노라고 했다, 그에게는 불행한 일이 많으니 늘 조심해야 한다고 하면서. 그러자 싼초가 말했다.

"나리, 그 수첩에다 두세번 적어서 저에게 주시면 되지요. 소인이 잘 간직하고 가져갈 테니까요. 그걸 소인이 머릿속에 기억하고 있으리라 생각하시는 건 말도 안됩니다요. 소인은 기억력이 나빠서 종종 지 이름이 뭔지도 잊어버리는뎁쇼. 허지만 어쨌든, 나리께서 읽어보시지요. 그 편지가 기똥차게 잘 쓰인 것 같아 듣기만 해도 좋을 것 같네요."

"그럼, 들어보게, 이렇게 쓰여 있네."

돈 끼호떼가 엘 또보소의 둘시네아에게 쓴 편지

하늘같이 높으신 아씨께

칼날 같은 그리움으로 상처받은 이 몸이 마음 구석구석 아픔을 안고 사랑하는 엘 또보소의 둘시네아여, 저는 얻지 못한 안식과 안부를 그대에게 전하옵니다. 아름다운 그대께서 저를 몰라주신다면, 그대의 은덕이 제 쪽으로 기울지 않는다면, 그대의 무정함이 저에게 깊은 상처를 낸다면, 비록 참는 데 이력이 난 제 몸이오나 오래도록 깊이 사무치는 이 고통 속에서 지탱해나가기가 힘들 것 같사옵니다. 제 착한 하인이 그대 때문에 고통받는 저의 모든 이야기를 전할 것이니, 오, 아름답고 무정한, 사랑하는 내 원망의 표적이시여! 저를 구하고 싶으시다면 저는 항상 그대 것으로 남아 있겠나이다. 그러지 못하시겠다면 마음 가는 대로 행하시옵소서. 이 목숨 하나 끝내는 것으로 그대의 잔인함과 제 소망에 충분히 보답하는 게 될 테니까요.

죽는 날까지 당신의 사람,

불쌍한 몰골의 기사가.[13]

"세상에!" 편지를 들던 싼초가 소리쳤다. "여태껏 이렇게 고상한 말은 평생 처음 들어봤습니다요. 아니, 어쩌면 그렇게 하고 싶은 이야기를 하나도 빼놓지 않고 다 하십니까요? 게다가 그 '불쌍한 몰

---

13 이 편지의 말투는 기사소설에 나오는 연애편지의 전형을 따랐다.

골의 기사'라는 서명이 어찌 그리도 거기에 꼭 맞습니까요. 참말로 나리는 그냥 그대로 귀신이신가보네요, 세상에 모르는 게 없지 않습니까요."

"이 모든 게," 돈 끼호떼가 말했다. "내가 하고 있는 기사 수행에는 다 필요한 거라네."

"아, 그건 그렇다 치구 말입니다요." 쌴초가 말했다. "그 편지 다른 쪽에는 새끼 당나귀 세마리에 대한 증서를 쓰셔야지요. 누가 보면 확실히 알아보도록 명확하게 서명도 하시구요."

"그건 그렇게 하지." 돈 끼호떼가 말했다.

그러더니 돈 끼호떼는 그 증서를 써서 쌴초에게 다음과 같이 읽어주었다.

이 증서는, 내 질녀인 귀하께서 나의 하인인 쌴초 빤사에게 새끼 당나귀를 주라고 하는 명령임. 내가 집에 두고 온, 지금은 그대가 맡아 키우고 있는 다섯마리 중 세마리를 그에게 주기 바람. 여기에서 현금으로 받은 다른 여러가지의 값으로 언급한 새끼 당나귀 세마리를 그에게 지불하고 양도해주기를 명함. 이 지불증서에 따라 명확히 이행하기 바람. 당년 팔월 스무이튿날, 씨에라 모레나 심심산중에서.

"증서를 잘 쓰셨네요." 쌴초가 말했다. "나리께서 서명하셔야지요."

"서명 같은 건 필요없네." 돈 끼호떼가 말했다. "빨간 글자로 내 싸인만 하면 되지. 이건 서명과 똑같은 거라서 이 정도면 당나귀 세마리 정도가 아니라 삼백마리라도 줄 수 있는 충분한 증서가 되지."

"소인은 나리만 믿겠습니다요." 싼초가 대답했다. "이제 그럼 로신안떼에게 말안장을 얹으러 가겠습니다. 곧 출발하겠으니 나리도 소인에게 인사 겸 축복을 해주실 채비를 하셔얍지요. 나리께서 하실 그 괴상한 짓은 안 보고 싶습니다요. 그런 짓을 하도 많이 하셔서 더이상 원이 없을 정도로 보았거든요."

"적어도 내가 바라는 건, 싼초 이 사람아. 사실 그게 필요하니까 말인데, 그러니까 내 말은, 내가 지금 당장 홀랑 옷을 벗고 미친 짓을 하는 걸 몇가지는 보고 가야지. 그건 반시간도 안 걸리네. 그래야, 자네 두 눈으로 똑똑히 보았으니 그다음은 자네 맘대로 더 붙여서 말을 하더라도 확실히 설명할 수 있을 거 아닌가. 정말이지 내가 할 고행이 너무 많아서 자네 입으로는 다 이야기할 수가 없을걸세."

"아이구 맙소사, 나리, 제발 나리께서 홀러덩 벗는 그것만은 보지 않게 해주십시오. 그걸 보면 너무 불쌍해서 소인이 눈물을 감추지 못할 겁니다요. 엊저녁에 당나귀 잃어버리고 운 것만으로도 소인은 지금 머리가 엉망이라서 시방 또다시 새로 통곡할 기운도 없습니다요. 나리께서 하시는 미친 짓 몇가지를 꼭 소인이 보기 원하시면 지금 먼저 생각나는 것 중에서 짧은 걸로 그냥 옷을 입고 하십시오. 소인 생각으로는 그런 짓은 전혀 필요가 없고, 이미 말씀드렸듯이, 그래야 소인이 돌아올 시간을 절약하는 게 되지 않겠습니까요? 당연히 나리께서 바라시는 좋은 소식을 가지고 돌아올 테니까요. 일이 잘 안되면, 둘시네아 공주도 두고 보라지요. 만일 그녀가 제대로 답을 안 주면 소인도 믿는 데가 있구먼요. 하늘에 엄숙히 맹세하건대 주먹질, 발길질을 해서라도 기어이 그 뱃속에서 좋은 답장을 끌어내고야 말겠구만요. 나리같이 유명한 방랑기사가 밑도 끝도 없이 고런 여자 때문에 미쳐가는데, 세상에 어찌 참고 견딜 수가 있단 말입니까요? 고런 여자는 고런 여자지, 소인더러 아씨라고 부르라 하지 마세요. 말이야 나오는 대로 하는 거라고 세상이 두 조각이 나도 여하튼 '고런 여자'지요.[14] 소인이 그런 꼴 보고 참을 사람인감유? 지를 모르고 하는 짓이지요! 참말이지 지를 안다면 알아서 모실 겁니다요."

"그러고 보니, 싼초," 돈 끼호떼가 말했다. "내가 보기에 자네도 나보다 정신이 온전한 건 아니구먼."

"소인은 그렇게 미친 것은 아닙니다요." 싼초가 대답했다. "미친 게 아니라 화가 나 있는 것입죠. 그러나 이 문제는 일단 제쳐두고, 소인이 돌아올 때까지 나리는 그동안 무얼 잡수시고 사시렵니까요? 까르데니오처럼 길가에 나가 목동들에게 먹을 것을 빼앗아 먹고 사시겠습니까?"

"자네는 그런 걱정으로 너무 신경 쓸 것 없네." 돈 끼호떼가 대답했다. "먹을 것이 있어도 여기 초원이나 나무에서 나는 풀과 과일밖에는 안 먹을 테니까. 내 수행의 훌륭한 점은 먹지 않고도 먹은 만큼 다른 고통스러운 일들을 해내는 데 있지. 그럼 잘 다녀오게나."

"허지만 소인에게 걱정이 하나 있는데, 나리는 아시남요? 나리를 남겨두고 가는 이 장소가 하도 외진 곳이라 소인이 여기로 다시 잘 찾아오지 못할까 두렵구만요."

"여기 표적들을 잘 기억해두게나, 나도 이 근방에서 멀리 나가

---

14 'porque por Dios que despotrique y lo eche todo a doce, aunque nunca se venda'(왜냐하면 제발 입에서 나오는 대로 지껄이게, 결과가 어찌 되건 다 내버려두고라도)라는 원문을 좀더 자유롭게 우리말로 풀어보았다.

지 않도록 주의함세." 돈 끼호떼가 말했다. "그리고 또한 자네가 어디쯤 돌아오는가 보기 위해 여기 높은 바위들 위에 올라가 있도록 하지. 또 하나 더 좋은 것은, 자네가 나를 못 찾고 길을 잃어버리는 일이 없도록 이 근방에 많은 금작화 가지 몇개를 잘라 평지로 나갈 때까지 띄엄띄엄 놓고 가면 되지 않겠나. 그래서 자네가 돌아올 때는 그 꽃가지들을 이정표 삼아서 나를 찾아오면 되지, 페르세우스[15]가 미궁을 빠져나올 때 썼던 실을 모방해서 말이야."

"그럼 그렇게 합지요." 쌴초 빤사가 대답했다.

그러고는 꽃가지 몇개를 꺾어 나리께 축복해주기를 청했고, 둘은 끝없이 눈물을 흘리며 작별을 했다. 쌴초가 로신안떼 위에 오르자 돈 끼호떼는 말에게 신신당부하며 말하기를 자신을 보살피듯 그를 잘 돌봐주라고 부탁했다. 쌴초는 평지를 향해 길을 가면서 주인어른이 충고한 대로 띄엄띄엄 금작화 꽃가지를 뿌리고 갔다. 비록 돈 끼호떼는 자기가 하는 미친 짓을 두가지도 보여주지 못한 게 괴롭고 아쉬웠지만 쌴초는 그냥 그렇게 떠났다. 그러나 한 백 발자국도 가지 못해서 쌴초가 돌아왔다.

"나리, 나리가 하신 말씀이 참말 맞네요. 양심의 가책 없이 미친 짓 하신 걸 똑똑히 보았다고 맹세하려면 그래도 하나쯤은 보고 가야겠네요. 비록 나리께서 그냥 계실 때도 정말 끔찍한 미친 짓을 하시는 걸 보았습니다만요."

"내가 뭐라고 하던가?" 돈 끼호떼는 말했다. "잠깐 기다리게, 쌴

---

15 이 이름은 페르세우스가 아니라 테세우스라고 해야 맞다. 작가 세르반떼스의 착각이거나 인쇄공의 착각일 것이다. 테세우스가 크레타 섬의 미로에서 빠져나올 때의 신화를 언급하고 있는데, 리께르의 판단으로는 세르반떼스의 오해일 공산이 더 크다고 한다.

초, 잠깐이면 한바탕 보여줄 테니까.”

　그러고는 서둘러 속바지를 벗고 맨몸과 팬티 바람이 되었다. 그
다음 다짜고짜 공중에 발길질을 하며 두번 뛰어오르다 두번 자빠
지고, 두 다리를 공중에 치켜든 채 머리를 밑으로 박고 떨어지는
바람에 못 볼 것이 튀어나오자 싼초는 더이상 보고 싶은 마음이 없
어져서 말고삐를 돌렸다. 그 정도면 나리가 미쳤다고 기꺼이 맹세
할 수 있다고 생각했다. 그럼 이 정도에서 우리는 싼초가 길 떠나
는 이야기를 접고, 얼마 안돼 그가 돌아올 때를 기다리자.

26장

돈 끼호떼가 씨에라 모레나 산중에서 사랑에 몸부림치며 저지른 기막힌 이야기들이 계속된다

우리 불쌍한 몰골의 기사가 혼자 남아 저지른 이야기로 다시 돌아가자. 역사가 전하는 바에 따르면 돈 끼호떼는 위에만 옷을 입고 아래는 알몸인 채 공중돌기를 하고 깡충 뛰기도 하다가 싼초가 더 이상 미친 짓을 보는 것을 기다리지 않고 그냥 떠나버리자 곧장 높은 바위 끝으로 올라갔다. 그는 거기에서 전에 몇번이고 생각은 해봤지만 한번도 실행해보지 못한 일을 할 생각을 했는데, 그건 이런 경우에 어떻게 하는 게 더 좋을까 하는 것이었다. 기상천외의 일을 저지른 롤랑을 흉내내느냐, 우울증에 몸부림쳤던 아마디스를 따르느냐 고민하면서 혼잣말로 말했다.

"롤랑이 모든 사람의 말처럼 그토록 좋은 기사이고 그렇게 용감했다면, 결국 마법에 걸린 게 얼마나 잘된 일인가? 롤랑을 죽이려면 발끝에다 정확하게 바늘을 꽂지 않으면 안되니 아무도 그를 죽이지 못하지 않았던가? 게다가 롤랑은 항상 신발 밑창에다 철판을 일곱장씩 붙이고 다녔으니…… 베르나르도 델 까르삐오는 적의 계략을 훤히 꿰뚫어보니 무슨 덫을 놓아도 아무 소용이 없었지만, 결국 론세스바예스에서 팔로 껴안아서 죽였지. 하지만 무용의 문제는 그 정도로 됐고, 정신을 잃은 사람의 경우를 살펴보면 어떤가. 롤랑의 정신이 돌아버린 것은 사실이지. 안젤리까가 아프리카서 온 아그라만떼의 부하인 머리칼이 곱슬곱슬한 형편없는 무어족인 메도로[1]와 두번 이상이나 같이 낮잠을 잔 것을 목동을 통해 듣고, 운명의 신의 장난[2]에 놀아난 흔적들을 발견하자 완전히 돌아버린 거지. 롤랑은 모든 게 사실이구나 생각하고 자기가 사랑하는 여자가 그런 부정한 짓을 저질렀다는 것을 알았으니 바로 미쳐버리지 않을 수가 있었겠는가. 하지만 나는 그런 동기도 이유도 없는데, 어떻게 그 사람의 미친 짓을 모방할 수가 있지? 엘 또보소의 내 둘

---

1 『『돈 끼호떼』 어휘사전』(*La Lengua de Cervantes: Gramática y Diccionario de la Lengua Castellana en el Ingenioso Hidalgo Don Quijote de la Mancha 1, 2, 3*, Madrid: 1906)을 쓴 프라우까(Julio Cejador y Frauca)가 되짚고 있는 『성난 오를란도』에 나오는 이야기로는, 메도로는 '아그라만떼의 부하'가 아니라 다르디넬 데 알몬떼(Dardinel de Almonte)의 부하였으며, 다르디넬은 아그라만떼 왕과 함께 샤를마뉴 대제에 대항하여 싸우려고 아프리카에서 온 왕자들 중의 한 사람이었다. 이밖에도 세르반떼스의 착각은 곳곳에 나타난다. 물론 소설가가 꼭 기억력이 정확해야 하는 것은 아니다.

2 '운명의 신의 장난'이라고 번역한 부분은 'en la Fortuna'를 의역한 것이다. 꾸에스따의 초판본에는 분명히 이렇게 나온다. 현대 학자들은 이 'Fortuna'를 'fontana, fuente'(샘물)의 오자로 보고 고쳐 읽는다. 그도 그럴 것이 아리오스또의 『성난 오를란도』에 보면, 오를란도가 샘물가에서 안젤리까와 메도로가 잔 흔적을 발견하기 때문이다. 마르띤 데 리께르는 아리오스또의 책에도 메도로와 안젤리까가 우연히 들어간 동굴에서 동침한 장면을 'che sua vuluntá meni o Fortuna'(Canto XXII, estr. 109)로 표현하고 있는 것으로 보아, 원본대로 '운명의 여신'으로 읽는 것도, 즉 이 모든 불행한 애정행각을 '운명의 장난'으로 읽는 것도 틀린 것은 아니라는 주장이다. 역자는 큰 오류가 아닌 이상 원본을 따르기에 이 주장을 받아들였다.

시네아는, 감히 단언하지만, 결단코 평생에 자기네 옷을 제대로 입은 진짜 무어족을 본 적도 없고 아직도 태어난 그대로 오늘도 깨끗하게 살고 있지 않는가. 그러니 그녀가 딴짓을 했다고 상상해서 '성난 롤랑' 이야기에서 롤랑이 한 그런 종류의 미친 짓을 모방하여 내가 미쳐버린다면 이건 분명히 둘시네아를 모독하는 게 되지 않겠는가. 한편 골 지방의 아마디스 기사는 정신이 돌아버리거나 미친 짓을 하지 않고도 어느 누구보다도 모범적인 연인으로 명성을 높인 적이 있지. 역사에 따르면, 아마디스 기사가 한 행동은 사랑하는 오리아나 공주에게 버림받고 자기 마음이 돌아설 때까지 앞에 나타나지 말라는 공주의 명령을 듣고, 그대로 뻬냐 뽀브레라는 산중으로 물러나 은자 한 사람과 살며 거기서 실컷 통곡을 하고 하느님의 가호를 청하는 것이 아니던가. 그 많은 고민과 고통 속에서 몸부림치며 하늘이 구원해줄 때까지 말이야. 그것이 그대로 사실이라면 나는 무엇 때문에 지금 애써서 옷을 홀렁 벗고 나한테 아무 해코지도 안한 이 나무들을 괴롭히려고 했던가? 이 시냇물의 맑은 샘물은 내가 목이 마를 때 마실 물을 주는데, 이 물을 일부러 흐리게 할 이유가 없지 않은가. 때마침 아마디스 기사의 생각이 난건 정말 잘된 거야. 라 만차의 돈 끼호떼가 있는 힘을 다해 모방해야 할 사람은 바로 그거야. 내가 그렇게 하면, 그 사람에게 하는 말과 같은 소문이 나겠지. 즉, 큰일을 저지르지는 않았지만 저지를 뻔하다가 죽었다고. 그리고 내가 엘 또보소의 둘시네아에게 버림받거나 쫓겨나지 않았어도, 아까 내가 한 말처럼 그녀와 떨어져 있는 것만으로도 이유는 충분하지. 그러니, 자, 일을 시작해보자! 아마디스 기사의 기억을 떠올리자. 그리고 어디서부터 모방할 것인가를 생각해보자. 하지만 내가 알기로 아마디스가 제일 많이 한 짓은 기도하고 하느님의 가호를 청한 것뿐이지 않은가. 가지고 온 묵주가 없는데 어떻게 기도를 한다?"

그 순간 적절한 해결 방안이 머리에 떠올랐으니, 주렁주렁 늘어진 속내의 자락을 하나 길게 찢어서 매듭을 열한개 만들고 그중 하나는 다른 것들보다 좀더 크게 만들었다. 이걸 당분간 묵주로 쓰기로 하고 기도를 수천번 올렸다.[3] 그런데 돈 끼호떼가 가장 안타까운 것은 자기 기도를 들어주고 서로 위안해줄 은자를 그 근처에서 달리 찾을 방도가 없다는 거였다. 그래서 풀밭 위를 거닐면서, 나무껍질 위에나 자잘한 모래 위에 시구를 새기거나 쓰면서 소일을 했다. 시구는 모두 둘시네아를 칭송하는 것이거나 자신의 슬픔을 읊은 것들이었다. 그러나 뒤에 사람들이 거기서 그를 발견했을 때 읽을 수 있는, 제대로 남은 시구는 다음에 나오는 몇개밖에 없었다.

이곳에 자라고 있는
나무여, 풀이여, 초목들이여,
수없이 많은 크고 파란 친구들이여,
나의 불행을 좋아하지 않는다면,
이 나의 성스러운 하소연을 들어보소.

나의 고통이 비록 소름 끼쳐도
그대들은 야단스레 떨지 말지니,
그대들과 마음을 나누려고,
여기 돈 끼호떼는 엘 또보소의

---

[3] 이 구절이 약간 불경한 느낌이 들었던지 2판에는 다음과 같이 바뀌었다. "그리고 떡갈나무 줄기의 큰 마디들 열개를 줄줄이 꿰어 묵주로 썼다."

둘시네아를 향한 그리움을
노래하노라.

이곳이 바로 가장 충실하게
사랑을 경험한 한 연인이
그의 임으로부터 숨어 산 곳이니,
어디서 어떻게 된지도 모르고
이 커다란 불행 속에 빠졌노라.

사랑은 정처없이 흔들리는 것,
사랑은 커다란 불행의 씨앗,
그리하여 커다란 물통을 채울 만큼
여기 돈 끼호떼는 엘 또보소의
둘시네아를 향한 그리움을
노래하노라.

이 험악한 바위들 사이
행운을 찾아 돌아다니며,
암벽과 거친 땅 사이
이 슬픈 자에게 불행만을 안겨준
그 야속한 속마음을 저주하며,

사랑은 보드라운 허리띠보다
채찍으로 때려 상처를 주고,
그 아픔이 머리끝까지 사무쳐

여기 돈 끼호떼가 엘 또보소의
둘시네아를 향한 그리움을
노래하노라.

이런 내용을 읊은 시구를 발견한 사람들은 둘시네아 이름 앞에
'엘 또보소'라는 귀족스러운 호칭을 붙인 걸 보고 적잖이 웃었다.
왜냐하면 그들 생각으로는 돈 끼호떼가 둘시네아를 부르면서 '엘
또보소'라는 말을 붙이지 않으면 노래를 이해하지 못할 것 같아 붙
인 것으로 여겨지기 때문이었다. 나중에 돈 끼호떼가 고백한 것을
보면 그것도 사실이었다. 다른 시구도 무척 많이 썼는데, 이미 말했
듯이 앞의 세 노래밖에는 제대로 남아 있거나 알아볼 수 있는 것이
없었다. 이런 짓을 하면서 숲의 수목들이며 동물들, 강물의 요정들
그리고 고통에 차고 물기 젖은 메아리의 여신을 부르고 한숨지으
며, 자신의 하소연을 듣고 화답하고 위안해주십사 소리 지르며 시
간을 보냈다. 싼초가 돌아올 때까지 살아남으려고 먹을 풀을 찾는
것도 일과 중의 하나였다. 싼초가 돌아온 것은 사흘이 지나서인데,
만약 삼주가 지났다면 이 불쌍한 몰골의 기사는 그 모습이 하도 일
그러져서 낳아준 제 어미라 할지라도 알아볼 수가 없었으리라.
　이쯤에서 돈 끼호떼는 한숨과 시에 싸서 거기 남겨두고, 심부름
을 간 싼초 빤사에게 일어난 일을 이야기해보자. 싼초는 큰길로 나
오자 엘 또보소라는 마을을 찾아나섰는데, 다음 날 자기가 담요에
싸여 치욕을 당했던 그 객줏집에 당도했다. 그 객줏집을 보자마자
그는 다시 한번 공중으로 날아갈 것만 같아 안으로 들어갈 생각이
없었다. 시간이 마침 들렀다 갈 시간이고 많은 날들을 마른 순대나
질경거리고 지나온데다 마침 식사시간인지라 무슨 따뜻한 거라도

맛보고 싶은 심정도 있었기에 그래야 했지만……

어쨌든 이런 욕구 때문에 싼초는 자기도 모르게 객줏집 옆으로 다가갔다. 여전히 들어갈까 말까 주저하고 있는데 객줏집에서 두 사람이 나오다가 이내 그의 얼굴을 알아보았다. 그러자 한 사람이 다른 사람에게 말했다.

"여보세요, 석사 양반, 저 말 탄 친구가 싼초 빤사 아닙니까, 바로 우리 모험가의 가정부께서, 자기 주인의 하인이 되어 함께 떠났다고 얘기했던 그 싼초 빤사?"

"그렇구면." 석사가 말했다. "그리고 저건 바로 우리 돈 끼호떼의 말이야."

그들이 싼초를 알아본 것은, 다름 아닌 같은 마을의 이발사와 신부로 서재의 책들을 다 탐색하고 기록했던 바로 그들이었기 때문이다. 그들은 싼초 빤사와 로신안떼임을 확실히 알아보자 돈 끼호떼의 소식을 들으려고 다가갔다. 신부는 싼초의 이름을 부르면서 말했다.

"싼초 빤사 이 친구야, 자네 주인은 어디 있는가?"

싼초도 곧 그들을 알아보았고, 주인이 어디서 어떤 지경이 되었는지 그 사정과 장소를 숨겨야겠다고 마음먹었다. 그래서 대답하기를, 자기 주인님은 어떤 장소에서 무척 중요한 일을 하시느라 바쁘므로 자기는 얼굴에 두 눈이 있어도 절대 밝힐 수 없다고 했다.

"아닐세, 아니야," 이발사가 말했다. "싼초 빤사 이 사람아, 자네가 우리한테 그가 어디 있다고 말을 안하면, 우리는 전에도 짐작을 잘했듯이 자네가 주인을 죽이고 도둑질을 한 것으로 생각할 수밖에…… 자네가 그렇게 그의 말을 타고 온 걸 보니 말이야. 사실대로 그 말의 주인이 있는 곳을 알려주어야 할 거야. 그러지 않았다간 두고 보라구."

"지한테 그렇게 협박할 것까지는 없구만요. 지는 사람 죽이고 도둑질하는 사람이 아니구만요. 사람은 다 제 운수로 죽고 사는 것이고, 그건 하느님 뜻입지요. 우리 주인은 시방 산중에서 내키는 대로 한창 고행을 치르고 계시는구만요."

이렇게 말하고는, 쉬지 않고 주인님의 상황을 낱낱이 털어놓았다. 지금까지 일어난 모험들하며, 시방 엘 또보소의 둘시네아에게 편지를 전하러 가는데, 그 둘시네아는 로렌소 꼬르추엘로의 딸로 그 여자에게 간까지 빼줄 정도로 반해 있다고 덧붙였다.

싼초가 하는 이야기를 듣고 그 둘은 적잖게 놀랐다. 비록 돈 끼호떼가 미친 줄은 알았고 그게 어떤 종류의 광기인지 짐작은 했지만, 싼초의 이야기를 들으면서 새삼 또 놀랐다. 그들은 엘 또보소의 둘시네아 공주에게 가져간다는 그 편지를 보여달라고 청했다. 싼초는 수첩에 적어두었는데, 나리의 명령이 처음 도착하는 데서 편지를 종이에 옮겨쓰라고 했다고 말했다. 그 말에 신부가 자신이 아주 멋진 글씨로 옮겨적어줄 테니 우선 보여달라고 했다. 싼초는 가슴팍에 손을 넣어 수첩을 찾았으나 그걸 찾지 못했으니, 아마 지금까지 찾아봐도 찾아낼 수 없을 것이다. 그 편지는 돈 끼호떼가 가지고 있었고, 싼초에게 건네주지 않았으며 싼초 또한 달라고 할 생각을 못했던 것이다.

수첩이 없는 걸 알자 싼초는 죽을상이 되어 온몸을 다시 더듬거려봤지만 수첩은 어디에도 없었다. 그러자 다짜고짜 두 손으로 자기 수염을 쥐어뜯어 반쯤이나 뽑아냈고, 쉬지 않고 자기 얼굴이며 코에 대여섯번씩 주먹질을 해대니 코피가 터져 얼굴이 피투성이가 되었다. 이발사와 신부가 그걸 보고는 무슨 일이 있었기에 그리하며 그렇게 화낼 이유가 뭐냐고 물었다.

"무슨 일은 무슨 일이겠어요?" 싼초가 대답했다. "이 손에서 저 손으로 옮기다가 한순간에 새끼 당나귀 세마리를 잃어버린걸요! 한마리 한마리가 집채만큼 큰 놈들인데……"

"어째서 그리되었는가?" 이발사가 다그쳐 물었다.

"그 수첩을 잃어버렸단 말씀입죠." 싼초가 대답했다. "거기엔 둘시네아에게 보내는 편지와 주인님이 서명한 증서가 있는데, 그 증서에다 나리의 조카딸에게 집에 있는 당나귀 네댓마리 중에서 세마리를 소인에게 주라고 명령했단 말입니다요."

이 말과 함께 싼초는 자기 당나귀를 잃어버린 이야기를 했다. 신부는 그를 위로하면서 주인을 만나면 자기가 양도서를 재작성하도록 말하겠으며, 그땐 관행대로 다시 종이에 쓰도록 하겠다고 말했다. 그렇게 수첩에다 쓴 것은 받지도 않을뿐더러 명령을 이행하지도 않는 법이라고 했다.

이 말을 듣고 싼초는 마음을 가라앉혔고, 일이 그리된다면 둘시네아에게 보내는 편지를 잃은 것은 별로 애통할 게 없다고 했다. 자기가 그 편지를 거의 다 외고 있으므로 언제 어디서나 원하는 대로 옮겨적을 수가 있다고 했다.

"그럼 어디 외어보게, 싼초." 이발사가 말했다. "우리가 뒤에 옮겨적도록 하지."

싼초 빤사는 그 편지를 기억해내느라고 한참을 머리를 긁적거리며 한쪽 발에 몸을 실었다 또다른 발에 몸을 싣곤 했다. 때로는 땅을 바라보기도 하고 또 이따금 하늘을 쳐다보기도 하면서 편지 내용을 기다리는 사람들을 잔뜩 긴장시키며 손가락 살을 반쯤 갉아먹고는 한참이 지난 뒤에야 드디어 입을 열었다.

"아이구, 석사 나리, 이거 빌어먹을, 그 편지가 왜 그리 기억이 안 나는지, 허지만 처음엔 '마늘같이 높으신 아씨께'⁴라고 한 것 같습니다만."

"'마늘같이'라고 하지는 않았겠지." 이발사가 말했다. "아마 '하느님같이' 아니면 '하늘같이 높으신 아씨'라고 했겠지."

"예, 그렇구만요." 쌴초가 말했다. "그다음엔 제 기억이 틀리지 않는다면, 계속되기를…… 기억이 틀리지 않는다면 말입니다, '미련하고 잠이 부족한 사람, 그리고 상처난 사람이 그대의 손에 입 맞추옵니다, 무정하고 전혀 알지 못하는 아름다운 여자여,' 그러고는 무슨 건강인가 병인가를 그 여자에게 보낸다고 하였습니다요. 그리고 여기서 한참 나가다가 마지막에는 '죽을 때까지 당신의 사람, 불쌍한 몰골의 기사'라고 끝맺었죠."

두 사람은 쌴초의 알량한 기억력을 보고 적잖게 재미있어했지만, 쌴초의 기억력을 무척 칭찬해주고 때가 되면 자신들이 옮겨써야 하니까 외어야 한다며 다시 두번 더 그 편지를 외어달라고 했다. 다시 세번이나 쌴초는 외어바쳤고, 그럴 때마다 삼천번이 넘는 말도 안되는 소리를 다시 지껄여댔다. 그러고 나서 또한 나리의 일들을 이야기했는데, 절대 들어가지 않으려고 한 그 객줏집에서 일어났던 담요말이 사건은 한마디도 안했다. 또한 자기 주인 나리께서 엘 또보소의 둘시네아 공주에게서 좋은 소식을 받아오기만 하면, 곧바로 황제나 적어도 왕이 될 수 있는 길로 행차하실 거라는

---

4 'Soberana y alta señora'는 '하늘같이 높으신 아씨께'로 옮겼다. 원문에서 이걸 쌴초가 잘못 기억하여 'Alta y sobajada(손때 묻은) señora'라는 말로, 즉 'soberana'(여왕 같은)를 소리가 비슷한 'sobajada'로 기억하는, 세르반떼스 특유의 말놀이 맛을 살리기 위해 역자는 '하늘같이'를 '마늘같이'로 옮겨보았다.

말도 했으며, 나리와 자기 둘 사이에 그렇게 약속했다고 했다. 그리고 주인 나리의 용기, 그분의 팔뚝 힘으로 보아 아주 손쉽게 그자리에 오르실 수 있을 거라 했고, 그리되면 그때 자신은 틀림없이 홀아비가 되어 있을 터이니 자신을 결혼시켜줄 것인데, 자기에게 줄 부인은 왕후의 시녀쯤 될 것이고, 그녀는 섬 같은 게 아니라 풍성하고도 커다란 육지 나라의 후계자쯤 될 것이므로 그때가 되면 자기도 섬 같은 건 바라지도 않게 되리라고 했다.

싼초는 이따금 콧잔등을 닦아가며 아주 차분한 어조로 이렇게 말했지만, 그렇게 정신 나간 소리를 하는 걸 보고 둘은 새삼스레 놀랐다. 돈 끼호떼의 광기가 얼마나 열정적이었으면 그렇게 정신을 앗아가버렸을까 생각했다. 그들은 싼초가 착각에 빠져 있다는 걸 쓸데없이 일깨워주고 싶지는 않았다. 그게 그 사람의 양심에 거리 낄 만한 일이 아니기에 그냥 그대로 놓아두는 게 나을 것 같았고, 자기들로서는 그 바보 같은 소리를 듣는 게 더 재미있을 것 같아서이기도 했다. 그래서 그들은 주인 나리가 부디 건강하시기를 늘 기도하라고 했다. 시간이 흐르다보면 자네 말대로 혹시 황제가 될 수도 있고, 그게 아니더라도 적어도 대승정이나 그 비슷한 다른 무슨 귀한 자리에 오를 수도 있을 거라 했다. 그 말에 싼초는 말했다.

"어르신네들, 세상 어찌 될지 모르는 게 운수 아닙니까요. 그래서 혹시 우리 주인께서 황제는 되기 싫고 대승정 자리가 마음에 든다고 하실 수도 있는데, 소인이 시방 알고 싶은 건 방랑 대승정들은 자기 하인들에게 주로 무엇을 주남요?"

"그 사람들이 주로 주는 건," 신부가 대답했다. "교황청에서 주는 연금인데 보통연금이나 특별연금이지. 성당지기 자리를 줄 수도 있는데 고정 급료도 무척 많고 그밖에 기도드릴 때나 미사에서 나오는 돈도 만만치 않아."

"그런 자리를 얻으려면," 싼초가 되받았다. "하인은 결혼을 해서
는 안되고, 최소한 미사를 도와줄 능력은 있어야겠구만요. 그렇다
면 내 신세만 재수없게 되는 거지요, 난 결혼도 했고 낫 놓고 기역
자도 모르니까요. 그러니까 우리 주인께서 다른 방랑기사들의 관
례대로 황제가 되시지 않고 대승정이 되겠다고 변덕을 부리시면
지는 어떡하남요?"

"자네는 걱정할 것 없네, 이 친구 싼초." 이발사가 말했다. "우리
가 자네 주인에게 요청하고 충고해서 그 점은 꼭 명심토록 할 테니
까. 그분은 공부보다는 용맹성이 더 뛰어나니까 대승정보다는 제
왕이 되는 게 더 쉬울 거라고 말일세."

"소인 생각에도 그건 그렇구만요," 싼초가 대답했다. "지가 알기
로는 비록 모든 일에 재능이 있으시지만요. 소인이 지 나름대로 할
수 있는 일이란 그저 우리 주님께 기도드리고, 나리께서 제일 잘하
시는 분야로, 그래서 소인에게도 더욱 득이 되는 일로 정진하시라
는 기원을 드리는 거네요."

"말하는 걸 보니 점잖으시구면." 신부가 말했다. "자네는 좋은
사람이니 그렇게 될 거네. 하지만 지금 당장 해야 할 일은, 주인이
고행을 하고 있다고 하니 그 쓸데없는 고통에서 자네 주인을 구해
내는 방책을 알려주는 걸세. 그러니 우리가 어떻게 할지 생각도 하
고, 또 마침 점심때이기도 하니 식사도 할 겸 이 객줏집으로 들어
가는 게 좋겠구면."

싼초는 당신들만 들어가시고 자기는 밖에서 기다리겠다고 하면
서, 자기는 거기 들어가는 게 좋지 않고, 안 들어가는 이유는 나중
에 말씀드리겠다고 했다. 그러나 부탁을 하자면, 따뜻한 음식 조금

하고, 로신안떼에게 줄 보리죽만 좀 가져다주셨으면 한다고 청했다. 그들은 �싼초를 남겨두고 안으로 들어갔고, 얼마 안되어 이발사가 먹을 것을 가져다주었다. 그뒤, 둘이는 머리를 맞대고 자기들이 원하는 바를 어떻게 성취할지 궁리를 거듭했는데, 신부의 머리에 돈 끼호떼 취향에 가장 맞을 만한 방안이 떠올랐다. 신부는 그들이 원하는 바를 이루기 위해 자신의 방안을 이발사에게 말했는데, 그건 이발사는 하인 복장을 하고 신부 자신은 최대한 그럴듯한 처녀 복장을 하고서는 돈 끼호떼가 있는 곳으로 가서 갖은 고민과 고난에 처한 처녀 시늉을 하며 그에게 도움을 청하자는 거였다. 돈 끼호떼는 용감한 방랑기사로서 어쩔 수 없이 그 청을 들어줄 거라는 거였다. 그녀가 요청하는 도움이란, 돈 끼호떼에게 그녀가 말하는 곳으로 가서 자기에게 상처를 준 나쁜 기사에게 복수를 해줍시사 하는 것이고, 덧붙여 부탁할 것은 그 나쁜 기사에게 본때를 제대로 보여줄 때까지는 자기 재산의 일부를 청하거나 가면을 벗도록 명령하지는 말도록 하자는 것이었다. 돈 끼호떼는 이런 식으로 요청하면 틀림없이 응할 것이므로 이렇게 해서 그 고행에서 그를 구해내서 고향으로 데려가고, 일단 거기로 데려간 다음 돈 끼호떼의 이상한 광기를 고칠 방법이 있는지 연구해보자고 했다.

27장

신부와 이발사가 어떻게 그들의 의도대로 성공했는지, 그리고 그밖에 이 긴 소설에서 이야깃거리가 될 만한 사건들에 대하여

이발사는 신부의 작전이 나쁘지 않다고 생각했다. 오히려 아주 멋진 방법이라고 생각해 바로 실행에 들어갔다. 객줏집 안주인에게 부탁해서 신부에게 여자의 외출용 머리덮개와 두건을 쓰게 하고, 신부의 새 두루마기를 입혔다. 이발사는 객줏집 주인이 매달아 놓은 황소 꼬리인지 당나귀 꼬리인지로 수염을 달았다. 객줏집 안주인이 뭐하려고 이런 것들을 걸치느냐고 물었다. 신부는 짤막하게 돈 끼호떼가 미쳐 있다는 이야기를 하고, 지금 미친 짓을 하느라 산중에 있는데 거기 가서 그 사람을 구해내려면 꼭 이런 위장이 필요하다고 했다. 객줏집 주인과 안주인은 그 미친 사람이 자기 집에 머문 적이 있으며 만병통치 유약이라는 것을 만들고 자기 하인이 담요말이를 당하게 한 그 장본인이라는 걸 알아차렸다. 그들은 싼초가 신부에게는 이야기하고 싶지 않았던 그 사건의 전모뿐만 아니라 돈 끼호떼와 겪은 이야기를 모두 일러바쳤다. 결국 객줏집

여주인은 신부에게 정말 눈 뜨고는 못 볼 이상한 복장을 해주었는데, 천으로 만든 여자의 머리덮개에다 너비가 한뼘쯤 되는 검은 융단 조각을 갈래갈래 찢어붙인 것들을 잔뜩 달아놓았다. 이렇게 왐봐 왕 축제에나 만들어 입었을 여자 머리덮개에다 다른 복장들은 밝고 하얀색 깃으로 장식한 초록색 융단 조끼를 입혔다. 신부가 머리 장식물을 씌우는 것만은 받아들이지 않아 머리엔 대승정이 밤에 잘 때 쓰는 모자 같은 솜털 두건을 쓰기로 했다. 이마에는 검은 반창고 같은 띠를 두르고, 다른 띠 하나로는 복면을 만들어 수염이며 얼굴을 잘 가리도록 했다. 큰 모자는 꼭 눌러쓰게 해서 양산 역할까지 하도록 하고, 망또를 걸친 채 여자처럼 가볍게 노새 위에 자리하고 앉았다. 자기 노새에 올라탄 이발사도 허리까지 수염을 늘어뜨리고 있었는데, 그 붉고 하얀 수염이, 우리가 보통 이야기하듯이, 불그스름한 황소 꼬리로 만든 것 같아 보였다.

그들은 모든 사람과 작별을 했다. 그 재미있는 마리또르네스도, 비록 죄 많은 인생이지만 그들이 행하려는 일이 대단히 어렵고 자비스러운 일이기에 꼭 성공하게 해달라고 하느님께 도와주십사 기도하겠다고 약속했다.

그러나 객줏집을 떠나자마자 신부는 문득 다른 생각이 떠올랐으니, 비록 그게 가장 옳다고 하는 일이지만 성직자가 이렇게 점잖지 못한 복장을 하고 나다니는 것이 잘못되지 않았는가 하는 거였다. 그래서 이발사에게 말을 해서 옷을 바꿔입자고 제의했다. 말하자면 차라리 이발사가 고난에 처한 처녀가 되고, 자신이 하인 역할을 하는 게 더 낫지 않겠느냐는 것이었다. 그래야 자기 체면도 덜 손상될 거라며, 만약 역할을 바꾸어주지 않겠다면 귀신이 돈 끼호떼를 잡아가는 한이 있어도 더이상 이 일을 계속할 수가 없다고 했다.

이때 싼초가 왔는데, 그런 복장을 하고 있는 두 사람 꼴을 보고
는 웃음을 참을 수가 없었다. 결국 이발사는 신부가 원하는 대로
하기로 했고, 작전을 바꾸어서 신부는 이발사가 어찌해야 하는지
를 일일이 알려주었다. 돈 끼호떼를 감동시키기 위해 해야 할 말들,
쓸데없는 고행을 위해 선택한 그 장소에서 마음을 떼어놓기 위해
할 말들, 그밖에 돈 끼호떼에게 할 모든 말을 가르쳐주었다. 이발사
는 그런 강의를 안 받아도 자기가 다 알아서 제대로 하겠다고 대답
했다. 이발사는 돈 끼호떼가 있는 곳에 가까이 가기 전까지는 옷을
바꿔입지 않고 싶어서 자기가 입어야 할 옷을 접어넣었다. 신부도
수염을 점잖게 추스르고 싼초 빤사가 인도하는 대로 길을 따라갔
다. 싼초는 산중에서 미친놈과 만나 일어났던 이야기를 늘어놓았
으나 가방을 발견한 것과 그 가방 속에 들어 있던 것에 대한 이야
기는 하지 않았다. 싼초는 비록 미련하기는 했지만 욕심은 약간 있
는 인간이었던 것이다.

다음 날 싼초가 나리를 두고 온 장소를 기억하려고 꽃가지 표시
를 남겨놓은 장소까지 와서는 그 꽃가지들을 알아보고 거기가 들
어가는 입구라고 말했다. 그리고 자기 주인을 해방해주려고 그리
해야 한다면 여기서 옷을 바꿔입는 게 좋겠다고 했다. 싼초가 그들
에게 듣기로는, 그렇게 하는 게 주인이 선택한 그 불행한 생활에서
그를 구할 수 있다고 했기 때문이다. 싼초는 그들에게서 그들이 누
구이며, 아는 사람이라는 걸 절대로 밝히지 말라는 부탁을 받았다.
그가 당연히 들을 질문은 둘시네아에게 편지를 전했느냐는 것일
텐데, 그때는 전했다고 하면서 그녀가 편지를 읽을 줄 몰라서 말로
전했다고 하라고 했다. 주인은 불행을 무릅쓰고 자기를 보내어 그
녀를 만나고 오라고 했으며, 그것이 주인에게는 아주 중요한 일이

라고 전했다고 하라고도 했다. 왜냐하면 이런 말과, 신부와 이발사가 돈 끼호떼에게 하려고 하는 말들이 싼초를 잘살게 해줄 수 있으며, 그렇게 하는 게 돈 끼호떼가 황제나 왕이 되기 위해 바로 길을 떠나게 하는 확실한 방법이기 때문이라고 했다. 그리고 대승정이 되겠다고 할지도 모르겠다고 하는 건 걱정할 게 전혀 없다고 했다.

싼초는 모든 이야기를 듣고 기억 속에 꼭 담아두었다. 그리고 자기 주인이 대승정이 아니라 황제가 되도록 충고하겠다는 뜻을 대단히 고맙게 생각한다고 말했다. 싼초의 생각으로는, 하인들에게 은혜를 베푸는 면에서는 방랑 대승정보다는 황제가 훨씬 더 능력이 있을 것 같았기 때문이다. 한편, 싼초는 자기 혼자 주인을 찾아가 둘시네아 님의 대답을 전해드리는 것이 좋을 것 같다면서 그들이 그토록 수고를 안해도 그녀의 소식만으로도 돈 끼호떼를 그곳에서 끌어낼 수 있으리라고 말했다. 싼초 빤사가 하는 말이 그럴싸해서 그들은 싼초가 주인을 찾았다는 소식을 가져올 때까지 거기서 기다리기로 했다.

싼초는 그 둘을 어느 골짜기에 남겨두고 깊은 산골짜기 안으로 들어갔다. 둘이 남은 골짜기에는 작은 시냇물이 유유히 흘렀고, 주변에는 나무와 바위 들이 기분 좋고 선선한 그늘을 드리우고 있었다. 그들이 그곳에 도착한 때는 대낮이라 8월 더위가 한창인데다 그 지방은 특히 가장 무더운 곳이었다. 오후 3시, 그래서 그 시원한 장소가 더욱 쾌적하게 느껴지고 누구라도 머물 만한 곳이어서 싼초가 돌아올 때까지 기꺼이 기다리기로 했다.

두 사람은 나무 그늘 밑에서 조용히 쉬고 있는데, 그때 그들의 귀에 달콤하고 사랑스러운 목소리가 들려왔다. 반주가 없다면 그 목소리 또한 어떤 악기에서 나오는 소리 같았을 게다. 그 장소가 그토록 좋은 노래를 부를 사람이 있는 곳이 아니라서 그들은 적잖이 놀랐다. 비록 깊은 숲 속이나 초원에는 목소리가 뛰어난 목동들이 있다고 말들 하지만, 그건 대부분 시인들의 간절한 소망일 뿐 사실은 아니었다. 더군다나 그들이 들은 노래가 시골뜨기 양치기들의 떠돌이 노래가 아니라, 고상한 이들의 시를 읊조리는 소리라서 더욱 놀랐다. 이 사실이 틀림없는 건 그들이 들은 노래가 다음과 같은 시구들이었기 때문이다.

누가 나의 행복을 앗아가는가?
매정함이.
그럼 누가 나의 고통을 더욱 키우는가?
질투가.
그럼 누가 나의 인내를 시험하는가?
그리움이.
그래서 나의 고통과 고뇌에는
어떤 처방도 없다네,
나의 희망을 죽이는 것은
매정함, 질투, 그리움이니.

누가 내게 이 고통을 주는가?
사랑이.
그럼 누가 나의 영광을 시기하는가?
운명이.
그럼 누가 나를 이 고통 속에 내버려두는가?
하늘이.

그래서 나는 이 이상한 병으로
죽어갈까 두렵다네,
내게 상처를 주는 것이
사랑이고 운명이고 하늘이니.

누가 나의 운명을 바꿀 것인가?
죽음이.
그럼 사랑의 행복은 누가 성취하는가?
변덕이.
그럼 사랑의 고통은 누가 치료해주는가?
광기가.
그래서 사랑의 열정을 치유하려는 건
정신이 제대로 박힌 사람이 아니지.
그 치유의 처방이라는 것들이
죽음이고 변덕이고 미치는 거니까.

훌륭한 노랫말, 목소리, 고독, 그리고 때와 시간이 듣고 있는 두 사람의 마음을 놀랍게 만족시켜주었다. 또다른 노랫소리가 들리기를 조용히 기다리고 있었으나 침묵이 상당히 길어지자 그들은 그토록 좋은 목소리로 노래하는 음악인을 찾아나서서 직접 만나볼 마음을 먹었다. 그 결심을 실행에 옮기려고 할 즈음 또다시 그 목소리가 그들을 움직이지 못하게 했다. 새로이 그들 귓가에 와닿는 노래는 쏘네트였다.

쏘네트

성스러운 우정이며, 가벼운 날개로
너의 겉모습은 땅에 남아 있지만,
축복받은 영혼들 사이 하늘에 살며
제국의 고대광실 속에서도 즐겁게 살아 있나니,

거기로부터, 때가 되면, 베일에 싸인
온당한 평화를 우리에게 가르쳐주나니,
지상의 우리에게는 때때로 좋은 선행을 하고 싶어도
결국 나쁜 결과가 되는 역설을 보여주시니,

하늘을 버리시라, 오, 우정이여! 아니면
이 덧없는 세상이 그대의 제복으로 나타나는 것을 막으시라,
그 속임수가 성실한 뜻을 파괴하나니,

그대의 겉모습을 벗겨주지 않으면,
세상은 곧 처음 혼란의 불협화음 속
싸움과 전쟁터로 변하고 말 것이니.

　노랫소리는 마침내 깊은 한숨으로 끝났는데, 두 사람은 노래가
더 나올지 기다리며 열심히 귀를 기울였다. 그러나 음악이 괴로움
으로 가득 찬 탄식과 한숨으로 뒤바뀌는 것을 듣고, 목소리는 참으
로 기가 막힌데 그토록 아픈 신음과 탄식으로 슬퍼하는 이가 누구
인지를 직접 알아보리라 생각했다. 거기서 얼마 가지 않아서 한 바

위의 모서리를 돌자 사나이 하나가 보였다. 싼초 빤사가 까르데니오의 이야기를 들려줄 때 묘사한 그 키와 용모를 지닌 남자였다. 그 남자는 그들을 보자 크게 놀라지도 않고 조용히 생각하는 사람의 표정으로 머리를 숙인 채, 돌연히 그들이 나타났는데도 한번 흘깃 쳐다보고는 더이상 눈을 들지 않았다.

신부는 말을 잘하는 사람이고, 그 사람의 불행한 소식을 알고 있던 터라 그 표정으로 금방 그임을 알아보고는 다가가서 짧지만 아주 점잖은 어투로 설득하기 시작했다. 목숨을 잃을지도 모르니 처참한 생활을 버리라고 간청하면서 만약 그리되면 불행 중의 불행이 아니냐고 했다. 까르데니오는 그때는 정신이 온전한 상태여서 종종 정신을 잃게 하던 그 광분의 사건과는 상관없는 사람이었다. 그래서 두 남자가 이런 호젓한 곳을 나다니는 사람들과는 전혀 다른 이상한 복장을 하고 있는 것을 보고 한동안 너무 놀라서 그냥 바라보기만 했다. 게다가 더 놀란 건 자기 사정을 다 아는 사람처럼—신부가 그에게 한 말들이 그렇게 생각하게 만들었다—이야기하는 것을 들었을 때였다. 그래서 이렇게 대답했다.

"어르신네들, 누구신지는 모르겠지만 하늘이 무심치 않아 선량한 사람, 흔히는 악한 사람까지를 구하러 하늘이 보내신 것 같군요. 비록 소인은 그럴 자격이 없습니다만 인적 뜸한 이 오지까지 찾아오셨군요. 어떤 사람들은 나를 눈앞에 두고, 나같이 여기서 이런 생활을 하고 있는 사람에게는 말이 필요없는데도 여러 열띤 사설로 나를 좋은 데로 데려가겠다고 회유한 적이 있었지요. 그러나 그 사람들은 이 고통에서 벗어나면 더 큰 고통에 빠지는 걸 나 스스로 알기에 하는 짓이라는 것을 모르고서, 아마 내가 말도 변변히 못하고, 더 심하게는 지각이 전혀 없는 사람 정도로 보았던 거지요.

그러는 게 크게 놀랄 일도 아닌 건, 내 생각에도 내 불행에 대한 나의 상상력이 너무 강해서 자칫 나를 망칠 정도로 위험하지 않나 그리 보일 때가 있거든요. 나 자신 그걸 저지할 힘도 없이, 아무 생각이나 의식 없이 돌처럼 무감각해질 때가 있어요. 이런 사실을 알아차린 것은, 어떤 사람들이 그런 소름 끼치는 상황이 나를 지배했을 때 내가 한 짓과 흔적 들을 말하고 보여줄 때지요. 그럴 때면 나는 쓸데없이 내 운명을 저주하고 부질없이 아파할 뿐이지요. 그리고 나의 미친 짓에 대해 용서를 빌고, 원하는 분들에게는 그 이유를 설명하지요. 정신이 있는 사람들은 그 원인이 무엇인지를 알게되면 그 결과에 대해 놀라지 않을 거고 나에게 처방을 내려주지는 못할지라도 적어도 책망은 하지 않고 내 방종한 행동에 대한 분노를 내 불행에 대한 연민으로 뒤바꿔놓을 수도 있어요. 만약 어르신네들이 전에 오신 다른 분들과 같은 뜻으로 여기 오셨다면, 그 점잖으신 설득을 더 하시기 전에 제발 끝도 없이 불행한 내 이야기를 좀 들어보십시오. 아마 어떤 위안의 말로도 달랠 수 없는 아픔을 달래주려고 쓸데없이 애만 쓰셨다는 걸 알게 될 터이고, 기운을 절약하실 수가 있을 테니까요."

두 사람은 사실 당사자의 입으로 직접 아픈 상처의 사연을 듣고 싶었던지라 그 이야기부터 들어보자고 청했다. 위안이건 처방이건 그가 원하지 않는 딴짓은 절대 안하겠다는 약속을 했다. 이리하여 그 슬픈 젊은이는 가슴 아픈 그 이야기를 시작하여 얼마 전 돈 끼호떼와 양치기에게 들려주었던 과정 그대로 똑같은 말로 이야기를 했다. 그때는 엘리사바뜨 의사의 사건을 이야기하다가 기사도의 품위를 존중하는 돈 끼호떼가 정확성에 대해 시비를 거는 바람에 이야기 도중 끝마무리를 맺지 못한 사연들이었다. 그러나 이제 다행히도 이 친구의 광기가 일시적으로 멈추어서 이야기를 끝까지 들어볼 기회가 생겼다. 그래서 『골 지방의 아마디스』라는 책 사이에서 돈 페르난도가 발견한 쪽지 이야기에 이르자 까르데니오는 그걸 머릿속에 다 외고 있다고 다음과 같이 털어놓았다.

루스신다가 까르데니오에게

날마다 당신에게서 내가 어쩔 수 없이 당신을 더욱 사랑할 수밖에 없게 하는 덕목을 발견합니다. 그러므로 당신이 내 정조를 건드리지 않으면서 이런 내 사랑의 의혹을 풀어주고자 하시고 싶은 일이 있다면 언제든지 하소서. 내 아버지도 당신을 알고, 또 나를 무척 사랑하시니 당신이 억지로 내 마음을 사려고 안해도 아버님께서 당신이 원하는 것을 온당하게 처리해주시리라 생각합니다. 정말로 당신 말처럼, 그리고 내가 믿듯이, 그렇게 나를 사랑하신다면 말씀입니다.

"이 쪽지를 보고, 이미 이야기했듯이, 루스신다 양에게 청혼할 생각을 했지요. 이 쪽지가 바로 돈 페르난도에게 루스신다를 그 당시의 가장 똑똑하고 얌전한 여자로 생각하게 한 동기가 되었고, 바로 이 쪽지가 그로 하여금 내 생각을 실행에 옮기기 전에 끝내 나를 파멸시키겠다는 욕망을 갖게 했지요. 나는 돈 페르난도에게 루스신다의 아버지가 주저하고 있다고 말하고, 그것은 우리 아버지가 직접 청혼하기를 바라는데 나는 감히 그 말씀을 못 드리고 있는 거라고 했지요. 내가 두려워하는 건 아버지가 찬성하지 않을 거라는 걱정이 아니었지요, 아버지도 루스신다의 미모며 예절이며 착한 마음씨, 훌륭한 자질을 다 알고 계셨으니까요. 또한 루스신다는 에스빠냐의 다른 어떤 명문가의 귀부인이라도 될 자격을 충분히 갖추었지요. 문제는 그게 아니라, 아버지는 리까르도 공작이 나한테 어떻게 해주는지를 볼 때까지는 내가 결혼을 서두르지 않기를 바라고 계시다는 걸 알았기 때문입니다. 결국 나는 아버지에게 감히 그 문제를 말씀드리는 그런 위험한 짓은 안하겠으며, 그런 불편한 문제도 있지만 다른 많은 생각도 떠올라서 못하겠다고 친구에게 말했지요. 무슨 생각인지는 모르겠지만, 내가 원하는 대로 하면 절대 그 결과가 좋지 않을 거라는 생각이 들었지요. 이 모든 이야기에 돈 페르난도는 자기가 책임지고 우리 아버지께 말씀드리고, 아버지가 루스신다 아버지께 상의하도록 하겠다고 했어요. 오, 욕심꾸러기 마리오여, 오, 잔인한 까띨리나여, 오, 악랄한 씰라여, 오, 사기꾼 갈랄론이여, 오, 배신자 베이도여, 오, 복수꾼 훌리안이여, 오, 탐욕꾼 유다여! 배신자, 폭군, 복수꾼, 사기꾼아, 너에게 자기 마음의 비밀과 속마음을 그렇게 허심탄회하게 털어놓았는데, 이 슬픈 친구가 너에게 무슨 못된 짓을 했더란 말이냐? 너에게 내가 무슨 모욕을 주었더냐? 모두 네 명예와 네 이익을 지켜주기 위한 것 말고 어떤 충고, 어떤 말을 내가 하였더냐? 그러나 이렇게 한탄하는 내가 우습구나, 이 지지리 운도 없는 인생아! 하늘의 별과 운명의 흐름이 불행을 가져올 때는 위에서 아래로 퍼붓는 것이어서 성난 질풍노도처럼 바위를 타고 아래로 쏟아지는 게 너무나도 명백한 사실이거늘, 무슨 힘이 있어 사람의 노력이 그것을 예방하고 막을 수가 있단 말이더냐? 돈 페르난도가, 그 점잖고, 나를 잘 도와주던 그 유명한 선비가, 사랑의 욕망이 생기면 생기는 대로 어디에서든 어떻게든 욕심을 채울 만큼 강력한 그가, 늘 회자되는 이야기식으로 내가 아직 가지지도 못한 순한 양 한마리를 내게서 앗아가기로서니 양심의 가책이나 받으리라고 누가 생각했더란 말이냐? 하지만, 이제 이런 생각은 소용없고 쓸데없는 짓이니 그만두기로 하고, 내 불행한 이야기의 끊어진 연맥이나 다시 이어가도록 하지요. 내 말은, 그러니까, 돈 페르난도는 내가 거기 있는 것이 그 사기꾼의 사악한 의도를 관철시키는 데 불편하다고 생각한지라, 나를 자기 형에게 보낼 결심을 했지요. 우리 아버지에게 나를 위해 말을 하겠다고 하던 그날, 말을 사서는 나에게 돈을 가지러 갔다 오라면서, 그건 일부러 내가 거기 없기를 바라는 목적으로— 자기의 음흉한 의도를 잘 성취하려고— 말 여섯필값을 지불할 돈을 구해와야 한다는 이유를 댔지요. 내가 이런 배신을 미리 막을 수가 있었겠습니까? 내가 혹시 그런 배신을 상상이나 할 수 있었겠냐구요. 물론 전혀 몰랐지요. 오히려 나는 그 말들을 아주 잘 샀다고 만족해하며, 아주 흔쾌히 즉시 다녀오겠노라고 먼저 나섰지요. 그날 밤 나는 루스신다와 이야기를 나누었고, 돈 페르난도와 약속해놓은 이야기를 그녀에게 했지요. 그리고 우리 둘의 올바르고 좋은 소망이 곧 결실을 맺게 될 테니 굳은 희망을 가지라고 했지요. 그녀는 내가 돈 페르난도의 배신을 몰랐듯이, 아무것도 모르고 그러자고 했지요. 우리 아버지가 자기 아버지에게 말만 하면 곧바로 우리 두 마음이 원하는 대로 결론이 날 것 같으니 부디 빨리 돌아오도록 애쓰라고 했지요. 무슨 연유였는지 모르지만, 이 이야기를 하는데 그녀의 눈에 눈물이 그득하더군요. 목구멍에 가시가 걸린 듯, 다른 말을 무척 많이 하려는 듯 보였지만, 말을 못하고 말더군요. 이런 새로운 모습에 나는 놀랐지요. 그때까지 그런 모습은 본 적이 없었거든요. 우리가 이야기를 할 때는, 운이 좋아서거나 내가 노력해서 겨우 만난 자리인지라, 서로 너무 기쁘고 반가워서 우리가 대화하는 중에 한숨이나 눈물, 질투나 의심, 두려움 같은 게 섞여나올 수가 없었지요. 하늘이 그녀를 나의 여자로 준 것에 대해서 모든 것이 나를 더욱 행복하게 하는 일뿐이었고 그녀의 아름다움은 지나치도록 아름답게 보였고, 그녀의 용기와 지혜는 더욱 놀랍게만 보였던 겁니다. 그녀도 내게 보상을 하듯 나에게 칭찬할 만한 점이 있으면 사랑하는 마음으로 칭찬해주었습니다. 이렇게 해서 우리는 우리 이웃이나 아는 사람들의 이야기, 그리고 수천가지나 되는 어린애 같은 이야기를 주고받았지요. 내가 했던 가장 난잡한 행동이라는 것은 겨우 그녀의 예쁘고 하얀 손 하나를 잡아 내 입술에 가져가는 것이었지요. 그것도 우리 사이에 가로놓인 창살 아래의 좁은 공간이 허락하는 틈 안에서였지요. 그러나 슬프게도 내가 떠나야 할 그 전날 밤엔, 그녀는 울고 신음하듯 한숨지으며 떠나갔어요. 나는 루스신다가 그렇게 고통스러워하고 감상에 젖어 슬퍼하는 걸 본 적이 없던 터라 그런 낯선 모습에 놀라 무서움과 혼란에 가득 차서 서 있었습니다. 그러나 내 희망을 없앨 수는 없었기에 모든 것이 나에 대한 커다란 사랑에서 나온 행위이고, 또 서로 사랑하는 사이인데 떨어져 있게 되는 고통 때문일 거라 생각했지요. 마침내 나는 마음속에 갖가지 상상과 의혹을 가득 안고, 생각에 잠긴 채 슬프게 길을 떠났습니다. 무슨 상상과 의혹으로 내가 괴로운지도 모르고, 내게 기다리고 있을 불행과 슬픈 사건이 보여주는 명확한 증거도 감지하지 못하고 말입니다. 돈 페르난도가 보낸 장소로 가서 그의 형에게 편지를 전했지요. 대접은 잘 받았지만 일을 잘해준 건 아니었습니다. 왜냐하면 나더러 기분 나쁘게도 여드레를 더 기다리라고 명령했기 때문입니다. 그리고 공작인 자기 아버지가 나를 볼 수 없는 곳에 있어달라면서 동생이 형에게 아버지 몰래 돈을 얼마간 보내달라고 했기 때문이라고 했습니다. 이 모든 게 사기꾼 돈 페르난도의 작전이었으니, 왜냐하면 그 형이 나에게 바로 주어보낼 돈이 없는 것은 아니었기 때문이지요. 엄한 명령이었지만, 난 도저히 명령을 따를 수 없는 심정이었습니다. 그 많은 날을 루스신다 없이 목숨을 지탱한다는 건 불가능하다고 생각했고, 더구나 아까 말했듯이 그녀를 그런 슬픈 모습으로 남겨두고 오지 않았습니까. 하지만 어찌 되었든, 좋은 부하로서 복종해야 했습니다. 비록 내 건강을 담보로 하는 고통스러운 일이었지만 말입니다. 그런데 거기 도착한 지 나흘이 되던 날, 한 사람이 편지를 들고 나를 찾아왔습니다. 편지를 받은 나는 놀라움과 함께 그게 루스신다가 보낸 것임을 알았습니다. 글씨가 그녀의 필체였으니까요. 두려움과 놀라움에 떨며 편지를 뜯어보았지요. 내가 거기에 없는데도 편지를 쓰다니, 거기에 있어도 거의 편지를 쓴 적이 없던 그녀인지라, 이건 무슨 심각한 일이 생겨서 펜을 들었으리라는 생각이 들더군요. 편지를 읽기 전에 그 친구에게 누가 편지를 주었으며, 길에서 얼마나 시간을 보냈느냐고 물었더니 그 사람이 이렇게 말하더군요. '시내에서 한낮에 어느 길거리를 지나는데, 한 예쁜 아가씨가 창문에서 나를 부르더니, 눈에 눈물이 가득한 채 무척이나 조급한 표정으로 말을 하더군요. '이봐요, 보아하니 마음이 고우신 분 같은데 제가 부탁 하나 드리겠습니다. 지금 즉시 이 편지를, 모두가 다 아는 사람인데, 봉투에 쓰인 주소와 사람에게로 전해주시면 하느님께 큰 은혜를 베푸신 것으로 감사하게 생각하겠습니다. 그리고 이 부탁을 들어주시는 데 불편함이 없도록 이 수건에 싸둔 것을 받아주십시오.' 이렇게 말하면서 창문으로 손수건 하나를 던지는데, 당신에게 보내는 편지와 함께 100레알, 그리고 여기 가져온 금가락지가 들어 있더군요. 그리고 내가 편지와 손수건을 받아드는 것을 보았고 손짓으로 부탁하신 대로 하겠다는 의사는 표했지만, 내 정확한 대답도 듣기 전에 창문 너머로 사라져버리더군요. 편지 하나 당신에게 전하는데 그렇게 돈을 많이 받은 것이 좋고, 봉투를 보니 편지 받을 사람이 당신이어서, 나리, 제가 당신을 잘 알지요, 또한 그 아름다운 아가씨의 눈물에 어쩔 수 없어서, 다른 사람에게 맡긴다는 건 불안해서 직접 당신에게 찾아와 이 편지를 전하는 겁니다. 그리고 편지를 받은 지 열여섯시간이 지났고, 내가 걸어온 거리는 열여덟마장쯤 된답니다.' 감사해하는 이 친구, 새로운 배달부가 이렇게 말할 때 난 목이 메어들었지요, 다리가 후들후들 떨리고, 그대로 서 있을 수도 없었어요. 편지를 열어보니 실제로 이런 말이 쓰여 있더군요.

    돈 페르난도가 당신 아버지께 말해서 제 아버지께 청혼을 하도록 권하겠다고 약속한 말은, 자기 맘대로 이야기를 하겠다는 것이지 당신을 위해 부탁하겠다는 것이 아니었습니다. 그분이 저에게 청혼한 것을 알려드립니다. 제 아버지는 돈 페르난도가 당신보다 더 이득이 많은 청년이라는 것을 알고, 그 사람의 청혼에 사실 그대로 합의를 하셨고, 지금부터 이틀 안에 결혼식을 올리겠답니다. 그것도 비밀로 단출하게 치러지는 식이라서 집안사람 몇명과 하늘이 증인이 될 거라네요. 제가 어떤 쪽을 택하고 싶을지 당신도 생각해보시고, 와주시는 게 당신이 할 일이라면 와서 보시지요. 그리고 제가 당신을 정말 사랑하는지 사랑하지 않는지는 이 사건의 결말로 당신은 알게 될 것입니다. 부디 하느님께 비오나니, 이 편지가 당신의 손에 빨리 도착하기를 바랍니다. 그러지 않으면 그전에 내 손은 언약을 지킬 줄 모르는 나쁜 사람의 손과 하나로 맺어져 있을 테니까요.

　이것이 편지의 전체적인 내용이었습니다. 이 편지는 나에게 다른 답장도 돈도 기다리지 않고 당장 길을 떠나게 했지요. 그때 나는 돈 페르난도가 형에게 나를 보낸 것이 말을 사기 위해서가 아니라 자기 욕심을 채우겠다는 속셈에서 나왔음을 분명히 알아차렸지요. 돈 페르난도에게 품은 앙심과 오랜 세월 공들이며 바라고 바라왔던 여인을 잃는다는 두려움이 날개 돋친 듯 나를 움직이게 했지요. 거의 날듯이 그다음 날 고향에 정확히 도착했고, 그때가 루스신다와 이야기하러 가기에 적당한 시간이었습니다. 은밀하게 마을로 들어갔고, 타고 온 노새는 편지를 가져온 그 사람의 집에 맡겨두었습니다. 때마침 운이 정말 좋아서, 일이 잘되려고 그랬는지, 루스신다가 우리 사랑의 증인인 창문에 나와 있는 시간이었습니다. 루스신다는 금방 나를 알아보고, 나 또한 그녀를 알아보았지요. 그러나 그녀가 나를 알아보는 것이 예전 같지 않았고, 나 또한 그러지 못했습니다. 하지만 여자의 변덕스러운 마음과 그 혼란스러운 생각을 속까지 다 꿰뚫어보았다고 칭찬받을 수 있는 자 세상에 누가 있습니까? 아마 아무도 없을 겁니다. 내 말은, 그러니까, 루스신다는 나를 보자 이렇게 말했답니다. '까르데니오, 나는 결혼식 드레스를 입었어요, 저 방에는 배신자 돈 페르난도와 욕심쟁이 우리 아버지가 날 기다리고 있어요. 다른 결혼식 증인들과 함께요. 이건 나의 결혼식이라기보다는 차라리 나의 사망식이 될 거예요. 너무 흥분하지 말고, 부디 나의 이 희생 제식에 나오도록 하세요. 이 결혼식이 내 말로 중단이 안되면, 내 품에 은장도를 숨겨놓았으니 내 목숨을 끊어서라도 이렇게 억지로 하는 결혼은 하지 않을 거예요. 그러면 내가 그대를 얼마나 마음으로 사랑했고 사랑하고 있는지 알게 될 테니까요.' 나는 정신없이 급히 서둘러, 대답할 겨를도 없어질 것 같은 두려움에 떨면서 말했습니다. '당신의 약속을 지키고, 당신의 진심이 원하는 대로 해요, 그대여. 만약 당신이 신의를 지키기 위해 은장도를 갖고 있다면, 나도 여기 칼을 가지고 있소. 이 칼로 필요하면 당신을 방어하고, 운명의 신이 우리를 도와주지 않으면 나도 목숨을 끊겠습니다.' 그녀는 내 이런 말을 다 듣지 못했던 거 같아요, 그때 결혼식이 임박했다고 급히 그녀를 부르는 소리가 들려왔거든요. 이렇게 해서 내 슬픔의 밤은 문을 닫았고, 내 기쁨의 태양은 지고 말았죠. 내 눈엔 빛이 없고 머리에는 말이 없었습니다. 그녀의 집에 들어갈 길도 못 찾겠고, 어디로 움직일 힘도 없더군요. 그러나 앞으로 벌어질 사건에서 내가 거기 있는 게 얼마나 중요한가를 생각하고 있는 힘을 다해 정신을 가다듬고 그녀의 집으로 들어갔어요. 나는 원래 이미 그 집의 입구가 어디인지, 출구가 어디인지를 무척 잘 알고 있었고, 또한 은밀하지만 소란스러운 분위기가 감돌고 있었기에 아무도 나를 보지 못했습니다. 그래서 아무도 안 보는 사이에 응접실 창문에 나 있는 틈으로 몸을 숨길 수가 있었습니다. 그리고 벽에 걸린 두 장의 융단 끝자락과 모서리로 몸을 감싸고, 그 속에 숨은 채 아무도 몰래 응접실 안에서 일어나는 모든 장면을 다 볼 수 있었습니다. 거기 있는 동안 내 가슴이 얼마나 뛰었는지, 무슨 생각이 내게 일어났는지, 어떤 작전을 짜고 있었는지, 말을 해서도 안되고 말할 수도 없는 그 수많은 생각을 이제 어찌 말이나 할 수 있겠습니까? 단, 그때 신랑 될 사람이 다른 치장 없이 보통 입던 옷차림 그대로 응접실에 들어왔다는 것만 상상하십시오. 들러리로 루스신다의 사촌 오빠를 대동하고 왔더군요. 방에는 밖에서 온 사람은 없고 집안의 시종들만 있었습니다. 그러고 나서 조금 뒤 한 방에서 루스신다가 몸종 둘과 어머니를 대동하고 나왔는데, 당연히 아름답고 품위있는지라 정말 잘 어울리고 잘 차려입은 모습이었습니다. 도시 귀족집 아가씨의 화려하고 찬연한 복장 그대로였지요. 너무 황홀하고 긴장되어서 특별히 무슨 옷을 입고 나왔는지는 자세히 볼 겨를이 없었어요. 다만 옷 색깔만 눈에 띄었는데 붉은색과 하얀색이었어요. 그리고 옷과 머리에 달린 보석과 장신구 들이 반짝거리더군요. 그러나 이 모든 치장보다 더 예쁜 것은 그 아름다운 황금빛 머리칼이었는데요, 그 빛이 얼마나 찬란하던지 그 수많은 보석과 방에 들고 들어온 네 자루 횃불의 불빛에 비교해도 그녀의 머리칼 광채만 유난히 눈에 들어오더군요. 아, 이런 기억이야말로 내 휴식을 방해하는 치명적인 것이올시다! 이제 와서 그 사랑스러운 원수 같은 여인의 더없이 아름다운 모습을 그려보는 게 무슨 소용이 있겠습니까? 차라리 이런 잔인한 기억을 제쳐두고, 그때 일어난 일을 그려보고 생각하는 게 그토록 분명한 굴욕을 되새겨서 복수는 아닐지라도 최소한 내 목숨이라도 끊을 수 있는 용기를 줄 게 아니겠습니까? 어르신네들, 내가 이렇게 사설을 많이 늘어놓는 게 지겨울 줄 압니다. 그러나 내 고통은 간략하게 지나가는 이야기로 해서도 안되고 또 할 수도 없는 것이어서 그렇습니다. 일어난 사건사건마다 제 생각엔 길게 이야기를 들어봐야 할 만큼 중요하기 때문입니다."

이 말에 신부는 이야기 듣는 게 지겹기는커녕 자잘한 사실을 그렇게 그대로 들려주는 게 정말 재미있다고 대답하면서, 이야기의 본 줄거리와 똑같이 그런 세세한 부분도 빼놓지 말고 자세하게 이야기하라고 청했다.

"그러니까 이야기를 계속하자면," 까르데니오가 말을 이었다. "모두들 응접실에 모이자 신부가 들어와서 두 사람의 손을 잡고 그럴 때 하는 요식행위로 물었지요. '루스신다 양, 성스러운 교회가 명하는 바에 따라 여기 있는 돈 페르난도 씨를 당신의 정식 남편으로 사랑할 것을 맹세합니까?' 그때 나는 융단 사이에서 내 목과 머리를 있는 대로 다 꺼내어 열심히 귀를 세워 정신없이 루스신다가 대답하는 소리를 들으려고 했습니다. 그 대답 하나가 나에게 사형선고가 될지, 구명선고가 될지를 기다릴 수밖에 없었지요. 오, 그때 누가 감히 '아, 루스신다, 루스신다! 당신 지금 무슨 짓을 하는지 똑똑히 봐!'라고 소리 지르며 나설 수가 있었을까요. '당신이 나한테 한 약속을 생각해, 당신은 내 거야, 딴 사람의 것이 될 수 없어! 당신이 예라고 대답하는 순간, 바로 그 순간은 나를 죽이는 거야! 아, 배신자 돈 페르난도, 내 영광을 훔쳐간 놈, 내 목숨을 앗아간 놈! 그대는 뭘 원하는가? 무슨 짓을 하려는 건가? 그대는 그런 식으로 선량한 척 자기 욕망을 채워서는 안된다는 것을 생각해! 루스신다는 내 아내니까, 그리고 나는 그녀의 남편이고!' 아, 내가 미치지…… 지금은 위험에서 멀리 있고 거기를 떠나왔으니, 그때 내가 했어야 할, 내가 못한 말과 행동을 다 말하지만, 지금은 사랑하는 사람을 도둑맞고 도둑놈을 욕하지만, 지금 아파할 가슴이 있다면 그때 그놈에게 복수라도 할 용기라도 있었으련만…… 결국 나는 그때 비겁하고 용렬했습니다. 지금 정신이 없이 후회하다 미쳐서 죽어간다 해도 대단한 게 아니지요. 신부는 루스신다의 대답을 기다리고 있었습니다. 대답하기 전 한참을 멈칫거리더군요. 은장도를 꺼내어 자신의 의지를 표명하거나, 나에게 이롭도록 사기 사실을 공표하고 진실을 말하기 위해 입을 열기를 기대하고 있던 찰나, 거의 죽어가는 목소리로 가냘프게, '예, 맹세합니다'라고 그녀가 대답하는 걸 들었습니다. 돈 페르난도도 같은 대답을 하더군요. 그리고 반지를 끼워주고, 두 사람은 다시는 풀 수 없는 인연의 끈을 맺게 되었습니다. 신랑이 된 사람은 아내를 포옹하러 다가갔고, 그녀는 손을 가슴에 얹은 채 자기 어머니의 품속에 기절하고 말았습니다. 이제 남은 이야기는 제가 무얼 느꼈는지를 말씀드리는 겁니다. 그녀가 '예'라고 대답하는 소리를 듣는 순간 내 모든 희망은 물거품이 되고, 루스신다의 굳은 언약도 거짓이 되고, 그 순간 잃어버린 내 행복은 당분간 회복할 길이 없다는 걸 알았습니다. 세상에 의지할 곳 없는, 하늘도 믿을 수 없는 신세인 걸 알았습니다. 온 하늘이 나를 지탱하던 땅의 적이 되어 나에게 숨 쉴 수 있는 공기까지 빼앗고, 두 눈을 적셔줄 물까지 빼앗아간 것 같았습니다. 오직 남은 불길만이 더욱 크게 훨훨 타올라 온 천지가 분노와 질투로 이글거렸습니다. 루스신다가 기절하자 모두들 소동이 벌어졌고, 숨을 쉴 수 있도록 그녀의 어머니가 그녀 가슴의 단추들을 풀자 접은 종이가 나왔는데, 돈 페르난도가 곧바로 그걸 집어 횃불 불빛에 읽기 시작했습니다. 그 글을 읽고는 의자에 주저앉아 손을 볼에 괴고 대단히 심각한 사념에 잠긴 표정을 지었습니다. 자기 아내가 기절에서 깨어나도록 당장 해야 할 조치들은 내팽개쳐두고 말입니다. 나는 집안사람들이 온통 야단법석을 떠는 것을 보고, 사람들이야 보건 말건 용감하게 밖으로 나왔습니다. 사람들이 나를 보면 난장판을 만들어 온 세상 사람이 내 가슴의 당연한 분노를 이해하게 하고, 사기꾼 돈 페르난도와 동시에 기절해 있는 저 배신녀의 변심을 만천하에 폭로할 결심이었습니다. 그러나 내 운명의 신은 더 큰 불행을—혹 그런 게 있다면—꼭꼭 저장해두었던지, 그 순간 나에게, 그뒤 지금까지는 할 수 없는 충분한 사리판단과 사려 깊은 행동을 하게 했고, 내 적들에게 복수할 생각도 못하게 했습니다. 사실 나를 배신하고 그런 행동을 한 그들에게 복수하기가 더 쉬웠을 터인데, 내 손으로 복수를 하고 싶었는데, 그리하여 그들이 저지른 죄과를 내가 벌하고 싶었는데, 그때 그들을 죽이는 것보다 더욱 혹독한 벌, 갑자기 죽음을 맞게 되면 아픔이 빨리 끝나니까 고문으로 천천히 죽여가면 목숨은 끊지 않고도 끝없이 죽이는 게 된다는 걸 떠올렸으니까요. 결국 나는 그 집을 나와 노새를 맡겨둔 집으로 가서 안장을 씌우라 하고 집주인에게 작별인사도 않고 노새에 올라 또다른 성서의 롯처럼 고개를 되돌려 쳐다보지도 않고 도시를 빠져나왔습니다. 혼자 들판에 서 있을 무렵, 한밤의 어둠이 나를 에워쌌습니다. 밤의 침묵이 내 아픔을 털어놓게 했습니다. 누가 알까, 누가 들을까 조심할 것도 두려워할 것도 없이 나는 목 놓아 울었습니다. 마음대로 욕을 하고, 루스신다와 돈 페르난도를 한없이 저주했습니다. 마치 그렇게 하면 그들이 나에게 저지른 배신과 원한이 풀리기라도 하듯이 잔인한 여인, 배신자, 위선자, 배은망덕한 여자라고 부르며 욕했습니다. 그러나 무엇보다도 당신은 물욕에 눈이 먼 여자라고 불렀습니다. 내 원수의 재산이 그녀 마음의 눈을 감게 했고, 나에게서 마음을 떼어 운이 좋아 더욱 개방적이고 솔직하게 보이는 그 사람에게 몸을 던지게 만들었으니까요. 그러나 이런 욕설과 저주가 쏟아져나오는 와중에도 그녀에게 용서를 빌었습니다. 집에서 항상 부모 말만 듣고 고분고분 따르며 사는 게 습관이 되어 있는 규중처녀가 자기 마음 내키는 대로 행동을 하겠다고 하는 건 무리일 수도 있다고 하면서, 더구나 그렇게 지체 높고 부자이고 신사인 양반을 남편으로 주겠다는데 받아들이지 않겠다고 하는 게 오히려 정신이 없는 행동일 수 있으니까요. 아니면, 딴 데 마음을 준 사람이 있다는 것은 가문 망신이고 불명예스러운 일로 지탄받았겠지요. 그런 다음 나는 다시 그녀가 나를 남편이라고 말했어도, 사람들이 신랑을 정말 잘못 선택했다고, 그녀를 용서 못하지는 않았으리라고 말했습니다. 돈 페르난도가 청혼을 하기 전에는 자기 딸의 남편으로 나보다 좋은 다른 사람이 있으리라고 그들 자신도 착실하게 자기들 마음을 가늠하고 선택할 만한 상황이 아니었기 때문이지요. 그녀도 마지막 강제 청혼을 받아들여야 할 상황에 이르기 전, 내가 이미 청혼을 했노라고 말할 수도 있었다는 거지요. 그래서 그럴 경우 내가 나타나 그녀가 거짓으로 청혼했다고 한 그대로 청혼을 하면 되는 일이었지요. 결론적으로 그녀는 판단이 모자라고 사랑이 부족하고, 야심만 많고 출세하고 싶은 욕심만 그득해서 나에게 준 언약을 잊어버린 거라고 생각했습니다. 나에게 굳은 희망과 정직한 소망을 주고 나를 지켜준 그녀의 말이 장난이고 거짓이었음을 알았습니다. 이렇게 소리치며 이런 안타까운 마음으로 그 밤이 다 새도록 걸었고, 동이 틀 무렵 이 산의 입구에 다다랐지요. 산길도 샛길도 없는 이 산중에서 또다시 사흘을 걷다가 마침내 이 산의 어느 쪽에 있는지도 모르는 파란 초원에 다다랐습니다. 거기에서 만난 목장 사람들에게 이 산중에서 가장 험한 곳이 어디인지 물었지요. 그 사람들은 이 근방이 험하다고 하더군요. 그래서 여기에서 내 인생을 끝마칠 생각을 하고 이쪽으로 걸어왔지요. 이 험한 산중으로 들어올 때쯤, 내 노새가 피로와 굶주림으로 죽어자빠졌어요. 그보다는 내가 안고서 부질없이 신음하는 고민의 무게를 자신에게서 떨쳐버리려고 죽은 것 같아요. 나는 그대로 서 있었어요. 배고픔에 지쳐, 자연에도 질려서 나를 구원해줄 사람을 찾아볼 생각도 꿈도 없었지요. 그렇게 땅에 누워 얼마쯤 있었는지 모르겠어요. 한참 뒤 일어나보니 배고픔은 가셨고, 곁에는 양치기들이 있더군요. 틀림없이 이 사람들이 나를 곤경에서 구해주었던 것 같아요. 그들이 발견했을 때 내가 어떤 꼴이었는가를 말해주어서 알았어요. 하도 말도 안되는 소리와 정신없는 짓들을 하고 있어서 분명히 머리가 돈 사람 같았다는 겁니다. 그뒤 지금까지 느낀 바로는 내 정신이 늘 정상이지는 않다는 겁니다. 어쩔 때는 형편없이 의식이 희미해져서 수천가지 미친 짓을 하지요, 옷을 발기발기 찢고, 아무도 없는 이곳에서 소리소리 지르며 내 운명을 저주하고, 나를 파멸한 사랑하는 사람의 이름을 부질없이 수없이 불러대며, 그대로 소리치며 목숨을 끊고 싶은 심정 하나로 지껄여대는 거지요. 그러다 정신이 돌아오면, 온몸이 지치고 초주검이 되어 거의 움직일 수조차 없어요. 주로 잠자리로 사용하는 곳은 한 코르크나무의 움푹 파인 곳인데, 이 불쌍한 몸 하나 겨우 의지할 만한 데지요. 이 산중에 돌아다니는 소 치는 아이들이나 양치기들의 자비심으로 먹고살지요. 그들은 내가 지나갈 만한 곳이나 찾기 쉬운 데라고 생각되는 바위나 길가에 먹을 것을 놓아두거든요. 그래서 비록 정신이 없을 때라도 생리적 필요성으로 먹을 걸 찾게 되고, 그런 음식을 먹고 싶은 마음이 생기고, 그러면 그걸 주워먹을 생각이 나지요. 어떨 때는, 내가 정신이 돌아왔을 때 하는 그 사람들 말로는, 길에 나와서 그냥 주려고 하는 음식도 자기들에게서 억지로 빼앗아 먹는대요, 마을에서 목초지로 먹을 것을 가지고 오는 목동들에게서 말이지요. 이렇게 해서 처참하고 곤궁한 내 삶을 이어갑니다. 하늘이 마지막 길로 나를 인도할 때까지, 아니면 내 기억 속에 돈 페르난도의 모독이나 루스신다의 배신과 아름다움이 더이상 생각나지 않게 될 때까지 말이지요. 하늘이 나를 죽이지 않고 이렇게만 둔다면, 내 생각을 좋게 정리할 수가 있겠습니다. 그러지 못할 바에야, 차라리 내영혼 같은 건 절대 가련하게 보지 말아달라고 간청할 수밖에 없네요. 나 스스로 원해서 택한 이 곤경에서 혼자서 빠져나갈 힘도 용기도 없으니까요. 어르신네들, 이것이 내 불행한 과거의 쓰라린 이야기입니다. 그러니 말들을 해보시지요, 어르신네들이 나를 보고생각하신 것보다 내 감정이 더욱 쉬 풀릴 수 있는 일로 보시는지요. 사정이 이러하니, 부디 나를 구제하려고 어찌하면 좋겠다 생각하신 것이 있더라도 괜히 설득하거나 충고하려 애쓰지 마십시오. 유명한 의사의 처방이라도 환자가 받아들이려 하지 않는 약은 소용이 없듯이 나에 대한 충고도 마찬가지일 것입니다. 루스신다가 없는 세상에 나는 건강 같은 건 바라지 않습니다. 그녀가 내 사람이고 내 여자가 되어야 할 사람인데 기꺼이 남의 여자가 되었다면, 나도 행복한 사람이 될 수 있었지만 기꺼이 불행한 자의 길을 가야지요. 그녀가 나를 확실히 망하게 하려고 변심을 했다면 그녀의 뜻을 만족시키기 위해서라도 멸망의 길을 가도록 힘써야지요. 그래야 앞으로 오는 사람들에게 교훈이 되겠지요. 모든 불행한 사람에게는 넘치도록 많았던 고통이 오직 나 한 사람에게는 부족할 뿐이었다고, 남들은 위안을 받지 못한 게 고통이었지만 나에겐 위안이 오히려 더 큰 불행과 고통을 주는 원인이었다고, 그 고통은 내 죽음으로도 끝나지 않으리라고……"

여기서 까르데니오는 그 긴 사설을, 사랑과 불행의 이야기를 끝냈다. 신부가 몇가지 위로의 말을 하려고 준비하는 동안, 문득 목소리 하나가 귓가에 들려와 말을 막았다. 비탄에 잠긴 목소리가 들려왔는데, 그 이야기는 이 소설의 4부에서 계속하기로 한다. 이 순간에 자상하고 현명하신 역사가 시데 아메떼 베넹헬리께서는 3부를 마감하기로 했다.

28장

같은 씨에라 산중에서 신부와 이발사에게
일어난 새롭고 즐거운 모험에 대하여

라 만차의 기발하기 짝이 없는 기사 돈 끼호떼가 세상에 나온 때는 그야말로 행복하고 운 좋은 시절이었다. 이 땅에 이미 사라져버린, 거의 다 죽어가는 방랑기사의 도를 부활시키고 다시 되돌려주겠다는 존경할 만한 결단을 내리셨으니, 즐거운 소일거리를 필요로 하는 우리 시대에, 그의 역사 자체의 재미를 맛볼 수 있을 뿐만 아니라 거기에 나오는 단편이나 일화를 즐길 수 있는데 이 잔이야기들 또한 나름대로 본이야기 못지않게 진실하고 교묘하고 재미있는 데가 적지 않더라. 그리하여, 이 얽히고설킨 꼬불꼬불한 이야기 끈을 빗질하여 계속해보자면, 그때 신부가 까르데니오를 위로하려고 입을 연 찰나, 어떤 목소리가 들려와 말을 중단했다고 했것다. 그런데 그 슬픈 목소리의 주인공이 한 소리는 이러했다.

"아이고, 아이고! 정말 맘 같으면 살고 싶지 않은, 이 몸의 이 무거운 짐을 부릴, 숨겨진 무덤이 될 만한 장소를 이렇게 찾다니……

보아하니 이 산중에는 아무도 없는 것 같은데, 이게 거짓이 아니겠지. 아, 불행한 내 신세! 이 바위와 덤불 들이 내 뜻에 맞는 좋은 친구들이 되어주겠지. 사람이 아니라 이들이 내 불행을 하늘에 하소연해줄 벗이 될 테니까. 내 의혹에 해답을, 내 슬픔에 위안을, 내 불행에 구원을 줄 사람 하나 기대할 수 없으니……"

신부를 비롯해 함께 있는 사람 모두 이 하소연을 알아들었고, 그 소리가 바로 옆에서 나는 것 같아 그들은 일어서서 목소리의 주인공을 찾아보았다. 스무 발자국도 채 못 가 바위 뒤 물푸레나무 밑에 농부 차림으로 앉아 있는 한 젊은이를 보았는데, 거기 흐르는 산골짜기 물에 발을 씻느라 고개를 숙이고 있어서 처음에는 얼굴을 볼 수가 없었다. 그들이 하도 조용하게 다가갔기 때문에 그 사람은 인기척을 느끼지 못하고 발 씻는 데만 몰두하고 다른 것엔 신경을 쓰지 않고 있었다. 그 발이 얼마나 고운지 시냇물의 조약돌 사이에 자연스럽게 생겨난 두개의 하얀 수정 조각 같았다. 워낙 희고 아름다워서 흙을 밟고 다니던 발 같지 않아 그들은 숨을 죽이고 바라보았다. 보아하니 농부 복장은 했지만, 옷차림과 달리 소를 몰고 쟁기질을 할 사람 같지 않았다. 그가 아직 눈치를 채지 못한 걸 알고, 앞서가던 신부는 다른 두 사람에게 거기 있는 바위 뒤에 몸을 숨기거나 엎드리라고 했다. 그런 자세로 그들은 젊은이가 하는 행동을 유심히 바라보았다. 그 젊은이는 하얀 수건으로 허리를 질끈 동여맨, 두 자락의 깃이 붙은 거무죽죽한 짧은 망또를 걸치고 있었고, 또 거무스레한 천으로 만든 바지를 입고 각반을 찼고, 머리에는 역시 거무스레한 두건을 쓰고 있었다. 각반을 종아리 중간까지 걷어올렸는데, 그 모습이 영락없이 하얀 석고 조각상 같았다. 아름다운 두 발을 씻고 나서는 두건 밑에서 화장 수건을 꺼내 발을 닦았다. 그러고는 두건을 벗으려고 고개를 드는데, 그를 지켜보던 사람들은 어디에도 비할 데 없이 아름다운 모습을 보게 되었다. 그를 보고 까르데니오가 신부에게 낮은 목소리로 말했다.

"이 아가씨는, 루스신다가 아닌 걸 보니, 사람이 아니라 선녀인가봐요."

젊은이는 두건을 벗고, 머리를 좌우로 흔들면서 머리를 풀어 흩뜨렸는데, 그 머리칼은 황금빛 햇살도 질투하리만큼 반짝이는 금발머리였다. 이 모습을 보니 농군처럼 보인 그 젊은이는 여자임이 분명했고, 그것도 신부와 이발사의 눈으로는 지금까지 본 여자 중에서 가장 아름답고 섬세한 여인이었다. 루스신다를 알고 사랑하지 않았다면 까르데니오도 그렇게 생각했을 것이다. 까르데니오가 뒤에 고백한 바에 따르면, 저런 아름다움은 오직 루스신다에게 비견할 만하다고 했다. 긴 황금빛 머리채가 치렁치렁 어깨를 덮을 뿐만 아니라 주위의 온몸을 감싸고 있어 발을 빼고는 몸 전체가 머리채 밑에 숨겨져 아무것도 보이지 않았다. 그렇게 숱이 많고 아름다운 머리채였다. 순간 두 손으로 머리 빗질을 했는데, 그 손을 보니 아까 물속의 발이 수정 조각 같았다면, 손은 뭉친 눈덩이처럼 하얬다. 이 아름다운 모습에 감탄을 금치 못하며 그녀를 바라보는 세 사람은 그녀가 누구인지 궁금해 죽을 지경이었다.

그래서 그들은 모습을 드러낼 결심을 했다. 그들이 벌떡 일어서는 몸짓에 그 아름다운 아가씨는 머리를 들어 두 손으로 눈 앞의 머리칼을 쓸어올리면서 소리나는 쪽을 바라보았다. 그들을 보자마자 벌떡 일어서더니 신발 신을 겨를도 없이, 머리칼을 다듬을 생각도 않고 그 옆에 있는 옷보따리 같은 걸 황급하게 집어들고는 아주 깜짝 놀란 어리둥절한 모습으로 그대로 도망가려고 했다. 그러나 그 연약한 발이 거친 돌멩이들을 밟고 가지 못해 여섯 발자국도 못가 그만 땅에 쓰러지고 말았다. 셋은 그 모습을 보고 그녀에게 다가갔고, 신부가 먼저 말을 꺼냈다.

"멈추시지요, 아가씨. 누구신지는 모르오만 여기 있는 사람들은 아가씨를 도와드리려는 마음밖에 없습니다. 뭐하러 쓸데없이 그렇게 도망가려고 하십니까. 그 연약한 발이 견디지도 못할 거고, 또 그걸 보고 우리가 가만있어도 안되겠지요."

이런 말을 듣고도 그녀는 그저 당황하고 어리둥절해할 뿐 아무 대답을 하지 않았다. 그들은 그녀 가까이 다가갔고, 신부가 그녀의 손을 잡고 계속 말을 이었다.

"아가씨, 옷 입은 걸로 보아서는 여자가 아닌 듯하나 그대의 머리칼이 모든 것을 말해주는구려. 아름다운 그대의 모습을 그렇게 어울리지 않는 복장으로 위장하며 다니는 이유가, 적잖은 시간이 지난 것 같은 확실한 증거로 보이니 말이오. 어떤 사정이 있기에 이 고적한 곳까지 와서 결국 우리와 그대가 만나게 되었는지…… 비록 그대를 불행에서 구원해드리지는 못할지라도 적어도 충고라도 드릴 생각입니다. 아직 목숨이 붙어 있는데 무슨 고통이 그토록 아프고 극에 치달아, 다른 사람 이야기도 듣고 싶지 않아하고, 아파하는 사람에게 좋은 뜻으로 드리는 충고까지도 거절하겠다는 것이오? 어쨌든, 아가씨, 아니 아저씨, 여하튼 그대가 어떤 분이든지 간에 우리를 보고 놀랐다면 마음을 놓고 행복했든 불행했든 그대의 사정이나 좀 들어봅시다. 우리 모두 함께, 아니면 한 사람 한 사람이 모두 그대의 불행과 아픈 심정을 함께 나눌 만한 친구들임을 말씀드립니다."

신부가 이런 말을 하는 동안 남장을 하고 정신이 없는 이 아가씨는 입 한번 벙긋 않고 말없이 모두를 바라보았다. 마치 시골 촌사람이 한번도 보지 못한 이상한 물건을 갑자기 눈앞에서 볼 때 짓는 황당한 표정을 짓고 있다가 신부가 아까와 같은 회유의 뜻으로 다시 말을 하자 그녀는 깊은 한숨을 내쉬더니 마침내 침묵을 깨고 이렇게 말했다.

"아무도 없는 이 산중에 홀로 있어도 숨어 살기가 어렵군요. 이렇게 머리를 풀고 흩뜨렸으니 소녀의 입이 거짓말을 하기는 글렀고, 지금 새로이 다른 말을 한다 해도 소용이 없겠군요. 혹 그리해서 제 말을 믿는다 해도 예의로 받아들이지 않겠습니까. 사정이 이렇게 되었으니 어르신들께 말씀을 드리겠습니다. 저를 도와주시겠다고 한 말에 감사드리며, 원하시는 대로 어찌 된 사정인지 이야기를 털어놓는 게 제 도리일 것 같군요. 불행한 저의 사연을 들으시고 동정심과 함께 고민이 생기실 것이나 다시 어찌할 방도가 없고 위로해줄 말도 없어 고통스러우시리라 걱정되옵니다만…… 그러나 어쨌든 소녀가 여자인 걸 알고, 처녀 혼자서 남자 옷을 입고 이런 꼴로 다니는 것을 다 아셨으니 이런 모습 하나하나가 정숙해 보이지는 않으시겠지요. 그래서 어르신들의 마음속에 있는 소녀의 지체에 대한 의혹을 풀어드리는 뜻에서 될 수 있는 한 말씀드리고 싶지 않았던 일을 다 이야기해드리겠습니다."

그토록 아름다운 여인은 쉬지 않고 이렇게 모든 말을 털어놓았다. 그 부드러운 목소리며 유창한 말솜씨, 아름다우면서 얌전한 그녀의 모습이 모두를 적잖게 감동시켰다. 하겠다는 이야기를 어서 해달라고 그들이 다시 어르고 조르자, 그녀는 아주 얌전하게 신발을 신고 머리를 빗어올린 뒤 바위에 자리를 잡고 앉았다. 셋이 그녀 주위에 둘러앉자, 눈에서 금방 눈물이 솟아날 것 같은 표정을 억지로 고치면서 맑고 차분한 목소리로 자기 인생 이야기를 이렇게 시작했다.

"여기 안달루시아에는 한 공작의 이름을 딴 마을[1]이 있지요. 그 공작은 에스빠냐의 명가문 중의 하나인 집안의 사람인데, 아들이 둘 있었어요. 맏아들은 공작의 후계자로 행실이 좋은 분이지만, 둘째 아들은 어디 핏줄을 받았는지 모르지만, 아마 역적 베이도나 사기꾼 갈랄론 같은 배신자[2] 가문이었던 것 같아요. 우리 부모님은 공작의 부하인데, 가문은 볼 것 없지만 정말 큰 부자여서 타고난 신분 운이 재산 복과 같았다면 더이상 바랄 게 없고, 소녀 또한 제가 당한 불행을 겪지 않았을 겁니다. 왜냐하면 제 불운은 어쩌면 유명한 가문에서 태어나지 못한 죄로 당한 것이었으니까요. 사실 우리 부모가 모욕을 느낄 만큼 신분이 낮은 처지도 아니고, 소녀가 상상하듯 그렇게 높은 신분이 못되어서 불행해졌다는 이야기는 아니옵니다. 부모님은 농부이셨고, 평범한 분들이셨죠. 무슨 악명 높은 핏줄이 섞인 집안도 아니고, 보통 사람들이 말하는 오래된 양반 집안[3]이라는 말이지요. 하지만 굉장히 부자여서, 그 부로 보나 훌륭한 사람들과의 교제로 보더라도 차츰 진짜 양반 가문이라거나 심지어 귀족 집안이라는 명성을 얻는 중이었어요. 그러나 부모님이 가장 귀하고 큰 재산으로 여긴 건 딸인 소녀였습니다. 아들이고 딸이고

---

1 일반적으로 '두께 데 오수나'(Duque de Osuna)를 일컫는다고 본다.
2 '베이도'(Vellido)는 싼초 왕을 죽인 적군의 자객이고, '갈랄론'(Galalón)은 전설에 따르면 론세스바예스에서 프랑스인들을 패배시키려고 배신한 기사이다.
3 여기서 '양반 집안'이라고 번역한 것은 당시 에스빠냐의 일반 서민, 즉 'cristiano viejo'(오래된 기독교) 집안이라는 말이다. 위로 4대가 회교나 유태교에서 개종한 사람 없이 핏줄이 깨끗하면 이렇게 불렀다. 이들은 실력이 있으면 정계에 나가거나 벼슬을 할 수도 있었다.

다른 후계자가 없는 터라서 정이 많으신 부모님 마음으로는 한번이라도 남 앞에 내놓고 싶지 않은 가장 자랑스러운 딸로 보였던 겁니다. 전 부모님이 당신들을 비춰보는 거울이고, 당신들의 늙음을 지탱해줄 지팡이였습니다. 부모님은 제게 당신들의 모든 소망을 걸었고, 저 또한 부모님을 하늘처럼 받들어서 부모님의 좋은 뜻을 거스르는 게 하나도 없었습니다. 그러니까, 소녀가 부모님 마음의 주인이면서 동시에 우리 재산의 주인인 셈이었지요. 제 손에서 종들이 나가고 들어왔으며, 집안에서 뿌리고 거두는 밀과 수익, 기름방아며 포도주 창고, 크고 작은 가축들 수, 벌통 수가 모두 제 손에 있었습니다. 결과적으로 우리 아버지같이 부자인 농부가 가지고 있고 또 갖게 될 그 모든 것의 계산이 제 손에서 이루어졌습니다. 소녀가 집사이자 집주인이었지요. 그것도 제가 매우 열심히 하고 아버지도 아주 좋아하셔서 더이상 바랄 게 없이 집안일을 잘 꾸려가고 있었지요. 상머슴들이나 감독들과 다른 품팔이들에게 필요한 것을 주는 일과가 끝나고 남는 시간엔 당연히 규중처녀가 해야 할 바느질이나 베개 만들기, 그리고 때로는 물레질을 하며 소일을 했지요. 그러다 짬이 나면 취미 삼아 성서 같은 책을 읽거나 하프를 켜기도 했지요. 제 경험으로는 음악이 흐트러진 마음을 가다듬고 정신에서 비롯되는 고민을 풀어주거든요. 이것이 우리 부모님 집에서의 제 생활이었습니다. 이런 걸 시시콜콜히 다 이야기한 것은 자랑을 하려거나 저희 집이 부자라는 것을 뽐내기 위해서가 아닙니다. 그보다는 제가 말씀드렸던 그런 행복한 생활을 버리고 어찌하여 죄도 없이 지금 같은 불행한 처지로 빠지게 되었는지를 알아주십사 하고 드리는 말씀입니다. 그러니까, 이런 생활로 열심히 일이나 하면서 집 안에 꼭 갇혀 살던 때였습니다. 제 생각에는, 저를 본 사람이라고는 집안의 종들 정도였으니까 수도원 생활이나 다름 없었다고 해야겠지요. 어쩌다 미사를 드리러 갈 때도 이른 아침에 다른 여종들과 어머니가 붙어 있고, 하도 몸을 싸고 조심스럽게 걷는 바람에 제 눈에는 발 디디는 땅밖에 보이는 게 없었답니다. 아무리 그래도 사랑의 눈길은 피할 길이 없었어요. 아니, 그보다 살쾡이보다도 더 빠르게 심심풀이 먹이를 찾는 눈길이라고 해야 되겠네요. 돈 페르난도라고 하는 사람이 나를 보고 구애를 해왔어요. 그 사람이 바로 아까 어르신들께 말씀드린 공작의 작은아들입니다."

이야기를 하던 여자가 돈 페르난도란 이름을 들먹이자마자 까르데니오의 얼굴색이 확 변하더니 땀을 줄줄 흘리며 사람이 완전히 바뀌었다. 신부와 이발사는 그 모습을 보자 그 광기에 찬 행위가 도질까봐 겁이 더럭 났다. 가끔씩 그런 증상이 나타나곤 한다는 소리를 들었기 때문이다. 그러나 까르데니오는 땀만 줄줄 흘릴 뿐 아무 짓도 안하고 가만히 있으면서 그 농사꾼 처녀가 누구일까 생각하며 찬찬히 그녀를 바라보았다. 까르데니오의 동요를 눈치채지 못하고 그녀는 이야기를 계속했다.

"그러나 그때 저를 잘 본 것은 아니었던 것 같아요. 뒤에 그 사람이 한 말이, 그때 저에게 사랑에 빠졌다고 하면서 그 증거로 저에게 이야기하는 모든 설명을 들어보니까 말이지요. 하지만 불행했던 제 과거 이야기를 사실대로 빨리 끝내기 위해 돈 페르난도가 마음을 고백하려고 열심히 꾸며낸 이야기들은 그냥 넘어가기로 하지요. 그는 우리 집의 모든 사람에게 뇌물을 주었고, 친척들에게도 선물을 주고 은혜를 베풀었습니다. 날이면 날마다 우리 동네 길은 낮에는 잔치요, 오락판이었고, 밤에는 음악 소리로 누구도 잠을 못 자게 했지요. 어떻게 왔는지 모를 쪽지들이 수도 없이 제 손에 들어왔는데, 그 내용이 모두 구애와 사랑의 말로 가득 찼고, 글자가 모두 언약과 맹세뿐이었습니다. 그 모든 게 제 마음을 녹여주기는커녕 무슨 철천지원수의 말인 양 제 마음을 더욱 차갑게 만들었습니다. 제 마음을 끌려고 한 그의 모든 행동이 그 반대 효과를 냈다고 보아야지요. 돈 페르난도가 저에게 베푼 친절이 나쁘게 보인다거나 그의 구애가 지나치다고 생각되어서가 아니라 그렇게 지체 높은 신사에게 사랑받고 존경받는다는 것이 어쩐지 그대로 기분이 좋았고, 그 편지에 적힌 저를 칭송하는 말들이 과히 싫지는 않았기 때문이었답니다. 이건 말이에요, 우리 여자들은 아무리 예쁘지 않아도 예쁘다고 하는 소리를 들으면 싫지 않은 법이거든요. 그러나 이런 모든 감정을 저의 정절이라는 것 때문에 반대를 하지요. 이제 온 천하가 돈 페르난도의 마음을 다 아는지라 우리 부모들도 계속 조심하라고 충고를 하시더군요. 그 사람은 세상 사람들이 다 알아도 아무 상관 없다는 태도였답니다. 우리 어머니 아버지는 저의 착한 마음씨와 얌전함에 가문의 명예와 이름이 걸려 있으므로 믿고 맡기겠다고 말씀하셨답니다. 저와 돈 페르난도 사이의 신분 차이도 생각하라고 하셨고요. 비록 지금은 말을 그리하지 않겠지만 그 생각은 저를 위한다기보다는 자기 욕심을 채우겠다는 쪽으로 기울지 않을지 두고 보아야 할 일이라고 하시더군요. 그 사람이 그런 부정한 마음으로 구애하는 걸 그만두게 하기 위해, 제가 어떤 방식으로든 퇴짜를 놓고 싶다면, 얼마든지 제가 제일 좋아하는 사람과 곧 결혼시켜주겠다고요. 제가 좋은 아가씨로 평판이 나 있고 부모님 재산도 무척 많으니 우리 고향이나 주변의 모든 사람 중에서 가장 지체 높은 사람 하나로 골라도 좋다고요. 이렇게 부모님의 확실한 약속과 진심으로 저를 생각해서 하시는 말씀으로 소녀는 더욱 바짝 정신을 차렸고, 돈 페르난도에게는 절대 답을 않기로 마음먹었습니다. 비록 그가 아주 멀리 있었지만 욕망을 성취할 수 있다는 어떤 희망도 보여주지 않기 위해서 말이지요. 저의 이런 조신한 태도가 그에게는 버림받은 냉대로 느껴졌나봐요. 그리고 그것이 오히려 그의 선정적 욕망을 더욱 부채질한 이유가 되었어요. 저는 저에게 진심을 보여주는 사람에게 이 이름을 주려고 하는데 말입니다. 그 마음이 소원대로 이루어졌다면, 어르신네들도 지금 아무것도 모르시게 되었겠지요, 왜냐하면 어르신네들께 말씀드릴 기회조차 없었을 테니까요. 마침내 돈 페르난도는 우리 부모가 저를 결혼시키려고 돌아다닌다는 것을 알았어요. 결혼을 시켜서, 저를 차지하고 싶은 그의 희망을 빼앗고, 적어도 저를 지킬 보호자를 두려고 한다는 의심을 한 것이지요. 이 소식은 돈 페르난도에게 바로 지금 말씀드리려는 행동을 결심하게 했지요. 어느날 밤 전 제 시중을 드는 몸종 하나와 방에 있었어요. 문들은 보통 꼭꼭 닫아두는데, 혹시 잘못해서 제 정절이 위험에 부딪히는 일이 일어날까 두려워서였지요. 이렇게 주의를 하고 조심을 하면서 꼭꼭 숨어서 조용하게 고독을 즐기고 있는데, 그 사람이 눈앞에 나타날 줄 꿈엔들 알았겠어요? 그 사람을 보자 갑자기 정신이 혼미해지고 눈앞이 깜깜해지더군요. 혀가 굳어 소리를 지를 수도 없었어요. 소리를 지르려고 했다고 해도 그 사람이 저를 놓아주지 않았을 거예요. 왜냐하면 바로 저에게 다가와서 저를 품에 덥석 안고─저는, 다시 말하지만, 그만 정신이 혼미해서 방어할 힘이 없었어요─말을 쏟아내더군요. 그런데 그 거짓말하는 솜씨가, 세상에 얼마나 그럴듯하게 말을 잘하는지 모든 말이 진실보다 더욱 진실하게 들리도록 꾸며대더군요. 그 배신자는 한숨을 쉬며 자기 뜻을 알아달라고 하고, 눈물

을 흘리며 자기 언약을 믿어달라고 했어요. 가련하게도 저는, 우리
식구들 속에서만 살다보니 그런 말에 습관이 안되어서 어찌 된 일
인지 그 많은 거짓말이 모두 진실로 받아들여지기 시작하더군요.
그러나 그의 눈물이나 한숨에 조금이라도 동정심이 일어서 그런
건 아니었어요. 처음의 놀라움이 좀 가시자 잃어버렸던 정신이 다
시 얼마쯤 되돌아오는 걸 느꼈지요. 그래서 제가 의식적으로 일부
러 더욱 용기를 내서 한마디 했지요. '나리, 지금 제가 나리의 품속
에 있는 것이 마치 사나운 사자의 품에 안겨 있는 격이네요. 제가
여기서 확실히 벗어나려면 제 정절을 망치는 행동이나 말을 해야
할 텐데, 그런 말과 행동을 할 수 있지만 이 모든 걸 없었던 일로 할
수도 있지 않겠어요? 나리가 이렇게 꼼짝없이 제 몸을 팔로 휘감
고 있다면, 제 마음 또한 제 선량한 소망에 묶여 꼼짝달싹할 수가
없습니다. 그 소망이 나리의 욕망과 아주 다르다는 건 만일 억지로
힘을 써서 욕구를 채우겠다고 하신다면 알게 될 것입니다. 소녀야
나리의 아랫사람이지만 종이 아닙니다. 귀족 가문이라 해서 저 같
은 아랫사람을 업신여기거나 정조를 마음대로 빼앗을 권리는 없으
며, 그건 있을 수도 없는 일입니다. 나리가 어른이시고 선비님이신
것처럼 소녀도 촌여자, 농사꾼으로서의 자존심이 있답니다. 저에
게는 나리가 아무리 폭력을 쓰셔도 소용없을 거고, 재산이 아무리
많아도, 아무리 달콤한 말로 저를 속이려고 하셔도, 아무리 그렇게
한숨과 눈물로 제 마음을 녹이려고 하셔도 쓸데없는 일일 겁니다.
지금 말씀드린 이런 것들 중 어떤 점이라도 우리 부모가 제 신랑
으로 고른 사람에게 있다면 저는 기꺼이 부모님의 뜻을 따를 것이
며 그 뜻을 벗어나지 않을 것입니다. 그렇게만 되면, 명예롭게 이루
어진 일이기에 비록 마음에 들지 않더라도 기꺼이 그 사람에게 몸

을 바칠 수 있겠지요, 나리께서 지금 이렇게 힘으로 억지를 부리시는 것보다는요. 이런 말씀을 다 드린 것은 정식 신랑이 아닌 어느 누구도 저에게 얻을 것이 없고 그런 생각도 말아야 한다는 뜻입니다.' '단지 그런 생각이라면, 아름다운 도로떼아,'—이것이 이 불행한 아가씨의 이름—하면서 그 불량한 선비가 말을 이었습니다. '여기서 이렇게 그대에게 정식 청혼을 하리다. 그리고 아무것도 숨길 수 없는 저 하늘과 여기 있는 이 성모마리아상이 이 진실의 증인이 될 것이오' 하고요."

까르데니오는 그녀의 이름이 도로떼아라는 말을 듣자 새삼스레 다시 놀라며 결국 그가 처음 생각했던 게 맞았다는 걸 다시 확인했다. 그러나 이야기를 중도에서 끊지 않고, 그가 이미 거의 다 알고 있는 이 사건이 어떻게 결말이 나는가 들어보려고 이 말만 했다.

"아가씨, 아가씨 이름이 도로떼아라고요? 나는 똑같은 사건을 다른 이름으로 들었는데, 어쩌면 아가씨와 똑같은 불행을 당한 여자였나봅니다. 이야기를 계속하시지요. 시간이 있으면 내가 말씀드리리다. 아마 그때는 또 한번 놀라시고 속상하실 겁니다."

도로떼아는 까르데니오의 말에 귀를 기울이면서 이상하고 형편없는 그의 의상을 살펴보았다. 그리고 자기 집 사정에 대해서 아는 것이 있으면 즉시 말해보라고 청했다. 운명이 자기에게 어떤 좋은 점을 주었다면 어떤 재난이 닥쳐도 참아낼 수 있는 용기라고 하면서, 누가 와서 이야기해도 지금 한 이야기에 한점이라도 더이상 부풀려 말할 수는 없을 것이라고 했다.

"아가씨, 난 내가 생각하고 있는 바를," 까르데니오가 대답했다. "그냥 말했는데 이야기가 빗나갈까 싶네요. 내가 상상하고 있는 게 맞다면 말이지요. 지금까지는 이야기 줄거리가 같으니, 더이상 아가씨가 아실 필요가 없을 듯하지 않겠습니까?"

"어찌 되었든," 도로떼아가 말했다. "제 이야기로 돌아가겠습니다. 돈 페르난도는 방에 있던 성상 하나를 집어가지고 우리 결혼의 증인으로 세웠습니다. 아주 효과적인 몇 마디로 엄청난 맹세를 하면서 제 남편이 되겠다고 서약했습니다. 그가 맹세를 하기 전에 지금 하고 있는 행동을 잘 생각해보라고 말했지요. 당신 아버지께서 자기 아들이 아랫사람 가문의 촌여자와 결혼했다는 소식을 들으면 얼마나 화를 내실까 곰곰이 생각해보라고 했지요. 지금 소녀의 아름다움에 눈이 멀어 결정하지 말라면서 너무 아름다워서 그랬다 하더라도 자신이 저지른 잘못을 용서받을 수는 없는 일일 거라면서요. 저를 사랑하신다니까 저를 위해 좋은 일 하나 해주실 게 있다면, 소녀의 신분에 맞는 분수와 운명대로 살아가게 내버려두는 거라고 했지요. 이렇게 신분 차이가 많이 나는 결혼은 시작해서 오래가거나 행복한 적이 한번도 없었다는 유의 이야기를 해주었고, 지금 잘 생각나지는 않지만 다른 이야기도 많이 했습니다. 그러나 한번 마음먹은 그의 의사를 꺾기에는 역부족이었으니, 성급하게 사려다 흥정이 깨지면 보상을 안하려고 하는 사람처럼 좋지 않을 수 있다는 점에는 신경을 안 쓰더군요. 소녀는 이때 저 자신에게 짧게 독백 삼아 이렇게 말했습니다. '그래, 좋다, 결혼이라는 방식을 통해 낮은 신분에서 높은 사람이 된 게 내가 처음은 아닐 터이고, 아름다움이나 가장 확실한 사랑에 눈이 멀어 자기 신분에 맞지 않는 동반자를 택한 게 돈 페르난도만은 아닐 터이니 내가 세상을 만들고 새로운 풍습을 만드는 것도 아닌데 행운의 신이 내게 만들어준 이 영예로운 자리에 올라가는 게 옳을 게다. 비록 이 사람이 자기 욕망을 채울 때 나에게 보여준 그 마음이 오래가지는 않는다

할지라도 결국 하느님 앞에서 나는 어엿한 그의 아내이지 않은가. 그런데 만약 냉정하게 이 사람을 쫓아내려고 하면 이 사람은 정당한 방법 대신 폭력을 쓸 것이고 나는 정조를 빼앗기는 불명예를 뒤집어쓰게 될 것이다. 아무런 죄도 없는 내가 어쩌다 이 지경에 이르렀는지를 모르는 사람들이 모든 게 내 죄라고 해도 변명할 여지도 없게 된다. 우리 부모나 다른 사람들에게 이 선비가 내 방에 허락도 없이 들어왔다고 설득하려면 도대체 어떻게 말을 해야 충분히 납득할 것인가?' 저는 짧은 순간 머릿속으로 이런 자문자답을 모두 해보았습니다. 그리고 특히 돈 페르난도의 맹세라든가 증인으로 내세운 것들, 줄줄 흘리는 눈물, 그리고 마지막엔 그의 자세나 친절이 생각지도 않는 사이에 제 마음에 영향을 미치고 결국 저 자신을 타락시키는 방향으로 쏠리게 만들었습니다. 그의 이런 모습이 진정으로 사랑한다는 수많은 사랑 고백과 함께 퍼부어질 때 저같이 아무리 조심스럽고 자유로운 마음을 가진 사람이라 할지라도 넘어가고 말았을 겁니다. 하늘을 증인으로 둔다면 땅에도 한 사람이 있어야겠기에 저는 몸종을 불렀습니다. 돈 페르난도는 또다시 결혼 맹세를 확인하고 서약했으며, 처음의 증인 외에 새로운 성자들을 증인으로 덧붙였습니다. 만약 약속대로 이행하지 않을 시에는 앞으로 수천가지 저주를 받을 것이라고 했으며, 다시 눈시울이 젖었고, 한숨 소리가 더욱 커졌습니다. 저를 더욱 꽉 껴안았고, 저는 그 품에서 도무지 빠져나올 수가 없었습니다. 이리하여, 몸종이 다시 제 방에서 나갔고, 저는 이미 전의 제가 아니게 되었고,[4] 그는 배신자, 사기꾼이 된 것입니다. 저의 불행한 밤이 있었던 날은,

---

4 세르반떼스가 흔히 쓴 함축적 의미의 생략어법(zeugma)이다.

돈 페르난도가 원하는 만큼 날이 빨리 밝아오지는 않았던 것 같습니다. 왜냐하면 본능대로 욕심을 한번 채우고 나면 그다음에 오는 가장 즐거운 일은 성취한 장소로부터 빨리 떠나는 것이니까요. 이 말은 하는 건 돈 페르난도가 서둘러 저를 떠나갔다는 이야깁니다. 그는 제 몸종의 도움을 받아서 동이 트기 전에 그녀가 데려다주자 곧바로 거리로 나갔습니다. 저와 작별을 할 때는, 올 때처럼 그렇게 정열적으로 열심히 하진 않았어도 자기의 굳은 서약은 그대로 진실이고 꼭 지킬 거라고 하면서 약조에 대해서는 안심하라고 하더군요. 그리고 자기의 약속을 굳게 한다는 뜻으로 손가락에서 예쁜 반지 하나를 빼서 제 손에 끼워주었어요. 결국 그는 떠났고, 저는 기쁜지 슬픈지 모를 야릇한 심정이더군요. 이거 하나만은 확실히 말씀드릴 수 있어요. 이 새로운 사건과 함께 저는 거의 제정신이 아니어서 생각만 많고 혼란스럽더군요. 돈 페르난도를 제 방으로 들어오게 한 몸종의 배신을 나무랄 기운도 없었고 그럴 생각도 안 났어요. 헤어질 때 돈 페르난도에게 그날 밤과 똑같은 길로 들어오면 저를 만날 수 있으며, 저는 이미 당신 것이며 언젠가 그가 원할 때 이 사실을 공표하면 된다고 말했어요. 그다음 날 말고는 그는 다시는 밤에 나타나지 않았고, 한달이 지나도록 길거리에서도 교회에서도 저는 그를 볼 수가 없었어요. 그를 볼 수 있을까 하는 제 마음만 쓸데없이 지쳐갔습니다. 비록 그가 마을에 있으며 대부분의 날들을 자기가 가장 좋아하는 운동인 사냥하는 데 보낸다는 걸 알고 있었지만요. 이런 날들, 이런 시간들이 저에게는 불길했고 희망이 없었다는 것을 잘 압니다. 그리고 모든 것을 의심하기 시작했고, 심지어 돈 페르난도의 언약까지도 믿기지 않았다는 것을 잘 압니다. 제 몸종이 뻔뻔함으로 전에는 듣지는 못했던 질타를 제게서 들었다는 것도 잘 압니다. 저는 어쩔 수 없이 눈물로 지새웠고, 늘 얼굴을 바꾸어야 했답니다. 우리 부모가 무슨 언짢은 일이 있느냐고 물으시고 또 저는 그분들께 거짓말을 꾸며대야 하는 일이 없도록 하기 위해서였습니다. 그러나 이런 짓도 한순간에 끝장났지요. 얌전한 말도 끝장나고, 예의도 박살이 나는 데에 이르렀으니, 인내를 잃고 제 은밀한 생각들이 온 저잣거리에 나돌게 되었으니까요. 이 지경이 된 것은 그로부터 며칠 뒤에 돈 페르난도가 아주 지체 높은 집안의, 최고의 미모를 갖춘 처녀와 근방의 도시에서 결혼했다는 소문이 우리 동네에 들려왔기 때문이었습니다. 그 여자의 집안이 그리 부자는 아니어서 결혼 지참금으로 보아 그렇게 귀족 집안과 혼사를 할 처지는 아니었다지만요. 소문으로는 신부 이름이 루스신다라고 했고, 그 결혼식에서 일어났던 놀랄 만한 사건들이 들려왔지요."

까르데니오는 루스신다라는 이름을 듣자 어깨를 흠칫하면서 입술을 깨물고 눈썹을 찡그리더니 얼마 안되어 눈에서는 두 줄기 눈물이 흘러내렸다. 그러나 그런 일로 도로떼아가 자기 이야기를 중단하지는 않았다. 그녀는 말했다.

"이 슬픈 소식이 제 귀에 들어왔어요. 그 소리를 듣자 가슴이 얼어붙는 게 아니라 오히려 가슴속에서 어찌나 화가 치밀고 분노가 끓어오르는지 자칫하면 당장 길거리로 나가서 저를 속이고 배신한 사실을 모두 폭로하고 소리소리 지를 뻔했어요. 그러나 그때 저는 제 분한 마음을 진정했지요, 그날 밤 제가 실천에 옮길 계획을 생각하고 말이에요. 저는 지금 이 옷을 농군들 집 목동이라고 하는 아이 하나에게서 얻어입고, 우리 아버지의 종인 그 아이에게 저에게 일어난 불행한 사건을 털어놓았지요. 그리고 제 원수가 머물

고 있으리라고 생각되는 도시까지 함께 가자고 했어요. 그 아이는
제가 감행하려는 짓을 질책하고 결심을 꾸짖더니, 제가 생각을 바
꾸지 않자 함께 가주겠노라고 나섰어요. 그의 말대로 한다면 세상
끝까지라도요. 즉시 무명 베갯잇 하나에 여자 옷 하나와 보석들 몇
개, 그리고 혹시 무슨 일이 있을지 몰라 돈을 쌌지요. 그날 밤 조용
한 틈을 타서 저는 배신자 몸종에게는 알리지도 않고, 아까 말한
그 종을 데리고 많은 생각을 하면서 집을 나섰어요. 저는 한시라도
빨리 그곳에 가고 싶은 마음으로 그 도시를 향해 걸어서 길을 갔지
요. 무슨 마음으로 그런 짓을 저질렀는지 돈 페르난도에게 따져볼
생각을 갖고 있었기에 계획을 지체하고 싶지 않았어요. 이틀 반이
걸려 원하는 곳에 도착했고, 그 도시로 들어가면서 루스신다의 부
모가 사는 집을 물었습니다. 처음 물어본 사람은 제가 듣고 싶어한
것 이상으로 대답을 해주었어요. 그 집을 가르쳐주고, 온 도시 사람
이 모두들 쑥덕거리며 주고받는 이야기들, 다 알려진 사실로 그 집
딸의 결혼식에서 일어난 사건을 말해주었어요. 돈 페르난도가 루
스신다와 결혼한 날 밤 그녀가 그의 아내가 되겠다고 '예'라고 서
약하고 나서 갑자기 기절을 했는데, 신랑이 다가가 공기를 통하게
하려고 그녀 가슴의 단추를 풀자, 거기에 루스신다가 친필로 쓴 쪽
지가 발견되었다는 거죠. 거기에는 그녀는 돈 페르난도의 아내가
될 수 없으며, 자신은 까르데니오의 아내이기 때문이라고 쓰여 있
었다는 거예요. 그 사람이 저에게 한 말은, 까르데니오도 같은 도
시에 사는 아주 지체 높은 집안의 선비인데, 돈 페르난도에게 결혼
서약을 한 건 자기 부모님의 청을 거절할 수가 없어서였다는 겁니
다. 결국 편지 내용에 그런 말이 쓰여 있던 걸로 보아 그녀는 결혼
식을 끝낸 뒤 자살할 생각을 한 듯하며, 그런 말을 써놓은 것은 자

기가 목숨을 끊은 뒤에 보라고 한 것 같다고 했어요. 사람들 말이 그녀의 의도가 그랬을 거라 추정한 건 그녀 옷의 어딘가에 은장도가 들어 있는 걸 발견하고서였다더군요. 이 모든 것을 본 돈 페르난도는 루스신다가 자기를 업신여겨서 비웃고 조롱했다고 생각하고는 기절한 채 깨어나지도 않은 그녀에게 달려들어 거기서 발견한 은장도로 그냥 찔러 죽이려고 했답니다. 그녀의 부모나 거기 있던 사람들이 말리지 않았다면 그가 아마 그녀를 죽였을 거라더군요. 그러고 하는 이야기가, 돈 페르난도는 그 즉시 떠나버렸고, 루스신다는 다음 날 기절 상태에서 깨어나서 그제야 부모님께 제가 말한 그 까르데니오의 진짜 아내가 된 사연을 고백했다는군요. 제가 더 안 사실은 그 까르데니오란 사람이 결혼식에 왔었다는데, 전혀 생각지도 않게 그녀가 결혼식을 올리는 걸 보고 절망해서 도시를 떠났다고 하더군요. 먼저 편지 하나를 써놓고 갔는데, 거기에는 루스신다가 어떻게 자신을 배반했는지를 밝히고, 자기는 사람들이 안 보는 데로 떠나겠다고 썼더래요. 이 모든 소문이 온 도시에 다 퍼져서 유명한 이야기가 되어 다들 수군거린다고 하더군요. 말이 더 많은 건 루스신다가 부모 집을 나와 도시에서 없어졌는데, 온 도시를 헤매도 그녀를 찾을 수가 없었다는군요. 그러자 부모들은 정신을 잃었고, 어떻게 그녀를 찾아야 할지 방법을 모른답니다. 이 사실을 알고 나서 저는 다시 희망을 얻었고, 돈 페르난도를 찾지 못한 것이 결혼한 그를 보는 것보다 오히려 다행이라고 생각하기로 했어요. 저에게 구원을 줄 문이 아직 완전히 닫히지는 않았다는 생각이 들었으니, 하늘이 첫번째 사람에게 빚진 것을 일깨워주려고 두번째 결혼을 방해했을 수도 있다는 생각이 들었기 때문이에요. 그래야 그 사람도 자기가 기독교인인 걸 깨닫고 인간의 권위나 예절보다 마음과 영혼을 중시해야 한다는 생각이 들 테니까요. 이런 모든 생각이 제 상상 속에 들어왔습니다. 위로받은 일도 없지만 위안이 되더군요. 이 지긋지긋한 삶을 심심치 않게 살아가라고 꺼져가는 가는 희망이라도 생긴 거라 생각하면 되겠지요. 그래서 돈 페르난도를 못 찾았으니 어찌해야 할 바를 모르고 그냥 도시에 있는데 제 귀에 방을 알리는 소리가 들리더군요. 저를 찾아주는 사람에게는 큰 보상금을 주겠다고 하고, 제 나이와 제가 입은 것과 같은 옷을 알려주더군요. 저와 함께 온 머슴 놈이 저를 집에서 끌고 나왔다고 하는 소리를 들으니 제 신임이 얼마나 떨어졌기에 저런 말을 했을까 싶어 마음이 사무치더군요. 제가 데려옴으로써 하인을 잃어버렸다는 것으로 부족해서, 제 건전한 생각으로는 가당치도 않은 천한 사람을 들먹이며 그 사람과 함께 나갔다고 덧붙이니…… 그 소리를 듣는 순간 저는 하인과 함께 도시를 빠져나왔습니다. 그때부터 하인 녀석은 충심으로 저를 섬기겠다던 약속을 잊었는지 이랬다저랬다 하는 기색을 보이더군요. 그날 밤 우리는 누구에게 들킬까봐 여기 이 심심산중으로 들어왔는데, 엎친 데 덮친다는 식으로 하나의 불행이 끝나는가 싶으면 그게 또다른 더 큰 불행의 시초인 법이지요. 그래서 일어난 일인데, 저의 착한 하인 녀석이, 그때까지는 충성스럽고 성실하게 굴던 이 친구가, 이런 한적한 곳에 있게 되자 저의 아름다움에 미쳤다기보다는 자기의 타고난 못된 버릇이 도져서 자기 생각으로는 이 황량한 곳에 있는 걸 좋은 기회로 알고 덤볐어요. 염치도 없고 하느님이 무섭지도 않은지, 저를 존경하는 마음도 없이 저에게 사랑을 하자는 것이었어요. 제가 나무라며 옳은 소리로 그가 하려는 파렴치한 행동을 꾸짖자 이 녀석은 처음에 저를 농간하려고 썼던 애걸하는 듯한 태도는 버리고 폭력을 쓰더군요. 그러나 정의로운 하늘은 항상 올바른 자의 뜻을 굽어살피고 도와주시지요. 하늘이 저를 도왔던 거죠. 그래서 힘도 없고 애도 별로 쓰지 않았는데도 그를 벼랑으로 밀칠 수가 있었어요. 살았는지 죽었는지 모르지만 그곳에 그 사람을 두고 떠났지요. 저는 너무 놀라고 몸이 피로했음에도 최대한 빨리 뛰어 이 산중으로 들어왔지요. 다른 생각이나 계획은 없고 오직 산중에 숨어서 우리 부모님의 부탁을 받고 저를 찾아다니는 사람들을 피해야겠다는 마음으로 말입니다. 이런 마음으로 이곳에 들어와 산 게 몇달이 된 지 모르겠습니다. 여기서 어떤 목장 주인을 만났고, 그 사람이 산 한가운데 있는 어떤 곳으로 저를 머슴으로 데려가 그동안 줄곧 목동으로 일해왔지요. 항상 바깥으로 나가 일하려고 애쓰면서 말이지요. 하지만 아무리 애를 쓰고 노력을 해도 사실 그때나 지금이나 별 소용이 없어서 주인도 제가 남자가 아니라는 걸 알게 되었고, 그러자 그에게도 제 하인 녀석과 똑같은 나쁜 마음이 생겼어요. 고난에 처한다고 늘 운명의 신이 구해주는 건 아니에요. 하인 녀석에게 그랬듯이 주인을 떠밀어버리고 짐을 떨쳐버릴 벼랑도 낭떠러지도 이번에는 없었어요. 그래서 주인에게 다시 제 힘을 시험해보고 용서를 비느니, 차라리 그를 떠나는 게 쉬우므로 새로 이 험난한 산중에 숨어 사는 게 낫다고 여겼지요. 제 말은 그러니까, 다시 숲 속에 숨어 살며, 아무 방해도 받지 않고 눈물과 한숨으로 하늘에 애원할 장소를 찾는 거예요. 하늘이 제 불행을 불쌍히 여기시어 여기서 나갈 능력과 도움을 주시라고요. 아니면 아무도 없는 이곳에 이 인생을 버려두시고 불쌍한 이 사람의 기억도 지워주시라고요. 아무 죄도 없이 이 고장이나 다른 고장에서 수군대고 험담거리가 되는 이야깃거리를 만들었으니까요."

29장

사랑에 취한 우리 기사를 삭막한 고행에서 끌어내고자 했던 명령과 재미있는 수작에 대하여[1]

"어르신네들, 이게 제 비극의 진짜 이야기입니다. 이제 어르신네들이 들은 한숨과 그 말들, 그리고 제 눈에서 흘러내린 그렇게 많은 눈물의 이유가 정말 타당한지 살피고 판단해주십시오. 그리고 제 불행의 성질을 생각하시면 구원할 방도가 달리 없으니 위로를 하셔도 아무 소용이 없다는 걸 아셨을 겁니다. 다만 제가 부탁드리고 싶은 건—어르신네들이 쉽게 당연히 하실 수 있는 일로—어디를 가야 저를 찾는 사람들에게 들키거나 놀라거나 두려워하지 않고 안심하고 생활할 수 있을지 가르쳐주시기 바랍니다. 비록 부모님이 저를 몹시 사랑하시기 때문에 틀림없이 저를 받아주실 줄 압니다만 부모님이 생각하시는 모습이 아닌 꼴이 되어 얼굴을 내민다는 건 생각만 해도 너무 부끄러운 일이라 차라리 남이 보지 않

---

[1] 초판본에는 이 소제목이 30장에 붙어 있던 것인데 이 책에서는 여기 이 장에 해당한다고 본다.

는 곳에 영원히 추방되어 살고 싶습니다. 제가 꼭 지키겠다고 약속한 것으로 믿은 그 정절을 잃은 제 얼굴을 부모님이 보시리라는 생각을 하면 차라리 그분들을 안 보는 게 나을 것 같아요."

도로떼아는 이 말을 끝으로 입을 다물었다. 온 얼굴 가득히 마음 깊은 곳에서 우러나온 부끄러움과 슬픔의 기색이 역력했다. 이야기를 들은 사람들도 그녀의 불행에 놀라고 가슴 깊이 마음 아파했다. 신부는 이내 위로를 하고 충고를 하고 싶었으나 까르데니오가 먼저 그녀의 손을 붙들고 말했다.

"그러니까 아가씨, 아가씨가 결국 그 아름다운 도로떼아이군요, 부자 끌레나르도의 무남독녀 말이오."

도로떼아는 자기 아버지 이름을 듣자 놀랐고, 그 이름을 들먹이는 사람의 모습이 너무나 형편없는 걸 보고 또 놀랐다. 이미 말했듯이 까르데니오는 옷차림이 엉망이었기 때문이다. 그래서 그녀는 말했다.

"그런데 그대는 뉘신지요, 이렇게 제 아버지의 성함을 잘 아시다니? 제 기억이 맞는다면 지금까지 줄곧 제 불행한 과거 이야기를 하면서 한번도 그분 함자를 말해본 적이 없는데요."

"내가 바로," 까르데니오가 대답했다. "아가씨 말대로라면 루스신다가 남편이라고 했던 그 불행한 사람이오. 내가 바로 그 불행한 까르데니오랍니다. 아가씨를 이 모양 이 꼴로 만든 그자의 못된 행동이 지금 보듯이 나를 이 지경으로 만들어, 어떤 인간적인 위안도 받지 못하고 이렇게 처참하게 벌거숭이가 됐답니다. 그러나 무엇보다 더 처참한 건 정신이 돌았다는 사실이오. 정신이 돌아올 때는 하늘이 어쩌다가 잠깐 동안 정신을 반짝하게 하는 순간뿐이오. 도로떼아, 내가 돈 페르난도의 어처구니없는 행동을 지켜본 사람이

오. 그 자리에서 기다리다가 그의 아내가 되겠다고 서약하는 루스
신다의 말을 들은 사람이 나요. 기절한 그녀가 어찌 되어가는지 쳐
다볼 용기조차 못 가졌던 바로 그 사람이오. 그녀의 가슴속에서 발
견된 편지의 결과가 어떻게 되었는지도 모르고, 그런 불행이 한꺼
번에 닥치는 것을 참아낼 인내조차 없었던 사람이오. 그래서 인내
도 버리고 그 집을 떠나서 내 손님 한 사람에게 편지를 주고 루스
신다 손에 전해주라고 부탁했소. 그리고 아무도 없는 이곳으로 와
서 이 산중에서 인생을 끝내려고 한 것이오. 그 순간부터 내 목숨
이 숙명적인 나의 적처럼 가증스러웠기 때문이오. 그러나 죽을 운
명이 아니었던지 목숨은 못 끊고 정신만 돌아버린 것으로 만족해
야 했소. 어쩌면 아가씨를 만나는 좋은 인연을 기다리라고 살려주
었는지도 모르오. 아가씨가 한 이야기가 사실이라면, 내 생각에도
사실 같소만, 우리가 생각하는 우리 재난 속에 하늘이 우리 둘을
위해 더 좋은 일을 마련해놓았는지도 모르오. 루스신다가 내 여자
이기 때문에 돈 페르난도와 결혼할 수 없다고 예상할 수 있듯이 돈
페르난도도 아가씨의 것이기 때문에 그러지 못할 것이거든요. 그
녀가 그렇게 활짝 터놓고 고백을 했다면, 우리는 하늘이 우리 것을
되찾아주기를 충분히 기다릴 수가 있는 것이오. 아직 티없이 순결
하고, 망가지거나 남의 사람이 된 건 아니니까요. 엉뚱한 상상으로
그러는 것이 아니라 그리 멀지 않은 희망에서 비롯된 이런 위안이
있는 이상, 아가씨, 그대에게 간절히 바라건대 그대의 정숙한 생각
으로 다른 결심을 해보는 게 좋을 듯하오. 나도 나름대로 더 좋은
행운을 기다리는 데 적합한 조치를 취할까 하오. 나의 종교와 신사
의 이름을 걸고 아가씨께 맹세하오만, 그대가 돈 페르난도의 손에
들어갈 때까지 반드시 그대를 보호하겠소. 그리고 그가 아가씨께

빚진 약속을 좋은 말로 해도 깨닫지 못하면, 그때는 신사와 기사로서의 내 자유를 활용하여 그대에게 저지른 어처구니없는 행동을 이유로 정당하게 결투를 신청할 수도 있소. 나에게 한 모욕적인 행동은 생각하지 않고, 그 복수는 하늘에 맡긴다손 치더라도, 이 땅에서는 그대의 복수를 도와드릴 것이오."

까르데니오의 말을 다 들은 도로떼아는 감탄을 했다. 그런 커다란 도움을 약속하는 그에게 어떻게 감사해야 할지 몰라 발을 잡고 키스하려고 했으나 까르데니오는 하지 못하게 했다. 그리고 석사 신부는 두 사람을 위해 대답을 하면서 까르데니오의 말을 그대로 추인했다. 특히 그들에게 부탁하고 충고하고 설득하기를 자기와 함께 자기 고향으로 가면 필요한 물건들을 구할 수 있을 테니까, 일단 거기에서 돈 페르난도를 찾든가, 도로떼아를 자기 부모에게 데리고 가든가, 아니면 그중 가장 적당하다고 생각되는 일을 하도록 해주겠다고 말했다. 까르데니오와 도로떼아는 신부에게 감사드리고 그들에게 베푼 은혜를 받아들이기로 했다. 이발사는 말없이 이 모든 소리에 귀를 기울이고 있다가 좋은 이야기를 하면서 신부보다 더 기꺼이 그들에게 도움 되는 일이 있으면 모든 것을 하겠다고 나섰다.

그러면서 이발사는 그들이 여기까지 오게 된 까닭을 간략하게 이야기했다. 이상하게 미쳐 있는 돈 끼호떼와 그를 찾으러 간 그의 하인을 지금 자기들이 기다리고 있는 중이라는 이야기였다. 까르데니오는 문득 꿈속에서인지 돈 끼호떼와 싸운 일이 기억에 떠올라서 다른 사람들에게 그 이야기를 했다. 그러나 무슨 이유로 싸우게 되었는지에 대해서는 이야기를 하지 못했다.

이때 사람 소리가 들려 알아보니, 소리를 지른 사람은 다름 아

닌 싼초 빤사였다. 헤어졌던 장소에서 그들이 보이지 않자 소리소
리 지르며 그들을 찾고 있었던 것이다. 그들이 싼초를 맞으러 가서
돈 끼호떼는 어찌 되었느냐고 묻자, 속내의만 입고 벌거벗은 채 배
가 곯아 죽을 지경으로 노랗게 삐쩍 마른 몰골이라고 싼초는 말했
다. 돈 끼호떼는 둘시네아 아씨를 그리며 한숨짓고 있으며, 둘시네
아 님께서 나리가 그곳을 떠나 엘 또보소 마을로 곧장 오시라고 했
고, 거기서 기다리고 있겠노라 했다고 전해도 돈 끼호떼는 자신이
그런 은총을 받을 만한 전공을 세우기 전에는 그 아름다운 분 앞에
나타나지 않을 결심이라고 대답했다는 것이다. 그리고 그런 식으
로 나가다가는 예정대로 황제가 되지 못할 위험이 있으며 적어도
대승정이라도 되어야 할 텐데 그것도 어려울 것 같다고 싼초가 말
했다. 그래서 어찌해야 그분을 거기에서 나오시도록 할지 생각들
좀 해보시라고 했다.

석사 신부는 걱정 말라면서 돈 끼호떼는 마음에 들어하지 않겠
지만 우리가 그를 그곳에서 나오게 하겠다고 말했다. 그리고 까르
데니오와 도로떼아에게 돈 끼호떼를 구해내려고 생각해둔 방법을
설명하고 어떻게든 그를 집으로 데려가야 한다고 말했다. 그 말에
도로떼아는 이발사보다 자기가 고난에 처한 그 처녀 역할을 잘할
수 있다고 나섰으며 더구나 자기는 입을 진짜 여자 옷을 가져왔다
고 했다. 도로떼아는 그 계획을 밀고 나가는 데 필요한 배우 역할
을 모두 책임지고 잘해낼 테니 맡겨만 주라고 하고, 자신은 수많은
기사소설을 읽었기 때문에 고민에 빠진 아가씨들이 어떤 식으로
방랑기사들에게 도움을 청하는지를 잘 안다고 말했다.

"그러면 더할 나위 없이 좋지요." 신부가 말했다. "바로 실행에
들어가기로 합시다. 이건 틀림없이 운이 좋아 내 계획이 잘되어갈

징조요. 이렇게 생각지도 않게, 젊은이들, 그대들에게는 불행을 타개할 문이 열리더니, 우리에게 절실히 필요한 역할을 잘해주시게 되었구려."

도로떼아는 곧 자기 베갯잇에서 고운 천으로 만든 여자 치마와 화려한 파란 천으로 만든 스카프를 꺼내고, 상자에서 목걸이와 다른 보석들을 꺼내어 잠깐 사이에 귀하고 예쁜 아가씨 차림의 분장을 끝냈다. 그것들 말고도 만일 기회가 있으면 이용하려고 집에서 더 많이 가지고 나왔지만 그때까지 그런 걸 필요로 하는 기회가 주어지지 않았다고 했다. 그녀의 우아함과 아름다움, 그리고 그 넘치는 매력에 모두를 감탄했고, 돈 페르난도가 진짜 무얼 몰라서 이런 미녀를 버리게 되었나보다 생각했다.

그러나 누구보다 더욱 놀란 건 싼초 빤사였다. 그의 눈에는—그게 정말 사실이었지만—자기 평생에 이렇게 아름다운 여인은 본 적이 없었기 때문이다. 그래서 신부에게 아주 열심히 저 아름다운 아가씨가 도대체 누구이며, 저런 여자가 이런 집도 절도 없는 곳에서 무얼 찾아다니고 있었는지를 물었다.

"이 아름다운 아가씨로 말하면," 신부가 대답했다. "싼초 이 친구야, 더이상 말할 필요도 없이, 미꼬미꼰 대왕국 대갓집의 직계 후계자로서 그대 주인에게 도움을 청하러 오셨다네. 그 도움이란 어떤 사악한 거인이 그녀에게 저지른 상해인가 모욕인가를 복수해달라는 거지. 이 왕녀께서 지상에서 가장 훌륭하신 그대 주인님의 명성을 듣고 기네아에서 그분을 찾아온 거라네."

"참 잘 찾으셨어요. 그리고 잘 만났네요." 싼초가 그때 말했다. "더구나 우리 주인 나리는 아가씨께서 말씀하시는 그 빌어먹을 거인인가를 죽이고 그 모욕도 치욕도 복수하고 바로잡고도 남을 만큼 운이 좋으시거든요. 그게 귀신만 아니라면 반드시 죽이고 말 거구만요. 귀신한테는 우리 나리가 아무 힘을 못 쓰신답니다. 한데 석사 신부님, 다른 것보다 딱 하나만 나리께 부탁드리고 싶은데, 그건, 이러다가 우리 나리께서 대승정이 되고 싶어하지 않을까 걱정이 되어서 그러니, 신부님께서 나리께 이 공주와 바로 결혼하라고 충고하시면 대승정 임명을 받는 건 불가능해지지 않겠나 하는 겁니다요. 그리되면 쉽게 제국으로 마음으로 돌리실 거고 소인도 마침내 지 소망을 이루게 되지 않겠습니까요? 소인도 그 문제를 잘 생각해봤는데요, 지 계산에는 주인님이 대승정이 되는 게 소인에게는 안 좋을 것 같아요. 소인은 교회 같은 데는 젬병인데다 결혼도 했고 처자식도 있는 몸이고, 이제 교회에서 은급을 받으려고 허가증을 가지고 나돌아다니다보면 일이 끝이 없을 거구만요. 그러니께 나리, 가장 좋은 해결 방법은 우리 주인께서 이 아가씨와 결혼하시는 겁니다요. 존함을 몰라서 이름을 부르지는 못합니다만요."

"존함은," 신부가 대답했다. "미꼬미꼬나 공주라고 하신다네. 왕국 이름이 미꼬미꼰이니 공주 이름은 당연히 그렇게 불러야지."

"응당 그렇겠네요." 싼초가 말했다. "소인도 많은 사람이 태어난 장소를 혈통이나 성으로 가지고 있는 걸 보았다요. 이름을 알깔라의 뻬드로, 우베다의 환, 바야돌리드의 디에고라고 하고 말이지요. 이런 방식을 기네아에서도 쓰고 있는 모양이지요, 여왕들을 왕국의 이름을 따서 부르니 말입니다요."

"아마 그런 모양이야." 신부가 말했다. "그리고 자네 주인을 결혼시키는 문제는 내가 갖은 힘을 써봄세."

이 말을 듣고 싼초는 대단히 만족해했다. 신부는 싼초가 순진한 데 무척 놀랐으니, 그 허황한 머릿속에 자기 주인과 똑같은 엉터리 생각이 꼭꼭 박혀 있는 것을 보았기 때문이다. 그러니 자기 주인이 틀림없이 황제가 되리라고 믿고 있는 듯했다.

이때 도로떼아는 벌써 노새 위에 올라 있었고, 이발사는 얼굴에 황소 꼬리를 붙이고서 싼초에게 돈 끼호떼가 있는 곳으로 안내하라고 말했다. 그리고 석사 신부나 이발사를 아는 사람이라고 말하지 못하게 싼초에게 주의를 주면서, 그들을 모르는 척하는 게 나중에 주인이 황제가 되는 데 결정적인 계기가 될 거라 말했다. 그러나 신부와 까르데니오는 그들과 함께 가지 않으려 했는데 까르데니오는 돈 끼호떼가 그와 싸웠던 사건을 기억할까 염려스러웠고, 신부는 그때로서는 거기에 갈 필요가 없었기 때문이다. 그래서 다른 사람들을 앞에 가게 하고, 그들은 천천히 걸어서 그뒤를 따라갔다. 신부가 도로떼아가 해야 할 행동을 주의해서 일러주니 도로떼아는 걱정 말라고 하면서 조금도 틀리지 않게 기사소설에 그려진 그대로 꼭 그런 방식으로 행동하겠다고 다짐했다.

한마장을 조금 못 가서 그들은 얽히고설킨 바위 사이에서 돈 끼호떼를 발견했는데, 갑옷은 안 걸쳤지만 옷은 이미 입고 있었다. 도로떼아는 그를 보았고 싼초가 저분이 돈 끼호떼라고 알려주자 말을 채찍질하여 비호같이[2] 다가갔고, 점잖게 수염을 단 이발사도 그뒤를 따랐다. 가까이 가자 하인은 말에서 뛰어내려 도로떼아를 안아내렸고, 그녀는 아주 멋지게 말에서 내리더니 돈 끼호떼의 무릎 앞에 꿇어 엎드렸다. 돈 끼호떼가 도로떼아를 일으키려 애썼으나 그녀는 결코 일어나지 않고 이렇게 아뢰었다.

----

2 원문에는 'su palafrén'(기사나 귀부인이 타는 말)이라면서 신부의 노새를 장난삼아 부르고 있다. 그 말의 뜻을 살리기가 어려워 '비호같이'라는 기사도의 느낌이 나는 부사로 대체했다.

"이 자리에서 일어나지 않겠나이다, 오, 용맹스럽고 당당하신 기사님이시여! 예절 바르고 친절하신 나리께서 소녀의 간청 하나를 들어주실 때까지 이대로 있겠나이다. 이 일은 귀하의 명예와 가치를 더욱 드높이게 할 뿐만 아니라 천하에 없을 정도로 가장 처절하게 능욕을 당한 한 처녀를 위한 일이옵니다. 만약 귀하의 강력한 결투 능력이 귀하의 불멸의 명성에 버금가는 거라면 기사님은 저 멀고 먼 땅에서 귀하의 명성만을 믿고 소녀를 불행에서 구원해주십사 찾아온 이 불쌍한 여자를 꼭 도와주셔야 할 것이옵니다."

"아리따우신 여인이여, 그대가 땅에서 일어나시기 전에는 본인은 대답을 드릴 수도 없고, 그대의 사정도 더이상 듣지 않겠사옵니다." 돈 끼호떼가 대답했다.

"일어나지 않겠나이다, 나리." 슬픔에 찬 아가씨가 말했다. "먼저 귀하께서 소녀의 청을 들어주시겠다고 하지 않는다면요."

"내 그대의 청을 받아들이기로 하겠나이다." 돈 끼호떼가 대답했다. "본인의 왕이나 조국, 그리고 이 가슴의 사랑과 자유의 열쇠를 쥐고 있는 그 여인에게 절대로 불명예나 상처를 주지 않는다면요."

"말씀하신 그런 종류의 불명예나 피해가 갈 일은 아니옵니다, 나리." 아픔에 찬 아가씨가 말했다.

이야기가 여기에 이르자, 싼초 빤사가 주인님의 귀에 다가가서 아주 천천히 이렇게 말했다.

"나리, 청하는 부탁을 받아주셔도 좋을 겁니다요. 아무것도 아닌 일이라니까요. 거인 하나 죽이는 일인뎁쇼. 그리고 지금 청을 드리는 이 여자분은 에티오피아의 미꼬미꼰 대왕국의 여왕이신 미꼬미꼬나 공주 마마시라구요."

"이분이 누구시든지 간에," 돈 끼호떼가 대답했다. "나는 내가 해야 할 일을 할 뿐이야. 그리고 내가 지키는 기사도에 따라 내 양심이 시키는 대로 할 것이네."

그러고는 아가씨에게 고개를 돌려 말했다.

"아리따우신 귀부인 아가씨께서는 일어나시옵소서. 본인에게 청하는 부탁은 원하는 대로 들어드리겠소이다."

"소녀가 청하는 것은," 아가씨가 말했다. "위대하신 귀하께서 즉시 소녀가 모시는 곳으로 함께 가시어서 소녀를 위해 반역자에게 복수를 해주시기 전까지는 다른 어떤 간청이나 모험에도 휩쓸리지 말아야 한다는 것이옵니다. 그 반역자는 신의 법도 인간의 법도 무시하고 소녀의 왕국을 약탈해간 자이옵니다."

"본인의 말은 그 일을 도와드리겠다는 것입니다." 돈 끼호떼가 대답했다. "그러하오니, 아가씨, 오늘부터는 그대를 괴롭히는 그 우울한 마음을 거두시오. 시들어가는 그대의 희망을 새로운 용기와 힘으로 되살아나게 할 것이외다. 제 팔뚝 힘과 하느님의 가호로 그대는 머지않아 왕국을 되찾을 것이고, 오랜 역사를 가진 위대한 나라의 왕좌에 다시 앉게 될 것입니다. 비록 비열하고 사악한 자들이 반대하고 나서겠지만 그런 자들은 쓰라린 패배만 맛볼 것이외다. 즉시 일을 시작하지요. 늑장 부리다가는 위험이 따르기 마련이라고들 하지요."

고난에 처한 아가씨는 무척 기뻐하면서 기사의 두 손에 키스를 하려고 애를 썼지만 돈 끼호떼는 모든 일에 사려 깊고 예절 바른 기사인지라 그건 절대 받아들일 수 없다고 했다. 그러고는 그녀를 일으킨 뒤 정식으로 예의를 갖춰 점잖게 포옹을 했다. 그리고 싼초에게 로신안떼의 뱃대끈을 검토하고, 즉시 자신을 무장시키라고 했다. 싼초는 전리품처럼 나무에 걸어놓았던 갑옷을 내리고, 말의 뱃대끈을 묶어서 한순간에 주인 나리를 무장시켰다. 돈 끼호떼는 무장을 하고 나서 말했다.

"하느님의 이름으로 이 위대하신 분을 돕기 위해 여기를 떠나자."

이발사는 그때까지도 무릎을 꿇고서 웃음을 참느라고 갖은 애를 쓰고 있었다. 수염이 떨어졌다가는 자신들의 좋은 뜻이 다 허사로 돌아갈지도 모르므로 떨어지지 않도록 굉장히 조심을 했다. 도와주기로 승낙한 뒤 약속을 지키려고 돈 끼호떼가 부지런히 준비해서 나가려는 걸 보고서야 그는 자리에서 일어났다. 그리고 다른 손으로 자기 아가씨를 잡아서 기사와 둘이서 그녀를 노새 위에 태웠다. 다음에 돈 끼호떼가 로신안떼 위에 올라탔고, 이발사도 자기 노새에 자리를 잡았고, 싼초는 걸어가기로 했다. 그때 싼초는 이렇게 필요할 때 당나귀를 잃어버린 게 다시 한번 아쉬웠으나 모든 것을 즐거운 마음으로 받아들였다. 그의 생각에는 이제 주인님이 금방 황제가 될 길에 들어섰다고 생각했으니, 틀림없이 저 공주와 결혼을 하게 될 터이고 그리되면 적어도 미꼬미꼰의 왕은 될 거라고 생각했기 때문이다. 다만 고민스러운 것은 그 왕국이 흑인들의 땅에 있어서 자기에게 부하로 넘겨지는 사람이 모두 흑인일 거라는 거였다. 그러나 그 문제도 다시 생각해보니 좋은 방법이 떠올라서 혼잣말을 했다.

"내 부하들이 흑인인 게 무슨 상관이야? 그들을 싣고 에스빠냐로 데려오면 될 거 아닌가? 에스빠냐에 와서 팔고, 그것도 현금으로 주는 사람들에게 팔아 그 돈으로 먹고살 무슨 자리나 작위를 사서 평생 편하게 살면 되지 않는감? '아니야, 잠들 자요, 그리고 일

하는 데 무슨 기술이나 재주 같은 건 필요없어!' 그러고서는 눈 깜짝할 사이에 서른명, 아니 만명의 부하들을 팔아치우는 거지, 뭐. 정말이지 작은 놈이나 큰 놈이나 되는대로 쏜살같이 팔아치우지, 뭐. 그래서 아무리 까맣게 생겼다고는 하지만, 팔아서 금색 은색 동전으로 바꾸지, 뭐. 어서 오너라, 내가 바보가 아니지!"

이런 생각을 하면서 기분 좋게 가다보니 발로 걸어가는 고통을 잊었다.

이 모든 광경을 까르데니오와 신부는 바위 틈에 숨어서 바라보고 있었다. 그들과 함께 가야 하는데 어떡해야 할지 몰라했으나 작전 감각이 뛰어난 신부의 머릿속에 그들이 원하는 대로 합칠 수 있는 방법이 떠올랐다. 이발 가방에 가지고 온 가위로 서둘러 까르데니오의 수염을 자르고, 자기가 가져온 거무스레한 겉옷과 망또를 입혔다. 그리고 신부 자신은 바지와 조끼 차림으로 나섰다. 그러고 나니 까르데니오는 전에 보던 모습하고는 완전 딴사람 같아서 자신이 거울을 놓고 본다 해도 못 알아볼 지경이었다. 이렇게 자기들이 위장을 하는 동안 다른 사람들이 앞서갔기 때문에 쉽게 큰길로 나갔다. 그 근방의 덤불숲이며 어려운 산길들은 말을 타고 가는 사람들이 걸어가는 사람들보다 빠져나가기가 더뎌서 그들이 먼저 나왔다. 실제로 그들은 산을 빠져나왔고 평지에 들어섰다. 돈 끼호떼와 그 동료들이 산을 빠져나오자, 신부는 여유를 가지고 그를 바라보고서는 알아보겠다는 듯한 표정을 하며 한참 동안을 살펴보다가 함성을 지르며 두 팔을 펴고서 다가갔다.

"이런 행운이 있나, 기사도의 귀감이며 내 동향 친구, 라 만차의 돈 끼호떼를 만나다니! 방랑기사들의 마지막 꽃이며 고난에 처한 자들을 구하고 보호해주는 친절과 자비의 유일한 영웅이 아니신가."

이렇게 말하면서 돈 끼호떼의 왼쪽 무릎을 꼭 껴안았다. 돈 끼호떼는 그 사람이 하는 행동이며 말을 보고 듣더니 깜짝 놀라서 자세히 내려다보다가 마침내 그를 알아보고는 만난 게 놀랍다는 듯이 서 있다가 말에서 내리려고 무척 애를 썼다. 그러나 신부가 내리는 걸 만류하자 돈 끼호떼가 말했다.

"이거 이러시지 마십시오, 석사 나리, 귀하처럼 고명하신 분이 서 계시는데 제가 말을 타고 있어서야 말이 되겠습니까."

"말에서 내리는 걸 절대 용납할 수가 없습니다." 신부가 말했다. "위대하신 분께서는 그냥 말을 타고 계시지요. 말을 타고 있어야, 우리 시대에 더 큰 전공과 모험을 이겨내실 수가 있으시지요. 저는 변변치 못한 신부이오니 화를 내지 않으신다면 여기 나리와 같이 가는 이분들의 노새 엉덩이에 잠깐 타고 갈까 합니다. 그래도 날개 달린 말 페가수스를 타고 가는 기분으로 달려가겠습니다. 아니면 저 유명한 무어족 기사 무사라께가 타고 다닌 그 큰 알파나나 얼룩말 위에 탄 기분이겠지요. 그 무사라께는 지금까지도 마법에 걸려 저 큰 꼼쁠루또 시에서 얼마 안되는 술레마 대구릉에 누워 있다지요."

"저는 아직 그것까지는 생각을 못했소이다, 석사 나리." 돈 끼호떼가 대답했다. "경애하는 공주님께 부탁을 드려 그분 하인에게 귀하게 노새의 자리를 내드리라고 하지요. 노새가 견딜 수 있다면 하인은 그 엉덩이께에 붙어서 갈 수가 있을 겁니다."

"견디고말고요, 소녀가 생각하기로는요." 공주가 말했다. "제 하인에게 명령하실 필요도 없는 게, 이 사람은 참 점잖고 예의 바르기 때문에 성직에 계시는 분이 말을 타고 갈 수 있는데도 걸어가시는 것을 용납하지 않을 줄로 압니다."

"지당한 말씀이십니다요." 이발사가 말했다.

그러고는 그 즉시 내려 신부에게 자리에 오르시라고 권했고, 신부는 여러번 권하지 않아도 바로 올라탔다. 그런데 이발사가 엉덩이에 막 오르자 불행한 사건이 벌어졌으니, 노새는 빌려온 말이었는데 그러니까 얼마나 성질이 나쁜 말인지는 이 사실로 충분한데, 여하튼 엉덩이 뒤쪽을 약간 치켜들더니 공중에다 발길질을 두번 했다. 그 발길질에 이발사 니꼴라스 선생의 가슴인가 머리인가가 차이는 통에 돈 끼호떼 때문에 찾아온 것이고 뭐고 '나 몰라라!' 하는 심정이 되고 말았다. 어쨌든 그리하여 그 바람에 기절초풍을 해서 땅에 떨어졌는데 수염에 신경을 쓸 겨를이 없다보니 그만 우수수 수염이 땅에 떨어져버렸다. 수염이 떨어져나간 걸 알자 어쩔 수 없이 두 손으로 얼굴을 가리고 어금니가 다 나갔다고 끙끙거리기 시작했다. 돈 끼호떼는 턱살도 피도 안 묻은 커다란 수염 뭉치가 자빠진 하인의 얼굴 멀리서 뒹굴고 있는 걸 보고 말했다.

"세상에 이럴 수가, 이건 정말 기적이구먼! 수염이 얼굴에서 뜯겨 떨어져나갔는데, 마치 일부러 떼어낸 것처럼 저러하니……"

신부는 자기 공작이 발각될 것 같은 위험을 느끼자 즉시 수염 있는 데로 가서 그걸 집어들고 니꼴라스 선생이 누워 있는 곳으로 갔다. 소리소리 지르며 후다닥 그의 머리를 가슴에 끌어안고서 수염을 붙이고, 그 위에다 뭐라고 중얼거리며, 이건 보다시피 수염 붙이는 데 가장 알맞은 기도라고 했다. 수염을 잘 붙이고 나서 신부는 물러섰고, 공주의 하인은 아까처럼 건강하고 수염까지 잘 나 있는 모습이 되었다. 그걸 보고 돈 끼호떼는 무척이나 감탄을 하면서 신부에게 부탁하기를 시간이 있으면 그 기도를 좀 가르쳐달라고 했다. 그 기도는 수염 붙이는 효과 말고도 다른 데에도 쓸모가 있을 거라면서, 수염이 떨어져나간 자리는 살이 찢기고 상처가 나 있을 텐데 저렇게 씻은 듯이 나은 걸 보니 수염 치료 외에도 쓸모가 있 겠다고 했다.

"그렇습니다" 하고 신부는 말하고 기회가 되면 꼭 가르쳐주겠다 고 약속했다.

그들은 우선 신부가 노새를 타고, 두마장쯤 되는 거리에 있는 객 줏집에 도착할 때까지 간간이 셋이서 번갈아 타고 가기로 했다. 셋 은 말을 타고, 말하자면 돈 끼호떼와 공주, 그리고 신부가 타고, 다 른 셋, 까르데니오와 이발사, 그리고 싼초 빤사는 걸어갔다. 돈 끼 호떼가 공주에게 말을 걸었다.

"위대하신 공주님, 제일 마음에 드시는 대로 인도하시지요."

그러자 공주가 대답하기 전에 신부가 말했다.

"마님께서는 어떤 왕국으로 인도하시겠습니까? 혹시 미꼬미꼰 왕국으로 가시는 건 아닌지요? 아마 그러시겠지요, 아니면 제가 왕 국에 대해 잘 모르든지."

그녀는 모든 걸 잘 눈치채고 있었으므로 그렇다고 대답해야 한 다는 걸 알고는 이렇게 말했다.

"물론이지요, 나리, 그 왕국으로 가는 중입니다."

"만약 그러하시다면," 신부가 말했다. "저희 마을의 한가운데로 통과하시겠군요. 그리고 거기서 아가씨는 까르따헤나로 가는 길을 타야 될 겁니다. 운이 좋으면 거기에서 배를 탈 수 있는데, 바람이 많고, 바다가 잔잔하고, 폭풍이 없으면 구년이 채 못 걸려서 대호수 인 매운탕호, 아니 그러니까, 메오띠데스호[3]가 보이는 곳에 도착할 겁니다. 그곳에서 귀부인 마님 왕국까지는 백일이 좀더 걸리는, 이

쪽에 있는 호수지요."

"잘못 알고 계시는 것 같은데요, 나리." 그녀가 말했다. "소녀가 거기를 떠난 지는 이년밖에 안되었고, 사실 한번도 좋은 날은 없었어요. 어쨌든 소녀가 그토록 바라던 것을 찾게 되었지만요. 그분이라 만차의 돈 끼호떼 님이십니다. 에스빠냐에 발을 딛자마자 그분 소식이 제 귀에 들어왔고, 그 얘기를 듣고 그분을 찾아오게 되었지요. 그분의 가호를 받아, 그 불굴의 무공에 의존하여 정의를 찾으려고요."

이때 돈 끼호떼가 말했다. "더이상 그만하시지요. 내 칭찬은 그만두시구려. 본인은 아부를 무척 싫어하는 사람이외다. 비록 이건 아부가 아닐지 모르나, 그런 말씀은 내 순결한 귀를 더럽히고 있소. 본인이 말씀드릴 수 있는 건, 귀부인 아씨, 용기가 있건 없건, 힘이 되건 안되건 목숨이 다할 때까지 그대를 위해 모든 것을 다 바치겠다는 것이오. 그러니 이 이야기는 그때 가서 하기로 하고, 신부님께 부탁드리고 싶은 것은, 무슨 연유로 이런 곳에 하인도 없이 이렇게 홀몸으로 오시게 되었는지 말해주시겠소? 이렇게 가벼운 차림으로 오신 걸 보니 놀랍소이다."

"그 문제는 제가 간략하게 대답해드리리다." 신부가 말했다. "돈 끼호떼 나리, 나리도 아시겠지만 저와 우리 친구요, 이발사인 니꼴라스 선생이 무슨 돈을 받으러 쎄비야에 가던 중이었소. 그 돈은 오래전에 미주 대륙으로 건너간 내 친척이 저한테 보낸 것인데 적

---

3 세르반떼스의 말놀이를 흉내내본다. 신부는 'la gran laguna Meona'(오줌싸개)라고 하다가 '메오띠데스'(Meótides)라는 본명으로 수정한다. 소리가 비슷해서 한 말놀이인데, 역자가 '매운탕호'로 바꾼 것은 이런 말놀이를 십분 살리려 해서이다.

지 않은 금액이어서 보통 돈보다 두 배 이상 나가는 시험 화폐로 60000뻬소⁴ 정도 되었소. 그런데 어제 이 근방을 지나다가 강도 넷을 만나서 우리는 수염까지 다 뜯긴 거요. 이렇게 홀라당 다 빼앗기고 보니, 이발사에겐 편의상 가발 수염을 붙였고, 여기 가는 이 친구——까르데니오를 가리키면서——에게는 새옷 같은 걸 입혔소. 환장할 것은 이 근방 모든 곳에 공공연하게 알려진 유명한 이야기인데, 우리를 강탈한 놈들이 누군가가 풀어준, 배에 부역하러 가는 죄수들이었다는 거요. 그 죄수들은 어떤 용감한 남자가 경관이고 보초고 다 물리치고 몽땅 풀어줬다는 겁니다. 그 사람은 틀림없이 정신이 나갔거나 그놈들처럼 아주 순 깡패일 겁니다. 아니면 누구인지 양심도 없고 정도 없는 사람이었을 것이니, 양들 사이에 늑대를 풀어놓고, 닭장에 여우를 풀어놓고, 꿀 속에 파리를 풀어놓은 걸 보면요. 결국 법을 속이고, 왕과 주인에게 반역한 것이라 할 수 있으니 그들의 정당한 법령을 어겼으니까요. 내 말은 배 젓는 죄수들에게 노를 빼앗고, 여러해 동안 쉬고 있는 '성스러운 형제단'이 난리를 피우게 만들었지요. 결과적으로 영혼까지 잃고 몸도 못 건지는 행동을 했던 겁니다."

쌴초는 신부와 이발사에게 이미 배에서 부역해야 할 죄수들을 풀어준 그 사건을 이야기했으며, 자기 주인은 최대의 영광을 얻고 일을 끝마쳤다고 했다. 이 말을 듣고 신부는 돈 끼호떼의 행동과 말을 떠보려고 일부러 그 일을 언급한 것이다. 돈 끼호떼의 얼굴색은 말이 이어질 때마다 변했으나 차마 자기가 그 선량한 사람들을 풀어주었다고는 감히 말을 못했다.

---

4 '뻬소'(peso)는 옛 스페인 은화이다.

"그놈들이 결국," 신부가 말했다. "우리 것을 훔친 자들이었습니다. 자비로우신 하느님께서 그놈들을 마땅히 형장으로 끌어가지 못하게 한 자를 용서해주시기를."

30장

아름다운 도로떼아의 얌전한 모습과
정말 재미있는 심심풀이 이야기

신부가 이야기를 끝내자마자 싼초가 입을 열었다.

"사실대로 말하자면, 석사 나리, 그런 일을 한 건 우리 주인님이 셨어요. 소인이 그전에 말을 안 한 건 아니었습죠, 지금 하시는 행동을 잘 생각하시라고 충고했지요. 그놈들은 정말 모두 악질 같은 짓을 해서 끌려가는데 풀어줘서는 안된다구요."

"바보 같은 녀석," 이때 돈 끼호떼가 말했다. "방랑기사의 임무는 길거리에서 만난 쇠고랑 찬 사람들, 억눌린 사람들, 고난받는 사람들을 일일이 수사하는 게 아니야. 그 사람들이 그런 모습이거나 그렇게 고뇌에 빠져 있는 게 죄를 지었기 때문인지 잘한 짓 때문인지는 상관이 없지. 기사의 임무는 그 사람들의 악질적인 면을 보는 것이 아니라 고통을 눈여겨보고, 고난에 처한 사람들을 도와주는 것일세. 가다가 우연히 염주 하나를 보았고, 얼굴을 찡그린 채 불행한 모습을 한 사람들을 만나서, 나는 그들에게 내 종교, 내 기사도가 시키는 대로 했을 뿐일세. 다른 일들이야 일어나면 일어나는 거지. 혹시 내 행동을 나쁘게 생각한다면, 고결하고 성스러운 석사님과 그 인품을 거론하는 건 아니지만, 내 감히 말하지만 그런 사람은 기사들의 고생을 모르는 자야. 그런 자는 빌어먹을 쌍놈의 자식으로 거짓말을 하는 거야. 이 문제는 어디 얼마나 오랫동안 버티는가 내 칼로 맛을 보여주겠노라.[1]”

돈 끼호떼는 이렇게 말하고 투구를 꾹 눌러쓴 채 등자에 댄 발에 힘을 주었다. 자신이 맘브리노 투구라고 생각하는 이발사의 대야가 앞 안장에 매달려 있었는데, 풀어준 죄수들이 두들겨서 망가져 수선할 때까지 걸어놓았던 것이다.

도로떼아는 얌전하고 아주 고상한 데가 있어서, 돈 끼호떼의 상한 기분을 눈치챘고, 모든 사람이 싼초를 빼놓고는 비웃으니 더 분위기를 가라앉히고 싶지 않았다. 그래서 화가 난 돈 끼호떼를 보고 말했다.

“기사 나리, 소녀에게 약속하신 선물을 기억하시어요. 그 약속에 따라 아무리 급하다 해도 다른 모험에 휩쓸려서는 아니되옵니다. 나리께서 마음을 조금만 진정하세요. 만약 석사 나리가 그 무적의 팔뚝으로 죄수들을 풀어준 것을 아셨다면 입에 세 바늘을 꿰매고 혀에 세 바늘을 더 꿰맬지라도 그런 말씀은 안하셨을 겁니다. 그렇게 나리의 마음에 엄청난 상처를 주는 말은요.”

“그건 제가 맹세합니다.” 신부가 말했다. “제 수염을 물어뜯는 한이 있어도 말하지 않았을 겁니다.”

“본인은 입을 다물겠습니다, 귀부인 아씨,” 돈 끼호떼가 말했다.

---

1 기사들이 결투 직전에 하는 서약의 말이다.

"내 마음에 일어났던 정당한 분노를 억누르고, 그대에게 약속한 도움을 드리고 그걸 이행할 때까지 조용히 평화롭게 가겠습니다. 하나, 이 좋은 뜻에 답하는 의미에서 청이 하나 있사온대, 크게 걸리지 않으신다면, 무엇이 그대의 고민인지, 상대는 몇 명인지, 내가 만족할 만큼 정당하게 그대를 위해 완전히 복수를 해야 하는 사람들은 누구인지 말씀해주실 수 있겠습니까?"

"그거야 기꺼이 말씀드리지요." 도로떼아가 대답했다. "불행한 사건이나 마음 아픈 이야기를 듣고 어르신네들이 화내지 않으신다면요."

"화를 내지 않을 겁니다." 돈 끼호떼가 말했다.

그 말에 도로떼아가 입을 열었다.

"그러시다면 어르신네들, 제 이야길 잘 들으세요."

그녀가 이 말을 하자 까르데니오와 이발사는 얌전한 도로떼아가 어떻게 이야기를 꾸며대는지 듣고 싶어 그녀 가까이 다가앉았고, 자기 주인과 함께 그녀에게 완전히 속은 처지인 싼초도 가까이 갔다. 그녀는 의자에 자리를 바로하고 앉아서, 먼저 기침으로 마음의 준비를 한 뒤 아주 우아한 몸짓으로 이렇게 이야기했다.

"먼저 어르신네들께 제 이름부터 말씀드리자면, 제 이름은……"

여기서 말을 잠깐 멈추었는데, 신부가 지어준 이름을 잊었던 것이다. 그러나 그녀가 주저주저하는 걸 눈치챈 신부가 끼어들어 말했다. "이리 어지럽고 어색하신 것도 결코 놀라운 건 아닐 것이옵니다, 아씨. 이런 이야기라는 게 늘 그렇듯이 자신을 학대하던 사람들도 종종 기억이 안 나기 마련이지요. 그와 똑같이 자기 이름조차 생각이 안 날 때가 있는걸요, 지금 아씨께서 그러시는 것처럼요. 존함이 미꼬미꼰 대왕국의 정식 후계자 미꼬미꼬나 공주이신 걸 잊으셨군요. 이렇게 지적해드리면 위대한 공주님께서 이제 쉽게 그 가슴 아픈 이야기가 기억이 나실 터이니 생각나는 대로 모두 이야기하시지요."

"그렇군요." 처녀가 대답했다. "여기부터는 기억을 상기시켜주시지 않아도 될 것 같네요. 저의 진짜 이야기로 실마리를 잘 풀어갈 것 같습니다. 이야기인즉 왕이신 아버지는 마법사 띠나끄리오라고도 불리는 분인데, 아버지는 마법으로 하라미야라고 하는 어머니가 자신보다 먼저 죽게 되리라는 것을 아셨어요. 그리고 그로부터 얼마 안돼서 당신도 이 세상을 떠나게 되면 저는 아버지 어머니 없는 고아가 되리라는 것을 예측하셨지요. 그러나 아버지 말로는 그게 걱정이 아니라 어느 큰 섬의 주인으로 '안개 눈 빤다필란도'라고 하는, 엄청나게 큰 거인이 살고 있다는 것을 알고는 아찔하셨다는 거였어요. 왜 그런 이름이 붙었는지 알아봤더니 그는 두눈은 제자리에 제대로 붙어 있으나 항상 거꾸로 쳐다보기 때문에 사팔뜨기 같아서라는군요. 그런 눈길은 바라보는 사람들에겐 사악하게 보이고 경악과 공포를 자아낸다고 해요. 그 거인은 제가 고아라는 걸 알면, 우리 왕국에 무서운 위력을 앞세우고 넘어오게 될 거고, 제가 숨을 작은 마을 하나 남겨놓지 않고 모조리 빼앗을 거라는 거예요. 하지만 제가 그 거인과 결혼을 하면 그런 불행과 파국을 피할 수 있다는 말이었지요. 그러나 아버지 생각에도 제가 사람 같지도 않은 그런 이상한 사람과 결혼할 마음이 생기리라는 건 만무했지요. 아버님 말씀이 정말 맞는 말이었어요. 저는 한번도 그 거인이나 더 크고 더 엄청난 다른 거인이라 할지라도 그런 사람과 결혼하겠다는 꿈은 꾸어본 적이 없거든요. 부왕께서는 또 말씀하시기를 당신께서 죽고 난 뒤 빤다필란도가 우리 왕국으로 넘어오면 방어하려고 하지 말고, 그러다가는 저도 죽게 되니, 왕국을 마음대로 짓밟게 내버려두라 하셨어요. 저와 저의 선량하고 성실한 신하들이 전부 죽고 망하기 싫다면 말이지요. 그 악마 같은 거인의 힘에 제가 대항하는 건 불가능하기 때문이라는 거였어요. 그러지 말고 신하 몇명과 즉시 에스빠냐로 가야 제 재난을 구원받을 수 있을 거라 했습니다. 그때쯤이면 그 왕국 모든 곳에 명성이 자자하게 퍼지게 될 에스빠냐의 방랑기사 한분이 계시는데, 그분 성함이 제 기억이 나쁘지 않다면 돈 아소떼인가 돈 히고떼[2]인가라고 하더군요."

"돈 끼호떼라고 했겠지요, 아씨." 이때 싼초 빤사가 말을 받았다. "그리고 다른 이름으로는 '불쌍한 몰골의 기사'라는 분이시지요."

"아, 그 이름이군요." 도로떼아가 말했다. "그리고 더 말씀하시기를 생긴 건 키가 크고 얼굴은 깡말랐고, 왼쪽 어깨 밑 오른편인가 그 옆에는 거무스레한 점이 있는데 돼지털 같은 털이 좀 나 있을 거라고 하셨어요."

이 말을 듣다가 돈 끼호떼는 하인에게 말했다.

"잠깐, 이보게나 싼초, 내가 옷 좀 벗는 걸 도와주게나. 내가 그 영명하다는 왕이 예언한 기사인지 확인 좀 해보게."

"아니, 왜 나리께서 옷을 벗으시겠다고 합니까?" 도로떼아가 물었다.

"내 몸에 그대 아버님께서 말씀하신 점이 있나 보려 합니다." 돈 끼호떼가 대답했다.

"옷은 뭐하러 벗으십니까요." 싼초가 말했다. "소인이 알고 있는

---

2 '아소떼'(azote)는 채찍, '히고떼'(jigote)는 에스빠냐식 햄버거를 뜻한다.

뎁쇼. 나리의 척추뼈 중간에 그런 점이 있어요. 그건 힘센 사람이라는 증거입죠."

"그거면 됐네요." 도로떼아가 말했다. "잘 아는 사이에 작은 일로 신경쓸 건 없어요. 어깨에 있건 척추에 있건 그게 중요하지는 않지요. 점이 있다는 것으로 충분하고 그게 어디 있든지 똑같은 살 아니겠어요? 그리고 저도 돈 끼호떼 님의 가호를 받게 되었으니, 부왕께서 모두 꼭 맞히셨네요. 아버님께서 당신을 두고 말씀하시는 거였으니까요. 생김새나 당신의 이름이 에스빠냐에서뿐만 아니라 라 만차 지방 전체에서 유명하시니까 그 명성으로 보아도 다 들어맞네요. 제가 오수나에 도착해 배에서 내리자마자[3] 돈 끼호떼 님이 세우신 많은 전공담을 들었는데, 그 말을 듣고 그분이 바로 제가 만나고자 찾는 분이구나 생각하고 얼마나 감동했는지 몰라요."

"그런데 어떻게 그대께서는 오수나에서 배를 내리셨나요, 아씨?" 돈 끼호떼가 물었다. "거기는 항구가 아닌데요."

그러나 도로떼아가 대답하기 전에 신부가 말을 받았다.

"듣자하니, 공주님께서 하신 그 말뜻은 말라가에서 배를 내린 뒤 맨 처음 나리의 소식을 접한 곳이 오수나였다는 이야기 같습니다."

"제 말이 그 말이에요." 도로떼아가 말했다.

"이제야 이야기가 되는군요." 신부가 말했다. "마마님께서는 이야기를 계속하시지요."

"더 할 이야기가 없어요." 도로떼아가 말했다. "그러니까 결론적으로 제가 운이 무척 좋아 돈 끼호떼 님을 만나게 되었다는 말씀이

---

3 여기에서 에스빠냐의 한 지방인 '라 만차'를 나라보다도 더 큰 곳으로 본다거나 항구도 아닌 '오수나'(Osuna)를 배를 내린 곳으로 본 것은 이야기를 희화하기 위한 세르반떼스의 기법이다.

지요. 소녀는 이제부터 우리 왕국의 주인이고 여왕이 되는 거고요. 왜냐하면 돈 끼호떼 님께서는 친절하고도 예의 바르게 제가 원하는 곳은 어디라도 함께 가주신다고 약속하셨고, 제가 모시고 가는 곳은 다름 아닌 '안개 눈 빤다필란도' 앞이지요. 우리 기사님께서 그놈을 죽이고 제게서 부당하게 빼앗아간 나라를 되찾게 해주시는 거지요. 이건 말 그대로 정확하게 이루어져야 하는 게 제 부왕이신 마법사 띠나끄리오께서 예언한 것이니까요. 아버님께서 그리스어 인지 바빌로니아 칼데아어인지로 말하고 써놓은 글이 있는데, 저는 읽을 줄 모르지만, 만약 이 예언 속의 기사가 그 거인의 목을 치고 나서 저와 결혼하고자 하면 저는 아무런 저항 없이 그의 정식 부인이 될 것을 승낙해야 하고 그는 저와 함께 우리 왕국의 주인이 되게 하라고 쓰여 있다는 겁니다."

"자네 생각은 어때, 싼초 이 친구야?" 이 순간 돈 끼호떼가 소리쳤다. "지금 한 소리 듣지 못했나? 자네에게 뭐라고 하던가? 이봐, 이제는 통치할 왕국도 있고 결혼할 여왕도 있지 않은가?"

"그렇구말굽쇼!" 싼초가 말했다. "제기랄, 빤다필란도 왕의 숨통을 끊어버리고 결혼 안할 놈 있으면 나와보라고 그래! 아이구, 여왕이 밉기나 하면…… 아이구, 침대 벼룩 떼가 이 온몸에 득실거려도 좋아!"

이러면서 공중제비를 두번이나 넘으며 기뻐 어쩔 줄 몰랐다. 그러고는 곧 도로떼아의 노새 고삐를 쥐고 멈추게 한 뒤 그녀 앞에 무릎을 꿇고 조아리고는 공주님을 여왕으로, 주인님으로 모신다는 뜻에서 손에 키스를 하게 해주십사 간절히 청했다. 주인의 광기와 그 하인의 단순함을 보고 주위 사람 누구 하나 웃지 않을 자 있겠는가? 결국 도로떼아는 키스하도록 손을 내려주었고, 하늘이 허용하는 한 평생 돈 받고 즐기며 살 수 있도록 자기 왕국의 높은 자리를 주겠다고 약속했다. 쌴초는 이런 말에 어찌나 감사해하는지, 그 모습이 또 한번 모든 사람을 웃겼다.

"어르신네들, 이것이," 도로떼아가 계속했다. "제 이야기의 다랍니다. 다만 한가지 더할 말이 있다면 우리 왕국에서 데리고 나온 수행원들 중에 남은 사람은 오직 수염이 텁수룩한 이 착한 하인뿐이라는 것이올시다. 모두들 항구를 눈앞에 두고 태풍을 만나 침몰해 죽었고, 이 사람과 저만 기적적으로 널빤지 두장을 타고 살아나왔지요. 그러니 제 일생이라고 하는 게 다 들으셨듯이 모두 기적이요, 신비지요. 이야기가 지나치다거나 제대로 말해야 할 게 잘못 나간 데가 있다면, 그 죄는 석사님께서 처음 제 이야기에서 하신 말씀대로 엄청난 일을 많이 겪으면서 고생을 하다보니 기억이 없어진 때문이라 생각하소서."

"그런 일은 저에게는 없을 것이옵니다, 오, 용감하고 고명하신 귀부인 아씨!" 돈 끼호떼가 말했다. "아무리 크고 한번도 본 적 없는 일이 벌어져도, 제가 아씨를 섬기는 한 있을 수가 없습니다. 그래서 다시 한번 새롭게 그대에게 약속한 언약을 떠올리고 아씨와 함께 그대의 무시무시한 적을 만날 때까지 이 세상 끝이라도 따라갈 것을 맹세합니다. 하느님의 가호와 이 팔뚝의 힘을 다해 그 오만한 대가리를 끊어놓고, 이 엄청난…… 좋은 칼이라는 말은 안하겠습니다, 히네스 데 빠사몬떼 그 도둑이 내 칼을 훔쳐갔거든요.[4]"

---

4 돈 끼호떼의 칼을 훔쳐간 사실은 배에서 부역한 죄수들을 풀어준 이야기 뒤에도 안 나오고, 재판본의 덧붙인 부분에도 언급하지 않는다. 이런 게 세르반떼스가 당시 비판받은, 잦은 실수 중의 하나이다. 2권에서 이런 것들이 또 하나의 이야깃거리를 형성하고 있다.

이 말을 입속으로 중얼거리면서 말을 이었다.

"칼날로 완전히 없애놓은 뒤 그대가 평화롭게 나라를 되찾게 하고 그뒤 그대의 마음 내키시는 대로 하도록 귀부인 아씨의 처분에 맡기겠소이다. 왜냐하면 제 마음을 주고 제 생각을 가득 채우고 있는, 정신없이 빠져 있는 그녀…… 더이상 말하지 않겠소이다, 여하튼 그녀가 있는 한 세상에서 제일 아름다운 불사조 같은 여인이라고 해도 꿈에서라도 결혼까지는 안 갈 겁니다."

싼초 생각으로는 결혼하지 않겠다는 주인님의 마지막 말이 아주 기분 나쁘게 들렸다. 그래서 벌컥 화를 내며 목소리를 높여 말했다.

"세상에, 세상에, 원, 이럴 수가 있습니까요. 돈 끼호떼 나리, 나리는 정말 완전히 정신이 돌았어요. 어찌해서 이 아씨같이 높으신 공주님과 결혼하는 걸 주저하실 수 있단 말입니까요? 어느 행운의 여신이 지금 나리께 주어진 복덩어리 같은 기회와 복을 길모퉁이 돌 때마다 거저 준답디까? 행여라도 우리 둘씨네아 아씨가 더 예쁜 데가 있습니까? 아니지요, 절대 아니지요. 이 아씨 절반에도 못 미칩니다. 앞에 있는 아씨의 구두 끝에도 못 간다고 말할 정도네요. 나리께서 아무 데서나 그렇게 조롱받을 짓만 하고 다니시면 소인이 바라는 백작이 되고 영지를 갖기는 다 틀렸네요. 그만, 그만 좀 하십시오. 모든 게 다, 제기랄, 지옥에나 가라고 해도 책임질 테니까요, 나리는 그 공연물로 공짜로[5] 손에 들어오는 왕국이나 접수하

----

5 원문은 'de vobis vobis'라고 되어 있다. 실은 '공짜로, 선물로, 공물로'(de bóbilis bóbilis)라는 말을 잘 몰라 싼초가 적당히 주워들은 라틴어 문자를 쓰고 있는 것이다. 역자는 이 말을 살리고자 '공물로'라는 말을 '공연물로'라고 오해한 것으로 풀었다.

시라구요. 일단 왕이 되시면 소인을 후작이나 총독으로 만들어주시구요, 나중에사, 제기랄, 세상이 뒤집힐망정……"

돈 끼호떼는 자신의 둘시네아 아씨에게 모독에 가까운 욕을 하는 걸 듣고 더이상 참을 수가 없어 싼초에게 한마디 말도 않고 창을 들어 다짜고짜로 두 차례 내리쳤고, 싼초는 땅에 쓰러졌다. 그때 도로떼아가 더이상 때리지 말라고 소리치지 않았다면, 틀림없이 그 자리에서 그의 목숨을 끊고 말았으리라.

"이런 망할 놈의 자식!" 조금 뒤에 그가 말했다. "그런 버르장머리 없는 소리를 하는데 내가 항상 참고 손을 안 댈 줄 알았더냐? 언제까지 너는 잘못만 하고 나는 용서만 할 줄 알았더냐? 어림도 없는 소리 마라, 천하에 막돼먹은 놈, 세상에 둘도 없는 아씨를 그 혀로 나불거리는 걸 보니 틀림없이 막돼먹은 놈이야. 너, 이 거지발싸개 같은 이 불량한 놈아, 둘시네아 아씨가 내 팔뚝에 불어넣어주는 힘과 용기가 아니면 내가 벼룩 하나도 죽일 능력이 없음을 모르느냐? 이 교활하고 앙큼한 혀를 휘두르는 살모사 같은 놈아, 내가 거인의 목을 자르고, 왕국을 탈환하고, 너를 후작으로 만들었다고 치자. 나는 이 모든 게 이미 결판이 났고, 과거의 일로 모두 끝난 거라고 봐. 그런데 이 내 팔뚝을 그녀의 초능력의 도구로 삼아 힘을 불어넣어준 둘시네아 아씨의 은덕이 아니라면 누가 이 무서운 전공을 이루었다고 생각하는가? 그녀가 내 속에서 싸우고 있는 거야. 그녀가 내 속에서 승리한 거야, 나는 그녀 속에서 살고 숨 쉬니까. 그래서 내가 존재하고 살고 있는 거야. 오, 이 못돼먹은 개자식아, 너는 어찌하여 감사할 줄 모르는가. 너는 땅바닥 먼지 구덩이에서 기다가 귀족의 칭호를 받고 일어섰는데, 그 큰 은덕에 보답한다는 게 그렇게 만들어준 분에게 욕이나 하는 거냐?"

주인이 자신에게 하는 말을 모두 못 알아들을 정도로 싼초가 혼이 나가 있었던 것은 아니어서 서둘러 몸을 일으키더니 도로떼아의 귀한 말 뒤에 숨어서 말했다.

"나리, 말씀해보세요. 만약 나리께서 이 위대하신 공주님과 결혼하지 않기로 작정하셨다면 왕국도 나리 왕국이 되지 않을 게 분명하네요. 그리되면, 소인한테 무슨 은혜를 베푸실 수 있겠습니까요? 이게 지가 불평하는 점입니다요. 지금 여기 하늘에서 떨어지듯이 이분이 계시니 우선 먼저 결혼이나 하세요. 그다음에 우리 둘시네아 아씨에게 되돌아갈 수가 있지 않겠습니까, 후궁과 첩을 가졌던 왕들도 세상에는 있었을 법한뎁쇼. 어느 쪽이 아름다우신지에 대해선 소인이 간섭 안하겠습니다요. 사실, 사실을 말하기로 하면, 두 분 다 좋으시지요. 비록 둘시네아 아씨는 한번도 본 적이 없지만요."

"어떻게 자네가 그분을 못 봤다는 건가, 이런 못돼먹은 배신자야?" 돈 끼호떼가 말했다. "아니, 금방 그분에게서 회신을 가져왔다고 하지 않았는가?"

"지 말은 천천히 뵙지를 못했다는 거지요." 싼초가 말했다. "그러니 그분의 아름다움 하나하나 자세히 관찰하지 못했을 거 아니겠습니까요. 허지만, 그냥 전체로 보니 좋아 보이시데요."

"이제야 자네를 용서하겠네." 돈 끼호떼가 말했다. "그리고 자네에게 화낸 것을 용서하게나. 처음 나간 손찌검은 사람 손이 한 짓이 아닐세."

"소인도 벌써 압니다요." 싼초가 말했다. "그리고 저도 늘 말하고 싶은 욕망은 처음 나간 손찌검이라서요, 일단 혀가 꼴리면 한번이라도 말을 안하고는 못 견디지요."

"어떻든 간에," 돈 끼호떼가 말했다. "말할 때는, 싼초, 조심을 해야지. 어째 그렇게 우물가 쪽박처럼 입이 가벼운가…… 내 더이상 말 안함세."

"좋아요." 싼초가 대답했다. "하늘에 하느님이 계시니까 누가 사기를 치는지 압니다. 누가 더 나쁜가 하느님이 판단하실 겁니다, 말을 잘 못하는 소인이 나쁜가, 아니면 실천을 안하는 나리가 나쁜가."

"그만들 두시어요." 도로떼아가 말했다. "싼초는 얼른 뛰어가서 나리께 사과드리고 손에 키스를 하게나. 그리고 지금부터는 남을 칭찬하든 비난하든 좀더 주의를 해야겠어. 엘 또보소의 그 아씨 이야기는 나쁘게 말해서는 안되네. 나는 그분을 모르지만, 모시는 분께 그래서는 못써. 하느님을 믿고 살면 자네가 왕자처럼 살아갈 수 있는 나라가 어디에 없겠는가."

싼초는 머리를 숙이고 주인에게 손을 청했고, 돈 끼호떼가 점잖은 자세로 손을 내밀었다. 싼초가 그 손에 키스하자 주인은 축복을 해준 뒤 싼초에게 조금 가까이 오라고 말했다. 물어볼 게 있다고 하면서, 대단히 중요한 일에 대해 이야기를 좀 나누자고 했다. 싼초가 다가오자, 둘은 조금 앞으로 걸어나가 사람들과 떨어졌다. 그러고 나서 돈 끼호떼가 말했다.

"자네가 오고 난 뒤 많은 것을 자세히 물어보려고 했는데 그럴 시간도 장소도 없었네그려. 그러니 내 사절로 갔던 일이나 답장 이야기 말일세, 이제 운명의 여신이 우리에게 시간과 장소를 주었으니, 제발 그 좋은 소식으로 나를 좀 행복하게 해줄 수 있겠나?"

"무엇이든지 원하시는 걸 물어보셔요." 싼초가 대답했다. "무엇이든 간에 시작이 좋았으니 끝을 잘 맺어얍죠. 허지만 나리, 나리께

드리는 부탁인데 앞으로는 그렇게 보복만 일삼지 마세요."

"왜 그런 소리를 하는고, 싼초?" 돈 끼호떼가 물었다.

"왜 그런 말을 하느냐면요," 그가 대답했다. "방금 제게 가한 몽둥이찜질은 나리와 지 사이에 그날 밤 악마가 붙인 싸움 때문이라니까요. 소인이 가보처럼 사랑하고 존경하는 우리 둘시네아 아씨를 나쁘게 생각해서 일어난 일이라기보다는요. 비록 그 아씨께는 그런 점이 없지만, 나리께서만 그렇게 생각하시는 거지요."

"다시 그런 말은 하지 말지어다, 제발, 싼초." 돈 끼호떼가 말했다. "내 마음이 괴로워진다. 그때는 용서했지만, 그대도 잘 알렷다, 우리가 늘 하는 말로 죄를 새로 지으면 고행도 또 새로 시작이라고."[6]

---

6 환 데 라 꾸에스따의 2판에는, 문제가 되었던 싼초의 당나귀를 찾게 되는 과정이 여기에 다음처럼 삽입되어 있다.

"이런 일이 벌어지고 있는데, 그들이 가던 길로 한 선비가 당나귀를 타고 오는 게 보였다. 집시 같았다. 어디서든 당나귀를 보면 눈과 마음을 떼지 않는 싼초 빤사는 그 사람을 보자마자 그가 히네스 데 빠사몬떼인 걸 알아챘다. 그리고 그 집시의 실을 따라가다보니 자기 당나귀라는 실꾸러미가 나왔고, 진짜 자기 거였다. 빠사몬떼가 싼초의 당나귀를 타고 와서는 팔려고 사람들이 알아보지 못하게 집시 옷을 입고 다닌 것이다. 집시 말이나 다른 많은 것들을 진짜 집시처럼 잘 알고 있었으니까. 싼초가 그를 보고 소리쳤다. '야, 이 도둑놈 히네시요야! 네가 갖고 있는 물건, 내 목숨을 내놓아라, 내 휴식의 도구를 빼앗아가지 말라고, 내 당나귀를 내놓으라고, 내 사랑하는 짐승을 내놓으라고! 도망가, 개새끼야, 꺼져, 도둑놈아, 네 것이 아닌 것 놓고 가!' 그렇게 많은 말도 욕도 필요없이 첫마디에 히네스가 펄쩍 뛰더니 단거리 선수처럼 쪼르르 뛰어달아나 한순간에 사라지더니 멀리 가버렸다. 싼초는 자기 당나귀에게로 다가가서 끌어안고 말했다. '아, 내 친구, 사랑하는 당나귀야, 내 사랑아, 어떻게 지냈니?' 마치 사람이나 되는 것처럼 쓰다듬고 키스를 했고, 당나귀는 아무 말 없이 싼초의 키스와 애무를 받아주었다. 모든 사람이 다가와 당나귀를 찾은 것을 축하해주었다. 특히 돈 끼호떼는 당나귀를 찾았다고 새끼 당나귀 세 마리를 주기로 한 게 무효가 되는 건 아니라고 했고, 싼초는 주인에게 감사하다고 했다."

둘이 이런 이야기를 하면서 가고 있는데, 신부가 도로떼아에게 참 훌륭하게 해냈다고 말했다. 이야기 내용도 좋고 길이도 짧아서 좋았고, 기사소설과 아주 흡사하게 잘 꾸며낸 것도 좋았다고 했다. 그녀는 많은 시간을 들여 그런 책들을 재미있게 읽었노라고 말하면서, 그러나 어디가 그 지방들인지 항구인지를 알 수가 없어서 지레짐작으로 오수나에서 배를 내렸다고 했다고 했다.

"그런 줄 알았지요." 신부가 말했다. "그래서 바로 도와드리려고 끼어든 거예요. 그런데 이 불쌍한 양반은 이런 모든 거짓말과 창작을 오직 바보 같은 그런 소설들의 방식과 말투가 비슷하다는 이유 하나만으로 그리 쉽게 믿는 걸 보면 이상하지 않아요?"

"이상하지요." 까르데니오가 말했다. "정말 희한해요. 이런 사람을 한번도 본 적이 없어요. 거짓말로 이야기를 지어내고 만들어내려 해도 그걸 알아맞힐 만한 그런 예리한 천재성을 가진 사람이 또 있을지 모르겠어요."

"거기에는 또 문제가 있어요." 신부가 말했다. "이 착한 양반이 순진한 엉터리 소리를 많이 해서 미친 것 같아 보이지만, 다른 일을 말하는 걸 보면 아주 기막히게 논리정연하고, 무엇에든 온건하고 밝은 지혜를 가진 것 같거든요. 그래서 기사도 문제만 건들지 않으면 누가 판단해도 대단히 지혜로우신 분이라 할 거예요."

그들이 이런 이야기를 하면서 가는 사이에 돈 끼호떼는 자기 이야기를 하다가 싼초에게 말했다.

"싼초 이 친구, 우리 싸움이나 원한은 다 떨쳐버리고 화해하세. 이보게, 이제 화냈던 것도 원한 품었던 것도 다 생각지 말고 말 좀 해보게나. 언제 어디서 어떻게 둘시네아를 만났나? 무엇을 하고 있던가? 무슨 말을 했나? 뭐라고 대답하던가? 내 편지를 읽으면서 어떤 표정을 짓던가? 편지는 누가 옮겨써줬지? 자네는, 내가 알고 싶고 묻고 싶고 궁금해하리라고 생각되는 그 모든 것을 나를 기쁘게 하기 위해 거짓말하거나 덧붙이지 말고, 또 재미없을까봐 줄이지도 말고 사실 그대로 이야기해주게."

"나리," 싼초가 대답했다. "사실대로 말씀드리자면 그 편지를 옮겨쓴 사람은 아무도 없습니다요. 지는 편지 같은 건 가져가지 않았거든요."

"그 말이 맞네." 돈 끼호떼가 말했다. "자네가 떠난 지 이틀 뒤, 편지를 썼던 그 수첩이 나한테 있는 걸 알고 난 무척이나 안타까웠다네. 자네에게 편지가 없는 걸 알게 되면 어찌할까 무척 걱정이 되었고, 그래서 편지가 없다는 걸 아는 순간 되돌아오리라 생각했다네."

"돌아왔을 거구만요." 싼초가 대답했다. "만약 나리가 그 편지를 읽어주셨을 때 소인이 머릿속으로 외어두지 않았다면요. 어느 교회지기에게 그 편지를 말로 해주었더니 한 자 한 자 잘 알아서 옮겨써주던데요. 그러면서 하는 말이 자기 평생에 수없이 많은 파문 편지를 읽어보았지만 이처럼 멋진 편지는 보지도 읽지도 못했다고 하더군요."

"아직 그 편지를 기억하고 있는가, 싼초?" 돈 끼호떼가 물었다.

"아니요." 싼초가 대답했다. "편지를 주고 나서는 더이상 필요가 없을 것 같아 잊어버리기로 했습니다요. 몇 자 떠올리면 그 '마늘같이' 아니 '하늘같이' 높으신 아씨께라는 대목하구요, 마지막 '죽을 때까지 당신의 사람, 불쌍한 몰골의 기사가'가 기억납니다. 그리고 이 두 구절 사이에 삼백번 이상을 '마음'이니 '생명'이니, 그리고 '나의 두 눈처럼 사랑하는'이라는 말이 들어갔습지요."

31장

돈 끼호떼와 하인 싼초 빤사가 나눈
재미있는 이야기와 다른 사건들에 대하여

"그거 모두가 과히 나쁘지 않구먼, 계속하게나." 돈 끼호떼가 말했다. "그래, 갔더니 무얼 하시던가, 그 아름다운 여왕님은? 틀림없이 사랑에 몸부림치는 이 기사를 위해 문장이 새겨진 갑옷에다가 금실로 수를 놓고 있거나 진주를 꿰매고 있었겠지?"

"그러고 있지 않던뎁쇼." 싼초가 대답했다. "집 마당에서 밀 두 말¹을 체로 치고 있던데요."

"다시 생각해보게." 돈 끼호떼가 말했다. "그 밀알들이 혹시 그녀 손에 쥔 진주알들이 아니던가? 밀을 보았다고 한다면, 이 사람아, 그게 하얀 거던가 아니면 봄보리 같던가?"

"그냥 불그죽죽하던데요." 싼초가 대답했다.

"내 장담하지만," 돈 끼호떼가 말했다. "그녀 손으로 체질을 해

---

1 원문의 hanega(fanega)는 곡물을 재는 단위로, 지방에 따라 용량이 달랐다. 아라곤 지방에서는 약 22.4리터이다.

서 틀림없이 새하얀 고급 빵을 만들었을 걸세. 어쨌든 계속하게나. 내 편지를 전했을 때 편지에 키스를 하던가? 머리 위에 얹던가? 그 편지에 맞는 어떤 예를 갖추던가, 그게 아니면 어찌하던가?"

"소인이 편지를 전해주려 할 때," 싼초는 이어 대답했다. "그분은 체에 담긴 밀을 거의 다 가루로 쳤더군요. 그러면서 소인에게 하는 말이, '그 편지는 저 가마니 위에 놓고 가게. 이 사람아, 나는 지금 여기 있는 것을 다 체 치기 전에는 편지를 읽을 시간이 없어' 하던데요."

"얌전한 아씨로구먼!" 돈 끼호떼가 말했다. "그 편지를 즐기면서 천천히 읽어보려고 그랬을 거야. 계속하게나, 싼초. 그녀가 일을 하는 동안 자네와 무슨 대화를 나누었나? 나에 대해서는 무엇을 물어보던가? 자네는 뭐라고 대답했나? 이야기해보게, 전부, 이 사람아, 뭐 하나 빼놓지 말고 샅샅이 이야기해봐."

"그분은 아무것도 묻지 않았어요." 싼초가 말했다. "하지만 소인이 말했습죠, 나리께서 그녀를 위해 이 산중에 처박혀 산짐승처럼 허리 위는 다 벗고 고행을 하고 계시다구요. 밥도 식탁에서 먹지 않고, 수염도 안 다듬고, 땅바닥에서 주무시면서 자신의 운명을 저주하며 울면서 사신다구요."

"운명을 저주한다는 건 자네가 잘못 말한 걸세." 돈 끼호떼가 말했다. "오히려 내 운명을 복으로 생각하고 평생 행운으로 생각하며 사니까, 엘 또보소의 둘시네아 같은 높으신 아씨를 사랑하게 해주신 운명의 신에게 감사하면서 말일세."

"높긴 높데요," 싼초가 대답했다. "정말이지, 저보다 한 뼘 정도는 더 크더라구요."

"아니, 싼초, 어찌 그걸 아나?" 돈 끼호떼가 말했다. "자네가 그녀와 키까지 재봤단 말인가?"

"키를 잰 게 아니라요," 싼초가 대답했다. "당나귀 등에 밀 가마니를 올리는 걸 도와주다가 나란히 서게 되었는데, 그분 키가 저보다 한뼘은 더 커 보이더라구요."

"그건 사실이지." 돈 끼호떼가 되받았다. "하지만 키만 큰 게 아니라 그 키가 수천만 영혼의 아름다움으로 치장되었다네! 싼초, 내가 아는 한가지만 더 묻겠네. 그녀와 함께 서 있을 때, 저 유명한 아라비아 사막의 향수 냄새 같은 것, 향그러운 냄새, 이름은 생각나지 않지만 그 무언지 모를 기막히게 좋은 향기를 느끼지 않았나? 신기한 장갑 파는 상점에 가 있는 것 같은 향기, 그런 냄새 말일세."

"지가 말할 수 있는 건요," 싼초가 말했다. "약간 남자 냄새 비슷한 냄새가 난다는 느낌이었어요. 아마 운동을 많이 해서 땀이 났거나 끈적끈적해서 그랬나봅니다요."

"그런 건 아닐 걸세." 돈 끼호떼가 말했다. "자네가 감기에 걸렸거나 아니면 자네 냄새를 맡은 거겠지. 왜냐하면 난 가시덤불 사이의 장미, 들판의 백합꽃 향기와 호박이 녹은 냄새가 어떤지를 잘 알거든."

"그럴 수도 있지요. 소인한테도 자주 그런 냄새가 나니까요, 그때는 둘시네아 아씨한테서 나는 냄새로 느꼈지만요. 그러나 그리 놀랄 일은 아닙죠. 이 귀신이나 저 귀신이나 매한가지로 보이니까요."

"그건 그렇고, 밀을 다 씻어 방앗간에 보내고 나서, 편지를 읽고는 어찌하던가?"

"편지는요," 싼초가 말했다. "읽지 않았습죠, 글을 읽을 줄도 쓸 줄도 모른다고 하던데요. 읽기는커녕 발기발기 찢어버렸습죠, 누구한테 읽히게 하기 싫다구요. 그 고장에서 자기 비밀이 탄로나면 안 좋으니까요. 소인이 말로 한 이야기로 충분하다고 했고요. 나리가 그녀를 사랑하고 있고, 그래서 그 사랑 때문에 엄청난 고행을 하고 계시다고 말했거든요. 끝으로 아씨가 하시는 말씀이, 나리께 공손히 인사 올린다고, 편지 쓰는 것보다는 직접 뵙고 싶은 마음으로 거기서 기다리겠노라고 하셨어요. 그리고 간청하기를, 이 이야기를 듣는 즉시 거기 덩굴숲에서 나오시고, 그런 말도 안되는 엉터리 짓은 그만 좀 하시고 더 중요한 다른 일이 일어나지 않으면 바로 엘 또보소로 오시라고요. 나리를 굉장히 뵙고 싶다고 하시던데요. 나리 성함이 '불쌍한 몰골의 기사'라고 한다니까 많이 웃으시더군요. 지난번 비스까야 놈이 거기 찾아갔더냐고 물으니, 왔다 갔다면서 참 좋은 사람이더라고 하던뎁쇼. 또한 그 죄수들도 거기 찾아왔냐고 물으니까, 아직까지는 한 사람도 본 적이 없다고 말씀하셨구만요."

"지금까지는 다 잘하시는구먼." 돈 끼호떼가 말했다. "그런데 이보게, 내 소식을 가져간 선물로, 떠나올 때 무슨 보석 같은 건 주지 않던가? 방랑기사와 그가 모시는 귀부인 아씨 사이에는 오랜 관례가 있는데, 귀부인 아씨의 소식을 기사에게, 기사의 소식을 귀부인에게 전해주면 그 소식을 가져온 하인이나 아가씨 또는 난쟁이에게 심부름해준 데 대한 사례로 무언가 훌륭한 보석을 선물하는 법이거든."

"그거 참 좋네요. 그런 법은 소인도 좋은 관례로 생각하는데요, 그건 과거에 그랬나봅니다요. 지금은 빵 조각이나 치즈 조각 하나 주는 게 관습인가봐요. 소인이 작별하고 떠나올 때 둘시네아 아씨가 마당 울타리 너머로 넘겨준 게 그거였거든요. 그 치즈도 자세히 보니, 양젖으로 만든 치즈던뎁쇼."

　"아주 자유분방한 아씨구먼." 돈 끼호떼가 말했다. "자네에게 금이나 보석 같은 걸 안 준 건 틀림없이 손에 지닌 게 없어서 그랬을 거야. 궁할 때는 꿩 아니라 닭도 좋지. 내가 그녀를 만나면, 모두 해결해줌세. 그런데 싼초, 내가 지금 무엇 때문에 놀라고 있는 줄 아나? 내 생각에는 자네가 공중으로 날아갔다 온 것 같으이. 여기서 엘 또보소까지는 삼십마장이 넘는데, 거기서 여기까지 사흘이 좀 더 걸려서 다녀왔지? 내가 이해하기로는, 내 일을 항상 지켜보고 있는 고명한 마법사 내 친구, 그런 친구가 있네, 있을 수밖에 없지, 내가 좋은 방랑기사가 되는 걸 도와주려고, 이 마법사 친구가 자네가 느끼지 못하는 사이에 그토록 빨리 걷도록 도와준 거라네. 이런 도사들도 있다네, 방랑기사가 잠든 사이에 잠자리에서 그를 이끌고, 밤에 잠든 곳에서 몇천마장이나 떨어진 곳에 데려다놓는데, 무슨 방법을 어떻게 썼는지 모르지만 다음 날 동이 터보니 거기 와 있더라는 거야. 이런 분들의 도움이 아니면, 방랑기사들은 곳곳에서 위험에 처하는데 그런 위험한 상황에서 서로를 구해줄 수가 없지. 아르메니아 산중에서 어떤 반인반수의 괴물이나 사나운 요괴, 아니면 다른 기사하고 싸움이 붙어 최악의 상황까지 가 죽을 지경이 되었을 때, 자신도 모르는 사이에 구름 위로 또는 불마차를 타고 이쪽으로 날아오는 다른 친구 기사가 보이는 거야. 그 친구는 조금 전에 영국에 있었는데, 그런 친구가 와서 도와주고 죽음에서 그를 구해주고는 밤에는 자기가 머무르던 곳에서 아주 편안하게 저녁을 먹는 거야. 그때 이쪽에서 저쪽까지의 거리가 보통 이삼천마장이나 될 만큼 멀단 말일세. 바로 이런 일이 고명하신 마법사님들의 지혜와 노력으로 이루어지는데, 그분들이 그렇게 용감한 기사들을 늘 돌봐주고 있다네. 그러니 이보게 싼초, 그 짧은 시간에 자네가 이곳에서 엘 또보소까지 갔다 왔다고 해도 과히 믿기 어려운 일은 아닌 거지. 그건 이미 말했듯이 어떤 도사 친구가 자네도 모르는 사이에 데려다준 거지."

"그럴 수도 있겠네요." 싼초가 말했다. "정말이지, 로신안떼가 어찌나 빛같이 달리는지, 집시들처럼 당나귀 귀에 수은이라도 부은 것 같더라니까요."

"수은은 무슨 수은이겠어!" 돈 끼호떼가 말했다. "악마 군단이라도 못 따라가지, 마음 내키는 대로 쉬지 않고 길을 가고 가게 하는 그 사람들이라도 말이야. 그러나 이 이야기는 그만하고, 우리 아씨께서 찾아오라고 하셨다는데, 내가 어찌해야 할지, 자네 생각은 어떤가? 아씨의 명령이니 따라야 하는 건 당연하지만, 그러자면 우리와 함께 온 공주님께 약속한 도움을 이행하는 게 불가능해진단 말씀이야. 기사도 법칙을 따르면 내가 하고자 하는 일보다 약속을 먼저 지켜야 하는 게 원칙인데, 한편으로 사랑하는 아씨를 뵙고 싶은 소망이 나를 괴롭고 안타깝게 하고, 다른 한편으로는 이 일로 내가 성취할 영광과 약속을 이행해야 한다는 의무감 또한 나를 부르고 있단 말일세. 하지만 내가 할 일은 하루라도 빨리 이 거인이 있는 곳에 가서 그놈의 목을 치고 공주님을 편안하게 자기 자리에 앉힌 뒤 즉시 돌아서서 내 온 마음을 아우르는 빛을 뵈러 갈 생각이네. 아씨께는 그때 가서 용서를 빌면, 그분도 내가 늦게 온 것을 좋게 봐주시겠지. 나의 이 모든 일이 그분의 영광과 명성을 크게 떨치기 위한 것임을 아실 테니까. 내 평생에, 과거고 현재고 미래고, 내가 성취한 모든 것은 그분이 내게 베푼 은혜에서 온 것이고, 내가 그분의 사람이라는 데서 온 힘의 결과니까."

"아이구!" 싼초가 말했다. "나리의 머리가 얼마나 상했기에 그런 말씀을 하십니까요! 말씀해보세요, 나리, 쓸데없이 이 길을 걸어가셔서, 이번처럼 부자이고 지체 높은 사람과 결혼할 기회를 그냥 놓치고 날려보내시겠다는 생각이신가요? 결혼만 하면 지참금으로 한 왕국을 주고, 그것도 소인이 진짜로 들은 바로는 둘레가 이만마 장은 더 된다고 하던데요. 그 나라는 뽀르뚜갈과 까스띠야를 합친 것보다 더 크고, 사람 살기에 필요한 모든 것들이 풍성하게 자라는 땅이라는뎁쇼. 제발 입 좀 다무시구요, 지금 하신 말이 부끄러운 줄 이나 아세요. 제 충고를 들으시구요, 죄송하지만, 가다가 신부만 있으면 곧바로 결혼하세요. 없으면, 여기 우리 석사 신부가 있잖아요, 이분도 기똥차게 잘할 거구만요. 소인도 충고를 드릴 만한 나이가 된 걸 감안하시구요. 지금 드리는 말씀은 정말 나리께 적절한 충고입니다요. 날아가는 독수리보다 손에 든 새가 낫지요. 복에 겨우면 선택을 못하고, 한번 놓치면 아무리 화내도 다시 안 옵니다.²"

"이보게, 싼초!" 돈 끼호떼가 대답했다. "자네가 나더러 결혼하라고 한 충고는 거인을 죽이고 곧 왕이 되라는 말이고, 그래서 편하게 자네에게 은혜를 베풀고 약속한 것을 달라는 이야기인데, 내가 결혼을 안해도 자네 소원을 풀어주는 데는 아무 문제가 없을 게야. 내가 결투에 들어가기 전에 보상금을 약간 받을 것이고, 싸움에 이기면 결혼을 안해도 내가 원하는 사람에게 줄 수 있도록 영토의 일부를 줄 거야. 그걸 내게 주면, 내가 자네 말고 누구에게 그걸 주겠나?"

"그건 확실하네요." 싼초가 대답했다. "허지만, 나리께서 땅을

---

2 속담들을 주워섬기는데, 마지막 속담은 '아무리 불행한 일이 닥쳐도 화내지 마라'라는 말을 싼초가 제멋대로 바꾸어서 말한 것이다.

고르실 때두요, 바다 쪽으로 잡으셔야 합니다요. 왜냐하면 혹시 지가 사는 곳이 못마땅해지면 검둥이 부하들을 배에 싣고 아까 말씀드린 대로 할 거니까요. 그리고 나리께서는 둘시네아 아씨를 만나러 갈 생각은 하덜 마시구요, 거인부터 죽이러 가셔야지요. 그래서 이 일을 끝냅시다요. 정말이지, 지 생각에도 최고로 이득이 되고 명예로운 사업 같네요."

"싼초, 내 말하지만," 돈 끼호떼가 말했다. "자네 말이 맞네. 내 둘시네아를 뵈러 가는 것보다 공주와 먼저 가야 한다는 자네 충고를 받아들이기로 하지. 주의할 건 누구에게도 아무 말 말게. 우리와 같이 가는 사람들에게도 지금 우리가 나눈 대화 내용을 말해서는 안되네. 둘시네아께서는 조심성이 많으셔서 자기 생각을 남이 아는 것을 좋아하지 않으시고, 나나 다른 사람이 나 대신 그걸 누설하는 것도 싫어하시지."

"그게 그렇다면요," 싼초가 말했다. "나리가 무공으로 이긴 게 그녀를 사랑하는 자의 이름으로 얻은 공로요, 애인의 업적이라면 나리에게 진 사람들이 우리 둘시네아 아씨 앞에 가서 인사를 올리려 하면 나리는 어떻게 하실 작정입니까요? 거기 간 사람들은 어쩔 수 없이 그녀 앞에 무릎을 꿇고 조아리고, 처분을 기다리면서 나리께서 보냈다고 할 텐데 그때는 어떻게 우리 둘의 계획을 숨길 작정이신가요?"

"이런 미련하고 순진한 사람 봤나!" 돈 끼호떼가 말했다. "싼초, 자네는 이 모든 게 그녀를 더욱 영광스럽게 하기 위한 것임을 모르나? 자네도 알아야 하는 것이니, 우리 기사도 예절에서는 귀부인 아씨 하나를 두고 많은 방랑기사가 그녀를 떠받들게 하는 게 큰 영광일세. 그녀의 지체만을 믿고 모시면 되지, 더이상 그녀의 생각을 알 필요가 없어요. 그녀가 기사로서 받아주는 것만으로 만족해야지, 자기들의 그 많은 좋은 소망에 대해서 보상받을 생각을 해서는 안되는 걸세."

"그런 식으로 사랑하는 건," 싼초가 말했다. "우리 주님을 섬길 때여야 한다는 설교를 들은 적이 있어요. 천당 가기를 바란다거나 지옥을 두려워해서가 아니라 오직 사랑하는 마음만으로요. 비록 소인은 지가 할 수 있는 대로 사랑하고 모시고자 합니다만요."

"이런, 무식한 촌놈이 아니구나!" 돈 끼호떼가 말했다. "어쩌다가 자네도 가끔씩 그렇게 훌륭한 말을 할 때도 있단 말이야! 공부를 좀 한 것처럼 보여."

"사실 지는 글을 읽을 줄도 모릅니다요." 싼초가 대답했다.

이때 니꼴라스 선생이 그들에게 조금 기다리라고 소리를 지르며 샘물이 있으니 쉬면서 물이나 좀 마시고 가자고 했다. 돈 끼호떼가 멈추고 싼초도 적잖이 좋아했다. 싼초는 거짓말하는 것도 지쳤고, 주인님이 혹시 거짓말을 눈치챌까봐 두렵기도 하던 차였다. 싼초는 둘시네아가 엘 또보소의 농사꾼 처녀인 것은 알았지만 평생 그녀를 본 적은 없었다.

이때에 까르데니오는 도로떼아가 남장을 했을 때 입던 옷을 입었는데, 아주 좋은 옷은 아니었지만 벗어버린 옷보다는 훨씬 나았다. 그들 모두는 샘가에서 내려 신부가 객줏집에서 준비해온 얼마 되지 않은 음식으로 무척이나 굶주린 배를 채웠다.

바로 그때였다. 길을 가던 소년 하나가 우연히 그곳을 지나다 샘가에 있는 사람들을 자세히 쳐다보더니 조금 있다가 돈 끼호떼에게 달려와 다리를 잡고 껴안으면서 마침 잘 만났다는 듯이 울음을 터뜨리고 말했다.

"아이구 나리! 저를 모르시겠는지요, 나리? 저를 잘 보세요. 제가, 그 참나무에 묶여 있다가 나리께서 풀어주신 머슴 안드레스 아닙니까?"

돈 끼호떼가 소년을 알아보고는 손을 잡고 거기 있는 사람들을 둘러보며 말했다.

"이건 세상에 방랑기사가 있는 게 얼마나 중요한가를 보여주는 사례입니다. 세상에 버르장머리 없고 나쁜 사람이 많으니 기사들은 폭력을 막고 억울함을 풀어주어야 하는 것이지요. 어르신들께 말씀을 드리자면, 전에 내가 어느 숲을 지나다가 고통에 시달리는 소리 같은, 대단히 아파하는 목소리와 절규를 들은 적이 있지요. 의리에 사는 내가 그대로 있을 수 없어 비통해하는 목소리가 들리는 그쪽으로 가보았더니 지금 앞에 있는 이 소년이 참나무에 묶여 신음하고 있더군요. 이건 정말 기쁜 일이니, 이 사람이 이제 내가 어떤 거짓말도 하지 않는다는 걸 말해주는 증인이니까요. 이야기를 계속하자면, 참나무에 묶여 있는데 웃통은 다 벗겨진 채였고, 촌사람 하나가 말채찍으로 사정없이 이 아이를 두들겨패고 있었어요. 나중에 알아보니 그 사람이 주인이라고 하더군요. 그 사람을 보자마자 나는 무슨 연유로 그렇게 두들겨패는지 물었지요. 그 무정한 친구 대답이 자기 종이니까 때린다고 하면서, 무슨 잘못을 저질렀는데, 몰라서라기보다는 도둑질할 생각이 있어 저지른 죄라고 그러더군요. 그 말에 이 아이가 그러더군요. '나리, 제가 월급을 달라니까 주인이 저를 때리는 거예요.' 주인은 뭐라고 지껄이면서 변명을 늘어놓더군요. 그 말을 들어주기는 했지만 용납할 수가 없었지요. 결국 난 아이를 풀어주라고 했고, 아이를 데려가기는 하되 품삯은 1레알쯤 더 얹어서 후하게 주겠다는 약속을 받아냈지요. 이 말이 다 사실 그대로지, 안드레스야? 내가 얼마나 당당하게 명령을 하는지 너도 보았지? 그리고 네 주인이 얼마나 겸손하게 내가 시킨 그대로, 알려준 대로, 원하는 대로 해주겠다고 약속한 걸 보았지? 말해봐, 아무 걱정 말고, 서슴없이 말하려무나. 이분들께 그때 일을 말씀드려야 길거리에 방랑기사들이 돌아다니는 게 얼마나 이롭고 훌륭한지 생각하시고 알 것 아니냐."

"나리께서 말씀하신 이야기는 정말 사실 그대로입니다." 소년이 대답했다. "하지만 그 일 이후의 결과는 나리께서 상상하신 것과는 완전히 거꾸로 벌어졌습죠."

"어떻게 거꾸로 벌어졌다는 말인가?" 돈 끼호떼가 되물었다. "그뒤 그 촌놈이 돈을 안 주던가?"

"돈을 안 준 것은 말할 것도 없구요," 소년이 대답했다. "나리께서 숲을 떠나시고 둘만 남자 저를 같은 참나무에 또 매달고 다시 두들겨패는데, 얼마나 심하게 맞았는지 저는 껍질까지 홀랑 까진 죽사발이 되었습죠. 저를 때릴 때마다 빈정대는 우아한 말투로 나리를 조롱하는데, 정말 그토록 아프지만 않았다면 저도 그 말에 웃었을 거구만요. 결국 악질 촌영감이 그렇게 저를 두들겨패는 바람에, 그때 입은 상처로 지금까지 병원에서 치료를 받았구만요. 이 모든 게 나리의 죄입니다요. 나리께서 가던 길이나 가시고, 부르는 데가 아니면 안 가시고, 남의 일에 끼어들지나 않았다면 우리 주인도 저를 한 열스무대 때리는 것으로 만족하고 저를 풀어준 뒤 제게 빚진 걸 갚아주었을 거구만요. 그런데 나리께서 그렇게 지각없이 그 사람 체면을 깎고 그렇게 욕을 하시니까 홧김에 발끈 달아올라 나리께 복수할 수는 없으니 단둘이 남은 틈을 타서 저에게 그냥 온갖 먹구름을 다 뒤집어씌운 거 아닙니까요. 그래서 저는 이제 평생 남자 구실 하기는 틀린 것 같습니다."

"그게 잘못된 것은," 돈 끼호떼가 말했다. "내가 그곳을 떠난 탓이로구나. 네게 돈을 다 줄 때까지 떠나서는 안되었는데 말이야. 내 긴 경험으로 보아, 상놈치고 자기한테 불리하다고 생각하면 약속 지키는 놈이 없거든. 하지만 안드레스야, 내가 그때 한 말 똑똑히 기억하지. 만약 네게 돈을 갚지 않으면 내가 꼭 찾아갈 거라고 했지? 그놈이 상어 배 속에 숨어 있어도 난 기어이 찾아내고야 말 거라고."

"그렇게 말씀하신 건 생각이 나요, 하지만 아무 소용도 없던걸요."

"이젠 소용이 있다는 걸 보여주마." 돈 끼호떼가 말했다.

이 말을 하고는 벌떡 일어나 싼초에게 로신안떼를 잡아오라고 했다. 말은 그들이 식사를 하는 동안 풀을 뜯고 있었다.

도로떼아는 무얼 하려고 그러느냐고 물었다. 돈 끼호떼는 그 촌놈을 찾아가 그런 나쁜 행동을 한 댓가를 치르게 하고 이 세상의 모든 상놈에게 안됐고 미안한 일이지만 안드레스에게 마지막 한 푼까지 갚게 하겠다고 말했다. 그 말에 그녀는 자신을 돕겠다는 약속에 따라 그 일을 끝낼 때까지는 다른 모험에 끼어들어서는 안된다는 걸 아셔야 한다고 주의시키며, 이 사실을 어느 누구보다 그가 잘 알 거라며 그녀의 왕국에서 되돌아올 때까지 가슴을 가라앉히라고 했다.

"그건 그렇군요." 돈 끼호떼가 대답했다. "아씨께서 말씀하시듯이, 내가 돌아올 때까지 안드레스가 참아주어야 되겠군. 그러나 내 다시 맹세하고 약속하지만, 그놈에게 복수하고 돈을 받을 때까지 기어이 끝을 보고야 말 것이오."

"저는 그런 맹세 같은 건 믿지 않습니다요." 안드레스가 말했다. "복수 같은 것보다 지금 제게 필요한 건 쎄비야까지 가는 동안 먹을 것이나 있었으면 좋겠네요. 가진 거 있으시면 좀 나눠주세요. 나리께서는 그냥 안녕히 계시구요. 그리고 세상 모든 방랑기사님들도 벌 주러 많이 돌아들 다니시라구 하세요, 저한테 큰 벌을 주셨듯이 말이에요."

싼초는 가진 것 중에서 빵 한 조각과 치즈 한 조각을 꺼내서 소년에게 주며 말했다.

"자, 받아, 안드레스 이 친구야, 우리 모두에게 나름대로 조금씩은 고생이 있지."

"그런데 어른께서는 무슨 고생거리가 있으신가요?" 안드레스가 물었다.

"자네에게 주는 그 치즈와 빵이," 싼초가 대답했다. "언젠가는 내가 필요로 할지 안할지 누가 알겠는가. 이 친구야, 방랑기사의 하인이라고 하는 사람들은 늘 지독한 굶주림과 재난을 달고 산다는 걸 알게나. 가끔씩 사람들이 말하는 것보다 기분 좋은 일도 많이 일어나지만 말이야."

안드레스는 빵과 치즈를 집어들고 아무도 더 주지 않을 거라는 걸 알고는 머리를 숙였다. 그리고 늘 하는 말처럼, 손으로 기어가듯 안 내키는 발길을 옮겨 떠나면서 돈 끼호떼에게 한마디 했다.

"제발요, 방랑기사 나리, 다시 어디서 저를 보거들랑, 누가 저를 발기발기 찢어뭉개고 있는 걸 보셔도 도와주거나 구해주려 하지 마세요. 제 불행 제가 감당할 테니 내버려두세요. 그래도 나리께서 도와준 뒤 당하는 수모보다는 많지도 크지도 않을 겁니다. 나리 때문에 세상에 태어난 모든 방랑기사를 저주하고 하느님까지 저주합니다요."

순간 돈 끼호떼가 그놈을 때리려고 주먹을 쳐들었으나 소년이 어찌나 빨리 뛰기 시작하는지 아무도 따라잡을 생각을 못했다. 안드레스의 이야기를 듣고 돈 끼호떼가 얼마나 성질이 났는지 자칫하면 분통을 터뜨릴까봐 다른 사람들은 차마 웃지도 못하고 굉장히 조심을 했다.

32장

객줏집에서 돈 끼호떼 일행에게
벌어진 사건에 대하여

맛있는 식사가 끝나자 일행은 말안장을 얹고 길을 나섰고, 이렇다 할 별 사건도 없이 다음 날 무사히 객줏집에 도착했는데, 그 객줏집을 보자 싼초 빤사는 또 놀라자빠질 지경이었다. 싼초는 그곳에 다시 들어가고 싶지 않았지만, 그렇다고 피할 수도 없었다. 객줏집 주인이며 안사람, 딸과 마리또르네스는 돈 끼호떼와 싼초가 오는 걸 보고 대단히 기뻐하며 맞으러 나왔다. 돈 끼호떼는 엄숙한 자세와 점잖은 목소리로 인사를 하고 저번과는 다른 좀더 좋은 잠자리를 준비해달라고 했다. 그 말에 객줏집 여주인은, 지난번보다 돈을 더 많이 주면 왕자님 침대라도 갖다올리지요, 했다. 돈 끼호떼가 많이 주겠다고 하자, 그때와 똑같은 침상틀 위에 좀 괜찮은 침대를 마련해주었다. 그는 곧바로 잠자리에 누웠는데, 너무 지치고 정신이 없던 탓이었다.

방 안에 들어가자마자 여주인이 들어와 이발사에게 달려들어 수염을 잡고 소리쳤다.

"하느님 맙소사, 내 꼬리를 수염으로 달고 다니다니, 더이상 그런 짓은 못해요. 내 꼬리를 이리 내놓아요, 우리 남편 것도 저 바닥에 굴러다니는데 창피해 죽겠어요. 내 말은, 내 꼬리에 걸어놓곤 하던 빗이 굴러다닌단 말이에요."

여주인이 아무리 수염을 끌어당겨도 이발사가 그걸 떼어주려고 하지 않았으므로 마침내 석사 양반이 그걸 그 여자에게 주라고 했다. 이제는 더이상 그런 위장은 필요없으니 다 벗고 원래 모습대로 내보이고, 돈 끼호떼에게는 도망다니던 그 죄수 도둑놈들이 객줏집에 와 있다가 모두 훔쳐가버렸다고 하라고 했다. 그리고 공주님의 하인에 대해서 물어보면, 모두를 해방시킬 기사를 공주가 모시고 온다는 소식을 먼저 전하러 공주가 미리 왕국으로 보냈다고 하면 된다고 했다. 이 말을 듣고서야 이발사는 꼬리를 기꺼이 여주인에게 내주었고, 돈 끼호떼를 고행에서 끌어내고자 빌린 다른 것들도 모두 돌려주었다. 객줏집의 모든 사람은 도로떼아의 아름다움과 까르데니오 총각의 멋진 풍모에 놀랐다. 신부는 객줏집에 있는 것으로 식사를 준비하라 했고, 주인은 돈을 잘 주리라는 희망으로 열심히 그럴듯하게 식탁을 마련했다. 이러는 동안 돈 끼호떼는 잠을 자고 있었는데, 사람들은 식사보다는 잠자는 게 그에게 더 좋을 것 같다는 생각으로 깨우지 말자고 했다.

식사를 하면서, 객줏집 주인과 안사람, 딸 그리고 마리또르네스가 있는 앞에서 돈 끼호떼 일행은 돈 끼호떼의 이상한 미친 짓과 그를 찾았을 때 어떤 모습이었는지를 이야기했다. 여주인은 돈 끼호떼와 짐수레꾼 사이에 일어났던 사건을 이야기했는데, 혹시 싼초가 거기에 있는지 살펴보고는 그가 없는 것을 알자 싼초가 당한 담요말이 사건을 이야기해 모두들 대단히 재미있어했다. 신부가 돈 끼호떼는 기사소설을 많이 읽어 정신이 돌아버렸다고 말하자 주인이 말했다.

"어떻게 그런 일이 있을 수 있는지 모르겠네요. 사실 제가 알기로는 세상에 더 좋은 글이 어디 있나 싶어요. 다른 책들과 함께 그런 종류 두세권이 있습니다만 정말이지 저뿐만 아니라 다른 사람들에게도 인생의 맛을 느끼게 해주지요. 그럴 만한 게, 추수기가 되면 여기에 수많은 일꾼, 농사꾼이 모여들어 잔치가 벌어져요. 그중엔 꼭 글을 읽을 줄 아는 사람이 몇 있지요. 한 사람이 이 책 중에서 하나를 골라 손에 들고 앉으면 그 주위로 서른명이 넘는 우리 모두가 삥 둘러앉지요. 그 소설에 취해 재미있게 듣고 있으면 적어도 우리 흰머리 수천 가닥이 다 빠질 정도예요. 기사들이 그 성난 팔로 무섭게 두들겨부수는 소리를 들으면 덩달아 더 두들겨패고 싶은 심정이 되어서 밤낮으로 들어도 싫증이 안 날 것 같지요."

"그거야 더도 말구 덜도 말구 저두 그래요." 여주인이 말했다. "집안일 때문에 전 그때 아니면 쉴 틈이 없는데, 그러다 당신들이 읽는 소리를 듣느라 정신이 빠져 있으면 그때만은 잔소리할 생각도 안하거든요."

"참말이에요." 마리또르네스가 말했다. "지는요, 그런 이야기 듣는 걸 제일 좋아하거든요. 참 멋있지 않나요. 특히 어떤 아씨가 오렌지나무 밑에서 자기 기사와 포옹을 하고 있을 때 한 부인이 그 연인들 망을 보아주면서 너무 놀라고 질투가 나서 안타까워하는 이야기 같은 건 정말 재미있어요. 이 모든 게 꿀같이 달콤한 이야기잖아요."

"아가씨, 아가씨는 어떻게 생각해요?" 신부가 객줏집 딸에게 말을 걸었다.

"어머, 전 몰라요, 나리," 그녀는 대답했다. "저도 듣기는 해요. 사실 이해는 못하지만 듣기는 좋던데요. 하지만 우리 아버지가 좋아하시는 싸움 이야기는 재미없어요. 그런 것보다 기사들이 자기 귀부인 아씨와 떨어져 있을 때 비탄에 잠겨 아파하는 모습이 좋아요. 정말이지 어떤 때는 기사가 불쌍해서 울기도 해요."

"앞으로 아가씨는 잘 달래고 위로해드릴 수 있겠네요." 도로떼아가 말했다. "기사가 아가씨 때문에 우는 일이 있으면?"

"그때는 어떨지 모르겠네요." 처녀는 대답했다. "다만 제가 아는 건 자기 기사들에게 호랑이니 사자니 하며 불손한 말을 해대면서 잔인하게 구는 그런 귀부인 아씨들이 너무 가혹하다는 생각이에요. 아이구, 그리고요, 세상에 그렇게 양심도 없고 인정도 없는 여자들이 있을 수 있어요? 점잖은 양반을 얼굴도 안 보겠다고 하고, 죽도록 내버려두거나 미치도록 버려두지 않나요. 그러려면 뭐하러 그 얌전을 떠는지 모르겠어요. 그 얌전함이 훌륭한 여자라서 그렇다면 그들과 결혼해야지요. 그 기사들도 다른 걸 바라지는 않잖아요?"

"입 다물어라, 얘야." 여주인이 말했다. "너는 이런 일을 많이 아는 것 같구나. 규중처녀가 많이 아는 것도, 말이 많은 것도 안 좋아."

"이분이 저한테 물어보니까," 그녀가 대답했다. "대답을 안할 수가 있어야지요."

"이제 됐소이다." 신부가 말했다. "주인장, 그 책들이나 이리 가져오시오. 한번 보고 싶소이다."

"그러지요." 주인이 대답했다.

주인은 이내 자기 방으로 들어가서 줄로 꽁꽁 묶은 낡은 가방 하나를 꺼내 가져왔다. 가방을 열자 큰 책 세권과 잘 쓴 글씨로 직접 베껴쓴 종이 꾸러미들이 있었다. 처음 펴본 책은 『뜨라시아의 돈 시론힐리오』[1]였고, 다음 책은 『이르까니아의 펠릭스마르떼』[2], 그리고 또다른 책은 『꼬르도바의 곤살로 에르난데스 대선장의 이야기와 디에고 가르시아 데 빠레데스의 일생』[3]이었다. 신부가 처음 두 책의 제목을 보더니 이발사에게 고개를 돌려 말했다.

"지금 여기에 내 친구의 가정부와 조카딸만 있으면 되겠구먼."

"그 사람들이 꼭 필요한가요?" 이발사가 대답했다. "저도 마당이나 부엌으로 가져갈 수 있는데요, 뭘. 부엌에 불도 아주 좋던데요."

"그러니까, 지금 책들을 다 태워버리겠다고 하시는 소리예요?" 객줏집 주인이 말했다.

"다 태우지는 않고," 신부가 말했다. "이 둘이 문제로구먼, 『돈 시론힐리오』와 『펠릭스마르떼』!"

"그럼 혹시," 주인이 물었다. "내 책들이 이단이나 불안서적이어서 태우겠다는 말인가요?"

"불안서적이 아니라 그리스정교서처럼 불온서적이란 말이지, 이 친구야." 이발사가 말했다.

"그렇군요." 주인이 되받았다. "하지만 책을 태우고 싶으면 저 '대선장'이나 '디에고 가르시아'로 해주세요. 그러나 다른 책들은

---

1 바르가스(Bernardo de Vargas)의 *Don Cirongilio de Tracia*로 1545년 출간되었다.
2 오르떼가(Melchor Ortega)의 *Florimarte o Felixmarte de Hircania*(Valladolid: 1556)이다.
3 1580년판 실록이다.

하나라도 태우시겠다면 차라리 제 자식을 먼저 태우라고 하겠습니다요."

"이 친구야," 신부가 말했다. "이 두 책은 모두 거짓말과 말도 안되는 헛소리로 가득 차 있어요. 그러나 대선장 이야기는 진짜 역사로 꼬르도바의 곤살로 에르난데스의 행적이 들어 있다고. 위대한많은 공적 때문에 세상 사람이 모두 그를 '대선장'이라고 부를 정도인데, 오직 그분한테만 붙은 분명하고 명예로운 이름이지. 이 디에고 가르시아 데 빠레데스는 에스뜨레마두라의 뜨루히요 시 출신으로 왕의 기사였지. 진짜 용감한 기사인데 타고난 힘이 장사여서 손가락 하나로 한창 세차게 돌아가고 있는 물레방아 바퀴를 멈추게 한 분이야. 그리고 대검 하나를 다리 입구에 걸쳐놓고, 수많은 군대를 막아 다리를 건너가지 못하게 한 장수일세. 다른 전공도 엄청나게 많아. 기사적 겸손에서 실록 작가의 손을 빌려 쓴 것인데 만약 자유롭고 사심 없는 어떤 작가가 그가 이야기한 대로 그 행적을 다시 쓴다면 헥토르, 아킬레우스, 롤랑은 저리 가라 할 수 있지."

"그런 건 우리 아버지나 좋아라 하시지요."[4] 앞서 말한 주인이 말했다. "놀랄 게 따로 있지, 물레방아 하나 멈춘 걸 가지고 놀라요? 맙소사! 나리도 이제 이르까니아의 펠릭스마르떼가 한 행적을 읽

---

4 원문의 'Tomaos con mi padre'(우리 아버지에게 붙어보세요)라는 대목은 그 뜻을 두고 학자나 번역가에 따라 논란이 많았다. 어떤 부류는 '그런 엉터리 이야기는 다른 사람한테나 가서 하세요.'(A otro perro con ese hueso)라는 비난 섞인 욕설로 본다. 마르띤 데 리께르는 '그런 쓸데없는 이야기는 그런 걸 좋아하는 사람에게 나 가서 하세요.' 정도로 본다. 첫 영역자인 셰빌은 '농담이시지요, 우리 아버지 에게나 하세요'라고 번역했다. 역자는 위의 직역을 기준으로, 또 존경받는 신부 와의 대화인 걸 감안해서 '욕설' 같은 건 아닐 거라고 본다. 반대의사를 분명히 하면서 세대 차이, 취향 차이를 드러내고 슬쩍 피하는 말투로 옮겼다.

어보셔야겠네요. 칼을 오른쪽에서 왼쪽으로 한번 저으니 다섯 거인의 허리가 동강나지 않았습니까, 아이들이 콩으로 만든 신부 인형들⁵처럼 말입니다. 그리고 또 한번은 엄청나게 많은 강력한 군대에게 덤벼들었는데, 그 적의 수가 백육십만명은 넘었다고 하지요. 적군 모두가 머리끝부터 발끝까지 무장하고 왔는데 그 많은 수를 양 떼 새끼들처럼 전부 박살냈다지 않습니까. 그리고 저 훌륭한 시론힐리오는 어떻고요. 얼마나 용감하고 활기가 넘쳤는지 책을 보면 아실 겁니다. 책에 쓰인 이야기로는, 배를 저어 강을 건너가는데 물 한가운데서 불뱀이 덤벼들었대요. 뱀을 보자마자 뱀 위로 몸을 던져 비늘 많은 뱀 등에 턱 걸터앉아서는 뱀의 목을 어찌나 세게 조여댔는지 뱀은 숨이 막혀 죽게 될 것 같자 그만 물 밑으로 가라앉을 수밖에 없었다네요. 기사가 절대 놓지 않으니까 기사까지 매달고 말입니다. 그래서 둘이 밑으로 내려가니까 거기에 황홀한 궁전과 무척 아름다운 정원들이 나오더랍니다. 이윽고 그 뱀은 나이든 노인으로 변하더니 얼마나 기가 막힌 이야기를 하는지 들어보셔야 안다니까요. 말도 마세요, 나리, 한번만 들어보시면 좋아서 미치실 거예요. 대선장이니, 말씀하시는 디에고 가르시아는 어림도 없구만요."

이 말을 듣고 도로떼아는 숨죽여 까르데니오에게 말했다.

"이 주인도 제2의 돈 끼호떼가 될 날이 멀지 않았군요."

"내 생각도 그래요." 까르데니오가 대답했다. "말하는 증후가 그책 이야기들을 전부 사실로 믿고 있고, 쓰인 대로 한 자도 틀리지 않고 그대로 일어났던 걸로 알아요. 신부들이 맨발 벗고 오셔도 생

---

5 전통적으로 옛 에스빠냐 아이들은 콩을 붙여 '신부' 인형이나 '노파'를 만드는 풍속을 즐겼다.

각을 다르게 바꿔놓지 못할 거예요."

"이 사람아, 친구." 신부가 다시 말했다. "이르까니아의 펠릭스 마르떼도 돈 시론힐리오도 세상에 존재하지 않았고, 기사소설에서 이야기하는 다른 어떤 기사도 실제로 없었어요. 이 모든 책은 할 일 없는 재주꾼들이 만들어낸 허구이고 지어낸 이야기들일세. 자네 같은 농군들이 읽으며 즐거워하듯이, 자네 말대로 재미있게 시간 보내라는 목적으로 지어낸 것뿐일세. 내 진정으로 똑똑히 말하네만, 그런 기사들은 세상에 존재하지도 않았고, 그런 전공과 엉터리 행각들도 실제로 일어난 사건이 아니야."

"그런 쓸데없는 소리는 딴 데 가서나 하세요!" 주인이 대답했다. "내가 낫 놓고 기역 자도 모르고, 구두끈도 맬 줄 모르는 사람인 줄 아세요? 나리는 저를 젖먹이 취급 마세요. 이래 봬도 바보 같은 덴 한구석도 없다구요. 나리께서 이 좋은 책들에 쓰인 것들이 모두 엉터리고 거짓이라며 설득 설교하려고 하시는데요, 그건 안되지요. 이 책들은 왕실 어르신들이 허가를 내려서 찍어낸 거라구요. 그런 어르신네들이 사람들 정신 나가게 그 많은 마법이나 전투를 모조리 거짓말로 인쇄하게 할 것 같다고 생각하십니까?"

"이미 말하지 않았나, 이 사람아." 신부가 되받았다. "이건 우리의 한가로운 마음을 즐겁게 하려고 만든 것이야. 마치 아주 잘 조직된 질서있는 국가에서도 장기니 공놀이니 당구니 그런 것들이 허용되듯이 말이야. 일이 없거나 일을 안하거나 일을 해서는 안되는 사람들이 즐길 게 있어야 될 거 아닌가. 그래서 그런 책들이 있어도 좋다고 인쇄하게 한 걸세. 사실은, 아무리 무식해도 이 책 내용이 진짜 이야기라고 믿는 사람은 없으리라고 생각하고 말이야. 그리고 만약 내가 지금 정식으로 권리가 있다면, 그리고 듣는 분들이 요구한다면, 나는 기사소설이 정말 훌륭해지려면 갖추어야 할 요건에 대해 말하겠네. 기사소설이 그렇게만 되면, 사람들에게 교훈이 되고 어떤 사람에게는 재미도 있을 거야. 앞으로 언젠가는 이걸 고쳐서 만들 수 있는 사람에게 전달해줄 수 있는 기회가 오길 바라네. 그동안만이라도, 이보게 주인장, 내가 한 말을 믿게나. 자네의 그 책들은 가져가고, 그게 진실이든 거짓이든 자네 맘대로 생각하게나. 그리고 자네에게 도움이 되길 바라네. 혹시 자네 손님 돈 끼호떼처럼 허우적대는 절름발이 신세는 안되길 비네."

"그건 아니죠." 주인이 대답했다. "전 그렇게 미쳐서 방랑기사가 될 사람은 아니에요. 지금은 예전 시대의 풍습이 없어졌다는 걸 잘 압니다요. 그 유명한 기사들이 세상을 휩쓸고 다녔다는 그 시대는 아니죠."

이 이야기가 중간쯤 나갔을 때 싼초가 거기에 있었는데, 지금은 그런 방랑기사 풍습이 없다는 말과 모든 기사소설이 엉터리 바보 같은 소리이고 거짓말이라는 말을 듣고 난 뒤 어리둥절해서 생각에 잠겼다. 그리고 속으로 주인의 이번 여행이 어떻게 끝나는가를 기다려보기로 마음먹었다. 만약 그가 생각한 대로 그런 행복한 결과가 안 나오면 돈 끼호떼를 버리고 처자식과 함께하는 여느 때와 같은 일터로 되돌아가리라 결심을 했다.

객줏집 주인이 가방과 책들을 가져가려 하자 신부가 말했다.

"기다리게, 필체 좋은 글씨로 쓰인 종이들은 어떤 것인지 보고 싶네."

주인은 종이들을 꺼내 읽어보라고 그에게 주었다. 손으로 쓴 여덟장 정도의 작품도 있었는데, 첫 장에는 「호기심 많은 시건방진 친구 이야기」라고 쓴 큰 제목이 붙어 있었다. 신부는 혼자 서너 줄 읽다가 말했다.

"이제 보니 이 이야기 제목이 과히 나쁘지 않아. 다 읽어보고 싶은 충동이 생기는데."

그러자 주인이 대답했다.

"신부님께서 읽으셔도 좋습니다. 참고로 말씀드리면 여기서 읽어본 몇몇 손님들이 아주 좋다고 말하면서 달라고들 하셨지만 소인은 그 사람들에게 이걸 주고 싶지는 않았어요. 이 책과 종이가 든 가방을 깜박 놓고 간 사람에게 되돌려주려고요, 언젠가는 주인이 다시 들를 수도 있지 않나 해서요. 저도 책들이 보고 싶을 거라 생각하지만, 맹세코 돌려줄 생각입니다. 비록 객줏집은 하고 있지만 저는 아직 착한 기독교인이거든요."

"자네 말이 정말 맞네, 이 사람아." 신부가 말했다. "하지만 이 이야기가 내 맘에 들면 내가 베끼는 건 용서해주겠지?"

"그러구말굽쇼." 주인이 대답했다.

둘이 이런 이야기를 나누고 있을 때, 까르데니오가 이야기책을

---

6 원제목은 'Novela del Curioso impertinente'이다. 'novela'라는 말이 영어의 'novel'(소설)의 원형인데, 여기에서는 우리가 생각하듯 장편소설의 뜻이 아니라 『데까메론』(*Decameron*)의 작가 보까치오를 비롯해 이딸리아에서부터 생겨난 '새로운 이야기'라는 뜻으로, 주로 오늘날의 단편소설을 뜻했다. 이 소설의 발달에 지대한 영향을 미친 『천일야화』가 그렇듯이 거기에는 주요 줄거리를 중심으로 단편적인 많은 독립된 이야기가 줄로 꿰듯 엮여 있다. 이들 이야기 하나하나를 우리는 단편으로 볼 수 있으며, 이런 이야기를 일컫는 말이 바로 'novela'(단편소설)였다. 그러나 이런 독립된 이야기들은 지금처럼 하나만 출판되는 일이 없어서, 이딸리아에서는 복수형으로 'novelli'란 말이 더 유행했다. 『돈 끼호떼』가 장편소설의 원형으로 알려져 있지만, 그 1권에는 지금처럼 소설의 본줄기와는 상관이 없는 많은 'novela'를 거리낌 없이 끼워넣는 습성이 아직 세르반떼스에게는 자연스러웠던 것이다. 편의상 이 많은 설명을 다 할 수 없어 역자는 그냥 '이야기'라는 흔히 쓰는 말로 옮긴다.

집어들고 벌써 읽고 있었다. 신부와 똑같이 맘에 들어하면서 모든 사람이 들을 수 있도록 신부에게 소리내어 읽어달라고 부탁했다.

"내가 읽긴 하겠는데," 신부가 말했다. "이 시간을 책 읽는 것보다 잠자는 데 쓰는 게 좋다고 한다면?"

"저한테는 그것도 충분한 휴식이겠네요." 도로떼아가 말했다. "이야기 들으면서 시간을 재미있게 보내면 말이에요. 아직 소녀는 마땅한 이유가 생겼는데도 잠을 이룰 만큼 그리 조용한 심성이 못 되어서요."

"그렇다면," 신부가 말했다. "읽어봐야지, 호기심으로라도 말이야, 어쩌면 호기심이 날 만큼 재미있는 데가 있을지 몰라."

니꼴라스 선생도 다가와 똑같은 부탁을 했고 싼초도 마찬가지였다. 신부는 그걸 보고 모두에게 좋고 자기도 재미있으리라 생각했다.

"그렇다면 다들 잘 들어요. 이야기는 이렇게 시작됩니다."

33장

호기심 많은 시건방진 친구 이야기[1]

이딸리아의 유명한 부자 도시 피렌쩨에는 또스까나라고 불리는
지방이 있는데, 거기에 안셀모와 로따리오라고 하는 아주 부자인
데다 귀족인 두 사람이 살았다. 둘은 아주 친해서, 둘을 아는 모든
사람은 어떤 다른 이름보다 '두 친구'라고 부르면 다 알 정도였다.

---

1 이 단편소설(novela)의 삽입은 당시에나 지금이나 연구가와 비평가 들의 다양한
해석과 비판의 대상이었다. 당시의 비판에 대한 대답은 또 하나의 소설 미학을
이루며, 2권 3장에서 언급된다. 이 작품은 뒤에 출간한 『모범소설들』(*Las Novelas
Ejemplares*)의 소설 형식과 비슷하며, 따라서 이 소설집의 일부로 들어갈 것을 여
기에다 끼워넣은 게 아니냐는 의혹을 사기도 했다. 이 이야기는 아리오스또의
『성난 오를란도』에 나온 이야기를 풀어쓴 것이다. 아리오스또의 이야기가 다
분히 기사소설적이고 마법이 판친다면, 세르반떼스의 위 소설은 심리적 통찰력
이 뛰어나다. 현대 비평가 르네 지라르(René Girard)는 『낭만적 거짓과 소설적 진
실』(*Mensonge romantique et vérité romanesque*, Paris: 1961)에서 '돈 끼호떼의 세르반
떼스와 안셀모의 세르반떼스 사이에는 불가분의 관계가 있다'라고 이야기하고,
그의 '욕망의 삼각형' 이론에서 이 이야기를 예로 끌어낸다.

둘 다 총각이었고, 나이도 습관도 비슷해 이 모든 게 서로가 우정을 주고받을 만한 충분한 이유가 되었다. 사실 안셀모는 연애로 시간 보내기를 좋아하는 성향이 로따리오보다 좀더 강했고, 로따리오는 사냥을 무척이나 즐겼다. 그러나 기회가 있으면 안셀모는 자기 취향을 버리고 로따리오가 하자는 대로 따랐고, 로따리오도 자기 일을 버리고 안셀모에게 달려갔다. 이렇게 둘의 마음은 딱 하나로 호흡이 맞아 시계라도 그렇게 정확하게 맞는 시계가 없었다.

안셀모는 이 도시의 아름답고 귀한 한 처녀와 흠뻑 사랑에 빠졌는데, 부모도 괜찮고 그 여자도 성품이 훌륭해 청혼을 할 결심을 했다. 물론 친구 로따리오의 의견과 맞지 않으면 아무 일도 하지 않는 그인지라 먼저 친구의 동의를 얻고 나서였다. 안셀모는 그 결심을 실행에 옮겼는데, 그 일에 결혼 사절로 간 사람 또한 로따리오였고, 그는 그 일을 친구의 마음에 딱 맞도록 성사시켜 안셀모는 단시일에 자기가 원하던 여자를 갖게 되었다. 까밀라는 안셀모를 남편으로 섬기게 된 것을 무척이나 기뻐해서 하늘에 끝없이 감사했고, 중매를 잘 서서 그런 행운을 가져다준 로따리오를 늘 고맙게 생각했다. 처음 며칠은, 혼렛날들이 다 그렇듯이 즐거운 일이 많아 로따리오도 전처럼 계속 친구 안셀모 집을 드나들면서 가능한 한 모든 정성을 다해 축하해주고 잔치에도 즐겁게 참여했다. 그러나 혼례식이 끝나고 자주 오는 손님이나 하객들의 방문이 뜸해지자 로따리오도 안셀모의 집에 가는 걸 좀 등한시하게 되었다. 로따리오의 생각에는—사려 깊은 사람이라면 누구나 그런 생각을 갖는 게 당연하듯이—결혼한 친구의 집을 총각 때처럼 계속 드나들거나 방문해서는 안될 것 같았기 때문이다. 진실한 친구 사이엔 무슨 일에나 의심이 있어서도 안되고 있을 수도 없지만, 여하튼 결혼한 사람에 대한 처신이라는 건 참 민감한 문제여서 형제 사이라도 함부로 하면 욕먹을 수 있는 것이므로 친구 사이라면 더욱 조심을 할 수밖에 없었던 것이다.

안셀모는 로따리오가 좀 뜸해지자 그에게 굉장히 화를 내면서 결혼했다고 여느 때처럼 연락을 하지 않고 그러는 게 정식이라면 자기는 절대 결혼을 안했을 거라고 했다. 그가 총각 때 두 사람이 가지고 있던 서로의 진실한 우정이 '두 친구' 하면 모를 사람이 없을 정도로 다정한 이름을 얻었다면, 다른 이유가 아니라 단지 예의 바른 척하려고 그 아름답고 좋은 명성을 잃게 해서는 안된다고 말했다. 그러면서 간청하기를 그들 사이에 그런 별명이 통용될 수 있는 게 정식이라면 자기 집에 예전과 똑같이 주인처럼 늘 왕래하라고 말했다. 자기 부인 까밀라는 남편이 원하는 대로 따라하는 것이 즐거움이요, 그녀의 마음일 뿐이고 다른 뜻은 아무것도 없다고 강조하고, 두 사람이 예전부터 진실하게 서로 사랑하는 친구 사이임을 안 그녀인지라 요즘 친구가 자꾸 피하는 걸 보고 어리둥절해 있다고 했다.

안셀모는 로따리오에게 이런 이야기와 다른 많은 말을 해가며 자기 집에 예전처럼 드나들라고 설득했다. 로따리오가 점잖게 예의를 갖추어 사리가 이러이러하다고 대답하자 안셀모는 친구의 좋은 뜻에 만족하여 그들은 주중에 두번, 그리고 주말에는 꼭 로따리오가 그의 집에 가서 식사를 같이하기로 약속했다. 그리고 로따리오가 건의하기를, 비록 이렇게 둘 사이에 약속은 했지만, 친구의 처신과 명예에 지장이 없다고 생각되는 경우를 빼놓고는 약속을 기어이 이행하려 지나치게 애쓸 필요는 없으며, 결혼한 친구의 명예를 자신의 것보다 더 소중하게 생각하노라고 했다. 로따리오가 한 말은 사실 옳은 말이었다. 결혼한 사람은, 그것도 하늘의 인연으로 아름다운 부인을 얻은 사람은 어떤 친구를 집에 데려가는지에도 주의를 많이 기울여야 하며, 자기 부인이 어떤 여자들과 이야기를 자주 나누는지에도 신경을 써야 한다. 왜냐하면 저잣거리나성당이나 축제나 기도를 드리러 가는 길―남편들이 부인들에게번번이 가지 말라고 할 수만은 없는 그런 경우에―에서보다는 좋아하는 친척 집이나 친구 집에서 쉽게 약속이 이루어질 수 있기 때문이다.

　로따리오는 또 말하기를, 결혼한 사람들은 누구나 친구 하나쯤은 있어서 자기들의 행동에 실수가 있는지 지적해주는 사람이 필요하다고 했다. 남편이 아내를 너무 사랑한 나머지 여자를 화나게하지 않으려고 무슨 일을 하라거나 하지 말라는 소리를 몰라서나또는 알아도 말을 안하는 경우가 있을 수 있는데, 그 일을 하고 안하고는 곧 집안의 명예나 불명예와 관련된 결과를 가져올 수 있다고 했다. 그렇지만 친한 친구가 있어 늘 주의를 받으면 쉽게 모든것을 예방할 수 있다고 설명했다. 어디에서 지금 로따리오가 말하는 그런 성실하고, 사려 깊고, 진실한 친구를 만날 수 있겠는가? 물론 모른다. 오직 로따리오만은 그런 친구였으니 그는 아주 열심히정성을 다해서 친구의 명예를 지켜주었다. 친구 집에 가는 약속 날들을 줄이고, 가더라도 짧게 했으며, 열번에 한번 정도로 유지하려애썼다. 어엿한 신사이고 가문 좋은데다 자기 생각에도 사지 멀쩡하고 잘생긴 이 부자 청년이 까밀라처럼 예쁜 부인의 집에 드나드는 것이 할 일 없는 사람들이나 악의에 차 떠도는 눈에 띄어 혹시나쁜 생각이 들지 못하도록 하고자 했다. 그의 선한 마음이나 지체가 비록 남의 말 좋아하는 입에 오르내리게는 안하겠지만 자신의 명예나 친구의 품위를 의심하게 하고 싶지는 않았다. 그래서 약속이 된 날의 대부분을 피치 못할 중요한 일이 있다고 하고선 딴 데 가서 놀거나 다른 일들을 하곤 해서, 만나면 한쪽은 불평하고 한쪽은 사과하다가 하루의 많은 부분, 많은 시간을 보냈다.

어느날 일어난 일이다. 두 친구가 교외에 있는 초원에서 산보를 하고 있을 때, 문득 안셀모가 로따리오에게 다음과 같은 고백을 했다.

"로따리오 이 친구야, 자네는 내가 입은 이 모든 은혜에 대해 감사할 줄 모르는 배은망덕한 사람이라고 생각했겠지. 우리 부모들처럼 좋은 부모의 자식이 되어 태어나도록 은혜를 베푸신 하느님께, 그리고 나에게 소위 토지니 하는 부동산과 동산까지 합쳐 인색지 않게 재산을 주신 부모님께, 그리고 특히 내가 잘해주고 싶은 만큼은 못한다 해도 할 수 있는 데까지 가장 좋아하는 두 사람, 말하자면 나에게 자네 같은 좋은 친구를 갖게 하고, 또 까밀라를 내 아내로 맞게 한 그분께 은혜를 갚을 줄 모른다고. 하지만 이 모든 좋은 것들을 가지고 있음에도, 어찌 보면 흔히 사람들이 행복하게 살 수 있는 조건의 전부를 가지고 있음에도, 나는 이 세상이라는 우주 속에서 가장 답답하고 가슴 아픈 사람으로 살고 있다네. 왜냐하면 언제인가부터 다른 사람들과는 다른, 상식 밖의 이상한 욕심이 생겨 나를 괴롭히고 억누르고 있기 때문이네. 그래서 나 자신에 대해서 놀라고, 나의 죄의식을 스스로 나무라고, 나 스스로 꾸짖곤 하지. 그래서 내 욕망의 소리를 잠재우고 내 생각을 글로 써보려는 것이네. 그래서 온 세상에 일부러 이 비밀을 알리려고 애쓰는 듯한 마음으로 이 이야기를 털어놓게 되었으니, 이 비밀이 누구에겐가 알려져야 한다면 난 자네의 비밀 기록장에만 적히길 바라네. 그 비밀을 들은 자네가 내 진실한 친구로서 열심히 나를 구해주리라 믿네. 그러면 나를 괴롭히는 이 번뇌에서 해방될 수 있을 걸세. 자네 도움으로 이 광기 때문에 불행했던 만큼 난 행복해질 수 있을 거야."

안셀모의 고백이 로따리오를 긴장시켰다. 로따리오는 친구의 이 긴 사설과 서론이 무슨 이야기를 하려는 것인지 알 수가 없었다. 자기 친구를 그토록 괴롭히고 있는 그것이 무슨 욕망일까 하고 상상에 상상을 해봐도 사실과는 너무 먼 표면만 맴돌 뿐이었다. 로따리오는 그토록 사람을 긴장시키는 고통스러운 상황에서 빨리 벗어나고 싶어 깊이 감춰둔 생각을 이야기한다면서 친구에게 말을 뱅뱅 돌리는 건 우리의 우정에 크나큰 모독이 될 수 있다고 경고했다. 자기는 확실히 약속하겠는데, 그 생각을 더 재미나게 하기 위한 충고나 그걸 이행하기 위한 대책을 세우라면 세우겠다고 했다.

"그건 사실일세." 안셀모가 말했다. "그러면 그 약속을 믿고 내 말을 함세, 친구 로따리오. 나를 괴롭히는 욕망은 내 아내 까밀라가 내가 생각하는 것처럼 그렇게 착하고 완전한가 확실히 알고 싶은 건데, 이 진실을 알려면 그녀를 시험대에 올리지 않고는 명확해지지 않지. 불로 금의 순도를 알아내듯이 실험을 해봐야 그녀의 선함의 참과 거짓이 나타날 거거든. 왜냐하면 내 생각에는, 오 친구여! 세상에 있거나 없거나, 여하튼 가장 착한 여자는 구애를 받아들이지 않는 여자라는 거지. 즉, 혼자 있어도 강해서 약속이나 선물이나 눈물 공세나 불시에 덤벼드는 끊임없는 애절한 구애의 손길에도 굽히지 않는 여자 말일세. 여자가 착하다고 해서," 그는 계속 말을 이었다. "좋을 게 뭐가 있겠어, 아무도 나쁜 여자라고 하지 않는데? 마음대로 나돌아다닐 기회도 없고, 남편이 있다는 걸 알고 있고, 한번 바람피우다가 잡히면 목숨이 달아나는 걸 알고 있는 여자, 그런 게 무서워서 여자가 집에 얌전하게 들어앉아 있으면 그게 뭐 대단한 것인가? 나는 기회가 없어서 또는 무언가 두려워서 착한 여자는 사랑하고 존경하고 싶지 않고, 아무리 구애를 하고 쫓아다녀도 모두 이겨내고 개선의 왕관을 쓴 여자를 존경하지. 내 이런 생각을 강력하게 뒷받침할 신빙성 있는 말들이 이 이야기 외에도 많이 있네. 그래서 내 소망은 내 아내 까밀라가 이런 난관을 거치기를 바라는 거야. 그 여자에게 흑심을 품을 용기가 있는 자의 갖은 유혹과 구애의 불구덩이 속에서 자신의 순도를 재고, 정숙한 여자라는 증명을 해주길 바라네. 만약 그녀가, 그러리라고 내가 믿듯이, 이 전쟁에서 깨끗하게 손을 털고 나오면 나는 이 세상에 비할 데 없이 행복할 것이고, 내 안타까운 욕망과 빈자리가 가득 채워졌다고 말할 거야. 누가 그런 여자를 만날 수 있느냐고 한 대성인의 물음에 그런 강한 여자를 만나는 행운을 나는 잡았다고 대답할 걸세. 그러나 내가 예상한 것과는 다르게 일이 벌어질 경우, 내 생각이 맞았다는 걸 확인한 기쁨으로 비싼 댓가를 치르고 얻은 이 경험이 나에게 주는 당연한 고통을 달게 받아들일 걸세. 자네가 내 욕망의 문제에 대해 어떤 반론을 편다고 할지라도 아무 소용이 없을 걸세, 난 이걸 꼭 실행에 옮기고 말 테니까. 그래서 말인데, 오, 나의 친구 로따리오여! 제발 자네가 이 시험을 내 맘껏 실현하는 데 필요한 도구가 되어 일을 좀 해주게. 나는 자네에게 모든 준비를 해줄 걸세. 물론 정숙하고 얌전하고 아무 사심 없는 한 여자에게 구애를 하는 데 필요하다고 생각되는 것은 무엇이나 내가 다 해주지. 자네에게 이 어려운 일을 맡겨야겠다고 생각한 이유는, 무엇보다도 자네한테 까밀라가 넘어가는지 보려는 것일세. 그녀가 넘어가면 그 결과가 극단까지 치닫지는 않을 것이고, 오직 앞으로 어떻게 대처해야 한다는 걸 알고 존경스럽게 받아들일 것이며, 그렇게 되면 난 내가 알려고 했던 욕망에 대해 더이상 마음 아파하지는 않을 거야. 그리고 내 치욕은 자네 침묵의 미덕 속에 감춰질 것이고, 나에 관한 비밀 이야기는 죽을 때까지 영원히 간직하리라는 걸 난 잘 알고 있어. 그래서 내가 무엇엔가 확신을 가지고 살아가기를 자네가 원한다면, 당연히 이 사랑싸움에 자네가 좀 들어가주었으면 하네. 미적미적하게 못 이겨서 들어가는 게 아니라, 내가 알고자 하는 만큼, 내가 우리 우정에 확신을 갖는 만큼 열의와 성의를 갖고 임했으면 좋겠네."

이 긴 말이 안셀모가 로따리오에게 한 이야기였다. 그 모든 말에 대해서 로따리오가 하도 열심히 듣고 있었기에, 여기 적힌 말 말고는, 그는 친구의 이야기가 끝날 때까지 입도 떼지 않고 있었던 것이다. 이제 친구가 더 말을 하지 않는 걸 보고 로따리오는 한참 동안 지금까지 한번도 보지 못한 놀랍고 경악스러운 물체를 주시하듯이 그를 바라보더니 말을 했다.

"안셀모 이 친구야! 자네가 한 말이 장난이지 않을까 아직도 의심스럽다네. 그게 진심으로 한 말이라면, 그렇게 극단까지 몰고 가도록 자네를 놓아두지 않았겠지, 내가 안 들으면 자네의 그 긴 장광설이 안 나왔을 테니까. 내 생각이 틀림없다면, 자네가 나를 모르든지, 내가 자네를 모르는 것 같아. 하지만 아니야, 난 자네가 안셀모인 걸 잘 알고, 자네도 내가 로따리오인 걸 알지. 문제는, 자네가 지금 여느 때 같은 안셀모 같지 않다고 내가 생각한다는 거야. 자네도 내가 당연히 그래야 된다고 생각하는 로따리오가 아니라는 걸 생각했을 테지. 왜냐하면 자네가 말한 생각은 내 친구 안셀모의 생각이 아니고, 또한 내게 부탁한 일은 자네가 아는 친구 로따리오에게 부탁할 일이 아니지. 왜냐하면 좋은 친구 사이에 친구를 시험하고 그 결과를 알고 싶으면, 한 시인의 말처럼 '우스꾸에 아드 아라스'(usque ad aras), 즉 신의 뜻과 반대되는 일에 친구를 이용하지 말라는 금언²을 따라야 한다네. 인간의 일 때문에 신과의 믿음을 깨뜨리는 일은 없어야 한다는 것을 안다면 기독교인으로서는 얼마나 더 좋은 일인가? 친구를 돕고자 하늘을 경외하는 막을 걷어치우려 한다면 그건 가벼운 사건이나 한순간의 일이 아니라 친구의 명예와 생명이 걸린 일이어야 하는 거야. 하지만 이제, 안셀모, 말해봐, 이 두가지 중에서 자네는 어떤 위험에 놓인 거야, 자네가 부탁하는 그토록 싫은 일을, 자네 뜻을 받들어, 내가 꼭 해야 한다면 말일세? 물론 둘 중 그 어떤 것도 아니지? 그렇다기보다 오히려 자네는 내게 자네의 명예와 생명을 빼앗는 일을 애써 저지르게 하고, 그와 함께 내 명예와 생명을 포기하라는 이야기지? 왜냐하면 내가 자네의 명예를 실추시키면 분명히 내가 자네의 목숨을 끊는 것이기 때문이지, 명예 없는 인간은 죽은 자보다 더 비참하니까. 그런데 나더러 자네의 그 사악한 시험의 도구가 되라 하니, 결국 자네 불명예의 도구였던 나 또한 불명예를 걸머지고, 살아도 살아 있지 않은 사람이 되는 것 아닌가? 이봐, 친구, 내 말에 대답하라는 말이 아니니 인내심을 갖고 들어봐. 자네의 알고 싶은 욕망이 요구하는 그 시험에 대하여 내게 떠오른 생각을 다 말할 때까지 말이야. 시간을 줄 테니까, 그때 자네도 내 말에 반박을 하고 나도 자네 말을 들음세."

---

2 플루타르코스가 인용한 페리클레스(Perikles)의 격언이다.

"좋네." 안셀모가 말했다. "하고 싶은 말을 하게나."

그러자 로따리오는 계속해서 말했다.

"오, 안셀모! 자네는 꼭 무어족같이 늘 희한한 생각을 한단 말이야. 그 사람들은 성서에 쓰인 해석을 갖다 내놓아도 자기 종교의 잘못을 인정하려 하지 않으니, 신앙에 관한 조항에 근거하여 말을 하거나 논리정연하게 말을 해도 안돼. 그들은 아주 쉬운, 이해하기 쉬운, 증거가 확실한, 의심할 나위 없는, 손에 잡히는 예를 들어야 이해하지. 부정할 수 없는 수학적 논증 같은 거, 예를 들어 '똑같은 두 부위에서 같은 부위를 떼어내면 남은 부위 또한 똑같다' 이런 것 말일세. 그리고 이걸 말로 해서 못 알아들으면, 실제 못 알아듣는 경우가 많은데, 그때는 두 손을 눈앞에 놓고 실제로 보여주어야 하지. 아무리 그래도 우리의 성스러운 종교 진리를 그들에게 설득해내는 건 역부족이야. 그러니 그와 똑같은 용어와 방법을 써서 자네한테 이야기를 해야 통할 것 같네. 왜냐하면 자네가 알고 싶어진 그 욕망은 너무 방향이 빗나간 것이라서 조금이라도 이성이 있는 사람의 상식을 뛰어넘은 것이기 때문이야. 자네 생각이 말하자면 얼마나 순진한지, 내가 지금 무슨 다른 말이 생각나지 않는데, 여하튼 자네를 이해시키려고 해도 헛수고이고 시간만 낭비할 것 같아. 그래서 자네가 그런 나쁜 호기심을 가진 죄로, 그러려면 정신 나간 생각이나 하며 살라고 내버려두고 싶은 심정이야. 그러나 자네와 친한 내가 친구에게 그런 잔인한 행동을 할 수는 없고, 자네를 그런 빤한 타락의 위험 상태에 내버려둔다는 게 내 마음이 용납지 않아. 안셀모, 자네가 확실히 알도록 말해보자면, 자네 말이 나더러 집 안에 갇혀 사는 한 여자를 유혹하고, 정숙한 여자를 설득하고, 사심없는 여자를 꾀고, 얌전한 여자를 사랑으로 이끌라 그랬지? 그래, 자네가 그렇게 말했어. 그렇다면, 자네가 집 안에 갇혀 사는, 정숙하고, 사심없고, 얌전한 여자를 가지고 있는 걸 아는데, 더이상 무얼 찾는 거야? 내가 아무리 덤벼도 그 여자가 다 이겨내리라고 생각한다면, 그렇게 될 것이 틀림없지만, 지금 그 여자가 가진 그 좋은 품성 외에 지금보다 더 훌륭한 어떤 칭찬을 또 더해주고 싶은 거야? 아니면 그 여자가 자네가 말한 자질이 없다고 생각하거나 자네가 무얼 알고 싶어하는지 모르든지…… 그녀가 자네가 말한 그런 자질을 안 가지고 있다면 시험은 무엇 때문에 하려 하는가? 나쁜 여자이니 자네 좋을 대로 가장 좋은 방법으로 처리하면 될 거 아닌가. 하지만 자네가 믿듯이 그렇게 좋은 여자라면 똑같은 진실에 대해서 시험을 해보겠다는 것은 오만하고 건방진 짓이야. 시험을 하고 난 뒤에도 처음 생각했던 것과 사랑하는 마음 그대로일 테니까. 그러니까 결론적으로 말해서, 해봐야 오히려 이익보다는 상처가 많을 일을 시도한다는 건 잘못된 판단이며 무서운 것이지. 게다가 누가 억지로 시키지도, 강요하지도 않는 일을 시도한다는 것은 소름 끼치지. 먼 옛날부터 확실하게 밝혀져 내려온 사실로는, 그런 짓을 시도하는 놈은 정말 미친놈이라 했어. 난관이 많은 일은 하느님을 위하거나, 세상을 위하거나 아니면 하느님과 세상 모두를 위해 시도하는 거야. 하느님을 위해 저지른 일들은 성인들이 하셨으니 그들은 인간의 몸을 갖고 천사의 삶을 살려고 덤볐으니까 말일세. 세상을 좋아해서 저지르는 일들은 끝없는 물을 통과하고, 다양한 기후를 경험하고, 이상한 사람들을 만나고, 소위 행운과 보화를 얻으려고 모험한 사람들이 한 거야. 하느님과 세상 모두를 위해 모험을 하는 건 저 용감한 군인들의 싸움이야. 적의 뚫린 성벽에 둥근 대포알 하나 들어갈 만한 공간만 보여도 모든 두려움을 물리치고, 그들을 위협하는 눈앞의 위험을 아랑곳하지 않고, 말없이 용감무쌍하게 그들을 기다리는 수천의 상대편에게로, 죽음 한가운데로 뛰어드는 이 모든 행위는 오직 자신들의 신앙과 국가와 왕을 위한 목숨으로 돌아가겠다는 욕망의 날갯짓을 한 사람들이지. 이런 것들이 주로 시도나 모험이라고 하는 것들이야. 비록 위험도 많고 불편한 점도 많지만 이런 시도를 한다는 것은 명예롭고 영광스럽고 이로운 일이야. 그러나 자네가 시도하고 실행에 옮기겠다고 하는 일은 하느님의 영광도 행운의 보화도 얻지 못하고, 사람들에게 명성도 떨치지 못할 그런 것이지. 아무리 자네가 원하는 대로 성공한다고 할지라도 지금보다 더 우쭐댈 것도, 더 부자가 될 일도, 더 명예를 얻는 것도 아닐 테니까 말일세. 만약 실패하는 경우엔 상상할 수도 없는 비참한 꼴이 될 것이야. 그때는 자네에게 일어난 불행을 아무도 모른다고 생각해도 아무 소용이 없을 테니까. 자네 자신도 알듯이 혼자 고민하다가 자신을 파멸시키는 결과밖에는 안 나올 거야. 이 진실을 확인해주는, 그 유명한 시인 루이지 딴실로[3]가 쓴 『성 바울의 눈물』이라는 작품의 1부 끝에 나오는 시구절을 들려주지.

바울에게 고통과 부끄러움만
자꾸 커가네, 새날이 밝아오니,
거기 아무도 보는 사람 없어도
자기 자신이 지은 죄가 부끄러워,
누가 보기만 해도 그 넓은 가슴에

---

3 루이지 딴실로(Luigi Tansillo, 1510~68). 이딸리아의 시인.

부끄러움만 차오네, 죄를 지으면
스스로에게 부끄러운 법, 남들은
하늘과 땅밖에는 안 보아도.

　이러하니 자네가 비밀로 한다고 고통을 피할 수 있겠나. 오히려
자네는 끊임없이 더 울어야 할 테고, 눈에서 흐르는 눈물이 아니면
마음에서 피눈물이 날 걸세. 마치 우리 시인이 이야기하듯, 그 순진
한 성자가 여신도들에게 물잔을 놓고 신심을 시험하고 나서 그토
록 울었듯이⁴ 말일세. 이 이야기는 그 점잖으신 레이날도스가 조심
스레 아주 멋지게 작품화한 일이 있었지. 그런 것이 시적인 허구라
고 하지만, 그 안에는 사람들이 주의하고 이해하고 배울 만한 은밀
한 도덕적 의미가 숨어 있다고. 더구나 지금 자네에게 말하려는 내
뜻과 함께 자네가 정말 큰 잘못을 저지르려 하고 있다는 걸 알 걸
세. 말해보게, 안셀모, 운이 좋아서 아니면 하늘의 뜻으로 자네에게
최고로 훌륭한 다이아몬드의 정식 소유주, 그 주인이 되게 했다고
하세. 모든 보석 전문가가 봐도 그 순도나 질에서 나무랄 데가 없
는 다이아몬드 말일세. 그 보석의 천성을 이해할 줄 아는 모든 사
람들이 그 순도나 질이나 아름다움에 어떤 하자도 없다고 한목소
리를 내고, 자네 자신도 반대할 이유가 없이 그렇다고 믿는데, 그
보석을 집어 철받침 위에 놓고 쇠망치로 힘껏 두들겨 깨뜨려봐야
사람들이 말한 것처럼 단단한지 아닌지, 진짜인지 아닌지를 알 수
있다는 게 도대체 옳은 생각 같은가? 더구나 실제로 그런 짓을 해
서 설사 보석이 그 무서운 실험에서 견뎌낸다 하더라도 그 보석의

----

4 물잔에 물을 따라 먹으면 신심이 있고, 그러지 않으면 신심이 없다고 시험했다는
　전설이다. 이 전설은 이 소설의 원형인 『성난 오를란도』에 언급되어 있다.

가치나 명성이 더 올라가는가? 그러다가 깨지면, 그럴 수도 있는 일이니까, 그럼 모든 걸 다 잃게 되는 것 아닌가? 물론 그럴 수 있지. 그러면 모든 사람이 그 주인을 정말 바보나 싱거운 사람이라고 취급하겠지. 그러니 생각해보게나, 안셀모, 까밀라는 최고의 다이아몬드이고, 자네도 남들도 그렇게 생각해. 그래서 깨어질 수도 있는 상황에 놓이게 해서는 안돼. 비록 아무 일이 안 일어난다 할지라도, 지금 가진 훌륭함보다 더 올라갈 수는 없어. 만약 부정한 짓을 하거나 유혹을 못 견뎌낸다면, 자네는 지금부터 그녀 없이 어떻게 살아갈 것인가를 생각해봐. 그녀를 망치고 자네 자신을 망친 원인이 바로 자네 자신이었다는 회한을 견뎌내기란 정말 힘들겠지. 세상에 순결하고 정숙한 여자처럼 값진 보석은 없다는 걸 알아. 여자의 모든 명예는 그 여자에 대한 좋은 평판에 달려 있고, 자네 부인에 대한 평판은 자네도 알듯이 최고야. 이런 진실을 무엇 때문에 의심하려 하는가? 이봐, 친구, 여자는 불완전한 동물이야.[5] 여자에게 부딪치고 넘어지라고 방해물을 놓아서는 안되고, 어떤 불편도 없도록 길을 치우고 장애물을 없애서 완전하지 못한 그 점을 가볍게 걱정없이 극복할 수 있도록 해주어야지. 자연과학자들은 담비가 털이 아주 새하얀 짐승이라는군. 그래서 이걸 잡으려면 사냥꾼들은 이런 기술을 쓴다는 거야. 담비들이 늘 지나다니는 길목을 알아두었다가 그 길을 진흙으로 막아놓고 나서 망을 보면서 짐승을 그 길로 유도하면, 즉 담비가 가다가 진흙 앞에 이르면 가만히 멈춰선다는 거야. 그래서 잡히게 되는데, 그건 담비가 흙탕물을 지나다가 자기의 하얀 털을 잃거나 더럽힐까봐 안 간다는 거지. 담비는

5 보까치오의 『꼬르바치오』에 나오는 말이다.

자신의 순백한 모습을 자유나 목숨보다 중시한다고 해. 정숙하고 순결한 여자는 바로 담비이고, 그 순결의 미덕은 깨끗하고 하얀 눈보다 더욱 곱지. 그래서 그 아름다운 순결을 잃는 게 싫으면, 미리 지켜주고 돌봐주어야 하고 담비에게 일어나는 사건과는 다른 방법을 써야지. 불량한 바람둥이의 구애나 선물 같은 진흙 덩이를 앞에 놓게 해서는 안되는 거지. 어쩌면, 자기 혼자서는 그런 장애물에 걸려 넘어지지 않고 통과할 만한 능력이나 힘을 갖기란 어려울 수 있으니 그런 장애물을 치우고 앞에다 깨끗한 은덕과 아름다움을 놓아서 자연스럽게 좋은 평판을 지키도록 해야지. 좋은 여자는 맑게 반짝이는 수정 거울과 같아서 어떤 입김만 닿아도 곧 흐려지고 더럽혀질 수 있는 게 흠이야. 성스러운 유물을 다루듯이 정숙한 여인을 정성스럽게 모셔야 돼, 만지지 말고 깊이 사랑하면서 말이야. 좋은 여자는 꽃과 장미로 가득한 아름다운 정원을 가꾸고 사랑하듯이 그렇게 지켜주고 아껴주어야 돼. 정원의 주인은 아무도 꽃밭에 들어가거나 꽃을 만지지 못하게 하고, 다만 쇠울타리 너머 멀리서 그 아름다움과 향기를 맡게 할 뿐이지. 마지막으로 지금 내게 떠오른 시 하나를 들려줄게. 요즘 연극을 보면서 들은 시인데, 우리가 이야기하고 있는 내용하고도 맞아떨어지는 것 같군. 처녀 딸을 가진 아버지에게 점잖은 노인께서 딸을 잘 간직하고 지키고 가두어 두라고 충고하는 내용이야. 다른 말도 많지만 여기 이렇게 말하더라고.

여자는 유리알 같은 것,
깨질 수 있으니, 깨기 싫으면
시험을 해보려 들지 말 것,

무슨 일이 일어날지 모르니.

여자는 깨지기는 쉽지만
다시 붙일 수는 없나니,
깨어질 위험이 있는 곳에
놓아두는 건 철없는 짓

모두들 이건 주의하시길
근거가 있어 하는 말이니,
사랑하는 여자가 갇혀 있으면 세상에
황금 빗줄기 타고 못 들어갈 사람 없는 법[6]

지금까지 자네한테 한 말은, 오, 안셀모! 자네한테 해당하는 이
야기였고, 이제는 나와 상관있는 이야기 좀 하겠네. 이야기가 좀 길
어졌다면 용서하게나. 모든 게 자네가 빠진 미궁 속에서 자네를 끌
어내려니 자연히 말이 길어질 수밖에 없다네. 자네는 나를 친구로
생각하지. 그런데 나를 명예롭지 못한 일에 끌어넣으려고 하는데,
그건 우정에 완전히 위배되는 짓이야. 내 명예를 더럽히려 할 뿐만
아니라, 이제 내가 자네의 명예를 실추시키도록 만들려는 것이네.
자네 부탁대로 까밀라에게 내가 구애를 하면 내 명예가 실추될 것
은 뻔하지. 그녀는 나를 양심도 체면도 없는 남자로 볼 것이 확실
하니, 내가 자네와의 우정을 무시하고, 내 사람됨과는 전혀 다른 그
런 행동을 하니 말일세. 자네 명예를 실추시키는 것은 의심할 여지

---

6 제우스가 사랑하는 다나에가 갇혀 있는 곳에 들어가기 위해 황금 빗줄기로 둔갑
해서 스며들어갔다는 그리스신화를 연상하면 된다.

가 없네. 왜냐하면 까밀라는 내가 자기를 유혹하는 걸 보면, 자기를 어딘지 쉽게 봐서 내가 감히 흑심을 드러낸 것으로 볼 거란 말일세. 그녀는 불명예스러운 일을 당했다고 생각할 것이고, 그렇게 되면 자네도 자네 일이니까 똑같은 불명예를 뒤집어쓰게 되지. 여기서 보통 이야기하듯이 간통한 여편네의 남편이라는 말이 생겨나는 걸세. 비록 남편은 모르고, 자기 아내가 아내의 의무를 저버리도록 기회를 준 것도 아니고, 자기 손으로 저지른 일도 아니고, 자기가 그런 불행을 막는 데 부주의하거나 조심하지 않은 것도 아닌데, 어쨌든 남편을 욕하고 비난하는 소리를 들을 거네. 어떤 면에선 그 아내의 잘못을 아는 사람들은 그 남편을 불쌍하다고 보는 게 아니라 오히려 경멸의 눈으로 바라볼 것이네. 남편 잘못이 아니라 동반자의 나쁜 행실과 성격으로 그런 불행한 일을 당했는데도 말일세. 하지만 내 말의 뜻은, 나쁜 행실을 한 부인의 남편은 비록 그녀에게 그러라고 기회를 준 것도 아니요, 그런 일을 시킨 것도 아니요, 자기 잘못이 아니라는 것을 알아도 그런 일이 벌어졌기 때문에 의당 불명예스러운 사람이 될 수밖에 없다는 이야기일세. 내 말을 듣는 걸 지겹게 생각하지 말게, 모든 게 다 자네를 위해서 하는 소리니까. 하느님께서 지상의 천국에 우리의 첫 아버지를 탄생시킬 때, 성서에 나오는 이야기에 따르면, 아담이 자고 있는 틈을 타서 하느님이 그에게 꿈을 꾸게 하는데, 그때 아담의 왼쪽 갈비뼈를 뽑아내 그걸로 우리 어머니 하와를 만드셨다는 걸세. 그래서 아담이 꿈에서 깨자, 그녀를 보고 말했다는 거야. '이 여자는 내 살 중의 살이요, 뼈 중의 뼈로다.' 그 말에 하느님은 말씀하셨지. '이 여자 때문에 인간은 그 어머니와 아버지를 버리고, 하나의 같은 살 속에 둘이 되리라.' 그래서 성스러운 결혼이라는 예식이 생겨났는데, 그런 유대관계인 만큼 오직 죽음만이 둘을 갈라놓을 수 있게 되었지. 이 신비스러운 예식은 그만큼 힘이 세고 은덕이 많아, 서로 다른 두 사람이 하나의 육체를 이루라는 명령인 것일세. 그래서 좋은 부부 사이는 서로 다른 두개의 영혼이지만, 하나의 마음, 하나의 뜻으로 살게 되어 있는 거야. 이로써 아내의 육체가 남편의 육체와 똑같은지라, 만일 그 아내의 몸이 더럽혀지거나 실수를 저지르면 자연히 남편의 육체에 더러움이 가고, 아까 말했듯이 그런 상처를 받도록 동기를 부여하지 않았다고 할지라도 불명예스럽게 되는 것일세. 마치 발이 아프거나 사람 몸의 어느 부분이 아프면, 모두가 똑같은 몸에 속하니만큼 온몸이 아픔을 느끼는 것처럼 말일세. 발목이 아프면 머리까지 아픈 게 머리에 상처가 있어서 그런 것이 아니듯이, 남편은 아내와 똑같은 사람이니까 그녀가 불명예를 겪으면 남편도 똑같은 불명예를 당하게 되어 있어. 세상의 명예나 불명예는 모두 피와 살에서 나온 것이기 때문에 나쁜 여자의 피와 살도 이와 같아서 남편도 그 몸의 일부이니만큼 비록 그가 몰랐다고 할지라도 불명예를 뒤집어쓰게 되어 있어. 그러니, 오, 안셀모! 자네의 착한 아내가 지금 조용하게 잘 살고 있는데, 그것을 흩뜨려놓겠다는 자네의 그 위험한 짓을 좀 생각해보게나. 자네의 그 순결한 부인의 가슴속에 지금 조용하게 숨 쉬고 있는 좋은 기운을 송두리째 뒤흔들어놓겠다면 자네는 정말 호기심과 허영에 물든 시건방진 친구일세. 자네가 모험을 걸어 얻을 것이라고는 거의 없고 잃을 것은 너무 많아서 내가 제대로 말해준 걸세. 애원을 하려고 해도 이제 말이 부족하구먼. 하지만 내가 이렇게까지 말해도 자네가 그 사악한 계획을 바꾸지 않겠다면 자네의 불명예와 불행을 위해 다른 사람에게서 도구를 구해보게나. 나는 그런 짓 하고 싶은 생각이 없네, 이런 일로 내가 상상조차 할 수 없는 커다란 손실인, 친구를 잃는 일이 생긴다 할지라도."

이렇게 말하고 예절 바르고 점잖은 로따리오는 입을 다물었다. 안셀모는 생각에 잠겨 어리둥절해서 한동안 대답할 말을 찾지 못하다가 마침내 말을 했다.

"자네도 보았듯이 열심히 자네 말을 들었네, 로따리오. 자네 말과 이야기들, 예를 들어 비교한 말 속에서, 자네가 정말로 진실한 우정을 아는 최고의 친구라는 점과 대단히 조리있는 생각을 가진 것을 알았네. 동시에 자네 생각을 따르지 않고, 내 생각을 좇다가는 행복에서 도망쳐 불행을 찾아 달려가는 짓이라는 걸 솔직히 알게 되었어. 그건 물론 그렇지만, 내가 이제 어떤 여자들이 흙이나 횟가루 그리고 숯덩이를 먹고, 아니면 보기에도 메스꺼워 먹는다는 것은 상상도 못할 소름 끼치는 것들을 먹는다는 그런 입덧이나 변덕 같은 병[7]을 앓고 있다고 생각해보게. 내 병이 나으려면 무슨 수단을 써야 하는데 그건 쉽게 할 수 있는 거지. 자네가 덤덤하게 거짓말로라도 까밀라에게 구애를 하는 척 시작하면 되는 거야. 까밀라는 그렇게 호락호락하지 않아서 처음 만나 자기 정조를 내팽개칠 그런 여자는 아니거든. 이렇게 시작만 해주면 나는 만족하겠어. 그러면 자네는 우리의 우정에 기꺼이 보답하는 게 되고, 나를 살려주었을 뿐만 아니라 내가 명예를 잃는 상황에 빠지지 않도록 설득한 게 되지 않겠나. 자네가 이 일을 의무적으로 꼭 해야 하는 이유는 단

---

7 입덧을 표현한 것 중 이런 게 있다. '하지만 여자에게 입덧이 나면, 흙도 먹고 숯 덩이나 횟가루도 먹고, 차라리 그런 변덕은 내장이 썩어서 생긴 걸로 생각될 만큼 이상한데……'(Avendaño, *Sobre los evangelios de la Cuaresma* 1, Barcelona: 1623, 5면).

한가지뿐이네. 내가 지금처럼 이런 시험을 해보려고 결심한 이상 자네는 내가 다른 사람에게 이런 정신없는 소리를 알리는 것에 동의하지 않을 테지. 그건 자네가 잃지 않기를 바라는 내 명예를 위태롭게 할 위험이 있으니까. 자네가 구애를 한 게 까밀라의 마음에 안 들면 그땐 아무 상관도 없는 거지, 뭐. 간단히 그녀에게 우리가 바라는 정숙함이 있는 걸 알고, 그녀에게 자네는 우리가 수작을 꾸민 사실을 고백하면 되니까. 그렇게 함으로써 자네는 처음처럼 신뢰를 회복하게 되잖아. 자네가 힘을 조금만 써주면 그 모험만으로도 나를 행복하게 할 수 있으니 꼭 좀 도와주게. 비록 더 불편한 일이 눈앞에 닥치더라도, 내가 아까 말한 것처럼 시작만 해주는 것으로 자네 임무는 다했다고 생각할 테니까 말일세.”

로따리오는 안셀모의 결심이 굳은 것을 보았다. 더이상 무슨 예를 더 들어야 할지, 더이상 무슨 말로 그런 시험을 하지 말라고 해야 할지 설득할 수가 없어서 또 그 나쁜 소망을 남에게 알리겠다고 위협하는 바람에 더 큰 일을 저지르기 전에 막아야겠다고 생각한 나머지 안셀모의 말을 들어주기로 했다. 내심 까밀라의 생각을 바꿔놓지 않는 방향으로 그 일을 유도하여 안셀모의 기분을 맞춰줄 결심을 했다. 그래서 자네 생각을 다른 누구에게도 알리지 말라고 하고, 자기가 책임지고 그 일을 해내겠으며, 안셀모가 제일 좋다고 하는 시기에 언제든지 일을 시작하겠노라고 했다. 안셀모는 그를 사랑스러운 표정으로 다정하게 껴안으며 친구가 무슨 대단한 은혜라도 베푼 듯 로따리오가 나서준 데 대해 고맙게 생각했다. 그러고 난 뒤 둘은 다음 날 일을 시작하자고 약속을 하고 안셀모가 시간과 장소를 정해서 까밀라와 단둘이 만나서 이야기할 수 있는 기회를 주겠다고 했다. 동시에 로따리오에게 그녀한테 주고 선물할 돈과 보석도 주겠노라고 했다. 그에게 충고하기를, 그녀를 칭송하여 바칠 시를 짓고 음악을 연주해주라고 했다. 그가 그런 짓을 하면서까지 수고를 하고 싶지 않으면, 자기가 직접 시를 지어주겠다고 했다. 모든 것을 로따리오는 그렇게 하겠다고 했다, 비록 안셀모가 생각하는 의도와는 달랐지만.

이 약속을 하고 둘은 안셀모 집으로 갔는데, 집에서는 까밀라가 온 마음으로 안타깝게 남편을 기다리고 있었다. 왜냐하면 그날은 여느 때와 달리 좀 늦게 들어왔기 때문이다.

로따리오는 자기 집으로 돌아갔고 집에 남은 안셀모는 기분이 흐뭇했다. 로따리오는 돌아가면서 어떤 식으로 이끌어가야 이런 불미스러운 일에서 성공적으로 빠져나올 수 있을지 곰곰이 생각했다. 그날 밤 그는 까밀라를 욕보이지 않고 안셀모를 속일 방법을 생각해냈다. 그러고 다음 날 친구 집에 식사를 하러 갔고, 그는 까밀라의 환대를 받았다. 그녀는 남편이 그를 아주 좋아하는 줄 알고 있기에 무척 다정하게 정성껏 그를 맞았다.

식사가 끝나고 식탁을 치웠을 때, 안셀모가 로따리오에게 말하기를, 까밀라와 함께 있으라고 하면서 자기는 꼭 해야 할 중요한 일이 생겨서 나가봐야 하며 한시간 반 뒤에는 돌아오겠다고 했다. 까밀라는 가지 말라고 했고, 로따리오는 자기도 함께 가겠다고 했다. 안셀모에게는 어떤 말도 소용이 없었고, 오히려 로따리오에게 나무라면서 기다리고 있으라고 했고, 돌아와 굉장히 중요한 일을 상의할 게 있다고 했다. 까밀라에게 말하기를 돌아올 때까지 로따리오를 외롭게 혼자 내버려두지 말라고 했다. 결국 안셀모는 자기가 없어져줄 구실인지 궁상인지를 잘도 꾸며댔지만 아무도 그게 꾸며댄 수작인지는 알 수가 없었다. 안셀모가 떠나고 집 안 사람들도 모두 식사를 하러 가버려 식탁엔 로따리오와 까밀라만 단둘이 남았다. 로따리오는 자기 친구가 원하는 결정적 위기의 순간에 적을 앞에 두고 앉아 있게 되었는데, 적은 그 아름다움만으로 방랑기사 군단이라도 이길 만한 기세였다. 로따리오가 적을 두려워하는 걸 생각해보라.

그러나 그가 취한 행동은, 식탁 의자 한쪽에 팔꿈치를 괴고 볼에 손바닥을 댄 채 까밀라에게 실례를 끼쳐서 미안하다고 하면서 안셀모가 돌아올 때까지 잠깐 쉬겠노라고 했을 뿐이었다. 까밀라는 의자보다는 여자들 응접실이 방석도 있고 편안하니 거기서 쉬는 게 좋을 거라고 하면서 들어와서 자라고 청했다. 로따리오는 그녀의 청을 받아들이지 않고 안셀모가 돌아올 때까지 거기에서 그대로 잠을 잤다. 안셀모가 돌아와보니 까밀라가 자기 방에 있고 로따리오는 자고 있었다. 그는 꽤 시간이 많이 지났으니 둘이 서로 이야기하고 잘 시간도 있었으리라고 믿고 로따리오가 깨어나길 초조하게 기다렸다가 그와 밖으로 나가서 무슨 일이 있었느냐고 묻고 싶었다.

모든 일은 그가 원하는 대로 진행되었다. 로따리오가 깨어나자 곧 둘은 집에서 나왔고, 안셀모는 원하던 질문을 던졌다. 로따리오는 처음부터 모든 걸 털어놓는 건 좋지 않을 것 같아서 까밀라가 아름답다는 칭찬밖에는 안했다고 대답했다. 온 도시에 그녀가 아름답고 얌전하다는 이야기밖에 없다고 말했으며, 처음 시작하면서 그녀의 마음을 잡는 데는 이렇게 하는 게 더 나을 것 같다고 했다. 그녀가 자기 말을 기분 좋게 들어줄 준비가 되어 있으며, 다음번에는 악마가 스스로를 지키려고 망을 보고 있는 사람을 속이는 방법인, 어둠에서 나와 빛의 천사로 둔갑해서 앞에서는 선량한 얼굴을 보이면서 마침내 자기 정체를 밝히며 소기의 목적을 달성하는 수법을 쓰겠다고 했다. 이 모든 이야기가 안셀모의 마음에 무척 들었으니, 그는 매일 자기가 집에서 나가지 않더라도 똑같은 기회를 주겠다 했고, 집에서는 까밀라가 그의 계략을 알아차리지 못하도록 하는 데 열중하겠다고 했다.

그뒤 여러날이 지났으나 로따리오는 까밀라에게 말 한마디 안했고, 안셀모에게는 그녀와 이야기해봐도 나쁜 행동에는 조금도 따라올 기척조차 발견할 수 없었다고 말했다. 조그만 희망의 그림자도 비치지 않았으며, 심지어 그런 나쁜 생각을 버리지 않으면 남편에게 이야기하겠다고 위협까지 했다고 전했다.

"그럼 됐네." 안셀모가 말했다. "까밀라가 말에는 잘 버텨냈구먼. 이젠 행동으로 직접 보여주는 게 필요하네. 내가 내일 2000에스꾸도[8]를 줄 테니, 그걸 여자에게 주고 아부를 하게나. 그리고 미끼를 던지기 위해 그 여자에게 보석들도 사라 하게, 내가 또 그만큼 더 줄 테니. 여자들은 아무리 정숙해도, 특히 아름다운 여자들은 옷을 멋지게 차려입고 예쁘게 꾸미고 다니는 걸 좋아하거든. 이 여자가 이런 유혹에도 견뎌내면 나는 그걸로 만족하고 자네에게 더이상 괴로움을 끼치지 않겠네."

로따리오는 비록 힘들고 승산없는 일이지만 이미 시작한 일이니 이 일을 끝까지 마무리 짓겠다고 대답했다. 다음 날 4000에스꾸도를 받고는 사천번 이상 곤혹스러웠으니, 다시 거짓말을 하자니 뭐라 말해야 할지 생각이 안 났기 때문이다. 그러나 실제로 까밀라가 말로 유혹했을 때처럼 약속이나 선물에도 끄떡없더라고 말하기

---

8 옛 에스빠냐의 화폐단위로, 금화이다.

로 결심하고, 부질없이 많은 시간을 낭비하면서 이런 지겨운 짓을 더이상 하지 말자고 할 작정이었다.

그러나 운이라는 게 일을 뜻대로 되게 하는 게 아니어서 안셀모가 여느 때처럼 로따리오와 까밀라를 단둘이 남겨두고 자기 방에 숨어 열쇠 구멍으로 둘이 하는 행동을 엿듣고 보고 있는데, 반시간 이상 지나도, 아니 백년을 있어도 로따리오가 까밀라에게 말 한마디 안 건넨다는 걸 알게 되었다. 그는 친구가 까밀라의 대답이고 반응이라고 한 말이 모두 거짓말이고 꾸며낸 이야기인 것을 알아차렸다. 이것이 사실인지를 확인하려고 그는 방에서 나와 로따리오를 따로 불러내어 까밀라가 어떤 기분이고 무슨 일이 벌어졌냐고 물었다. 로따리오는 그 일에 다시는 손도 대지 않을 것이라고 말하면서 그녀가 너무 성을 내고 냉정한 반응을 보이는 통에 더이상 말할 용기도 나지 않는다고 대답했다.

"야, 이 친구야," 안셀모가 말했다. "로따리오, 자네를 그토록 믿었더니, 자네 정말 친구에게 너무하는구먼! 지금 이 열쇠 구멍으로 자네를 줄곧 보고 있었는데, 내가 보니 자네는 까밀라에게 말 한마디 하지 않더구먼. 보아하니 자넨 아직 어떤 말도 하지 않았고 생각만 하고 있었을 뿐이야. 이게 이렇다면, 이게 틀림없이 사실이니까, 자네는 왜 나를 속이는가, 그러니까, 내가 내 소원대로 해보려고 구할 수 있는 방편까지도 자네는 일부러 막으려고 하는가?"

안셀모는 더이상 말을 안했으나 로따리오는 무안하고 어쩔 줄 몰랐다. 거짓말하다 들켜 너무 치욕스러운 로따리오는 정말로 거짓말하지 않고 그가 원하는 걸 잘 들어주겠다고 맹세했다. 혹시 궁금해서 엿보고 싶으면 봐도 좋다고 하면서 그런 복잡한 짓을 안해도 자기는 그를 만족시키기 위해 전혀 의심할 필요도 없이 그녀를 시험대에 올리겠다고 했다. 안셀모는 그의 말을 믿고, 로따리오에게 전혀 놀랄 필요도 없는, 안전하고 편한 기회를 주고자 여드레 동안 집을 비우기로 결심하고, 시내에서 별로 멀지 않은 시골 친구 집에 가 있기로 했다. 그는 시골 친구와 의논하기를, 까밀라를 떠나 있을 구실을 마련하기 위해 자기를 부르러 오라고 했다.

오, 세상 물정 모르는 불행한 친구 안셀모여! 너는 지금 무슨 짓을 하는 거냐? 의도하는 게 무엇이냐? 무슨 명령을 하는 건가? 너 자신을 망치자는 명령을 하면서 너 자신의 불명예를 획책하고 너 자신을 적으로 몰고 있지 않는가. 너의 부인 까밀라는 좋은 여자야, 조용히 말없이 그녀를 소유하고 있으면 아무도 네 즐거움을 빼앗지 않아. 그녀의 마음은 그녀의 집 담 밖을 나온 적이 없어. 너는 땅에 있는 그녀의 하늘이고, 소망의 과녁이며, 모든 즐거움이며, 그녀 마음 크기의 전부야. 그녀는 모든 마음을 너의 뜻에, 하늘의 뜻에 맞추니까. 그녀의 영예와 아름다움과 정숙함, 얌전함이 아무 노력 없이 네가 원하는 대로 모든 풍성함을 네게 선사하는데 뭣 때문에 땅을 깊이 파고 새로운 지층을 다시 찾아 한번도 보지 못한 보석을 발견하려고 애쓰는가? 그녀 천성의 약한 받침대 위에 지탱하고 있는 아름다움과 명예가 한꺼번에 무너져내릴 수 있다는 위험을 무릅쓰고? 불가능을 찾는 자는 가능한 것으로부터 버림을 받아야 옳다는 것을 알아야지. 한 시인이 이렇게 잘 말했지.

죽음 속에 삶을 찾노라,
병 속에 건강을 찾노라,
감옥 속에 자유를
갇힘 속에 출구를

배신자에게 충성을.
그러나 한번도 행복을
바라지 못한 자, 나의
운명은 하늘에 쓰여,
불가능을 청하다보니
가능한 것도 안 주더라.

　다음 날 안셀모는 시골로 가면서 까밀라에게 그가 없는 동안 로
따리오가 그녀와 식사를 하고 집안을 보살피러 올 것이니 친구에
게 자기처럼 잘해주라고 부탁했다. 까밀라는 얌전하고 정숙한 여
자여서 자기 남편이 명령한 일이 걸려 마음이 아팠다. 남편이 없는
데 자기 식탁의 의자에 앉는 남자가 있다는 것은 좋지 않으니 잘
생각해보라고 했다. 그녀가 집안을 잘 다스리지 못할까 믿지 못해
서 하는 말이라면 이번에 한번 시험해보면 될 거 아니냐면서 자기
는 경험이 있으므로 더 큰 일도 잘해낼 수 있다는 걸 보여주겠다고
했다. 안셀모는 명령한 것은 자기 의사이니만큼 여자는 머리를 숙
이고 따르기만 하면 된다고 다그쳤고, 까밀라는 마음은 그렇지 않
았지만 그리하겠노라고 대답했다.
　안셀모가 떠난 다음 날 로따리오가 집에 왔다. 까밀라는 정숙하
고 얌전하고 친절하게 그를 맞았으나 로따리오와 단둘이 있는 자
리에는 절대 앉지 않았고, 남종들과 여종들에게 늘 에워싸여 있었
다. 특히 레오넬라라고 부르는, 그녀도 무척 좋아하는 계집아이는
그녀를 졸졸 따라다녔는데, 그 아이는 까밀라 부모 집에서 어렸을
때부터 같이 자란 아이로, 그녀가 안셀모와 결혼하면서 데려온 아
이였다. 처음 사흘 동안 로따리오는 그녀에게 한마디 말도 안했으

니 식탁을 치우고 까밀라의 명에 따라 사람들이 바삐 식사를 하러 갈 때는 말할 시간이 있었으나 레오넬라만큼은 까밀라보다 먼저 식사를 하라는 명령을 받았기에 그녀 곁에서 한시도 떠나지 않았다. 그러나 계집아이는 자기가 좋아하는 딴 일에 정신이 팔려 있어서 그 시간에 다른 재미난 일을 하느라 주인아씨의 명령을 매번 따르는 건 아니었다. 오히려 누가 명령이라도 한 듯이 그들을 단둘만 남겨둘 때가 있었으나 까밀라의 정숙한 자태나 엄숙한 표정, 몸가짐에 흐트러짐이 없어서 로따리오가 말을 걸기엔 자꾸 제동이 걸렸다.

덕이 넘치는 까밀라의 자태가 로따리오의 입에 침묵을 강요하는 좋은 점은 있었지만, 둘의 마음에는 흠집이 깊어지고 있었다. 왜냐하면 말은 안하지만 로따리오는 생각이 넘치고, 까밀라의 아름다움이며 극도로 착한 마음을 구석구석 바라볼 수 있었는데, 육체를 가진 마음뿐만이 아니라 대리석 석상이라도 반할 만큼 그녀의 자태는 훌륭했기 때문이었다.

로따리오는 언제 어디서 그녀에게 말을 걸까 기회를 엿보면서 그녀가 얼마나 사랑스러운 여인인가를 생각했다. 이런 생각이 조금씩 조금씩 안셀모에게 가지고 있던 존경의 마음을 공략하기 시작했고, 수천번이나 그 도시를 떠나 안셀모가 절대 보지 않는 곳, 까밀라를 볼 수 없는 어디론가 떠나고 싶었다. 그러나 그녀를 보는 기쁨이 그 생각을 방해하고 떠나지 못하게 막았고, 까밀라를 자꾸 바라보게 되는 즐거움을 느끼지 않으려고 애를 썼고, 그런 생각을 버리려고 자신과 무척이나 싸웠다. 그는 자신의 정신 나간 모습을 혼자서 나무라고, 자신을 나쁜 친구라고 욕하며, 정말 신사도 기독교인도 아닌 놈이라고 비난했다. 자신과 안셀모를 비교하고 이야기도 해보았는데, 언제나 생각은 자신의 불성실성보다 안셀모의 과신과 광기가 더 심했다는 결론에 이르렀다. 자기가 하려는 일이 하느님과 사람들에게 변명할 수 있는 거라면 잘못을 저지르고 벌을 두려워하지 말라는 이야기뿐이었다.

결국 까밀라의 아름다움과 착한 마음은 그녀의 무지한 남편이 로따리오의 손에 쥐여준 기회와 함께 로따리오의 마음을 무너뜨렸다. 그의 마음이 향하는 곳밖에는 눈에 보이는 것이 없던 로따리오는 안셀모가 떠난 지 사흘째 되던 날, 끝없이 자신의 욕망을 억누르고자 싸움을 벌이다가 마침내 까밀라를 유혹하기 시작했다. 정신없이 사랑에 찬 하소연을 늘어놓자 까밀라는 놀라고 긴장해서 있던 자리에서 그냥 박차고 일어나 아무 말 없이 자기 방으로 들어가버렸다. 그러나 이런 차가운 모습으로 로따리오의 희망이 사라지지 않았다. 희망은 사랑과 함께 생겨나는 법이니, 그는 오히려 까밀라에게 더욱 희망을 걸었다. 까밀라는 로따리오에게서 한번도 생각하지 못한 점을 발견하고는 어찌할 바를 몰랐다. 그녀 생각으로는 또다시 이렇게 말할 기회나 장소를 주어서는 좋지 않으며 안전하지 않으리라는 생각이 들어, 바로 그날 밤 종 하나를 심부름 보내기로 결심하고 실제로 종을 보내 안셀모에게 편지를 전했는데, 거기엔 이런 말이 쓰여 있었다.

34장

호기심 많은 시건방진 친구 이야기가 계속되다

'흔히 대장 없는 군대나 성주 없는 성이 좋지 않다고 이야기하 듯이 남편 없는 처자나 유부녀는 더욱 좋지 않은 것 같사옵니다. 아주 정당한 이유가 그런 상황을 막아주지 않을 때는 말이옵니다. 당신이 안 계시니, 저는 아주 좋지 않고, 이렇게 혼자 있는 것이 정 말 견딜 수가 없을 것 같습니다. 빨리 오시지 않으면, 비록 이 집을 지키는 사람이 없을지라도 저는 제 부모님 댁으로 잠시 가 있다 오 겠습니다. 저를 지켜주라고 당신께서 오시라고 한 분은, 그런 직책 을 가지고 오셨는지는 모르지만, 당신을 위하는 일보다는 자기가 좋아하는 일에만 신경 쓰는 것 같습니다. 당신은 사려가 깊으시니 더이상 말씀 안 드리겠고, 더 말씀드리는 게 좋을 것 같지도 않군 요.'

안셀모는 이 편지를 받고 로따리오가 작업을 시작한 것을 알았 고, 까밀라가 자신이 바라는 바처럼 대응했으리라는 걸 짐작했다.

그리고 그런 소식에 너무 기뻐서 까밀라에게 전하기를, 자기는 아주 빠른 시일 안에 돌아갈 것이니 절대 집에서 움직이거나 떠나는 일이 없도록 하라고 했다. 안셀모의 편지를 받고 까밀라는 놀랐고, 무엇보다 어리둥절한 것은 감히 집에 있을 수도, 게다가 부모 집으로 갈 수도 없었기 때문이다. 집에 남아 있자니 정절의 문제가 위험하고, 떠난다고 하면 남편의 명령을 거부하는 것이 되니 그녀는 어찌할 바를 몰랐다.

마침내 그녀는 더욱 나빠지는 방향으로 결단을 내렸는데, 종들에게서 말이 날까봐 로따리오가 있는 걸 피하지 않을 결심으로 그냥 남아 있기로 한 것이다. 남편에게 편지를 쓴 게 후회가 되었는데 로따리오가 그녀에게서 어떤 바람기를 보았기에 자신에게 지켜야 할 예의를 잃게 했다고 생각지 않을까 두려웠던 것이다. 그러나 자신의 마음을 믿고, 하느님을 믿고, 자신의 좋은 생각을 믿고 로따리오가 하고 싶은 대로 무슨 말을 해도 남편에게 더이상 알리지 않고 말없이 참아낼 생각을 했고, 남편을 힘들게 하거나 싸움을 걸도록 하고 싶지 않았다. 어찌해서 그런 쪽지를 쓰게 되었느냐고 남편이 물으면, 어떻게 해야 안셀모가 로따리오를 용서하게 될지를 궁리했다. 적절하거나 도움이 되는 생각이라기보다는 그저 정숙하기만 한 이런 생각들을 가지고 다음 날은 로따리오의 말을 듣고 있었다. 로따리오는 손을 얹고 이야기를 했는데, 그때 까밀라의 굳은 마음이 흔들리는 것을 느꼈다. 그녀의 정숙한 마음은 자신의 눈길을 진정시키느라고 무척 노력해야 했고, 로따리오의 눈물과 그 말들이 그녀의 가슴속에 일깨운 사랑에 찬 연민의 흔적이 눈길에 나타날까 안타까웠다. 로따리오는 이런 모든 것을 알고 갈수록 마음이 더욱 불타올랐다.

마침내 그는 안셀모가 없는 동안 그녀의 강철 같은 마음 성벽의 포위망을 더욱 조여가는 게 필요하다고 생각해 좀더 대담하게 그녀의 아름다움을 칭송하는 방법을 썼다. 아름다운 여자가 지닌 허영이라는 굳건한 탑은 아부와 칭찬의 혀로 녹일 때 가장 빨리 무너지고 무릎을 꿇는 법이기 때문이다. 결국 그는 온 힘을 다해 많은 탄약으로 그녀의 정숙성의 바위에 구멍을 뚫어냈고, 까밀라가 청동의 가슴을 가졌다 할지라도 무너지지 않을 수가 없었다. 로따리오가 울고 애원하고 칭송하고 애정을 드러내고 거짓말을 해대며 넘치는 감정과 진실한 모습으로 호소하자 가장 착하고 싶었던 까밀라의 지조있는 마음은 침몰하기 시작했고, 예상치도 않은 유혹은 성공에 이르렀다.

　　까밀라는 무릎을 꿇었다. 까밀라가 무릎을 꿇은 것이다. 그러나 로따리오의 우정이 무너졌는데, 그게 뭐 그리 대단한가? 사랑의 정열은 피하지 않으면 이길 수 없다는 걸 보여주는 예가 이것이다. 누구라도 팔짱을 끼고 이런 강력한 적에 대항할 수 없고, 인간의 감정을 이기려면 하느님의 힘이 필요할 뿐이다. 오직 레오넬라만이 자기 아씨의 약점을 알았으니, 그 나쁜 친구들, 그 새로운 연인이 그녀에게는 숨길 수가 없었기 때문이다. 로따리오는 까밀라에게 안셀모의 시도나, 어찌하여 이런 지경에 이르도록 남편이 기회를 주었는지를 이야기하고 싶지 않았다. 그러면 그녀가 아무 생각도 의향도 없이 자기를 유혹했다 여기어 자기를 덜 사랑하게 될까 봐서였다.

　　그로부터 얼마 안되어 안셀모가 집으로 돌아왔으나 그녀에게서 이상한 기미는 눈치채지 못했다. 그것은 중요했지만 가장 중요하게 생각하지 않는 점이었다. 곧 로따리오를 보러 갔는데, 그는 자기 집에 있었다. 둘은 서로 껴안고 나서 한 사람이 자신의 생사를 건 문제에 대해서 물었다.

"오, 안셀모 이 친구야! 내가 자네에게 전할 새 소식이란," 로따리오가 말했다. "자네야말로 세상의 좋은 여자 중 여왕이요, 모범이 될 만한 훌륭한 부인을 가지고 있다는 것일세. 내가 그녀에게 한 말은 모두 허사였고, 내가 잘해주었지만 아무 관심도 갖지 않았다네. 선물들은 받아주지 않았고, 몇번이나 내가 거짓으로 눈물을 흘렸지만 다 커다란 웃음거리가 되고 말았네. 결국 까밀라는 미녀의 표본이듯, 정숙함과 정성스러움, 조신함의 살아 있는 교과서일세. 한 정숙한 부인이 갖추어야 할 정말 다행스럽고 칭찬할 만한 미덕을 모두 간직하고 있어. 자네 돈은 여기 있으니 다시 받게나, 친구, 돈은 만져볼 필요조차 없었어. 까밀라의 완전한 인품은 선물이나 약속 같은 하찮은 것 앞에 무릎 꿇지 않아. 기뻐하라고, 안셀모. 이걸로 족하니, 이제 그 시험 같은 건 더이상 하지 말게. 여자들에 대해 흔히 갖는 의혹이나 고뇌의 바다를 이제 자네는 발 하나 적시지 않고 건넜으니 새로운 불편함의 깊은 섬으로 다시 빠져들어가지 말게나. 이 세상이라는 바다를 건너라고 다행히도 하늘이 자네에게 내린 배의 강력한 힘과 덕을 보았으니 다른 선장을 써서 다시 시험해볼 생각도 하지 말게. 이제 안전한 항구에 내렸다는 생각을 하고 좋은 생각의 닻을 꽉 움켜잡게나. 그리고 이런 좋은 색시를 얻었으니, 이 세상 사람 모두에게 한턱을 내야 하는 것이고, 그 한턱을 받으러 올 때까지 그대로 있게나."

안셀모는 로따리오의 말을 듣고 참으로 흡족했고, 로따리오의 말을 무슨 하느님이 보낸 사자의 말처럼 곧이곧대로 믿었다. 그러나 어찌 되었든 이 일을 중도에서 그만두지 말라고 부탁했다. 비록 호기심이고 재미로 하는 짓에 불과하고, 비록 앞으로는 지금까지처럼 그렇게 애를 써서 열심히 할 필요는 없지만, 그녀를 칭송하는 시 몇 구절을 써서 끌로리라는 이름으로 보내주는 일만 한번 해달라고 했다. 한 남자가 한 귀부인 아씨에게 사랑에 빠졌는데 그녀의 품위에 손상이 갈까봐 이름을 그렇게 붙여 그녀를 찬양하는 것이라고 까밀라에게 설명하겠다는 것이다. 그리고 로따리오가 시를 쓰는 그런 귀찮은 짓을 안하겠다면 자기가 하겠다고 말했다.

"그럴 필요까지는 없네." 로따리오가 말했다. "시의 뮤즈가 나와 원한이 있는 것은 아니니 살다보면 뮤즈께서 친히 나를 찾아오는 일도 종종 있네. 아까 말했듯이 자네가 까밀라에게 내 사랑을 거짓으로 숨기고 쓴다고 말하게. 시는 내가 쓰겠네, 비록 주제에 맞는 좋은 시는 아니겠지만 적어도 성의껏 써보겠네."

배신자 친구와 시건방진 친구는 이렇게 합의했다. 안셀모는 집에 돌아가자, 물어보지 않아서 까밀라가 이상하게 여겼던 그 편지 사건을 물었다. 자기에게 보낸 쪽지는 무엇 때문에 쓰게 되었느냐고 따졌고, 까밀라는 로따리오가 안셀로가 집에 있을 때와는 달리 바람기가 있는 듯 바라본다는 생각이 들어 그걸 썼던 것이라고 대답했다. 그러나 자기가 오해한 것을 알았으며, 로따리오가 자기를 보지 않으려 하고 단둘이 있는 기회를 피하는 걸로 보아 자신의 상상이 지나쳤던 것 같다고 했다. 안셀모는 그런 걱정일랑 하지 않아도 좋다고 말하고, 자기가 알기로는 로따리오는 도시의 지체있는 집 규수와 사랑에 빠져 있으며 그 여자를 끌로리라는 이름으로 칭송한다고 말했다. 그가 사랑하는 여자가 없다고 할지라도 둘 사이의 두터운 신의와 로따리오의 진심을 두려워해서는 안된다고 했다. 로따리오는 이미 까밀라에게 그 여자 끌로리에 대한 사랑은 거짓이며, 틈이 나면 까밀라 바로 그대를 칭송하는 시를 쓰기 위해 안셀모에게 그렇게 말해두었다고 했다. 까밀라가 그걸 몰랐다면 안타까운 질투의 그물에 걸려들 뻔했으나 이미 알고 있는 사실이 었기에 별 고민 없이 그 놀라움은 지나갔다.

다음 날 셋이 식탁에 앉았을 때 안셀모가 로따리오에게 그가 사랑하는 끌로리에게 쓴 시가 있으면 몇 줄 읽어달라고 하고, 까밀라가 그걸 모르니 안전하므로 맘대로 말해도 좋을 거라고 했다.

"비록 그녀를 안다고 해도," 로따리오가 대답했다. "난 아무것도 못 쓸 거야. 어떤 애인이 자기 아씨를 아름답거나 잔인하다고 칭송한다 해서 그녀의 굳은 신의에 어떤 수치심도 야기시키지 못할 테니까 말일세. 하지만 어찌 되었든, 내가 할 말은 어제 그 무정한 끌로리에게 쏘네트를 하나 썼다는 거고, 이렇게 시작한다네.

쏘네트

한밤의 침묵 속에, 온 창생이
달콤한 잠에 취해 있을 때,
불쌍한 나는 하늘과 끌로리에게
나의 고운 아픔의 나날을 고하노라.

해가 불그레한 동녘 문 사이로
그 모습을 드러낼 즈음이면,
나는 새로이 한숨 쉬며, 흐트러진
목소리로 옛 하소연을 되풀이하나니

해가 그 자리에서 산산이 부서져
땅으로 곧은 햇살을 퍼부을 때,
통곡은 커가고, 신음 소리 두 배가 되네.

밤은 오고, 나는 다시 슬픈 기억으로 되돌아와
죽도록 좋아하는 마음속에 항상 만나는 것은
귀먹은 하늘, 귀가 없는 나의 끌로리.[1]"

까밀라는 이 쏘네트가 퍽 좋았으나 안셀모는 더 좋게 여겼다. 그는 시를 칭찬하고, 솔직한 진심을 받아들이지 않는 그 아씨가 지나치게 잔인하다고 했다. 그러자 까밀라가 말했다.

"그런데 사랑에 빠진 시인들이 한 말이 다 진실인가요?"

"시인으로서는 진실을 말한 게 아니지요." 로따리오가 대답했다. "그러나 사랑하는 사람으로서는 항상 진심이었던 만큼 짧게, 모자라게 느껴지지요."

"그건 틀림없이 그래." 모든 것을 로따리오의 생각이라 믿으면서 안셀모가 대답했다. 까밀라는 로따리오에게 빠져 있었으므로 안셀모의 수작도 눈치를 못 채고 있었다.

그래서 그 시가 좋고, 더구나 그의 욕망이나 글이 자신을 향하고 있다는 것을 알고 있던 까밀라는, 그녀가 진짜 끌로리라고 믿고, 로따리오에게 다른 쏘네트나 시를 알고 있으면 말해보라고 했다.

"알고 있지요," 로따리오가 대답했다. "하지만 처음 것처럼 좋은 것 같지는 않아요. 아니, 더 좋은 말로 하자면 덜 나쁘다고나 할까,

---

1 이 쏘네트는 세르반떼스의 희곡 「질투의 집」에도 실려 있다.

자, 판단들 해보시지요.

쏘네트

난 죽는다는 걸 알아, 내 말 믿지 않으면
죽을 게 틀림없어, 틀림없이 그대 발 앞에
오, 아름다운 무정한 사람아, 죽어갈 거야
그대를 사랑한 것을 후회하기도 전에

나는 망각의 지평에 사라지겠지,
생명도 영광도 의지할 데도 없는 사막,
거기 아름다운 그대 얼굴 하나 새겨진
나의 가슴 활짝 펼쳐져 보이리니.

나의 사랑을 위협하는 그 무정한
순간을 위해 내가 간직한 이 유물은
그대의 냉대에도 강해지나니,

아, 어두운 하늘, 인적없는 바다
이 위험한 뱃길을, 가야 할 길도 항구도
없이, 배 저어, 저어, 저어가는 사람이여!"

이 두번째 쏘네트도 첫번째 것처럼 좋다고 안셀모는 칭찬했다.
이런 식으로 그는 자신을 불명예로 얽어묶고 있는 쇠고랑의 고랑
하나하나를 덧붙여갔다. 로따리오가 그를 불명예스럽게 하는 그때

그는 더 명예스럽다고 말했다. 이렇게 해서 까밀라가 경멸의 한가운데로 내려가는 모든 계단을, 그녀 남편의 의견으로는, 까밀라가 훌륭한 영예와 덕의 정상을 향하여 올라가는 것으로 이해하게 만들었다.

이러는 와중에, 까밀라가 자기 몸종과 단둘이 있을 기회가 생기자 레오넬라에게 말했다.

"레오넬라, 정말 어찌해야 할지 모르겠어. 난 정말 자존심도 지킬 줄 몰랐나봐. 로따리오가 시간을 두고 내 마음을 사도록 했어야 했는데, 너무 빨리 내 온몸을 그에게 맡겼단 말이야. 그 사람이 물리칠 수 없는 강력한 힘으로 나를 유혹했다는 것은 생각지 않고, 나를 그냥 쉽고 가벼운 여자로 볼까봐 두려워."

"그건 걱정하지 마요, 아씨," 레오넬라가 대답했다. "줄 걸 빨리 주었다고 사랑이나 존경이 줄어든다는 건, 그럴 이유도 없고 말이 안돼요. 실제로 받은 것이 좋으면 그것만으로도 사랑받는 것이지요. 더구나 그런 말도 있잖아요, 뒤에 주면 두번 준다고요."

"하지만 또 이런 말도 있지." 까밀라가 말했다. "쉽게 얻은 건 덜 좋아한다고."

"아씨한테는 그 말이 들어맞지 않아요." 레오넬라가 대답했다. "제가 들은 바로는, 사랑은 어떤 때는 날아가고 어떤 때는 기어간대요. 이 사람한테는 날아가고, 저 사람한테는 천천히 갈 수가 있거든요. 어떤 사람한테는 미적지근하고, 다른 사람한테는 뜨겁게 타오르고, 어떤 사람에게는 상처를 주고, 다른 사람에게는 죽음을 주고, 똑같은 순간에 욕망의 질주가 시작되다가, 바로 그 순간에 끝나고 마지막이 되지요. 아침에는 주로 성곽에 울타리를 치고, 밤에는 울타리를 치워놓지요. 사랑은 아무리 애써도 물리칠 수가 없거든요. 이런 일이 다 그러한데, 무얼 놀라고 무얼 두려워하세요. 로따리오 님에게도 똑같은 고민이 있을 텐데? 주인님 안 계시는 틈을 타, 사랑을 도구로 우리를 넘어가게 했지 않아요? 주인이 안 계시니까, 사랑이 정한 대로 결론이 났던 게 어쩔 수 없는 일이었어요. 안셀모 님께서 돌아올 수 있도록 여유나 시간을 주지 않았던 거고, 그분이 있었으면 일이 미완성으로 끝났을 테지요. 사랑이 자기가 원하는 것을 이루는 데 기회처럼 더 좋은 건 없어요. 즉, 무슨 일을 해도, 처음에는, 기회를 잘 타야 해요. 이런 건 제가 너무 잘 알아요, 들어서라기보다는 경험으로요. 언젠가 말씀드리죠, 아씨, 저도 피와 살을 가진 처녀거든요. 더구나, 까밀라 아씨, 아씨가 바로 즉시 몸을 준 건 아니잖아요. 먼저 그의 눈길이나 한숨 소리, 로따리오의 말이나 약속, 선물 속에서 그의 온 마음을 보았지요. 그리고 그의 마음이나 훌륭한 품행에서 로따리오가 정말 사랑할 만한 남자구나를 아셨지요. 그렇게 된 것이니 그런 애교스러운 마음이나 지나치게 쓸데없는 걱정으로 머리를 옥박지르지 마세요. 아씨가 로따리오를 사랑하듯 그가 아씨를 사랑한다고 확신하고, 이제 사랑의 연을 맺었으니, 그게 아씨를 더욱 용기와 사랑으로 감쌀 거라는 생각으로 기쁘게 만족스럽게 사세요. 그분은 좋은 연인으로서 갖춰야 할 네가지 조건, 즉 현명하고, 혼자고, 은밀하고, 열심인[2] 그런 남자이시고, 그밖에도 수없이 많은 훌륭한 자질을 가지셨지요. 그렇지 않다고 생각하시면, 제 말 좀 들어보세요, 제가 줄줄 외고 있으니까요. 그분은 제가 보기에, 제 생각에, 감사할 줄 알고, 착

<hr />

2 원문은 'tienen las cuatro eses'(네 개의 s를 가진)라고 되어 있다. 본문에 나오듯 당시 유행하던 좋은 연인의 조건으로, 'sabio, solo, solícito y secreto'의 첫 글자를 딴 말인데, 여기서는 이해를 돕기 위해 풀어썼다.

하고, 점잖고, 인심 좋고, 사랑을 알고, 든든하고, 멋지고, 진실하고, 유명하고, 성실하고, 젊고, 고상하고, 솔직하고, 지체 높고, 돈 많고, 부자이고 그리고 아까 말한 네가지 조건을 다 갖추었잖아요. 또 게다가 말이 없으시고 진국이시지요. X자는 그분에게 없어요, 그런 건 안 좋거든요. 딴 건 이미 말했구요, 마지막으로 아씨의 명예를 중시하는 질투쟁이랄까.[3]"

까밀라는 몸종의 좋은 애인 자격 이야기에 웃었고 그녀가 말하는 사랑의 문제에 관해서는 그녀가 대단한 전문가라는 생각이 들었다. 몸종도 솔직히 고백하면서 같은 나이 또래의 잘생긴 총각과 연애를 하고 있다는 사실을 까밀라에게 밝혔다. 그 말을 듣고 까밀라는 정신이 어지러웠다. 이런 식으로 나가다가는 자신에 대한 평판이 위험해질 수 있다는 두려움 때문이었다. 까밀라가 우리의 이야기가 정도가 지나치지 않았느냐고 물었더니 레오넬라는 부끄러움도 없이, 아주 아무렇지도 않게 정도가 지나쳤다고 시인했다. 부인들이 실수를 하면 흔히 종들까지 부끄러움도 모르는 일을 벌이기 마련이어서 종들은 주인마님이 발을 헛디디는 걸 보면 자기들은 절룩거려도 괜찮다는 생각을 하고, 누가 알아도 상관없다는 태도로 바뀌는 법이다.

까밀라는 이제 다른 방법이 없다 싶어 레오넬라에게 이 사실을 그녀의 애인이라고 하는 사람에게도 말하지 말라고 부탁했고, 그

---

3 이 부분은 에스빠냐어 알파벳 A, B, C……를 가지고 말놀이를 하는 대목으로 우리말로 옮기기가 적당하지 않아서 이해하기 쉽도록 바꾸었다. 예를 들어, 마지막 대목 'la Y ya está dicha; la Z, zelador de tu honra'는 로따리오가 알파벳의 모든 글자를 첫 글자로 시작하는 좋은 뜻의 형용사를 그의 자질에 다 가지고 있다면서, 마지막 글자 놀이로 Y, Z로 끝맺으며 설명하는 구절인데, 여기서는 적당히 풀어 썼다.

일을 비밀로 하라고 타일렀다. 안셀모도, 로따리오도 이런 일을 알아서는 안된다고 말했다. 레오넬라는 그렇게 하겠다고 대답했으나 실제로는 까밀라가 두려워했던 대로 그녀에 대한 존경심을 잃고 아무렇게나 굴기 시작했다. 레오넬라는 염치도 체면도 없이 주인마님의 행실이 예전 같지 않다는 점을 알고 난 뒤에는 자기 애인을 집 안에 끌어들이는 일도 서슴지 않았다. 마님이 그걸 보더라도 그 사실을 감히 발설하지 못하리라 생각해서다. 부인들이 죄를 짓게 되면 다른 일도 다른 일이지만 자기가 데리고 있는 종들의 노예가 되다시피 하는 폐해가 생겨 까밀라에게 일어난 사태처럼 종들의 불량한 짓이나 추악한 행동을 덮어주는 역할을 피할 수 없는 것이다. 레오넬라가 자기 연인과 그 집 방 안에 버젓이 들어와 있는 것을 한두번 본 게 아니었지만 감히 그녀를 나무라지도 못하고, 그를 방 안에 꼭 숨겨주도록 하고 남편에게 들키지 않게 모든 장애물을 치워주었다.

그러나 아무리 조심을 해도 다 되는 건 아니었다. 한번은 로따리오가 새벽에 누군가가 친구 집에서 나가는 것을 보았는데, 그가 누구인지를 몰랐기에 처음에는 유령이려니 생각했다. 그러나 그 사람이 주의를 해가며 조심스럽게 길을 가다가 얼굴을 가리고 몸을 숨기는 걸 보고는 자기가 순진했다는 걸 알아차렸다. 그러고는 확신을 하게 되었는데, 이거야말로, 까밀라가 고쳐주지 않으면 모두를 망쳐놓을 만한 상상이었다. 로따리오는 때아닌 그 시각에 안셀모 집에서 나가는 그 남자가 레오넬라를 보러 온 게 아니라, 까밀라를 만나러 온 것으로 믿었다. 그 여자가 세상에 있다는 것은 생각지도 않고 말이다. 그녀가 자기에게 그토록 쉽고 가볍게 넘어갔듯 다른 사람에게도 그랬으리라 생각한 것이다. 나쁜 여자의 나쁜 행실은 늘 이렇게 겹치게 마련이어서 많은 구애와 설득 끝에 몸을 바친 자신에게조차 정조와 믿음을 상실하고 쉽게 다른 남자들에게 몸을 던질 생각을 한다고 믿었다. 그래서 이에 대해 일어난 어떤 의혹도 분명하다고 믿어버렸던 것이다. 이 점에서 로따리오의 사려 깊은 지혜는 아무 소용이 없었던 것 같고, 그의 기억에서 그 조심성 많은 모든 말이 다 사라져버렸다. 그래서 이성적인 사고를 할 겨를도 없이 오장을 갉아먹는 질투와 분노로 눈이 멀고 초조해서, 아무 잘못도 없는 까밀라에게 복수하지 않으면 죽고 싶다는 심정으로 안셀모가 일어나기도 전에 그를 찾아가 말했다.

"안셀모, 난 오랫동안 나 자신과 싸우며 지내왔다는 것을 고백하네. 사실 숨겨서는 안될 중요한 일 하나를 자네에게 말하지 않으려고 안간힘을 쓰면서 말일세, 이제는 더이상 숨길 수도 없고 그게 옳지도 않다는 것을 알아. 말하네만, 까밀라의 성은 이미 무너졌고, 내가 하고 싶은 대로 뭐든지 그녀에게 할 수 있는 상황에 와 있다는 걸 알아야 하네. 내가 이 사실을 일찍 밝히지 않은 건, 그녀의 행동이 어떤 경박한 변덕이었는지 아니면 나를 시험하려고 한 것인지 알아보고 싶었기 때문이거나 아니면 자네 허락을 받고 그녀와 시작한 연애가 확고한 목적을 가지고 다루어지는가를 보고 싶기도 했지. 동시에 내 생각에는 그녀가 제대로 된 여자이고 우리 둘이 생각하는 그런 사람이라면 나의 구애 사실을 자네에게 알렸을 줄 알았지. 그러나 그게 시간이 걸리는 걸 보니 그녀가 한 약속이 진심이었던 걸세. 그 약속이란 자네가 다시 한번 집을 비우면 보석함이 있는 자네의 그 방에서—까밀라가 거기에서 주로 이야기를 했던 것도 사실이다—나한테 이야기를 하기로 되어 있네. 내가 바라는 건 자네가 조급하게 복수를 하겠다고 달려가라는 이야기가 아니네. 아직 생각만 있지 죄는 저지른 게 아닌데다 지금부터 그 생각을 실행에 옮길 때까지 까밀라의 의사가 바뀌면서 대신 후회가 생길 수도 있겠지. 그래서 하는 말인데, 자네는 늘 전부이건 일부이건 내 충고를 항상 따랐으니 지금 내가 하는 충고 하나를 유념하고 잘 따라주길 바라네. 속지 말고, 침착하고 조심스럽게, 자네에게 가장 알맞다고 생각하는 방향으로 일을 잘 처리하라는 뜻으로 하는 말일세. 자네가 전에 했듯이 한 이틀이나 사흘쯤 집을 비운다고 거짓말을 하고는 자네 방에 숨어 있도록 해보란 말씀이야. 거기 있는 융단 커튼이나 다른 것들로 몸을 덮고 숨어 있으면 그런대로 편할 게고, 그러면 자네는 자네 두 눈으로, 나도 내 두 눈으로 까밀라가 하려는 짓을 보게 될 거 아닌가. 그래서 그녀가 가공할 만한 나쁜 짓을 하려고 하면, 기다리기 전에, 조용하면서 기민하게 얌전히 자네의 수모를 복수할 수 있지 않겠나?"

안셀모는 너무 놀라 로따리오의 말을 바짝 긴장하고 듣고 있었으니 천만뜻밖의 이야기가 친구의 입에서 나왔기 때문이다. 안셀모는 까밀라가 이미 로따리오의 거짓 사랑 공세를 다 이겨낸 것으로 알고 있었고, 그래서 승리의 영광을 즐기려던 참이었기 때문이다. 한동안 말없이 눈썹 하나 움직이지 않고 땅을 내려다보고 있던 안셀모는 마침내 입을 열었다.

"로따리오, 자네의 우정을 믿었던 만큼 자네는 내게 잘 말해주었네. 모든 걸 자네 충고대로 하지. 자네가 원하는 대로 하고, 생각지도 않은 상황이지만, 필요하다면 비밀을 지키도록 하세."

로따리오는 그러기로 약속했으나 안셀모와 헤어지자 이내 자기가 한 모든 말에 대해 완전히 후회하기 시작했다. 잔인한 방법이나 불명예스러운 방법을 쓰지 않더라도 까밀라에게 복수할 수 있는데 자기가 너무 바보 같은 짓을 했다고 크게 후회하며 자기 머리를 저주했고, 경솔한 결단을 나무랐다. 이미 엎지른 물을 어떻게 주워담을지 막막했고, 그럴듯한 어떤 해결 방법이 있어야 할 텐데 답답하기만 했다. 결국 까밀라에게 모든 것을 알려야겠다는 생각을 했는데, 말을 할 수 있는 우연한 기회가 없으란 법은 아니어서 바로 그날 그녀가 혼자 있는 걸 발견했다. 그런데 그녀가 먼저 이렇게 말을 꺼냈다.

"로따리오, 지금 내 가슴에 고민이 하나 있는 거 알아요? 심장이 터질 것처럼 가슴이 조이고 너무 아파요. 이러다 심장이 안 터지면 천만다행이에요. 레오넬라가 어찌나 파렴치해졌는지, 이제는 밤마다 남자친구를 이 집에 끌어들여 날이 샐 때까지 같이 있는답니다. 그런 이상한 시간에 우리 집에서 나가는 그 남자를 누가 보면 뭐라고 생각을 할지, 조만간 들통이 나서 저의 명예고 뭐고 다 무너지게 생겼어요. 제가 걱정인 건 그 아이를 벌주거나 나무랄 수 없다는 데 있어요. 그 아이가 우리 교제의 비밀을 다 알고 있어서 자기들 일을 발설하지 못하게 제 입에 자물쇠를 채워놓았거든요. 이러다가 곧 무슨 나쁜 일이 생길까봐 두려워요."

까밀라가 이렇게 말했을 때 로따리오는 이건 이 여자의 수작이구나 하고 생각했다. 그가 집에서 나오는 것을 본 남자가 자기 남자가 아니라 레오넬라의 친구라고 변명하려는 것으로 알았으나, 까밀라가 울면서 고민하고 무슨 방법이 없겠냐고 묻자 그 사실을 믿을 수밖에 없었는데, 그렇게 생각하고 보니 자신의 경거망동이 정말 후회스러웠다. 어쨌든 그는 까밀라에게 걱정 말라고 말해주고, 레오넬라가 그런 버르장머리 없는 행동을 못하도록 방법을 강구하겠다고 했다. 또한 그는 질투로 분통이 터져서 안셀모에게 사실을 털어놓았다는 것도 까밀라에게 이야기했고, 방에 숨어서 그녀가 남편에게 얼마나 성실하지 못한가를 눈으로 확인하기로 약속했다고도 했다. 그리고 자기의 이런 미친 짓에 대해 용서를 빌면서 이걸 해결할 방법이 없겠느냐고 충고를 청하고 자기가 말을 잘못해서 엉킨 이 미로에서 어떻게 해야 빠져나올 수 있는지를 물었다.

로따리오가 한 말을 들은 까밀라는 경악을 했고, 그런 나쁜 생각을 한 그에게 무척 화를 냈지만 아주 얌전한 말씨로 그를 꾸짖었고, 특히 그가 그토록 순진하게 최악의 결단을 내린 데 대해 비난했다. 그러나 여자는 무슨 말을 일부러 하려고 할 때는 능력이 부치지만 천성적으로 나쁜 일이거나 좋은 일이거나 남자보다는 대처하는 머리가 더 있기 마련이어서 까밀라는 즉시 그렇게 구제불능으로 보이던 일에 해결 방법이 있는 걸 발견했다. 그녀는 로따리오에게, 다음 날 안셀모가 약속한 그 장소에 숨도록 하고, 그녀는 그가 숨은 상태에서 편리한 방편을 만들어내겠다고 했다. 그렇게 되면 둘은 아무 두려움 없이 그뒤로는 편하게 즐길 수 있다고 말했다. 그녀는 자기의 생각을 다 말하지는 않고, 다만 안셀모가 숨어 있을 때 레오넬라가 부르면 오라고 했다. 레오넬라가 말하면 대답을 다 해주고, 안셀모가 듣고 있는 걸 모르는 것처럼 대답만 하면 된다고 했다. 로따리오는 그 의도가 무엇인지 기어이 알기를 원했는데, 그래야 더 안전하게 필요하다고 생각되는 모든 것을 지킬 수 있지 않겠느냐고 했다.

"제 이야기는," 까밀라가 말했다. "지키기만 하면 된다는 거예요. 내가 당신께 묻는 말에 대답하려는 것이 아니라면요." 까밀라는 자기가 하려는 일을 미리 알려주고 싶지 않아했는데, 그녀는 자기가 정말 좋다고 생각하는 의견을 그가 따르지 않을까 두려웠다.

따르지도 않고 그다지 좋지 않은 다른 방안을 내놓을까 두려웠던 것이다.

그런 다음 로따리오는 돌아갔고, 다음 날 안셀모는 시골의 그 친구 집에 간다는 핑계로 집을 떠나 다시 숨어들었다. 까밀라와 레오넬라가 일부러 잘 준비해놓았기 때문에 그는 편하게 숨을 수가 있었다.

안셀모는 숨어서 자기 명예가 걸린 여인의 오장육부를 자기 두 눈으로 해부해볼 수 있다는 놀라운 상상을 하면서, 사랑하는 까밀라에게 걸고 있다고 생각한 가장 큰 재산을 잃어버리고 침몰하기 직전이었다. 까밀라와 레오넬라는 안셀모가 숨어 있다는 것을 확실히 알고 편안하게 방으로 들어갔고, 발을 들여놓자마자 까밀라가 크게 한숨을 쉬며 말했다.

"아, 레오넬라! 네가 몰랐다면 좋을 일 하나를 내가 실행에 옮기기 전에 네가 방해하지 말도록, 네게 청한 안셀모의 단검을 쥐고 이 더러운 내 가슴을 찔러달라고 하는 게 더 낫지 않겠니? 하지만 그럴 필요 없다. 남의 죄를 네가 뒤집어쓰고 고민하는 것은 옳지 않겠지. 먼저 로따리오의 그 불경스러운 눈이 감히 내게서 보았다는 것이 무엇인지 알고 싶구나. 그 사람이 감히 그런 짓을 한 이유가 무엇인지, 자기 친구를 무시하고 내 명예를 짓밟고 나한테 품고 있는 그런 흑심을 실제로 털어놓고 고백하는 그 이유가 어디에 있는지 알아야겠어. 레오넬라, 거기 창문에 서서, 그 사람을 불러봐. 틀림없이 거기 어디 길거리에 있을 거야, 그 나쁜 의도를 실행에 옮길 생각을 하고 말이야. 하지만 내가 먼저, 잔인하지만 영예로운 나의 길을 택하리라."

"아이구, 아씨!" 다 알고 있는 약삭빠른 레오넬라가 말했다. "그런데 시방 이 칼로 무슨 짓을 하시려는 거예요? 혹시 목숨을 끊으시고, 로따리오 님도 죽이시려는 거 아니에요? 이런 짓을 하시면 어찌 되었든 아씨의 평판도 믿음도 다 잃게 되는 게 아니겠어요. 차라리 아씨가 모욕당한 걸 숨기시구요, 그 나쁜 사람이 지금 이 집에 들어와 우리 둘만 있는 걸 보게 해서는 안돼요. 이봐요, 아씨, 우리 둘은 연약한 여자이고 그 사람은 결심을 하고 온 남자잖아요. 흑심을 품고, 열정에 들떠 눈에 보이는 것이 없이 들이닥치면 아씨가 맘먹은 걸 실행에 옮기기 전에, 그 사람이 차라리 죽기보다 더 싫은 나쁜 짓을 아씨한테 할지 몰라요. 우리 주인 안셀모 님은 정말 저주받을 거예요, 세상에 이런 철면피한테 자기 집을 맡기다니요! 아씨, 그 사람을 죽이고 나면, 제 생각엔 그러시려고 하는 것 같은데, 죽인 뒤에 우리는 어떻게 하지요?"

"어떻게 하긴?" 까밀라가 말했다. "안셀모게 묻어주라고 하면 되지. 그런 더러운 불명예를 땅 밑에 묻는 수고 정도는 당연히 식은 죽 먹기로 생각하실 거야. 어서 그 사람을 불러다오. 내가 당한 수모를 응당 복수해야 해, 시간이 걸릴수록 남편에 대한 성실성에 모독이 되는 것 같아."

이런 이야기를 안셀모는 다 듣고 있었는데, 까밀라가 하는 한마디 한마디에 그의 생각은 바뀌었고 그녀가 로따리오를 죽일 결심을 하고 있는 것을 보고는 나가고 싶었다. 나가서 얼굴을 보이고 그런 짓은 하지 말라고 말리려 했으나 저 거룩하고 정숙한 결심이 어떻게 끝나는지를 보고 싶은 욕심이 그를 가로막았고, 여차하면 제때에 막으러 나갈 생각이었다.

이때 까밀라는 큰 충격으로 기절하면서 옆에 있는 침대 위로 그만 쓰러졌다. 레오넬라는 슬프게 목을 놓아 통곡을 했다.

"아이구, 세상에, 이게 무슨 변고란 말인고, 세상에 꽃같이 정숙하신 분이, 여왕같이 착하고 훌륭하신 분이, 가장 깨끗하고 고결하신 분이, 여기 내 품에서 돌아가시다니……!"

이와 비슷한 다른 소리를 또 해가며 울어댔는데, 세상에 없는 가장 충실하고 가장 비탄에 잠긴 여종이 아니면 누구에게서도 들어볼 수 없는 마음 아픈 통곡 소리였다. 그 여종의 아씨는 영락없이 수많은 구혼자 속에서 시달리던 또다른 페넬로페, 오디세우스의 아내였다. 까밀라는 조금 뒤 깨어나 정신을 차리고는 말을 했다.

"레오넬라, 어찌하여 너는, 해가 뜰 때나 밤이 올 때나 친구 중의 친구, 그 성실한 분을 불러오지 않느냐? 어서, 뛰어, 얼른 가거라, 빨리 달려가거라, 늦으면 내 속에 타고 있는 분노의 불길이 타올라 꺼질지도 모르니, 그리고 내가 바라는 정당한 복수가 저주와 위협으로 흐지부지될지도 모르니까."

"지금 곧 부르러 가겠어요, 아씨." 레오넬라가 말했다. "하지만 그 칼은 제게 주시구요, 제가 없는 동안 무슨 일 저지르시면 안되니까요. 그러다가 아씨를 정말 사랑하는 모든 분이 평생을 울고 지낼 일 저지르시려구요."

"안심하고 가거라, 레오넬라, 내 안 그럴게." 까밀라가 대답했다. "내 정절 때문에 네 생각엔 내가 무척 당차고 순진해 보이겠지만, 나는 그런 사람이 아니란다. 그 루크레티아라는 여인처럼 아무 잘못도 저지르지 않고도 자살했다는 그런 사람이 난 아니야. 자기를 불행하게 한 원흉을 죽이지도 않고 죽을 수는 없어. 내가 죽는다면 죽겠다만, 그러나 복수는 하고 죽을 거야. 내가 무슨 죄가 있기에, 나를 감히 어떻게 해보겠다고 하다가 나를 이 지경으로 울게 만든 그자에게 꼭 사과를 받고 죽을 거야."

레오넬라는 로따리오를 부르러 나가기 전에 그러지 말라고 무척이나 애원을 하다가 마침내 밖으로 나갔다. 그녀가 돌아올 동안 까밀라는 독백처럼 이렇게 중얼거렸다.

"에구머니나! 전에도 여러번 물리쳤듯이, 로따리오와 벌써 이별을 했어야 옳았던 게 아닐까? 그분의 꿈을 깨뜨리려고 기다리는 이 시간에라도, 나를 그렇게 정숙하지 못하고 나쁜 여자로 보지 말아달라고, 그런 기회를 만들어주지 않았어야 옳지 않았을까? 그게 틀림없이 더욱 좋았겠지. 하지만 일단 음흉한 생각을 품고 들어왔던 곳에서 그렇게 깨끗이 손을 씻고 아무렇지도 않게 다시 걸어나간다면, 나는 복수도 못하고 내 남편의 명예도 회복되지 않겠지. 그런 음탕한 생각을 시도한 배신자는 목숨으로 죄를 갚아야 해. 세상에 알려지더라도, 이 까밀라는 자기 남편에게 성실했으며, 감히 남편을 배신하려고 했던 자에게 복수를 했다는 사람으로 알려져야 해. 하지만 어쨌든 이 일을 남편 안셀모에게 미리 알리는 게 더 좋지 않았을까? 아니야, 이미 시골에 있을 때 보낸 편지에서 그 사실을 전했잖아. 아마 내가 편지에 표현한 위험한 상황을 처리하러 오지 않은 것은 남편이 너무 착하고 사람을 잘 믿어서 자신의 믿음직스러운 친구의 가슴속에 자신의 명예를 더럽힐 만한 그런 종류의 생각이 들어 있으리라고는 믿을 수도 생각할 수도 없었기 때문일 거야. 하기야 나 자신도 그뒤 오랫동안은 그걸 믿을 수가 없었지. 그런 불손한 행동이 그 정도로 나가지 않았다면 절대 믿지 않았을 거야. 터놓고 선물을 주고 길게 약속을 하고 끊임없이 울면서 사랑을 표시하지 않았더라면 말이야. 하지만 지금 뭐하러 이런 말을 하고 있지? 내 거룩한 결심에 혹시 무슨 충고가 필요하다는 것인가? 절대로 아니지. 배신자들은 꺼지라고 해! 이제는 복수야! 위선자여,

오라고 하라, 들어오라, 가까이 와, 죽어라, 그리고 끝내자, 무슨 일이 있어도! 하늘이 내게 주신 분의 품속에 깨끗한 몸으로 들어갔으니 깨끗한 몸으로 나와야지. 기껏해야 내 순결한 피와 우정을 배반한 최고의 위선자인 친구의 불순한 피에 피투성이가 되어 나오겠지."

이런 말을 하면서 칼을 꺼내들고 까밀라는 방 안을 배회하고 있었는데, 안절부절못하고 이상한 걸음새와 몸짓을 해대는 품이 정신이 완전히 나간 사람처럼 보여 섬세하고 연약한 여인이 아니라 어쩔 줄 몰라하는 건달 같아 보였다.

이런 광경을 안셀모는 융단 커튼을 뒤집어쓰고 뒤에 숨어서 모두 목격했다. 모든 게 너무 놀라웠고, 보고 들은 모든 게 더 큰 의혹을 사기에 충분했으며, 다른 한편 만족스러웠다. 이제 필요한 것은 로따리오가 와서 모종의 증거를 보여주는 것인데 다만 돌발 사태가 벌어질까 두려웠을 뿐이다. 얼굴을 드러내고 나가서 아내를 껴안고 사실을 고백할까 하는데, 레오넬라가 로따리오의 손을 잡고 들어오는 바람에 멈칫했다. 그를 보자 까밀라는 칼로 자기 앞의 바닥에 기다란 금을 긋고 말했다.

"로따리오, 내 말 잘 들어요. 혹시라도 지금 보는 이 선을 넘기만 하면, 거기에 닿기만 해도, 그대가 시도하려는 그 순간 바로 이 손에 든 칼로 내 가슴을 찌르고 말 거예요. 내 이 말에 대답하기 전에 내가 하는 다른 말 좀 들으세요. 일단 들은 뒤에 마음대로 대답하시구려. 첫번째 질문은, 로따리오, 내 남편 안셀모를 아시냐고 묻겠어요. 그리고 그에 대해서 어떤 생각을 가지고 계시지요? 두번째 질문은, 나도 역시 알고 계시는지 알고 싶어요. 이 질문에 대답하세요, 어리둥절해하거나 대답을 많이 생각할 것 없어요, 질문이 어려운 건 아니니까."

　로따리오가 그렇게 어리석은 것은 아니었다. 까밀라가 안셀모를 숨겨놓으라고 말한 순간부터 그녀가 하려는 계획을 눈치채지 않은 건 아니었다. 그래서 그녀의 의도에 맞도록 점잖게 적절한 대답을 했다, 어떤 진실보다도 더욱 정확하게, 둘이서 그 거짓말을 잘 통과하도록. 까밀라에게 한 대답은 이러했다.

　"일단 아름다운 까밀라, 내가 여기 온 의사와는 전혀 다른 그런 질문을 할 줄은 몰랐소. 그런 질문을 하는 게, 그 옛날부터 당신도 잘 알 수 있었겠지만, 그 약속한 은총을 지연하겠다는 생각이라면, 원하는 게 가까이 있는데 그걸 갖겠다는 희망이 선량한 이 가슴에 더 절실하고 안타까운지라, 당신 질문에 대답 안했다는 소리를 듣기 싫으니 대답하겠소. 나는 당신 남편 안셀모를 알고, 우리 둘은 아주 어린 시절부터 알고 자란 사이요. 당신도 잘 아는 우리의 우정에 대해서는 말하지 않겠소. 사랑이 저지른 수모의 증인이 되고 싶지 않기 때문이오. 사랑은 더 큰 실수도 용서해달라고 강력하게 빌게 만드오. 당신은 내가 아오. 나는 내 친구가 당신을 생각하는 것과 똑같은 생각을 가지고 있소. 그렇지 않다면, 당신보다 덜한 여자를 위해 내가 나 자신이 해야 할 의무와 진정한 우정의 성스러운 법칙을 어기고 이렇게 왔겠소? 그러나 그 강력한 적인 사랑이라는 게 나로 하여금 우정도 깨뜨리고 반역하게 만든 것이오."

　"그게 당신의 고백이라면," 까밀라가 말했다. "우리 모두를 함께 사랑으로 지켜주는 모든 도덕의 치명적 원수인 당신이 무슨 낯짝으로 감히 이 앞에 나타났나요? 한번도 친구에게 치욕을 준 일이 없는 걸 잘 아는 당신이, 당신이 자신을 바라보는 그 사람 그 친구의 거울 앞에, 이게 그 사람의 거울인 줄 알면서 나타난 이유는 무엇인가요? 그러나 이제 생각해보면, 아, 불행한 이 사람 잘못이지, 내가 어딘가 좀 허튼 데가 있었기 때문이라 생각되지만, 어찌 그리 자신의 체신도 잊고, 누가 그렇게 당신을 이런 꼴로 만들었는지 짐작이 가긴 갑니다. 내가 맘대로 몸을 움직인 것이 부정했다고 말하고 싶지는 않습니다. 그런 몸짓이 어떤 목적이 있어서 나온 행동은 아니었을 테니까요. 누군가 조심할 사람이 없다고 생각할 때 여자들이 자기도 모르게 늘 하는 행동이나 부주의에서 나온 몸짓이었겠지요. 아니라면, 말해봐요, 이 배신자, 언제 내가 당신의 간청에 한마디 대답이나 한 적 있었나요? 아니면, 당신의 그 불순한 욕망을 채울 수 있다는 희망의 그림자를 일깨울 만한 무슨 징후가 보이던가요? 당신의 사랑의 말이 언제 한번이라도 나의 차갑고 혹독한 대답으로 부서지고 질타받지 않은 적이 있었나요? 언제 한번이라도 당신의 그 많은 언약과 그 큰 선물들이 나를 설득하고 받아들이게 한 적 있었나요? 하지만 누구도 어떤 희망이 없으면 사랑의 마음을 오랫동안 지탱할 수 없다고 생각되기에 당신의 불손한 태도는 나에게도 잘못이 있다는 것을 인정하지요. 틀림없이 나의 어떤 부주의가 그대의 사랑을 그토록 오랫동안 사라지지 않게 했던 것이 죄입니다. 그래서 나는 나 자신을 벌주고 당신 잘못의 죄를 내가 받겠습니다. 내가 나에게 이렇게 비인간적인 짓을 하는 것은 당신에게 그럴 수 없었기 때문이라는 것을 아시라고 여기 당신을 모셔온 것입니다. 명예로운 내 남편의 훼손된 명예를 위해 나 스스로를 희생하려는 이 순간의 증인이 되어주십사 하구요. 내 남편은 당신에게 있을 수 있는 가장 큰 사랑에 배신당했고, 나에게도 배신당했지요. 단 한번이라도 당신에게 기회를 주었다면, 그 기회를 피하지 못한 나의 조심성 없는 행동이 당신의 나쁜 흑심을 도와주고 부추겼으니까요. 다시 말하지만, 나의 어떤 부주의가 당신에게 그런 타락한 생각이 들게 했을 거라는 의혹이 나를 가장 괴롭힙니다. 내 손으로 나의 죄를 처단하고 싶은 가장 큰 이유는, 다른 집행인이 나를 벌한다면 내 잘못이 세상에 알려질까 두려워서입니다. 그러나 내가 죽기 전에, 나도 죽이고 죽어야지요. 내가 원하는, 내가 가진 복수의 원한을 꼭 풀어줄 사람을 기어이 함께 데려가야지요. 나를 이런 절망적 상황으로 몰고 간 자 앞에도 정의는 살아 있고, 어디를 가든 정의는 공정하게 벌을 주는 거니까, 그 사람을 보고 그냥 내버려둘 수는 없지요."

이렇게 말하면서 칼을 빼어들고 엄청난 힘으로 비호처럼 로따리오에게 달려들었다. 금방이라도 심장에 칼을 꽂을 태세인지라 로따리오도 저런 태도가 정말로 칼을 찌르겠다는 것인지 흉내를 내겠다는 것인지 의심이 갈 정도여서 힘과 기술로 까밀라가 찌르는 칼을 막고 방어를 하지 않으면 안되었다. 그녀는 그 이상한 속임수와 흉악한 짓을 엄청 생생하게 연기해내면서 더 실감나게 하려고 스스로 피를 흘려 자극을 더 주기로 했다. 로따리오를 잡지 못하고, 아니면 잡지 못한 척하고는 말했다.

"운이 나빠서 나의 이 정당한 소망을 풀지 못하면, 적어도 그 풀지 못한 원한으로 내 목숨 정도 끊는 것은 운명의 신이 아무리 강해도 말리지 못하겠지."

그녀는 소리치면서 로따리오가 쥐고 있는 칼을 손아귀에서 빼앗으려고 애를 쓰더니 마침내 칼을 빼서 칼끝을 상처가 깊이 나지 않을 곳에 겨누고 칼을 집어넣었는데, 어깨 옆 왼쪽 겨드랑이 위쪽에 칼이 들어갔다. 그러고는 기절한 것처럼 땅에 쓰러졌다.

레오넬라와 로따리오는 이런 장면을 보고 놀라고 긴장했고, 피에 젖어 땅에 쓰러져 있는 까밀라를 보며 저게 실제인가 아닌가 눈을 의심했다. 로따리오는 숨도 못 쉬고 공포에 절어 재빨리 달려갔고, 칼을 빼보고 상처가 가볍자 그때까지 가졌던 공포에서 벗어났다. 그리고 다시 한번 아름다운 까밀라의 무척이나 사려 깊은 태도와 지조, 그리고 민첩함에 놀라면서, 그가 맡은 역할로 도와주기 위해 까밀라의 몸 위에 엎드려서 슬프게 긴 목소리로 통곡을 했다. 그녀가 죽은 것처럼, 수없이 자신에게 저주를 퍼부으며, 그런 상황으로 그를 몰고 간 원흉에게도 욕을 퍼부었다. 자기 친구 안셀모가 듣고 있다는 것을 알고 있는 그는, 그의 소리를 들으면 죽었다고 생각되는 까밀라보다 자신을 훨씬 더 불쌍하게 생각할 만한 일들을 주워섬겼다.

레오넬라는 그녀를 안아 침대에 눕히고, 로따리오에게 부탁해서 은밀하게 까밀라를 치료해줄 사람을 찾아봐달라고 했다. 그리고 아씨가 낫기 전에 안셀모 님이 오실지도 모르니 그에게 부인이 다친 것을 어떻게 설명해야 하는지 의견과 충고를 물었다. 로따리오는 마음대로 대답하라고 하고, 자기는 도움이 될 만한 충고를 줄 입장이 아니라면서 다만 피가 나오지 않도록 하라고 말했다. 자기는 사람들의 눈에 띄지 않도록 어디론가 가야겠다고 하면서 무척이나 고통스럽고 마음 아픈 표정으로 집을 나갔다. 밖으로 나가 혼자가 되자 아무도 안 보는 데서 까밀라의 수작과 기막히게 잘 들어맞는 레오넬라의 표정이 너무나 놀라워 몇번이고 끝없이 성호를 그었다. 그는 안셀모가 로마의 열녀 포르키아를 다시 부인으로 얻은 것처럼 알고 감탄했으리라 생각했고, 어서 그녀를 만나 둘이 꾸며댄, 상상도 할 수 없는, 기막히게 잘 꾸며댄 진실과 거짓의 연극을 자축하고 싶었다.

레오넬라는 아까 들은 대로 아씨의 피를 지혈했는데, 피는 속임수를 쓰기에 충분한 정도로 사실 별거 아니었다. 포도주로 상처를 약간 씻은 뒤 최대한 잘 동여맸다. 상처를 치료하면서 계속 말을 해댔는데, 다른 말을 하지 않았더라도 안셀모에게 까밀라가 정숙한 여자라는 인상을 심어주기에 충분했다.

레오넬라의 말과 함께 또한 까밀라의 말이 이어졌으니, 까밀라는 비겁하고 용기가 없는 자신을 한탄하면서 이 지겨운 목숨을 끊을 용기가 가장 필요했던 순간, 막상 용기가 부족했다고 통탄했다. 자기 몸종에게 의논하기를, 사랑하는 남편에게 이 일을 모두 알려야 하는지 아닌지를 물어보았다. 레오넬라는 남편께 알리지 말라고 했고, 로따리오에게 복수하지 않으면 안되는 의무감을 안셀모에게 지워줄 수가 있기 때문이라고 했다. 그렇게 되면 많은 위험이 따를 수밖에 없지 않냐면서 좋은 아내는 남편에게 싸움을 벌일 기회를 주어서는 안된다며 그러기보다는 가능한 한 모든 그런 기회를 없애야 한다고 했다.

까밀라는 그녀의 생각이 대단히 좋은 것 같다고 대답하고 그녀의 말을 따르겠다고 했다. 하지만 어쨌든 안셀모에게 틀림없이 들키고야 말 이 상처에 대해서 물으면 뭐라고 해야 할지, 적당한 말을 찾아야 한다고 말했다. 그러자 레오넬라가 대답하기를, 자기는 장난으로라도 거짓말을 할 줄은 모른다고 했다.

"하지만 나는, 얘야," 까밀라가 되받았다. "나는 뭘 알아야 하는데? 난 목숨이 날아가도 감히 거짓말을 만들고 지켜나갈 줄 모르니까 말이야! 이 문제를 해결하지 못하면, 더이상 거짓말을 해야 하는 일이 없도록, 그대로 사실을 말해버리는 게 나을 거라고."

"걱정하지 마요, 아씨, 지금부터 내일까지면," 레오넬라가 대답했다. "무슨 말을 드려야 할지 생각이 나겠지요. 상처 부위가 거기 니까 어쩌면 주인님이 눈치 못 채게 숨길 수도 있을 것 같아요. 우리의 정당하고 정숙한 생각을 하늘도 도와주시겠지요. 진정하세요, 아씨, 흥분을 가라앉히려고 노력하세요, 주인님께서 놀란 표정을 보시면 안되니까요. 다른 일은 저와 하느님한테 맡기세요. 좋은 마음을 가지면 항상 도와주시니까요."

안셀모는 귀를 쫑긋하고 열심히 듣고 있었고, 자기의 명예를 지키려는 비극적인 장면을 똑똑히 보았다. 그 비극은 정말로 이상하고 효과적인 방법으로 주인공들이 잘 연출해, 그 주인공들이 거짓으로 하는 역할이 그에게는 완전히 진실로 둔갑한 것이다. 그는 밤이 오기를 무척 기다렸고, 자기 집에서 빠져나갈 기회를 노렸다. 자기의 좋은 친구 로따리오를 만나러 가려 했고, 그를 만나서 아내의 훌륭함을 깨닫고 꽃같이 소중한 순결을 찾았다고 그와 함께 자축할 생각이었다. 두 여자는 그가 쉽게 빠져나가도록 조심스레 기회를 만들어주었고, 기회를 놓치지 않고 그는 밖으로 나와 곧 로따리오를 찾았다. 로따리오를 만나 얼마나 강하게 포옹을 하는지, 얼마나 기뻐 이야기를 해대는지, 얼마나 까밀라를 칭찬하는지 이루 다 이야기를 할 수 없을 정도였다. 로따리오는 그 이야기를 다 들으면서 기뻐하는 내색을 할 수가 없었으니, 자기 친구가 단단히 속고 있구나 하는 생각과 자기는 정말 불량하게 친구를 모독하고 있구나 하는 생각이 떠올랐기 때문이다. 안셀모는 로따리오가 별로 기뻐하지 않는 걸 보고, 까밀라를 부상당하게 했고, 그 이유가 바로 자신 때문이라는 생각이 들어서라고 여겼다. 그래서 다른 이야기를 하다가 그녀의 상처가 가벼우며, 또 두 여자가 그걸 자기에게 숨기겠다고 합의를 하더라고 전했다. 일이 이렇게 되었으니 두려위할 게 뭐 있느냐고 하면서 지금부터는 자기와 놀고 즐기면 된다고 말하고 친구의 노력과 중계로 세상에 더이상 바랄 게 없는 최상의 행복을 느끼게 되었다고 했다. 이제는 다른 놀이나 장난은 그만두고 까밀라를 칭송하는 시나 쓰겠노라고 하고, 앞으로 오는 세대에 영원히 기억에 남을 여인이 되게 하겠다고 했다. 로따리오도 그의 좋은 결심을 칭찬하고 자신도 그런 위대한 기념비를 만드는 데 도움을 주겠노라고 했다.

이리하여 안셀모는 세상에 둘도 없는, 가장 행복하게 속은 남자가 되었다. 그는 손수 로따리오의 손을 잡고 집으로 갔으니, 자기 명예를 송두리째 망쳐놓은 사람을 자기에게 영광을 가져다준 도구라고 믿고 데려간 것이다. 까밀라는 겉보기엔 약간 찌푸린 얼굴로 그를 맞았으나 속은 웃고 있었다. 이런 속임수는 얼마간은 갔다, 몇 달 안 가서 운명의 여신의 바퀴가 돌아서서 그때까지 갖은 수완을 다 써가며 숨겨왔던 그 추악한 가식이 세상에 알려질 때까지는. 안셀모의 시건방진 호기심은 마침내 그의 목숨으로 댓가를 치러야 했다.

35장

호기심 많은 시건방진 친구 이야기가 끝나다

읽어야 할 이야기가 얼마 남지 않았을 때였다. 돈 끼호떼가 쉬고 있던 그 허름한 침대에서 싼초 빤사가 대소란을 피우며 뛰쳐나와서 소리를 질러댔다.

"어르신네들, 여기 좀 와보세요, 우리 주인님 좀 구해주세요. 이제껏 본 적이 없는 엄청난 난장판 싸움에 끼어들어 싸우고 계세요. 아이구머니나, 미꼬미꼬나 공주님의 원수인 거인에게 칼질을 하고 모가지를 무처럼 싹둑 잘라버렸구만요!"

"이 사람아, 무슨 소리야?" 남아 있는 이야기를 읽으려다 말고 신부가 말했다. "싼초, 자네 제정신이야? 무슨 얼토당토않은 그런 소리를 하는 건가, 거인은 여기서 이천마장이나 떨어진 곳에 있는데?"

이때 방에서 아주 한바탕 소란스러운 소리가 나고 돈 끼호떼가 고래고래 소리치는 게 들렸다.

"게 섰거라, 도둑놈, 이 악당아, 비열한 놈아! 오냐, 너 이놈 잡았다, 너의 그 큰 페르시아 신월도新月끼도 아무 소용 없어!"

벽에다 마구 큰 칼을 찔러대는 것 같았다. 그러자 싼초가 말했다.

"그렇게 서서 듣고만 있을 일이 아니구만요. 들어가서들 싸움을 떼어놓거나 우리 주인님을 도와주시든지 해야죠. 아마 그럴 필요도 없을 거구만요. 틀림없이 거인은 벌써 죽어서 지금까지 살아오면서 저지른 나쁜 잘못을 하느께 고하고 있을 거구만요. 소인은 피가 바닥에 흐르는 걸 봤는데요, 옆에 떨어져 있는 잘린 대가리가 커다란 포도주 가죽포대만큼이나 크더라구요."

"아이구 큰일났구만!" 이때 객줏집 주인이 말했다. "돈 끼호떼인지 악마인지가 머리맡에 있는, 가득 채운 적포도주 가죽포대들을 칼로 찌르고 있는 모양이구만. 쏟아진 포도주가 이 알량한 사람 눈에는 피처럼 보였던 모양인 거라구요."

이런 말을 하면서 주인은 방으로 들어갔고 다른 사람들도 뒤쫓아갔다. 돈 끼호떼는 아주 기이한 복장을 하고 있었는데, 셔츠를 입긴 했지만 제대로 입은 게 아니어서 앞쪽으로는 허벅지를 덮었지만 뒤쪽으로는 한뼘 정도가 모자랐다. 삐쩍 마른 다리는 길기만 하고 깨끗하지도 않은데 온통 털로 덮여 있었다. 머리에는 잘 때 쓰는 두건을 썼는데, 기름때가 묻은 주인의 빨간 모자였다. 왼팔에는 싼초에겐 원한이 깊은, 그 이유를 싼초 자신이 잘 알고 있는 바로 그 침대의 담요를 휘감고 있었는데, 오른팔로는 큰 칼을 빼들고 사방으로 찔러대면서 마치 어떤 거인과 진짜로 싸우고나 있는 듯이 뭐라고 중얼거렸다. 그런데 재미있는 것은 그가 눈을 뜨고 있지 않다는 것이었다. 왜냐하면 그는 잠을 자면서 꿈에서 거인과 싸우고 있었기 때문이다. 꼭 끝장내버리겠다는, 모험에 대한 생각이 너무 강렬해서 미꼬미꼰 왕국에 도착하는 꿈을 꾸고는 원수와 싸우고 있었던 것이다. 포도주 포대를 거인으로 보고 얼마나 칼질을 해댔는지 온 방 안이 포도주로 가득했고, 그걸 본 주인은 어찌나 화가 났는지 돈 끼호떼에게 덤벼들어 주먹으로 마구 두들겨패기 시작했는데 까르데니오나 신부가 말리지 않았다면 객줏집 주인이 이 거인과의 싸움을 끝장낼 뻔했다. 아무리 그래도 그 불쌍한 기사는 깨어나지 않았고, 결국 이발사가 우물에 가서 커다란 솥에다 한 바가지 차가운 물을 떠와서는 한꺼번에 온몸에 끼얹자 돈 끼호떼가 눈을 떴다. 그러나 무슨 일인지 어떤 몰골인지 알 정도로 완전히 깬 건 아니었다.

도로떼아는 돈 끼호떼가 옷도 다 안 입고 요상하게 차려입고 있어서, 자기를 돕고자 적과 싸우고 있다 해도 싸움을 보러 들어가려 하지 않았다.

쌴초는 거인의 머리를 찾느라고 온 방바닥을 뒤지고 다녔지만 보이지 않자 이렇게 말했다.

"소인은 이 집에서 일어나는 일은 모두 마법에 걸려 있다는 걸 알고 있구만요. 저번에도 지가 바로 이 장소에서 얼굴을 수없이 두들겨맞았는데요, 누가 때리는지도 모르겠고 아무도 보이지 않더군요. 지금도 내 두 눈으로 똑똑히 잘리는 걸 봤는데 그 머리가 안 보이네요, 샘에서 물 쏟아지듯 몸에서 피가 철철 흘렀는데 말이에요."

"무슨 피, 무슨 물이 철철 흘러, 이 천하에 빌어먹을 웬수야!" 객줏집 주인이 소리를 질렀다. "이 도둑놈아, 그 피니 샘물이니 하는 건 여기 구멍 뚫린 술포대에서 쏟아져나와 이 방에 흥건한 포도주란 걸 모르겠느냔 말이다! 이 술포대들에 구멍을 낸 놈이 지옥에서 귀신이 되어 이렇게 떠도는 꼴을 보고 말 테다, 이놈들!"

"지는 아무것도 몰라요."싼초가 대답했다. "지가 아는 건요, 지가 그 머리를 못 찾으면요, 지 백작 영지가 물에 소금 녹듯이 날아가버리고 지는 천하에 없는 불행한 놈이 되리라는 생각밖에는 없구만요."

깨어 있는 싼초가 잠자고 있는 돈 끼호떼보다 훨씬 불행했으니, 주인이 한 약속이 그에게는 그토록 중요했다. 객줏집 주인은 저주스러운 몰골의 그 주인과 얼빠진 하인을 보고 기가 막혀 어찌할 바를 몰라하며 돈도 안 주고 가버린 지난번처럼은 안될 거라고 다짐했다. 이제는 기사도의 특권이고 뭐고 없이 이것저것 다 보상하지 않고는 절대 안되며 심지어 찢어진 가죽포대에 붙일 가죽조각값까지 기어이 받아내겠다고 별렀다.

신부가 돈 끼호떼의 손을 잡자, 돈 끼호떼는 모험이 다 끝났고, 이제는 미꼬미꼬나 공주 앞에 대령한 것으로 생각하고 신부 앞에 무릎을 꿇고 말을 했다.

"고명하고 위대하고 유명하신 공주 마마, 오늘부터는 더이상 이 못된 짐승이 나쁜 짓을 못할 테니 안심하고 사셔도 되옵니다. 저 또한 오늘부터는 그대에게 약속한 짐을 벗었사옵니다. 높으신 하느님의 가호와 제가 살아가고 숨 쉴 수 있게 하는 그분, 둘시네아님의 도움으로 이렇게 임무를 잘 완수할 수 있었나이다."

"소인이 뭐라 그랬습니까요?"돈 끼호떼의 이 말을 듣고 싼초가 말했다. "소인이 술에 취한 게 아니라니까요? 보세요, 우리 주인님께서 거인을 죽여 소금에 절여놓았다니까요. 이제 투우는 끝났구요, 지가 받을 백작령만 제대로 굴러오게 됐네요."

주인과 하인, 이 둘의 엉터리 소리를 듣고 웃지 않을 사람이 누가 있겠는가? 모두들 웃어댔다. 오직 객줏집 주인만은 빌어먹을 소리들 하고 자빠졌다며 웃지 않았다. 그러나 여하튼 이발사며 까르데니오, 신부까지 적잖게 수고를 해서 겨우 돈 끼호떼를 침상에 눕혔고, 그는 대단히 지친 모습으로 곧 잠이 들었다. 돈 끼호떼를 재워놓고 그들은 객줏집 문지방에 나와 거인의 머리를 못 찾은 싼초 빤사를 달랬다. 그리고 객줏집 주인의 화를 달래려고 무진 애를 썼으나 그는 난데없이 포도주 포대가 다 망가진 것 때문에 그냥 절망에 빠져 있었고, 주인 여자는 소리를 지르며 말을 했다.

"세상에 지지리도 재수가 없으려니 내 평생 보도 듣도 못한 방랑기사인지 뭔지가 우리 집에 들어와서 이렇게 손해를 입힐 수가 있어요? 지난번에는 저녁 밥값에 잠자리에, 말 여물값에, 저 사람과 하인 그리고 말과 당나귀의 하룻밤 숙박비 모두를 다 떼어먹고 가버렸지요. 자기는 모험을 찾는 기사라나 하면서, 저 작자나 이 세상의 모든 모험 한다는 인간들에게 하느님이 재앙을 내려주셨으면 좋겠어! 기사의 일을 하기 때문에 돈을 지불하게 되어 있지 않다면서 그런 건 방랑기사의 계산법에는 안 들어 있다나요? 그러더니 저 사람 때문에 다른 사람이 또 와서는 이번엔 우리가 걸어놓은 쇠꼬리를 가져갔는데 돌려받을 때 보니 우리 남편이 원하는 데 쓰지도 못하게 털은 다 빠지고 반쪽은 문드러져 있지 뭐예요. 그러고는 그거로도 부족해서 결국엔 우리 술포대를 다 찢어 포도주를 전부 쏟아놓았지요? 포도주가 아니라 이제 자기들 피를 쏟게 만들 거예요. 내 우리 아버지의 뼈를 걸고 우리 어머니의 모든 것을 걸고 맹세하지만, 어림없지요, 나한테 이것저것 돈으로 보상을 안해줄 수는 없을 겁니다요. 어디 두고 보세요. 그걸 못 받으면 내가 우리 부모 자식이 아니라고요, 내가 성을 갈지요!"

대단히 화가 난 여주인이 이 말 저 말 퍼부어댔으며, 그녀의 알량한 여종인 마리또르네스도 옆에서 거들었고, 객줏집 딸은 말없이 이따금 미소만 지었다. 신부는 가능한 한 모든 손실을 최대로 보상하겠다고 약속하고 그녀를 진정시켰다. 술포대며 그 안의 포도주, 특히 자꾸 이야기하는 쇠꼬리의 손상분을 갚아주겠다고 했다. 도로떼아는 싼초 빤사를 위로하면서 만일 주인께서 거인의 목을 쳐 없앴고, 자신의 왕국이 평화를 찾은 게 밝혀지면 언제든지 나라에서 가장 좋은 백작령을 주겠노라고 약속했다. 이 말을 듣고 싼초는 마음을 진정하고 공주님께 자기는 확실히 거인의 머리를 보았으며 그 증거로 거인은 허리까지 내려오는 턱수염이 있었다고 말했다. 그리고 그 머리가 안 나타난 것은 이 집에서 일어난 사건들이 모두 마법으로 일어났기 때문이라며 자기는 지난번 이 집에 투숙했을 때 그 증거를 보았다고 했다. 도로떼아는 자신도 그렇게 믿는다고 말하고, 그건 걱정 말라며 모든 건 잘될 테고 말한 그대로 실행에 옮길 것이라고 했다.

모두가 잠잠해지자 신부는 조금 남은 것 같은 이야기책을 마저 읽고 싶어했고, 까르데니오와 도로떼아, 그리고 다른 사람들도 모두 마저 읽어달라고 졸랐다. 신부는 모두를 즐겁게 하고도 싶고, 자신도 보고 싶어서 이야기를 계속해서 읽었다. 이야기의 다음은 이러했다.

그러니까 안셀모는 까밀라의 정절에 만족해서 아무 걱정 없는 편안한 삶을 누리게 되었다. 까밀라는 일부러 로따리오에게는 쌀쌀맞은 표정을 지었는데, 그래야 안셀모가 자기 속마음을 모르고 반대로 생각할 것이기 때문이었다. 이런 행동을 더욱 확실히 하고자 로따리오는 자신을 보면 까밀라가 괴로워하는 모습이 역력하다며 더이상 안셀모의 집을 방문하지 않겠노라고 말했다. 그러나 속고 있는 안셀모는 그건 절대 안된다고 했으며, 그런 식의 수천가지 방법으로 안셀모는 스스로의 불행과 불명예를 만들어갔지만 그것이 자신의 기쁨이라고 믿고 있었다.

이때 레오넬라는 그녀의 사랑 문제 빼놓고는 자기가 훌륭한[1] 아가씨란 것을 보여주고 싶은 마음이 커서 딴 건 생각지 않고 자기 좋을 대로 멋대로 굴기 시작했다. 아씨가 눈감아주리라 믿고는 까밀라에게 공공연히 알리고 아무 두려움 없이 밀회를 즐겼다. 어느 날 밤 안셀모는 레오넬라의 방에서 발걸음 소리를 듣고 누구의 발걸음 소리인지 궁금해 들어가려 했는데 안에서 문을 꼭 붙잡고 못 들어오게 하는 걸 느꼈다. 그러자 더욱 열어보고 싶은 마음이 생겨 무척 애를 써서 문을 열고는 바로 안으로 들어갔는데 그때 한 남자가 창문을 뛰어넘어 거리로 나가는 것을 보고 재빨리 붙잡거나 아니면 누구인지라도 알아보려 했지만 실패하고 말았다. 레오넬라가 그를 부둥켜안고 말을 했기 때문이다.

"나리, 참으세요, 소란 피우지 마세요, 여기서 나간 사람을 따라가지도 마시고요. 이건 중요한 제 일이에요, 제 남편이거든요."

안셀모는 그 말을 믿으려 하지 않았고, 화가 머리끝까지 치밀어 올라 단검을 꺼내 레오넬라를 찌르려고 하며 사실대로 말하지 않

---

1 초판본에는 'qualificada, no de con sus amores'(그녀의 사랑 문제 빼놓고는 자기가 훌륭한)으로 나와 있다. 마르띤 데 리께르는 원본을 명백한 오류로 보고 'no de'(빼놓고는)를 'notada'(잘 아는)로 읽으면서 그 근거로 영문판 셰빌의 해석과 불어판 우댕의 번역을 참조한다. 그러나 'no de'를 'notada'로 읽는 것은 지나친 수정이고, 다음에 나오는 자기 애인과 벌이는 레오넬라의 부정한 행위는 까밀라의 연애를 돕기 위한 행동은 아니기에 원본대로 읽는 것이 크게 무리가 아닌 것으로 보아서, 여기서는 초판본에 따라 번역한다.

으면 죽여버리겠다고 했다. 그녀는 공포에 질려 자기가 무슨 말을 하는지도 모르고 이렇게 말했다.

"살려주세요, 나리, 나리가 상상도 못하는 더 중요한 사실을 말할게요."

"당장 말해라," 안셀모가 말했다. "그러지 않으면 넌 죽어."

"지금은 말씀드릴 수 없어요." 레오넬라가 말했다. "지금은 정신이 어지러워서요. 내일까지 말미를 주세요. 그때는 제가 나리께 정말 놀랄 만한 사건을 알려드릴게요. 다만 지금 이 창문으로 뛰어내린 사람은 이 도시의 총각으로, 제게 청혼을 한 분이란 건 확실하답니다."

이 말에 안셀모는 마음을 진정하고 그녀가 약속한 날짜까지 기다려주기로 했다. 까밀라의 정절에 대해선 안심하고 만족하는 처지라서 설마 그녀에 대한 다른 소리를 들으리라고는 생각지도 않았다. 그래서 레오넬라는 그 방에 가두고 사실을 말하기 전까지 그 방에서 나올 수 없다고 말하고 방을 나섰다.

그는 곧장 까밀라에게 가서 그 몸종에게 일어난 일을 다 이야기했으며, 자신에게 아주 중요한 일을 말하겠다고 약속했다는 것도 알려주었다. 까밀라가 당황했는지 안 했는지는 말할 필요조차 없을 것이다. 레오넬라가 안셀모에게 자신의 불미스러운 사건에 대하여 알고 있는 모든 것을 말하리라는 것을 생각할 수밖에 없었고, 또 진짜 그러리라 믿고는 얼마나 충격과 공포를 느꼈던지, 그 걱정이 사실로 나타날 것인지 아닌지를 기다릴 여유조차 없었다. 그래서 바로 그날 밤 안셀모가 잠들었다고 생각되자, 가지고 있는 약간의 돈과 제일 좋은 보석들을 모아쥐고는 아무도 모르게 집을 빠져나가 로따리오에게로 가서 사달이 난 걸 이야기하고 자신을 보호해주거나 아니면 둘이서 안셀모에게 들키지 않을 안전한 어딘가로 떠나자고 했다. 까밀라의 말을 들은 로따리오는 너무 당황해서 어떻게 대답해야 할지 어떻게 일을 해결해야 할지 생각조차 할 수 없었다.

로따리오는 결국 자기 누이가 원장으로 있는 수도원으로 까밀라를 데려가기로 했고, 까밀라도 찬성했다. 상황이 급박한지라 로따리오는 그녀를 데려다 수도원에 맡기고 그 역시 어디로 간다는 말도 없이 바로 도시를 떠났다.

날이 밝자 안셀모는 까밀라가 옆에 없다는 걸 눈치채지도 못하고, 레오넬라가 자기한테 말하겠다는 사건만 알고 싶은 마음으로 일어나자마자 그녀를 가두어둔 방으로 갔다. 문을 열고 들어갔으나 레오넬라는 없었고 창문에 매달아놓은 이불 자락들만 발견했는데, 그걸 타고 내려가 달아나버렸다는 증거였다. 그는 대단히 마음이 상해서 즉시 까밀라에게 이야기하러 돌아왔으나 그녀가 침대에도 집 안 아무 데도 없자 놀라서 하인들에게 주인마님에 대해 물었다. 그러나 물어보는 말에 대답할 수 있는 사람이 아무도 없었다.

까밀라를 찾다찾다가 우연히 그녀의 보석상자들이 열린 것을 보았는데 거기에 있던 보석 대부분이 없어졌다. 이걸 보자 비로소 자신이 불행에 빠졌다는 걸 알았고, 그 원인이 레오넬라에게 있는 게 아니라는 걸 알아차렸다. 그래서 옷도 제대로 챙겨입지 않은 채 입은 차림 그대로 슬픈 생각에 잠겨 친구 로따리오에게 자기 불행을 알리러 갔다. 그러나 친구는 없었고, 하인들의 말이 전날 밤 가지고 있는 돈을 몽땅 다 가지고 집에서 나가버렸다고 하자 그는 그만 정신을 잃을 뻔했다. 그는 모든 걸 끝장낼 생각으로 자기 집으로 돌아왔으나 집은 텅 비어 하인들조차 하나도 남아 있지 않았다.

무슨 말을 하고 무슨 생각을 하고 무엇을 해야 할지 몰랐다. 조금씩 정신이 돌아오기 시작하자, 한참 동안 아내도 없고, 친구도 없고, 종도 없는 자신을 바라보고 생각에 잠겼다. 그를 감싸고 있던 하늘에게서 버림받은 느낌이었고, 무엇보다도 까밀라가 사라진 건 그녀가 타락했음을 보여주는 것이니 이제는 명예도 체면도 없는 몸이었다.

한참 뒤에야 안셀로는 마침내 친구가 사는 시골로 내려갈 결심을 했는데, 그곳은 그 모든 불행을 길러낸 곳이었다. 집의 문들을 잠그고, 말에 올라타서 금방이라도 기절할 것 같은 기운으로 길을 나섰다. 길을 반이나 갔을까, 갖가지 생각에 시달리던 그는 말에서 내리지 않으면 안되었다. 말고삐를 나무에 묶고는 그 나무등치 밑에 쓰러진 채 고통에 찬 가냘픈 한숨을 내쉬면서 밤이 어두워질 때까지 거기에 머물러 있었다. 그때 시내에서 말을 타고 오는 사람이 보이자 인사를 한 뒤 피렌쩨에 무슨 소문이 돌더냐고 물었다. 시내에서 온 그 사람이 대답했다.

"우리 도시에서는 오랫동안 들어보지도 못했던 이상한 소문이 떠돈답니다. 공공연히 떠도는 이야기를 들으면, 싼 환에 사는 부자 안셀모의 대단한 친구인 로따리오가 오늘 밤 안셀모의 부인인 까밀라를 데리고 가버렸다는 이야기가 있어요. 안셀모도 얼굴을 볼 수가 없구요. 이 소문은 모두 까밀라의 여종이 한 말인데요, 지난밤 경찰서장이 그녀가 안셀모의 집 창문으로 이불깃을 타고 내려오는 걸 발견했다는군요. 사실 그 일이 어떻게 해서 벌어졌는지는 정확히 모르고요. 온 도시가 이 사건으로 놀라고 있다는 것만 압니다. 왜냐하면 두 친구의 우정이 두텁고 마치 한 가족 같았는데, 그런 일이 벌어질 줄은 누구도 생각하지 못했다는 겁니다. 우정이 하도 돈독해서 별명이 '두 친구' 하면 다 통했다는군요."

"혹시 아실지 모르겠는데," 안셀모가 말했다. "로따리오와 까밀라가 간 길을 아시나요?"

"상상도 못하지요." 그 사람이 대답했다. "서장이 그 사람들을 찾으려 굉장히 애를 썼는데도 모른다네요."

"안녕히 가십시오, 어르신." 안셀모가 말했다.

"안녕히 계세요." 그 사람이 대답하고 가버렸다.

그 불행한 소문을 듣고 나서 안셀모는 거의 한계에 도달해 정신을 잃을 정도가 아니라 목숨이 끊어지는 것 같았다. 있는 힘을 다해 일어서서 친구 집에 도착했다. 친구는 아직 그 불행한 소식을 모르고 있었으나 안셀모가 얼굴이 비쩍 마르고 기운없이 노래진 몰골로 들어오는 걸 보자 어떤 커다란 불행을 당하고 다 죽어서 오는 걸 알았다. 안셀모는 곧바로 자기를 눕혀달라고 하고, 필기도구를 달라고 했다. 친구는 그리하고 혼자 누워 있게 했는데, 그가 그걸 원했기 때문이다. 안셀모는 또 밖에서 문을 닫아달라고 했고, 마침내 혼자 남게 되자 자신의 불행에 대한 생각이 어찌나 무겁게 그를 짓누르던지 목숨이 다해가고 있는 걸 또렷이 느꼈다. 그래서 자신의 이상한 죽음의 원인에 대해 고백하기로 작정하고 글을 쓰기 시작했는데, 원하는 만큼 다 적기도 전에 숨이 차와서 자신의 시건방진 호기심이 부른 고통의 손아귀에서 숨을 거두었다.

집주인은 시간이 늦었는데도 안셀모가 찾지 않자 안으로 들어가서 몸 불편한 게 더 심해지고 있는 건 아닌지 살펴볼 생각을 했다. 주인은 그가 몸 반쯤은 침대에, 다른 반쪽은 책상 위에 엎드려 있었고, 책상 위에는 글씨가 쓰인 종이가 펼쳐진 채 아직 그의 손에 펜이 쥐여 있는 걸 보았다. 처음에 주인은 그에게 다가가 말을 건넸으나 대답이 없자 그의 손을 만졌는데, 손이 차디찬 것을 보고 그가 죽었음을 알았다. 너무 놀라고 큰 비탄에 빠져서 집 안 사람들을 불러서 안셀모에게 일어난 불행한 일을 보라고 했다. 마침내 안셀모가 자필로 쓴 것으로 보이는 종이를 읽어보았는데, 거기엔 이런 말이 적혀 있었다.

'한 어리석고 시건방진 욕구가 나를 죽게 만들었습니다. 내가 죽었다는 소식이 까밀라의 귀에 들어가거든 내가 그녀를 용서한다고 전해주길 바랍니다. 아무도 기적을 만들어내야 할 의무가 없고, 나 또한 그녀가 기적을 만들어내도록 바랄 필요가 없었지요. 결국 내가 나의 불명예를 만들어낸 것입니다. 뭐하러 그런 짓을 했는지……'

여기까지 쓰고는 말을 채 끝맺지도 못한 채 숨이 끊어진 것으로 보였다. 다음 날 친구는 안셀모의 죽음을 그의 친척들에게 알렸는데, 친척들은 이미 안셀모의 불행을 알고 있었다. 그리고 까밀라가 있는 수녀원에서는 그녀가 남편이 간 그 어려운 길을 함께 가야 하는 극단적 상황이 벌어졌는데, 그건 남편의 죽음 소식 때문이 아니라 사라진 친구의 소식 때문이었다. 전하는 이야기에 따르면 그녀는 혼자 몸이 되었으나 수녀원에서 나가고 싶어하지도, 수녀가 되지도 않았다고 한다. 마침내 오래지 않아 로따리오가 어느 전쟁터[2]에서 죽었다는 소식이 전해졌다고 한다. 그 시절에 무슈 드 로뜨레끄가 대선장 꼬르도바의 곤살로 페르난데스에게 나뽈리 왕국에서 벌인 전쟁에서였는데, 뒤늦게 후회를 한 그 친구가 그 전쟁에 참가한 것이다. 까밀라는 그 소식을 듣고 수녀가 되었고, 며칠 안 가서

---

2 마르띤 데 리께르는 이 전쟁이 1507년의 세리뇰라(Ceriñola) 또는 체리놀라(Cherinola) 전쟁이라고 추정한다.

슬픔과 우울증에 혹독하게 시달리다가 죽음을 맞이했다. 이것이 정신 나간 생각에서 생겨난 일로 모든 사람이 종말을 맞게 된다는 이야기의 끝이다.

"좋구먼." 신부가 말했다. "내 생각엔 이 소설이 좋다구요. 하지만 과연 이게 모두 사실일는지. 지어서 썼다면 작가가 잘못 쓴 거지. 왜냐하면 그리 미련한 남편이 있다는 게 상상이 안 가니 말일세, 안셀모처럼 그렇게 값비싼 시험을 하려는 남편이 있겠어? 이런 일이 한 아가씨와 건달 사이에 일어난 거라면 이야기가 되겠지만, 남편과 아내 사이에 일어난 일로는 뭔가 불가능할 것 같아. 하지만 이야기 풀어가는 방식은 과히 나쁘지 않구먼."

36장

돈 끼호떼가 적포도주 포대와 벌인
이상한 피투성이 격투와 객줏집에서 벌어진
다른 희한한 사건들 이야기[1]

이때 객줏집 주인이 집 문 앞에 서 있다가 소리를 쳤다.

"저기 멋진 손님들이 몰려오고 있군. 저들이 이리로 온다면 복이 굴러들어오는 건데 말이야."

"어떤 사람들인데요?" 까르데니오가 물었다.

"네 사람인데," 주인이 말했다. "말을 타고 오네요. 창과 방패를 들고 오는 기마대 차림인데, 얼굴에 검은 복면들을 썼고요. 그들과 함께 하얀 옷 입은 여자 하나가 얼굴을 가리고 예쁜 안장 위에 앉아 오는데요. 다른 하인 둘은 걸어오구요."

"가까이 오고 있습니까?" 신부가 물었다.

"아주 가까워요." 주인이 대답했다. "다 왔네요."

도로떼아가 이 말을 듣고 얼굴을 가렸고, 까르데니오는 돈 끼호

---

1 잘못 붙은 제목의 또다른 예이다. 사실 이 격투는 앞 장의 에피소드에 대한 것이다.

떼의 방으로 들어갔다. 이러고저러고 할 겨를도 없이 주인이 말한 사람들이 모두 객줏집 안으로 들이닥쳤는데, 네 사람은 아주 점잖고 풍채가 좋았다. 그들은 말에서 내려 부인을 안장에서 내려주러 갔다. 한 사람이 여자를 안아내려서 방문 앞에 있는 의자에 앉혔다. 방 안에는 까르데니오가 숨어 있었고, 이러는 동안 그녀와 그 일행들은 내내 얼굴의 복면도 벗지 않았고 아무 말도 하지 않았다. 다만 여자가 의자에 앉으면서 깊은 한숨을 쉬었고 아픈 사람이 기절하듯이 두 팔을 늘어뜨렸다. 걸어온 하인들이 말을 가지고 마구간으로 갔다.

신부가 이걸 보고는 그런 이상한 옷에 침묵을 지키고 있는 그들이 누구인지 궁금해서 하인들이 있는 곳으로 가서 하인 하나에게 누구신지 물어보았더니 그 아이는 이렇게 대답했다.

"아이구, 나리, 소인도 저분들이 누구라고 말해야 할지 모르겠네요. 소인이 알기로는 다 높으신 분들 같은데요, 아까 보신, 그 아씨를 안아내리신 분이 특히 지체가 높은 분 같아요. 이렇게 말씀드리는 건, 다른 사람들이 모두 존경하고, 그분이 시키고 명령하는 일 아니면 아무것도 안하는 걸 보았으니까요."

"그런데 저 아씨는 누구신가?" 신부가 물었다.

"그건 잘 모르겠는뎁쇼." 하인이 대답했다. "길을 오는 내내 그분 얼굴을 한번도 못 봤어요, 한숨 쉬는 것만 여러번 봤구요. 무슨 신음 소리 같은 한숨을 쉬는데, 소리를 낼 때마다 속마음이 무너지는 것 같았어요. 말씀드린 것 말고는 우리도 아는 게 없는 게, 제 동료나 저나 이분들을 모신 지가 이틀밖에 안되었거든요. 길을 가다 우연히 만났는데 우리에게 부탁을 하고 설득을 하더군요, 안달루시아까지만 자기들과 함께 가주면 돈은 잘 쳐주겠다구요."

"그런데 누구든, 이름 부르는 건 들어봤을 거 아닌가?" 신부가 물었다.

"못 들어봤어요." 아이가 말했다. "모두들 놀라우리만큼 조용조용히 길을 가서요. 이분들 사이에는 한숨 소리와 저 불쌍한 여자분이 흐느끼는 소리밖에 안 들려요. 우리도 마음이 아프더군요. 우리는 저 여자분이 어딜 가든지 억지로 끌려가는 거라고 믿었지요. 옷 입은 걸로 보아서는 여자분이 수녀 같아요, 아니면 수녀가 되려고 가는 길이 틀림없어요. 아마도 수녀 되는 게 마음에서 우러나서 가는 건 아닐 거예요, 저 슬퍼하며 가시는 모습을 보면요."

"그럴 수 있겠지." 신부가 말했다.

그들을 남겨두고 도로떼아가 있는 데로 돌아왔더니 그녀는 얼굴을 가린 여인이 한숨 쉬는 소리를 듣고 천성적인 동정심이 일어나 가까이 다가가서 말을 했다.

"아씨, 어디 아프세요? 여자들이 보통 경험으로 낫게 할 수 있는 병인지 모르겠지만, 저는 아씨께 잘해드리고 싶은 좋은 마음이니 말씀을 하시지요."

이 말을 듣고 아픔에 찬 여인은 말없이 앉아 있었고, 도로떼아가 더욱 도와주고 싶은 마음을 보이는데도 침묵을 지켰다. 마침내 하인 아이가 말하던, 다른 사람들을 부린다는 복면 쓴 신사가 와서 도로떼아에게 말을 걸었다.

"아씨, 부질없이 저 여자에게 어떤 도움이라도 주겠다고 하지 마십시오. 저 여자는 본시 자기에게 베푼 은혜에 감사할 줄 모르는 사람이니까요. 묻는 말에 어떤 대답을 하리라는 기대도 마십시오, 그 입에서 나오는 거짓말을 듣고 싶지 않으시다면요."

"난 한번도 거짓말하지 않았어요." 이때 지금까지 입을 다물고 있던 여자가 말을 했다. "오히려 그 반대지요. 지나치게 순진하고 거짓말 같은 걸 너무 몰라서 지금 이런 불행에 빠진 거지요. 이 문제에 대해선 당신이 증인이 되어주길 바라요. 내 순수한 진실이 당신을 거짓말쟁이, 위선자로 만들 테니까요."

까르데니오는 마치 이야기하는 사람이 바로 옆에라도 있듯이 이 말을 분명하게 들었다. 돈 끼호떼 방의 문 하나만을 사이에 두고 있었기 때문이다. 그는 그 말소리를 듣자 큰 소리를 지르면서 이렇게 말했다.

"세상에, 이럴 수가! 내가 들은 이 목소리가 무슨 소리야? 내 귀에 들려온 이 소리가 누구 목소리야?"

이 고함 소리에 그 여자는 고개를 돌려보았으나 그 소리를 낸 사람이 보이지 않자 벌떡 일어서서 방으로 들어가려 하였다. 신사가 그걸 보고는 한 발자국도 움직이지 못하게 그녀를 붙잡았고, 그 바람에 무척 당황하고 초조해하던 그녀의 얼굴을 감싸고 있던 베일이 땅에 떨어졌다. 그러자 놀라고 창백한 모습이지만 기적처럼 아름다운 얼굴이 나타났다. 그녀는 두 눈으로 시선이 닿는 데까지 구석구석을 두리번거렸는데 하도 열심히 두리번거리는 통에 마치 정신이 나간 사람 같았다. 그 몸짓이 왠지 모르게 도로떼아와 바라보는 사람들의 가슴을 아주 쩡하게 울렸다. 그녀의 등 뒤에 서서 그녀를 꼭 붙잡고 있던 신사는 그녀를 붙드는 데 여념이 없어 벗겨질 듯한 복면을 끌어올릴 겨를이 없었고 결국 복면이 벗겨지고 말았다. 그 부인을 껴안고 있던 도로떼아가 눈을 들어 바라보았고, 순간 그녀를 부둥켜안은 남자가 그녀의 남편 돈 페르난도인 것을 알아챘다. 그를 알아보자마자 그녀의 가슴속 가장 깊은 곳에서 길고 아픈 "아!" 하는 소리가 터져나오더니 바로 기절하여 뒤로 넘어졌다.

옆에서 그녀를 품에 안아일으킨 이발사가 없었더라면 그대로 바닥에 떨어질 뻔했다.

즉시 신부가 달려와 베일을 벗기고 얼굴에 물을 뿌렸는데, 그 여자의 얼굴이 드러나자 다른 여자를 안고 있던 돈 페르난도도 도로떼아를 알아보았다. 그녀를 본 순간 그의 얼굴이 시체처럼 창백해지고 말았다. 그러나 그는 루스신다를 붙들고 있는 손을 놓지 않았고, 루스신다는 그의 품에서 빠져나오려고 무진 애를 썼다. 그녀는 한숨 속에서 이미 목소리로 까르데니오를 알아보았고, 까르데니오도 루스신다를 알아보았다. 동시에 까르데니오는 도로떼아가 기절하면서 지른 "아!" 소리를 듣고 그 소리가 루스신다의 소리인 줄 알고 공포에 차서 방에서 뛰쳐나왔다. 그가 처음 본 건 루스신다를 붙들고 있는 돈 페르난도였고, 돈 페르난도도 금방 까르데니오를 알아봤다. 루스신다, 까르데니오, 도로떼아 세 사람 모두 이게 무슨 변고인지 너무도 기가 막혀 말조차 나오지 않았다.

모두들 말없이 서로를 바라만 보았다, 도로떼아는 돈 페르난도를, 돈 페르난도는 까르데니오를, 까르데니오는 루스신다를, 그리고 루스신다는 까르데니오를. 맨 먼저 입을 연 건 루스신다였고, 그녀는 돈 페르난도에게 이렇게 말했다.

"돈 페르난도 나리, 이젠 저를 놓아주세요. 당신이라는 사람의 지체와 체통을 지켜주세요. 다른 일이라면 그러지 않으시겠지만 당신의 고귀함을 보아서, 제가 붙어 자라던 담벼락의 담쟁이꽃이 되도록 저를 원래의 자리로 돌아가게 해주세요. 당신의 그 많은 선물도, 언약도, 당신의 위협도, 당신의 그 불손한 접근도 제게는 저 품으로 돌아가고 싶은 소망을 벗어나게 하지 못했어요. 아무도 가지 않는, 그 누구도 알 수 없는 숨겨진 길을 간다고 해도 당신은 아셔야 해요, 하늘이 어떻게 비밀스럽고 은밀한 길로 제 진짜 남편을 제 눈앞에 현현하게 했는지를요. 이 어려운 수천가지 시련이 제게는 죽을 때까지 다 지우지 못할 기억일 거라는 걸 잘 아실 테죠. 이젠 분명히 모든 걸 깨닫고 돌아가주세요. 사랑을 분노케 하고 사랑하는 마음을 절망케 하는 것 말고는 다른 방법은 없으실 테니까요. 차라리 저를 절망 속에 죽여주세요, 제 착한 남편 앞에서 죽어가는 것으로 기꺼이 죽음을 받아들이겠습니다. 어쩌면 제 죽음으로 인생의 마지막 순간까지 언약을 지켰다는 걸 보여주게 되겠지요."

이러는 사이에 도로떼아는 정신이 돌아와서 루스신다가 하는 모든 말을 다 듣고 있었고, 그 말을 듣고 그 여자가 누구인지도 알게 되었다. 돈 페르난도가 아직 자기 품에서 그녀를 놓지 않고, 그녀의 말에 대답도 않는 걸 보고는 있는 힘을 다해서 일어나 돈 페르난도 앞에 가서 무릎을 꿇었다. 아름답고 애절한 눈물을 쏟으며 그에게 이렇게 말을 했다.

"나리, 당신 품에서 어두워가는 그 일식의 햇살이 그대의 눈빛을 빼앗고 흐리게 한 게 아니라면 그대 발아래 엎드려 있는 여자를 보셨을 줄 압니다. 당신이 사랑해줄 때까지 불행을 무릅쓰고 살아가는 여자, 불쌍한 도로떼아입니다. 소녀가 바로, 나리께서는 변덕이었든지 친절이었든지 간에 당신의 것이라고 부르고 높은 영광의 자리에까지 오르게 한, 그 보잘것없는 시골 처녀이옵니다. 소녀는 순결과 정숙의 울타리 안에 갇혀 즐겁게 살아가던 중에 나리의 불손한 욕망이었든지 올바른 사랑의 감정이었든지 진실하게만 보이던 그런 태도 때문에 정절의 문을 열고 그 자유의 열쇠를 맡겼던 여자이옵니다. 그러나 그것이 배은망덕한 자에게 주었던 선물이었음을 아는 것은, 지금 그대가 처한 모습과 저를 여기 이 장소에서 만나지 않으면 안되었던 그대의 사연이 잘 말해주고 있나이다. 그러나 어쨌든 나리의 상상으로 소녀가 여기 정절을 팔러 다니러 온 것이라고 생각하지는 말기 바라옵니다. 소녀는 오직 나리를 잊어야겠다는 가슴 아픈 심정으로 여기까지 왔습니다. 나리는 소녀가 나리의 것이기를 바라셨고, 그걸 원하셨기에, 지금은 비록 그렇지 않기를 바라셔도 나리는 소녀의 사랑이 아닐 수 없습니다. 나리, 생각해보소서, 나리께 품고 있는 둘도 없는 이 사랑은, 아름답고 귀하신 분을 택하기 위해 소녀를 버리신다 해도 달게 받아들이겠습니다. 나리는 아름다운 루스신다의 남자가 될 수 없으십니다, 나리는 소녀의 사랑이니까요. 그분도 나리의 것이 될 수 없습니다, 까르데니오 님의 사랑이니까요. 나리께서 잘 생각해보시면, 당신의 사랑을 보잘것없이 생각하는 여자에게 향하는 것보다 나리를 사랑하고 존경하는 여자에게 마음을 돌리시는 게 더 쉬울 줄 아옵니다. 나리께서는 제가 주의를 기울이지 않는 것을 원하셨지요. 나리께서는 소녀가 사리분별이 있기를 바라셨지요. 나리께서는 소녀의 자질을 모르지 않으셨습니다. 나리께서는 소녀가 나리의 뜻에 따라 몸을 바친 것을 잘 아시지요. 그러니 나리께서 그때는 속았다고 변명할 이유도 여지도 없으십니다. 이것이 사실 그대로라면, 나리도 양심이 있고 기독교인이고 또 신사이신데, 왜 처음에 소녀에게 하신 것처럼 마지막에도 행복하게 해주시지, 이렇게 일을 꼬이게 하고 결정을 미루십니까? 소녀의 신분 때문에 저를 사랑할 수 없으시더라도 소녀는 나리의 정식 부인이니 절 사랑해주셔야 해요. 그러실 수 없다면 적어도 저를 종으로라도 받아주세요. 소녀는 나리의 수중에 있는 것만으로도 행복하고 행운아라고 생각하겠습니다. 소녀를 버리시어 올 데 갈 데 없이 내버려둔 채 사람들이 소녀의 부정을 두고 험담이나 하고 쑥덕거리도록 버려두지 마세요. 늙으신 우리 부모님께 더이상 아픔을 주지 마세요. 나리의 착한 신하 된 사람들로서, 항상 나리 가문을 위해 충실하게 봉사한 그분들이 그런 벌을 받을 만한 짓은 안했으니까요. 나리의 피가 소녀의 피와 섞임으로써 혈통이 없어진다 생각하시나요. 하지만 세상의 귀족 가문치고 이런 길을 걷지 않는 집은 별로 없습니다. 또한 여자들에게서 받은 혈통은 명문가의 후계를 이루는 데 아무 지장이 없습니다.[2] 더구나 진짜 귀족이란 행실이 올발라야 하는데 나리께서 정당하게 받아들여야 할 소녀를 거부하고 과오를 저지르신다면 소녀가 나리보다 더욱 고결할 것입니다. 나리, 마지막으로 드리고 싶은 말씀은 나리가 원하든 원하지 않든 소녀는 나리의 아내라는 것입니다. 증거는 나리의 말씀이지요. 나리께서 거짓말을 하셨을 리도 없고 또 하셔도 안되지요. 소녀가 귀족이 아니라고 업신여기시니 나리께서는 귀족의 체통을 지키셔야죠. 나리께서 하신 언약이고, 또 증인은 하늘이니, 나리께서 소녀에게 언약하실 때 증인으로 부르셨으니까요. 이 모든 증인이 없다 해도 나리의 양심이 가만있지 않을 것이옵니다. 나리께서 한창 즐거워하실 때 말없이 소리치는 목소리가 있을 것입니다. 나리의 최고 기쁨과 행복을 흐트러뜨리며, 소녀가 말한 이 진실이 어찌 되었는지 되묻는 나리 마음속의 그 목소리 말이옵니다."

비통한 심정의 도로떼아는 이런 말 저런 말을 해댔다. 눈물을 흘리며 어찌나 감동적으로 말을 하는지 거기 있는 사람들이나 돈 페르난도와 동행한 사람들도 그녀의 말에 공감을 했다. 그녀가 말을

----

2 귀족 가문의 혈통은 부계를 따르므로 여자는 혈통 보존과 크게 상관이 없다.

끝낼 때까지 돈 페르난도는 한마디도 않고 듣고만 있었고, 말을 끝낸 그녀는 한숨지으며 서럽게 흐느끼기 시작했다. 청동으로 만든 가슴을 가진 사람일지라도 그렇게 아파하는 모습에 감동하지 않을 사람은 없으리라. 루스신다는 그녀를 바라보고 있었는데 자기 감정에 상처를 받은 만큼 그녀의 아름다움과 얌전한 말투에 깊이 감동했다. 그녀 가까이 가서 비록 몇 마디 위로의 말이라도 건네고 싶었지만 꼭 잡고 있는 돈 페르난도의 두 팔이 그녀를 놓아주지 않았다. 돈 페르난도는 놀라고 어리둥절해서 한참 동안 도로떼아를 뚫어지게 바라보더니 두 팔을 풀고 루스신다를 놓아주고 말했다.

"그대가 이겼구려, 아름다운 도로떼아여, 그대가 이겼어. 그 많은 진실을 한데 모아놓으니 누군들 부정할 용기가 있겠소?"

돈 페르난도가 루스신다를 놓자 거의 기절 상태에 있던 그녀가 바닥에 쓰러지려 했다. 그러나 그 옆에 까르데니오가 있었는데, 돈 페르난도가 알아볼까봐 그의 등 뒤에 서 있었던 것이다.[3] 까르데니오는 모든 두려움을 잊고, 모든 위험을 무릅쓰고 루스신다를 붙잡으러 달려가 그녀를 품에 안고 말했다.

"성실하고 흔들림 없는 아름다운 내 사람아, 자비로우신 하늘이 이제 그대를 좀 쉬게 하신다면 지금 그대를 받아주는 이 품 밖 어디에 이보다 더 편안한 자리가 있겠소? 이 품은, 한때 운명의 여신이 그대를 내 사람이라고 부르게 한 그 시절에도 그대를 받아주었지."

이 말에 루스신다는 까르데니오와 눈을 마주쳤고 그를 알아보았다. 처음엔 목소리로, 다음엔 눈으로 그가 까르데니오인 것을 확

---

3 여기 세르반떼스의 건망증이 또 한번 나온다. 까르데니오와 돈 페르난도는 이미 서로를 알아보았다는 것을 이 불멸의 작가는 잊고 있다.

인하자 거의 정신이 나간 사람처럼 예의도 체면도 아랑곳하지 않고 두 팔을 벌려 그의 목을 껴안고 얼굴과 얼굴을 맞댄 채 말했다.

"당신이군요, 내 임이시여! 임이야말로 당신의 포로인 저의 진정한 주인이세요. 어떤 역경이 우리를 방해해도, 이 목숨에 어떤 위협이 더해져도 당신만 믿고 살 수 있어요."

돈 페르난도나 주위에 있는 사람들에게는 이 광경이 낯설었고, 한번도 보지 못한 이런 일에 그들은 놀랐다. 도로떼아가 보기에 돈 페르난도의 얼굴이 창백해지는 것 같았다. 까르데니오에게 복수하려는 듯 돈 페르난도의 손이 칼집으로 가는 걸 도로떼아가 보았다. 그녀는 비호처럼 빠른 동작으로 돈 페르난도의 무릎을 껴안고 움직이지 못하게 하면서 쉴 새 없이 눈물을 흘리며 말을 했다.

"무슨 짓을 하시려는 거예요, 이런 생각지도 않은 상황에서? 나리는 소녀의 유일한 안식처예요. 나리는 발밑에 아내를 두고 계시고, 나리께서 아내가 되어주기를 원하는 여자는 자기 남편의 품에 있어요. 하늘이 맺어준 인연을 끊고 좋으실 것 같아요? 그게 가능할 것 같으십니까! 아니면, 모든 장애물을 뒤로하고 자신의 진심과 굳은 절개만을 믿고 마침내 나리의 눈앞에서 자기 사람을 만난 여자를, 나리와 같은 사람으로 보고 일어선다는 게 신상에 좋으실 것 같아요? 자신의 진짜 남편의 가슴과 얼굴을 지금 그 사랑의 술로 물들이고 있지 않나요? 하늘에 계신 하느님을 걸고 애원하옵니다. 귀족이신 나리께 부탁드리옵니다, 이런 훌륭한 깨달음의 순간이 나리의 분노를 더 부추겨서는 안됩니다. 오히려 분노를 가라앉히고, 침착하고 조용하게 이 두 연인이 나리의 방해를 받지 않고 하늘이 베풀어주신 세월 동안 잘 살도록 허락해주세요. 이렇게 하는 것이 나리같이 고명하고 훌륭한 분의 관대함을 보여주는 겁니다. 그리고 세상 사람들도 나리께서 욕망보다는 이성의 힘이 더 강하신 분이라고 모시게 될 것입니다."

　도로떼아가 이 말을 하는 동안, 까르데니오는 루스신다를 껴안고 있으면서도 돈 페르난도에게서 눈을 떼지 않았다. 만약 그가 그들을 해치려 들면 방어할 결심이었고, 자기들에게 상처를 주려는 모든 행동에 대해 목숨을 걸고 최선을 다해 싸울 작정이었다. 그러나 이때 돈 페르난도의 친구들이 달려왔고, 그 자리에서 모든 이야기를 다 들은 이발사와 신부도 다가왔으며, 착한 싼초 빤사도 빠질 수가 없었다. 모든 사람이 돈 페르난도를 에워싸고 그에게 도로떼아의 눈물을 보아서라도 좋게 생각하라고 간청했다. 그녀의 말이 옳은즉 그들도 의심할 나위 없이 모두 그렇다고 생각하니까 도로떼아의 옳고 옳은 희망을 부디 실망시키지 말아달라고 부탁했다. 보아하니, 틀림없이 하늘의 특별한 뜻으로 아무도 생각하지 못한 이 장소에 모두가 모였다는 걸 생각하라고 했다. 그리고 신부가 말하기를, 루스신다와 까르데니오는 오직 죽음만이 그들을 갈라놓을 수 있으며, 어떤 칼날이 이들을 갈라놓는다 할지라도 둘은 그 죽음을 아주 행복하게 받아들일 거라고 했다. 어찌할 수 없는 인연에는 노력을 해서라도 자신을 이기고 관대한 마음을 보여주는 게 최상의 사려 깊은 행동이라고 말했다. 하늘이 그들에게 이미 베풀어준 행복을 둘이서 오직 그들의 마음 하나로 즐길 수 있도록 해주는 게 도리라고 했다. 또한 도로떼아의 아름다움에도 눈을 돌려보면 그 누구도 그녀처럼 아름답지 못하리라고 했다. 더구나 더욱 훌륭한 점은 그 아름다움에다 겸손함, 그리고 돈 페르난도를 향한 지극한 사랑이라고 했다. 특히 그가 신사이고 기독교인인 것을 자랑으로 생각한다면 한번 준 언약은 지킬 수밖에 없다는 것을 알아야 한다며 약속을 지켜야 하느님을 모시는 것이고 양식있는 사람들에게 사람대접을 받을 수 있다고 했다. 사람들은 아름다움의 특권이, 비록 그게 천한 사람에게 있다고 할지라도 거기에 정숙함이 곁들여진다면 어떤 높은 신분에도 올라갈 수 있고, 그와 어깨를 함께할 수도 있다는 걸 모두 잘 알고 있다고 말했다. 그런 여자를 자신의 신분에까지 올리고 함께하는 남자를 업신여기거나 하는 그런 일은 없다고 했다. 좋아한다는 강력한 법칙이 이루어지고 거기에 죄악이 끼어들지 않을 때는 사랑의 법칙을 따르는 누구도 죄가 있다고 보아서는 안된다 했다.

이런 말에다 모두들 그런 말 한마디씩을 하자 용맹스러운 돈 페르난도의 가슴도, 그래도 훌륭한 핏줄을 이어받았기에, 부드러워지고 진실의 힘 앞에 무릎을 꿇었으니, 그가 원한다 할지라도 부정할 수가 없었던 것이다. 사람들이 건의한 좋은 생각을 받아들이고 따르겠다는 증거로 그는 몸을 낮추어 도로떼아를 껴안으며 말했다.

"일어나요, 나의 여인이여, 내 마음속에 간직하고 있는 여인이 내 발밑에 무릎을 꿇고 있어서는 안되지요. 지금까지 내가 품고 있는 말을 하지 않은 것은 어쩌면 하늘의 뜻이었나보오. 내가 그대에게서 진심으로 나를 사랑하는 마음을 보고, 그대의 훌륭한 점을 존경할 줄 알게 하려는 뜻이었던 것 같소. 부디 나의 많은 부주의와 나쁜 결과를 나무라지 마오. 그대를 내 사람으로 받아들이게 한 그 힘과 동기가 또 바로 나를 그대의 것이 되지 못하도록 밀어붙였던 그 힘이었소. 이게 진실인가 보고 싶으면 눈을 돌려 이제 만족하고 있는 루스신다의 눈을 보시구려. 그 눈에서 내 모든 과실을 용서할 수 있는 이유를 발견할 것이오. 그녀는 자기가 원하는 것을 찾다가 그걸 얻었고, 나는 그대에게서 나를 충족시키는 걸 찾았소. 그 여자는 자기의 까르데니오와 오래오래 행복을 누리고 편안히 행복하게 살라고 합시다. 나는 나의 도로떼아와 오래 행복하기를 하늘에 기도하겠소."

이 말을 하면서 그는 다시 그녀를 껴안았고, 그녀의 얼굴을 자신의 얼굴에 아주 다정하게 가까이 붙였는데, 눈물이 쏟아져 자신의 참회와 사랑을 너무 적나라하게 보여주지 않으려 무척이나 애를 써야 했다. 루스신다와 까르데니오는 그렇게 눈물을 참지 않았다. 거기 있는 거의 모든 사람이 울음을 참지 못하고 펑펑 눈물을 흘리기 시작했다. 어떤 사람은 만족해서 스스로의 기쁨에 겨워서 울고, 또 어떤 사람은 다른 사람 때문에 울고 마치 무슨 커다란 불행이 모두에게 닥쳐서 울고 있는 것 같았다. 싼초 빤사까지 울었다, 비록 나중에 그가 운 것은 자기가 생각했던 것과 달리 도로떼아가 미꼬미꼬나 공주가 아니라는 걸 알고 그토록 기대했던 그 많은 은혜도 다 틀렸구나 해서 울었다지만. 울음과 함께 모든 사람의 감동이 한참 동안 계속되었다. 얼마 뒤 까르데니오와 루스신다는 돈 페르난도 앞에 가서 무릎을 꿇고 그토록 예의 바른 말씀과 자신들에게 베풀어주신 은혜에 감사드렸다. 돈 페르난도는 무어라 대답해야 할지 몰라하며 그들을 일으켜세우고 큰 사랑과 깍듯한 예의로 그들을 껴안았다.

이윽고 돈 페르난도는 도로떼아에게 살던 데서 그토록 먼 이곳에 어떻게 오게 되었는지 물어보았다. 그녀는 짧고 얌전한 말씨로 전에 까르데니오에게 들려주었던 모든 이야기를 했고, 이야기를 듣고 돈 페르난도와 함께 온 그의 친구들은 무척이나 좋아하며 그 이야기가 좀더 길었으면 했는데, 도로떼아가 고생한 이야기를 매우 재미있게 잘했기 때문이다. 도로떼아가 이야기를 마치자 돈 페르난도는 루스신다의 가슴에서 쪽지를 발견한 뒤 도시에서 벌어진 사건을 이야기했다. 쪽지에는 까르데니오의 부인이라는 고백과 자신의 여자가 될 수 없다고 쓰여 있었다. 돈 페르난도는 그녀를 죽이고 싶었다고 했으며, 그녀 부모가 막지 않았다면 죽였을 거라고 했다. 그래서 얼굴을 들고 다닐 수가 없어 절망을 안고 그녀 집에서 나온 뒤 더욱 편한 곳에서 복수할 결심을 했는데, 하루는 루스신다가 부모 집에서 없어졌다는 것을 알았다. 아무도 그녀가 어디로 간 줄을 몰랐는데, 결국 몇달 지난 뒤 수도원에 있다는 걸 알게 되었다. 그녀는 까르데니오와 살지 못하면 거기서 일생을 보낼 생각이었다는 것이다. 그 소식을 알자 자기와 같이 갈 저 세 친구를 골라 그녀가 있는 곳으로 갔고, 그녀에게 알려지지 않도록 했다. 그가 온 사실을 알게 되면 수도원을 지키는 사람이 더 많아질 걸 걱정해서였다. 수도원 문이 열릴 때까지 하루를 기다려 친구 둘은 문에 보초를 서게 하고 자신은 다른 하나와 함께 루스신다를 찾으러 수도원 안으로 들어갔다. 그녀는 수녀 한 사람과 이야기를 나누며 밀실에 있었는데, 다른 행동을 할 여유도 주지 않고 그녀를 빼내 그녀를 데려가려고 필요한 조치를 해놓은 장소로 같이 왔다. 이런 일을 감행할 수 있었던 것은 수도원이 마을에서 상당히 멀리 떨어진 야외에 있었기 때문이다. 루스신다는 자신이 돈 페르난도에게 잡혀온 것을 알자 정신을 완전히 잃어버렸고, 정신이 돌아오고도 한숨만 쉬고 울기만 하면서 아무 말도 하지 않았다. 그래서 눈물과 침묵 속에서 그 객줏집까지 온 것이라 했고, 그에게는 여기 온 것이 하늘에 온 것이라 했다. 여기에서 지상의 모든 불행이 해결되고 끝났기 때문이라 했다.

37장

유명한 공주 미꼬미꼬나의 다음 이야기와
다른 재미있는 모험들에 대하여

이 모든 이야기를 쌘초도 듣고 있었는데 적잖이 마음이 아파왔으니 귀족 작위를 따리라는 자신의 희망이 연기가 되어 사라져가는 걸 보았기 때문이다. 그 예쁜 미꼬미꼬나 공주가 도로떼아로 둔갑하고 거인이 돈 페르난도로 바뀌었고, 그의 주인님은 이 모든 변화에도 상관 않고 잠에만 푹 빠져 있었다. 도로떼아는 자기가 얻은 행복이 꿈인지 생시인지 알 수 없었고, 까르데니오도 같은 생각이었으며, 루스씬다의 생각도 비슷하게 흘러가고 있었다. 돈 페르난도는 자칫하면 자신의 명예와 영혼을 잃을 뻔했던 그 복잡다단한 미궁에서 자신을 꺼내주고 은총을 베풀어주신 데 대해 하늘에 감사했다. 마지막으로 객줏집에 있는 모든 사람은 그렇게 얽히고설킨 절망적 사건들이 잘 풀린 데 대해 만족하고 즐거워했다.

신부는 어른으로서 모든 것을 잘 정리했고, 한 사람 한 사람에게 행복을 얻은 걸 축하해주었다. 그러나 그중 가장 신이 나고 만족한 사람은 객줏집 여주인이었는데, 돈 끼호떼가 진 모든 빚과 손해를 이자까지 쳐서 보상해주겠다고 신부와 까르데니오가 약속했기 때문이다. 오직 싼초만이 아까 말한 것처럼 고민에 빠져 자신의 불행을 슬퍼하고 있다가 우울한 표정으로 주인님이 계시는 데로 들어갔다. 돈 끼호떼는 금방 깨어났고, 싼초는 그에게 말했다.

"불쌍한 몰골의 나리께서는 원하는 대로 실컷 잠만 주무시면 되겠네요. 거인을 죽이거나 공주의 왕국을 되찾아주실 걱정도 없어졌으니까요. 이젠 모든 게 다 끝나고 종결되었는뎁쇼."

"그거 잘된 일이지." 돈 끼호떼가 대답했다. "내 평생에 상상을 초월하는 그런 엄청난 전투를 거인과 벌인 건 처음이고 마지막일 거야. 왼쪽에서 오른쪽으로 싹둑, 한칼에 모가지를 땅에 쓰러뜨렸지. 그 목에서 나온 피가 하도 많아 시냇물이 되어 물살처럼 온 땅에 콸콸 흘러내렸지."

"적포도주처럼이라고 말씀하는 게 더 좋겠네요." 싼초가 대답했다. "모르시는 것 같아서 알려드리는데요, 죽은 그 거인은 찢어진 가죽 술포대구요, 그 피는 술포대 배 속에 가득 채워놓았던 6아로바[1]나 되는 적포도주였지요. 그리고 잘린 그 대가리는, 빌어먹을, 모두 귀신이 가져갔지요."

"그게 무슨 소리인고, 이 미치광이 친구여?" 돈 끼호떼가 되받았다. "자네 지금 제정신이야?"

"나리, 일어나보세요." 싼초가 말했다. "그러면 얼마나 큰 수확을 올리셨는지 보실 거예요, 우리가 내야 할 돈하구요. 그리고 그 여왕님은 도로떼아라고 하는 한 여염집 여자로 둔갑했구요, 다른

---

1 '아로바'(arroba)는 부피의 단위이다. 1아로바는 25리터이고, 아라곤 지방에서는 35리터라고도 한다. 통상의 기준에 따라 6아로바는 총 150리터이다.

일도 많아요. 그걸 다 아시면 나리는 놀라자빠지실 거예요.”

“그런 건 전혀 놀랄 일도 아니지.” 돈 끼호떼가 되받았다. “자네도 잘 기억하듯이 지난번 이곳에 머물렀을 때 여기에서 일어난 일들이 모두 마법에 걸렸다고 내가 말했지? 지금 일어난 일이 똑같은 거라 해도 대단할 건 없어.”

“모든 걸 믿겠는데요,” 싼초가 대답했다. “소인이 겪은 그 담요 말이 사건도 그런 귀신 들린 일이었다면 말이에요. 하지만 그건 아니었어요. 그건 정말 똑똑히 실제로 일어난 일이었습죠. 오늘 여기 있는 이 주인이 담요 한쪽 끝을 잡구서 아주 우아하고도 멋지게 웃어가면서 소인을 힘껏 공중으로 밀어올렸다니까요. 사람들이 다 알아볼 만큼 분명한 일인데 무슨 마법입니까요, 엄청 두들겨맞은, 정말 재수 옴 붙은 일이었구만요.”

“그건 그렇고, 하느님께서 다 알아서 해주시겠지.” 돈 끼호떼가 말했다. “내가 입을 옷을 좀 주고, 밖에 나가보자꾸나. 무슨 일이 벌어졌는지, 자네 말대로 무슨 둔갑이 있었는지 보고 싶구먼.”

싼초는 돈 끼호떼가 입을 옷을 주었다. 돈 끼호떼가 옷을 입는 동안에 신부는 돈 페르난도와 다른 사람들에게 돈 끼호떼가 미친 이야기를 해주었고, 자기들이 작전을 써서 그를 뻬냐 뽀브레에서 꺼내온 이야기를 했다. 그곳에서 그는 자기 아씨에게 버림받고 쫓겨나 있는 거라고 상상하고 있었다 하고, 싼초가 겪은 모험에 대해서도 다 들려주었다. 이야기를 듣고, 누구나 그렇듯이, 모두들 엄청 웃으며 놀라워했으니 정신이 멀쩡한 머리에선 일어날 수 없는, 정말 이상한 종류의 광기였기 때문이다. 신부는 이야기를 계속하면서 이제 도로떼아 아씨의 좋은 일 때문에 그 작전을 더이상 밀고 나갈 수 없기에 다른 작전 하나를 새로 만들어 그를 고향으로 데려가야 한다고 했다. 까르데니오는 시작한 일을 계속 맡아서 하겠다고 하고, 루스신다가 도로떼아의 역할을 맡아서 하면 된다고 말했다.

"그래선 안되지요." 돈 페르난도가 말했다. "나는 도로떼아가 그 작전을 계속했으면 하는데요. 이 멋진 기사가 가는 곳이 여기서 너무 멀지만 않다면 내가 기꺼이 방법을 찾아보지요."

"이곳에서 이틀 정도밖에 안 걸리는 거리예요."

"좀더 멀다고 해도 멋진 작품 하나 만들어낸다면야 그 정도 걷는 건 기꺼이 하지요."

이때 돈 끼호떼가 모든 장비를 다 걸치고 무장을 한 채 나왔는데, 쪼그라진 그 맘브리노 투구를 머리에 쓰고 팔에는 방패를 들었으며 창인지 나무 몽둥이인지를 부둥켜안고 나왔다. 돈 끼호떼의 이상한 모습이 돈 페르난도나 다른 사람들을 긴장하게 했다. 특히 반마장 정도나 되어 보이는 긴 얼굴[2], 깡마르고 샛노란 안색, 초라한 무장에 걸맞지 않은 점잖은 자태가 이상해 보였다. 그가 무슨 말을 하려는지 보려고 아무도 말을 하지 않았다. 돈 끼호떼는 대단히 점잖게 천천히 아름다운 도로떼아를 응시하며 말을 했다.

"본인이 하인에게 보고받기로는, 아름다운 아씨, 위대하신 마님께서 종적을 감추시고 마님의 존재가 없어졌다고 들었습니다만. 여왕이고 위대한 부인이신 그대께서 사사로운 처녀로 둔갑하셨다지요. 만일 이것이 아씨 아버님이신 마법사의 명령으로 그리되셨다면, 소인이 그대에게 필요한 정당한 도움을 주는 걸 두려워해서 그런 줄 압니다. 저는 그분이 그때나 지금이나 일처리의 절반도 모르고, 기사들의 역사에 대해 아는 게 별로 없다는 생각이옵니다. 왜

---

2 '백발삼천장'(白髮三千丈) 같은 세르반떼스의 과장이다. 얼굴이 아무리 길어도 반마장이나 걸어가야 할 정도로 길 수는 없지 않은가.

냐하면 제가 읽고 살아왔듯이 마법사가 시간을 갖고 열심히 그걸 읽고 연구했다면 저보다 훨씬 명성이 없는 다른 기사들이라 할지라도 더 고난이 많은 일들을 완수했으며, 아무리 거만하다 할지라도 거인 하나쯤이야 별거 아니라고 생각했을 테니까요. 얼마 전에 본인이 그놈과 맞붙었는데 그냥…… 사람들이 거짓말한다 할까봐 말은 않겠습니다만 어쨌든 세월이 가면 진실이 모두 밝혀질 테니까 우리가 생각지도 않은 어느날 말들이 다 나오겠지요."

"거인이 아니라 두 가죽포대와 맞붙으셨지요." 이때 객줏집 주인이 말했다.

돈 페르난도가 주인에게 입을 다물라고 하면서 돈 끼호떼가 말을 하는 데 절대 끼어들지 말라고 했다. 돈 끼호떼는 계속하여 말을 이었다.

"그러니까 유산을 물려받지 못하게 된 높으신 아씨, 제가 말한 이유로 아씨 아버님께서 마님을 이렇게 변신시켰다면, 제가 말씀 드립니다만, 아버님 말을 절대 믿지 마소서. 왜냐하면 이 지상에서 일어나는 어떤 위험에도 그대를 위해 제 칼이 열리지 않을 일은 없기 때문이옵니다. 이 칼로 아씨의 적의 머리를 땅에 떨어뜨리고 단시일 안에 아씨 머리에 그대 나라의 왕관을 씌워드리겠사옵니다."

돈 끼호떼는 더이상 말을 않고 공주가 대답하기를 기다렸다. 그녀는 돈 페르난도의 결정이 돈 끼호떼를 고향에 돌려보낼 때까지 계속 속임수를 써야 한다는 것이라는 걸 알고 대단히 우아하고 얌전한 목소리로 대답했다.

"불쌍한 몰골의 용감하신 기사님, 제가 변해서 제 신분이 바뀌었다고 누가 당신께 어떤 말을 했을지라도 나리께 한 말은 사실이 아닙니다. 어제의 제가 바로 오늘의 저이기 때문입니다. 좋은 행운을 가져다준 사건이 몇 있어서 제가 모습을 좀 바꾼 건 사실이고, 운이 좋아 제가 바라는 것보다 훨씬 더 좋은 훌륭한 상황을 맞게 되었지요. 그러나 그렇다 해서 제가 공주가 아닌 게 아니고, 제가 늘 믿어왔던 기사님의 용감하신 불구[3]의 무공을 필요로 한다는 생각은 여전하옵니다. 그러하오니, 나리, 귀하께서 부디 저를 낳아주신 우리 아버님의 명예를 되찾아주시고 그분께서 앞날을 아는, 덕 있는 분이라는 걸 생각해주소서. 그분의 지혜로 제 불행을 구할 수 있는 가장 참된 쉬운 길을 찾았고, 그래서 나리가 아니었다면, 지금 제가 가진 행운은 절대로 붙잡지 못했을 겁니다. 제가 드리는 이 말씀은 진심이오니, 여기 계시는 다른 분들이 좋은 증인들이십니다. 이제 우리가 할 일은 내일 길을 떠나는 것입니다, 오늘은 걸어도 많이 가지 못할 거니까요. 제가 바라는 장차의 성공을 위해서 하느님과 나리 가슴의 용기에 모든 것을 걸겠습니다."

도로떼아는 이렇게 재치있게 대응했고, 돈 끼호떼는 그 말을 듣더니 싼초를 돌아보며 무척 화난 표정으로 말했다.

"이제 자네에게 한마디 하겠노라, 싼촌지 상춘지야[4], 자네야말로 에스빠냐 전체에서 제일가는 순 쌍놈이니라. 말해봐, 이 비렁뱅이 도둑놈아, 자네는 방금 이 공주님이 도로떼아라고 부르는 처녀로 둔갑했다고 말하지 않았나? 그리고 내가 거인에게서 잘랐다고 생각한 머리는 제기랄 쥐뿔도 아니라고, 그리고 다른 말도 안되는 소

---

3 원문에서는 'invulnerable'(불굴의)라고 할 것을 'invenerable'(공경할 수 없는)라고 비슷한 듯하면서 전혀 다른 뜻의 말로 비웃고 있다. 역자는 '불굴'과 '불구'의 말놀이로 이를 대치한다.

4 화가 난 돈 끼호떼는 싼초에게 'Sanchuelo' 'bellacuelo'(나쁜 놈)라고 하며 경멸적 어미인 'uelo'를 붙인다. 역자는 '싼촌지 상춘지야' 정도로 그 화난 놀림조의 맛을 살리려 했다.

리를 해서는 내 평생 한번도 경험하지 못한 지독한 혼란 속에 나를 빠뜨리지 않았느냐고? 이런……" 하면서 그는 이를 악물고 하늘을 보았다. "그저 이대로 자네를 박살내서 앞으로 이 세상에 올 방랑기사들의 모든 거짓말쟁이 하인들에게 따끔한 교훈을 주고 싶다만!"

"나리, 나리, 진정하시어요." 싼초가 말했다. "소인이 미꼬미꼬나 공주님께서 변신했다고 한 점에 대해서는 지가 잘못 알고 있었던 것 같기도 하구만요. 그러나 거인의 머리 문제에 대해서는 말이죠, 그러니까, 적어도 술포대 찢어놓은 거나 적포도주를 피라고 하신 건요, 지가 잘못 안 게 아니구만요. 그럼요, 그렇구말구요. 나리 머리맡에 있는 저 술포대들은 상처투성이구요, 적포도주가 방 안 가득 호수를 이루었다니까요. 아니라고 하시면 얼마 안 가서 이제 뭘 잘못하셨는지 아실 거예요.[5] 지 말은 여기 객줏집 주인 나리께서 모든 것의 손해배상을 청구할 때 아실 거라는 겁니다요. 다른 문제야, 여왕님께서 전처럼 지금도 머물고 계시다니, 정말 기쁘네요. 지도 지 몫이 있으니까요, 옆에 살면 국물이라도 있듯이."

"그러니 내 말은, 싼초," 돈 끼호떼가 말했다. "자네가 멍청이라는 말일세, 미안하이. 이만하면 됐어."

"됐습니다." 돈 페르난도가 말했다. "그리고 이 문제는 더이상 말하지 맙시다. 그리고 공주님께서 오늘은 늦었으니 내일 출발한다고 하시니 그렇게 하시지요. 오늘 밤은 좋은 이야기나 하면서 보

---

5 초판본에 'el reír de los huevos'(달걀이 웃으면)로 된 것을 'al freír de los huevos'(달걀 삶을 때)로 읽어야 한다고 마르띤 데 리께르를 비롯한 많은 학자가 주장한다. 이는 속담으로, 꼬바루비아스 오로스꼬에 의하면 '제때 알고 준비하지 않으면 필요할 때가 있음을 알리라'라는 뜻이라고 한다.

냅시다, 내일까지 말입니다. 날이 밝으면 우리 모두 돈 끼호떼 나리와 함께 가기로 하지요. 이분이 떠맡은 그 커다란 업무가 진전되는 동안에 전에는 들어보지 못한 용감한 전공이 세워질 텐데 우리가 직접 그 증인이 되고 싶습니다."

"불초소생이 귀하를 모시고 동반을 해드려야지요." 돈 끼호떼가 대답했다. "소생에 대한 좋은 생각으로 베풀어주신 은혜에 감사드리고 그 생각이 사실이 되도록 노력하겠습니다. 아니면 제 목숨을 바치고, 더 바칠 게 있다면 그것도 바치지요."

돈 끼호떼와 돈 페르난도 사이에 많은 정중한 인사와 격려의 말이 오갔다. 그러나 그때 객줏집에 손님 하나가 들어오면서 오가던 말이 끊겼는데, 그 사람의 옷 입은 차림이 무어족의 땅에서 금방 돌아온 에스빠냐 사람 같아 보였다. 입고 있는 옷이 파란 천의 연미복 비슷한데 짧은 기장에 소매가 반밖에 안되고 깃도 없었고, 바지도 똑같이 파란 삼베 바지인데다 같은 색깔의 사각 모자를 썼다. 대추야자 색깔의 장화를 신고, 가슴을 가로지른 칼집에는 무어족의 신월도를 차고 있었다. 바로 그의 뒤를 따라 무어족 의상을 한 여자 하나가 머리에 면사포를 써서 얼굴을 가리고 당나귀를 탄 채 나타났는데, 금은실로 짠 작은 모자에 어깨에서 발끝까지 내려오는, 귀족스러워 보이는 모직 천을 두르고 있었다.

남자는 건장하고 잘생긴 몸집의 사나이였는데 마흔은 넘어 보이는, 얼굴이 약간 가무잡잡한 사람이었다. 턱수염을 길게 늘어뜨리고, 윗수염을 잘 손질한 품이 결론적으로 옷만 잘 입었다면 좋은 가문의 지체 높은 어른으로 보일 만했다.

들어오면서 방 하나를 청했지만 객줏집에 따로 방이 없다고 하자 걱정스러운 표정을 짓더니 복장으로 보건대 무어족일 것 같은 여인에게로 다가가 말에서 두 팔로 안아내렸다. 루스신다, 도로떼아, 여주인과 그녀 딸, 그리고 마리또르네스는 그녀들이 한번도 보지 못한 새로운 옷을 보고 그 무어 여인을 에워쌌다. 항상 신중하고 얌전하고 우아한 도로떼아는 그 여자나 같이 온 남자가 방이 없어 고민하는 것을 보자 말했다.

"여기 좋은 자리가 없고, 불편하다고 너무 걱정하지 마세요, 아씨. 객줏집이라는 데가 원래 그런 게 없지요." 그러면서 루스신다를 가리키더니 "하지만 우리와 함께 지내는 게 재미있으실 거예요. 아마 이 길을 가더라도 어디 다른 데서 이렇게 좋은 대우를 받기란 어려울 거예요." 했다.

얼굴을 싸고 있는 여인은 이 말에 아무런 대꾸도 하지 않고 앉아 있던 자리에서 일어나 두 손을 포개어 가슴에 올린 채 머리를 숙이고는 감사하다는 표시로 허리를 굽혔다. 말을 안하는 걸로 보아 틀림없이 그 여자는 에스빠냐 말을 모르는 무어족 여자라 생각됐다. 이때 다른 일을 살펴보다가 들어온 그 포로[6]가 사람들이 하는 말에 그녀가 대답이 없자 말을 했다.

"아씨 마님들, 이 처자는 우리말을 못 알아듣습니다. 자기 나라에서 쓰는 말 외에는 다른 말을 못해요. 그래서 물어보시는 말에 대답을 못했을 겁니다."

"무얼 물어보려는 게 아니라," 루스신다가 대답했다. "오늘 밤 우리가 함께 있어주겠다고 했지요. 우리가 머무는 곳에서 같이 있어도 좋다고요. 우리와 있는 게 편하기만 하면 잘해드릴 텐데요, 뭐. 특별히 모셔야 될 여자분인데다 외국 분들께 당연히 잘해드리

---

6 무어인에게 잡혀 포로생활을 한 기독교인이다.

고 싶은 게 우리 마음이지요."

"그녀와 저를 이토록 생각해주시니," 하고 포로가 말했다. "부인, 정말 감사합니다. 손에 키스를 드리고 존경을 표합니다. 이렇게 예의 바르게 은혜를 베풀어주시고, 이런 상황에서 아씨와 같은 훌륭한 모습을 뵈니, 위대하신 분이라 사료되옵니다."

"좀 여쭤보겠는데요, 나리." 도로떼아가 물었다. "이 여자분은 우리나라 분입니까 무어족입니까? 옷차림새나 말을 안하는 것으로 보아 우리를 그다지 달갑게 여기지 않는 것 같군요."

"입은 옷도 몸도 무어족입니다. 그러나 마음은 우리처럼 대단한 기독교인이지요. 왜냐하면 기독교인이 무척 되고 싶어하니까요."

"그러니까 세례는 안 받았다 이거지요?" 루스신다가 되물었다.

"그럴 기회가 없었죠." 포로가 말했다. "이분의 조국이고 고향인 아르헬[7]에서 나올 때부터 지금까지 그렇게 죽음의 위험 가까이 간 적이 없어서 성모마리아님의 교회가 요구하는 예식을 다 갖추지 않은 채 세례부터 시켜야 할 필요는 없었지요. 그러나 이분의 자질이 훌륭해서 곧 하느님께서 세례를 받도록 해주실 겁니다. 이분의 옷이나 제 옷 모양과는 달리 마음만은 신실한 기독교인이거든요."

이런 말을 듣자, 이야기를 듣고 있던 사람들은 모두 그 무어족 여인과 포로가 도대체 누구인지 알고 싶어들 했으나 그때로서는 묻는 걸 자제했다. 이 둘에게 지금 필요한 건 그들의 인생 이야기를 묻는 것보다 좀 쉬게 하는 것 같았기 때문이다. 도로떼아는 그녀의 손을 잡고 자기 옆에 앉도록 데려가 머리 너울을 벗으라고 했다. 그녀는 포로를 보았는데 마치 사람들이 뭐라고 말하는지 알려

---

7 알제리를 가리킨다.

주고 자기가 어떻게 해야 하는지 가르쳐달라는 듯했다. 그는 아랍
어로 사람들이 너울을 벗으로 청한다고 말하고, 벗어도 좋다고
했다. 그녀는 너울을 벗고 얼굴을 드러냈는데 그 얼굴이 무척이나
아름다워서 도로떼아는 루스신다보다 더 예쁘다고 생각했고 루스
신다 역시 그녀가 도로떼아보다 더 예쁘구나 생각했다. 주위에 있
던 모든 사람은 이 두 여자의 아름다움과 비슷하다고 할 만한 여자
는 무어족 여자밖에 없다고 인정했다. 심지어 어떤 사람은 무어족
여자가 어느 면에서는 좀더 낫다고 보기도 했다. 아름다움이란 사
람들의 마음을 휘어잡고 의기를 통하게 하는 마력과 특권이 있는
지라 곧 사람들은 모두 아름다운 무어 여인을 모시고 잘해주려 애
썼다.

　돈 페르난도가 포로에게 무어 여인 이름이 뭐냐고 물었더니 그
는 소라이다 아씨라고 대답했다. 이 소리를 들은 그녀는 그 에스빠
냐 친구에게 물어본 말을 짐작하고는 아주 재빨리 안타까운 듯 우
아한 목소리로 말했다.

　"소라이다 아닙니다, 마리아, 마리아입니다!" 이름이 소라이다
가 아니고 마리아라는 뜻으로 이해되었다.

　무어 여인이 한 이 말과 무척 애정 어린 목소리가 그 소리를 듣
는 사람들 중 어떤 사람에게는 눈물을 흘리게 만들었는데, 특히 천
성적으로 동정심이 많고 여린 마음을 가진 여자들이 그러했다. 루
스신다는 아주 사랑스럽게 그녀를 포옹하고 말했다.

　"그래, 그래요, 마리아예요, 마리아!"

　그 말에 무어 여인은 대답했다.

　"그래, 그래요, 마리아, 소라이다 마칸제!" 즉 뒷말은 아니라는
뜻이었다.

이때 밤이 오고 있었고 돈 페르난도와 같이 온 사람들의 명령으로 객줏집 주인은 최대한 정성을 다해 부지런히 그들에게 저녁상을 차려주었다. 식사시간이 되자 모든 사람이 종들이 먹는 식탁 같은 긴 탁자 주위에 앉았는데 객줏집에는 둥근 식탁도 네모난 식탁도 없었기 때문이다. 돈 끼호떼는 거절을 했지만, 그를 앞쪽에 있는 상석에 앉게 했다. 그는 자기 옆자리에 미꼬미꼬나 공주가 앉기를 바랐는데 그녀를 지켜야 하기 때문이었다. 이어 루스신다와 소라이다가 앉았고, 그 앞쪽에는 돈 페르난도와 까르데니오가 앉고 그 다음에는 포로와 다른 사람들이 앉았고, 부인들 옆에는 신부와 이발사가 자리를 잡았다. 대단히 만족스럽게들 저녁을 먹고 있는데 또 하나 일이 벌어졌으니, 돈 끼호떼가 식사를 하다 말고 갑자기 양치기들과 저녁을 먹을 때 말을 많이 했던 그런 충동이 일어나서는 말을 하기 시작한 것이다.

"여러분, 잘 생각해보면, 방랑기사의 기사도를 수행하는 사람들은 정말로 듣도 보도 못한 어마어마한 일들을 보게 되옵니다. 그렇지 않다면 세상 사람치고 누군가, 지금 이 성의 문으로 들어와서 우리가 이러고 있는 것을 본다고 할 때 우리가 누구인지 추측하고 믿을 수 있겠습니까? 누가 지금, 우리 모두가 알듯이 내 옆에 앉은 이분이 위대한 여왕이라는 걸 알고, 누가 나라는 사람이 사람들마다 말하는 그 유명한 불쌍한 몰골의 기사라는 걸 알겠습니까? 이제는 이 기사도의 수행이 인간이 발명한 모든 제도나 수련보다 훨씬 훌륭하다는 데 의심할 여지가 없사외다. 기사도 수행은 위험이 더 많을수록 더욱 존경을 받는 것입니다. 문文이 무武보다 낫다고 하는 사람들은 저리 가라고 하십시오. 본인은 어쨌든 그 사람들이 모르고 하는 말이라고 생각합니다. 그런 자들이 주로 주장하는 관

582

점의 주된 근거는 정신의 역할이 육체의 역할보다 훌륭하다는 겁니다. 노동자들이 자기 육체의 힘 좋은 것만을 사용하여 살아가듯이, 무사 또한 육체를 사용하여 수행한다는 것이지요. 마치 무라고 하는 것, 이른바 무를 닦는다고 하는 사람들이 힘과 용기를 안으로 키워 무를 사용함에 많은 지혜가 필요하지 않은 것처럼 말입니다. 마치 자기 책임하에 군대를 이끌고 있는 전사의 마음이 아무 일도 안하는 것처럼, 마치 포위된 도시 하나를 방어하는 것이 몸과 마음의 숙련이 필요하지 않은 것처럼 말이지요. 아니라면, 적의 의도를 알아내고 전략과 계획과 고충과 예상되는 피해를 대비하고 예측하는 일이 육체의 힘만으로 될 일인가 생각해보시라고요. 이런 모든 일은 육체의 기능과는 아무 상관도 없는 지혜의 산물이란 말씀입니다. 그러하므로 무라고 하는 것도 문처럼 정신을 필요로 한다 이 말입니다. 이제 이 둘 중 문인이 정신을 더 많이 쓰는지 무인이 더 많이 쓰는지를 봅시다. 이것은 각각 이들이 사용하려고 하는 장소와 목적에 따라 알아봐야 되겠지요. 그 의도는 더욱 높은 이상을 목표로 할 때 더욱 존경받게 될 것이니까요. '문'이 필요한 장소와 목적은…… 신학에 관한 이야기만은 아닙니다만, 그 목표가 영혼을 하늘로 모시고 인도하는 일이지요. 이렇게 어디에도 비할 데 없는, 끝없는 목표를 지향하는 일이지요. 법학을 비롯한 인문과학에 대하여 말하면, 분배 정의가 제대로 이루어지게 하고, 사람 하나하나에게 자기 것을 주며, 좋은 법들이 지켜지도록 지혜를 짜고 실천하게 해야지요. 물론 대단히 칭찬할 만한 높고 관대한 목표가 있지요. 그러나 무인들이 추구하는 것보다는 그다지 중요하지 않습니다. '무'는 인간이 이승에서 바랄 수 있는 가장 큰 재산인 평화를 목표로 합니다. 그래서 세상과 인간이 가진 최초의, 가장 훌륭한 새 소식은 우리의 첫날이 된 밤에 천사들이 공중에서 '선량한 사람들에게 하늘에는 영광을, 땅에는 평화를!'이라 노래할 때였지요. 그리고 하늘과 땅의 가장 훌륭한 스승이 자기에게 깨달음을 배우러 온 애제자들에게 가르친 말이 어느 집에 들어갈 때나 '이 집에 평화를'이라고 말하는 것이었지요. 또 많은 경우 '나의 평화를 드립니다, 나의 평화를 남기고 갑니다, 부디 그대 평안하십시오'라고 말하는 것이었지요, 마치 손에 쥔 가장 큰 보석이나 물건을 주고 가듯이 말입니다. 하늘에서나 땅에서나 평화 없이는 행복이 있을 수 없으니 평화야말로 보물이지요. 바로 이 평화가 전쟁의 진정한 목적입니다. 전쟁이란 말은 '무'라는 말과 똑같지요. 전쟁의 목적이 평화라는 것을 전제로 할 때, 그리고 이 점이 '무'가 '문'보다 낫다고 할 때, 이젠 글을 가지고 사는 사람이 육체적 노력이 더 많은지, 무기를 쓰는 직업이 육체적 노력이 더 많은지, 누가 더 고생을 많이 하는지 봅시다."

돈 끼호떼가 그렇게 좋은 용어와 말로 변론을 계속 풀어가자, 그의 이야기를 듣고 있던 사람들이 그때에는 아무도 그를 미치광이로 생각할 수가 없었고 오히려 다른 사람들도 '무'와 관련된 신사들인지라 모두들 아주 기분 좋게 듣고 있었다. 돈 끼호떼는 말을 이었다.

"그러니까 내 말은, 학생의 애로란 이거라 할 수 있다는 거예요, 가난 말입니다. 그 사람들이 가난뱅이여서가 아니라 가난을 가능한 한 최대로 경험해야 하니까요. 가난을 겪고 있다는 말만으로도 그들의 처참함은 더이상 말할 필요조차도 없습니다. 가난하면 좋은 일은 하나도 없으니까요. 가난이 가져다주는 고통이 여러가지인데, 배고프거나 춥거나 벌거숭이이거나, 아니면 춥고 배고프고 아무것도 없는 것이지요. 그러나 어떻든 그게 지나치다 해서 먹고 살지 않는 건 아니겠지요. 늘 먹는 것보다 좀 늦게 먹어 탈이에요. 부자들이 남긴 음식이라도 먹는데, 이게 학생생활의 가장 큰 비참함이지요. 학생들 사이에 쓰이는 말로 '국물로 산다'는 것이 있는데, 수도원에서 가난한 사람에게 주는 국물로 연명한다는 말이에요. 더러는 남의 화로나 부엌 신세를 지기도 하는데, 따뜻하지는 않지만 적어도 추위는 녹일 수 있지요. 밤에 지붕이 있는 곳에서 잘 때도 있어요. 다른 자잘한 이야기까지 하지는 않겠습니다. 알아야 할 것은, 내의도 없고, 신발도 충분하지 않고, 털도 다 빠진 허름한 옷에, 어쩌다 운이 좋아 잔칫집에 들러도 기분 좋게 배부르게는 못 먹지요. 내가 그리듯 이렇게 어렵고 쓰라린 고생길로, 여기서 부딪치고 저기서 넘어지고, 이쪽에서 일어서면 저쪽에서 다시 자빠지다가 드디어 원하는 학위를 받게 되지요. 일단 학위를 받고 나면, 많은 사람은 그 어려운 모래언덕을 지나고, 메시나 해협 양쪽의 그 험한 절벽 스킬라와 카리브디스[8]를 운이 좋아 날아가듯 지나왔으니, 이제는 높은 의자에 앉아 명령을 하고 통치하는 걸 보지요. 배고픔은 배부름으로 변하고, 그 추위는 위안으로 쓰고, 벌거숭이 차림은 화려한 의상으로 바뀌고요. 돗자리에서 자던 게 금색 은색 비단이불에 고급 홀란드 담요를 덮고 자는 것으로 바뀌지요. 지금까지 덕을 쌓은 데 대한 정당한 보상이지요. 그러나 그런 노고는 군대 전사들에 비하면 한참 멀지요. 지금 그 이유를 말씀드리리다."

8 메시나 해협의 암초와 소용돌이를 말한다.

38장

문과 무에 대해
돈 끼호떼가 벌인 신기한 담론

돈 끼호떼는 이어 이렇게 말했다.

"학생의 가난이라는 것으로 1그들의 고생을 열거하기 시작했으니, 그럼 군인은 더 넉넉한지 봅시다. 가난한 직업 중에서 최고로 가난한 직업이 바로 군인이란 것을 아시게 될 것입니다. 군인은 비참한 급료에 매달려 있는데, 그 급료라는 게 늦거나 아예 안 오거나 해서 양심을 걸고, 목숨을 건 어마어마한 위험을 무릅쓰고라도 제 손으로 어디서 훔쳐서라도 먹고살아야 합니다. 그리고 입을 옷도 너무 없어서 너덜너덜 칼 구멍이 난 속내의가 속옷 겸 군복입니다. 한겨울에도 평평한 야영지에서 오직 입에서 나오는 입김 하나로 혹독한 날씨를 견뎌내야 하는데, 그 입김도 빈 배에서 나오니 모든 자연법칙을 어기고 차갑게 얼어서 나온다는 걸 내가 입증하는 바입니다. 그러나 잠깐, 또 밤이 오기를 기다려보라지요. 이 모든 불편을 털어버리고 기다리는 침대에서 몸을 좀 회복할까 하면,

침대는 죄가 없지요, 절대 좁아서 귀찮은 법은 없을 테니까요. 원하는 대로 땅을 다 차지하고 맘대로 나뒹굴면서 잘 수 있을 테고, 이 불이 휘말려서 걱정할 필요도 없지요. 이렇게 고생고생하다가 날짜가 오고, 훈련에서 계급장을 받을 시간이 오지요. 전쟁의 날이 다가오고, 머리에 실로 짠 털모자를 씌워줄 텐데 아마 총알이 관자놀이를 관통하거나 팔다리를 못 쓰게 만들 때 총알 치료용으로 씌워주는 거지요. 이런 불상사가 안 일어나고, 자비로우신 하늘이 도와서 무사히 건강하게 살아남으면 전에 살았던 것과 똑같은 가난에 또 시달려야지요. 한번 두번 또 이런 시련이 오고, 한두번 전투를 겪고, 여기서 승리를 하면 좀더 나아지지만, 그러나 이런 기적이 일어나는 건 전혀 흔한 일이 아니에요. 하지만, 여러분, 이런 걸 생각해보셨습니까, 전쟁으로 보상을 받은 자가 전쟁에서 죽은 자들보다 그 숫자가 적다는 것을요? 틀림없이 비교가 안된다고 대답하실 겁니다. 죽은 사람 숫자는 셀 수조차 없을 정도로 많고 살아남아 훈장을 받은 군인은 세 자리 숫자도 안될 겁니다. 이 모든 게 '문'을 한 사람들과는 반대입니다. 펜대 놀리는 사람들은 정식 수입만도, 부수입 빼놓고도 짭짤하니까요. 그러니, 군인은 고생만 많고 보상은 훨씬 적다는 말이지요. 여기서 군인 삼만명에게 상을 주는 것보다 관료 이천명에게 상을 주는 게 더 쉽다는 말이 나옵니다. 왜냐하면 관리들에게 보상을 하려면 어쩔 수 없이 각각 그들의 직책에 맞는 자리들을 마련해주면 되는데, 군인들이야 자기들이 모시는 영주들의 재산으로 보상할 수밖에 없을 테니까요. 이 불가능성이 본인이 가지고 있던 생각을 뒷받침하는 것이오. 그러나 이 일은 제쳐두고, 이건 해결이 무척 어려운 미궁의 문제라서 '문'에 비해 '무'가 얼마나 뛰어난가 하는 이야기로 되돌아갑시다. 각각 장

단점이 있는 관계로, 지금까지 해명이 안된 것들이니까요. 아까 말한 것 중에서, '문' 없이 '무'는 지탱할 수 없다고 '문'이 주장한다 했지요. 왜냐하면 전쟁에도 법칙이 있어 그에 따라야 하는데, 법은 '문'과 법관들이 장악하고 있으니까요. 이 말에 '무'는 법도 무력 없이 지탱할 수는 없다고 대답합니다. 왜냐하면 무력으로 공화국을 방어하고, 왕토를 보전하고, 도시를 지키고, 길들의 안전을 도모하고, 바다에서 해적을 쓸어내니까요. 결국 그들이 없으면 공화국도 왕토도 제왕도 도시도 바닷길도 육로도 혼란과 횡포에 시달릴 터인데, 그러면 또 얼마 동안 전쟁이 일어나게 되고, 각자의 군사력과 힘의 특권을 사용할 허가가 떨어지는 법이지요. 무엇이든 가장 힘이 드는 게 더 값이 나가고 더욱 존경을 받는다는 게 정칙입니다. '문'을 통해 명사가 된다거나 뭐가 된다고 하는 건 시간이 걸리고, 잠 못 자고, 배곯고, 옷 못 입고, 머리 어지럽고, 소화 안되고 이에 덧붙는 갖가지 괴로움이 따른다는 건 이미 내가 일부 말씀드렸습니다. 그러나 제대로 좋은 군인이 되기 위해 겪어야 하는 고생은 학생생활의 고생과 똑같지만 그 정도는 비교가 안될 만큼 훨씬 심하다는 게 다릅니다. 그 이유는 순간순간 목숨을 잃을 위험에 직면해야 하기 때문이지요. 어떤 궁핍과 가난에 대한 두려움이 군인이 겪는 고초만큼 학생을 괴롭힐 수 있겠습니까? 군인은 어떤 요새에서 포위당하거나, 성 밖의 망루나 초소에서 보초를 서거나 망을 보면서 적들이 그가 있는 대로 점점 침범해오고 있다고 느끼는데, 어떤 경우에도 그곳에서 한 발자국도 움직일 수 없다고 할 때, 그토록 가까이에서 그를 위협하는 위험에서 도망갈 수 없다고 할 때 그 공포를 생각해보십시오. 유일하게 할 수 있는 일이라곤 자기 대장에게 일어나는 일을 보고하고, 어떤 반격으로 상황을 해결하는 방법밖에 없지요. 그러고는 가만있다가, 어쩌다 갑자기 날개 없이 하늘에 날아오르거나 원하지도 않게 심연으로 추락하는 그런 불상사나 두려워하며 기다리는 수밖에 없지요. 이것이 작은 위험처럼 여겨진다면, 광막한 바다 한가운데서 커다란 군함 두척이 배 앞으로 쳐들어온다고 할 때, 그 위험이 비슷할까요, 더 무서울까요. 군함들은 서로 얽혀 닻을 박고 덤벼드는데, 군인에게는 판자 두 조각 정도의 공간밖에 안 남았을 때를 생각해보세요. 게다가 눈앞에서 그 많은 죽음의 사신이 맞은편에서 수많은 대포를 쏘아대면서 위협할 때, 창 하나가 자기 몸에서 멀지 않을 때, 한번 발을 잘못 디디면 바다 신의 깊은 품으로 떨어지리라는 걸 보면서 어떤 느낌이 들겠습니까. 어쨌든 그를 자극하는 자존심에 이끌려 용감무쌍한 심장으로 그 많은 총포 사격의 표적이 될 각오를 하고 그 작은 통로를 통해 적의 배로 침투하려고 할 때를 생각해보십시오. 여기서 가장 놀라운 건, 금방 한 사람이 세상 끝까지 못 일어날 그곳에 떨어졌는데도 딴 사람이 또 그 자리를 차지한다는 것입니다. 그리고 이 사람도 적처럼 기다리는 바다에 또 빠지면 또다른 사람도 죽음의 시간을 기다리지 않고 죽어간다는 것이니 전쟁의 모든 상황에서는 용기와 만용이 수없이 나타납니다. 아, 악마 같은 대포라는 무기의 경악스러운 분노가 없었던 축복받은 시대여, 복 받을지어다. 대포를 발명한 자는 그의 악마적 발명으로 지옥에서 상을 주리라고 나는 확신합니다. 그 대포로 비겁하고 추잡한 팔이 용감무쌍한 한 기사의 목숨을 끊었습니다. 어디서 어떻게 날아온지도 모르게, 용감무쌍한 가슴을 일으키고 불태우던 용기와 활력의 한가운데를 하나의 버르장머리 없는 총알이 날아왔지요. 아마 그 저주받은 기계가 발포할 때 터지는 불길의 광휘에 놀라 도망가는 자가 쏜 대포알이었지만, 한순간에 긴 세월을 두고 행복을 누리며 살 수 있는 생명과 사고를 끊어놓았겠지요. 그래서 이런 생각을 하면, 내가 방랑기사의 수행을 택했다는 것이 정말로 마음 아프다고 말하고 싶군요. 특히 우리가 살고 있는 오늘 같은 소름 끼치는 이 시대에 말입니다. 왜냐하면 비록 나는 어떤 위험도 두렵지 않지만, 온 지상에서 내 칼의 칼날과 내 팔뚝의 힘으로 알려지고 유명해질 기회를 그런 화약이나 이상한 것이 앗아갈 수도 있다는 걸 생각하면 아직 겁이 나기도 합니다. 그러나 하늘을 믿고 나서니, 지난 세기의 방랑기사들이 맞서 싸웠듯이 내 얼마든지 커다란 위험을 무릅쓰고 뜻을 펴러 나가겠으니 하늘이 잘 알아주실 것이외다."

돈 끼호떼는 이 긴 서론을 모두 늘어놓았고, 그동안 사람들은 저녁을 먹고 있었지만 그는 입에 음식 집어넣는 것도 잊고 있었다. 이따금 싼초 빤사가 저녁 좀 드시라고 말하면서 나중에라도 하고 싶은 말을 할 시간이 있을 거라 했지만 돈 끼호떼의 말을 들은 사람들이 보아하니, 그는 논하는 모든 문제에 대해 말도 좋고 사리도 분명한 것 같은데 자기의 그 어둡고 시커먼 기사도 이야기만 나오면 완전히 정신이 돌아버리는 걸 보고 불쌍한 생각이 들었다. 신부는 그에게 무사들을 옹호해서 한 이야기는 전부 진짜 옳은 소리라고 하고 자기는 비록 문과를 졸업했지만 자기 생각도 똑같다고 했다.

저녁을 다 먹고 나서 식탁이 치워졌고, 여주인과 딸, 그리고 마리또르네스가 라 만차의 돈 끼호떼 침대를 꾸몄는데, 그날 밤은 거기서 여자들만 쉬게 하려고 결정을 한 것이다. 그러는 동안 돈 페르난도는 포로에게 인생 이야기를 해달라고 청하면서 소라이다와 함께 도착하면서 처음 보여준 인상으로 보아, 그 이야기가 파란만장하고 재미있을 것 같다고 했다. 그 말에 포로는 요청한 대로 기꺼이 이야기를 하겠지만, 유일하게 두려운 건 이야기가 바라는 만큼 재미있지 않게 들릴까 하는 걱정이라고 했다. 그러나 어쨌든 시키는 것이니까 그 보답으로 이야기를 하겠노라고 했다. 신부와 다른 사람도 모두 그 뜻에 감사하며 다시 이야기를 청했고, 그는 하도 청이 많자 명령을 해도 될 텐데 그렇게 간청하실 필요까지는 없다고 했다.

"그러니까, 어르신네들, 잘 들으십시오. 정말 진짜 이야기를 들려드리겠습니다. 어디서 거짓말 잘하는 사람들이 계획적으로 신기하게 만드는 기술로 일부러 꾸며낸 이야기만큼은 못할 수도 있지만요."

이 말을 하고는 모두들 편히 앉아 아주 조용히 해달라고 했다. 모두들 말없이 기다리는 눈치이자 그는 서서히 듣기 좋은 목소리로 이렇게 이야기를 꺼냈다.

39장

포로가 자기의 일생과 겪은 사건들을 이야기하다[1]

"레온 지방의 산악지대에서 제 핏줄은 시작되었습니다. 가문의 혈통이 좋다기보다는 운이 좋아서 부족함 없이 넉넉하고 자유롭게 살았습죠. 그 동네 사람들은 쪼들리며 살았지만 우리 아버지는 유명한 부자라는 소리를 듣고 살았으니까요. 재산을 낭비하는 버릇만큼 좀 아끼고 지키겠다는 습성이 있었다면 정말 부자로 살았을 겁니다. 늘 자유분방하고 낭비벽이 심한 건 젊은 시절 군인이었던 데서 온 습관 같습니다. 군대생활이라는 게 가난한 놈은 돈을 펑펑 쓰고, 돈 펑펑 쓰던 놈은 방탕하게 하는 학교 같은 데가 아닙니까. 군인들이 궁핍하면 괴물 같은 사람으로 변하게 되죠. 그런 일은 거

---

1 「호기심 많은 시건방진 친구 이야기」와 함께 이 포로 이야기 또한 독립성을 가진 단편소설이다. 이미 『아르헬의 감옥』(*Los Baños de Argel*)이라는 희곡에서 쓴 포로의 이야기인데, 실제 세르반떼스의 포로생활 경험이 보이고 이야기 속의 주인공으로도 등장한다. J. Oliver Asín, "La hija de Agi Morato en la obra de Cervantes," *Boletín de la Real Academia Española*, XXVII, 1947, 245~329면 참조.

의 없지만 말이에요. 우리 아버지는 자유분방을 넘어서 방탕의 선을 넘나들고 있었는데, 세상에 부인이 있고 명예와 신분을 물려주어야 할 자식이 있는 사람이 방탕하다는 게 무슨 도움이 되겠습니까. 우리 아버지는 자식이 셋인데 다 사내이고, 이젠 모두 장성했죠. 아버지는 당신 말씀에 따르자면 당신 성격을 그대로 쉽게 놔두어서는 안되겠다며 당신을 인심 좋은 사람, 낭비꾼으로 만든 원인과 수단을 없애려고 마음먹었다는 겁니다. 그 결과가 재산을 없애는 것인데요, 돈이 없으면 알렉산드로스 대왕이라도 초라하게 보일 테니까요. 그래서 하루는 우리 셋을 방으로 부르시더니 이 비슷한 말씀을 하셨답니다. '얘들아, 내가 너희들을 참으로 사랑한다는 말은 너희들이 내 자식이다라는 말과 다 통하는 소리이지. 내가 너희들을 사랑하지 않는다는 것을 알려면, 너희들의 재산을 내가 꼭꼭 쌓아두고 그 문제에 손을 쓰지 않는 거겠지. 그러니, 지금부터 내가 아버지로서 너희들을 사랑하고, 의붓아버지처럼 너희들을 파멸시키지 않는다는 것을 보여주려고 오랫동안 내가 사려 깊게 생각한 끝에 준비한 일 하나를 너희에게 베풀려고 한다. 너희들도 이제 벌써 성인이라 할 나이야, 아니면 적어도, 명예와 이익이 되는 일을 하는 성인이 되는 연습을 할 시기이거든. 그래서 내가 생각한 것은 내 재산을 네 등분해서 셋은 너희에게 주는데, 많고 적음 없이 똑같이 한몫씩 갖게 하고, 나머지 한몫은 하늘이 내게 주신 수명의 날까지 먹고살고 유지할 수 있도록 내가 갖도록 하지. 그러나 너희들 저마다 자기에게 할당된 재산을 가지려면, 지금 내가 말하는 길들 중 하나를 따라야 돼. 우리 에스빠냐에 속담이 하나 있지. 속담이란 오랜 기간 사려 깊은 경험에서 나온 짧은 교훈이어서 내가 생각하기에 다 진짜로 좋은 말들이야. 내가 말하려는 속담은

'교회나 바다나 왕궁이어라', 더 명확하게 말하자면 훌륭한 사람이 되고 부자가 되려면 교회를 따르든지, 장사 기술을 배우며 바다에서 나돌든지, 아니면 왕궁에 들어가 왕을 모시든지 하라는 거야. 또 말하기를 '고관대작의 은총보다 왕의 빵가루가 더 낫다'라고 하지 않더냐. 내가 이 이야기를 하는 건 너희 중 한 사람은 문文을 닦고, 다른 한 사람은 장사를 하고, 또다른 하나는 왕궁에 들어가 왕을 모시기는 어려울 테니 전쟁터에서 왕을 섬겨야 한다는 게 내 뜻이란 말이다. 전쟁을 하는 게 돈을 많이 버는 일은 아니지만 덕과 명성을 많이 쌓을 수 있거든. 여드레 안에 너희에게 각자의 몫을 모두 돈으로 주겠으며, 실제로 보겠지만 단 한푼도 속이지 않고 다 주마. 이제 내가 제시한 의견과 충고를 너희가 따르겠는지 말들을 해보려무나.' 그리고 제가 장남이니까 먼저 대답하라 하셨어요. 저는 아버님께 재산을 그렇게 다 없애지 말고 맘대로 다 쓰시라고 하고, 돈을 벌기에는 우리가 아직 어려서 모른다고 했지요. 그뒤 결국 저는 아버지 뜻을 따르겠다고 하고, 군대 훈련을 받고 무사로서 하느님과 왕을 위해 봉사하기로 했고, 바로 아래 동생도 똑같은 제의를 하고 자기한테 할당된 재산을 갖고 신대륙으로 가는 길을 택했으며, 제 생각에 제일 얌전한 아이였던 막내 동생은 교회를 따르겠다며 쌀라망카 대학으로 가서 시작한 공부를 끝마치겠다고 했어요. 우리가 수련 과제를 선택하고 합의를 하자 아버지는 우리 모두를 포옹한 뒤 말씀하셨던 것처럼 짧은 기일 안에 우리한테 약속한 대로 실행을 하셨습니다. 우리 각자에게 자기 몫을 주었는데, 지금 내가 기억하기로는 한 사람당 금화 3000두까도씩이었는데, 삼촌 중 한분이 우리 가문의 재산이 남의 손에 들어가는 것을 막으려고 모든 재산을 현금으로 바꾸어주었답니다. 그날로 우리 셋은 훌륭하신 아버지께 작별을 고했고, 저는 늙은 아버님이 재산을 그렇게 적게 갖고 계신다는 게 비인간적인 것 같아 즉시 제 3000두까도에서 2000두까도는 아버님이 가지시라고 했습니다. 군인 하나가 편히 생활하기에 필요한 금액은 그 나머지면 충분했기 때문입니다. 제 동생 둘도 제가 한 행동을 본받아 각자 1000두까도씩을 내놓아서 우리 아버지가 갖고 있던 3000두까도와 4000두까도가 더해졌는데, 보아하니 아버지는 당신 몫은 땅을 팔지 않고 부동산으로 갖고 있기로 한 모양이었습니다. 마침내 아버지와 삼촌과 작별하는 날이 왔고, 우리는 감정이 복받쳐 모두들 눈물을 많이 흘렸습니다. 아버지는 여유가 있으면 좋은 일이건 나쁜 일이건 우리에게 일어난 일들을 꼭 알리라고 부탁했고, 우리는 그러겠다는 약속을 하고 서로 부둥켜안았습니다. 아버지는 우리를 축복해주셨고, 하나는 쌀라망까로 여행길을 떠났고, 또 하나는 쎄비야로, 저는 알리깐떼로 갔는데 거기에 제노바로 양털을 싣고 가는 제노바 배가 있다는 소식을 들었기 때문입니다. 그게 벌써 스물두해 전 일이군요, 제가 부모님 집을 떠난 지가요. 그동안 가끔씩 편지를 썼지만 아버지나 동생들 소식은 한번도 들은 적이 없습니다. 그 세월 동안 제가 겪은 일을 간단히 말씀드리지요. 알리깐떼에서 배를 탔고, 제노바까지 아주 신나게 여행을 하며 도착했고, 거기서 밀라노로 가서 무기며 군복 몇가지를 샀고, 삐아몬떼로 제 자리를 신청하려고 갔지요. 알레한드리아 데 라 빠야를 향해 가는 도중이었는데, 알바 대공작이 플랑드르[2]로 갔다[3]는 소식을 듣고 목적지를 바꾸어 공작을 따라가서 공작이 거기 있는 동안 그분을 모셨지요. 에게몬 백작과 오르노

<hr>

2 네덜란드, 벨기에 및 프랑스 북부 연안 지방을 포함하는 지역의 옛 이름.
3 역사적 기록에 따르면 알바 공작은 1567년 8월 22일 브뤼셀에 갔다.

스 백작이 죽을 때[4] 거기 있었고, 저 유명한 과달라하라 대장으로 본명이 디에고 데 우르비나인 장군[5] 휘하에서 중위까지 올랐습니다. 플랑드르에 간 지 얼마 안되어 교황 비오 5세께서, 제가 잘 기억하는데, 베네찌아와 에스빠냐 연합으로 공동의 적인 터키 제국에 대항해서 함께 싸우기로 했다는 소식을 들었습니다. 터키군은 그때 함대를 동원해 유명한 사이프러스 섬을 점령했는데,[6] 베네찌아의 영토에 속한 그 섬을 잃은 건 불행하고 안타까운 일이었지요. 그 연합군의 장군으로 점잖으신 돈 환 데 아우스뜨리아, 즉 우리의 영명한 제왕이신 돈 펠리뻬 왕의 동생이 온다는 소식을 들었고, 그 전쟁에 대한 엄청난 소문이 퍼졌으며, 그런 모든 것들이 저를 흥분과 감동의 도가니로 몰아넣어 대기 중인 작전에 참여하러 가고 싶게 했지요. 비록 기회만 있으면 바로 대위로 승진시키겠다는 확실한 약속이나 조짐이 있었지만 모든 걸 다 뿌리치고 떠나자고 맘먹어 결국 이딸리아로 왔는데, 운이 좋았는지 그때 돈 환 데 아우스뜨리아께서 금방 제노바에 도착하셨고[7] 거기서 나뽈리로 넘어가 베네찌아 함대와 합세한다는 것이었어요, 나중에 메시나에서 합세하셨지만요.[8] 결국 제 말은, 그때가 가장 행복한 나날이었다는 거죠. 이미 해병대 대장이 되었는데,[9] 운이 좋아 제 능력에는 과분한 그런 영예로운 자리에 오르게 되었지요. 그리고 그날, 모든 에스빠냐인, 모든 기독교인에게 가장 행복한 날이 왔으니, 바다에서는 터

---

4 기록에 따르면 에스빠냐 제국에 대한 반동으로 이들은 1568년 6월 5일 처형됐다.
5 이 대장의 휘하에서 세르반떼스는 그가 왼팔을 잃은 레빤또 해전에 참가했다.
6 이것은 1569년에 일어난 일이다.
7 돈 환 데 아우스뜨리아가 1571년 7월 26일, 바르셀로나를 거쳐 그곳에 갔다.
8 그해 8월 23일에 메시나에 도착하는데, 이 도시에서 세르반떼스가 9월 2일 입대한 것이다. 터키군과 싸우러 출항한 것은 그달 16일이었다.
9 세르반떼스는 그때 사병이었다.

키군이 무적이라고 믿던 세계와 모든 나라는 그 생각이 완전히 잘 못되었다는 걸 깨닫게 되었고 오토만 제국은 오만과 자존심이 완전히 부서졌지요. 거기 있던 그 많은 행운아 사이에서, 사실 거기서 싸우다 죽은 우리 군인들이 살아 개선한 사람들보다 더 행운아들이었으니까요, 저 혼자 불행을 맞았습니다. 기대와는 달리, 로마시대였다면 적 함대에 제일 먼저 뛰어든 공로로 해군 왕관을 받을 뻔했는데, 그 유명한 날에 이어 다가온 그날 밤 이후 발에 족쇄를 차고 손에 수갑을 끼고 살아야 했으니까요. 이야기는 이렇습니다. 그 당시 아르헬의 왕으로 있던 사나운 풍운의 해적 우찰리[10]가 쳐부수어 항복시키고 함대에 살려둔 사람은 셋뿐이었는데 게다가 그들은 부상을 입었지요. 그 배를 구조하러 환 안드레아[11] 전함이 달려갔고, 그 배에 제가 제 부대와 함께 타고 있었는데, 이런 경우 제가 마땅히 해야 할 임무를 수행하느라 저는 먼저 적의 함대로 뛰어들었지요. 달려드는 우리 배를 피해 적의 배가 달아나자 우리 병사들이 저를 따라올 수가 없게 되었고 저 혼자 적들 사이에 남게 되었는데 그렇게 많은 적들을 저 혼자 힘으로는 버틸 수가 없었지요. 결국 큰 부상을 입고 항복했지요. 어르신네들이 들으셨듯이, 우찰리는 지원 부대와 함께 무사했지요. 저만 그의 수중에 잡혀서, 즐거워하는 사람들 중에서 슬픈 사람, 자유로운 사람들 중에 저 혼자만 포로가 되었습니다. 왜냐하면 그날 바라던 대로 석방된 사람은 에스빠냐인 일만 오천명에 이르렀는데요, 모두들 터키 함정에서 노를

<hr>

10 우찰리(Uchalí)라 한 것은 울루지 알리(Uluj Alí)를 일컫는다. 1508년에 태어난 이딸리아 깔라브리아 지방 사람으로 아르헬의 부왕이었다.
11 에스빠냐 전함의 대장이었던 제노바 출신의 조반니 안드레아 도리아(Giovanni Andrea Doria)이다.

젓는 부역에 끌려온 죄수들이었습니다. 저는 콘스타티노플로 끌려갔고, 제 주인 우찰리는 위대한 터키군 대장 셀림에게서 해군 대장으로 임명되었으니[12] 해전에서 자기 임무를 다했으며 용맹성의 증거로 말따의 종교 깃발을 가져갔거든요.[13] 노예생활 이년째 되던 해가 1572년인데 그때는 나바리노에서 해군 대장의 표지로 표시등 세개를 달고 가는 장군 기선에 타고 있었죠. 항구에 도착했을 때 거기서 모든 터키 해군을 포획할 수 있는 기회가 온 걸 알았는데 놓치더군요. 배를 타고 오던 모든 해병들이나 대장 호위병들은 그 항구 안에서 자기들에게 공략해올 거라는 걸 확실히 알고 자기들의 옷이나, 신발인 빠사마께를 준비해놓고는 공격을 받으니 차라리 땅으로 도망을 치겠다고 하고 있었어요. 우리 해군에 대한 공포감이 그 정도였으나 하늘의 명령은 달랐습니다. 우리 군대를 이끄는 대장들의 부주의나 잘못이 아니라 기독교인들의 죄로, 하느님은 우리를 벌주는 살인마들이 항상 있도록 꼭 용납하시니까요. 실제로 우찰리는 나바리노 옆에 있는 모돈 섬으로 숨어서 사람들을 땅에 풀어 항구 입구를 요새화하고 우리의 돈 환 데 아우스뜨리아께서 돌아오실 때까지 잠잠히 있었어요. 이번 항해에는 군함 이름을 '포획물'이라 했는데 그 배의 선장이 저 유명한 해적 '빨간 수염'의 아들이었어요. 나뽈리의 기선 이름은 '암늑대'라 했는데 싼따 끄루스 후작인 저 불굴의 풍운아 돈 알바로 데 바산, 군인들의 아버지요, 전쟁의 번갯불이라 일컫는 그분이 지휘하는 함선이었어요. 저는 그 '포획물'을 포획하면서 벌어진 사건을 이야기하지 않을 수 없군요. 해적 '빨간 수염'의 아들이 얼마나 잔인한지 포로들

---

12 우찰리는 1571년부터 1587년까지 오토만 제국의 선함 대장으로 봉직했다.
13 실제로 레빤또 해전에서 우찰리는 말따의 싼 환 예루살렘 휘하의 배를 포획했다.

을 하도 학대해서, 노를 젓는 죄수들은 '암늑대' 함선이 가까이 다가와 곧 덮치려는 걸 보자 다들 노를 버리고는 빨리 배를 저으라고 소리치는 선장을 붙들었어요. 대장을 붙잡아서 의자에서 의자로, 선미에서 선수로 어찌나 물어뜯고 다녔는지 돛에서 떨어져나온 지 얼마 되지도 않아 이미 그는 지옥으로 떨어졌지요. 제가 말했던 것처럼 그놈이 그들에게 너무 잔인하게 굴었기에 그에 대한 증오가 그토록 컸던 거지요. 우리는 다시 콘스탄티노플로 갔고, 그다음 해인 1573년에 우리 돈 환 나리께서 튀니지를 점령해 터키인들에게서 그 왕국을 빼앗고, 그와 함께 물레이 모하마드[14]를 체포해서 세상에서 가장 잔인하고 용감한 무어인인 물레이 하미다[15]가 거기에서 다시 통치하겠다는 희망을 아예 잘라버렸다는 소식을 들었습니다. 위대한 터키군 대장은 그곳을 잃어버린 걸 대단히 섭섭하게 생각해서 그 가문의 왕들의 특기인 교활함을 이용해 그들보다 더 무척이나 친선을 원하고 있던 베네찌아인들과 화친을 맺었지요. 그리고 다음 해인 1574년에는 튀니지를 방어하던 성 골레따와 우리의 돈 환께서 튀니지 옆에 반쯤 세워놓은 요새에 쳐들어갔지요. 이런 모든 상황이 벌어질 때 저는 석방되리라는 어떤 희망도 없이 포로로 배를 젓고 다녔고, 아버지에게 제 불행에 대해서는 편지를 쓰지 않아야겠다고 결심했기에 적어도 보상금으로 풀려나리라는 생

---

14 물레이 모하마드(Muley Mohammad)는 물레이 하미다(Mulely Hamida)의 형제로 1542년 10월 14일 튀니지 왕국을 점령했으나, 다음 해에 터키인들이 그를 잡아 포로로 삼았다.

15 물레이 하미다는 아마드술탄(Ahmad-Sultán)으로, 아프시(hafsí) 왕가의 베레베르(Beréber) 왕조의 마지막에서 두번째 왕이다. 1542년에 통치하기 시작해 1569년에 퇴위했다. 1573년 돈 환 데 아우스뜨리아 군대가 튀니지를 칠 때 거기에 연합하려고 시도한다. 이년 뒤 빨레르모에서 죽었다.

각은 안했지요. 결국 골레따가 망하고, 요새도 망했지요. 그 넓은 터에 터키군 용병 칠만 오천명이 있었고, 아프리카 전역에서 온 아라비아인과 무어인이 사십만명 이상이었습니다. 엄청난 수의 군대와 많은 화약과 전쟁 군비품, 거기에다 노역을 하는 죄수들 또한 무척 많아서 그들이 한 줌씩 집어온 흙으로도 골레따와 요새를 덮을 수 있었을 겁니다. 그때까지 난공불락의 요새로 알려졌던 골레따가 처음으로 함락되었지만 방어하는 군인들이 잘못한 건 아니었습니다. 그 사람들은 방어하려고 능력과 의무를 다했는데, 문제는 경험이었으니 그곳 모래사막에는 참호를 쉽게 팔 수 있다는 걸 알았어야 했습니다. 성안에는 두 발자국만 파도 물이 있는데, 터키군들이 있는 곳은 거의 2빨모[16]를 파도 물이 없었으므로 수많은 모래가마니를 쌓아올려 방벽을 높이 만들었는데, 요새의 성벽 위로 올라갈 정도였지요. 그리고 그 높은 데서 아래를 향해 쏘아대니, 누가 그걸 막고 방어할 수 있겠습니까. 일반적인 여론이 우리 군대가 골레따 안에 갇혀 있는 게 아니라 부두에 모여 대기했어야 한다고들 하는데, 그건 멀리 떨어져서 보고, 그런 처지를 안 당해본 경험없는 사람들이 하는 소리입니다. 그때 골레따나 요새에 칠천명도 안되는 병사들이 있었는데 어떻게 그 적은 숫자로 아무리 갖은 애를 다 쓴다 해도 적들의 수가 그렇게 많은데 그들을 향해 나가서 싸워 방어를 할 수 있단 말입니까? 적들이 자신들이 잘 아는 땅에서 엄청난 숫자로 신이 나서 요새를 에워싸고, 더구나 구원병들도 오지 않는 상황에서 그 군대가 함락되지 않고 배겨낼 수 있단 말입니까? 그러나 많은 사람의 생각도 그러했고 제 생각도 그랬습니다만 하

---

16 '빨모'(palmo)는 길이의 단위로, 약 20센티미터이다.

늘이 에스빠냐에 특별히 은혜와 은총을 베푸셔서 모든 악이 판치는 소굴과 원천을 싹 쓸어버린 거라고 봐요. 거기엔 아무 쓸모도 없이 낭비되는 수많은 돈과 그것을 갉아먹는 좀이나 스펀지나 식충이 돈벌레만 있었거든요. 우리의 대황제, 무적의 까를로스 5세께서 행복하게 그 땅을 정복했다는 기억을 보존하려고, 그래야 그 기억을 영원히 보존할 수 있는 것처럼 그런 짓을 했는지 몰라도, 그건 그러지 않아도 영원하고 영원할 것이지만 그 돌들에 영광을 새기려고 그런 짓들을 했는지 모르겠단 말입니다. 요새도 역시 잃었지요. 그러나 터키군들은 그 땅을 손으로 한뼘 한뼘 재듯이 어렵게 점령해갔으니, 그곳을 방어하던 군인들이 얼마나 용감하고 강력하게 싸웠는지 적들에게 스물두번의 총공격을 해서 이만 오천명 이상을 죽였다는 겁니다. 마지막에 삼백명이 살아남았는데 성한 군인이 하나도 없었다고 하니, 그들이 얼마나 자기 자리를 잘 지키고 방어했는지, 얼마나 굳세고 용감했는지를 확실하고 명백하게 보여주는 증거지요. 발렌시아의 기사이며 유명한 군인인 돈 환 사노게라 휘하에 있던, 호수 한가운데 있는 성탑과 조그만 요새도 항복했지요. 골레따의 장군 돈 뻬드로 푸에르또까레로[17]도 체포되었는데 그는 군대를 방어하려고 최선을 다했으나 패배한 것을 너무 가슴 아파하다가 포로가 되어 콘스탄티노플로 이송되던 중 고통으로 사망했습니다. 동시에 밀라노의 기사이면서 대단한 기술자이고 용감한 군인인 가브리오 세르베욘이라는 사람도 체포되었지요. 이 두 군대에서 유명한 사람들이 많이 죽었는데, 그중 한 사람이 빠간 데 오리아로 성 요한의 승복을 입은 기사인데 자기 동생인 저 유명한

17 돈 뻬드로의 두 아들, 알론소와 뻬드로는 1574년 세르반떼스의 여동생들인 막달레나와 안드레아와의 사이에 이해관계가 있었던 걸로 알려져 있다.

환 안드레아 데 오리아에게 베푼 최상의 관대성[18]에서 드러났듯, 너그러운 성품으로 유명했지요. 가장 가슴 아픈 죽음이라 할 게 자기가 믿었던 아라비아인들의 손에 죽은 건데요, 마침내 요새를 잃게 되자 적들이 무어족 옷을 입혀 따바르까로 데려가겠다고 했답니다. 거기는 조그만 항구나 집이라고 할 수 있는데 제노바 사람들이 강가에다 집을 지어놓고 연습으로 산호 속의 고기를 잡는 그런 곳이었어요. 그 아라비아 군인들은 그곳에서 그의 목을 쳐서 터키 함대의 장군에게 가져갔다는 겁니다. 그 일을 보면 '배신은 시간을 끌어도, 배신자가 지친다'라고 하는 우리 까스띠야의 속담이 그대로 맞은 거지요. 그 장군은 모가지를 선물로 가져온 그자들도 교수형에 처했는데, 생포해서 데려오지 않았다는 죄목이라는군요. 요새에서 죽어간 에스빠냐 사람들 중에는 희한한 지혜를 가졌다던 유명한 군인이자 요새의 중위였던 안달루시아의 어디 출신인 돈 뻬드로 데 아길라르라는 사람이 있지요. 특히 시라고 하는 것에 특별한 재주를 가진 사람이었다고 이야기되지요. 내가 이 이야기를 하는 건, 이상한 인연으로 그가 제가 있던 배, 제 의자 있는 데로 왔고, 저의 주인의 노예로 왔기 때문입니다. 우리가 그 항구를 떠나기 전에 이 친구가 쏘네트 두편을 묘비명 스타일로 썼는데, 하나는 골레따에, 또 한편은 그 요새에 바치는 시였어요. 사실 제가 그 시들을 외고 있어서 들려드리겠는데 고통보다 재미가 있으리라 생각되어서입니다."

돈 뻬드로 데 아길라르라는 이름을 대는 순간, 돈 페르난도는 자기 친구들을 바라보았고 세 사람 모두 미소를 지었다. 쏘네트 이야

---

18 말따 교파에 들어가면서 동생에게 모든 재산을 넘겼다고 한다.

기를 하니까 그중 한 사람이 말했다.

"나리께서 이야기를 더 이어나가기 전에 말씀하신 그 돈 뻬드로데 아길라르라는 분이 무엇을 했는지 말씀을 좀 해주셨으면 합니다."

"제가 아는 바로는," 포로가 말했다. "콘스탄티노플에 있은 지 이년 뒤에 알바니아인 옷을 입고 그리스인 첩자와 함께 도망을 쳤지요. 자유를 얻었는지는 모르겠지만 아마 풀려났으리라 생각하지요, 왜냐하면 그로부터 일년 뒤 콘스탄티노플에서 그 그리스인을 보았거든요. 그 여행 건에 대해서는 물어보지 못했습니다만."

"성공했습니다." 그 신사가 말했다. "돈 뻬드로가 제 형이거든요. 지금은 고향에 있으며, 건강하고, 부자이고, 결혼해서 자식이 셋입니다."

"정말 하느님께 감사드려야겠네요." 포로는 말했다. "그렇게 큰 은혜를 베풀어주시다니…… 제 생각에는, 잃어버린 자유를 찾는 일에 비할 만한 행복이 세상에 없어요."

"그리고 또 하나," 그 신사가 말했다. "저도 형이 지은 쏘네트를 압니다."

"그럼 나리께서 들려주시지요." 포로가 말했다. "저보다 낭송을 더 잘하실 것 같은데요."

"그러지요, 뭐." 신사가 대답했다. "골레따에 바치는 쏘네트는 이렇습니다."

40장

포로의 이야기가 계속되다

쏘네트

죽음의 베일에서 벗어나 자유로운
행복한 영혼들이여, 그대들이 쌓아올린 선행으로
이 낮은 땅으로부터 높은 곳으로, 하늘의
가장 좋은 곳으로 일어섰나니,

분노와 영예로운 경쟁심으로
육체의 힘을 수련하였나니,
아군의 피와 적군의 피로
가까운 바다와 모래땅을 물들였나니,

지친 팔뚝에 의지한 목숨에

처음 용기가 없었다면, 죽어서
패배하여, 승리를 얻으리라.

그대들이 벽과 칼 사이에 슬프게
이렇게 죽어간다 해도, 세상은 명성을
하늘은 영광을 그대들에게 돌리리라.

"저도 똑같이 알고 있는데요." 포로가 말했다.
"다음은 요새에 바치는 쏘네트요. 제 기억이 틀리지 않다면 그건
이래요." 신사가 말했다.

쏘네트

이 불모의 땅에 무너져내린
땅에 떨어져내린 이들 흙덩이로부터
삼천 군인의 성스러운 영혼이
살아서 더 좋은 주거로 올라갔네.

애써 치켜든 이 팔뚝의 힘들이
처음 헛되이 버둥대다가
마침내 힘이 부쳐, 지치고 지쳐
칼날에 목숨을 맡겼네.

수천의 기억이
끝없이 비탄으로 가득 찬 땅

과거고 현재고 끝없이 우네.

그러나 맑은 하늘 거기 오른 영혼 중
굳센 가슴 하나로 더이상 싸움한 자 없었으리.
하늘도 더 용감한 몸은 받들지 못했으리.

두 쏘네트가 과히 나쁘지 않았다. 포로는 자기 친구에 대한 소식을 전해듣고 기뻐했다. 그리고 이야기를 계속했다.

"골레따와 요새가 함락되자 골레따의 방벽을 마저 부수라고 명령했는데, 요새는 완전히 무너져서 더이상 무너뜨릴 데가 없었죠. 되도록 빨리 힘을 덜 들이고 해치우려고 세 곳에다 지뢰를 묻었으나 그 어느 것도 가장 힘없이 보이던 성벽을 날리지 못했으니 성벽들이 다 오래되었거든요. 프라띤[1]이 새로 쌓아올린 성벽들 중 남아 있던 것만 쉽게 무너지고 말았습니다. 결국 함대는 콘스탄티노플로 개선장군이 되어 의기양양하게 돌아갔고, 그뒤 얼마 안되어 제 주인 우찰리가 죽었답니다.[2] 주인 이름은 우찰리 파르딱스, 터키 말로 하자면 '오염된 개종자'라는 뜻인데, 실제 그가 그랬으니까요. 터키 사람들 사이에는 무슨 잘못이 있거나 공이 있으면 그런 것을 이름에 붙여놓는 게 전통이거든요. 이건 그들에게는 오토만 가문에서 내려온 혈통으로 네 가지 성[3]밖에 없었고, 다른 성들은 아까 말했듯이 몸의 흠이나 마음의 덕과 공을 뜻하는 성과 이름을 갖지

----

1 프라띤(Fratín)이란 별명을 가졌던 하꼬메 빨레아소(Jacome Paleazzo)를 일컫는다. 왕의 명을 받고 지브롤터와 다른 광장들의 성을 쌓았다.
2 실제로 우찰리는 1587년 6월 21일, 콘스탄티노플의 갈라타 지역에 자기가 지은 회교 사원에서 갑자기 죽었다.
3 네 성은 무하마드(Muhammad), 무스타파(Mustafá) 무라드(Murad), 알리(Alí)이다.

요. 이 '오염된' 친구가 터키 대장군의 종으로 십사년간 배를 저었는데, 서른네살이 넘도록 노 젓기 부역을 하다가 어느 터키인이 그의 따귀를 때리는 바람에 속이 상해서 그놈에게 복수하려고 자기 신앙을 버리고 개종을 했던 거죠. 그분은 대단히 훌륭해서, 터키 대장군의 친인척들은 엉터리 방법이나 연줄로 승진했지만, 그는 실력으로 아르헬의 왕이 되었고 그뒤 그 왕국에서는 세번째 가는 자리인 바다의 총지휘관이 되었지요. 이딸리아의 깔라브리아 지방 출신으로 마음씨가 좋아서 포로들을 정말 인간적으로 대해주었는데, 삼천명 정도였던 그 소유의 포로는 대장군과 개종자들에게 분배되었습니다. 대장군은 모든 죽은 사람들의 상속자여서 죽은 자들의 자식들과 함께 그 유산을 분배받게 되어 있습니다. 저는 베네찌아의 개종자에게 돌아갔는데, 이 사람은 어느 배의 견습선원으로 있다가 우찰리에게 잡혔는데 마음에 무척 들어 아주 사랑받았던 미소년이고 세상에 없는 잔학한 개종자였죠. 그 이름은 아산 아가였는데, 굉장한 부자가 되어 아르헬의 왕이 되었어요.[4] 저는 아주 기뻐하며 그분과 함께 콘스탄티노플로 왔는데, 거기만 해도 에스빠냐와 가까웠으니까요. 그렇다고 제가 누군가에게 제 불행한 신세를 편지로 쓸 생각이 있었다기보다는 아르헬보다는 콘스탄티노플에 있는 게 좀더 낫지 않을까 하는 바람 때문이었죠. 거기서는 한번도 행운은 없었지만 그래도 수천번 도망을 쳐본 경험이 있었

---

4 하산 바하(Hasán Bajá)를 일컫는다. 1577년부터 1578년까지 아르헬의 왕이었고 1591년에 죽는다. 1545년 베네찌아 출신으로 터키인들에게 붙잡혀 개종했다. 알리깐떼 근방에서 세르반떼스가 포로로 유배되었을 때 그를 알게 된다. 하산 바하는 우연히 아히 모라또(Agi Morato)의 딸(여기 세르반떼스 소설의 '소라이다')과 결혼하니, 그녀가 전남편 아브드 말리크(Abd Malik)의 죽음으로 과부가 되었을 때다.

거든요. 아르헬에서도 그토록 바라던 일을 성사시켜보려고 다른 방법을 찾아봤지요. 자유는 절대로 포기할 수 없다는 생각만이 내 전부였으니까요. 작전을 만들고 생각하고 실행에 옮겨도 일이 뜻대로 이루어지지 않았으나 포기하지 않고 비록 나약하고 가냘프나마 희망을 지탱할 수 있는 다른 방법을 거짓말로라도 찾아야 했지요. 이런 마음이라도 있었기에 그 터키인들이 감옥인지 '목욕탕'인지로 부르는 그런 집에 갇혀서 삶을 꾸려갔어요. 기독교인들이 갇혀 있는 곳을 '목욕탕'이라고 부르는데요, 왕의 직계거나 어떤 양반의 인부들, 그리고 도시에서 공공일을 하거나 그 비슷한 직업을 가졌던 자들을 '고관들 포로'라 하고 '창고'라고 불렀는데 이 포로들이야말로 석방이 어려웠지요. 공공근로자들이므로 특정한 주인이 없으니 누군가 도와줄 사람이 있다고 해도 몸값을 흥정할 사람이 없잖아요. 아까 말했듯이, 이런 감옥이라고 하는 데서는요, 마을에 사는 개인들이 포로들을 데려가거든요, 특히 몸값용으로 잡아놓은 자들을요. 보상금이 올 때까지 거기서 안전하게 빈둥빈둥 놀게 하기 위해서예요. 왕의 포로들은 다른 패거리들과 함께 사역에 내보내질 않아요, 보상금이 늦어질 경우가 아니면요. 보상금이 늦어지면 더 열심히 편지를 써대라고 사역을 더 시키고, 딴 사람들과 함께 장작을 패러 보내는데 그 일은 꽤 힘들어요. 그러니까, 저는 몸값을 기다리는 그런 포로 중의 하나였는데, 비록 재산도 없고 구원금이 올 가능성이 없다지만 대위라는 걸 알았기 때문이지요. 아무리 말해도, 보상금을 바라고 잡아놓는 사람들, 그런 양반들 속에 저를 집어넣고는 쇠고랑을 하나 더 채워두기보다는 보상금을 위해 잡아놓은 자라는 표시를 했답니다. 이렇게 해서, 그 감옥에서 보상금용으로 표시된 중요한 사람들과 다른 많은 양반들 사이에서 생활했습니다. 배고픔과 옷이 없는 것도 때때로 고통을 주었지만 날마다 우리를 가장 공포에 떨게 한 건 주인이 우리 쪽 사람들에게 가하는, 세상에서 보지도 못했던 갖가지 잔인한 짓들을 보거나 들어야 하는 일이었습니다. 날마다 그날 죽여야 할 사람을 교수형에 처하고, 이놈을 몽둥이질하고 저놈 귀를 잘랐습니다. 이런 짓을, 무슨 이유가 있다거나 해서도 아니고 이유 아닌 이유로 그냥 습관처럼 저지르는 것은 터키인들이 모든 인간 종자들 중 본능적으로 살인자이기 때문입니다. 오직 한 사람 싸아베드라[5]라고 하는 에스빠냐 군인만이 그 짓을 안 당했는데, 그는 오랫동안 거기 있는 사람들이나 자유를 찾기를 원하는 모든 사람의 기억에 남을 만한 일을 한 결과로 그에게는 한번도 몽둥이질을 하지 않았고, 누구에게 그 짓을 하라고 시키지도 않았습니다. 그는 욕설 한마디 안 들었는데, 그가 한 많은 행동 중에서 가장 사소한 일이라도 우리가 저질렀다면 우리 모두는 몽둥이찜질을 당했을 겁니다. 그 사람도 한번 이상 그걸 두려워한 적이 있었는데, 시간이 있다면, 그가 한 짓을 조금 이야기할 텐데요, 이 이야기가 여러분들에게 제 인생 이야기보다 훨씬 더 놀랍고 재미있을 겁니다. 그러니까 이야기를 하자면, 우리 감옥 위쪽으로 어느 지체 높은 무어족 부잣집 창문이 나 있었는데요, 이 창문들이라는 게 무어족의 여느 창들이 다 그렇듯이 창문이라기보다 구멍들이라 해야겠지요. 구멍 같은 그 창문도 아주 조밀하게 꽉 짜인 그물 같은 커튼으로 덮여 있었어요. 어느날인가 이런 일이 생겼어요. 우리 감옥의 발코니에서 다른 세 동료들과 쇠고랑을 찬 채 심심풀이로 뛰기 연습을 하고 있었어요. 다른 사람은 모

---

5 미겔 데 세르반떼스 싸아베드라, 바로 세르반떼스 자신을 가리킨다.

두 사역을 나가서 우리들만 남아 있었지요. 제가 문득 눈을 들어 위를 보니, 아까 말했던 그 닫힌 창문 틈에서 대막대가 하나 나타나는데, 막대 끝에는 무슨 헝겊이 붙어 있더군요. 그 막대는, 마치 우리더러 그걸 붙잡으라는 신호를 하듯이 움직이며 흔들거리고 있었어요. 우리는 그걸 보고 있었고, 동료 중 한 사람이 그 대막대기 밑으로 갔어요, 혹시 막대를 떨어뜨리는지 아니면 무슨 짓을 하는지 보려고요. 그가 다가가자 막대를 위로 올리고 양쪽을 흔들더군요, 마치 고개를 저으며 아니라고 하듯이 말이죠. 그 사람이 돌아오자 다시 막대를 내리고는 처음 한 것처럼 똑같이 흔들거렸어요. 다른 동료 하나가 가보았지만 처음 사람과 똑같은 일을 당했고, 세번째 사람이 갔지만 첫번째, 두번째 사람과 똑같았어요. 이걸 보자 저도 행운을 시험해봐야겠다는 생각이 들어 막대 밑으로 갔는데 막대가 떨어지더니, 감옥 안의 제 발밑에 떨어졌어요. 전 즉시 그 헝겊을 풀어보았는데, 묶은 헝겊이 또 들어 있었고, 그 안에 10시아니의 돈이 들어 있었어요. 시아니는 무어족들이 쓰는 금화로 1시아니는 우리 돈으로 10레알에 상당하는 큰돈이었어요. 이 돈을 발견하고 제가 얼마나 기뻤는지는 말할 필요조차 없지요. 그런 돈이, 특히 제게 어디서 굴러들어왔는지 생각하면 할수록 신기하고 기쁘더군요. 다른 사람들에게는 막대를 놓아주려 하지 않고, 저한테만 떨어뜨려준 모양을 보아도 틀림없이 제게만 은혜를 베풀고자 했음을 알 수 있었거든요. 돈을 반가이 받아챙기고, 막대를 부러뜨린 뒤, 다시 발코니에 나가 창문을 바라보았더니 아주 하얀 손 하나가 나오더니 손을 아주 빨리 오므렸다 폈다 하더군요. 이런 몸짓을 보고는 그 집에 사는 어떤 여자가 그런 은혜를 베풀어주었구나 생각하고는 감사하다는 표시로 무어족들이 하듯이 두 손을 가슴에 대고 허리를 굽히면서 고개 숙여 절을 했지요. 그러자 얼마 안되어 같은 창문으로 대로 만든 조그만 십자가를 하나 내밀더니 다시 집어넣 더군요. 이런 신호로 보아 그 집에 어떤 기독교인 여인이 포로로 잡혀 있구나 하는 걸 알게 되었고, 그 여자가 우리에게 좋은 일을 했다는 걸 알았지요. 그러나 그녀의 손이 하얗고 손에 팔찌가 끼어 있던 걸로 보아 우리의 이런 생각은 바뀌어서 변절한 기독교인 같 다는 생각을 했습니다. 주인들은 보통 여자들을 회교도로 개종시 켜 정식 부인으로 맞아들이기도 하고, 여자들은 그걸 오히려 행복 으로 여기는데 그런 부인들을 자기 민족 여자보다 더욱 사랑하니 까요. 그런데 우리의 이 모든 생각은 실제 사실과는 너무 멀리 빗 나갔던 거였어요. 그뒤부터 우리가 가진 지혜란 그저 그 창문만 바 라보면서, 그 행운의 대막대가 나타난 곳만 한결같이 지켜보는 일 에 쏟았답니다. 그러나 그녀도 그녀의 손도 다른 어떤 표시도 나타 나지 않은 채 족히 한 열닷새는 지났을 겁니다. 그동안 우리는 그 집에 사는 사람들이 누구인지 알아보려고 아주 열심히 노력을 했 고, 그 집에 어떤 변절한 기독교인 여인이 있는가도 알아보려 했지 만 그걸 말해줄 수 있는 사람은 아무도 없었어요. 단 하나 그 집에 는 아히 모라또[6]라는 무어 귀족 부자가 살고 있다는 소리만 들리더 군요. 라 빠따[7]의 성주였던 사람인데 그들 사이에서는 그게 고관대 작 자리지요. 그런데 그곳에서 다시 금화가 쏟아지진 않으리라고 우리가 방심하고 있던 차에 문득 대막대가 또 나타난 겁니다. 또 헝겊이 달려 있었고 봉지가 더 컸어요. 이때도 지난번처럼 감옥에

---

6 아히 모라또는 하지 무라드(Hajji Murad)라고도 하는 역사적 인물이다. 슬라브족 부모 아래서 태어나 개종을 해서 아르헬의 유지가 되었다.
7 알바따(al-Batha)를 말하는 것으로, 아르헬의 모래지역 중 가장 큰 성곽이다.

사람이 없었고 우리들만 있었죠. 우리는 여느 때처럼 또 시험을 해서 제가 가기 전 우리 셋 중 하나씩 똑같이 가보았으나 누구에게도 막대가 가지 않았죠, 제가 갈 때까지요. 제가 다가가자마자 대막대가 또 떨어져 봉지를 풀어보니 에스빠냐 금화 40에스꾸도와 아랍어로 쓰인 쪽지 하나가 있었고, 그 글 끝에 커다란 십자가가 그려져 있었어요. 저는 십자가에 키스하고, 금화를 받아챙긴 뒤 또 발코니로 나가서 전과 마찬가지로 절을 올렸더니 다시 손이 나타나더니 그 쪽지를 읽어보라는 시늉을 하고 창문을 닫았어요. 우리는 모두 이 사건으로 한편 즐겁고 한편 어리둥절했으나 우리 중 아무도 아랍어를 읽을 줄 몰라서 쪽지에 뭐라 쓰였는지 그 내용이 무척 궁금했어요. 그걸 읽어줄 사람을 찾는다는 게 더 큰 어려움이었는데, 마침내 무르시아에서 온 회교 개종자 한 사람에게 부탁하기로 결심했습니다. 그는 저와 아주 친하게 지내는 사이였는데, 제가 부탁한 일을 비밀로 지켜줄 것을 언약했지요. 이런 개종자들이 에스빠냐로 다시 돌아갈 의향이 있으면 반드시 지체 높은 포로가 보증하는 서명을 받아가야 하는데, 그 형식은 개종자가 좋은 사람이며 기독교인들에게 항상 잘해주었고 기회만 있으면 도망칠 의향을 갖고 있었다는 증명이지요. 어떤 사람들은 이런 증명을 좋은 뜻으로 구해가지만, 어떤 자들은 필요할 때 그 증서를 일부러 이용하려고 받는 사람도 있었으니 에스빠냐 땅에 도둑질을 하러 가서는 실패하거나 잡혔을 때 그런 증서를 꺼내고는 이걸 보시면 자기가 무슨 목적으로 온지 알 거라고 하지요. 에스빠냐 땅에 머물려는 목적으로 왔다가 다른 터키인들과 노략질을 하게 된 거라고 하면서요. 이렇게 되면 첫 충동으로 저지른 죄는 벌을 피하게 되고, 기독교 교회와 화해가 성립되어 피해를 안 받게 되고 기회가 되면 자기 땅 베르베리아로 돌아가서 전과 같이 회교도로 살지요. 다른 사람들은 이런 보증서를 좋은 뜻으로 구해 잘 사용해서 기독교인들이 사는 땅에서 살기도 하죠. 제가 말한 제 친구라는 사람은 회교 개종자 중 이런 좋은 사람으로 우리 동료들의 서명을 다 가지고 있었어요. 우리는 거기에 가능한 한 모든 증명을 다 해주었는데, 만일 무어족들이 이걸 발견했다면 산 채로 불태워 죽였을 거예요. 저는 그가 아랍어를 아주 잘해서 말을 할 줄 알 뿐만 아니라 쓸 줄도 안다는 걸 알았어요. 그러나 그에게 모든 이야기를 다 하기 전에 그 쪽지를 읽어달라고 했지요, 어쩌다 내 감방 구멍에서 발견했다고 하면서요. 편지를 펼치더니 한참 동안 보면서 입속으로 뭐라고 중얼대며 내용을 되짚어보더군요. 내용을 알 것 같냐고 하니 잘 안다고 하면서 만약 말 한마디 한마디를 그대로 옮겨주길 원한다면 잘 써줄 테니까 잉크와 펜을 달라고 하더군요. 청하는 걸 바로 주자 조금씩 조금씩 번역했고, 다 번역하더니 말하더군요. '여기 에스빠냐어로 쓴 게 그 무어족의 쪽지에 쓰인 내용 전부를 글자 하나 빼지 않고 옮긴 거예요. 거기에 '렐라 마리엔'이라고 쓴 건 우리말로 '우리 주님 성모마리아'라는 뜻이라고 아시면 돼요.' 쪽지를 읽어보니 이렇게 쓰여 있었어요. '제가 어렸을 때 우리 아버지 여종이 있었어요. 그 여자가 제게 우리말로 그리스도교의 기도를 가르쳐주었고, '렐라 마리엔'에 관한 많은 이야기를 해주었어요. 그 기독교인 여종은 죽었지만, 저는 그녀가 불구덩이로 떨어진 게 아니라 알라신에게로 갔다고 믿어요. 왜냐하면 그뒤에 두번 더 그녀를 봤거든요. 그녀는 저에게 기독교인들이 사는 나라에 가라고 했어요, 저를 무척 사랑하는 '렐라 마리엔'을 보러 가라고요. 하지만 저는 어떻게 가야 할지 몰라요. 이 창문으로 많은 기독교인을 보았지만 당신

같은 기독교인 선비는 못 봤어요. 저는 처녀이고, 대단히 아름다우며, 가져갈 돈도 많답니다. 당신께서 우리가 어떻게 빠져나갈 수 있는지 살펴주세요. 원하시면 거기 가서 제 남편이 되어주세요. 원하시지 않아도 저는 괜찮습니다. '렐라 마리엔'께서 제게 결혼할 사람을 주시겠지요. 제가 쓴 이 편지를 누구에게 읽게 할지 잘 생각하세요. 무어족은 아무도 믿지 마세요. 모두 배신을 잘하거든요. 이 문제가 전 무척 걱정이에요. 제 마음은 당신이 아무에게도 안 보여주었으면 좋겠네요. 만약 우리 아버지가 알면 저를 바로 우물에 처넣고 돌로 매장하고 말 거예요. 대막대 끝에 실을 하나 달 테니 거기에다 답장을 써서 묶어주세요. 아랍어를 쓸 줄 아는 사람이 없으면, 몸짓으로 알려주세요. '렐라 마리엔'께서 당신을 이해하게 해주실 거예요. 그분과 알라 신께서 당신을 돌봐주시기를 빌어요. 제가 여러번 키스한 그 십자가는 그 여자 포로가 제게 시킨 대로 한 거예요.' 여러분, 이 편지에 쓴 말들을 보고 우리가 한편 놀라고 한편 기뻤던 게 당연하지 않겠습니까? 우리가 하도 놀라고 기뻐하니 개종한 그 친구는 틀림없이 우연히 편지를 발견한 게 아니라 실제로 우리들 중 어느 한 사람에게 썼다는 걸 알아차렸습니다. 그래서 자기 생각이 맞지 않느냐며 우리들더러 자기를 믿고 말을 해보라고 했지요. 자기는 우리를 석방하게 하려고 목숨을 걸겠다고 하고, 이 말을 하면서 가슴속에서 쇠로 만든 십자가를 꺼내 눈물을 평평 쏟으며 그 성상이 의미하는 하느님을 걸고 맹세를 했습니다. 자신은 비록 죄인이고 나쁜 사람이지만, 정말 성실하게 하느님을 믿으므로 우리가 밝히고 싶어하는 모든 사실에 대해 비밀을 지키고 신의를 다하겠다고 했습니다. 자기가 짐작하기로는 그 편지를 쓴 여자를 통하면 자신과 우리 모두가 자유를 얻을 것 같으며, 자신도 무지하고 죄가 많아 그 위대하신 성모에게서 썩은 가지처럼 떨어져 분리되어 있던 처지를 극복하고, 그토록 원하던 성스러운 예수교 교회의 일원으로 되돌아갈 수 있게 될 거라 했습니다. 이 회교 개종자가 눈물을 펑펑 쏟으면서 진심으로 참회하는 표정으로 이 말을 하자 우리 모두는 똑같은 생각이 들어 합의한 뒤 사실의 자초지종을 밝히기에 이르렀지요. 그래서 아무것도 숨기지 않고 모든 사실을 다 이야기하고 그 대막대기가 나오는 창문을 가르쳐주었더니 그는 그 집을 가리키며 거기에 누가 사는지 특별히 조심해서 알아보겠노라고 약속했습니다. 그와 함께, 편지를 쓸 줄 아는 사람이 있으니 무어 여인의 편지에 답장을 쓰는 게 좋겠다고 의견 일치를 보았지요. 즉시 그 개종자가 제가 부르는 말을 따라 써내려갔지요. 정확하게 이런 말을 했는데, 말씀드리지요. 이 사건에서 저에게 일어난 모든 중요한 점은 어느 하나도 기억에서 사라지지 않았고, 제가 살아 있는 한 잊지 못할 겁니다. 무어 여인에게 답한 내용은 실제로 이렇습니다. '참알라께서 그대를 보살펴주기 바랍니다, 아씨. 그리고 그 축복받은 마리엔께서도 돌봐주시겠지요. 마리엔께서는 하느님의 참어머니이시며, 그분이 그대에게 기독교인들의 땅에 가라는 마음을 심은 것입니다. 그분은 그대를 정말로 사랑하시니까요. 성모님께서 명하시는 그 소원을 실행에 옮길 수 있도록 하려면 어떻게 해야 하는지, 부디 가르쳐달라고 기도하소서. 성모께서는 참 좋으셔서 그 소원을 꼭 들어주실 것이외다. 저나 저와 함께 있는 모든 기독교인은 그대를 위해 죽을 때까지 무슨 일이든지 최선을 다하겠다는 것을 말씀드립니다. 그대가 계획하려는 일들을 저에게 꼭 알려주시고 편지하소서. 항상 답을 드리겠나이다. 이 편지에서 보실 수 있듯이 위대하신 알라께서 다행히 우리에게 그대의 말을 잘하고 잘 쓸 줄 아는 기독교인 포로를 한분 주셨어요. 그러하오니, 아무 걱정 마시고 원하는 대로 무엇이든 저희에게 연락주소서. 기독교인의 땅에 가면 제 아내가 되어주시겠다고 하신 말에 대해서는 선량한 기독교인으로서 그렇게 하겠다고 약속드리겠습니다. 기독교인들이 무어족보다는 약속을 잘 지킨다는 걸 아시지요. 알라와 그 어머니 마리엔의 가호가 있기를 바랍니다, 아씨.' 이 편지를 써서 접은 뒤 늘 그랬듯이 감옥이 비는 기회를 이틀 동안 기다렸다가 여느 때처럼 혹시나 대막대나 내려오나 보려고 발코니 통로로 나갔습니다. 막대는 얼마 안돼서 곧 나타났고, 막대를 보자마자, 누가 막대를 내리는지 볼 수는 없었지만 그 편지를 보여주었지요, 거기에 실을 달아달라고 알리려고요. 그러나 이미 대막대에 실이 달려 있어서 거기에 쪽지를 묶었지요. 그뒤 얼마 안되어 다시 우리의 별이, 거기에 묶인 하얀 평화의 깃발을 달고 나타났습니다. 일단 떨어지게 한 뒤 제가 집어보니 수건에 50에스꾸도가 넘는 금화 은화가 줄줄이 잔뜩 들어 있었어요. 그걸 보고 우리는 오십 배 이상 더 기뻐했고, 우리가 자유를 얻을 수 있다는 희망을 확신하게 되었습니다. 바로 그날 밤 우리의 개종한 친구가 다시 와서 우리에게 하는 말이 그 집에는 우리가 들었던 바로 그 아히 모라또라고 하는 사람이 살고 있으며 엄청난 부자인데 그 모든 재산을 물려받을 무남독녀가 하나 있다는 걸 알아냈다 하더군요. 온 도시에 알려진 일반인들의 여론이 베르베리아에서는 제일 예쁜 여인이고, 그곳에 부왕으로 부임해온 많은 선비들도 아내로 달라고 청혼을 했는데, 그녀는 한번도 결혼하겠다는 마음이 없었답니다. 또 하나 포로로 잡혔던 기독교인 여인 하나가 전에 있었는데 이미 죽었다는 소식도 들었답니다. 이 모든 사실이 편지에 쓴 것과 일치하는 것이었습니다. 우리는 이제 어떤 방식으로 그 무어 여인을 끌어내어 우리 모두 함께 에스빠냐 땅을 갈 수 있을지 개종한 그 친구와 상의를 했습니다. 마침내 우리 결정은, 당시로서는 소라이다의 다음 소식을 기다려보자는 것이었습니다. 소라이다가 바로 지금 마리아라고 불러달라 하는 이 여인의 원래 이름이라는데,[8] 이 여자야말로 우리의 그 어려운 일을 해결할 만한 유일한 사람이라는 걸 우리는 잘 알았으니까요. 약속을 하고 나서 그 개종한 친구는 우리에게 걱정 말라며 목숨을 바쳐서라도 우리를 꼭 풀려나게 해주겠다고 다짐했습니다. 그뒤 나흘 동안을 감옥에 사람들이 있었는데, 이 말은 그 대막대가 나타나기까지 다시 나흘이 지나갔다는 이야기지요. 그때가 지나자 여느 때처럼 감옥 안이 조용할 때 헝겊을 매단 막대가 보였는데, 헝겊이 꽁꽁 묶인 걸 보니 정말 이번에야말로 큰 복이 터지겠구나 하는 예감이 들었습니다. 대막기와 헝겊이 내 쪽으로 기울었고, 헝겊 속에는 다른 편지와 잔돈 없이 금화 100에스꾸도가 들어 있었습니다. 옆에 개종한 친구가 있었으므로 그에게 감방에서 편지를 우리에게 읽어달라고 했습니다. 그의 말에 따르면 편지 내용은 이러했습니다.

---

8 아히 모라또의 딸 이름은 실제로 사아라(Zahara)였다. 세르반떼스는 그의 희곡 『아르헬의 감옥』에서 같은 내용의 사건을 풀어가는데, 이 이름을 기억한다. 사아라는 1529년 포로가 되어 1541년에 아브드 알말리크(Abd al-Malik)와 결혼한 마요르까 여인의 손녀로, 세르반떼스는 그 희곡에서 그녀의 남편을 물레이 말루꼬(Muley Maluco)로 명명한다. 그 무어족 남편은 1576년 6월 모로코 왕(술탄)으로 임명되었으며, 알까사르끼비르(Alcazarquivir)에서 뽀르뚜갈인들과 싸우다 죽었다. 사아라는 앞서 언급한 하산 바하와 다시 결혼하여 1580년부터는 콘스탄티노플에서 살았다. 이 포로 시절의 이야기는 후편의 소설적 구성을 빼놓고는 전부가 역사적 사실 그대로이다. 소라이다(Zoraida)라는 이름은 아랍어로 투라야(Turaya)이며, 빛나는 별들(綺羅星, Pléyades)을 뜻한다.

'나리, 소녀는 어떻게 해야 에스빠냐로 갈 수 있는지를 모르겠사옵니다. 제가 렐라 마리엔에게 물어보았지만, 그녀도 대답을 안 해주시더군요. 소녀가 할 수 있는 일은 그대에게 무척 많은 금화를 이 창문을 통해 전해드리는 것입니다. 그 돈으로 그대께서 그대의 동료들과 함께 구제를 받으세요. 그리고 한 사람이 먼저 기독교인들이 사는 땅으로 가서 배를 하나 사와서 다른 사람들을 데려가면 될 거예요. 소녀는 바바손 대문' 옆에 있는 우리 아버지 집에서 찾을 수 있을 겁니다. 거기는 해변가라서, 이번 여름 내내 우리 아버지와 함께 내 종들을 데리고 거기 있을 예정이랍니다. 그곳에서 밤에 아무 걱정 없이 저를 나오게 하면 배에 태울 수 있을 겁니다. 그때 당신은 제 남편이 되어야 해요, 그러지 않으면 소녀가 마리엔에게 당신을 벌주라고 할 테예요. 배를 사러 갈 믿을 만한 사람이 없으면 당신이 풀려나서 직접 가세요. 당신은 신사이고 기독교인이셔서 다른 사람보다 더 틀림없이 돌아오실 분인 걸 알아요. 그 정원을 알아두도록 하세요. 그리고 그쪽을 거니시면 감옥이 비어 있다는 걸로 알고 많은 돈을 전해드릴게요. 나리께 알라의 가호가 있으시기를……' 두번째 편지 내용에는 이런 말이 쓰여 있었지요. 그 편지를 읽고 다들 자기가 구원병 역할을 맡겠다고 나서며 진짜 정확하게 갔다가 돌아오겠다고 약속들을 했지요. 저도 자원을 했습니다. 그러나 그 개종한 친구는 모든 제의에 대해 반대하며 모두가 함께 나가지 않는 바에는 누구라도 먼저 석방되는 걸 절대 동의할 수 없다 했습니다. 자기가 경험한 바로는, 일단 자유의 몸이 되면 포로생활 중에 한 약속을 지키는 사람이 거의 없었다는 것입니

---

9 바브 아순(Bab Azún) 대문은 '이순 대문'으로 아르헬의 사대문 중의 하나이다.

다. 몇몇 귀족 포로들이 그런 방법을 여러번 쓴 적이 있는데, 한 사람을 석방시켜 발렌시아나 마요르까로 가서 배를 만들어 구원하러 오라고 돈을 다 주었는데도 한번도 돌아온 적이 없었다는 거죠. 그 사람 말은, 한번 자유를 얻으면 그 자유를 다시 잃을까 하는 두려움 때문에 세상 어떤 의무나 약속도 머리에서 지워진다는 거지요. 우리한테 한 이야기의 증거로 얼마 전 그곳에서 몇몇 에스빠냐 포로들에게 일어났던 일 하나를 간략하게 들려주었습니다. 한 발자국만 가도 세상에는 늘 정말 놀랄 만한 엄청난 일들이 벌어지는 이 지방에서도 그런 일은 한번도 없었다는, 정말 이상한 경우였습니다. 사실 그 사람이 생각하고 꼭 해야겠다고 말하러 온 내용은, 에스빠냐 사람인 나를 석방시키려고 줄 돈을 자기에게 주면 아르헬에서 배 하나를 살 수 있다는 것이었습니다. 떼뚜안이나 그곳 해안에서 장사나 무역을 한다는 구실로 말입니다. 일단 그가 배 주인이 되면 그들을 쉽게 감옥에서 구해낼 방법을 찾을 수 있으며, 모두를 배로 실어갈 수 있다고 했습니다. 더구나 그 무어 여인 말대로 모두를 구조해낼 수 있는 보상금을 주면 자유인의 신분이 되므로 아무리 대낮이어도 그들을 실어나르는 데 아무 문제가 없다는 것이었습니다. 여기서 가장 큰 문제는 무어족들은 해적질을 하려고 커다란 배를 사지 않는 바에야 개종한 사람이 작은 배를 사거나 갖는 것은 허락하지 않는다는 점이라고 했습니다. 배를 사는 사람이 에스빠냐 사람일 경우 에스빠냐로 도망갈 목적이 아니라면 배를 필요로 하지 않을 거라는 두려움 때문이라는 거죠. 그러나 이런 불편도 자기는 해결할 수 있다면서, 옛 아라곤령에 속한 땅의 무어인 한 사람을 자기 동업자로 끌어들여 함께 선박 파는 곳에도 가고 물건도 사게 하면 된다는 것이었습니다. 이런 구실을 붙여 그를 배의 주인이 되게 하면 다른 일은 모두 문제가 없을 거라는 이야기였지요. 저나 제 동료들 생각에는, 무어 여인 말처럼 마요르까에 사람을 보내서 배를 가져오게 하는 것이 나을 것 같았지만, 우리는 그 친구의 말에 반대할 엄두가 나지 않았습니다. 만약 그 친구가 말한 대로 안해주면, 우리를 고발해서 목숨을 잃게 할 위험이 있다는 두려움 때문이었습니다. 우리가 목숨 바쳐 모시고 있는 소라이다와의 관계를 터뜨린다면 말입니다. 그래서 우리는 모든 걸 하느님 손에 맡기고 개종한 사람의 말을 따르기로 결심하고, 그 순간 소라이다에게 답장하기를, 충고해주신 그대로 모두 따라하기로 했다고 했습니다. 렐라 마리엔이 말한 것처럼 세심한 주의를 주셨으니, 이제 오직 그대의 명령에 따라 일정을 늦추든지 즉각 실행에 옮기든지 할 작정이라고 말입니다. 그러고 나서 어느날의 일이었습니다. 감옥이 비어 있는 틈을 타서 그녀는 2000에스꾸도를 그 막대기와 헝겊으로 여러번에 걸쳐 건네주었습니다. 편지에는 첫번째 '후마'에, 그러니까 금요일에 자기 아버지의 정원에 갈 거라고 쓰여 있었고, 그곳에 가기 전에 우리에게 돈을 더 보내주겠다고 했습니다. 그리고 그 돈이 충분하지 않으면, 또 말만 하라고 했지요, 우리가 청하는 대로 다 주겠다고 말입니다. 자기 아버지가 돈을 많이 가지고 있으니, 부족한 게 없다고 말이지요. 더구나 자기가 모든 열쇠를 가지고 있다고 했습니다. 우리는 즉시 개종한 친구에게 배 살 돈으로 금화 500에스꾸도를 주었고, 저는 800에스꾸도로 구제되었지요. 그 당시 아르헬에 있던 발렌시아 상인에게 그 돈을 주어서 그 사람이 저를 왕에게서 구해냈는데 발렌시아에서 첫번째 구조 배가 오는 즉시 제 보상금을 건네주겠노라고 약속을 했습니다. 왜냐하면, 곧바로 돈을 건네주면, 왕이 아르헬에 이미 미리 제 보상금이 와 있는 줄 알고 의심할 수가 있기에 그 상인은 잔머리를 굴려서 그 일을 숨겼던 겁니다. 아름다운 소라이다가 아버지 정원으로 가기로 되어 있는 금요일 하루 전인 목요일에 또다시 금화 1000에스꾸도를 건네주고 자기가 거기로 가노라고 알리면서 만약 제가 풀려나면, 즉시 자기 아버지의 정원 있는 곳을 알아내서 어떤 경우일지라도 그곳으로 올 기회를 만들어 자기를 보러 오라고 부탁했습니다. 짧은 말 몇 마디로 그렇게 하겠노라고 답을 썼지요. 그리고 포로로 있던 그 여인이 가르쳐준 대로 렐라 마리엔에 온갖 기도를 다하고, 그분의 가호를 청하는 걸 잊지 말라고 했지요. 이렇게 하고는, 우리 동료 셋이 보상금을 지불하고 감옥에서 풀려나도록 편의를 봐주기로 했습니다. 돈은 있는데, 저 혼자만 풀려나고 자기들은 못 나오는 것을 알면 난리를 피울 수도 있고요, 혹시 사악한 생각이 들어 소라이다에게 피해가 갈 무슨 일을 저지를 위험도 있었거든요. 비록 사람들이 품성이 좋아서 그런 걱정은 안해도 될 것 같았지만 어쨌든 이런 일에 모험을 걸고 싶지는 않았습니다. 그래서 제가 풀려나는 방법 그대로 그들도 풀려나도록 해주었습니다, 모든 돈을 그 상인에게 주어서 말이지요. 상인에게는 틀림없이 안전하게 약속을 지켜주도록 했으나 혹시 위험이 따를까 해서 우리가 만난 사람이나 비밀 이야기는 일절 밝히지 않았습니다."

41장

포로가 이야기를 계속하다

　"그뒤 열닷새가 채 지나지 않아서 우리의 개종한 친구가 서른명 이상이 탈 수 있는 아주 좋은 배 하나를 사서는 배가 성능이 좋은 지 시험도 해보고 도색도 할 겸해서 계획했던 대로 싸르헬이라는 곳으로 항해를 하기로 했지요. 그곳은 오란 가는 쪽으로 삼십마장 거리에 있는 곳으로, 마른 무화과 거래가 활발한 마을이었지요. 아까 말한 '따가리노' 친구와 동행을 해서 두세번 항해를 해보았답니다. '따가리노'란 말은 여기 베르베리아에서는 에스빠냐 아라곤 지방의 무어족을 가리키는 말이지요, 그라나다의 무어족은 '무데하르'라고 하고요. 페스에서는 이 '무데하르'들을 '엘체'라고도 하는데, 이 엘체 사람들이야말로 그 나라 왕이 전쟁에서 제일 많이 쓰는 용사들이지요. 아무튼 우리 개종한 친구는 배를 타고 갈 때마다 소라이다가 기다리는 정원에서 화살 한대를 쏜 거리의 두 배 정도밖에 안되는 협곡으로 스며들어가 일부러 배를 젓는 무어인들과 함께 회교식 기도를 하거나, 진짜로 해야 할 일을 장난삼아 연습하듯이 시험해보곤 했으니 소라이다의 정원으로 가서 과일을 청하기도 했고, 그러면 소라이다의 아버지는 그가 누구인지도 모르고 과일을 주곤 했다지요. 뒤에 나한테 한 이야기지만, 자기가 내 부탁으로 소라이다를 에스빠냐 땅으로 데려갈 사람이니 기꺼이 마음 놓고 있으라고 직접 말을 하려고 했다는군요. 그러나 무어족 여자들은 터키인이건 무어인이건 자기 남편이나 아버지가 명령하기 전에는 누구에게도 얼굴을 보이는 일이 없어 어쩔 수 없었답니다. 포로로 잡혀 있는 에스빠냐 사람들 사이에는 필요없는 이야기까지도 서로 터놓고 하는 터라서, 그가 그녀에게 말을 걸었다면 난 오히려 더 걱정이 될 뻔했지요. 자기 일이 개종자들 입에 오르내린다는 걸 알면 아마 그녀는 놀랐을지도 모르니까요. 하지만 다행히 운이 그리되지 않을 사정이었던지 우리 친구가 원하던 그런 좋은 일은 일어나지 않았습니다. 그는 싸르헬에 오가는 데 아무 문제가 없고, 원하는 데면 언제나 배로 들어갈 수 있다는 것을 알았지요. 자기의 '따가리노' 친구도 자기가 하고자 하는 일 외에는 다른 생각이 없었고, 또 저는 이미 구제된 처지라 노를 저을 에스빠냐 포로 몇명을 구하면 되었습니다. 저더러 이미 구제한 사람들 외에 또 어떤 사람들을 함께 데려갈 것인지 알아보라고 하고, 우리가 떠나기로 작정한 날이 첫번째 금요일이라는 걸 말해두라고 하더군요. 상황이 그런 것을 알고 저는 노 젓는 데 가장 튼튼한 에스빠냐 사람 열둘에게 말을 해놓았는데, 그들은 도시에서 비교적 자유롭게 빠져나갈 수 있는 사람들이었지요. 그 시기에 그 많은 사람을 구한다는 게 쉽지는 않았으니, 배 스무척이 해적질을 나가면서 배 저을 사람들을 전부 끌고 나갔거든요. 제가 구한 사람들은 자기 주인이 그해 여름에 조선소에 있는 큰 선박을 마무리하느라 해적질을 나가지 않아서 가능했던 거지요. 저는 그 사람들에게 다른 말은 안하고 첫 번째 금요일 오후에 한명씩 몰래 빠져나와 아히 모라또 정원 모퉁이로 가서 제가 갈 때까지 거기서 기다리라고 했지요. 저는 만약의 사태에 대비해 한 사람 한 사람에게 주의를 주면서 그곳에서 혹시 다른 에스빠냐 사람들을 보더라도 다른 말은 말고 그냥 제가 거기서 기다리라고 했다고만 하라고 했지요. 이렇게 일을 해놓았지만 제겐 또 한가지 일이 더 남아 있었지요. 이 일의 성사를 위해 정말 중요한 건 바로 소라이다에게 상황이 어찌 돌아가고 있는지를 정확히 알리는 것이었습니다. 만일 에스빠냐 사람들 배가 그녀의 예상보다 빨리 도착해서 혹시나 갑자기 그녀 집에 뛰어들어도 놀라지 않고 이미 알고 짐작하고 있어야 하니까요. 그래서 저는 그녀의 정원으로 직접 가서 말을 할 기회를 엿보기로 작정하고, 떠나기 하루 전날 몇가지 풀을 뜯는다는 구실로 거기를 갔지요. 거기서 처음 만난 사람은 그녀의 아버지였습니다. 그는 저에게 말을 걸었는데, 그 말이란 게 그곳 베르베리아나 콘스탄티노플에서까지 포로들과 무어족들 사이에만 통하는 무어 말도 아니고 에스빠냐 말이나 어느 나라 말도 아닌, 세상 모든 말을 뒤섞은 말이었습니다. 그런 말로 우리들은 소통을 했지요. 어쨌든 그는 이런 말을 써가며 제게 그 정원에서 무엇을 찾고 있으며 제 주인이 누구인지를 묻더군요. 저는 아르나우떼 마미[1]의 노예라고 했는데, 이 사람이 그분의 가장 절친한 친구란 걸 잘 알고 있었기에 그랬지요. 그리고 쎌러드를 만들 만한 풀잎들을 뜯고 있는 중이라고 했습니다. 그는 이어서 묻기

---

1 실제로 세르반떼스를 포로로 잡았던 해적의 이름이다.

를, 제가 보상금이 붙은 노예인지 아닌지, 제 주인이 얼마를 요구하는지를 묻더군요. 이런 말들을 모두 주고받고 있는데 아름다운 소라이다가 정원의 집에서 나왔습니다. 소라이다는 이미 아까부터 저를 보고 있었던 거죠. 그러나 무어 여인들은 에스빠냐인들에게 얼굴을 드러내도 교태를 부리는 일은 절대 없었고 특별히 피하지도 않았기에 자기 아버지와 제가 있는 곳에 나타나는 게 아무 일도 아니었습니다. 오히려 그녀의 아버지는 그녀가 오는 걸 보자마자 점잖게 그녀를 부르더니 가까이 오라고 했습니다. 그때 제 눈에 비친 사랑하는 소라이다의 아름다운 모습, 얌전한 몸짓, 우아하고 멋진 옷맵시를 지금 무슨 말로 어찌 다 형언할 수 있겠습니까. 다만 한가지 말씀드릴 게 있다면, 머리칼보다 더 많은 진주가 아름다운 목과 귀, 머리에 줄줄이 달려 있었습니다. 발목은 그곳 풍습대로 다 내놓고 있었는데 수많은 다이아몬드가 박힌 순금 '발찌', 무어족 말로는 발목에 끼는 고리나 사슬을 그렇게 부르더군요, 두개를 끼고 있었습니다. 그뒤 그녀가 제게 한 말로는, 자기 아버지가 그 발찌가 수만금이 나가고 팔목에 낀 팔찌 또한 그만한 값이 나간다고 했다더군요. 진주도 엄청 많고 아주 좋은 것들이었는데요, 무어 여인들에게는 질 좋은 진주알로 곱게 장식하는 게 제일 예쁜 치장이라네요. 그래서 무어족들에겐 다른 어느 나라 사람들보다 진주가 많았는데, 소라이다 아버지는 아르헬에서 가장 좋은 진주를 제일 많이 가지고 있기로 유명하다는 거예요. 그리고 금화 20만 에스꾸도가 넘는 돈을 가지고 있는데, 그게 모두 이제 나의 부인이 될 그 여자의 것이 된다는 거였어요. 얼마나 많은 수공을 들여 만들어진 물건이냐, 얼마나 값진 장식을 했느냐가 그때는 아름다운지 아닌지를 가늠하는 기준이었으니, 그밖에도 재산이 얼마나 더 많았겠는지 짐작이 가시지요. 결국 보통 여자들의 아름다움이란 때와 장소, 상황에 따라 잘 입으면 더러는 더 아름답게 보이기도 하고 덜 아름답게 보이기도 하는 법이지요. 기분이나 열정에 따라 여자가 더 예뻐 보이기도 하고 덜 예뻐 보이기도 하니까요, 비록 대부분 아름다움이 사라지기도 하지만…… 요컨대 제 이야기는 그녀가 최고로 고운 치장을 하고 절세미인의 모습으로 나타나서 적어도 제 눈에는 그때까지 본 어떤 여자보다 아름답게 보였다는 말씀이지요. 게다가 당시 제가 맡은 임무를 보아도 정말 제게 행복을 주고 구원을 하려고 하늘에서 땅으로 내려와 눈앞에 선 선녀 같았습니다. 그녀가 다가오자 아버지는 딸에게 자기 나라 말로 저라는 사람이 자기 친구 아르나우떼 마미의 포로이며 쌜러드거리를 뜯으러 여기 왔다고 말하더군요. 그녀는 손을 잡고 아까 말한 잡탕말로 제가 기사인지 묻고, 어떻게 하면 구제를 받을 수 있는지 궁금해했습니다. 나는 이미 구제를 받은 몸이며, 1500솔따니라는 거액의 돈을 준 걸 보면 주인이 나를 얼마나 좋아했는지 알 수 있다고 했지요. 그러자 그녀가 말을 했습니다. '정말이지 당신이 우리 아버지 포로라면 난 아버지에게 그런 돈은 두푼도 주지 말라고 했을 거예요. 당신들 에스빠냐 사람들은 말할 때마다 거짓말만 하고 우리 동포들을 속이려고 늘 불쌍하고 가난한 척하니까요.' '사실 그럴 수도 있겠습니다, 아씨,'라고 제가 대답했습니다. '하지만 저는 진실로 주인을 대했고, 지금도 진심이고 세상 누구에게도 진심으로 대하겠습니다.' '그런데 언제 떠나시는지요?'라고 소라이다가 물었습니다. '내일 떠납니다,'라고 제가 말했습니다. '내일 출항하는 프랑스 배 하나가 여기 있거든요. 그래서 그 배를 타고 갈까 합니다.' '프랑스 배보다는 에스빠냐 배들이 오기를 기다려서 타고 가시는

게 낫지 않겠어요? 프랑스 사람들은 당신들 친구도 아니잖아요?'
라고 그녀가 반박했습니다. '물론 아니지요.'라고 제가 대답했습니다. '만약 에스빠냐에서 배가 온다는 소식이 사실이라 한다면 그 배를 기다려야겠지만, 그래도 이 배가 내일 떠나는 게 확실하기 때문입니다. 우리나라에 하루빨리 돌아가고 싶고 제가 사랑하는 사람들과 함께하고 싶은 마음이 워낙 크니까요. 아무리 배가 좋고 편리해도 늦어진다면 그런 편리함이야 다음 문제가 되겠지요.' '당신 나라에서 틀림없이 결혼을 하신 모양이군요.'라고 소라이다가 떠보았습니다. '그러니 하루빨리 부인을 만나러 가고 싶은 거 아니에요?' '저는 아직 결혼을 안했습니다만 돌아가면 바로 결혼을 하겠다는 약속을 하고 왔지요.'라고 제가 대답했습니다. '그런 약속을 한 여인이 예쁘신가요?'라고 소라이다가 물었지요. '아주 예쁘지요. 제 마음에 꼭 들었지요. 사실대로 말씀드리면 아씨를 무척 닮았거든요.' 이 말들 듣고 그 아버지는 아주 통쾌하게 웃고는 말했습니다. '저런, 아니 그 여자가 내 딸을 닮았다면 정말로 무척이나 예쁜 모양이구면, 우리 딸은 이 나라에서 제일 예쁜 아이니까. 내 말이 맞는지 틀린지 내 딸을 잘 살펴보라고, 내 말이 맞는 걸 금방 알 테니까.' 이 많은 말과 이야기의 대부분은 소라이다 아버지가 통역한 내용이었는데, 그가 우리 로만스어를 잘 아는 사람이었으니까요. 아까 말했듯이 그녀도 거기 식으로 우리말을 엉터리로 했다고 했으나, 그녀의 의사는 말보다는 손짓 발짓으로 더 잘 전해졌죠. 이런 이야기 저런 이야기를 하고 있을 즈음 무어인 한 사람이 달려와서 큰 소리로 전하기를 터키인 네 사람이 정원 울타리와 담장을 뛰어넘어 들어와 아직 익지도 않은 과일들을 따고 있다고 했지요. 영감은 그 소리를 듣고 깜짝 놀랐고, 소라이다도 마찬가지였으니 무어인들에게 터키족이란 대개 거의 공포의 대상이었으니까요. 특히 그곳 군인들은 막무가내여서 더 무서워했고, 터키 군인들은 그들에게 속한 무어족들에게 늘 떵떵거리고 다녔는데 무어인들이 자기들을 종보다 더 천대한다는 이유로 말입니다. 하여튼 말을 하자면, 그때 그녀 아버지가 소라이다에게 이러더군요. '얘야, 어서 집으로 들어가 꼭 숨어 있어라. 그러는 동안 난 이 개 같은 놈들에게 말을 하러 가야겠다. 그리고 당신은 그 풀들을 찾아서 잘 가시구려. 부디 알라의 가호로 고향에 잘 가기 바라오.' 저는 고개를 숙였습니다. 그는 터키인들을 찾으러 가고 저는 소라이다와 단둘이 남게 되었지요. 그녀는 아버지가 시킨 대로 집으로 들어갈 표정을 지었으나 아버지가 정원의 나무숲으로 사라지자 눈물이 가득한 눈길로 저를 돌아보고 말을 했습니다. '아멕시[2], 당신, 아멕시?' 이 말은 '떠나세요, 당신, 떠나세요?'라는 뜻이지요. 전 대답했지요. '떠나지요, 아씨, 하지만 절대 그대를 두고 떠날 수 없습니다. 첫번째 '후마'에 저를 기다리세요. 그때 저희들을 보더라도 놀라지 마세요. 그때 틀림없이 우리 모두 에스빠냐 땅으로 가게 될 겁니다.' 이렇게 말했지요. 그녀는 둘이서 주고받는 이야기를 모두 잘 알아들었습니다. 그리고 제 목에 그녀의 팔을 걸쳤고, 우리는 다 죽어가는 발걸음으로 집을 향해 걷기 시작했습니다. 그러나 우연히 운이 나빴던지, 하늘도 무정하시지, 제가 말한 대로 우리 둘이 그녀의 한 손은 제 목에 걸치고 꼭 껴안은 채 가고 있는데, 터키군을 찾으러 갔던 그녀의

---

2 초판본에는 이렇게 'Amexi'로 나온다. 요즘 나오는 어떤 책에는 아르헬의 방언 그대로 'Támxixi'로 수정되어 나오기도 한다. 그러나 세르반떼스의 아랍어 실력은 시데 아메떼 베넹헬리 책을 번역을 통해서 읽을 정도였으니, 이런 가벼운 오류가 오히려 원형에 가까우리라 여겨져 그대로 옮긴다.

아버지가 돌아오다 그렇게 다정하게 걸어가고 있는 우리를 본 것입니다. 그러나 소라이다는 이미 다 알고 있다는 듯이 얌전한 모습으로 제 목에서 팔을 떼지 않았고 오히려 제 몸에 더 가까이 붙으면서 무릎을 약간 굽히고 머리를 제 가슴에 기대며 완전히 기절한 듯한 표정을 확실히 보여주었지요. 저는 또 나름대로 싫지만 억지로 붙들고 있다는 표정을 보여주려 애썼습니다. 그녀의 아버지는 우리가 있는 곳으로 달려와서 딸이 그런 모습으로 서 있자 무슨 일이냐고 물었습니다. 하지만 그녀가 대답을 않자 아버지가 말을 했습니다. '틀림없이 그 개 같은 놈들이 들이닥치는 걸 보고 놀라 기절했구먼.' 그러고는 그녀를 제 품에서 떼어 자기 가슴에 안았고, 그녀는 한숨을 쉬고 눈물도 닦지 않은 채 다시 제게 말했습니다. '아멕시, 당신, 아멕시!(떠나세요, 당신, 떠나세요!)' 그 말에 아버지가 말하기를 '저 친구는 그냥 가도 좋겠지, 얘야, 너한테 나쁜 짓은 안했으니까. 터키 놈들도 벌써 가버렸더구나. 이제 걱정 마라. 너를 괴롭힐 일은 아무것도 없으니까. 내가 이미 말했듯이 그 터키 놈들은 내 청을 받아들여 들어온 구멍으로 다들 다시 돌아갔어.' '나리, 말씀하신 대로 그놈들이 따님을 정말 놀라게 했습니다'라고 제가 말을 했지요. '하지만 따님께서 저더러 떠나라고 하시니 더이상 따님을 괴롭히고 싶지는 않사옵니다. 안녕히 계십시오. 또 필요하면 허락을 받고 이 정원에 풀을 뜯으러 다시 오겠습니다. 우리 주인 말씀은 여기 이 정원에 나는 풀보다 더 좋은 샐러드감은 없다고 하시더군요.' '원하면 언제든지 다시 오게나'라고 아히 모라또는 대답했지요. '내 딸이 떠나라고 한 건 자네나 다른 에스빠냐 사람들이 귀찮게 해서가 아니라 터키 놈들에게 떠나라는 소리를 한다는 게 그리되었거나 아마 이제 그 풀들을 찾으러 갈 때가 아니냐는 소리였을 걸세.' 이리해서 저는 즉시 두 사람과 작별을 했지요. 그리고 보아하니, 그녀는 속으로 가슴을 쥐어뜯으며 자기 아버지를 따라가더군요. 저는 풀잎을 찾는다는 구실로 온 정원을 자세히 실컷 돌아다니면서 들어오는 입구와 나가는 출구, 집의 성벽, 그리고 우리 일을 쉬이 완수하기 위해 필요한 편의시설을 살펴보았지요. 이렇게 하고는 돌아와서 그 개종자와 동료들에게 거기서 일어난 일들을 모두 다 말해주었지요. 그러나 곱고 아름다운 소라이다와 두려움 없이 행복한 시간을 가질 수 있는 행운은 좀처럼 빨리 오지 않았습니다. 마침내 시간이 흘러 우리가 그토록 바라던 약속의 날이 왔습니다. 그동안 세심한 사려와 오랜 상의 끝에 우리가 여러번 결정을 내렸던 계획과 순서에 따라 우리 모두는 바라던 대로 성공리에 일을 시작했습니다. 왜냐하면 제가 소라이다와 정원에서 이야기를 나눈 그다음 금요일, 우리 개종자가 해 질 무렵에 소라이다가 있는 곳의 거의 코앞까지 배를 몰고 들어갔기 때문입니다. 노를 저을 우리 쪽 사람들은 이미 준비가 된 채 그 주변 여러 곳에 숨어서 눈앞에 보이는 배를 향해 금방이라도 쳐들어가고 싶은 마음뿐이라 모두들 흥분과 긴장 속에서 저를 기다렸습니다. 왜냐하면 그들은 이미 개종자와 약속이 되어 있는 줄도 모르고 그저 자신들의 힘으로 싸워서 배 안에 있는 무어족들을 다 죽이고 자유를 쟁취해야 한다고 생각하고 있었거든요. 이렇게 일은 착착 진행되어갔습니다. 제가 모습을 드러내자마자 제 동료들과 숨어 있던 다른 모든 친구가 우리를 보고 다가왔습니다. 도시의 통금시간이 다 된지라 그쪽의 모든 지역엔 사람 얼굴 하나 보이지 않았습니다. 모두 모인 우리는 먼저 소라이다를 찾으러 가는 게 좋을지, 아니면 배 안에서 노를 젓고 있는 무어족 뱃사공들을 굴복시키는 게 좋을

지 몰라 망설였습니다. 우리가 이렇게 주저하고 있는 동안 우리의 개종자가 다가와서, 무얼 우물쭈물하느냐며 지금 이 시간엔 무어족 사람들은 아무 생각 없이 대부분 잠을 자고 있다고 했습니다. 우리가 주저하고 있는 이유를 말하니 그의 답은, 가장 중요한 건 먼저 배를 탈취하는 것이며 지금이야말로 위험 없이 가장 쉽게 성공할 수 있으며, 그다음에 소라이다를 찾으러 가면 된다는 거였습니다. 그의 말이 우리 생각에도 맞는 것 같아서 더이상 지체하지 않고 그가 안내하는 길을 따라 배로 다가갔습니다. 그가 먼저 배에 뛰어들어 장검을 손에 들고 무어 말로 소리쳤습니다. '너희들 모두 여기서 꼼짝하지 마, 죽고 싶지 않으면……' 이때 우리 사람들 거의가 다 안으로 들어와 있었습니다. 별 용기도 없는 무어족들은 자기 대장에게 이렇게 말하는 소리를 듣자 모두들 놀라 아무도 감히 무기에, 무기라고 해야 거의 다 별로 가지지도 않았지만요, 손을 댄 자가 없었습니다. 그들은 말 한마디 없이 우리 쪽 사람들이 하는 대로 내버려두었고, 우리들은 무어인들에게 어떤 식으로든 목소리를 높이면 모두 칼로 베어죽이겠다고 위협하면서 아주 재빠르게 일을 끝냈습니다. 이 일을 마치고 우리들 중 절반은 무어인들을 지키기로 하고, 나머지 사람들은 역시 앞장을 선 개종자를 따라 아히모라또의 정원으로 갔습니다. 운이 좋아서 대문을 열려고 하자 마치 잠겨 있지 않은 것처럼 아주 쉽게 열리더군요. 아주 침착하게 아무도 모르게 조용히 집 안으로 들어가자 창문 옆에서 아름다운 소라이다가 우리를 기다리고 있다가 인기척이 나자 나지막한 소리로 '니사라니'냐고 물었습니다. 우리가 에스빠냐 사람이냐고 묻는 것 같았습니다. 제가 그렇다고 하면서 내려오라고 했지요. 그녀는 나를 알아보자 한시도 주저하지 않고 한마디 대답도 없이 즉시 내려와 문을 열고 우리 앞에 얼굴을 드러냈지요. 그 아름답고 곱게 치장한 모습은 말로 다 할 수가 없었습니다. 그녀를 보자마자 저는 그녀의 손을 잡고 손에다 키스를 했고, 개종자도, 제 두 친구도 그 렇게 했지요. 어찌 된 영문인지 모르는 다른 사람들은 우리가 하는 걸 본 대로 따라했는데, 그건 그녀에게 감사드리며 우리에게 자유를 준 귀부인으로 모시겠다는 뜻이었습니다. 개종자가 무어 말로 아버지께서 정원에 계시냐고 물었더니 그녀는 그렇다고 하면서 지금 주무시고 계시다고 대답했지요. '그렇다면 아버지를 깨워야겠군요, 그를 깨워서 우리와 함께 데려가야겠군. 이 아름다운 정원에 있는 값진 것들과 함께 말이오' 하고 개종자가 말했습니다. '아니 되옵니다.' 그녀가 말했지요. '우리 아버지께는 손끝 하나 대지 마세요. 소녀가 가져가는 것 외에 이 집에서 그 어떤 것도 취할 수 없습니다. 소녀가 지닌 게 엄청 많아서 이걸로 모두 부자로 행복하게 사실 수 있을 거예요. 조금만 기다리시면 다 보여드릴게요.' 이 말을 하고 다시 급히 안으로 들어가면서 금방 돌아올 테니 모두 아무 소리 내지 말고 조용히 있으라고 했지요. 제가 개종자에게 그녀와 나눈 대화를 물었더니 이런 이야기였다고 해서, 저도 소라이다가 원하는 일이 아니면 절대로 해서는 안된다고 일렀지요. 그녀는 즉시 금화를 가득 채운 금궤를 들고 나왔는데, 금화가 너무 많아서 들 수가 없을 정도였어요. 그러는 사이에 운이 없게도 소라이다 아버지가 깨어나 정원에서 무슨 소리가 나는 걸 느꼈고 창문으로 내다보고 정원에 나돌아다니는 사람들이 모두 에스빠냐 사람인 걸 즉각 알아차렸지요. 그는 큰 소리로 고래고래 고함을 지르며 아랍어로 이렇게 말했습니다. '에스빠냐 놈, 에스빠냐 놈들, 이 도둑놈, 도둑놈들아!' 이런 고함 소리에 우리 모두는 공포에 벌벌 떨며 정말 어찌할 바를 몰랐습니다. 그러자 개종자는 우리가 처한 위험을 알고 사람들이 더 알아차리기 전에 이 일을 꼭 성공시켜야 한다는 일념으로 아주 민첩하게 아히 모라또가 있는 곳으로 뛰어올라갔고, 우리 중 몇 사람도 함께 올라갔어요. 저는 소라이다 아씨를 꼭 붙들고 놓을 생각이 없었는데, 그녀는 기절한 듯 제 품 안으로 쓰러졌습니다. 결국 위에 올라간 사람들은 아주 능숙하게 한순간에 아히 모라또의 팔을 묶고 말을 하지 못하도록 입에 수건을 씌운 채 만약 입을 열면 죽이겠다고 위협하면서 끌고 내려오더군요. 아버지의 모습을 보자 딸은 보지 않으려고 눈을 가렸습니다. 그녀의 아버지는 어떻게 해서 딸의 마음이 우리 편에 와 있는지 모르는 터라 놀라고 놀랄 뿐이었습니다. 그러나 그때 사정으로는 되도록 빨리 움직이는 게 상책이라 우리는 부지런히 재빨리 배에 올라탔습니다. 배에 있던 사람들은 혹시 우리에게 무슨 나쁜 일이 있을까봐 벌벌 떨면서 기다리고 있더군요. 우리 모두가 배에 탔을 때는 겨우 밤 2시가 넘었을 때였지요. 배에서 우리는 소라이다 아버지의 손목을 풀고 입의 수건을 벗겼으나, 그러면서도 개종자는 만약 말을 하면 목숨을 가만두지 않겠다고 다시 말했습니다. 그는 그곳에 자기 딸이 있는 걸 보자 슬프게 한숨을 쉬었고, 딸이 제 품에 안긴 채 저항도 불평도 없이 피하려고 하지 않고 가만있는 걸 보자 한숨 소리는 더 깊어졌지만 그래도 개종자가 여러번 위협한 말을 실행에 옮길까봐 그냥 잠잠히 있었습니다. 이미 배에 올라 있던 소라이다는 우리가 노를 저어 출항하려고 하자, 자기 아버지와 묶여 있는 다른 무어인들을 보더니 개종자더러 제게 전하라고 하면서 이제 자기 아버지와 저 무어인들을 풀어달라고 간청해왔습니다. 자기 때문에, 자신을 그토록 사랑했던 아버지까지 포로로 데려가는 꼴을 눈앞에서 보느니 차라리 이대로 바다에 몸을 던져 죽겠다고 했습니다. 개종자가 저에게 말을 해서 저는 풀어주는 게 매우 좋겠다고 했으나 그는 아직 좋지 않을 것 같다고 했습니다. 만약 그들을 거기서 풀어준다면 즉시 사람들을 불러내 온 도시를 발칵 뒤집어놓을 것이고, 그리되면 사람들 몇몇은 횃불을 밝혀들고 그들을 찾으러 올 것이며, 땅이나 바다나 그들 천지가 될 터이니 결국 우리는 도망도 못 가게 될 거라는 거였습니다. 그러니 우리가 할 수 있는 건 여기를 벗어나 첫 에스빠냐 땅을 밟고서 풀어주는 거라고 했습니다. 이 생각에 우리 모두는 찬성했고, 소라이다도 우리가 자기 청을 즉시 들어주지 못하는 이유를 설명하자 역시 그렇게 하자고 대답했습니다. 이윽고 용감한 우리 뱃사공들이 기쁜 마음으로 조용히, 열심히 한 사람 한 사람 노를 잡고 온 마음으로 하느님께 우리를 지켜주시길 기도하며 가장 가까운 에스빠냐 땅인 마요르까 섬으로 돌아가기 위해 항해를 시작했습니다. 그러나 북풍이 약간 불면서 바다가 사뭇 사나워져 마요르까로 계속 간다는 게 불가능해져 어쩔 수 없이 해안가를 끼고 돌면서 섭섭하지만 오란으로 돌아가는 길을 택할 수밖에 없었지요. 그쪽 해변을 타고 가자면 아르헬에서 60마일밖에 안되는 싸르헬이란 곳을 거쳐야 하는데 거기에서 우리가 들키면 안되기 때문이지요. 또 한편으로는 보통 떼뚜안에서 화물을 싣고 오는 커다란 범선 중 하나라도 그 근방에서 마주치지 않을까 걱정이 되었습니다. 비록 우리 하나하나는 속으로 큰 배를 만나도 해적질하고 다니는 배가 아닌 바에야 화물선을 만나면 손해날 게 없고 오히려 그 배를 얻어타고 더 안전하게 우리 항해를 끝낼 수 있을 거라는 생각도 했지만요. 항해가 계속되는 동안 소라이다는 아버지 얼굴을 보지 않으려고 머리를 제 손 사이에 파묻고 있었는데, 렐라 마리엔께 우리를 도와달라고 기도하고 있다는 느낌이 들었습니다. 30마일쯤 항해했을 때, 육지에서 화승총으로 약세 발 거리 정도쯤 떨어져 있다고 생각할 즈음 날이 밝아왔습니다. 육지라고 해야 사람 하나 없이 온통 텅 비어 있어서 발각될 위험은 없었지만, 아무튼 우리는 애써 노를 저어 바다 쪽으로 나가니 바다는 이제 상당히 잠잠해져 있었습니다. 한두마장쯤 나간 뒤 노 젓는 사람들에게 교대하라는 명령을 내려 배에 가득 싣고 온 음식을 좀 먹으라고 했습니다. 그런데 노 젓는 사람들 말이 한순간도 쉴 시간이 없다며 노를 젓지 않는 사람들이 먹여주면 된다면서 절대로 노 젓는 손을 놓을 수 없다고 했답니다. 그 말대로 했지요. 이때 바람이 배가 가는 방향에 수직으로 불어와서 우리는 노를 놓고 곧 돛을 올려야 했고, 곧장 오란으로 향했습니다, 더 항해를 한다는 건 불가능했기 때문이죠. 모든 일이 대단히 빠른 속도로 이루어져 돛을 올리고는 시간당 8마일 이상 속도로 항해를 했고, 혹시 해적선을 만날까 하는 것 빼놓고는 아무 두려움이 없었지요. 배를 젓는 무어인들에게도 먹을 것을 주었고 개종자는 그들에게 지금 포로로 잡혀가는 게 아니라며 기회가 오면 곧 석방해주겠다고 위로했습니다. 똑같은 말을 소라이다 아버지에게도 해주었더니 그는 대답하더군요. '무슨 다른 방도가 있겠소, 당신들의 관대한 처분으로 일이 잘 되기만 기다릴 수밖에요, 에스빠냐 양반들! 하지만 나를 석방해준다는 말을 고대로 믿을 만큼 내가 바보가 아니라는 것도 아시오. 그렇게 관대하게 되돌려보내려고 당신들이 나를 잡아오는 위험을 무릅쓰지는 않았을 것이오. 그애를 나에게 돌려주는 댓가로 당신들에게 이익이 돌아갈 수 있다는 것을 알지 않소. 그 바라는 게 보상금이라면 나와 저 불쌍한 딸을 위해 그대들이 원하는 대로 지금 당장 드리리다. 둘이 안 된다면 내 딸만이라도 풀어주시구려. 딸이 내 마음에 제일가는 가장 큰 재산이니 말이오.' 이렇게 말한 뒤 아버지는 가슴 아픈 울음을 터뜨렸고, 그걸 본 우리는 모두 마음이 짠해왔고, 소라이다도 어쩔 수 없이 그 광경을 보게 되었지요. 그녀는 아버지가 우는 모습을 보자 너무 마음 아파하며 내 발밑에서 일어나 아버지를 껴안으러 다가가서 얼굴을 아버지 볼에 문질렀지요. 부녀는 슬프게 울었고, 거기 같이 있던 많은 사람도 같이 눈물을 흘렸답니다. 그런데 아버지는 딸의 옷치장이 화려하고 갖가지 보석을 달고 있는 것을 보고 그 나라 말로 물었습니다. '그런데 이게 무슨 꼴이냐, 애야? 엊저녁 이런 무서운 불행이 닥치기 전의 네 모습은 평상복 차림 그대로였는데 이제 보니 내가 아는 옷 중에서 제일 좋은 옷, 우리가 가장 행복하던 때 내가 사주었던 그 옷들을 차려입고 있으니 이건 알다가도 모를 일이구나. 그사이 무슨 시간이 있어 옷을 바꿔입었고, 어떤 중요한 경사스러운 소식이 있었기에 그렇게 치장을 하고 화장을 했단 말이냐? 어디 대답 좀 해보려무나. 이 아버지는 지금 내게 닥친 불행보다 네 모습에 더 당황하고 놀라고 있구나.' 무어인 아버지가 딸에게 한 말 모두를 개종자가 우리에게 설명해주었습니다. 딸은 대답을 하지 않았고, 아버지는 배 한쪽에 딸이 늘 보석을 넣어두던 보물함이 있는 걸 보았지요. 그는 그 상자를 정원에 내놓지 않았으니 당연히 아르헬의 집에 있어야 함을 너무도 잘 알았기에 더 어리둥절해서 어찌하여 저 상자가 우리 손에 오게 되었는지, 안에 든 게 무엇인지 딸에게 물었습니다. 그 말에 딸이 대답하기를 기다리지 않고 개종자가 설명에 나섰습니다. '소라이다에게 그렇게 꼬치꼬치 캐물을 필요가 없습니다, 나리. 제가 해답 하나를 드리면 모든 의문이 풀릴 것이외다.

아뢰옵기 황송하오나 따님은 기독교인이옵니다. 따님은 우리의 족
쇄를 풀어주고 포로생활에서 우리를 구해준 은인이며, 따님은 지
금 스스로 원해서 가는 것입니다. 제가 생각하기로는 따님은 지금
여기 이렇게 있는 것을 마치 어둠에서 빛으로 나온 것처럼, 죽음에
서 생명을 얻은 것처럼, 지옥에서 천당으로 가는 것처럼 행복해하
고 있을 겁니다.' '이 사람이 한 말이 사실이냐, 애야?'라고 무어인
이 물었습니다. '그래요'라고 소라이다가 대답했습니다. '그러니
까, 네가 정말 기독교인이고, 네가 네 아비를 적의 수중에 넘겨준
장본인이라는 말이냐?'라고 아버지가 다그쳤습니다. 그 말에 소라
이다가 대답했지요. '제가 기독교인인 것은 사실이오나, 아버지를
이 지경에 이르도록 한 것은 제가 아니옵니다. 제가 행복을 찾겠다
고 해서 한 일이지, 그것이 아버지를 버리고 해치는 결과를 가져오
길 누가 바랐겠습니까?' '무슨 행복을 찾았단 말이냐, 애야?' '그건
렐라 마리엔님께 여쭈어보세요. 성모께서 저보다 더 잘 말씀해주
실 테니까요.' 그녀가 대답했습니다. 아버지는 이 말을 듣자마자 갑
자기 생각지도 못한 사이에 머리를 처박고 바다로 뛰어들었지요.
그가 입은 거추장스러운 긴 옷자락 덕분에 잠깐 물 위에 떠 있지
않았다면 틀림없이 그대로 빠져죽고 말았을 겁니다. 아버지를 꺼
내달라고 소라이다가 소리소리 질렀습니다. 우리 모두가 달려가서
무어족의 긴 겉옷 자락을 잡고 거의 의식없이 반쯤 죽어가는 그를
끌어올렸습니다. 그 광경을 보고 소라이다는 너무 마음 아파하며
아버지가 마치 죽은 것인 양 고통스럽게 애절한 울음을 터뜨렸습
니다. 우리가 그의 입을 아래로 향하게 하고 엎드리게 했더니 많은
물을 토해내고 두시간이 지나서야 제정신으로 돌아왔습니다. 그러
는 동안 바람이 바뀌어 육지로 돌아가는 게 좋을 것 같았고, 배가

육지에 처박히지 않도록 하기 위해 노를 저어가는 게 좋다고 생각했습니다. 운이 좋아서 조그만 둔덕 옆에 생긴 구석진 곳으로 들어가게 되었는데, 무어인들이 '까바 루미아'라고 부르는, 우리말로 '죄 많은 기독교인 여인'이란 뜻을 가진 육지 가장자리지요. 무어인들 사이에 전해오는 전설로는 그곳에 '까바'라는 여인이 묻혀 있답니다. '까바'는 그 나라 말로 '죄 많은 여자, 기독교인 여인, 창녀'라는 뜻으로 그 여자 때문에 에스빠냐가 망하지 않았습니까?[3] 사정이 나쁘지 않으면 여긴 잘 오지 않고 어쩔 수 없이 이곳에 정박하게 되더라도 재수가 없다는 미신이 아직도 있지요. 우리 사정으로는 죄 많은 여자의 은신처라기보다 사나운 바다로부터 우리를 안전하게 피신시켜준 고마운 항구였지만요. 육지에 보초를 세우고 한순간도 노에서 손을 떼지 않은 채 개종자가 준비해온 음식을 먹었습니다. 그리고 하느님과 성모마리아께 은총을 베풀어 저희들을 도와주시고 운 좋게 잘 시작된 이 일이 무사히 끝나게 해달라고 기도했습니다. 소라이다가 간청하여서 그녀의 아버지와 묶여 있던 모든 무어인을 육지에 풀어주라는 명령을 내렸습니다. 그녀는 더 이상은 자기 아버지나 고향 사람들이 포로가 되어 묶여 있는 꼴을 차마 눈 뜨고 볼 수 없고, 그럴 용기도 없고 자신의 연약한 가슴으로는 감당하기 힘들다 했죠. 그녀에게 우리가 떠날 때쯤 풀어주겠노라고 약속했죠. 거기엔 인가가 없어서 그곳에 두고 간다 해도 별다른 위험은 없을 것이기 때문이었죠. 우리의 기도가 헛되지 않았

---

3 로드리고 전설에 따르면 '까바'는 훌리안 백작의 딸인데, 백작과 친한 고트족 왕 로드리고가 겁탈하자 이에 대한 복수로 710년 이교도인 회교인들로 하여금 이 베리아 반도를 침공케 했다. 이때부터 약 8세기 동안 1492년 그라나다 함락 때까지 에스빠냐는 이슬람의 세력하에 놓이게 된다.

는지 하늘이 알아들은 것처럼 바람이 우리에게 유리하도록 잠잠해지고 고요해져 이미 시작한 우리의 여행을 즐겁게 계속하도록 반기는 것 같았습니다. 이를 보자 무어인들을 풀어서 한명씩 육지에 내려주었는데, 자기들을 풀어주자 그들은 놀랐습니다. 그러나 소라이다의 아버지를 배에서 내리려 하자 이제 완전히 정신이 돌아온 그가 말했습니다. '에스빠냐 놈들아, 이 나쁜 계집애가 나를 석방한다고 좋아할 줄 알았는가? 나를 동정해서 하는 짓이라고 생각하나? 그건 물론 아니겠지. 그대들의 그 나쁜 야욕을 실행에 옮기는 데 내가 있는 게 방해가 되어 그러는 것이지? 그대들의 종교가 우리 종교보다 더 낫다고 생각해서 그애가 종교를 바꾸었다는 생각은 하지 말지니라. 이유가 있다면, 그대들의 나라에서는 우리나라보다 부정한 여자들이 더 자유롭게 산다는 것을 알았기 때문이렷다.' 이렇게 말하고는 소라이다를 돌아보았습니다. 무슨 이상한 짓이라도 저지를까 해서 나와 다른 에스빠냐 사람이 그녀의 양팔을 꼭 붙들고 있었습니다. 그는 그녀에게 말했습니다. '예끼, 이 배운 데 없는 발칙한 계집애 같으니라고! 우리 모두의 철천지원수인 이 개새끼들 품에 안겨 눈이 먼 채 정신없이 지금 어디를 가는 것이냐? 너 같은 아이를 낳다니 내가 저주를 받아야지. 그 많은 사랑과 기쁨으로 너를 키운 것에 저주가 있어라!' 내 생각으로는 이 아버지의 말이 빨리 끝날 것 같지 않아 재빨리 그를 육지에 내려주었습니다. 거기에서도 그는 소리소리 지르며 통곡을 하고 욕을 해대며 마호메트를 찾고 알라를 부르면서 우리들을 쳐부수고 혼란에 빠뜨려 죽여달라고 빌었습니다. 돛을 올리고 출발을 하자 그의 말소리는 들리지 않고 행동만 눈에 보였는데, 머리와 수염을 쥐어뜯고 땅바닥을 기었습니다. 한번은 소리를 힘껏 내지르는 목소리가 이렇게 말하는 것 같았습니다. '돌아오너라, 사랑하는 내 딸아, 고향으로 돌아와, 내 다 용서하마! 이제 그 사람들 것이 되었으니 그 돈은 다 주고 어서 돌아와서 이 불쌍한 네 아비를 좀 위로해다오. 아비를 이대로 두면 이 사막의 모래 속에서 네 아비는 죽는다!' 소라이다는 이 말을 다 듣고 가슴 아프게 울었으나 무슨 말로 대답을 해야 할지 몰라 이렇게 말했습니다. '아버님, 알라께 말씀드려, 렐라 마리엔께서 저를 기독교인이 되게 한 성모이시니 아버님의 슬픔을 덜어드리게 하소서. 알라께서도 제가 이 길을 택할 수밖에 없었던 것을 잘 아십니다. 그리고 이 에스빠냐인들이 제 뜻을 바꾼 건 절대 아니옵니다. 이 사람들을 따라가기보다는 그냥 집에 남아 있고도 싶었지만 어쩔 수 없었사옵니다. 제 영혼이 바라는 바를 하루빨리 실행에 옮기고 싶었기 때문입니다. 아버님, 아버님께서 이 신앙을 나쁘다고 보시는 것만큼 제 생각에는 참 좋은 믿음이라고 생각하니까요.' 그녀는 이렇게 말했습니다. 그때는 이미 아버지도 그녀의 말을 들을 수 없었고, 우리 눈에도 그의 모습이 보이지 않았습니다. 저는 소라이다를 달래고 우리 모두는 항해에 몰두했습니다. 바람이 좋아서 항해가 쉬웠기에 이대로 가면 다음 날 동틀 녘에는 틀림없이 에스빠냐 해변에 당도할 수 있을 것 같았습니다. 그러나 행운이라는 게 아무 탈 없이 순수하게 오는 법은 거의 없고 꼭 어떤 놀라운 사태나 혼란이 따르기 마련이지요. 운이 없어 그랬는지 아니면 그 무어인 아버지가 딸에게 퍼부은 저주가 효험을 발휘했는지, 어떤 아버지의 저주도 두렵긴 하지만, 하여튼 거의 밤 3시가 넘어서 항만에 들어갈 즈음이었죠. 돛폭을 위로 낮게 펼친 채, 노들은 배 안에 걸쳐놓았지요. 바람이 잘 불어주어 노를 저을 필요가 없어 그만큼 우리 수고를 덜어주었으니까요. 밝게 비치는 달빛으로 보니 네모난 돛을 올린 배 한척이 눈에 띄었는데, 그 배는 모든 돛을 다 펼치고 바람 부는 쪽으로 키를 약간 돌린 채 우리 앞을 지나가고 있었습니다. 그 배가 하도 우리 가까이 오기에 충돌하지 않으려고 우리는 돛을 내려야 했고, 동시에 그들이 우리를 지나가게 하려고 키를 꽉 잡았습니다. 그들은 선창 위로 올라와서 우리가 누구인지, 어디서 와서 어디로 가는지를 물었지요. 그러나 묻는 말이 프랑스 말이어서 개종자가 말을 했습니다. '아무도 대답하지 마요. 이 사람들은 틀림없이 노략질을 하고 다니는 프랑스 해적들이니까요.' 이런 경고 때문에 아무도 대답을 하지 않았습니다. 그리고 앞으로 약간 나아가자 바람 불어오는 쪽에 있던 그 배가 갑자기 대포 두방을 쏘았습니다. 보아하니, 대포알들에 쇠고리가 달려 있었던 모양으로 한방으로 우리 돛대 한중간을 박살내니 돛이며 돛대가 송두리째 바다로 떨어져버렸답니다. 그 순간 한방을 더 쏘았는데, 그 포환은 우리 배 중앙에 맞아 다른 피해는 없이 배가 그만 쫙 갈라졌지요. 바다 밑으로 가라앉는 걸 보자 우리는 모두 크게 소리치며 구원을 요청하며 그 뱃사람들에게 빠져죽게 되었으니 건져달라고 애원했지요. 그러자 그들은 닻을 내리고 보트인지 작은 배인지를 바다에 내렸는데, 그 보트에 총과 폭약으로 완전무장한 프랑스인들 약 열두명이 타고 우리 배에 다가왔습니다. 우리 숫자가 적고 배가 가라앉고 있는 것을 보자 우리를 건져주면서 그들 말로는 우리가 대답도 하지 않는 실례를 범했기 때문에 이런 불상사가 일어난 것이라고 했습니다. 우리의 개종자는 소라이다의 보물 상자를 쥐고 아무도 안 보는 사이에 바다로 뛰어들었습니다. 결국 우리 모두는 프랑스 사람들을 따라갔고, 그들은 우리들한테서 알고 싶은 모든 걸 알아낸 뒤에 마치 우리의 철천지원수나 된 양 우리가 가진 것을 모두 빼앗아갔습니다. 소라이다가 발에 차고 온 발찌들까지 빼앗았으나 나는 그 정도 일로 소라이다처럼 크게 마음 아파하지는 않았지요. 정작 많이 두려운 건 정말 값비싸고 아름다운 그 보석들을 다 빼앗고 나면, 이제 그녀가 진짜 소중하게 간직하고 있는 가장 값진 보석 하나를 마저 빼앗으려 덤비지 않을까 하는 걱정이었습니다. 그러나 그 사람들의 욕심은 돈뿐이었고 더 이상 딴 데로 미치지는 않았는데, 그들의 돈 욕심은 채워도 채워도 차지 않는 배고픔이었습니다. 그 욕심이 어느 정도였던지 무슨 돈 푼이나 될 만하면 포로들의 옷까지 빼앗아갈 위인들이었으니까요. 그들 사이에서 우리 모두를 돛폭에 싸서 바다에 던져버리자는 의견도 있었습니다. 왜냐하면 그들은 에스빠냐의 몇몇 항구에서 영국 사람 행세를 하며 장사를 할 의향이었는데, 만약 우리를 살려서 데려가면 그 노략질이 탄로나 벌을 받게 될지도 모르니까요. 그러나 나의 사랑하는 소라이다에게서 모든 것을 빼앗았던 그 선장이라는 사람은 지금 노획물로 만족한다며 에스빠냐 항구에는 전혀 들를 생각이 없고 무슨 수를 써서라도 밤에 지브롤터 해협을 지나서 자기들이 떠나온 로첼라로 그냥 가자고 했지요. 그래서 그들은 자기들 배의 보트를 우리에게 주기로 합의하고 얼마 남지 않은 우리의 항해를 위해 필요한 모든 것을 주기로 했지요. 다음 날 에스빠냐 땅이 거의 눈앞에 보이는 데서 그들은 그대로 했습니다. 에스빠냐 땅이 보이자 우리는 그동안 아무 일도 없었던 것처럼 모든 고난이며 가난을 전부 다 잊었습니다. 잃어버린 자유를 찾는 기쁨은 그토록 큰 것이지요. 한낮쯤 되어 우리를 배에 싣더니 물 두 통과 비스킷을 좀 주더군요. 선장은 무슨 동정심이 생겼는지 아름다운 소라이다가 배에 오르자 금화 40에스꾸도까지 쥐여주고 자기 부하들이 그녀가 지금 입고 있는 옷까지 빼앗으려 하자 말리더군요. 우리는 배에 올라탔고 참 잘해준 그들에게 고맙다고 인사를 하고 불만보다는 감사하다는 표시를 했지요. 그들은 해협의 길을 따라 떠났고, 우리는 앞에 보이는 육지밖에는 더이상 가고 싶은 곳이 없었으므로 서둘러서 힘껏 배를 저어갔지요. 해 질 무렵이 되자 아주 가까이에 이르렀기에 그때 우리 생각으로는 밤이 아주 깊어지기 전에 도착할 것 같았지만 그날 밤은 달이 뜨지 않아 하늘이 어두워서 우리가 있는 곳이 어딘지 알 수가 없어 이대로 육지에 상륙하기엔 안전할 것 같지가 않았습니다. 비록 많은 사람이 인가에서 떨어진 먼 바위라도 상륙을 하자고 했지만요. 그 근방에서 활동하고 있는 떼뚜안의 해적선들 또한 무섭기 짝이 없으므로 육지에 올라야 그 공포에서 해방될 수 있으리라는 거였지요. 떼뚜안 해적선은 보통 밤에는 베르베리아에 있다가도 아침에 에스빠냐에 나타나서 노략질을 하고는 다시 자기 집에 가서 잠을 자는 놈들이었거든요. 그러나 대립되는 의견들 중에서 결국 결론으로 내려진 건 어떻게든 조금씩 접근해가서 바다가 잠잠해서 좋으면 어디에나 내리자는 것이었고, 다들 그렇게 하자 했습니다. 그리고 한밤중이 좀 못되어서 아주 괴상하고 높은 산자락에 도착했는데 바다에 인접한 곳은 아니었지만 편하게 내릴 수 있는 작은 공간이 없지는 않았습니다. 모래사장으로 올라서 육지로 내려와 땅바닥에 입을 맞추고 참으로 기쁨에 찬 행복한 눈물로 우리 주 하느님께, 더할 나위 없이 큰 행복을 안겨주신 하느님께 말이지요, 모두 감사기도를 올렸습니다. 배에서 양식을 꺼내고 배를 끌어올려놓고, 우리는 산으로 상당히 높이 올라갔으니 왜냐하면 그곳에 있으면서도 아직 가슴으로 믿기지 않았기 때문입니다. 우리를 지금 떠받치고 있는 땅이 에스빠냐 땅이라는 것조차도 아직 믿을 수 없었습니다. 제 생각으로는 그날은 생각보다 동트는 것도 늦는 것 같았습니다. 혹시 위에서 보면 마을이나 목동들의 움막집이라도 보일까 해서 우리는 온 산을 다올라갔습니다. 그러나 아무리 눈을 씻고 봐도 마을이나 사람, 길, 도로 하나 보이지 않아 우리는 육지 안으로 더 깊이 들어가보기로 했습니다. 어쨌든 곧 그곳의 상황을 아는 사람 아무라도 만나게 될 건 틀림없는 일이었으니까요. 그러나 그때 내 마음이 가장 아픈 건 소라이다가 맨발로 그 험한 길을 가고 있는 것을 볼 때였습니다. 어쩌다 비록 내 등에 업혀가기도 했지만 그녀는 내 등에 업히면 쉬기는커녕 내가 피로해할까봐 오히려 더 괴로워하는 것 같았습니다. 그래서 내가 애써 더이상 그러는 것을 절대 용납하지 않아 꾹참고 되도록 즐거운 표정을 지었고, 계속 제가 그녀의 손을 이끌고 걸어갔습니다. 그렇게 걸어간 지 한 4분의 1마장쯤 못되었을 때인데 우리 귀에 조그만 방울 소리가 들려왔습니다. 가까이에 가축들이 있다는 확실한 신호여서 우리 모두는 열심히 누가 있는지를 살펴보았습니다. 떡갈나무 아래에서 어린 목동 하나를 발견했는데 아무 걱정 없이 아주 편안하게 쉬면서 작대기 하나를 칼로 손질하고 있었지요. 우리가 소리를 지르자 소년은 고개를 들더니 가볍게 일어섰는데, 나중에 안 일이지만 제일 먼저 그의 눈에 띈 사람은 우리 개종자와 소라이다였답니다. 소년은 그 사람들이 무어 복장을 하고 있는 것을 보자 베르베리아의 모든 해적이 덤벼들고 있는 거라고 생각하고 앞에 있는 숲 속으로 고양이처럼 재빨리 숨어서 세상에서 제일 큰 소리로 고함을 지르기 시작했습니다. '무어족, 무어족이 이 땅에 쳐들어왔어요! 무어족, 무어족이오! 비상, 비상!' 이렇게 소리를 지르자 우리는 어찌할 바를 모르고 모두 어리둥절했지요. 그러나 목동의 고함 소리에 온 고장이 떠들썩해지면 해안 기병대가 즉시 사태를 알아보러 올 거라는 생각이 들어 개종자에게 무어족 터키인 복장을 벗고 포로 제복인 죄수복을 입히기로 하고, 마침 우리 중 한 사람이 자기는 속옷 바람이 되고 그 옷을 벗어 주었지요. 그러고 나서 우리는 하느님의 가호를 빌고 그 목동이 들어간 길을 따라 들어갔습니다만 언제 해안 기병대가 몰아닥칠지 모르므로 계속 그때에 대비하면서 갔지요. 우리 예상이 틀리지 않아 채 두시간이 못되어 그 떡갈나무 숲에서 평지로 나왔을 때 오십명가량의 기마병들이 나타났습니다. 기마병들은 말고삐를 반쯤 조이고 아주 가벼운 걸음걸이로 우리들에게 다가왔고, 우리는 그들을 보자 좀더 가까이 오기를 기다리며 가만히 있었습니다. 그들이 막상 다가와서 보니 자기들이 찾는 무어족이 아니라 불쌍한 에스빠냐인들인지라 어리둥절해했습니다. 병사 중 한 사람이 우리에게 물었지요, 목동으로 하여금 '비상!'이라고 소리 지르게 한 게 바로 우리들이냐고요. 저는 그렇다고 했고, 그리고 우리가 어디서 왔으며 누구인가를 설명하고 우리 사정을 이야기하려 했습니다. 그때 우리와 함께 온 에스빠냐인 한 사람이 앞서 질문을 한 그 기마병을 알아보고 제가 말하려는 걸 막고 소리쳤습니다. '여러분, 우리를 이런 좋은 곳으로 인도하신 하느님께 감사드려야 합니다! 모르면 몰라도 시방 우리가 밟고 있는 땅이 바로 벨레스 말라가 땅이 틀림없습니다. 제가 아무리 포로생활을 오래 했다고 기억을 못하겠습니까. 지금 우리에게 누구냐고 묻는 나리는 제 외삼촌 뻬드로 데 부스따만떼가 아니신가요?' 에스빠냐인 포로의 이 말을 듣자마자 기마병은 즉시 말에서 뛰어내려 그 청년을 껴안았습니다. '세상에, 내가 그토록 사랑하던 내 조카구나. 이제야 너를 알아보겠구나, 네가 죽은 줄 알고 내가 얼마나 울었는데. 네 어머니인 나의 누나와 네 식구들 모두 아직 살아 계시단다. 하느님 덕택에 네가 살아서 가족들이 너를 보게 되었구나. 네가 아르헬에 있다는 소식은 이미 알고 있었지. 네 옷 입은 꼴이나 여기 있는 사람들 모두의 모습을 보아하니 모두들 기적처럼 풀려난 것을 이해하겠구먼.' '그렇습니다,'라고 청년이 대답했지요. '앞으로 삼촌께 차차 모든 이야기를 말씀드릴 때가 있을 겁니다.' 기마병들은 우리가 포로로 잡혀간 에스빠냐인인 것을 알자 모두들 말에서 내렸습니다. 그리고 그곳에서 한마장 반쯤 떨어진 벨레스 말라가 시로 우리를 데려다주기 위해 우리 한명 한명을 자기들 말에 올라타라고 권했지요. 병사들 중 몇 사람은 우리가 배를 어디에 두었는지 물어본 뒤 배를 시내로 끌어오려고 돌아갔습니다. 다른 사람들은 우리를 말에 태웠고, 소라이다는 그 에스빠냐 청년의 삼촌 말을 타고 갔지요. 온 마을 사람이 우리를 환영하러 나왔더군요. 앞서간 사람의 이야기를 듣고 다들 우리가 온다는 소식을 알고 있었지요. 그 해변의 사람들은 이런 사람 저런 사람들을 늘 보아온 터라 포로로 잡혀온 무어인이나 석방된 포로들을 보고도 놀라는 기색은 없었는데, 다만 소라이다의 아름다움을 보고는 모두 감탄했습니다. 그녀는 그 순간 한껏 예뻐 보였으니까요. 길을 오느라 지친 모습이었지만 이제는 죽는다는 두려움 없이 드디어 기독교인의 땅에 왔다는 즐거움…… 이 모든 느낌으로 그녀의 얼굴이 불그레하게 달아올라, 그때는 제 사랑에서 나온 거짓말이 아니라고 해도 정말 세상에 그토록 아름다운 존재는 없을 것 같았습니다, 적어도 제가 세상에서 보아온 바로는요. 우리는 바로 성당으로 가서 우리가 입은 은혜에 대해 하느님께 감사드렸습니다. 소라이다는 성당에 들어서자 거기에 있는 얼굴들이

다들 렐라 마리엔을 닮았다고 했고, 우리는 이것들이 그 성녀의 성상들이라고 말해주었습니다. 개종자는 있는 힘을 다해 그 의미들을 이해시키려고 애썼는데, 그녀로 하여금 자기가 말을 나눈 적이 있는 그 렐라 마리엔이 정말 이 성상들 하나하나인 것처럼 사랑하게 하려고 말입니다. 소라이다는 천성적으로 머리가 좋고 이해가 빨라서 성상들에 대해 설명하는 말을 금세 알아들었습니다.[4] 거기에서 나온 우리는 마을 사람들 집에 따로 배치를 받았으나 개종자와 저, 그리고 소라이다는 우리와 함께 온 에스빠냐 청년이 데려가 자기 부모 집에 머물게 했습니다. 그 부모님은 중류층 정도의 재산을 소유한 자였는데 자기 친자식처럼 우리를 사랑으로 잘 대해주었습니다. 엿새 동안을 벨레스에 머물렀고, 엿새가 지난 뒤 개종자는 필요한 정보를 다 얻어 그라나다 시로 갔는데, 그곳에서 종교재판을 받고 교회의 신도단에 들어가게 되어 있었지요. 자유를 얻은 다른 에스빠냐인들도 각자 제 마음대로 가고 싶은 곳으로 떠났고 소라이다와 저 둘만 남게 되었지요. 돈이라고 해봐야 그 예의 바른 프랑스 해적이 소라이다에게 준 에스꾸도 금화뿐이었고, 그 돈으로 지금 그녀가 타고 온 이 말을 샀습니다. 저는 그녀의 남편은 아니고, 아버지 역할, 하인 역할을 하면서 우리 아버지가 살아 계신지 알아볼 양으로 이렇게 가고 있으며, 혹시 우리 형제 누구라도 저보다 운이 좋아 잘사는지 알고도 싶고요. 하늘이 도와 저를 소라이다의 동반자가 되게 하셨으니 아무리 좋은 다른 행운이 닥친다 해도 그녀를 사랑하는 행복 이상 더 좋을 수는 없으리라 생각되지만요. 가난에 따르는 여러가지 불편을 참고 견디는 소라이다의 인내와

---

4 회교에는 성상이 없다는 점을 감안할 때, 소라이다로서는 처음에 이해하기 어려웠을 것이다.

하루빨리 기독교인이 되고 싶어하는 그녀의 커다란 염원이 저에겐 정말 놀랍고, 그래서 평생 그녀를 모시고 살기로 마음먹었습니다. 비록 그녀가 제 사람이 되고 저 또한 그녀의 사람이 되고 싶은 마음이야 굴뚝같지만 고향에 그녀를 받아들일 집 한채라도 남아나 있을지 모르니 정신이 혼미하고 가슴이 무너질 듯합니다. 세월과 죽음으로 변해가는 세태에 우리 아버지와 형제들의 목숨과 살림이 어떻게 되었는지, 식구들이 없다면 저를 아는 사람조차 없지 않을까 걱정이지요. 여러분, 제 이야기는 더이상 드릴 게 없고, 이 이야기가 재미있는지 그냥 지나가는 이야기인지는 여러분들이 잘 알아서 판단해주십시오. 저로서는 이야기를 되도록 짧게 끝내려고 했다는 점을 말씀드리고 싶네요. 혹시 지루해하실까봐 이야기가 서너개 더 있지만 이만 줄이기로 하겠습니다."

42장

객줏집에서 일어난 또다른 사건과
그밖의 흥미로운 이야깃거리들에 대하여

포로가 이 말을 하고 입을 다물자 돈 페르난도가 그에게 말했다.

"선장님, 그러니까, 그런 이상한 경험을 그렇게 재미있게 이야기하시니 그 사건의 새로운 맛과 신기함이 더해지는 것 같아요. 모든 게 지나가는 이야기이지만 신기하고 우여곡절이 많아서 듣는 사람들도 놀라고 긴장할 뿐이었지요. 이야기를 들으면서 무척이나 재미있었습니다. 내일이라도 다시 똑같은 이야기를 들려주신다 해도 기꺼운 마음으로 또 듣고 싶을 겁니다."

까르데니오와 다른 모든 사람도 어떻게든 최대한 잘 모시겠노라고 예를 다하며 사랑스러운 말과 진실한 표현으로 선장에게 예의를 갖추자 그는 그 뜻에 대단히 만족해했다. 특히 돈 페르난도가 나서서 말하기를, 만약 자기와 함께 가기를 원한다면 후작인 자기 형이 소라이다의 세례식에 대부가 되어주도록 알선하겠다고 했다. 그러는 한편 자기는 선장을 도와서 고향에 돌아갈 수 있도록 그의 신분에 맞는 편의를 봐드리겠다고 했다. 포로는 깍듯하게 예의를 갖추어 모든 것에 감사한다고 말했지만 관대하신 그런 초청은 받아들이고 싶지 않노라고 했다.

이러고 있을 즈음 밤이 찾아와 어둑할 때 객줏집에 마차와 함께 말을 탄 몇 사람이 들어서더니 자고 갈 방을 요청했다. 그러자 객줏집 여주인은 온 집에 빈자리라고는 손바닥만큼도 없다고 했다.

"아무리 그렇다 할지라도," 안에 들어선, 말 탄 사람 중 하나가 말했다. "여기 판관 나리를 모시고 오는데 잠자리가 없어서는 안되겠지."

판관이라는 소리를 듣자 여주인은 당황해서 말했다.

"나리, 지금 우리 사정이, 침대가 없어서 그래요. 혹시 판관 나리께서 가지고 다니시는 침대가 있으시다면, 당연히 가지고 다니실 테니까, 어서 들어오시지요. 저와 제 남편이 저희 방에서 나가 자더라도 나리를 잘 모셔야죠."

"그거 잘되었구먼."

하인이 말했다.

그리고 이때 마차에서 한 남자가 내려서는데 입은 옷을 보니 직업이나 직책이 드러서 기다란 겉옷에 수실이 달린 소매를 하고 있는 걸 보니 하인 말대로 판관처럼 보였다. 한 열여섯 정도 되어 보이는 처녀의 손목을 잡고 있었는데, 처녀의 모습이 여행복 차림이지만 대담하고 아름답고 멋져 보여서 모두의 감탄을 자아내기에 충분했다. 아마 이 객줏집에 머물고 있는 도로떼아나 루스신다나 소라이다를 보지 못했더라면 이 처녀 같은 아름다움은 정말 다시 보기 어려울 거라는 생각이 들 정도였다. 그 처녀와 판관이 들어오자 돈 끼호떼가 거기 있다가 말했다.

"아무 걱정 마시고 이 성에 들어오셔서 마음대로 산책하시옵소서. 이 성은 비록 협소하고 편의시설은 없사오나 문무를 닦는 사람들에겐 세상 어딜 가나 협소함이나 불편함이 따르기 마련이지요. 더구나 문무를 닦는 선비들이 그 표상과 길잡이로 아름다움을 모실 때는 더욱 그러하지요. 이렇게 아름다운 처자를 모셔오다니 귀하의 문덕文德이 높으신 모양입니다. 이런 아름다운 분께라면 성이든 성곽이든 다 열어젖히고 모두 보여드려야지요. 어디 그뿐이겠습니까. 이런 분을 안으로 모시기 위해서라면 바위산이라도 밀어젖히고 태산이라도 갈라 무너뜨려야지요. 청컨대 부디 이 천국 안으로 드옵소서. 여기에는 귀하께서 모시고 오는 하늘이 같이할 해님과 별님이 있사옵고, 잘 닦은 무공과 지극한 아름다움을 만날 수 있을 것이옵니다."

돈 끼호떼가 말하는 소리를 듣고 판관이 적이 놀라서 일부러 천천히 그를 바라보았더니 말 못지않게 모습 또한 그를 놀라게 해서 대답할 말이 없었다. 판관이 또 새삼 놀란 건 그의 눈앞에 루스신다와 도로떼아, 그리고 소라이다가 나타났을 때였는데, 그들은 새로운 손님들이 왔다는 소식을 듣고 특히 여주인이 예쁜 처녀가 왔다고 알려주자 아가씨도 볼 겸 환영도 할 겸 나왔던 것이다. 그러나 돈 페르난도와 까르데니오, 그리고 신부는 판관에게 더욱 겸손하고 예절 바른 태도를 보여주었다. 결국 판관 나리는 이상한 말과 놀라운 모습을 보고 어리둥절해하며 안으로 들어섰고, 객줏집의 미인들은 아름다운 처녀에게 환영인사를 보냈다.

판관이 결론적으로 판단한 건 그곳에 있는 사람 모두가 다 양반들이라는 사실이다. 그래도 돈 끼호떼의 몰골이나 자태, 풍채는 아무래도 이상하게 보였다. 모두들 예의를 갖추어 인사를 나누고 객줏집의 편의시설을 살펴본 뒤 아까 정한 대로 숙박을 하기로 했다. 즉, 여자들은 모두 이미 말한 다락방으로 들어가고 남자들은 보초를 서듯이 밖에 남기로 한 것이다. 판관은 즐거운 마음으로 자기 딸인 그 처녀에게 거기 있는 여인들을 따라가라고 했고, 딸도 아주 기꺼이 아버지의 말을 따랐다. 그리고 객줏집 주인의 좁은 침대 일부와 판관이 가져온 침대 절반을 사용하니 생각했던 것보다 훌륭하게 그날 밤 잠자리가 해결되었다.

거기 있던 포로는 판관을 만나는 순간부터 가슴이 뛰었으니, 그 사람이 자기 동생이라는 느낌이 들었기 때문이다. 판관과 함께 온 종들 중 한 사람에게 그 사람 이름이 무어냐고 물었더니, 종은 그분 이름은 환 뻬레스 데 비에드마 석사碩士이시고 고향은 레온의 어느 산악지대라는 말을 들었다고 했다. 이 이야기와 그가 눈으로 본 사실로 판단하건대 그 사람이 아버지의 충고로 문과를 갔던 자기 동생이 분명하다는 걸 알고는 너무 기쁘고 놀란 나머지 돈 페르난도와 까르데니오, 그리고 신부를 한쪽으로 불러서 이 사정을 이야기하고 저 판관이 틀림없는 자기 동생이라고 말했다. 종의 말에 따르면 그분은 곧 중남미로, 멕시코 법정의 판관으로 가시게 되어 있으며, 또 그 처녀는 딸이며 딸의 어머니는 출산 중에 죽었다고 했다. 그리고 그는 부인이 딸과 함께 남겨둔 결혼 지참금으로 엄청 부자가 되었다고 했다. 포로는 어떤 방식으로 자신을 밝혀야 하는지 충고를 원했는데, 자기를 밝히면 형의 불쌍한 처지를 보고 창피스럽게 여길지 아니면 진정 좋은 마음으로 그를 반길지 먼저 알고 싶었기 때문이다.

"이 문제는 내가 해결할 테니 맡겨주시지요." 신부가 말했다. "게다가 이 문제는, 다른 생각을 하실 필요가 없는 게, 선장님을 알면 대단히 반가워할 게 분명하니까요. 동생의 훌륭한 자태에서 비치는 품격과 점잖은 모습이 거만하거나 몰인정한 기색은 하나도 없으니까요. 운명에 대한 문제도 사리에 맞게 처신할 줄 아시는 분 같아요."

"어떻든지 간에," 대장이 말했다. "제가 원하는 건 그냥 갑작스럽지 않게, 말을 좀 떠보고 저를 알리고 싶을 뿐입니다."

"이미 말했듯이," 신부가 말했다. "우리 모두가 만족할 만하도록 작전을 펴보겠습니다."

바로 이때 저녁식사가 준비되어 모두 식탁 주위에 둘러앉았고, 자기 방에서 식사를 하는 여인들과 포로만 그 자리에 없었다. 식사 도중 신부가 말을 꺼냈다.

"판관 나리, 제가 몇년 동안 포로로 지냈던 콘스탄티노플에서 귀하와 똑같은 이름을 가진 동료 한 사람을 만난 적이 있답니다. 그 친구는 에스빠냐 군대에서 가장 용감하기로 유명한 군인이었고, 대장 중의 한 사람이었지만 용맹하고 성실한 만큼 불행도 많았지요."

"그런데 신부님, 그 대장 이름이 뭐라고 했습니까?" 판관이 물었다.

"이름이 루이 뻬레스 데 비에드마라고 했는데요." 신부가 대답했다. "고향이 레온의 어느 산악지대라고 했지요. 그 친구가 자기 형제들과 아버지 사이에서 있었던 이야기 하나를 들려주었죠. 그렇게 진실한 친구가 한 얘기가 아니었다면 겨울에 할머니들이 화롯가에서 들려주는 옛이야기 정도로 생각했을 겁니다. 그 이야기인즉슨 자기 아버지가 세 형제에게 재산을 똑같이 나누어주고, 아들들에게 카토의 충고보다 더 훌륭한 충고 몇 마디를 주었는데, 내가 알기로는 아버지가 군대에 가라고 한 아이는 대단히 성공해서 몇년 안되어 육군 대위로 올라갔다는군요. 순전히 자신의 실력으로 용맹성과 노력을 인정받아서 말이지요. 그리고 곧 보병연대 연대장으로 자격을 인정받아 승진할 차례가 되었는데, 모든 일이라는 게 잘되어갈 만할 때는 꼭 그런 일이 닥치듯이 그만 그때 운이 사납게 행운을 놓치고 말았지요. 많은 사람이 자유를 얻은 그 멋진 작전에서 그는 자유를 잃었답니다. 그게 레빤또 해전에서였지요. 나는 골레따에서 포로가 되어 그뒤의 사정은 각각 달랐지만 우리는 콘스탄티노플에서 동료가 되어 만났지요. 거기에서 그는 아르헬로 왔는데 그곳에서 또 세상에 없는 아주 이상한 사건 하나가 그에게 벌어졌던 걸로 알고 있습니다."

이 대목에서부터 신부는 간략하게 소라이다와 그의 형에게 일어난 일을 이야기해주었다. 판관은 이 모든 이야기를 아주 열심히 들었으니, 재판을 할 때도 그때처럼 열심히 사람 이야기를 들은 적이 없었을 정도였다. 신부는 프랑스 사람들이 배에 타고 있던 에스빠냐인들을 약탈했을 때까지의 일만 이야기하고 자기 동료와 아름다운 무어족 여인은 가진 것을 모두 빼앗기고는 빈털터리 거지 신세가 되었다고 했다. 그 와중에 그때 사정이 어떻게 되어갔는지, 에스빠냐에 왔는지 프랑스로 데려갔는지조차 알 수 없다고 했다.

판관은 신부가 말하는 이 모든 이야기를 다 듣고 있었고, 대장은 좀 떨어진 곳에서 자기 동생의 행동 하나하나를 지켜보고 있었다. 동생은 신부가 이야기를 다 끝낸 것을 알자 크게 한숨을 쉬었고 두 눈엔 눈물이 그득한 채 말을 했다.

"오, 신부님! 제게 들려주신 소식들이 얼마나 제 가슴을 쳤는지 모릅니다. 주체할 수가 없어 이렇게 눈물까지 다 보여드리게 되었습니다. 눈물이야 제가 아무리 참고 예의를 갖추려 해도 눈으로 나오는 걸 어찌하겠습니까. 말씀하신 그 용감한 대위라고 하는 분이 제 형님이십니다. 그분께서는 저나 제 동생보다 훨씬 건장하고 생각도 높으셔서 영예롭고 존귀한 군인의 길을 택하셨지요. 그 길은 아버지께서 저희에게 제의하신 세가지 길 중의 하나였지요, 귀하께서 그때 생각에 충고로 들었다고 하는 그 이야기에 나오는 귀하의 동료의 말대로라면 말입니다. 저는 그 길 중에 학문의 길을 택해 열심히 공부를 해서 하느님 덕택에 지금 여기까지 오르게 되었고, 제 동생은 페루에 있는데 아주 큰 부자가 되어서 아버지와 제게 보내온 돈만으로도 자기가 가져간 몫은 충분히 갚은 셈이고, 게다가 아버지가 마음대로 자유롭게 사실 수 있도록 충분하게 손에 쥐여드린 것도 있답니다. 저도 그 덕택에 부족함 없이 당당하게 공부에 전념할 수 있어서 지금 이 위치까지 올랐지요. 아직 아버지는 살아 계시지만 형이 어찌 되었는지 항상 걱정이 되어 죽을 지경이지요. 늘 기도하시면서 하느님께 비는 소원이 살아서 큰아들을 보기 전에는 절대 눈을 감지 않게 해달라는 거지요. 그런데 이해가 안 가는 건 효심이 아주 지극한 형이 그토록 고생을 하고, 고민하거나 성공했다고 해도 어떻게 아버지에게 소식 하나 전하지 않을 만큼 무심했나 하는 것입니다. 만약 우리 형제 중 누구라도 아버지의 걱정을 안다면, 형을 구해낼 지푸라기 같은 기적이라도 기다리는 이런 심정은 아닐 겁니다. 그러나 지금 제 걱정은 혹시 그때 그 프랑스인들이 자기들의 약탈 사실을 숨기려고 형을 죽이지는 않았을까, 아니면 그대로 풀어주었을까 하는 점입니다. 처음 이 여행을 떠날 때는 기분이 좋았습니다만 귀하의 이야기를 듣고 보니 이제부터 제 여행은 계속 걱정과 슬픔밖에는 없을 것 같습니다. 아, 참으로 다정하신 우리 형님, 지금 어디 계신지 누가 알까요? 그걸 안다면 저라도 직접 형을 찾아가 제가 대신 고생하더라도 형님의 고통을 덜어드릴 텐데…… 설령 베르베리아의 가장 깊은 지하감옥 속에 있다 할지라도 아직 형이 살아 있다는 소식이라도 늙으신 우리 아버지께 누가 전해줄 수 있지 않을까…… 그곳에라도 있다면 아버지 재산과 동생 재산, 내 재산을 몽땅 바쳐서라도 형을 구해낼 텐데…… 오, 아름답고 마음씨 고운 소라이다! 형에게 베푼 그 은혜를 어떻게 갚아야 할지 모르겠군요! 다시 태어난 그대의 영혼으로 결혼식을 올리게 된다면 우리 모두에게 얼마나 큰 기쁨이 될까요."

자기 형의 소식을 전해듣고 판관은 감정이 복받쳐 이런 말 저런 말을 늘어놓았고, 그의 말을 들은 옆의 모든 사람도 판관이 안타까워하는 모습을 보고 함께 마음 아파하는 표정이었다.

신부는 대장이 바라던 대로, 자기가 마음먹은 대로 일이 잘 풀려가는 것을 보자 모든 사람이 슬퍼하는 걸 더이상 지켜보고 싶지 않아서 식탁에서 일어나 소라이다가 있는 데로 들어가서 그녀의 손을 붙잡고 나왔다. 소라이다의 뒤를 따라 루스신다와 도로떼아, 판관의 딸도 같이 나왔다. 대장은 신부가 어찌하려는지 그냥 기다리고 있었는데, 신부는 다른 손으로 대장의 손도 함께 붙잡고는 두 사람을 데리고 판관과 다른 사람들이 있는 데로 가서 말을 했다.

"고정하시지요, 판관님! 눈물을 거두고 진정하세요. 보고 싶은 마음이야 어찌 한도가 있겠습니까만, 바로 이 앞에 귀하의 착한 형님과 착한 형수가 있지 않습니까. 지금 보시는 분이 비에드마 대위이고 이 여자분이 그렇게 큰 은혜를 베푸신 아름다운 무어 여인이랍니다. 아까 말씀드린 프랑스인들이 보시다시피 이런 초라한 처지에 빠뜨렸지요. 이제 귀하가 그 너그러운 마음을 열어 맞이하셔야지요."

대위가 다가가서 자기 동생을 껴안았다. 동생은 가슴에 두 손을 얹고 조금 뒤로 물러서서 그를 살펴보다가 마침내 자기 형인 걸 알아보자 그를 더 꽉 끌어안고는 기쁨에 넘쳐서 한없이 눈물을 흘렸다. 거기 있던 사람들도 그 광경을 보고 함께 눈물을 흘리지 않을 수 없었다. 두 형제가 나눈 말이며 반가워하는 모습은 사람의 상상을 넘어서는 정도여서 내가 어찌 글로 다 적을 수 있으랴. 그 자리에서 몇 마디 말로 자기들에게 일어났던 일들을 털어놓았으며 즉시 형제간의 돈독한 정이 제자리를 찾았다. 판관은 소라이다를 껴안고 자기 재산을 주겠다고 했다. 그리고 소라이다가 자기 딸을 포옹하도록 했으며, 아름다운 에스빠냐 여인과 아름답기 그지없는 무어 여인은 또다시 모든 사람의 눈물을 자아내게 하는 정경을 보여주었다.

그 자리에서 돈 끼호떼는 말없이 그 정경을 지켜보면서 이런 모든 이상한 사건들이 벌어질 수 있는 게 바로 방랑기사 생활에서 흔히 볼 수 있는 수수께끼라고 생각했다. 거기에서 대위와 소라이다는 동생과 함께 쎄비야로 돌아가기로 결정하고, 거기에서 아버지에게 형이 풀려나서 만났다는 소식을 알리고 가능하면 소라이다의 세례식과 그들의 결혼식에 와주시라고 전하기로 했다. 판관은 지금 가는 길을 멈추고 돌아갈 수는 없었는데, 한달 뒤에 쎄비야에서 에스빠냐 제국의 신대륙으로 배가 떠난다는 소식이 있었고, 이 배를 못 타면 사정이 대단히 어려워지기 때문이었다.

결국 모든 사람은 포로의 일이 잘된 것을 기뻐하고 만족해하고 밤이 벌써 거의 절반이나 지나간 터라 남은 밤을 제각기 자리로 돌아가 쉬기로 했다. 돈 끼호떼는 혹시 어떤 거인이나 아니면 사악한 말썽꾸러기 방랑기사 같은 사람이 그 성안에 있는 보옥 같은 미녀들을 탐하여 침범할 수도 있다면서 스스로 나서서 성을 지키겠노라고 했다. 돈 끼호떼를 아는 사람들은 그의 말에 감사를 드렸고, 판관에게는 돈 끼호떼의 이상한 장난기에 대해 설명을 해주었는데 판관도 그걸 보고 적잖이 재미있어했다.

쌍초 빤사만이 잠자리에 드는 시간이 늦어지자 안타까워하다가 오직 그만이 누구보다도 편안히 자기 당나귀 안장 위에 몸을 눕혔는데, 앞으로 이야기하겠지만 이 잠자리 때문에 고생을 엄청 하게 된다.

여인들도 자기들 방으로 들어가고 다른 사람들도 그럭저럭 쉴 자리들을 찾았고, 돈 끼호떼만은 앞서 약속했던 대로 객줏집 밖에 나가 자리를 잡고 보초를 섰다.

동이 트기 얼마 남지 않은 시각의 일이었다. 여인들의 귀에 어떤 구성진 고운 목소리가 들려와 모두 귀를 기울였다. 특히 도로떼아는 잠이 깨어 있던 차라 더욱 열심히 들었는데, 도로떼아 옆에는 끌라라 데 비에드마라고 불리는 판관의 딸이 자고 있었다. 그렇게 노래를 잘하는 사람이 누구인지 아무도 상상할 수가 없었다. 무슨 악기를 따라서 부르는 것도 아니고 목소리만 들려왔는데, 어떻게 들으면 마당에서 노래하는 것 같기도 하고 또 어떻게 들으면 마구간에서 들려오는 소리 같기도 했다. 모두들 열심히 귀를 기울이며 어리둥절해 있는데 문 앞에 까르데니오가 와서 말을 했다.

"주무시지 않는 분 있으면 들어보세요. 노새를 모는 소년의 목소리가 들려오는데 저 노랫소리가 사람 마음을 끄네요."

"우리도 듣고 있어요, 나리!" 도로떼아가 말했다.

이 말을 하고 까르데니오는 가버렸고, 도로떼아가 바짝 귀를 기
울이고 들어보니 노래 내용은 이러했다.

43장

노새 모는 소년의 재미있는 이야기와
객줏집에서 일어난 이상한 사건들[1]

나는 사랑의 뱃사공,
그 깊은 바닷속에서
나는 어느 항구에 다다를
희망도 없이 헤맨다네.

저 멀리 눈에 보이는
별 하나를 따라가네,
팔리누루스[2]가 본 별들보다
더욱 빛나고 아름다운 별.

내가 가는 곳 나도 모르고
정처없이 배 저어가노니,
마음은 열심히 성심껏 그 별만
바라보기에 정신이 없네.

부질없는 신중함
세상 모르는 정숙함이
더욱 그녀를 보고 싶어할 때
내게 그녀를 숨기는 구름.

오, 밝고 빛나는 별이여!
그 빛 속에 내가 죽어가나니,
내 눈에 그대가 숨는 순간이
내 죽음의 순간이 될지니.

노랫소리가 이 대목에 이르자 도로떼아는 문득 끌라라가 이 좋은 노랫소리를 듣지 못한다면 서운해하리라는 생각이 들어서 끌라라를 흔들어 깨우며 말했다.

"잠을 깨워서 미안해요. 하지만 평생 이렇게 훌륭한 노랫소리를 못 들어봤을 거라는 생각이 들어 노래 좀 들어보라고 깨운 거예요."

끌라라는 아직 잠에 취해 몽롱한 채 눈을 뜨고는 처음에는 도로떼아가 무슨 소리를 하는지 이해하지 못하고 다시 물었고, 도로떼아는 한번 더 설명을 해주었다. 그러자 끌라라는 귀를 기울여 계속되는 노랫소리의 한두 구절을 들었고, 그러자마자 갑자기 무슨 심한 열병에 걸린 사람처럼 이상하게 몸을 떨기 시작하더니 도로떼아를 꼭 껴안으며 말했다.

"아이고머니, 이를 어쩌면 좋아요! 왜 저를 깨우셨어요? 지금 세상에 가장 바라는 게 있다면, 그냥 눈도 귀도 다 막고 저 불쌍한 소리꾼을 보지도 듣지도 않는 것인데……"

"그 말이 무슨 뜻이지? 이봐, 저 노래하는 아이는 노새 모는 소년이에요."

"저분은 다른 사람이 아니라 제가 사는 동네의 노새 모는 총각이에요." 끌라라가 대답했다. "저분은 영주일 뿐 아니라 저를 마음에 두고 있다고 확신하고 계시는 분이지요. 자기 스스로가 그 마음을 버리지 않으면 영원히 포기하지 않을 거예요."

도로떼아는 소녀의 감정 어린 말에 놀라면서 어린 나이에 맞지 않게 너무 착하고 얌전하다는 생각이 들어서 말을 했다.

"끌라라 아가씨, 아가씨가 하는 말로서는 무슨 말인지 못 알아듣겠군요. 말을 좀 해보세요. 마음에 두고 있다느니, 동네라느니, 아가씨를 그토록 불안케 하는 저 소리꾼이 어떻다는 이야기인가요? 하지만 아직은 아무 말도 마세요. 아가씨 놀라는 걸 진정시키려다 저 좋은 노랫소리 듣는 재미를 다 놓치겠네요. 듣자하니 새로운 목소리로 또다른 가사를 붙여 노래를 하는 것 같군요."

"좋으실 대로 하세요." 끌라라가 대답했다.

그러더니 그녀는 노랫소리를 듣지 않으려 두 손으로 귀를 막았고, 그걸 본 도로떼아는 다시 놀랐다. 노래하는 소리에 열심히 귀를 기울이니 가사가 이렇게 이어졌다.

　　달콤한 나의 희망이여,

불가능한 가시밭길을 헤치며
그대는 스스로의 마음을 속이고 뉘우치며
꿋꿋이 자기 길을 가려는구려,
그 발자국 발자국마다 죽을 듯 아파도
부디 기절하지는 마옵소서.

모든 것을 버리고, 모든 감정을
부드러운 휴식에 맡기고,
운명에 저항하지 않고는,
어느 게으르고 영예로운 월계관도
아무런 승리도 행복도
얻을 수 없나니.

사랑은 그의 영광을
비싸게 판다는 말이, 가장 옳은 말,
좋아하는 마음으로 매긴 값보다
더욱 값비싼 연인은 없는 법,
노력 없이 얻은 물건은
값어치가 없는 것이 당연한 이치.

사랑하고 좋아하는 마음이
어쩌면 불가능을 이기나니,
나는 나의 좋아하는 마음으로
가장 어려운 사랑의 길을 걸어도,
그렇다고 땅에서 하늘에 오르는 길이

없다고 두려워하지는 않으리.[3]

　여기에서 노랫소리는 끝났고, 끌라라의 흐느낌이 다시 시작되었다. 그 모습을 보자 도로떼아는 궁금증이 다시 일어 부드러운 그 노랫소리와 그녀의 슬픈 눈물의 사연이 알고 싶었고, 아까 그녀가 말하려 했던 이야기가 무엇이냐고 다시 물었다. 그러자 끌라라는 루스신다가 들을까 염려하며 도로떼아를 꼭 껴안고 그녀의 귀 가까이 입을 가져가 다른 사람은 누구도 그녀의 말을 듣지 못하도록 편안하게 이야기를 하고 싶어하면서 말을 꺼냈다.

　"아씨, 방금 노래하신 분은 아라곤 왕국 출신으로 그곳 두 고장의 지주이신 한 귀족의 아들인데요, 수도에서 살 때는 우리 아버지 앞집에 살았어요. 우리 아버지는 집 안 창문을 겨울에는 헝겊으로 싸고[4] 여름에는 비단천으로 치장했는데도 어찌 된 영문인지 이분이 공부를 하러 오가며 저를 본 모양이에요. 교회에서 보았는지 어디 딴 데서 보았는지 모를 일이지요. 마침내 그분이 저한테 빠져서는 제게 마음을 전하려 자기 집 창문에서 여러가지 표시를 해 보이며 여러번 눈물까지 흘렸어요. 그분이 저를 사랑하는 줄은 몰랐지만, 어쨌든 저도 그를 믿게 되었고 아마 좋아하게까지 되었나봐요. 저한테 보낸 손짓 하나는 한 손과 다른 손을 한데 포개는 시늉이었는데요, 그건 저와 결혼하겠다는 의사 표시였어요. 저도 그랬으면 정말 좋을 것 같았지만 어머니도 안 계시고 혼자 있는 몸으로 누구

---

3 『돈 끼호떼』를 쓰기 훨씬 전에 세르반떼스는 이 노래를 지었다. 이 소설에 나오는 시 대부분이 이전에 쓰인 작품으로, 이 노래도 1591년 펠리뻬 2세 예배당의 음악가 쌀바도르 루이스에 의해 곡이 붙여진 것이다.
4 창유리를 사용하지 않을 때는 주로 천을 창에 드리웠다.

를 통해 이 뜻을 전해야 할지 몰라서 대답을 한 것도 아니고 다른 대답도 따로 못하고 내버려두었지요. 마침 아버지가 외출하고 그분의 아버지도 집에 없을 때 창문의 헝겊인지 비단천인지를 조금 들어올리고 온몸을 드러내 보여주었더니 그걸 보고 어찌나 좋아하던지 미칠 것 같다는 몸짓을 했어요. 이때에 우리 아버지가 외지로 떠날 시간이 되었고 그분이 그걸 알게 되었는데, 저는 아무 말도 전할 수 없으니 물론 저를 통해 안 건 아니지요. 제가 알기로는 고민 끝에 병이 들어 누웠대요. 그래서 우리가 떠날 때 이별은 고사하고 눈빛으로라도 전혀 만날 수조차 없었지요. 그러나 우리가 길을 떠난 지 한 이틀 뒤 어느 여인숙에 들렀을 때, 여기서 하루 거리에 있는 여관인데, 그분이 그 집 문 앞에 있었어요. 노새 모는 복장을 하고 있었는데 그 모습이 너무나 자연스러워서 제 마음속에 그 사람을 꼭꼭 간직하고 있지 않았다면 알아보지 못했을 거예요. 그를 알아본 전 놀라면서도 반가워했지요. 그분은 아버지의 눈을 피해 저를 훔쳐보는데, 우리 아버지를 보면 항상 숨지요. 길거리에서 제 앞을 지나갈 때나 우리가 객줏집에 당도할 때도 그랬어요. 하지만 저는 그분이 누구인지 알기 때문에, 저를 사랑해 고생고생하며 따라오신다는 걸 생각하면 마음이 괴로워죽겠어요. 그래서 그분의 발길마다 제 눈길이 머물러요. 저는 저분이 무슨 생각으로 따라오시는지, 어떻게 자기 아버지에게서 도망쳤는지 모르겠어요. 다른 후계자가 없기 때문에 그의 아버지가 그를 무척이나 사랑하니까요. 아씨께서도 그분을 만나보면 알겠지만 그 아버지께서 사랑할 만한 분이에요. 또 하나 더 말씀드릴 건 지금 한 저 노래는 전부 자기 머리로 짜낸 거죠. 제가 듣기로는요, 공부도 무척 잘하는 학생이고 시인이래요. 또 하나가 더 있어요. 저는 그분을 보거나 노래하는 걸 들으면 아버지가 이 사실을 알고 우리들 마음을 알아차리게 될까봐 두려워서 온몸이 떨리고 경기가 나요. 평생 그분에게 말 한마디 안했다고는 하지만 전 그분을 사랑하고, 그분 없이는 못 살 것 같아요. 아씨, 아씨에게 드릴 말씀은 이게 전부예요. 저 소리꾼의 노랫소리가 그렇게 좋으셨다니 그분에 대해 말씀드리는 거예요. 저 목소리만 들어도 말씀하신 것처럼 보통 노새 모는 소년이 아니라는 건 알아차리셨을 거예요. 제가 말씀드렸지만 마음씨 고운, 이 고을의 지체 높은 집 총각이라니까요."

이때 도로떼아가 "더이상 말하지 않아도 알겠네요, 끌라라 아가씨!" 하고 말하면서 그녀에게 수없이 키스를 해주었다. "제발 더이상 말하지 마세요, 말하지 않아도 알아요. 그러니 새날이 밝기만 기다려요. 내가 두분의 일이 잘되도록 길을 놓아드릴게요. 그렇게 정숙하게 행동하셨으니 일이 잘 끝나기를 하느님도 바라실 겁니다."

"그래도 어떡해요." 끌라라가 말했다. "그의 아버지가 그토록 지체 높고 부자인데 무슨 좋은 결과를 바랄 수 있겠어요? 그 아버지 마음으로는 저를 자기 아들의 종으로도 받아들이기 어려울 텐데 더구나 아내로까지 생각해주시겠어요? 하지만 저도 세상 무엇을 준다 해도 제 아버지 몰래 결혼하지는 않을래요. 그런 짓은 하고 싶지 않으니 차라리 저분더러 돌아가라 하고 저를 잊으라고 할 수밖에요. 어쩌면 그분을 안 보고 길을 멀리 가다보면 지금 아픈 것보다는 마음이 풀릴지도 모르지요. 비록 지금은 제가 생각하는 방법이 소용없으리라는 마음도 있지만요. 이게 무슨 바보 같은 짓인지 모르겠어요. 어찌해서 그 남자를 이토록 사랑하겠다는 마음이 들었는지 모르겠어요. 저는 아직 어리고 그분도 어린데 말이에요. 사실 우리 둘은 나이가 같은 것 같은데, 전 아직 열여섯 살이 채 안되었거든요. 우리 아버지 말로는 다음 성 미카엘 날이 제 생일이래요."

끌라라가 저렇게 어린애처럼 쫑알대니 도로떼아는 웃음이 안 나올 수가 없어서 소녀에게 이렇게 말했다.

"좀 쉽시다요, 아가씨, 밤이 얼마 남지 않은 것 같네요. 동이 트면 생각해보지요. 모든 게 잘될 거예요, 내 수완이 나쁘지 않다면……"

이렇게 말하고 둘은 입을 다물었고, 온 객줏집이 깊은 침묵에 휩싸였다. 다만 객줏집 딸과 여종 마리또르네스만이 잠들지 않고 있었다. 돈 끼호떼의 약점을 알고 있는 이 두 사람은, 지금 창문 밖에서 말을 타고 무장한 채 보초를 서고 있는 돈 끼호떼에게 장난을 치고 싶었다. 아니면 심심풀이로 말도 안되는 그의 이상한 소리라도 들을 요량이었다.

객줏집은 집에서 밖으로 나갈 만한 창문은 없고 단지 밖으로 볏짚을 던질 때 쓰는 구멍 하나만 있었다. 이 구멍 앞에 선머슴 같은 처녀들이 서서 돈 끼호떼가 말을 탄 채 창에 몸을 기대고 있는 것을 보았다. 돈 끼호떼는 이따금씩 마음이 찢겨져나가는 듯한 깊고 고통스러운 한숨을 내쉬었는데, 그때마다 매번 한숨과 함께 사랑에 찬 부드럽고 다정한 목소리로 이렇게 말했다.

"오, 나의 둘시네아 아씨, 지극히 아름답고 얌전하기 그지없는 아씨, 최고 우아함의 표본이며 정숙의 보고이며, 마지막으로 세상에 더할 나위 없는 얌전함과 달콤함, 교양을 갖춘 이상의 여인이여! 지금 이 순간 아씨는 무슨 일을 하고 계시는지요? 그대에게 사로잡힌 이 기사를 마음속으로 그리워하고 계시지는 않은지요? 오직 그대만을 사랑하고자 모든 위험을 무릅쓰고 싸우기로 한 이 기사를 말이외다! 오, 보름달, 반달, 초승달을 다 갖춘 빛나는 여인이여, 그대의 소식 좀 전해주소서! 어쩌면 그대의 빛나는 아름다움을 시샘하는 달을 지금 바라보고 계시지는 않은지요? 찬란한 그대의 궁궐 복도를 거닐면서 아니면 어느 발코니에 가슴을 기대고, 그대의 정숙함과 위대함 외에도 그대의 아름다움 때문에 고민에 빠져 있는 이 아픈 가슴의 고통을 어떻게 진정시켜야 하는가 생각하고 계시지는 않은지요? 나의 이 아픔에 어떤 영광을 주어야 하는지, 나의 걱정을 어떻게 가라앉혀야 하는지, 나의 이 사랑에 어떤 보상을 주어야 하는지, 마침내 죽어가는 나의 이 안타까운 마음에 어떤 생명을 불어넣어야 하는지 생각하고 계시지는 않은지요? 그리고, 너 태양이여, 지금쯤 급히 너의 말에 안장을 씌우고 새벽을 맞으러 나가서 나의 아씨를 보게 될 태양이여! 그녀를 보거들랑 내 안부도 좀 전해주길 바라노라. 그러나 아니지, 아서라, 그녀를 보고 인사를 하면서 그녀의 얼굴에 입 맞출까 두렵도다. 그리되면 나는 그대를 질투하게 되리니, 그 질투는 너를 그토록 괴롭히던 그 경솔하고 무정한 여인에 대한 질투보다 훨씬 크니, 너는 그때 그녀를 쫓아 테살리아 벌판이든 페네오스 강가든 땀 흘리며 뛰어다녔지 않았던가,[5] 사랑과 질투에 가득 차서 네가 뛰어다니던 그곳들이 지금 기억에는 잘 없지만……"

돈 끼호떼의 아픔에 찬 하소연이 이 정도까지 이르렀을 때 객줏집 딸이 숨죽여 돈 끼호떼를 불러 이렇게 말했다.

"나리, 제발 부탁인데, 이리로 좀 가까이 오세요."

그 몸짓과 소리가 나는 쪽으로 돈 끼호떼는 고개를 돌렸고, 그때

---

5 태양의 신 아폴론이 다프네를 쫓던 신화를 말하고 있다.

낯처럼 환한 달빛 아래 아마도 황금빛 철창이 드리워진 아름다운 창문으로 보이는 한 구멍에서 자기를 부르는 소리가 새어나옴을 알았다. 그 객줏집을 성으로 생각했으니 그런 훌륭한 성곽에 있을 법한 창문이었다. 그 순간 돈 끼호떼는 즉각 그의 미친 상상력으로 지난번처럼 그 성주의 딸인 아름다운 처녀가 다시 한번 자기에 대한 사랑을 이겨내지 못하고 또다시 구애를 하는 거라고 생각했다. 이런 생각으로 갖은 예의를 다 갖추어 감사하는 마음으로 로신안떼의 고삐를 돌려 그 구멍 있는 데로 다가갔다. 거기에 두 아가씨가 있는 것을 보자 그는 이렇게 말했다.

"아리따운 아가씨, 그대가 사랑의 마음을 이런 부질없는 자에게 두셨다니 애처롭기 그지없사옵니다. 본인은 그대의 위대한 모습이나 관대함에 걸맞은 마음에 화답해드릴 수가 없는 몸입니다. 그 문제에 대해서는 이 불쌍한 방랑기사의 잘못이라고 질책하지 마시옵소서. 방랑기사는 그의 눈으로 보고 자기 마음의 절대적 주인으로 섬기는 귀부인을 정하고 난 순간부터는 그 여인이 아닌 다른 여자에게는 마음을 줄 수가 없는, 그런 불가능한 사랑의 상대이옵니다. 아리따운 아가씨, 그런 본인을 용서하고 부디 방에 들어가시옵소서. 본인에게 자꾸 그대의 마음을 전하려 하면 저를 더욱 무정한 사람으로 만드는 길이오니 제발 그리 마옵소서. 그 사랑이 아니라면 다른 어떤 청도 다 들어드릴 터인즉, 저를 사랑한다면 부디 그 소원을 말씀하소서. 제가 사랑하는 저 달콤하고도 야속한 그리운 이의 이름을 걸고 맹세하건대 어떤 청이든 성실하게 받아들이겠사옵니다. 모두가 구렁이로 된 메두사의 머리칼 다발을 가져오라 하셔도, 호리병에 갇혀 있는 태양빛을 꺼내오라 하셔도 하겠사옵니다."

"기사 나리, 우리 아씨께서는 그런 건 아무것도 필요없어요." 이
때 마리또르네스가 대답했다.

"그러시다면 고결하신 귀부인 아씨, 아씨께서는 무엇을 필요로
하시나이까?" 돈 끼호떼가 말했다.

"기사님의 두 손 중 한 손이면 돼요." 마리또르네스가 말했다.
"정절의 위험을 무릅쓰고 이 구멍까지 오게 한 큰 소원을 그 손을
만지면 풀 테니까요. 만약 아씨 아버님이 아씨가 여기 온 걸 눈치
챘다면 적어도 귀 한쪽을 자르는 벌을 내릴 거예요."

"그걸 보고 가만있을 제가 아니지요!" 돈 끼호떼가 대답했다.
"하지만 아버님께서 그 짓은 못할 겁니다. 만약 사랑하는 자기 딸
의 연약한 육신에 손을 댔다가는 세상 어떤 아버지도 겪어보지 못
한 가장 불행한 종말을 자초하게 될 테니까요."

마리또르네스는 돈 끼호떼가 틀림없이 아까 청한 손을 줄 것이
라는 생각을 하고 어찌해야 할까 마음속으로 계획을 세우며 마구
간으로 가서는 싼초 빤사의 당나귀 고삐를 집어들고 아주 재빨리
그 구멍 있는 데로 갔다. 그때 마침 돈 끼호떼는 로신안떼의 안장
위에 발을 딛고 올라서서 철창이 드리워진 창문에 다다르려고 애
썼는데, 그 안에 상처받은 아가씨가 있다고 생각했기 때문이다. 돈
끼호떼는 그녀에게 손을 주며 말했다.

"귀부인 아씨, 이 손을, 다시 말하면, 이 세상의 망나니들을 처형
한 그 주인공의 손을 만져보소서. 이 손을 잡으시란 말이외다. 지금
까지 어떤 여인도 만져보지 못한, 심지어 본인의 온몸을 완전하게
소유하실 그 아씨마저도 잡아본 적이 없는 손이외다. 손을 드리는
것은 그대가 거기에 입 맞추라는 뜻이 아니라 그 손의 신경 구조와
근육의 단단함, 그 핏줄의 넓고 넉넉한 모습을 살펴보라는 것이외

다. 그걸 보시면 그런 손을 가진 팔뚝의 힘이 어느 정도일지 짐작이 가실 거외다."

"어디 한번 보지요." 마리또르네스가 말했다.

그러고는 당나귀 고삐로 잘 풀리지 않는 오랏줄을 만들어서는 내민 손의 팔목에 묶고 구멍에서 내려와 남은 밧줄 꼬리 부분을 짚 창고 문의 자물쇠에다 아주 단단하게 묶었다. 돈 끼호떼는 팔목에 꺼끌꺼끌한 밧줄을 느끼자 이렇게 말했다.

"아씨께서는 제 손을 쓰다듬는 게 아니라 아주 부수는 것 같구려. 제 손을 그렇게 학대하지 마소서. 제 마음이 그대에게 잘못을 저질렀을지언정 그 손은 죄가 없으니, 그 작은 데다 그대의 모든 원한을 푸는 것은 좋지 않지요. 복 받으시려면 그렇게 독한 복수는 좋지 않다는 걸 아셔야지요."

그러나 돈 끼호떼의 이 모든 말도 이제는 아무도 듣는 사람이 없었으니, 마리또르네스가 돈 끼호떼를 그렇게 묶어놓자마자 둘은 죽도록 웃어대며 가버렸기 때문이다. 그렇게 돈 끼호떼를 꽁꽁 묶어두었으니 도저히 풀 수가 없었다.

아까 말했듯이 돈 끼호떼는 로신안떼 위에 선 채 온 팔을 그 구멍에다 들이박은 채 팔목을 묶이고 그것도 문 자물쇠에 매여 있으니 두려움과 걱정으로 어찌할 줄 몰랐다. 비록 로신안떼가 워낙 인내심이 많고 침착해서 백년이 지나도록 꼼짝달싹하지 않으리라는 기대는 있었지만, 만일 로신안떼가 이쪽저쪽으로 움직인다면 팔뚝은 그곳에 걸쳐두고 가야 하는 판이라서 감히 옴짝달싹할 수가 없었다.

결국 돈 끼호떼는 묶여 있고 여자들은 가버렸으니, 그의 생각에는 이 모든 일이 지난번처럼 마법에 걸리든 것으로밖에는 달리 이

해되지 않았다. 이 성에서 마법사인 무어족 짐수레꾼에게 죽도록
두들겨맞았던 그때와 같았으니 돈 끼호떼는 자신의 생각이 좁고
조심성이 없었음을 혼자서 속으로 저주했다. 처음 그 성에서 그토
록 실수를 했으면 두번째 성에 쳐들어갈 일이 있을 때는 더욱 조
심을 하는 게 방랑기사의 원칙인데도 말이다. 하나의 모험을 시도
했다가 성공하지 못하면 그 일은 자기에게 주어진 일이 아니라 다
른 사람이 할 일이라는 신호이므로 두번째 시도를 할 필요는 없는
것이다. 어쨌든 돈 끼호떼는 팔이 풀릴까 기대하며 자기 팔을 당겨
보았으나 워낙 단단히 묶여 있어 모든 노력이 허사였다. 사실 팔을
당길 때도 로신안떼가 움직이지 않도록 살살 당겨보았던 것이다.
안장 위에 그냥 앉아 쉬고 싶어도 묶인 손을 잘라내기 전에는 그대
로 서 있을 수밖에 없었다.

그때 돈 끼호떼는 아마디스의 칼이 있었으면 얼마나 좋을까 생
각했으니, 그 칼은 어떤 마법에도 끄떡없기 때문이었다. 그는 자신
의 운명을 저주했지만, 그곳이 틀림없이 마법에 걸려 있다고 생각
했기에 그곳이 마법에 걸려 있는 한 세상에 자신의 존재는 꼭 필요
하리라는 생각을 과장스럽게 했고, 다시 사랑하는 엘 또보소의 둘
시네아를 생각했으며, 자기의 착한 하인 싼초 빤사를 불렀다. 싼초
빤사는 자기 당나귀의 말안장에 누워 한창 잠에 빠져 있었으므로
그 순간은 세상 어느 누가 잡아간다 해도 모를 지경이었다. 거기에
서 돈 끼호떼는 리르간데오 현자와 알끼페 현자에게 도와달라고
했고, 그의 착한 여자친구 우르간다에게 구원을 요청했다. 마침내
거기서 아침을 맞은 돈 끼호떼는 어찌나 안타깝고 정신이 없었던
지 황소처럼 으르렁댔으니, 왜냐하면 낮이 되어도 자기 고생이 해
결되리라는 기대를 할 수가 없었기 때문이다. 마법에 걸렸으므로

이 고통은 영원히 계속될 것으로 여겼는데, 이것이 마법에 걸린 거라고 확신한 건 로신안떼 또한 전혀 옴짝달싹하지 않았기 때문이다. 돈 끼호떼는, 별들의 악한 기운이 다 지나가거나 아니면 더 홀륭한 다른 마법사가 그 마법을 풀어줄 때까지는 자기와 자기 말이 계속 이 모양으로 먹지도 마시지도 자지도 못하고 있어야 한다고 믿었다.

그러나 돈 끼호떼의 생각이 한참 잘못되었다는 사실은 동이 트기 시작할 때 알 수 있었다. 날이 밝자 객줏집에 말을 탄 남자 넷이 안장틀에 총을 걸쳐놓은 채 도착했는데 아주 수려하게 잘 차려입은 사람들이었다. 그들은 아직 잠겨 있는 객줏집 문을 세게 두들기면서 사람을 불렀고, 그걸 보자 아직 계속 보초를 서고 있던 돈 끼호떼가 오만스럽게 커다란 소리로 말했다.

"기사들이든 하인들이든 누구든지 간에 쓸데없이 이 성의 성문을 두들기지 말지니라. 이런 시각에는 성에 사는 사람들은 잠을 자고 있거나 아니면 햇살이 온 땅을 비출 때까지는 요새의 대문을 열지 않는 게 관습이니라. 썩 물러들 가라. 그리고 날이 밝아오길 기다려라. 그때 가서야 문을 열어주는 게 옳은지 아닌지 검토하리라."

"여기가 무슨 빌어먹을 성곽이고 요새라는 거야?" 한 사람이 말했다. "무엇 때문에 저렇게 예식을 갖추어 기다리라는 거지? 그대가 객줏집 주인이면 문 좀 열라 하시오. 우리는 길 가는 사람들인데, 말에게 여물만 좀 주고 가려는 것뿐이오. 가는 길이 바빠서 곧 떠나야 하오."

"이 양반들아, 그대들 눈에는 내가 객줏집 주인 몰골로 보인단 말씀이오?" 돈 끼호떼가 물었다.

"몰골이 어떤지 그런 건 난 모르겠소." 딴 사람이 대답했다. "다만 이 객줏집을 성이라고 하면서 정신 나간 소리만 하고 있지 않소."

"여긴 성이오." 돈 끼호떼가 받아쳤다. "이 지역에서 가장 훌륭한 성이고, 안에 계시는 분들도 머리에는 왕관을 쓰고 손엔 왕의 지팡이를 들었던 이들이오."

"거꾸로인 게 더 딱 맞겠구먼." 과객이 말했다. "왕의 지팡이를 머리에 들고 손에는 왕관을 썼으면 하네요. 내 짐작이 맞다면 안에는 아마 연극을 하고 다니는 극단이 있나본데, 그 사람들이야 당신이 말하는 왕관이나 왕 지팡이를 흔히 갖고 다니니까. 이 작은 객줏집에, 이렇게 조용한 장소에 왕 지팡이나 왕관을 쓸 사람이 계시다는 건 생각할 수가 없소이다."

"세상을 몰라도 한참 모르는구먼." 돈 끼호떼가 되받았다. "방랑 기사들에게 흔히 일어나는 사건을 모르는구려."

그 물어보는 자와, 함께 온 동료들은 돈 끼호떼와 이야기를 나누는 게 싫증이 나서 아주 맹렬하게 대문을 두들겼고 그 소리에 객줏집 주인과 객줏집에 있던 모든 사람이 잠을 깨서는 누가 문을 두들기는지 물었다. 바로 이때였다. 문을 두들기던 네 사람이 타고 온 말들 중에 하나가 로신안떼에게 다가와 냄새를 맡고 있었는데, 그때 로신안떼는 위에 늘어져 있는 주인을 받치고 서 있느라 움직이지도 못하고 귀를 떨어뜨린 채 슬픔과 우수에 잠겨 있었다. 비록 로신안떼가 통나무처럼 생겼지만 결국 그도 육신을 가진 존재이기에 그 느낌을 강하게 받아들이지 않을 수 없어 그를 애무하러 다가온 말에게 답례로 그도 냄새를 맡아주었다. 로신안떼가 몸을 조금 움직였나 했더니 돈 끼호떼의 두 발이 함께 빗나가면서 안장에서 미끄러져 내렸는데, 팔을 걸쳐둔 채 내리지 않으려고 하니 로신 안떼와 함께 그대로 땅에 자빠졌다. 그러자 어찌나 아팠던지 돈 끼호떼는 그대로 손목이 잘리거나 팔뚝이 송두리째 뽑혀나가는 줄 알았다. 땅 가까이 매달려 발끝이 땅에 입을 맞추고 있었는데, 그건 더 고통스러웠다. 발바닥이 땅에 거의 닿을 것 같은 느낌 때문에 있는 대로 몸을 펴서 땅을 디디려고 갖은 애를 썼기 때문인데, 닿을 듯 말 듯한 자세 때문에 몸은 더 아팠고, 마치 주리를 트는 것처럼 고통스러웠다. 눈으로 보기엔 조금만 더 몸을 늘이면 땅에 닿을 듯했지만 그건 부질없는 희망이고 열심히 몸을 늘이려고 애쓰는 만큼 고통은 더해왔다.

44장

객줏집에서 소리없이 계속 벌어지는 사건들

결국 돈 끼호떼가 하도 소리를 질러대는 통에 객줏집 주인은 누가 그렇게 소리를 지르는지 알아보려고 황급히 문을 열고 공포에 차서 밖으로 나왔고, 밖에 있던 사람들도 마찬가지였다. 마리또르네스도 그 비명 소리에 깨어나 무슨 일일까 생각하고는 창고로 가서 아무도 보지 않는 사이에 얼른 돈 끼호떼를 묶고 있는 고삐를 풀었다. 그러자 돈 끼호떼는 객줏집 주인과 과객들이 지켜보는 가운데 바로 땅으로 떨어졌고, 그들은 돈 끼호떼에게로 다가와 무슨 일이냐고, 왜 그리 소리를 질렀느냐고 물었다. 돈 끼호떼는 대답을 않고 손목에서 밧줄을 풀더니 벌떡 일어서서 로신안떼 위에 올라타고 자기 방패를 움켜쥔 채 창을 치켜들고는 벌판 꽤 멀리까지 나갔다가 반쯤 말을 달려 돌아와서 말했다.

"누가 뭐라든지 본인이 마법에 걸린 게 당연하다 말하는 자 있다면, 나의 귀부인 미꼬미꼬나 공주의 재가를 받아, 그게 사실이 아

676

님을 밝히고 싸워서 멋진 결투로 담판을 짓겠노라."

돈 끼호떼의 말에 새로운 과객들은 모두 깜짝 놀랐으나 객줏집 주인이 놀라움을 덜어주며 저 사람은 돈 끼호떼라는 사람인데 제정신이 아니니 그의 말에는 상관하지 말라고 했다.

그들은 혹시 열다섯살쯤 되어 보이는 소년이 그 객줏집에 오지 않았느냐고 주인에게 물으면서, 노새꾼 차림에 이런저런 특징을 열거했는데, 끌라라의 애인을 이르는 것 같았다. 주인은 대답하기를 객줏집에는 사람들이 많아서 물어보시는 사람을 눈여겨볼 겨를이 없다고 했다. 그러나 그들 중 한 사람이 판관이 타고 온 마차를 본 뒤에 말을 꺼냈다.

"틀림없이 여기 있겠구면요. 이게 그분이 따라다닌다고 하는 마차니까요. 우리 중 한 사람은 대문에 서 있고 다른 사람은 안에 들어가서 찾아보지요, 한 사람은 온 객줏집을 돌아보는 게 낫겠네요. 그래야 그분이 마당 담장으로 도망가지 못할 테니까요."

"그렇게 하지요." 그들 중 한 사람이 말했다.

그러더니 두 사람이 안으로 들어왔고, 한 사람은 문 앞에 서고 다른 한 사람은 객줏집 주위를 둘러보러 나갔다. 이 광경을 다 지켜보던 주인은 무엇 때문에 저 번잡을 떠는지 알다가도 모를 일이었다. 소년의 특징을 말하는 걸 보니 그 아이를 찾고 있는 건 분명하지만……

이때쯤 날이 밝았다. 낯선 자들의 소란과 돈 끼호떼가 시끄럽게 떠들어대는 소리에 모두들 잠이 깨어 일어났는데 끌라라 낭자와 도로떼아도 깨어 있었다. 한 여자는 사랑하는 사람이 그토록 가까이에 있다는 놀라움에, 다른 여자는 그 사람을 보고 싶은 궁금함에 그날 밤 잠을 설쳤다. 돈 끼호떼는 과객 넷 중 아무도 자기를 거들

떠보지도 않고 결투 신청에도 대답을 않자 실망감과 분노로 분통이 터져 죽을 지경이었다. 비록 이미 약속한 모험을 끝내기 전까지는 다른 어떤 모험에도 뛰어들지 않겠다는 언약과 맹세를 했지만 기사도 법칙에서 방랑기사가 정식으로 다른 작전을 벌여 투쟁할 수 있는 권리가 있다면 당장 모두에게 달려들어 맘대로 혼쭐을 내 주고 싶은 심정이었다. 그러나 미꼬미꼬나 공주를 자기 왕국에 되돌려줄 때까지는 새로운 작전을 또 벌이는 게 잘된 일도 아니고 좋을 것 같지도 않아서 그대로 입을 다물고 조용히 있으면서 부산을 떨고 있는 그 과객들의 일이 어떻게 끝나는지를 지켜보며 기다릴 수밖에 없었다. 그들 중 하나가 찾고 있던 총각을 잡아냈는데, 그는 누가 찾아오리라는 생각이나 자기를 찾아내리라는 건 꿈도 꾸지 못하고 한 노새꾼 곁에서 편안히 자고 있었다. 그 사람은 소년의 팔짱을 끼고 말했다.

"보아하니, 돈 루이스 도련님, 지금 걸치고 있는 옷이 도련님 신분에 잘도 어울리는구려. 도련님 어머니께서 그토록 애지중지 키우셨는데 자고 있던 그 침대가 잘도 어울리네요."

총각은 잠에 취한 눈을 비비며 자기 손을 잡고 있는 사람을 찬찬히 바라보다가 이윽고 그 사람이 자기 아버지의 하인인 것을 알아차리자 너무 놀라 한참을 무슨 말을 해야 할지 몰랐다. 하인은 계속해서 말했다.

"돈 루이스 도련님, 여기서는 더이상 할 일이 없네요. 인내심으로 참고 집으로 돌아갈 일밖에는요. 도련님께서 제 주인이시며 도련님의 아버님이신 분이 저세상으로 돌아가시는 걸 좋아하지 않으시다면 말입니다. 도련님이 없어지고 나서 애통해하시는 모습을 보면 다른 무슨 길이 있을 것 같지도 않습니다."

"그런데 어떻게 아버님께서," 돈 루이스가 말했다. "내가 이 옷을 입고 이 길을 가고 있는지를 아셨지?"

"학생 하나에게," 하인이 대답했다. "도련님께서 생각을 알려주셨다면서요. 그 학생이 도련님 아버님께서 도련님이 사라진 것을 알고 애통해하시는 모습을 보고는 마음이 아파서 다 털어놓았습죠. 그래서 당신 종 넷에게 시켜 도련님을 찾아오라 보냈고, 여기우리는 모두 도련님 앞에 있사옵니다. 좋을 결실을 얻어 돌아가니우리는 상상도 못할 만큼 기쁩니다. 도련님을 그토록 사랑하는 그분 눈앞에 도련님을 모셔가게 되었으니까요."

"그건 내가 원해야 그리되는 거지, 아니면 하늘이 명령을 하셔야할 거야." 돈 루이스가 대답했다.

"돌아가시겠다는 것도 아니고 하늘이 무슨 명령을 내릴 것도 아니면 도련님이 따로 원하시는 게 또 무엇이란 말입니까? 다른 어떤방법도 아니됩니다."

둘 사이에 이런 말이 오가는 사이에 돈 루이스 옆에서 이 말을듣고 있던 노새꾼 아이는 그 자리에서 일어나서 이미 옷을 다 챙겨입은 돈 페르난도와 까르데니오, 그리고 그밖의 다른 사람들 있는데로 가서 그 사정 이야기를 알려주었다. 노새꾼 아이는 그 사람이그 소년에게 귀족 칭호인 '돈' 자를 꼭 붙여 이름을 부르더라면서둘 사이에 오간 이야기를 하고 그 사람이 소년을 아버지 집으로 돌려보내려고 하는데 소년이 원하지 않는다는 것도 말해주었다. 이런 이야기에다 소년에 대해 아는 다른 이야기, 하늘이 준 고운 음성이라는 둥 많은 말을 했다. 그러자 그 소년이 어떤 분인지를 더자세히 알고 싶은 마음이 굴뚝같았고, 소년에게 강제로 무슨 짓을하려 하면 못하도록 도와주어야 한다는 생각에 모두들 그리로 갔다. 소년은 아직도 열심히 그 하인과 이야기를 하고 있었다.

이때 도로떼아가 자기 방에서 나왔고 그녀 뒤를 끌라라가 허둥지둥 따라나왔다. 도로떼아는 까르데니오를 따로 불러 소리꾼 소년과 끌라라 사이의 이야기를 간단하게 들려주었고, 까르데니오도 도로떼아에게 소년의 아버지 하인들이 소년을 찾으러 온 일을 말해주었다. 이 이야기를 작게 한다고 했지만 그게 끌라라의 귀에 들어가지 않을 리가 없었고, 그 말을 듣자 그녀는 완전히 기절상태가 되어 마침 도로떼아가 붙들지 않았다면 바로 땅으로 쓰러질 뻔했다. 까르데니오는 도로떼아에게 다들 방으로 돌아가라고 하고 자기가 모든 일을 책임지고 해결해보겠다고 했고, 그녀들도 그 말을 따랐다.

돈 루이스를 찾아 객줏집에 온 네 사람은 모두 그를 에워싸고서는 한순간도 지체하지 말고 즉시 아버지를 위로하러 돌아가야 한다고 설득하고 있었다. 돈 루이스는 절대 그리할 수 없다고 대답하면서 자신의 마음과 명예와 일생이 걸린 이 일을 끝내기 전에는 갈 수 없다고 했다. 그때 하인들은 위협적으로 말을 하면서 절대 그를 두고 돌아갈 수는 없으며 그가 원하건 원하지 않건 꼭 그를 데려가겠다고 했다.

"그렇게는 안될 거야." 돈 루이스가 되받았다. "날 죽여서 데려간다면 몰라도, 어떤 방식으로든 날 데려가겠다면 내 목숨을 살려놓고서는 못할 거야."

바로 이때 객줏집에 있던 다른 모든 사람이 자진해서 그곳에 모여들었는데, 까르데니오, 돈 페르난도와 그의 친구들, 판관, 신부, 이발사 그리고 더이상 성을 지킬 필요가 없다고 생각한 돈 끼호떼까지였다. 이미 이야기를 들어서 알고 있는 까르데니오는 소년을 데려가려는 사람들에게 저 아이를 그리 억지로 데려가려는 이유가 무엇이냐고 물었다.

"그 이유인즉," 넷 중 한 사람이 말했다. "이분 아버지를 살리려고 하는 것입니다. 이 도련님이 사라진 뒤로 금방 돌아가실 것 같은 위험에 처해 있으니까요."

이 말에 돈 루이스는 대답했다.

"뭐하러 여기서 내 사적인 일을 다 알리려고 하는가, 나는 자유야, 내가 좋으면 내가 돌아가는 거고 싫으면 자네들 누구라도 나를 억지로 데려갈 수는 없어."

"도련님 생각 좀 제대로 해보세요." 한 사람이 대답했다. "도련님께서 생각을 바로 안하시면 우리들이라도 어쩔 수 없이 여기 온 소임을 다해야지요."

"이 일의 근본 문제가 무엇이오?" 이때 판관이 물었다.

그러자 자기 집의 이웃이었던 판관을 알아본 그 하인이 대답했다.

"판관 나리, 나리께서는 이 양반을 모르십니까? 나리 댁 이웃에 사시는 분의 아드님입지요. 이 양반이 부모 집에서 가출해서, 지금 보시듯이 저렇게 신분에도 맞지 않는 점잖지 못한 옷을 입고 다니지 않습니까요."

판관은 자세히 그 소년을 바라보았고, 그를 금방 알아보고 껴안으며 말했다.

"이게 무슨 어린애 같은 짓이오, 돈 루이스? 아니면 무슨 피치 못할 사연이 있기에 그대 신분에 어울리지도 않는 이런 옷을 입고 오게 된 거요?"

총각의 눈에는 금방 눈물이 돌았고 대답을 못했다. 판관은 네 사람에게 진정하라고 한 뒤 모든 게 잘될 거라 하고는 돈 루이스의 손을 잡고 한쪽으로 데려가 어떻게 여기에 오게 되었느냐고 물었다.

이런저런 이야기를 묻고 있는 동안 객줏집 문밖에서 큰 소리가 들렸으니, 사실인즉슨 지난밤 객줏집에 숙박한 손님 둘이 소년을 찾으러 온 네 사람의 사연을 듣느라 모두들 정신이 없는 틈을 타서 숙박료를 안 내고 도망하려 했기 때문이다. 그러나 다른 사람들 일 보다 자기 일을 꼼꼼히 챙기는 객줏집 주인이 막 문을 나가려는 그 들을 잡고는 돈을 내고 가라고 하면서 이런 못된 짓을 하려 한다고 사정없이 욕을 해대자 그들이 주인을 주먹으로 내려치는 일이 벌 어진 것이다. 그들이 하도 주먹질을 해대니 불쌍한 주인이 소리를 질러 구원을 요청할 수밖에 없었고, 객줏집 여주인과 딸은 돈 끼호 떼가 다른 누구보다 한가한 것을 보고 그에게 구원을 청했다. 객줏 집 딸이 돈 끼호떼에게 말했다.

"기사님, 하느님께서 주신 그 은덕으로 불쌍한 우리 아버지 좀 살려주세요. 나쁜 사람 둘이 도리깨질하듯 우리 아버지를 죽도록 두들겨패고 있어요."

그 말에 돈 끼호떼는 헛기침을 하며 아주 천천히 느릿느릿한 목 소리로 대답했다.

"아리따우신 아가씨, 지금은 그대의 청을 들어줄 수가 없군요. 본인은 이미 언약한 사건이 있어 그 일을 잘 마무리하기 전에는 다 른 모험에 끼어드는 일은 금기로 되어 있기 때문이옵니다. 하지만 그대를 위해 본인이 할 수 있는 일이 있는데, 지금 말씀드리리다, 아씨의 아버지께 곧장 달려가 최대한 싸움을 길게 끌라고 말씀해 주십시오. 절대 싸움에 지지 말라 하고요. 그동안 본인은 미꼬미꼬 나 공주께 그분이 곤경에 빠져 계시는데 구원하러 가도 좋겠는지 허락을 받으러 가리다. 공주께서 허락을 하시면, 내 반드시 아버지를 그 곤경에서 구해드리리다."

"맙소사!" 이때 그 앞에 서 있던 마리또르네스가 말했다. "나리께서 그 허락을 받아오시기 전에 우리 주인은 이미 저세상 사람이 되겠네요."

"아씨, 잠깐 기다리소서. 본인이 곧 말씀드린 허락을 받아오리다." 돈 끼호떼가 대답했다. "본인이 허락을 받아오면 그분이 저세상에 있다 해도 문제될 게 없습니다. 말이 안되는 그 세상에서라도 어떻게 하든 구해오겠습니다. 아니면 적어도 저세상으로 보낸 그 사람들에게 철저히 복수해드릴 테니 아씨는 그런대로 만족하실 겁니다."

그리고 더이상 말을 않고 돈 끼호떼는 도로떼아 앞에서 가서 무릎을 꿇고는 기사도와 방랑의 언어를 함께 써가며 지금 중대한 위험에 빠져 있는 그 성의 영주를 달려가서 구해내오도록 부디 공주마마께서 허락해주십사 간청했다. 공주는 아주 우아하게 허가를 해주었다. 돈 끼호떼는 즉시 방패를 움켜쥐고 칼에 손을 댄 채 객줏집 문으로 다가갔는데, 아직도 그 두 손님이 객줏집 주인을 계속 혼내고 있었으나 돈 끼호떼는 그곳에 다가가서도 우뚝 멈춰서서 가만히 있었다. 마리또르네스와 객줏집 여주인이 어서 주인을, 남편을 구해내지 않고 왜 주저하느냐고 소리쳤다.

"멈칫거리는 건," 돈 끼호떼가 말했다. "하인 같은 사람들을 놓고 칼을 잡는 건 본인에게 정당하지 않기 때문이오. 하니, 여기 본인의 하인 싼초를 데려오시오. 이런 방어와 복수는 그 사람이 맡아서 할 일이외다."

이런 일이 객줏집 문 앞에서 벌어지고 있었던 것이다. 문 앞에서는 따귀질이며 주먹질이 그야말로 한창이었고, 한바탕 주먹질에 객줏집 주인만 얻어맞고 마리또르네스나 여주인, 그리고 딸은 화가 나서 미칠 지경이었다. 남편이고 주인이고 아버지인 사람이 저 곤욕을 치르고 있는데 비겁하기만 한 돈 끼호떼를 보니 안타까워 죽을 지경이었다.

그러나 여기서 객줏집 주인 이야기는 접어두자. 그 사람을 구원할 사람이야 있겠지. 그렇지 않다면 자기 힘에 자신도 없는 사람이 함부로 크게 덤비다가 그리되었으니 참고 입을 다물 수밖에. 오십보를 뒤돌아가서 우리가 두고 왔던 판관에게 돈 루이스가 대답하는 소리를 들어보기로 하자. 판관이 그렇게 조잡한 옷을 입고 걸어서 여기 온 이유가 무엇이냐고 물었더니, 그 물음에 총각은 마치 심장을 억누르는 커다란 고통이나 있는 듯이 판관의 손을 꼭 붙잡고 철철 눈물을 흘리며 말을 했다.

"나리, 나리께 꼭 고백해야 할 일이 하나 있사옵니다. 다른 말이 아니옵고, 하늘의 도움으로 나리 집과 저희 집이 이웃이 된 순간부터 저는 나리의 따님이신 끌라라 양을 보았고, 그 즉시 나의 사랑 그녀가 제 마음의 주인임을 알게 되었습니다. 그래서 진짜 양반이시고 제 아버님 같은 나리가 반대하지 않는다면 지금 이 순간 따님을 제 아내로 맞아들이겠습니다. 따님 때문에 제가 집을 버리고 떠났고, 따님 때문에 제가 이 옷을 입게 되었습니다. 화살이 목표를 향하듯, 뱃사공이 북극성을 따라가듯 그녀가 가는 곳이면 어디든 따라갈 생각이었습니다. 따님은 이런 제 소망을 모르옵니다. 어쩌면 멀리서 제 눈이 이따금씩 울고 있는 것을 보고 조금 눈치챘을지도 모릅니다. 나리께서도 이미 제 아버지의 가문이나 재산을 알고 계시지요. 제가 아버지의 유일한 상속인이옵니다. 이런 점을 보아서라도 나리께서 저에게 행복을 안겨줄 용기를 가지신다면, 지금 즉시 나리의 자식으로 받아주시옵소서. 만일 제 아버지가 당신 대로 다른 계획이 있어서 제가 제 눈으로 찾은 이 행복을 좋아하지 않으신다 하여도 세월은 인간의 뜻보다 세상을 바꾸고 누그러뜨리는 데 더욱 힘이 큽니다."

이 말을 하고 사랑에 빠진 청년은 입을 다물었다. 판관은 한편 놀라고 어리둥절하고 긴장해서 청년의 말을 듣고 있었는데, 돈 루이스가 차분하고 조리있게 자기 마음을 털어놓는 것을 듣고 나서는 그렇게 갑작스럽고 예상치도 않던 일에 결단을 내려야 할 처지에 이르자 어찌할 바를 몰라했다. 그래서 다른 말은 빼고 우선 마음을 진정하라고 일러주고 우선 하인들이 그날 그를 데려가지 못하도록 시간을 끌라고 했다. 모두에게 일이 가장 잘되도록 하려면 생각할 시간이 좀 필요하다는 말이었다. 돈 루이스는 그의 손에 키스를 했는데, 그 손 위에 돈 루이스의 눈물이 하염없이 떨어졌다. 이리되면 판관의 마음뿐 아니라 대리석 같은 심장이라도 부드러워질 수밖에 없었다. 사리판단을 할 줄 아는 판관은 이 결혼이 자기 딸에게 얼마나 잘된 일인지를 이미 파악했고, 가능하다면 돈 루이스의 아버지의 합의를 얻어 성사됐으면 싶었다. 돈 루이스의 아버지가 아들을 정식 후계자로 임명하려고 한다는 것도 그는 알고 있었다.

이때쯤, 아까의 그 손님들과 객줏집 주인은 화해를 하고 있었는데, 돈 끼호떼의 협박 때문이라기보다는 좋은 말과 설득을 통해 주인이 원하는 대로 손님들이 돈을 지불했기 때문이다. 돈 루이스의 하인들은 자기 주인의 결정과 판관의 말이 끝나기를 기다리고 있었다. 호사다마라더니, 그때 또 무슨 귀신이 불렀는지, 바로 그 순간에 돈 끼호떼에게 한번 맘브리노 투구를 빼앗겼고 싼초 빤사에게 당나귀 마구를 빼앗겨 바꿔치기당한 적이 있던 그 이발사가 객줏집에 들이닥쳤다. 그 이발사는 당나귀를 마구간에 끌고 가다가 싼초를 보았는데, 그때 싼초는 안장의 어딘가를 손질하고 있었다. 이발사는 싼초를 보자마자 금방 알아보고는 용기를 내서 바로 싼초에게 덤벼들었다.

"야, 이 도둑놈 아저씨야, 너를 여기서 잡았구나! 내 세숫대야와 내 마구와 나한테서 훔쳐간 모든 기구들을 다 내놓아라, 이놈!"

갑작스러운 습격을 받은 싼초는 자기에게 사정없이 욕을 해대자 한 손으로는 안장을 꼭 붙잡고 다른 손으로는 이발사의 얼굴을 갈겼다. 이발사의 이빨이 온통 피투성이가 되었으나 그렇다고 이발사가 한번 붙잡은 안장을 놓아줄 리가 없었다. 그 대신 목소리를 높여 소리를 질렀고, 그 바람에 객줏집에 있던 사람들 모두가 소리 지르며 싸우고 있는 데로 달려왔다. 이발사가 소리쳤다.

"세상에 왕도 없고 법도 없지! 그래 내 재산을 빼앗고도, 순 날강도 같은 이 도둑놈이 이제 나를 죽이려고 하네!"

"거짓말이야!" 싼초가 말했다. "나는 길거리 강도가 아니야, 이건 우리 주인이신 돈 끼호떼 나리가 정당하게 싸워서 얻은 전리품이야."

이때 돈 끼호떼가 앞에 있었는데, 자기 하인이 방어도 잘하고 공격도 잘하는 것을 보고 매우 기분이 좋아서 앞으로는 그를 훌륭한 사람으로 당당히 대접하리라 생각하고 먼저 기회가 오면 바로 그를 기사로 승격시키리라 마음속으로 다짐했다. 그를 통하면 기사도가 제대로 잘 지켜질 것으로 보였기 때문이다. 싸우는 중에 이발사가 한 말 가운데 이런 말이 나왔다.

"여러분, 하느님께 목숨 걸고 말씀드리지만 이 안장은 제 것입니다요. 제가 낳은 자식처럼 잘 압니다요. 저기 마구간에 제 당나귀가 있는데 제가 무슨 거짓말을 하겠습니까요. 아니면 시험 삼아 씌워보세요. 제 당나귀한테 딱 들어맞지 않으면 제가 나쁜 놈이라고 하겠습니다요. 그리고 또 하나 더 있습니다요. 제게서 안장을 빼앗아간 그날 새로 산 놋쇠대야도 빼앗겼는데 방패로 써도 좋을 만한, 한번도 써보지 못한 좋은 대야였지요."

이 대목에서는 돈 끼호떼도 한마디 하지 않고는 참을 수가 없었다. 그는 두 사람 사이에 끼어들어 둘을 떼어놓고 안장을 땅에 내려놓고 진실이 밝혀질 때까지 모두가 보는 앞에 그걸 놓아두라고 했다.

"자, 여러분! 다들 확실하게 밝혀보십시오. 이 선량한 하인께서 얼마나 오해를 하고 있는지를! 이 친구는 옛날에도 현재도 미래에도 맘브리노의 투구인 것을 지금 대야라고 부르고 있습니다. 이 투구는 본인이 정당하게 싸워 빼앗은 것이고 합법적으로 본인의 소유이고 본인이 주인인 것입니다! 안장 문제에는 본인이 개입하지 않겠습니다. 이 문제에 대해 본인이 말할 수 있는 건, 하인인 싼초가 내 허락을 받아 비겁하게 참패한 이자의 말 장신구를 빼앗아 그걸로 자기 당나귀를 치장했을 뿐이라는 겁니다. 본인이 하인에게 그걸 주었고, 그래서 그가 받은 것입니다. 말안장이 말 장신구로 바뀌었다 하는 문제는 보통 평범한 이야기 아니고는 다른 설명이 필요없지요. 기사도에서 일어나는 일들에는 이런 둔갑 같은 것은 보통 있는 일이니까요. 이상 본인의 말을 증명해드리겠습니다. 싼초이 사람아, 어서 뛰어가서 이 알량한 친구가 대야라고 하는 것 좀 꺼내오게."

"아이구, 나리!" 싼초가 말했다. "나리가 하시는 말씀 빼놓고는 우리 생각을 어떻게 증명합니까요, 말리논가 뭔가 하는 투구도 참말 대야 같구요, 이 친구의 말 장신구도 말안장이지요!"

"시키는 대로 해!" 돈 끼호떼가 되받았다. "이 성의 모든 일이 다 마법을 따라 움직이는 것 같지는 않구나."

싼초가 대야 있는 데로 가서 그것을 가져왔고, 돈 끼호떼는 그걸 보자 손에 들고 말했다.

"여러분, 보십시오. 이 친구가 무슨 낯짝으로 이게 본인이 말한 투구가 아니고 세숫대야라고 하겠습니까? 본인이 수행하고 있는 기사도의 명예를 걸고 말하지만, 이 투구가 바로 본인이 빼앗은 바로 그것이옵니다. 이 투구에는 아무것도 뺄 것도 더할 것도 없습니다."

"그 사실만은 분명해요." 이때 싼초가 말했다. "우리 주인님께서 이 투구를 얻으신 이후로 지금까지 한번밖에 전투를 한 적이 없거든요. 그 한번도 불행하게 쇠고랑 차고 있는 죄수들을 석방해준 것이지요. 그리고 이 대야투구가 아니었다면 그때 제 명에 살아남지 못했을 거구만요, 그 싸움에 돌멩이세례깨나 받았거든요."

45장

맘브리노 투구와 안장의 의혹이
마침내 밝혀지는 대목, 그리고 정말로,
진짜로 일어난 모험들을 있는 그대로 밝힌다

"여러분, 여러분들 생각에는 어떻습니까?" 이발사가 말했다. "이 양반들이 주장하는 걸 보면 아직도 기어이 이게 세숫대야가 아니라 투구라는데요?"

"투구라는 데 반대 의견이 있으신 분께는," 돈 끼호떼가 말했다. "본인이 그게 거짓임을 직접 알게 해드리겠소. 기사건 하인이건 수천번 말한다 해도 거짓말이오."

모든 이야기를 다 듣고 있던 우리의 이발사는 돈 끼호떼의 성질을 잘 아는지라 그의 착각을 더 깊게 하고 더 재미있는 장난을 계속함으로써 모두가 웃을 일을 만들어야 한다고 생각해서 또다른 이발사에게 말을 걸었다.

"기사 나리인지, 아무튼 당신 말이오, 당신도 알아야 되는 게 나 또한 당신과 같은 직업을 가졌다는 거외다. 이발사로서 자격증 가진 지는 이미 이십년이 넘었고 이발하는 데 필요한 도구는 하나도 빼놓지 않고 모두 잘 알고 있지요. 더도 말고 덜도 말고 저도 젊은 시절에는 한때 군인이었지요. 그러니 나도 무엇이 투구인지, 무엇이 투구챙인지, 무엇이 투구 얼굴에 쓰는 가면인지, 또다른 군사 일에 대해서도 세세한 것을 다 알고 있습니다. 말하자면 군인들의 무장 종류에 대해 알고 있다는 말입니다요. 그러니까 내 말은 더 좋은 의견이 있다면 모르겠지만, 항상 가장 사리에 맞는 말을 해야 한다면, 여기 이 앞에 있는, 이 높으신 어른이 손에 쥐고 있는 물건은 이발사의 세숫대야만은 아닙니다. 그러니까 거짓말과 참말이 다르고, 흰 것이 검은 것과 아주 다르듯이 대야만이라고 하기엔 너무 다른 데가 많습니다. 또 한번 말씀 드리자면 이 물건은 비록 투구이지만 다 붙어 있는 투구는 아닙니다."

"물론 아니지." 돈 끼호떼가 말했다. "반쪽이 없으니까. 없는 것은 턱가리개야."

"그렇습죠." 신부가 말했다. 그는 자기 친구 이발사의 뜻을 알고 있었다.

까르데니오와 돈 페르난도 그리고 다른 친구들도 그 생각에는 모두 동의했다. 판관도 나름대로 그 장난에 동조했겠지만 돈 루이스의 일을 골똘히 생각하고 있던 차여서 그가 생각하는 일의 진지함이 너무 심각하여 그 재미있는 이야기에 도무지 신경을 쓸 수가 없었다.

"맙소사!" 이때 놀림을 받은 그 이발사가 입을 열었다. "그러니까 세상에 이 많은 양반께서 이게 세숫대야가 아니고 투구라고 하다니 말이 됩니까? 이거야말로 세상에 아무리 훌륭한 대학이라 해도 거기에다 내놓으면 놀랄 일이겠네요. 됐어요, 이 대야가 투구라면 이분이 말한 것처럼 이 안장도 말 장신구겠네요."

"본인 눈에는 말안장이야." 돈 끼호떼가 말했다. "하지만 이미 말하지 않았는가? 이 문제는 내가 간섭하지 않겠다고."

"그게 말안장이든 장신구든," 신부가 말했다. "돈 끼호떼 나리께서 말씀만 하시면 되는 거야. 이런 기사도 일에는 여기 모든 분이나 내가 아는 게 많지."

"세상에, 이거 대단하오이다, 여러분!" 돈 끼호떼가 말했다. "이 성에 일어나는 일들은 하도 많고 이상하기만 해요. 내 평생 여기 두번 숙박했지만, 이 성안에 뭐가 있느냐고 물으면 나 자신도 여기에서 일어나는 일에 대해 어느 것 하나 감히 무어라고 자신있게 설명할 수 있는 것들이 없어요. 그래서 본인이 추측하기로는, 이 성에서 벌어지는 사건들은 모두 마법의 힘으로 일어나지 않나 하는 겁니다. 처음 내가 무척 곤욕을 치렀던 사건은 성안에서 마법에 걸린 무어인 때문이었는데, 싼초도 다른 파당들에게 정말 좋지 않은 일을 당했지요. 엊저녁에는 거의 두시간 동안 이 팔을 매단 채 붙들려 있었지요. 어떻게 하면 그런 불행에 빠지지 않을지 본인도 방법을 모르겠답니다. 그러니 이런 혼란 속에서 본인이 내 생각을 이야기한다는 것은 무서운 오판에 빠지게 하는 것일 수도 있지요. 이것이 투구가 아니라 세숫대야라고 하는 문제에 대해서는 이미 대답을 드렸습니다만 이 물건이 말안장인지 말 장신구인지 말하라고 하는 데 대해선 본인도 감히 결정적인 단안을 못 내리겠네요. 오직 여러분의 훌륭한 판단에 맡길 수밖에요. 어쩌면 본인처럼 정식 기사가 되지 못한 분들이기에 이곳의 마법이 여러분들에게는 효험이 없을 수도 있습니다. 그러니까 여러분들은 각자 자유로운 판단력을 가지고 계시기에 이 성에서 일어나는 일들에 대해 사실 그대로 진짜 판단을 내리실 수 있다는 이야기지요, 본인 눈에 보이는 것과는 다르게 말씀입니다."

"거기에는 의심할 나위가 없습니다." 이 말에 돈 페르난도가 말을 받았다. "돈 끼호떼 나리께서 오늘은 진짜 말씀을 잘하시네요. 이 문제는 우리들이 결정할 차례입니다. 이 결정이 더욱 근거있는 결정이 되려면 제가 비밀리에 이분들의 의견을 받고 결과가 나오면 전부 확실하게 알려드리겠습니다."

돈 끼호떼의 미친 기질을 알고 있는 사람들에게는 이 모든 일이 정말로 우습기만 한 짓이나 그걸 모르는 사람들에게는 이런 짓이 세상에 없는 바보 같은 짓으로 보였다. 특히 돈 루이스의 네 하인들에게나, 더 말할 것 없이 돈 루이스 자신조차도 이건 말이 안되는 짓거리로 보였다. 어느새 객줏집에 와 있던 포졸들 모습을 한, 실제 포졸인 다른 세 과객에게도 이런 짓은 엉터리로 보였다. 그러나 이 일에서 제일 안타까워하는 사람은 이발사였으니, 눈앞에 있는 자기 대야가 졸지에 맘브리노 투구로 바뀌었기에 그 안장도 틀림없이 멋진 말 장신구로 바뀌리라고 생각하고 있었기 때문이다. 모두 다 돈 페르난도가 이 사람에서 저 사람으로 의견을 수렴하고 다니는 꼴을 보고 웃어댔다. 돈 페르난도는 그렇게 말다툼을 일으켰던 보물이 말안장인지 말 장신구인지를 살짝 대답해달라고 사람들 귀에 속삭이고 다닌 뒤 돈 끼호떼를 아는 사람들의 의견을 수렴하고 나서는 큰 소리로 말했다.

"문제는, 이 사람아, 나도 이제 이 많은 의견을 수렴하다가 지쳤다는 점일세. 왜냐하면 누구에게도 내가 알고 싶은 걸 물어볼 수가 없다는 걸 알았으니까. 이건 당나귀의 안장이 아니라 말 장신구이고, 그것도 순종 말의 장신구라며 그런 말도 아닌 질문은 하지 말라고 다른 말을 하는데 이제 더이상 듣지 않겠어. 비록 자네는 마음이 아프고 자네 당나귀에게도 안됐지만, 사람이 인내를 가져야지. 이건 말안장이 아니라 말 장신구이네. 그리고 자네가 여태껏 주장한 말안장이라는 말은 대단히 잘못되었다는 결론이 났어."

"여러 어르신네들께서 모두 제정신이시라면," 두번째 이발장이가 말했다. "제가 하늘을 원망하지는 않겠어요. 하느님 앞에 제 마음을 드러내놓고 말씀드려도 제 눈엔 저건 말 장신구가 아니라 말 안장으로 보인다니까요. 하지만 세상 법이라는 게 임금 맘대로니까…… 하여튼 그건 그거고 전 더이상 말 안하겠구만요. 사실 지금 지가 술이 취한 게 아니에요, 아침은 못 먹었지만 죄는 안 짓거든요."

돈 끼호떼의 헛소리보다 이발사의 바보 같은 말이 사람들을 더웃겼다. 이때 돈 끼호떼가 말했다.

"여기에서 더이상 이야기할 필요는 없고, 각자 자기 것은 자기가 챙기도록 하시오. 하느님이 내리신 선물은 성 바울께서 축복하시고, 잘된 일은 잘된 거고……"

네 하인 중 한 사람이 말했다.

"이게 미리 계획된 장난이 아니라면 소인은 이해가 안 갑니다요. 저렇게 실제로 겉모습만이라도 사리에 밝다고 하는, 여기 계시는 분들 모두가 어떻게 감히 이게 세숫대야가 아니라 하고 저게 말안장이 아니라고 할 수 있어요? 어쨌든 사람들이 다 그렇다고 주장하고 말들을 하니 이해를 하긴 해야겠네요. 하지만 우리 경험으로 확실하게 보이는 물건들을 완전히 그 반대라고 우기는 걸 보니 무슨 수수께끼가 있지 않나 싶네요. 그렇지만, 정말이지, 이 세상에," 그는 톡 까놓고 말을 다했다. "오늘 이 세상에 사는 사람치고, 이게 이발사의 대야가 아니고 저게 당나귀 안장이 아니고, 그 반대라고 생각하는 사람 있으면 나와보라고 해! 내가 그걸 믿겠어?"

"당나귀의 안장이 아니라 당나귀 새끼의 안장이나 되겠지." 신부가 말했다.

"다 똑같은 소리죠." 하인이 말했다. "문제는 그게 아니라, 어르신네들이 말하는 것처럼, 그게 말안장이냐 아니냐는 것이지요."

이 말을 듣자, 그곳에 들어와 있던 '성스러운 형제단' 단원 중 하나가 그 싸움과 논쟁을 다 들었던 터라 잔뜩 화가 나서 호통을 치듯 말했다.

"눈을 빼고 봐도, 말안장이 틀림없소이다. 딴소리한 사람이나 딴 말하는 사람은 술 취한 주정뱅이겠지."

"어디서 순 시골 쌍놈 같은 거짓말을 하고 있어!" 돈 끼호떼가 되받았다.

그는 한번도 손에서 놓지 않고 있던 창을 바짝 치켜들고 다가가 머리통을 향해 세차게 내리쳤는데, 그때 포졸이 피하지 않았다면 그 자리에서 뻗을 뻔했다. 창은 바닥에서 산산조각 났다. 다른 포졸들은 자기 동료를 해치려고 하는 걸 보고는 소리를 높여 '성스러운 형제단'의 도움을 청했다.

자경단에 속해 있던 객줏집 주인[1]은 그 순간 자기 칼과 단원 표식을 가지러 들어갔고, 자기 동료들 옆에 합세했다. 돈 루이스의 하인들은 이 난리 통에 도련님이 도망갈까봐 돈 루이스를 둘러쌌고, 이발사는 온 집 안이 난리가 난 것을 보고 다시 자기 안장을 집었

---

1 지금까지 독자는 객줏집 주인이 자경단에 속한 사람인 줄은 몰랐다. 비록 그 시대에 여인숙 주인들은 흔히 당시의 자경단 구실을 하던 '성스러운 형제단'에 소속된 일이 많았지만, 이 객줏집에서 처음 난동이 벌어졌을 때(16장)도 세르반떼스는 주인이 자경단 사람이라는 말을 하지 않았다. 어쩌면 지금까지 주인을 자경단 단원으로 만들 생각을 안했던 것인지도 모른다.

으나 싼초도 마찬가지였다. 돈 끼호떼는 칼을 빼어들고 자경단원들에게 덤벼들었고, 돈 루이스는 하인들에게 자기는 두고 돈 끼호떼와 까르데니오, 돈 페르난도를 구하라고 소리소리 질렀다. 모두 돈 끼호떼파였다. 신부는 소리를 지르고, 여주인은 고함을 치며, 그 딸은 울먹이고, 마리또르네스는 울고, 도로떼아는 어찌할 바를 몰라하고, 루스신다는 긴장하며, 끌라라는 기절했다. 이발사는 싼초에게 몽둥이질을 했고, 싼초는 이발사를 두들겨팼다. 돈 루이스는 하인 하나가 그를 도망가지 못하게 팔을 꼭 붙잡으려 하자 하인에게 주먹질을 해서 이빨을 피투성이로 만들었으며, 판관은 방어를 했다. 돈 페르난도는 자기 발밑에 포졸을 놓고 자기 마음대로 온몸에 발길질을 해댔다. 객줏집 주인은 다시 목소리를 높여 '성스러운 형제단'을 소리쳐 불렀다. 그리하여 온 객줏집이 울음소리, 울부짖는 소리, 고함 소리와 혼란, 공포, 경악, 불행 그리고 칼질, 주먹질, 몽둥이질, 발길질, 피투성이였다. 세상이 어떻게 움직이는지 어떻게 돌아가는지 모르는 이 혼란 속에서 돈 끼호떼의 기억 속에는 아그라만떼 전쟁터의 싸움 속[2], 인정사정없이 치고받는 그 난장판에 빠져 있는 것처럼 보였다. 그리하여 그는 온 객줏집이 울리는 우레와 같은 쩌렁쩌렁한 목소리로 말했다.

"모두들 중지하시오! 모두들 칼을 거두시오! 모두들 침착하시오! 모두 살아남고 싶으면 내 말을 들으시오!"

그 우렁찬 고함 소리에 모두들 행동을 멈췄고, 그는 말을 계속했다.

"본인이 이미 말하지 않았소, 이 성은 마법에 걸렸다고? 어쩌면

[2] 아리오스또가 『성난 오를란도』에서 이야기한, 전설적으로 참혹했던 싸움이다.

여기엔 어떤 악마 부대가 살고 있는지도 모르오. 그 증거로, 어찌하여 저 유명한 아그라만떼 전쟁터의 싸움이 어느 틈에 지금 우리들 사이에 그대로 옮겨왔는지, 우리 자신의 눈으로 똑똑히 보아야 하오. 저기서는 칼 때문에 싸우고, 또 여기서는 독수리 때문에, 이쪽에서는 투구 때문에[3] 싸우고 있지만 우리 모두는 무엇 때문에 싸우는지 서로 이해하지 못하고 있는 걸 보시오. 그러니까 판관님, 판관님께서도 이리로 오시고, 신부님도 이리로 오시지요. 한분은 아그라만떼 왕 역할을 하고 또 한분은 쏘브리노 왕[4] 역할을 맡아 우리 모두를 화해시켜주시오. 세상에 전지전능하신 우리 하느님도 계시는데 여기 있는 우리들처럼 지체 높으신 분들이 이런 가벼운 이유 때문에 목숨을 건다고 해서야 얼마나 망나니 같은 짓이겠소."

돈 끼호떼의 어려운 언변을 자경단원들은 이해하지 못한 채 자신들이 돈 페르난도와 까르데니오 그리고 그의 친구들에게 많이 얻어맞은 것을 알자 가만히 있으려고 하지 않았다. 이발사는 싸우다가 수염이 다 망가지고 말안장도 부서져서 가만히 있었고, 싼초는 주인님이 아주 작은 소리만 내도 착한 하인으로서 늘 복종했다. 돈 루이스의 네 하인들은 떠들어봤자 별로 좋을 것 같지 않아 잠잠히 있었다. 오직 객줏집 주인만이 기회만 있으면 매번 객줏집을 난장판으로 만드는 저 미치광이의 오만하고 못된 행동거지에 꼭 벌을 주어야 한다고 고집을 피웠다. 마침내 소란은 진정됐고, 말안장은 재판의 날까지는 말 장신구로 남았고, 대야도 투구로 남았으며,

---

3 이 유명한 싸움은 실제로 칼과 말, 그리고 독수리가 그려진 방패 때문에 벌어진 것이며, 원래 이야기에는 '투구 때문에' 싸운 적은 없다. 이건 돈 끼호떼가 지어낸 것이다.
4 원래 이야기에서의 싸움을 화해시킨 왕들이 이 두 사람이다.

돈 끼호떼의 상상 속에서 객줏집은 계속 성으로 남았다.

판관과 신부의 설득으로 다들 잠잠해졌고 모두들 친구가 되었다. 돈 루이스의 하인들은 다시 한번 그에게 즉시 자기들과 함께 돌아가야 한다고 고집을 피웠고, 돈 루이스가 하인들과 말을 주고받는 동안 판관은 돈 페르난도, 까르데니오 그리고 신부에게 돈 루이스가 자기에게 한 말을 모두 다 알려주며 이 일을 어찌하면 좋겠느냐고 함께 상의를 했다. 결국 결정이 난 건, 돈 페르난도가 돈 루이스의 하인들에게 자기가 누구인지를 밝히고, 자기 생각으로는 돈 루이스가 자기와 함께 안달루시아로 갔으면 하는 걸 말하고, 그곳에 가면 후작인 자기 형이 있는데 돈 루이스와 신분이 맞는 분이니 그만한 대우를 받을 것이며 일이 이렇게 되어야 돈 루이스가 아버지에게 박살이 날까봐 지금으로서는 아버지의 눈앞에 나타나지 않으려 한다는 아들의 마음을 알게 될 것이라 했다. 네 하인은 돈 페르난도의 신분도 알고 돈 루이스의 의도도 이해하게 된지라, 그들끼리 상의해서 결정하기를, 세 사람은 돌아가서 그의 아버지에게 사정을 이야기하고 한 사람은 남아서 돈 루이스를 모시기로 했다. 그 하인은 다른 하인들이 도련님을 찾으러 오거나 아니면 그 아버지가 자기들에게 명령을 내릴 때까지는 돈 루이스를 놓아주어서는 안된다는 것이었다.

이리하여 아그라만떼 왕의 권위와 쏘브리노 왕의 은덕으로 그 싸움판이 조용히 평정되었으니 화해의 적과 평화를 해치고 사는 악귀는 자기들의 노력이 무산되고 허사로 돌아가 모두를 그 혼란의 미궁 속에 집어넣은 게 별 결실을 얻지 못하고 물러나게 되자 다시 한번 손을 써서 새로 싸움을 붙이고 불안을 조성하기로 뜻을 모았다.

문제는 그 자경단원들이 자기들과 싸운 사람들의 신분을 언뜻 엿듣고는 싸움에서 물러난 데 있었는데, 그때 생각하기로 무슨 일이 벌어지면 그 싸움에서 엄청 손해를 보게 되리라는 느낌 때문이었다. 그러나 그들 중 하나가 돈 페르난도에게 많이 두들겨맞고 발로 차였는데, 이 자경단원의 기억에 몇몇 범죄인을 잡아오라는 체포 명령장 중 하나에 돈 끼호떼를 지목한 게 있음이 떠올랐다. 돈 끼호떼가 선박에 복역해야 하는 죄수들을 풀어주게 했다는 죄목으로 '성스러운 형제단' 부대가 체포 명령을 내렸던 것이니 당시 싼초가 이런 일을 두려워했던 건 너무나 당연했다.

이런 생각을 머리에 담고서 자경단원이 돈 끼호떼에 관해 적은 인상착의와 딱 들어맞는지 확인하려고 가슴에서 체포장을 꺼내어 보니 찾는 사람과 똑같았다. 그는 글을 잘 읽지 못하기 때문에 천천히 읽어가면서 한 구절씩 읽을 때마다 돈 끼호떼를 눈여겨보고 돈 끼호떼의 얼굴과 명령서에 있는 인상착의를 비교해가다가 그 체포영장에 적힌 사람이 의심할 여지 없이 바로 이 사람임을 알았다. 확인을 하자마자 그는 종이를 쥐고 왼손에는 영장을 쥔 채 오른손으로 돈 끼호떼의 목을 세게 휘어잡았고, 돈 끼호떼는 숨을 쉴 수가 없었다. 자경단원은 큰 소리로 외쳤다.

"'성스러운 형제단' 명령이다! 내가 진짜 체포 명령을 내리고 있는 걸 알려면 이 영장을 읽어보시라. 여기 이 길거리 강도를 체포하라는 내용이 쓰여 있다."

신부가 영장을 받아들어 보고 포졸이 한 말이 사실임을 알았는데, 거기의 인상착의가 돈 끼호떼와 똑같은 것도 보았다. 돈 끼호떼는 이런 시골 깡패에게 행패를 당하고 있는 걸 알자 화가 머리끝까지 치밀어올라 자기의 온몸 뼈다귀가 우두둑거리는 소리를 들으며 온 힘을 다해 두 손으로 자경단원의 멱살을 움켜잡았다. 그 동료들이 자경단원을 구해주지 않았다면 돈 끼호떼가 체포되기 전에 그 자경단원이 오히려 목숨을 잃을 뻔했다. 억지로라도 같은 단체의 동료를 도와주어야 하는 입장에 있는 객줏집 주인은 자경단원을 도와주려고 달려왔고, 여주인은 자기 남편이 다시 싸움에 말려드는 걸 보자 고함을 질러댔고, 즉시 마리또르네스와 주인 딸도 함께 목소리를 합쳐 소리치며 거기에 있는 사람들과 하늘에 가호를 청했다. 싼초는 사건이 벌어지는 걸 보고 말했다.

"하느님 맙소사, 참말로 이 성이 마법에 걸려 있다더니 우리 주인님 말씀이 꼭 맞나봐. 이 집에 살면 한시간도 조용할 때가 없구만!"

돈 페르난도는 자경단원과 돈 끼호떼를 떼어놓고 서로 꼬인 둘의 손을 풀어놓으니 둘 다 살 것 같았는데, 한 사람은 다른 사람의 목덜미 위쪽을 잡고, 다른 사람은 한 사람의 멱살을 움켜쥐고 서로 꽁꽁 묶여 있었던 것이다. 그렇다고 자경단원들이 죄인의 체포를 포기한 건 아니어서 끊임없이 체포를 요구하며 돈 끼호떼를 묶어 자진해서 끌고 가도록 도와달라면서 그래야 우리 국왕을 위하고 '성스러운 형제단'을 위한 일이 된다고 했다. '성스러운 형제단' 이름으로 저 노상강도, 산적을 체포하게 해달라고 다시 지원을 요청했다. 이렇게 말하는 소리를 듣고 돈 끼호떼는 웃으면서 아주 침착하게 말했다.

"이 천박하고 못된 놈들아, 이리 오너라. 묶여 있는 사람들을 풀어주는 것이 노상강도라고? 죄수를 풀어주고, 불쌍한 사람을 구해주고, 죽어가는 사람을 일으켜주고, 없는 사람을 도와주는 게 노상강도라고? 아, 이 나쁜 사람들아, 그렇게 낮고 천한 머리를 가졌으니 그 꼴이지! 그 모양 그 꼴이니 하늘이 이런 방랑기사의 기사도에 숨어 있는 높은 가치를 알려주지 못하지! 어두운 것, 어두운 곳을 존중할 줄 모르니 너희들이 죄가 있는지 없는지도 가르쳐줄 방법이 없지. 더구나 어떤 방랑기사라도 다 하고 다니는, 찾아가서 도움을 준다는 일을 알겠는가? 이리 오너라, 자경단원들이 아니라 이 도둑 떼거리 졸개들아, 너희들이야말로 '성스러운 형제단'의 허가를 받은 노상강도들이니라. 말 좀 해봐라. 본인과 같은 기사 중의 기사를 체포하라는 명령서에 서명한 그 무식한 자가 누구인고? 방랑기사는 모든 법적인 제약에서 벗어나 있다는 걸 모르는 자는 누구인고? 방랑기사의 행동법칙은 자기 칼이고, 기사의 행동규정은 용기이며, 기사의 임시법은 자기 의사니라. 기사가 기사로서의 서품을 받고 그 어려운 수행의 길에 정진하기로 한 날, 방랑기사가 얻는 특권만큼 특혜가 많고 면제가 많은 귀족 증명서가 없다는 것을 모르는, 내 다시 말하지만, 세상에 그런 머저리가 도대체 누구인고? 어떤 방랑기사가 벌금이나 매상세, 여왕 결혼식 헌금, 소작세, 통행세, 항해세[5]를 냈는가? 어떤 재단사가 기사에게 만들어준 옷품삯을 받았는가? 어떤 성주가 기사를 자기 성에 영접하면서 숙박료를 내게 했는가? 어떤 왕이 기사를 자기 식탁에 앉지 못하게 했는가? 어떤 처녀가 기사를 좋아해서, 기꺼이 자진해서 자신의 모든 것을 바치고 순종하지 않은 일이 있는가? 그리고 마지막으로, 자경단원 사백명을 앞에 두고 혼자서 몽둥이찜질 사백대로 맞설 용기가 없는 방랑기사가 과거에도 현재에도 미래에도 도대체 있을 수 있다고 보는가?"

---

5 16, 17세기에 내던 여러 종류의 세금, 헌금 등을 나열하고 있다.

46장

'성스러운 형제단'의 멋진 모험과 우리의
선량한 기사 돈 끼호떼의 위대한 용맹성에 대하여

돈 끼호떼가 이런 말을 하고 있는 동안 신부는 자경단원들을 설득하면서 돈 끼호떼는 말하는 것으로 보나 행적으로 보나 정신이 나간 사람이니 이 일을 더이상 크게 문제 삼을 이유가 없다며 이 사람을 체포해 데려가도 미친 사람이기 때문에 곧 풀어주게 될 거라고 했다. 그 말에 거기서 대장 되는 자경단원이 자기 임무는 돈 끼호떼가 미쳤는가 아닌가를 판단하는 게 아니라 상관이 명령한 걸 이행할 뿐이며 일단 체포한 뒤에는 삼백번을 풀어주어도 상관이 없다고 대답했다.

"어찌 되었든 간에," 신부가 말했다. "이번에는 이분을 데려가서는 안되네. 내 생각에 그분도 데려가도록 내버려두지 않을 것 같고."

신부가 알아듣게 말을 잘했고 돈 끼호떼도 보란 듯이 미친 짓을 많이 해서 돈 끼호떼가 좀 부족하다는 것을 몰랐다면 돈 끼호떼 대신 자경단원들이 더욱 미치광이가 될 뻔했다. 그리하여 흔쾌히 마음을 가라앉히기로 했고, 심지어 아직도 원한에 차 싸움질을 계속하고 있던 이발사와 쌴초 빤사 사이도 중재를 해서 화해하게 했으며, 마지막으로 그들은 법 집행자로서 사건을 중재하고 심판관이 되기도 했다. 그래서 쌍방이 전적으로 만족하지는 않아도 적어도 조금은 기분이 풀리도록 했으니 서로 안장은 바꾸게 했지만 뱃대끈과 껑거리끈은 그대로 두었다. 맘브리노 투구에 관한 건은, 신부가 돈 끼호떼 모르게 세숫대야값으로 슬쩍 8레알을 주었고, 이발사는 영수증까지 끊어주고 당분간 이걸 사기라고 하지 말 것이며 영원히 절대로 입을 다물 것을 다짐받았다.

이 두가지, 가장 크고 중요한 쟁점이 해결이 되자 이제 돈 루이스의 하인들이 기분 좋게 해야 할 일만 남았다. 즉, 세명은 돌아가도록 하고 한 사람만 남아서 돈 페르난도가 돈 루이스를 데려가려고 하는 곳으로 같이 가면 되었다. 재수가 좋고 운이 트여 창들이 부서지고 난관이 쉽게 풀려갔다. 모든 사정이 객줏집의 연인들과 용감한 사람들 편이었고, 운이 좋아서 일이 행복한 방향으로 잘 매듭지어질 것 같았다. 하인들이 돈 루이스가 원하는 걸 잘 받아들였던 것이다. 그걸 보고 끌라라 낭자는 기뻐서 어찌나 좋아하는지 속마음까지 좋아하는 걸 모르는 사람이면 그때 그녀의 얼굴을 바라볼 수조차 없었으리라.

소라이다는 자기가 본 모든 사건을 다 잘 이해하지는 못했지만 눈에 보이는 것에 따라, 사람들 한명 한명의 표정에 따라 대충 슬퍼하기도 하고 즐거워하기도 했는데, 특히 자기 애인의 표정에는 항상 눈을 떼지 않고 마음을 매달고 있었다. 객줏집 주인 역시 신부가 이발사에게 준 것처럼 보상이나 선물이 있을 것을 잊지 않았다. 주인은 돈 끼호떼에게 가죽 술포대 훼손한 것과 그 속의 포도 주값, 그리고 숙박료를 요구하고 마지막 한푼까지 다 지불하지 않으면 로신안떼도 싼초의 당나귀[1]도 절대 객줏집에서 못 나가게 하겠다고 을러댔다. 신부가 진정을 시키고 돈 페르난도가 돈을 지불했다. 비록 판관도 자진해서 기분 좋게 자기가 돈을 지불하겠노라고 했지만 말이다. 이렇게 해서 모두들 평화와 안식을 취하게 되어 이제 객줏집에는 돈 끼호떼가 말했던 아그라만떼 전쟁터의 싸움판이 아니라 바로 로마 옥타비우스 황제 시절의 평화와 고요가 감돌았다. 이 모든 문제에 있어서 대부분의 사람들이, 신부님의 선량한 마음씨와 대단한 말솜씨, 그리고 비할 데 없이 너그러운 돈 페르난도의 행실에 감사를 드려야 한다고 입을 모았다.

돈 끼호떼는 이제 자기 일이나 하인의 일이 다 그 많은 싸움에서 해방되어 자유로워짐을 느끼자 이미 시작한 여행을 계속하는 것이 좋으리라는 생각이 들었다. 돈 끼호떼는 이미 선택을 받고 부름에 나선 그 위대한 모험을 끝내야 된다고 생각해서 결연히 마음을 다짐하고 도로떼아 앞에 가서 무릎을 꿇었는데, 그녀는 그 자리에서 일어서지 않겠다면 한마디도 하지 말라고 나무랐다. 돈 끼호떼는 그녀의 말에 복종하여 일어서서 말했다.

"아리따우신 공주님, 부지런함이 성공의 어머니라고 하는 속담이 있습니다. 많은 심각한 사건이라도 일하는 사람이 열심히 하면 잘 안되는 소송도 성공적으로 잘 풀리는 일이 있다는 걸 경험이 말해주고 있습니다. 그러나 다른 어떤 일에서보다 전쟁에서 이 말이 더 큰 진리임이 입증되니, 전쟁에서는 기민함과 날랜 것이 적의 유

---

[1] 초판본에서는 여기서 처음 되찾은 싼초의 당나귀를 언급한다.

동을 막고 상대방이 방어진을 펴기 전에 승리를 얻을 수 있습니다. 제가 이런 말씀을 드리는 것은, 고귀하고 아름다우신 공주님, 이제 우리가 이 성에 더이상 머물 이유가 전혀 없으며, 언젠가 우리가 알게 되겠지만, 오히려 우리에게 큰 해가 될 수 있다는 생각에서이옵니다. 왜냐하면, 숨은 첩자나 대리인을 통하여 공주님의 원수인 거인이 제가 자기를 쳐부수러 온다는 걸 벌써 알았는지 누가 압니까? 그리하여 시간과 여유를 두고 난공불락의 성곽이나 요새를 짓고 방어를 해서 이 불굴의 팔뚝 힘이나 제 열성이 아무 소용이 없게 되면 어떡합니까? 공주님, 일이 그러하오니, 제가 말씀드렸듯이, 우리가 빨리 서둘러서 그놈들의 계획을 사전에 부숩시다. 그러니 즉시 행운을 잡으러 출발합시다. 제가 공주님의 적과 마주치기만 하는 날이면, 마마의 행운은 붙들기만 하면 될 것입니다."

돈 끼호떼는 더이상 말을 하지 않고 아주 침착하게 아리따우신 공주님의 대답을 기다렸다. 그녀는 돈 끼호떼 식으로 편안하고 귀족스러운 몸짓을 하며 이렇게 대답했다.

"기사님, 커다란 고민에 빠진 저를 도와주시려고 애쓰는 마음 진정으로 감사드려요. 기사와 관계된 책무가 고아들이나 없는 사람들을 도와주는 일이니 그렇게 하는 게 당연하시겠지요. 부디 하늘이 도와서 그대의 뜻과 저의 소망이 잘 이루어지길 바랍니다. 세상에는 은혜를 아는 여자들이 있다는 걸 제가 보여드릴까 합니다. 제가 출발하는 문제는 즉시 시행하셔도 되는 게, 그대의 뜻이라면 바로 저의 뜻이기 때문입니다. 저를 대할 때는 그대의 방식대로 좋을 대로 처신하세요. 그대에게 이 사람의 호위를 책임지게 하고, 영토 수복을 그대의 손에 맡겼으니 그대의 현명한 영도를 믿고 따르는 게 옳다고 봅니다."

"진정으로 사례드리옵니다." 돈 끼호떼가 말했다. "이렇게 공주님께서 겸손하게 저를 믿어주시니 저 또한 기회를 놓치지 않고 공주님을 일으켜세워 왕위를 이어받도록 해드리겠습니다. 출발은 즉시 하도록 하지요. 당장 길을 떠나고 싶은 욕망이 박차를 가하고 있으니까요. 늘 하는 말로 늑장을 부리면 위험이 있다는 말이 있지요. 하늘이 지옥을 만든 적도 본 적도 없으니 세상에 무엇이 무섭고 무엇이 두렵겠습니까. 싼초, 로신안떼에게 안장을 씌우고, 자네당나귀도 준비하고, 그리고 공주님이 타실 말도 대령하도록 하게. 이분들과 성주에게 작별인사를 하고 바로 여기서 떠나자고."

모든 것을 지켜보고 있던 싼초는 고개를 좌우로 흔들며 말했다.

"아이구, 나리, 나리, 원래 산골마을이 시끄러우면 꼭 더 나쁜 일이 있는 법입니다요, 고상한 척하는 고명하신 여자분들²께는 죄송한 말이지만……"

"무슨 산골에, 이 세상 어느 도시에 이 나를 무시하고 시끄러움이 있을 수 있고 나쁜 일이 있을 수 있다는 거냐, 이 무식한 놈아?"

"나리께서 화를 내시면," 싼초가 대답했다. "소인이 입을 다물어야죠. 착한 하인의 의무이고 착한 서민으로서 주인에 대한 예의이니 말을 이만하겠습니다요."

"하고 싶은 말이 있으면 해봐." 돈 끼호떼가 되받았다. "나에게

---

2 원작의 맛을 살려 옮기려고 노력한 부분이다. 초판본에 나온 'tocadas honradas'는 '바람난 여자' '정신 나간 여자' '거짓 귀부인인 척하는 여자'라는 나쁜 뜻이 들어 있는데, 2판본부터는 평범하게 'tocas honradas'로 나온다. 귀부인의 머리장식 'tocas'는 환유로 '고명한 부인'을 일컫는다. 여기서는 맥락을 고려해 초판본의 여운을 살렸는데, 돈 끼호떼가 이를 듣고 싼초를 '무식한 놈' '촌놈'이라고 부르는 것은 이 말이 부인들을 심하게 모독한 것이기 때문이다. 역자가 '고상한 척'이라고 덧붙인 것은 이 버르장머리 없는 말투를 흉내내기 위한 고육지책이다.

일부러 겁을 주려는 뜻으로 하는 말이 아니라면, 자네가 겁이 나는 거라면 자네 맘대로 해. 나는 겁이 없으니까 내 맘대로 할 걸세."

"그런 말이 아니옵니다요. 하느님을 두고 그런 결례를 하겠어요?" 쌴초가 대답했다. "소인이 확실히 알아본 바로는 미꼬미꼰 대왕국의 여왕이시라고 하는 이 귀부인 아씨는 눈을 씻고 봐도 전혀 그런 분이 아닌 것 같다는 말입니다. 만약 그런 지체 높은 분이시라면, 여기 같이 가는 사람들 중 어떤 이하고, 사람들이 고개만 돌리고 돌아서기만 하면 코를 맞대고 소곤대고 입을 맞추고 하지는 않겠지요."

도로떼아는 쌴초의 말에 얼굴이 빨개졌는데, 사실 자기 남편인 돈 페르난도가 어쩌다 사람들 눈을 피해, 자기 욕망에 대한 당연한 선물의 일부로 입술을 훔쳐 입을 맞춘 적이 있었기 때문이다. 그것을 쌴초가 보았고, 그런 뻔뻔스러운 행동은 속된 궁중 아녀자나 하는 짓이지 대왕국의 여왕이 할 짓은 아니라고 생각했기 때문이다. 그래서 그녀는 쌴초에게 대답할 말도 없었고 대답하고 싶지도 않아 쌴초가 말을 계속하도록 내버려둘 수밖에 없었다. 쌴초는 말했다.

"이런 말을 하는 건, 나리, 이 긴 여정을 달려왔고, 밤이고 낮이고 고생고생하면서 왔는데, 그 많은 고생의 결실을 이 객줏집에 있는 한 사람이 따먹게 된다고 해서야, 소인이 뭐하러 로신안떼에게 안장을 씌우고 당나귀를 준비하고 승용마를 치장하느라고 서두를 필요가 있겠습니까? 그보다는 여기 그냥 가만히 있는 게 더 좋겠네요. 다들 제멋대로 하라고 하고, 우리는 밥이나 먹지요."

아이고 맙소사! 아무렇게나 지껄여대는 자기 하인의 그 말을 들은 돈 끼호떼가 화가 나서 펄펄 뛰는 모습이라니…… 얼마나 화가 났는지, 눈에서 불똥이 튀고 말이 목에 막혀 더듬거리는 혀로 이렇게 말했다.

"아니, 이런 무식하고, 버릇없고, 눈치없고, 말도 못하는, 혓바닥이 제멋대로인, 고자질쟁이, 싹수없는 촌뜨기 녀석! 이 존귀한 귀부인들과 내 앞에서 감히 그런 말을 해? 네 혼미한 대가리 속에서 감히 그런 불미스럽고 오만불손한 생각을 했단 말인가? 내 앞에서 썩 꺼져라, 이놈, 이 자연이 만든 괴물아, 거짓말쟁이야, 사기의 저장고, 저질의 창고야, 세상의 사악한 짓은 다 만들고, 세상의 바보짓은 다 터뜨리는, 왕족들 앞에 바치는 예의범절도 무시하는 원수 같은 놈아! 썩 꺼져라, 내 앞에 다시 나타나지 마, 더이상 내 분통 터뜨리는 걸 보고 싶지 않거든!"

이렇게 말하고 눈살을 찌푸리며 잔뜩 볼멘 표정으로 사방을 둘러보다가 오른발로 땅바닥을 쿵 하고 짓밟았는데, 모든 게 속에서 부글부글 울화가 치밀어 죽겠다는 표정이었다. 이런 말과 성난 몸짓에 싼초는 하도 쫄고 겁이 나서 그 순간엔 발밑의 땅이라도 꺼져 자기를 집어삼켜버렸으면 좋을 것 같았다. 싼초는 어찌할 바를 몰라 어쩔 수 없이 등을 돌려 화가 난 주인님 앞을 피하는 수밖에 없었다. 그러나 얌전하신 도로떼아가 돈 끼호떼의 기분을 잘 이해하고 있던 터라, 그의 분노를 가라앉히고자 이렇게 말했다.

"너무 마음 상해하지 마세요, 불쌍한 몰골의 기사 나리, 아무리 나리 하인이 바보 같은 소리를 했다지만요, 어쩌면 그런 말도 이유가 있어서 한 말인지 모르잖아요. 하인께서도 생각이 있고 양심이 있으니까 누구에게 증언을 하려고 한 소리는 아니라는 걸 믿으셔야 해요. 그러니까 기사님, 나리 말씀대로 이 성에서 일어나는 모든 일이 틀림없이 마법에 걸린 것처럼 벌어진다고 믿기네요. 짐작건대 싼초가 이런 사악한 마법의 힘으로 본 걸 그대로 믿고 보았다고 말했다는 겁니다. 비록 소녀의 명예를 더럽힌 것은 사실이지만요."

"전지전능하신 하느님의 이름으로 맹세코 말씀드립니다만," 이때 돈 끼호떼가 말했다. "위대하신 아씨께서 정답을 맞히신 것 같사옵니다. 어떤 사악한 환상이 이 버르장머리 없는 싼초의 눈에 씌어 그렇게 본 게 틀림없사옵니다. 마법에 걸리지 않고서야 그렇게 달리 보일 수가 없는 일 아니겠습니까. 본인도 이 불쌍한 하인 녀석이 마음씨 곱고 죄가 없다는 것은 잘 알고 있습지요. 누구에게 쓸데없이 함부로 말을 하는 사람이 아니지요."

"바로 그렇습니다. 그러했을 겁니다." 돈 페르난도가 말했다. "그러니 돈 끼호떼 나리, 나리께서도 싼초를 용서하시고 성은으로 다시 감싸주십시오.[3] 그리하여 애초 그런 이상한 환상에 정신을 빼앗기기 이전의 초지일관 그 사람으로 받아주시지요."

돈 끼호떼는 그를 용서한다고 대답했고, 신부가 싼초를 데리러 갔다. 싼초는 아주 풀이 죽어 돌아와 무릎을 꿇고 주인께 손에 키스를 허락해달라고 했고, 돈 끼호떼는 손을 내밀어 키스를 하게 하고는 성호를 긋고 이렇게 말했다.

"싼초, 이 사람아, 이제야 자네는 내가 전에 몇번이고 이야기했던 말이 사실로 드러났음을 알렸다. 이 성에서 일어나는 모든 사건은 모두 마법의 마력으로 벌어진 것들이야."

"소인도 그렇게 생각합니다요." 싼초가 말했다. "다만 소인이 그 담요말이로 고생했던 일만 빼구요. 그 일은 정상적인 상태에서 실제 일어난 사건이니까요."

---

3 원문은 파문당했던 교인들을 다시 교회의 품으로 돌아오게 한다는 의미이다. 여기서는 좀더 세속적인 어감을 살려 '성은'으로 옮긴다.

"그것도 그리 생각해도 안되지." 돈 끼호떼가 되받았다. "그게 정상이었다면, 그때 난 자네 일을 복수해주었을 테니까, 아니, 지금이라도 당장 복수를 하지. 그러나 그때나 지금이나 자네의 수난을 누구에게 복수해야 할지 방법이 보이지 않더라고."

모두들 그 담요말이 사건이 무엇인지 알고 싶어들 해서 객줏집 주인이 사실 그대로 이야기를 들려주었고, 싼초가 담요에 말려 공중제비를 당한 일은 모두에게 적잖은 웃음거리가 되었다. 주인이 그게 마법 때문이었다고 다시 말해주지 않았다면, 싼초는 당장이라도 도망가고 싶었으리라. 비록 싼초의 머리가 둔하고 멍청하다 해도 그 사건이 거짓없는 적나라한 사실이 아니었다고 믿을 정도는 아니었지만…… 주인이 생각하고 말하는 것처럼 그 일이 꿈이나 상상 속의 도깨비들에 의해 벌어진 사건이 아니라 살과 뼈가 멀쩡한 사람들에 의해 공중으로 내동댕이쳐진 것이 사실이었으니까.

그 귀한 사람들이 객줏집에 머문 지 벌써 이틀이 지나갔고, 그들은 이제 떠날 때가 되었다고 생각되자 출발 명령을 내렸다. 그들은 미꼬미꼬나 여왕을 구조한다는 명분으로 도로떼아와 돈 페르난도를 돈끼호떼와 함께 고향 마을로 돌아가게 한다는 수작 대신 사람들이 바라는 대로 그냥 신부와 이발사가 돈 끼호떼를 데려가서 그의 미친기를 고향에서 치유하도록 해야 한다고 했다. 그들은 우연히 그곳을 지나가던 황소 짐수레꾼에게 부탁해 돈 끼호떼를 모셔가도록 조치했는데, 그를 데려가는 방법은 이러했다. 통나무로 막아 닭장 같은 우리를 하나 만들었으니 그 안은 돈 끼호떼가 넉넉하게 들어갈 만큼 넓었다. 이윽고 돈 페르난도와 그의 동료들, 돈 루이스의 종과 포졸 들이 객줏집 주인과 함께 모두 신부의 생각과 명령에 따라 얼굴들을 가리고 위장을 했는데, 한쪽 사람들이 한 모습으로 위장을 하면 다른 사람들은 또다른 모습으로 꾸며 돈 끼호떼가 보기에는 그 성에서 본 사람들과 다른 사람이라는 인상이 들도록 만들었다.

이렇게 위장하고는 아주 조용히 돈 끼호떼가 잠자는 곳으로 들어갔더니 그는 앞서의 실랑이에 지치고 지쳐 곤히 잠들어 있었다. 그런 일이 벌어지리라고는 생각지도 않은 채 편히 잠들어 있는 돈 끼호떼에게로 다가가서는 세게 꼭 붙들고는 손발을 꽁꽁 묶어버려 마침내 그가 놀라 잠에서 깼을 때는 이미 꼼짝달싹할 수가 없었고 눈앞에 서 있는 그 이상한 몰골들을 보고는 질겁해서 입을 다물 수밖에 없었다. 이윽고 그는 그가 늘 생각했던 그 이상한 상상의 세계가 그대로 눈앞에 벌어지고 있다는 것을 알아차렸고, 거기의 그 모든 것은 마법에 걸린 그 성의 괴물들이라고 믿었다. 그리고 자신이 달리 방어할 수도 없고 움직일 수도 없는 건 틀림없이 마법에 걸렸기 때문이라고 생각했다. 이 작전을 고안한 신부가 예상한 대로 착오 하나 없이 일이 착착 진행되었고, 거기 있는 모든 사람 중에 오직 싼초만이 제정신이고 제 모습 그대로였다. 싼초의 정신이나 자기 주인의 병이나 거기서 거기로 오락가락하는 처지였음에도, 그는 그 괴상망측한 것들이 누구인지 금방 알아차렸지만 감히 입을 열지 못하고 자기 주인을 습격해 잡아가두고는 어떻게 하려는지 지켜보고만 있었다. 주인도 말 한마디 없이 이 불행한 사태가 어떻게 결말이 나는지 기다릴 뿐이었다. 그러자 사람들이 그곳에 닭장을 가져와서 그 안에 돈 끼호떼를 가두고 그 통나무들에 아주 튼튼하게 못질을 해서 어지간한 힘으로는 좀처럼 부술 수 없게 만들었다.

마침내 그 닭장을 어깨에 메고 방에서 나오자 공포에 찬 목소리

하나가 들렸다. 그 소리는 이발사가 억지로 지어낸 목소리였는데, 이발사라고 해야 그 대야를 가져간 이발사가 아니라 동네 이발사 소리였다.

"오, 불쌍한 몰골의 기사님! 이렇게 안에 갇혀 가신다고 너무 마음 아파하지는 마옵소서. 하루빨리 나리를 곤욕 속에 몰아넣고 있는 이 모험에서 빠져나오게 하려면 이런 조치가 필요하기 때문이외다. 이 모험을 끝내려면 라 만차의 성난 얼룩사자[4]가 그 도도한 목을 숙여 부드러운 결혼의 굴레에 바치기로 한 뒤, 엘 또보소의 하얀 비둘기와 하나의 굴레로 맺어질 때에야 가능할 것이외다. 그 소리없는 부부애로부터 용감한 아버지의 사자 문장에 새겨진 것과 같은 그 저돌적인 발톱을 닮은 용감한 새끼 사자들이 세상에 태어날 것이외다. 그리고 이때는 도망가는 요정 다프네를 쫓는 아폴론 신인 저 태양이 자연의 빠른 과정으로 두번이나 빛나는 모습으로 방문하게 될 것이외다. 오, 그대여, 허리에 칼을 차고, 얼굴에 수염을 달고, 코에 후각을 갖춘 사람 중 가장 순종적이고 고귀한 품성을 가진 하인 기사여! 바로 그대 눈앞에서 방랑기사의 꽃인 위대한 분을 이렇게 모셔가는 모습을 보고 불만을 품거나 기절하지 말지라. 이 세상의 창조주께서 원하신다면 곧바로 그대 자신도 못 알아볼 만큼 높고 존귀한 위치에 오르게 될 것이니라. 그리하여 그대의 훌륭한 주인께서 약속하신 모든 언약이 실망하지 않게 잘 이행될 것이니라. 내 그대에게 영명하신 '사기로이니라 님'[5]의 전언으

---

4 원문에는 'el furibundo león manchado'라 되어 있다. 전형적인 세르반떼스의 말놀이로, 'manchego'(라 만차의)라는 평범한 말 대신에 좀더 재미있게 하고자 'manchado'(때 묻은, 얼룩진)라는 유음이의어를 쓰고 있다. 원작자의 의도를 살려 두가지 의미로 번역한다.
5 원문에는 멘띠로니아나(Mentironiana)라는 영명한 현자가 언급되는데, 세르반

로 확실하게 말해둘 것은, 그대의 보수는 실제로 보면 알게 될 것이다만 제대로 다 지불될 것이니라. 그러하니 그대는 마법에 걸린 용맹하신 기사의 발자취를 따르라. 두 사람이 머무는 곳으로 순순히 가는 것이 좋을 것이니라. 그리고 다른 말을 하는 것은 내게 부여된 임무가 아니니, 하느님의 가호가 있기를. 나는 나만 아는 곳으로 돌아가겠노라."

예언을 마칠 때쯤 갑자기 목소리를 높이더니 이내 소리를 죽여 아주 부드러운 목소리를 작게 말하여 이 장난을 뻔히 알고 있는 사람들까지 방금 들은 소리가 정말인 것처럼 착각할 정도였다.

금방 들은 예언으로 돈 끼호떼는 위안이 된 듯했다. 그 예언의 의미 하나하나를 모두 헤아려본 결과, 자신이 사랑하는 엘 또보소의 둘시네아 공주와 성스러운 정식 결혼으로 맺어지리라는 약속을 하고 있다고 생각했기 때문이다. 공주의 행복한 배에서 새끼들이 태어나는데, 그것은 라 만차의 영원한 영광을 가져올 자기 자식들이었던 것이다. 돈 끼호떼는 이 말을 그대로 굳게 믿어 목소리를 높여 큰 한숨을 내쉰 뒤 말을 했다.

"오, 그대여, 그대가 누구이시든지 간에 본인에 대한 예언을 아주 잘 말씀해주셨나이다! 부디 그대에게 청하옵건대, 본인의 일을 맡고 있는 그 지혜로우신 마법사님께 잘 말씀드려서, 지금 나를 데려가는 이 철창 속에서 그냥 죽게 내버려두는 일은 없도록 하게 하소서. 어떤 일이 있어도 여기서 본인에게 하신 그 비할 데 없이 반가운 약속들이 꼭 지켜지는 걸 보아야 하니까요. 일이 그렇게 되기

떼스의 말놀이가 다시 한번 빛을 발하는 대목이다. 이 이름의 'mentiro'는 '사기, 거짓말'이라는 뜻의 여운이 너무 강해서, 역자가 뜻을 살려 이름을 만들어본 것이다.

만 하면 이 철창 속의 고통도 영광으로 생각할 것이며 본인을 묶고 있는 이 쇠고랑도 오히려 위안으로 여길 것이외다. 그리고 본인이 쓰러져 있는 이 잠자리도 딱딱한 전쟁터 바닥이 아니라 행복한 비단금침의 보드라운 침대로 생각할 것입니다. 그리고 본인의 하인인 싼초 빤사를 위로하고자 하신 말씀은 그대의 친절하신 좋은 의견이 다 옳다고 믿사옵니다. 본인에게 무슨 일이 있어도 좋건 궂건 그 약속은 잊지 않을 것입니다. 혹시 그 사람이나 내가 운이 나빠서 본인이 그에게 약속한 섬이나 그에 상당한 것을 주지 못하는 되는 경우에라도 적어도 그 사람의 그동안 급료를 빠뜨릴 수는 없겠지요. 그건 이미 본인의 유언장에 쓰여 있어 그 사람에게 주어질 몫이 적혀 있습니다. 물론 그가 나에게 베푼 그 많은 훌륭한 봉사를 다 갚을 수는 없지만 본인의 능력 한도 내에서는 말입니다."

싼초 빤사는 정성을 다해서 나리에게 절을 하고 나리의 두 손에 입을 맞추었는데, 나리의 두 손이 묶여 있어서 한 손에 입을 맞출 수는 없었던 것이다.

이윽고 그 유령 같은 사람들이 돈 끼호떼가 든 닭장을 들쳐메고 소들이 모는 짐수레 위에 닭장을 얹어놓았다.

47장

돈 끼호떼가 마법에 걸려 끌려가는
이상한 모습과 다른 유명한 사건들

그렇게 닭장 속에 갇혀 짐수레 위에 타고 가는 꼴이 되자 돈 끼호떼는 말했다.

"세상에 전해지는 수많은 방랑기사 이야기를 죄 읽어보았어도 마법에 걸린 방랑기사를 이런 꼴로 이렇게 천천히 끌고 가는 일은 내 지금껏 한번도 보지도 듣지도 못했노라. 이렇게 게으르고 느려터진 짐승들이 몰고 가다니…… 방랑기사들을 데려갈 때는 잿빛 어두운 구름에 싸서 불로 끄는 수레 위나 날개 달린 말이라든지, 그 비슷한 동물 위에 싣고는 공중으로 이상하리만큼 가볍게 운반하는 게 상식이거늘, 지금 본인은 소가 끄는 짐수레에 실려가다니, 이거 세상에 정말 알 수 없는 노릇이구먼! 하기야 요즘 세상의 기사들이나 마법들은 옛사람들이 했던 것과는 다른 방법을 쓰는 것인지도 모르지. 또 한편으로 생각하면, 내가 이미 잊힌 모험기사 행공을 최초로 부활시킨 기사이면서 세상에 없는 새로운 기사이니만큼 새로이 다른 종류의 마법을 만들어서 다른 방법으로 신고 가는 건지도 몰라. 이 문제에 대해 싼초 자네는 어떻게 생각하나?"

"소인으로서는 모른다고 하는 게 낫겠습니다요." 싼초가 대답했다. "소인은 나리처럼 그런 방랑서적 같은 걸 많이 읽어본 적이 없으니까요. 하지만 어떻든지 간에 소인이 맹세코 감히 말씀드리지만, 여기 걸어다니는 이 유령들은 그렇게 하느님을 믿는 사람들 같지는 않네요."

"하느님을 믿어? 맙소사!" 돈 끼호떼가 말했다. "순 악마 같은 이놈들이 어떻게 하느님을 믿겠나? 이놈들은 나에게 이런 짓을 하고 나를 이 꼴로 만들려고 일부러 귀신의 몸을 하고 나타난 마귀들이야! 이게 사실인지 아닌지 알아보고 싶으면 그 사람들을 만져봐, 더듬어보라고. 그러면 그게 육신이 아니라 공기뿐인 걸 알 테니까. 겉으로만 보이고 실체는 없다고."

"아이구 맙소사, 나리!" 싼초가 되받았다. "소인이 벌써 만져보았구만요. 그런데 여기 이렇게 열심히 붙어다니는 마귀는 통통한 살집뿐이더라구요. 그리고 소인이 들은 마귀들 행태와는 다른 데가 무척 많더라구요. 사람들 이야기가 마귀들은 모두 유황 냄새나 다른 흉악한 냄새가 난다고 하지 않나요, 하지만 이놈은 멀리서도 그 좋은 용연향龍涎香을 풍긴다니까요."

싼초의 이 말은 돈 페르난도를 두고 한 말이었는데, 그는 워낙 귀공자이니만큼 싼초 말대로 그런 향내가 났을지도 모른다.

"그렇다고 놀랄 건 없네, 친구 싼초!" 돈 끼호떼가 말했다. "마귀들은 원래 아는 게 많다는 것을 알아야지. 비록 몸에 향수를 지니고 있어도 아무 냄새가 안 나는 법이야. 그자들은 귀신들이어서 냄새가 나도 좋은 냄새가 날 수가 없고 모두가 나쁜 냄새요, 썩는 냄새지. 그 이유는 간단해. 악마들은 어디에 있어도 지옥을 몸에 달고 다니니까, 그 지옥의 고통 속에서 어떤 종류의 행복감도 얻어낼 수 없지. 좋은 향내라고 하는 건 사람을 즐겁게 하고 행복하게 하는 것이므로 그들에게서는 좋은 냄새가 날 수 없지. 자네가 말한 대로 그 마귀에게서 용연향 냄새가 난다고 생각했다면, 그건 자네가 속았거나 아니면 그놈이 자네를 속이려고 한 수작이지, 자네가 그놈을 마귀로 보지 못하게 하려는……"

나리와 하인 사이에 이런 모든 대화가 오가고 있을 때, 정작 돈 페르난도와 까르데니오는 싼초가 자신들의 장난을 혹시 모두 알아차리지나 않을까 걱정했는데, 싼초의 행동이 벌써 모든 사정을 눈치챌 정도로 아주 가까이 와 있었기 때문이다. 그들은 서둘러서 급히 떠나기로 결심하고 따로 객줏집 주인을 불러 로신안떼에게 안장을 채우고 싼초의 당나귀에게도 앉을 자리를 올리라고 명령했고, 주인은 서둘러 일을 끝냈다.

그때 신부는 자경단원들에게 돈 끼호떼를 그 장소까지 모시도록 약속하게 하고 자경단원 한명마다 그만큼 돈을 주었다. 까르데니오는 로신안떼의 안장 한쪽에 방패를 걸고 다른 쪽에는 세숫대야를 걸치고 눈짓으로 싼초에게 명령하기를 당나귀에 올라타서 로신안떼의 고삐를 꼭 잡고 가라고 시켰다. 그리고 그 짐수레의 양쪽에는 자경단원 둘이 총을 든 채 지키도록 했다. 짐수레가 움직이기도 전에 객줏집 여주인과 그 딸, 그리고 마리또르네스가 돈 끼호떼를 작별하러 나와서는 이별의 슬픔을 눈물로 고하는 척했고, 그 모습을 보고 돈 끼호떼는 말했다.

"울지 마요, 나의 아름다운 여인들이여, 이 모든 슬픔은 우리처럼 이런 직업을 가진 사람들에게는 늘 따라다니는 아픔이외다. 이런 어려운 일들이 일어나는 건 다반사이니, 그렇지 않다면 본인이 유명한 방랑기사가 아니라는 이야기니까요. 이름도 없고 명성도 없는 기사들에게는, 세상에 아무도 아는 사람이 없으니, 이 비슷한 일도 일어나지 않지요. 용맹한 기사들에게 이런 일이 일어나니, 이런 기사들이야말로 많은 왕자나 다른 기사들도 그 큰 용기나 덕을 부러워하여서 악랄한 수단을 써서 훌륭한 사람들을 멸망시키려 들지요. 하지만 아무리 그래도 덕이라고 하는 건 워낙 강력한 힘이므로 마법을 처음 만들었다는 페르시아의 조로아스터 왕이 온갖 마법을 다 쓴다 할지라도 그 모든 어려움을 다 이기고 살아남을 것이외다. 그것은 하늘의 태양이 세상을 비추듯이 덕은 세상을 비추는 빛이 될 거라는 말씀입니다. 고명하신 부인들이시여, 본인이 혹시 조심성이 없어 어떤 결례를 범했다면 용서해주소서. 본인의 마음은 알면서는 누구에게 그런 짓은 못하옵니다. 하나 부탁드리고 싶은 말은, 어떤 음흉한 마법사가 본인을 이런 철창 속에 가두었으니 여기서 저를 꺼내주도록 제발 하느님께 기도해주소서. 본인이 이 철창에서 해방되는 날이 오면 그대들이 이 성에서 베풀었던 은혜를 절대 잊지 않고 본인이 입은 은혜를 반드시 제대로 갚고 보상해드리고 영원히 모시겠사옵니다."

그 성의 귀부인들이 돈 끼호떼와 이런 이야기를 나누는 동안 신부와 이발사는 돈 페르난도와 그의 동료들, 대장과 대장의 동생, 그리고 다른 모든 행복한 여인들, 특히 도로떼아와 루스신다에게 작별을 고했는데 서로 껴안고 각자의 소식들을 전하기로 약속했다. 돈 페르난도는 차후 돈 끼호떼의 소식을 알려주려면 어디로 편지를 써야 하는지를 신부에게 일러주면서 세상에서 가장 반가운 소식이 돈 끼호떼에 관한 소식일 거라 했다. 또 자기도 신부님이 기뼈하실 이야기라면 자신의 결혼 이야기라든지 소라이다의 세례식, 돈 루이스의 일과 루스신다의 귀가 소식 등을 꼭 전해올리겠다고 다짐했다. 신부는 지금까지의 모든 부탁을 정확하게 들어주겠다고 약속했고, 그들은 다시 포옹을 하고는 서로의 약속을 재다짐했다.

객줏집 주인이 신부에게 다가와 종이뭉치를 주면서 그 종이들 중에는 「호기심 많은 시건방진 친구 이야기」[1]라는 게 있는데, 어떤 가방 안에 들어 있던 것을 찾아낸 거라 했다. 그 가방 주인은 그 집에 다시 나타나지 않았으니 누가 가져가도 상관없으나 주인은 자기는 글을 읽을 줄 모르니 이런 건 가지고 있을 필요가 없다고 했다. 신부는 종이뭉치를 고맙게 받고는 곧바로 펼쳐보았는데, 그 글의 처음에는 이렇게 쓰여 있었다. 「린꼬네떼와 꼬르따디요의 이야기」[2]. 무슨 소설 같았는데, 전체적으로 보건대 모든 소설이 같은 작가의 작품인 것 같으므로 '호기심 많은 시건방진 친구'에 대한 이야기가 좋았다면 처음 이 작품도 좋을 거라는 생각이 들어 좀더 시

----

1 원문에 나오는 '이야기'(novela, 노벨라)는 요즘의 '단편소설'을 뜻한다. 원래 『데까메론』에서부터 '노벨라'는 단편소설 길이였고, 『데까메론』 같은 장르는 여러 단편의 복수형, 연작단편(novelli)이라고 했다. 세르반떼스의 『모범소설들』과 같은 데서 보이는 복수형은 『데까메론』 같은 연작단편의 형식이면서, '이야기'(중세에는 교훈적 이야기를 통한 가르침의 예를 'enxienplo'라고 했다)를 더욱 풍성하고 멋있고 교훈적인 것으로 만들기 위해 각 단편을 연결하는 전체 이야기의 축을 버리고 자유롭게 쓰려는 세르반떼스의 의도를 보여준다. 세르반떼스가 『모범소설들』로 또 한번 근대 단편소설의 창시자가 된 것은 『천일야화』 전통에서 보듯 이런 연작단편의 축을 버리는 데서부터 출발한다. 이 책 32장 각주 6 참조.
2 「린꼬네떼와 꼬르따디요의 이야기」라는 단편은 『모범소설들』에 들어 있는 세르반떼스의 작품이다. 『돈 끼호떼』 1권의 초판본이 1605년에 출판되었으니, 세르반떼스는 이미 그 이전부터 많은 단편소설을 시도했던 것으로 추측된다. 세르반떼스가 기사소설의 패러디로 단편소설 하나를 쓰려다가 두권에 이르는 장편소설을 쓰게 되었다는 해석이 이런 수많은 단편소설의 삽입에서도 입증된다.

간이 한가해지면 읽어볼 양으로 간직해두었다.

　신부가 말에 올라탔고, 친구 이발사도 돈 끼호떼가 금방 알아차리지 못하도록 가면을 쓰고 말에 올라타서는 짐수레 뒤를 따라 길을 나섰다. 그들이 가는 순서는 이랬다. 맨 앞에는 짐수레가 가고 수레꾼이 소를 몰고 갔고, 수레 양옆으로는 이미 말한 것처럼 자경 단원들이 각자 총을 메고 갔고, 그 뒤에는 싼초 빤사가 자기 당나귀를 타고 로신안떼의 고삐를 움켜쥔 채 따랐고, 이 모든 대열 맨 뒤에 신부와 이발사가 힘센 노새를 타고 갔다. 이미 말한 대로 얼굴을 가리고 점잖고 편안한 자세로 느림뱅이 소들의 걸음걸이가 용납하는 이상은 절대 빨리 가지 않았다. 닭장 속에서 두 손이 묶인 채 앉아서 두 발을 펴고 몸은 철책에 기대어 아무 말도 없이 꾹 참고 앉아 있는 돈 끼호떼의 모습은 살이 붙은 인간이 아니라 돌로 만든 석상 같았다.

　그렇게 말없이 천천히 두마장쯤 가서 그들은 어느 골짜기에 이르렀다. 짐수레꾼 생각에 그곳이 소들에게 풀도 뜯게 하고 잠깐 쉬어가기에는 적당한 장소로 보였다. 신부에게 그런 의사를 비치자 이발사는 조금 더 가는 게 좋을 거라며 그가 알기로는 가까운 데 보이는 산비탈 뒤에 풀밭이 많은 골짜기가 있고 그곳이 지금 머물고자 하는 장소보다 훨씬 좋다고 말했다. 이발사의 의견을 따르기로 해서 그들은 가던 길을 계속해서 나아갔다.

　이때 신부가 고개를 돌렸더니 등 뒤에 옷을 점잖게 잘 차려입은 남자 예닐곱명이 말을 타고 오는 게 보였다. 그들은 소들처럼 굼뜨게 느릿느릿 길을 가는 사람들이 아니었기 때문에 빠르게 신부 일행을 따라잡았다. 그 사람들은 법사法師 신부들이 타는 노새들을 몰고 얼른 객줏집에 당도해 낮잠이나 한잠 잘까 하는 생각으로 달려오는 사람들이었다. 그로부터 한마장도 못 가서 그 사람들이 나타났는데, 그 부지런한 사람들은 게으른 사람들을 따라잡더니 점잖게 인사를 했다. 그들 중 한 사람은 실제로 똘레도 시의 법사 신부로, 같이 오는 일행의 최고 어른이었다. 그는 그 짐수레하며 포졸들, 싼초와 로신안떼, 신부와 이발사가 줄을 잘 지어 행진하는 모습을 보았고, 특히 돈 끼호떼가 닭장에 갇힌 채 죄수처럼 실려가는 걸 보고는 저 사람이 저렇게 잡혀가는 연유가 무엇인지 묻지 않을 수 없었다. 사실 포졸들의 복장이나 견장으로 보아, 저 사람이 무슨 흉악한 강도거나 아니면 '성스러운 형제단'이 관장하는 일에 범죄를 저지른 죄수일 거라는 생각은 묻지 않아도 알 수 있었다. 질문을 받은 포졸 한 사람이 이렇게 대답했다.

"나리, 무슨 연유로 이 기사가 이렇게 잡혀가는지는 그에게 직접 물어보시지요. 우리는 그 연유를 모릅니다."

이 말을 돈 끼호떼가 듣자 말을 했다.

"혹시 거기 가는 신사분들께서는 방랑기사라는 것에 대해 알거나 읽어본 게 있으시오? 그걸 아시는 분이 있다면 그분들께 본인의 불행한 사정을 말해드리리라. 그렇지 않다면 부질없이 입만 아프게 말을 해서 무엇하겠소."

그때 신부와 이발사가 벌써 다가와서는 길 가던 행인들이 라만차의 돈 끼호떼와 말을 나누고 있는 것을 보고 자신들의 작전이 들통나지 않도록 대답을 해줄 참이었다.

돈 끼호떼의 말에 법사 신부가 대답했다.

"사실대로 말하자면, 여기 대학 교과서인 비얄빤도의 『논리학입문』[3]보다 기사도에 관한 책들을 더욱 잘 알고 있소. 그러니 요구 사항이 그것뿐이라면 걱정하시지 말고 하고 싶은 이야기를 저에게 해보시구려."

"그거 잘됐소이다." 돈 끼호떼가 말했다. "그러시다면, 신사 양
반, 본인이 지금 마법에 걸려 여기 이렇게 갇혀 가고 있다는 것을
알아야 할 것이외다. 저 흉악한 마법사들의 간계와 질투 때문에 말
이외다. 훌륭한 일이란 선한 사람들에게 사랑을 받기보다는 악한
사람들에게 먼저 쫓기기 마련이지요. 본인은 방랑기사이온데, 명
성의 여신께서 영원히 기억한 적이 한번도 없는 그런 이름없는 기
사 나부랭이가 아니올시다. 페르시아가 키워낸 그 많은 마법사들,
인도의 브라만들, 에티오피아의 히노소피스트⁴라고 하는 벌거숭이
철인들이 모두 부러워하고 질투하겠지만, 앞으로 다가오는 세대에
무용으로 영광스러운 높은 정상에 오르려는 자들에게 두고두고 본
보기와 모범이 되도록 불멸의 사원에 그 이름을 남길 그런 훌륭한
기사 중의 한 사람이 바로 본인이올시다."

"라 만차의 돈 끼호떼 나리께서 진실을 말하고 계시옵니다." 이
때 신부가 말했다. "지금 이분은 마법에 걸려 이 짐수레를 타고 가
십니다. 이분이 죄를 짓거나 잘못을 저지른 게 아니라 남의 진정한
용기와 훌륭한 덕을 시기하는 자들의 흉악한 간계에 속아 이렇게
된 것입니다. 이분이, 언젠가 이미 들으신 적이 있을 줄로 아는 바
로 그 불쌍한 몰골의 기사 나리시옵니다. 이 기사의 용맹스러운 공
적과 위대한 행적들은 영구한 청동과 영원한 대리석에 새겨져 남
을 것이외다. 그의 위대성을 질투하여 그의 행적들을 숨기고 악랄
하게 흐려놓으려는 자들이 아무리 설치고 다녀도 말이옵니다."

<hr/>

3 르네상스 때 세워진 알깔라 대학교에서 일반 논리학 교과서로 쓰던 가스빠르 까
  르디요 데 비얄빤도(Gaspar Cardillo de Villalpando)의 변증법 입문서를 말한다.
4 인도의 철인들로 사막이나 인가 없는 벌판에서 고행하는 수행자들이다.

법사 신부는 죄수와 자유인이 똑같은 말투로 이렇게 이야기하는 소리를 듣자 금방 감탄의 성호라도 그을 참이었는데, 이 기사에게 무슨 일이 일어났던 것인지 알 수가 없었다. 그와 함께 오던 사람들도 모두 똑같이 놀랄 뿐이었다. 이때 싼초 빤사가 무슨 이야기들을 하고 있는지 들으러 가까이 갔다가 이 모든 걸 뒤바꿔놓을 양으로 이렇게 말했다.

"자, 여러 어르신네들, 소인의 말이 마음에 드시든지 않든지 간에 지도 한 말씀 올리겠습니다. 사실을 말하자면, 소인이 모시는 이 돈 끼호떼 나리께서 마법에 걸려 끌려가신다는 것은 말도 안되는 소리올시다. 나리께서는 정신이 말짱하시며 먹고 마시고 대소변도 다른 사람들과 똑같이 하십니다. 이분이 여기 이렇게 갇히기 전 어제 하시던 그대로 말입니다. 사실이 이러하므로 이분이 마법에 걸렸다고 하는 것을 소인이 어찌 믿겠습니까? 소인이 많은 사람에게 들은 바로는 마법에 걸리면 먹지도 자지도 못하고 말도 못한다는데, 우리 주인님께서는 기회만 닿으면 변호사가 서른명이라도 그 말을 당할 자가 없을 겁니다요."

싼초는 고개를 돌려 신부를 보더니, 다시 말을 이었다.

"그리고 허어, 신부님, 신부님, 신부님께서는 소인이 나리를 못 알아본 걸로 아시고 계십니까요? 소인이 지금 이 새로운 마법의 내막을 낌새도 모르고 짐작도 못하고 있다고 생각하시고 계십니까요? 그러시다면 이젠 아셔야 하시겠네요. 신부님께서 아무리 얼굴을 가리셔도 소인은 신부님을 압니다. 아무리 그렇게 속임수로 수작을 벌여도 소인은 다 알고 있습니다요. 결국 질투와 시기가 판치는 곳에서는 훌륭한 덕이 살아남을 수가 없지요. 모두 다 좁은 마음들뿐인데 남을 생각해줄 마음이 있겠어요? 아이구, 그 빌어먹을 귀신만 아니었더라도 우리 나리께서는 지금쯤 미꼬미꼬나 공주와 결혼하고 나는 적어도 백작은 되어 있을 텐데…… 내가 그동안 봉사해드린 업적도 많고, 또한 우리 불쌍한 몰골의 기사 나리께서 마음씨가 좋으시니까 그 정도는 기대해도 될 만합지요. 허지만 저기 사람들 하는 말이 맞는 것 같네요. 운명의 바퀴라는 것이 풍차 바퀴보다 더욱 야속한 것이어서 어제는 떵떵거리고 살던 사람들이 오늘은 땅에 뒹굴고 있으니까요. 제 여편네와 자식들 생각을 하면 마음이 아프구만요. 자기 아버지가 어느 섬이나 왕국의 작은 왕이나 총독이 되어 버젓하게 대문으로 들어설 줄 알았는데, 그럴 수도 있었는데, 이제 말이나 끄는 머슴이 되어 나타나는 걸 보게 될 테니…… 소인이 지금까지 한 말은, 신부님, 어르신께서 우리 나리께 시방 얼마나 못된 짓을 하고 있는지 부디 양심에 가책을 느끼시고, 우리 주인을 이렇게 감금하셨다가 저세상에 가서 천벌을 받을 수 있다는 생각을 잊지 마시라 간절히 청하고자 함입니다요. 우리 돈 끼호떼 나리가 여기 갇혀 있는 동안 하시지 못한 구원이며 좋은 일들에 대하여 그때 하느님이 책임을 물으시면 어떡하시려고 합니까요."

"허어, 어디 보세, 자네 지금 제정신인가?" 이 순간 이발사가 나섰다. "그러니까 싼초 자네도 자네 주인과 같은 패구먼? 세상에 이럴 수가! 자네도 저 닭장 속에 함께 들어갈 날이 멀지 않은 것 같아. 주인의 기사도 병과 미친기에 감염된 걸 보니, 곧 자네도 주인처럼 마법에 걸려들게 되어 있어. 저 사람의 그 약속을 마음에 담고 있다니 자네가 병이구먼. 머릿속에 섬에 대한 약속을 담고 그토록 바라고 있으니 자네가 미쳤구먼."

"나는 어느 누구의 아무것도 담고 있는 사람이 아니지요." 싼초가 대답했다. "나는 세상의 왕이라고 할지라도 누가 내게 시키는 것을 받아들이는 사람이 아닙니다. 비록 가난하지만 하느님을 섬기는 양반이고, 누구에게도 아무것도 빚진 게 없습니다. 그리고 내가 섬을 바라고 있다지만, 다른 사람들은 더 부정한 댓가도 기대하고 있어요. 사람마다 제 운수대로 사는 거지요. 그리고 사람인 이상 나도 교황이 되지 말라는 법은 없지요. 섬의 총독 정도는 물론이구요. 우리 나리께서 많은 섬을 얻는 날, 줄 사람이 없다면 소인에게 줄 겁니다. 이발사 나리, 나리도 말씀 좀 조심하세요. 이발하는 일만이 세상사의 다가 아닙니다. 사람마다 자기 몫이 있지요. 내 말은 우리 서로 잘 아는 사이인데, 이 나에게 허튼수작 부리지 말라는 겁니다. 그리고 우리 주인의 마법 상황은 누가 그 진실을 알겠습니까. 다시 건드리면 더욱 나빠질 테니 여기 이대로 놓아두세요."

이발사는 쌘초의 말에 대꾸하고 싶지 않았다. 자기와 신부가 그토록 애써서 숨기고 있는 사실을 쌘초가 멋모르고 나불거려 들통낼까 두려웠기 때문인데, 이 같은 두려움으로 신부는 벌써 법사 신부에게 좀더 앞서가시라고 말하면서 저 닭장 속에 잡아가는 사람의 비밀과 다른 재미있는 사연들을 이야기해주겠노라고 했다. 법사 신부는 그의 말을 따라 종들과 함께 사람들을 앞질러갔다. 그리고 법사 신부는 돈 끼호떼의 습관이며 미친기, 생활과 신분까지 그가 말하는 대로 모두 열심히 듣고 있었다. 신부는 간략하게 돈 끼호떼가 처음 정신이 돈 이유와 그뒤 닭장에 이렇게 가두어 데리고 올 때까지의 모든 사건의 자초지종을 들려주고 그들이 돈 끼호떼를 고향으로 데려가기 위해 작전을 꾸민 건, 그곳으로 돌아가면 혹시 그의 광기를 고칠 무슨 방도가 있지 않을까 해서라고 설명했다. 법사 신부와 그의 종들은 돈 끼호떼의 떠돌이 이야기들을 듣고 놀라고 재미있어했다. 이야기를 다 듣고 나서 그가 말했다.

"정말이지, 신부님, 소위 그 기사도에 관한 책이라고 하는 것들이 이 나라에 피해만 끼치고 아무 도움이 되지 못한다는 생각이 드는군요. 나도 부질없는 헛된 호기심으로 심심해서 출판된 책 대부분의 첫 장은 거의 읽어보았습니다만 그 어느 책도 처음부터 끝까지 편안하게 읽어보지는 못했습니다. 책에 따라 다소 차이는 있지만 모두 똑같은 이야기들이어서 이 책이 저 책보다 낫고 저 책이 다른 책보다 낫다는 생각이 안 들더군요. 내 생각으로는 이런 글이나 책은 소위 밀레토스풍의 심심풀이 이야기책[5]에 속하는 거라고 보아야 되겠더군요. 이런 책들은 모두가 엉터리 이야기들인지라 그저 재미만 있으라고 쓴 것들이지 거기에서 배울 거라고는 하나도 없지요. 우화책처럼 재미도 있고 또한 배울 것도 한데 섞여 있는 그런 책들과는 정반대지요. 비록 그런 이상한 책들의 주된 목표가 재미를 주기 위한 것이라고는 하지만 그렇게 허무맹랑한 수많은 잡소리로 가득 채워놓고 그걸로 어떻게 그 즐거움을 만들어낼 수 있는지 알다가도 모를 일이에요. 우리의 영혼에 와닿는 즐거움이란 우리의 시선이나 상상력이 앞에 놓인 사건이나 사물을 보고 감지하는 조화와 아름다움의 느낌에서 비롯된 것이어야 하거든요. 일컫는 사물 자체가 흉하고 흐트러진 모든 것은 우리에게 아무런 만족감을 줄 수 없지요. 그런데 열여섯살밖에 안되는 소년이 탑처럼 우뚝 선 거인을 무슨 과자나 케이크처럼 단칼로 찔러 두 조각을 낸다는 이야기나 쓰여 있는 그런 책에서 전체가 부분과 일치하고

---

5 원문의 'fábulas que llaman milesias'는 5세기경 소아시아의 왕국이었던 밀레토스 (Miletos)의 이야기풍이라는 뜻으로, 사치와 환락이 극심했던 그곳에서 유행한 가볍고 퇴폐적인 이야기 장르를 일컫는다.

부분이 전체와 어우러지는 균형이 어디 있으며 어떻게 아름다움이 있을 수 있단 말입니까? 거기에다가 싸움 장면을 묘사할 때도, 상대편 적의 수가 수백만명이라고 한 뒤, 그러니까 그들과 맞서고 있는 게 책의 주인공인데, 우리는 그 기사가 오직 자기 팔뚝 힘 하나로 승리를 이끌어냈다고 울며 겨자 먹는 식으로 억지로 이해해야 되는 겁니까? 그리고 또한 책 속의 여왕이나 왕위를 승계할 황후가 그렇게 쉽게 이름도 모르는 방랑기사의 품에 안겨 길을 가게 된다는 이야기는 또 어떻습니까? 또한 기사들을 가득 태운 첨탑이 순풍에 돛단배처럼 바다로 나아가다가 오늘은 이딸리아 북부의 롬바르디아에서 밤을 맞고 내일은 동방의 프레스비다 요하네스 황제의 땅[6]에서 아침을 맞고, 아니면 마르꼬 뽈로도 보지 못하고 그리스의 지리학자 똘로메오의 지도에도 없는[7] 이상한 나라에서 날을 새운

---

6 원문에는 'tierras del Preste Juan de las Indias'로 나와 있다. 극동에 세운 전설적인 기독교 왕국의 황제가 프레스비다 요하네스(프레스터 존)라는 이야기는 중세부터 유럽에 널리 알려진 동방에 대한 설화이다. 이에 관한 기록은 독일의 역사가이며 기독교 승정인 오토 폰 프라이징(Otto von Freising, 1111~58)의 연대기에 처음 나타난다. 기록에 의하면 '프레스비다 요하네스'는 극동 대제국의 황제로서 네스토리우스파의 신봉자인데, 이러한 사실은 그가 1144년 비떼르보 (Viterbo)에서 만난 시리아 출신의 기독교 승정에게서 전해들었다고 한다. 그뒤 유럽에서는 쁘레스떼 요하네스에 관한 갖가지 전설과 위서가 나돌았다. 서양 역사가들 중에는 그를 서요, 즉 흑거란(Kara Kitai)의 야율대석(耶律大石)으로 보는 견해가 많다. 중국 북방에서 916년에 건국한 요(거란)가 송과 금의 협공을 받아 위험에 처하자, 종실의 야율대석은 백성들을 이끌고 서쪽으로 가서 1132년 야밀에서 건국을 선포한다. 중앙아시아 일원에서 약 팔십년간(1132~1211) 존속한 서요제국이 바로 이것이다. 정수일 『씰크로드학』, 창작과비평사 2001, 320~21면 참조.
7 마르띤 데 리께르는 '똘로메오(프톨레마이오스)가 묘사한'(describió Tolomeo)으로 해석한다. 초판본에는 '발견한'(decubrió)으로 되어 있으나 끌레멘신이 'describió'로 읽은 것을 따른 것이다. 리께르는 세르반떼스의 원고 글씨체가 'cu'와 'cri'를 혼동할 수 있는 글씨였으리라는 가설을 내세운다. 18장에서도 'criban'

다는 그런 이야기들을 읽으면 무식쟁이나 야만인이 아니라면 어느 머리가 그걸 보고 재미를 느낄 수 있겠습니까? 이런 문제에 대해서 이런 책들은 작가들이 다 거짓말로 쓰기 때문에 그런 것을 가지고 꼭 섬세하게 진실성을 따져서 읽을 이유가 없다고 변명한다면, 거짓말도 진실스러울 때 더욱 멋있는 법이며 사실일까 아닐까 의심스러우리만큼 실감이 날 때 더욱 재미있는 법이라고 대답해주리다. 거짓 이야기도 그 이야기를 읽는 사람들의 생각과 맞아떨어질 때 좋은 법입니다. 불가능한 이야기도 쉽게 말하고 위대한 행동도 평범하게 사람들의 마음을 사로잡도록 써야 독자들이 놀라고 긴장을 느끼고 미치고 재미있어하는 법이고, 그런 글을 읽을 때 즐거움과 경탄이 함께하는 것입니다. 글쓰기에 있어서 자연의 모방이나 사실성을 떠나서는 이런 모든 일이 일어나게 할 수 없지요. 이런 작가만이 글쓰기에 있어서 완벽하다고 할 수 있을 겁니다. 기사소설 중에 한 이야기의 총체가 그 책의 부분부분들과 일치하는 소설을 본 적이 없습니다. 말하자면 중간 부분이 처음과 통하고 마지막 장이 중간이나 처음 부분과 통하는 그런 이야기가 아니라는 말입니다. 그보다는 이야기들을 하도 많은 부분으로 뒤섞어놓아서, 작가들이 균형 잡힌 한 인물을 만들어내기보다는 사자 머리에 용 꼬리를 단 괴물이나 괴수 들을 만들려고 쓴 소설들 같다는 말이올시다. 이밖에도 문체가 다들 딱딱하고, 거기에 쓰인 행적들도 믿기지 않는 것들이고요. 사랑을 하는 데도 음탕하기 짝이 없고, 예절을 보아도 볼썽사나운 행동들에다가, 싸움들은 길기만 하고, 말하는 것들을 보면 무지하고, 여행을 하는데 엉터리로 아무 데나 다니고, 결

인 것을 'cubren'으로 읽게 만들고 있다는 것이다. 여기서는 리께르의 '묘사'라는 견해를 따라 '똘로메오의 지도에도'라고 풀어옮겼다.

국 모두가 점잖고 성실한 기법과는 거리가 먼 것들이라는 말입니다. 따라서 이런 작가들은 우리 선량한 기독교인들의 나라에서 쓸모없는 사람들로 응당 추방해버려야 마땅하다고 생각합니다."

신부는 그의 말을 대단히 열심히 들었고, 그가 정말 지혜가 높고 그가 한 모든 말이 다 맞다는 생각이 들었다. 신부는 자신도 똑같은 생각이라서 기사들에 관한 책들을 한번 훑어보다가 돈 끼호떼의 그 많은 책을 다 불살라버렸다고 말하고 자신이 그런 책들을 세밀하게 검토한 끝에 어떤 책들은 불에 처넣어 화형시키고 더러는 살려주었다고 이야기했다. 그 말을 듣고 법사 신부는 웃음을 그치지 않았다. 그리고 그런 책들을 모두 다 나쁘다고 비방은 했지만, 그 책들에도 한가지 좋은 점은 있다고 하면서, 그것은 이들 이야기 속에서 깊은 사고가 배어날 수 있도록 제공하는 주제나 인물이라고 했다. 왜냐하면 이들 소설은 그 넓고 긴 벌판을 아무 거리낌 없이 붓을 달리게 할 수 있고, 바다의 조난 사고며 폭풍우며 다시 만나는 일이며 전투를 묘사할 수도 있으며, 한 위대한 선장과 그에게 맞는 온갖 훌륭한 능력을 그릴 수도 있고, 약삭빠른 적들을 방어하기 위해 신중한 태도를 보이게 하며, 자기 부하들을 설득하거나 말려야 할 때는 말 잘하는 웅변가로 만들고, 충고에는 완숙하고 결단에는 빠르며, 공격하거나 기다리는 데는 늘 용감한 사람으로 보이게 하며, 어떤 때는 가슴 아픈 비극적인 사고도 그리고, 어떤 때는 별로 힘들지 않은 즐거운 사건도 그리고, 어느 곳에서는 얌전하고 조심성 많은 정숙하고 아름다운 귀부인을 그리고, 또다른 곳에서는 용감하고 사려 깊은 에스빠냐 기사를 묘사하며, 여기서는 사정 없이 야만스러운 떠버리를, 그리고 또다른 데서는 용감하고 예의 바르며 아주 잘생긴 왕자를 등장시키고, 또한 충직하고 훌륭하고 마음씨 고운 신하들이라든가 위대하고 존귀한 성주들을 보여줄 수도 있으며, 어떨 때는 점성가나 뛰어난 천문학자로 보이게 하거나 음악가로 또는 국가 통치에 있어서 지혜로운 인물로 보여주기도 하고, 그리고 어쩌다가 기분나면 무슨 점쟁이도 등장하게 하기 때문이다. 오디세우스의 교활함을 보여줄 수도 있고 아이네이아스의 자비, 아킬레우스의 용맹성, 헥토르의 불행, 시논[8]의 배신, 에우리알로스의 우정[9], 알렉산드로스 대왕의 관대함, 카이사르의 용기, 트라하노의 진실과 자애, 소피로[10]의 신의, 카토의 사리분별, 그리고 마침내 하나의 고명한 영웅을 완전하게 만들기 위한 모든 미덕을 끌어올 수 있다. 필요하면 한 인물에게 이들 자질들을 다 부여하거나 아니면 많은 주인공에게 이들 자질들을 나누어갖게 할 수도 있으리라.

"이런 모든 것을 온화한 문체로 재치있는 창조력으로, 될 수 있는 한 사실에 가깝도록 묘사한다면 틀림없이 여러가지 아름다운 매듭으로 곱게 짜인 좋은 물건을 만들 수 있겠지요. 끝내고 난 뒤에 작품의 그런 아름다움과 완벽성이 보이면 글쓰기가 요구하는 가장 훌륭한 목적을 성취했다고 할 수 있겠습니다. 글이란 이미 내가 말했듯이 재미와 가르침이 함께해야 좋은 것이거든요. 왜냐하면 이들 책에 풀어놓은 글은 작가로 하여금 더러는 서사시적으로

---

8 시논(Sinón)의 이야기는 '배신'으로 이해하는 사람들이 드물다. 왜냐하면 그가 트로이 병정들로 하여금 목마를 말이라고 믿게 한 그리스의 영웅이기 때문이다. 그러나 세르반떼스 시대에는 시논이 그리스인이 아니라 트로이 사람으로, 자기 조국을 배신하고 그리스를 도운 배신자로도 알려져 있었다. 세르반떼스는 사발레따(Zabaleta)나 깔데론(Calderón)의 연극 작품에 나오는 배신자 시논의 모습을 따른 것이다.
9 에우리알로스는 그리스신화에서 니소스와의 우의로 유명한 트로이 병사이다.
10 페르시아 왕 다리오에게 충성을 다한 인물이다.

혹은 서정적으로, 혹은 희극적으로, 혹은 비극적으로 보일 수 있도록 하거든요. 그 안에 지극히 달콤하고 즐거운 시와 연설의 예술을 내포하는 그런 부분들이 다 필요하니까요. 서사시라는 것은 시로 써도 좋고 산문으로 쓸 수도 있는 거거든요."

48장

법사 신부가 기사소설들의 문제와
그의 지혜로운 사물관에 대해 계속 이야기하다

"어르신께서 하신 말씀이 정말입니다, 법사 신부님." 신부가 말했다. "바로 그런 이유 때문에 지금까지 그따위 책들을 쓴 자들은 모두 지탄받아 마땅합니다. 문장을 잘 써볼 생각도 하지 않고 어떤 법칙도 수사법도 지키지 않으니 말입니다. 그리스와 로마 서사시의 두 왕자[1]가 시 형식으로 모범이 되듯이 산문으로 써도 옛것을 따르면 유명해질 수 있을 텐데 말이에요."

"나도," 법사가 말을 받았다. "적어도 한번은 그런 좋은 기사소설을 시도해본 적이 있지요, 내가 문제로 삼았던 그런 이야기 법칙들을 모두 지키면서 말이지요. 사실 나의 고백이 되겠습니다만, 이미 백장 이상을 써놓은 게 있어요. 그래서 내 글이 내 의도대로 되었는지를 시험해보려고 직접 사람들에게 읽어준 적이 있지요. 먼

---

1 호메로스와 베르길리우스를 일컫는다.

저 이런 책 읽기를 좋아하는 점잖고 학식있는 분들에게 읽어주고, 다음에는 책을 읽을 때 엉터리라도 재미있는 이야기만 좋아하는 무식쟁이들에게도 읽어주었지요. 그들 모두에게서 기분 좋은 찬사를 받았습니다만 아무리 칭찬을 받았어도 그 글을 더이상 계속하지는 않았습니다. 첫째는 내 직업과 상관없는 일을 하고 있다는 생각이 들어서이며, 둘째는 글을 잘 아는 사람들보다는 단순한 사람이 수적으로 더 많다는 것을 알았기 때문입니다. 많은 무식쟁이들에게서 비웃음을 받기보다는 많지 않은 몇몇 현인들에게서 칭찬을 받는 게 더욱 좋다고는 하지만, 자기만 옳다고 뻐기는 속물들의 어지러운 판단에 내 글을 맡기고 싶지 않아서입니다. 속물들은 대부분 아까 말한 그런 이상한 책들만 읽는 사람들이거든요. 하지만 무엇보다 내가 그 책을 끝까지 써야겠다는 생각을 버리고 손을 뗀 것은 지금 공연 중인 연극들을 보고 나 스스로 깨달은 생각들 때문이었습니다. '역사물이나 창작극이나 지금 유행하고 있는 연극들은 모두가 다 알듯이 끝도 시작도 없는 엉터리 작품들이다. 그럼에도 불구하고 속물들은 그런 연극을 재미있게 감상하고, 그런 형편없는 것들을 좋은 작품으로 간주하고 좋아한다. 또한 그런 작품들을 쓴 작가나 연기를 맡은 배우들은 그런 식의 연극을 어쨌든 서민들이 좋아하기 때문에 연극은 그래야 된다고 말한다. 그러나 연극법칙에 따라 제대로 이야기를 엮은 의미있는 작품은 예술을 이해하는 서너명의 식자들 외에는 보는 사람이 없다. 나머지 모든 사람이 그의 예술을 이해하려면 도움을 필요로 하기 때문이다. 따라서 그들에게는 몇몇 사람의 칭찬보다는 많은 사람의 박수 소리를 들으며 그냥 먹고사는 게 훨씬 낫다. 내가 말한 고전수사법을 지키려고 등잔에 눈썹을 태워가며 써낸 책의 신세도 결국 이렇게 될 것이며,

나는 결국 고생만 죽도록 하고도 한 일이 없게 되는, 우리 속담의 양복장이 꼴이 될 것이다.' 주로 이런 생각들이었습니다. 이따금 내가 나서서 배우들에게 그들이 말하고 있는 연극이 잘못되었고, 그런 엉터리 연극 말고 예술성을 제대로 갖춘 연극을 해야 명성도 얻고 사람도 많이 끌 수 있으리라고 설득하려 했지만 그들은 편견에 너무 깊이 빠져 있어 무슨 말로 증명을 해도 그들의 생각을 바꿀 수는 없었습니다. 하루는 이런 고집쟁이 친구들 중 한 사람에게 이렇게 말했습니다. '이봐, 얼마 전에 우리 시대의 가장 유명한 시인[2] 한 사람이 에스빠냐에서 비극 세편을 상연한 기억이 나나? 그 공연이야말로 모든 청중에게 기쁨과 긴장감과 감동을 주었지. 식자나 무식쟁이나 일반 서민이나 지성인들에게까지 감동을 주었기 때문에 지금까지 가장 좋은 작품이라면서 공연되었던 연극 서른편이 가져다준 수입보다 그 세편이 오히려 공연자들에게 더 많은 수입을 안겨주었다는 거 아냐?' 그러자 나와 말을 나누던 작가 친구가 그러더군요. '귀하가 말씀하신 게 틀림없이『라 이사벨라』와『라 필리스』『라 알레한드라』를 가리키는 거지요?' 나는 '바로 그 작품 이야기일세'라고 맞장구를 쳤지요. '그런데 그 작품들이 고전연극의 법칙을 잘 지키고 있는 걸 보라고. 옛 법칙을 따른다고 감동이 없었는가? 모든 사람이 다들 좋아하지 않던가? 따라서 잘못은 엉터리 연극만 찾는다는 속물 관객에게 있는 것이 아니라 다른 종류의 작품은 할 줄 모르는 그 공연자들에게 있는 게야. 그게 맞다고,『보복당한 배은망덕』[3]도『누만시아』[4]도 엉터리 연극은 아니었지.

---

2 루뻬르시오 레오나르도 데 아르헨솔라(Lupercio Leonardo de Argensola)를 일컫는다.
3 로뻬 데 베가의 작품 *La Ingratitud vengada*를 가리킨다.
4 세르반떼스 자신의 작품 *La Numancia*를 가리킨다.

진짜 연극을 아는 극작가들이 쓴 다른 작품들로 명성도 얻고 인기도 얻고 공연 수입도 크게 올린 『장사꾼 연인』[5]이나 『사랑스러운 적』[6]도 그런 엉터리 연극 같은 면모는 찾아볼 수 없었어.' 나는 이들 작품에다 또다른 연극 이름도 덧붙였지요. 그러자 이 친구가 약간 헷갈려하더군요. 그러나 자신의 잘못된 생각을 완전히 고치기에는 아직 확신이나 설득이 부족한 듯했습니다."

"법사님, 법사님 말씀을 들으니, 요즘 유행하는 연극에 대해 제가 오랫동안 갖고 있던 원한이 다시 생각났습니다. 그 원한이야 기사소설에 대한 불만과 다를 바 없지요. 왜냐하면 연극이라는 것이 뚤리오의 생각처럼 인간 삶의 거울이요, 진실의 모습이며 습관의 모범이 되어야 하는 것인데,[7] 요즘 무대에 오르는 연극들은 말도 아닌 행위의 거울이며 음란한 영상들이거나 바보짓의 전형을 보여주는 것들이지요. 연극에서 한 인물을 다룰 때, 첫 장면에서는 강보에 싸인 갓난애로 나오더니 두번째 장에서는 수염 달린 어른으로 나온다면 세상에 그런 엉터리 일이 어떻게 일어날 수 있겠습니까? 한 늙은이를 용감한 사람으로, 젊은이를 비겁한 인물로, 그리고 하인을 문자깨나 쓰는 사람으로, 머슴아이를 고문관으로, 왕을 비렁뱅이로, 공주를 청소 아줌마로 행동하게 한다면 이보다 더한 엉터리가 어디 있겠습니까? 무대에서 보여주는 사건들이 실제로 일어

<hr>

5 가스빠르 데 아길라르(Gaspar de Aguilar)의 작품 *El Mercader amante*를 가리킨다.
6 프란시스꼬 아구스띤 따레가(Francisco Agustín Tárrega)의 작품 *La Enemiga favorable*를 가리킨다.
7 '뚤리오'는 툴리우스의 에스빠냐식 이름인데, 키케로를 가리킨다. 로뻬 데 베가도 「신연극론」(Arte nuevo de hacer comedias)에서 '따라서 뚤리오는 문학을 진실의 살아 있는 모습이며 습관의 모범이라고 부른다'라면서 키케로의 문학론을 언급한다.

났거나 일어난 것처럼 보이기 위해 지켜야 하는 시간의 법칙을 지키지 않는다는 점은 말해서 무엇하겠습니까? 심지어 내가 본 연극 중에는, 1막은 유럽에서 시작되더니 2막은 아시아에서, 3막은 아프리카에서 끝나는 그런 연극도 있었어요. 게다가 4막으로 되어 있는 연극이라면 4막은 아메리카에서 끝나게 되지요. 그렇게 되면 무대 하나에 세계 방방곡곡의 사건을 다 담을 수 있겠네요? 연극이란 자연과 사실을 모방하는 것이 가장 중요한데 삐삐노 왕이나 샤를마뉴 대제 때 일어난 사건을 연기하면서, 그 역할을 맡은 주인공이 십자가를 메고 예루살렘에 들어간 헤라클리우스 황제의 모습으로 보이게 하거나 고도프레 데 부욘처럼 예루살렘 성지를 정복한 영웅으로 보이게 하면, 이 사건과 저 사건 사이에 수많은 연도의 차이가 있는데 아무리 생각이 중간 정도밖에 안되는 관객이라고 할지라도 어떻게 그것을 보고 만족하겠습니까? 연극이 사실을 꾸며서 보여주는 것을 원칙으로 한다지만, 시대가 다르고 인물이 다른 사람에게 일어난 사건들을 아무렇게나 섞어서 역사의 진실을 꾸며대고, 그것도 사실처럼 실감이 나게 구성하기보다는 어떤 변명으로도 피할 수 없는 명명백백한 오류 그대로 무대에 올려서야 이게 될 말입니까? 더욱 한심스러운 것은 이런 연극들이 완전한 것이고 다른 것들은 변덕스러운 시도들이라고 한다는 점입니다. 종교극의 경우는 어떻습니까? 종교극에서는 거짓 기적들을 보여주고 있지 않나요? 한 성자에게 다른 성자에게서 일어난 기적을 붙여서 보여준다든지 하는 도무지 이해가 안 가는, 알 수 없는 짓들을 하고 있지 않습니까? 우리 일상사를 다룬 연극에서도 무식한, 그저 청중이 연극 보러 와서 재미만 있으면 된다는 생각으로 이런 기적에는 소위 이런 무대장치가 효과가 있지 하면서 사실에 의거하지도 않고 아무런 사려도 없이 함부로 기적들을 보여주고 있지 않습니까? 이 모든 것들은 역사를 무시하고 진실을 왜곡할 뿐만 아니라 다른 한편으로는 온 에스빠냐 지성의 자존심을 건드리는 치욕적인 일이라고 할 수 있습니다. 외국 작가들은 아주 정확하게 아리스토텔레스의 연극원칙을 지키고 있어서,[8] 요즘 우리 연극의 엉터리 부조리를 보면 우리를 야만인이나 무식쟁이 취급을 할 것입니다. 질서가 잘 잡혀 있는 나라들이 이런 대중연극을 용납하는 주된 의도가 사람들이 할 일이 없고 심심하면 국가에 흉흉한 분위기가 돌까봐서 가끔씩 국민들의 정신을 딴 데로 돌리고 점잖게 오락을 즐길 수 있는 기회를 주기 위해서라고 변명한다면 그건 말도 안되는 이야기입니다. 그렇다면 연극은 오락물이니만큼 좋은 연극이든 나쁜 연극이든 모두 소기의 목적을 달성하면 된다는 이야기이고, 따라서 연극을 쓰고 공연을 하는 사람들에게 어떻게 연극을 해야 하느니 마느니 하는 법칙을 강요하거나 굳이 제약을 할 필요가 없다는 말이

---

8 지금까지 세르반떼스의 연극론이나 문학론은 아리스토텔레스 『시학』에 의거하여 당시의 연극을 비판하면서 연극은 자연이나 인간 행위를 모방하되, 그것을 무대에서 공연한다는 현실을 감안하여 진실처럼(versosímil), 실감나게 보여주어야 한다는 연극의 삼일치론을 내놓는다. 당시 이딸리아의 수사학자들에 의하여 활발히 논의된 시간과 장소, 사건이나 행동의 일치가 바로 그것이다. 첫번째 장의 어린아이가 두번째 장에서 수염 단 어른으로 나오는 건 시간 일치상의 오류이다. 또한 유럽에서 시작된 사건이 아시아에서, 또는 아프리카에서 계속된다면 장소 일치상의 오류이다. 한 무대를 '여기가 에스빠냐 궁전'이라 해놓고 다음 장에서는 '여기는 아시아'라고 번복한다면 관객들이 어찌 이런 공연을 사실로 즐길 수가 있겠는가. 그러나 세르반떼스가 당시 에스빠냐 연극을 혹평하면서(그의 라이벌이자 앙숙이던 연극의 대가 로뻬 데 베가의 연극에 대한 비판으로 보이지만) 외국 연극은 고전 연극법칙을 지키고 있다는 말은 사실과 다르다. 세르반떼스가 이 글을 쓸 당시에 이딸리아, 프랑스, 영국의 연극도 연극법칙을 지키지 않는 것이 더 많았고 신고전주의풍은 아직 일어나지 않았다. 영국의 셰익스피어는 잘 알려져 있듯이 고전법칙을 벌써 무너뜨리고 있었다.

되지요. 그거야 내가 이미 말했듯이 어떤 연극이라도 공연을 보게만 하면 그런 여흥으로서의 효과는 얻을 것이라고 말이지요. 이런 변명에 대해서 나는 오락이 목적이라면 그런 좋지 못한 연극들보다는 정말 좋은 연극이 비교가 안될 만큼 훨씬 더 좋은 효과를 낼 수 있다고 대답할 수 있답니다. 공들여 쓴 짜임새 있는 연극을 보면 관객들은 장난 장면에서는 즐겁고, 진실에서는 교훈을 얻고, 사고를 보고는 놀라고, 말하는 것을 들으며 예절을 배우고, 허풍 떠는 것을 보고 조심성을 배우고, 모범적 행동을 보며 정신이 맑아지고, 악습을 보면 분노하고, 미덕을 보면 반하게 될 것입니다. 좋은 연극은 관객이 아무리 무지하고 촌스러운 사람이라고 할지라도 그들 마음속에 있는 이런 모든 감흥을 불러일으키는 겁니다. 요즘 무대에 오르는 대부분의 작품은 이런 요소들이 결핍되어 있지만, 그런 내용들이 모두 골고루 갖추어진 연극이 나오면 누가 뭐라 해도 관객들은 정말 즐겁고 행복하고 만족을 느끼며 진정한 오락으로서의 효과를 느끼지 않을 수 없을 것입니다. 우리 연극이 이렇게 된 데는 그것을 쓴 작자들에게만 잘못이 있는 것은 아닙니다. 희곡작가들 중에는 자기들 연극에 잘못이 있다는 것을 아주 잘 알고 또 어떻게 써야 좋다는 것을 아주 잘 이해하는 사람들이 있습니다. 그런데 그들 말이 연극이라는 것도 팔 수 있는 상품이어야 하므로, 물론 맞는 말이지만, 그런 연극 나부랭이가 아니면 흥행사들이 작품을 사주지 않는다는 겁니다. 그래서 작가는 돈을 주는 흥행사가 원하는 작품을 쓰고 그들의 요구에 부합하려고 애쓴다는 거지요. 이것이 사실인지 아닌지 보려면 이 땅의 가장 훌륭한 천재 작가[9]가

9 로뻬 데 베가를 일컫는다.

쓴 수많은 연극들을 보시지요. 그렇게 화려하고 멋지고 우아한 시구, 그렇게 좋은 말과 진지한 교훈들, 그리고 전편에 가득한 고양된 문체와 고상한 말씨로 품격을 높여, 세상 사람 모두가 그의 명성을 모르는 사람이 없지만 연극 흥행사들의 취향에 맞추려고 하다보니, 어떤 작품은 좋지만, 모든 작품이 기대할 만한 완성도에 이르렀다고 할 수 없는 지경이 되었지요. 다른 작가들이야 무엇을 하는 줄도 모르고 작품을 쓰고, 일단 공연이 끝나면 배우들이 도망을 가거나 없어지죠. 여러번 그런 일이 있었듯이, 어떤 왕을 비방하거나 어느 귀족 가문의 명예를 훼손시키는 것들을 공연했다는 이유로 벌을 받을까 두려워서지요. 이런 모든 불편한 일이나 내가 말하지 않은 어처구니없는 사건들도 조정^{朝廷}에 지혜롭고 점잖은 사람이 한분 있어서 공연 전에 모든 연극을 미리 검열한다면 문제가 없어지겠지요. 장안에서 공연되는 연극뿐만 아니라 에스빠냐 전국에서 무대에 올리고 싶은 작품들을 검열하여 그 사람이 공인한다는 서명이나 도장 없이는 아무도 법적으로 정당하게 연극을 상연할 수 없도록 말입니다. 이렇게 하면 연극하는 사람들도 조정에 작품을 검열하러 보낼 때 주의할 테고 안전하게 공연을 할 수도 있을 터이고, 또한 작품을 쓰는 사람들도 작업을 할 때 더 조심을 하고 연구를 할 것입니다. 자기 작품이 연극을 아는 검열관의 엄격한 심사를 거쳐야 된다는 것을 염려해서 말입니다. 이렇게 되면 좋은 작품들이 나올 것이고 연극이 의도하는 소기의 목적도 훌륭하게 달성할 수 있는 거지요. 말하자면, 에스빠냐 지성들의 평판도 좋아질 것이고 서민들도 재미있게 감상할 것이며, 배우들도 안심하고 성의를 다할 것이고, 나쁜 연극을 비판하려는 노력도 절감하고요. 새로 나오는 기사소설들을 검열하는 사람에게 함께 맡기든지 아니면 다른 사람에게 검열을 맡기면 틀림없이 어르신께서 말씀하신 바와 같은 완벽한 작품들이 나올 것입니다. 아름답고 즐거운 보석 같은 우리 말과 표현을 더욱 풍성하게 함으로써 새로 나오는 책들의 그늘에 가려 옛날 책들은 빛을 잃는 결과를 낳을 겁니다. 이런 좋은 작품들은 바쁜 사람들이나 할 일 없는 사람들 할 것 없이 모두 점잖게 즐길 수 있을 것입니다. 왜냐하면 무사라 할지라도 항상 활만 가지고 다니는 것은 아니며, 인간됨의 조건이나 약점이라는 게 어떤 적당한 오락 없이는 오래 지탱할 수 없게 되어 있기 때문이지요."

법사 신부와의 대화를 이쯤 했을 때 이발사가 앞에 있는 그들 가까이 다가와서 신부의 귀에 대고 말했다.

"여기옵니다, 석사 신부님, 여기가 소인이 좋은 장소라고 말한 곳이지요. 사람들이 한숨 자고 쉬는 동안 짐승들이 먹을 신선한 풀이 아주 많으니까요."

"내 생각에도 좋은 곳 같네그려." 신부가 대답했다.

그리고 법사 신부에게 계획을 말하자 그 역시 눈앞에 펼쳐진 아름다운 골짜기가 그를 반기고 있는 것을 보고 그들과 함께 남기로 했다. 경치와 이미 맛들이기 시작한 신부와의 담소도 즐기고, 돈 끼호떼의 행적도 더욱 자세히 알고 싶었다. 그는 하인들 몇을 시켜 거기서 멀지 않은 곳에 있는 객줏집에 들러 여기 있는 사람들을 위해 먹을 것 좀 있으면 가져오라고 했다. 그는 그날 오후 거기서 한숨 자고 푹 쉬고 갈 작정이었다. 그 말을 들은 하인 하나가 음식을 싣고 온 노새 한마리가 이미 객줏집에 도착했을 것이며, 그 노새에 먹을 것이 충분히 실려 있으므로 객줏집에서는 여물밖에는 더이상 달라 할 게 없을 거라 했다.

"참 그렇군." 법사 신부가 말했다. "그러면 여기 있는 말은 모두 그리로 데려가고 그 노새만 끌고 오면 되겠구먼."

일이 이렇게 진행되는 동안 싼초는 아무래도 수상해 보이는 이발사나 신부의 끈질긴 간섭을 피해 주인 나리와 말할 기회가 생기자 주인이 실려 있는 닭장으로 다가가서 그에게 말했다.

"나리, 소인이 마음을 털어놓고, 나리가 마법에 걸려 가신다는 이 문제에 대해 말씀드리면요, 저기 얼굴을 가리고 가는 저 두 사람은 우리 동네 신부와 이발사구만요. 저들이 나리를 이렇게 데려가기로 한 수작은, 제 생각에는, 나리께서 훌륭한 행적들을 남기시며 앞서가니까 순전히 질투가 나서 저지른 일 같습니다요. 이게 사실이라면, 나리께서 마법에 걸린 게 아니라 바보처럼 속임수에 빠진 거라는 말이 됩니다요. 그 증거로 한가지만 여쭙겠네요. 나리의 답이 소인 생각대로 나오면 이게 속임수라는 걸 손으로 잡게 됩니다요. 그리고 나리는 마법에 걸려 가는 게 아니라 정신이 돌아서 끌려가는 게 됩니다요."

"뭐든지 물어보게나, 사랑하는 싼초!" 돈 끼호떼가 말했다. "내 자네 뜻대로 하겠네. 자네 뜻대로 뭐든지 대답해줌세. 그리고 저기 우리와 함께 가는 사람들이 우리 고향 친구로, 우리가 아는 신부와 이발사라고 자네가 말하네만, 저 사람들이 그 친구들과 똑같아 보이는 건 사실일 거야. 그러나 그들이 진짜 실제로 그 친구들이라고는 절대 믿지 말게. 자네가 분명히 믿고 알아야 될 것이 있네. 저들이 자네 말처럼 그렇게 보이는 것은 나에게 마법을 쓴 사람들이 그 친구들 모습을 그대로 따왔기 때문이라는 사실이야. 왜냐하면 마법사들은 마음대로 자신의 모습을 만들기가 쉽거든. 그래서 저렇게 우리 친구들 모습을 본뜨게 되었겠지. 그래야 자네가 그런 생각을 하게 되고, 이제 수많은 상상과 미궁 속에 빠져서 세상에 아무리 튼튼한 밧줄이 있다고 해도 거기서 빠져나올 줄 모르고 헤매지 않겠나? 그들이 그런 모습을 한 것은 또한 내 이성을 흐릿하게 해서 어디에서 이런 수난이 빚어지는가를 알아차리지 못하게 하려는 것일 수도 있지. 왜냐하면 한편으로 자네는 우리 동네 신부와 이발사가 나를 데려간다고 하고, 또 한편으로 내가 이렇게 닭장에 갇혀가지만, 정말 초자연적인 무서운 힘이 아닌 인간의 힘으로 나를 닭장에 가둘 자가 없다고 알고 있는 나는 도대체 어떻게 생각해야 하겠나? 지금까지 마법에 걸려 끌려갔던 방랑기사들의 모든 이야기를 아무리 읽어보아도 지금 내가 빠진 이 마법보다 더 지독한 일은 없었던 것 같으니, 자네는 내가 이 일을 어떻게 생각하길 바라나? 일이 이렇게 되었으니 자네는 그 사람들이 그 친구들이라는 생각은 그만두고 마음을 진정하게나. 이 사람들이 그 친구들이라면 내가 터키 사람이라고 해야겠구먼. 하지만 어떻든 무언가 나에게 물어볼 말이 있다고 했는데, 물어보게나, 오늘부터 내일까지 내내 물어본다고 해도 내가 꼭 대답해줄 테니."

"세상에 이렇게 답답할 수가!" 싼초가 소리를 버럭 지르며 말했다. "세상에, 나리께서는 그렇게 머리가 안 돌아가고 골수가 비었습니까요? 소인의 말이 진짜 사실인 것을 못 보시다니요! 이렇게 갇혀서 고생을 하시는 건 마법 때문이라기보다 오히려 못된 놈들의 행패 때문이라니까요. 나리께서 마법에 걸린 게 아니라는 건 소인이 확실히 증명해드리지요. 소인이 증명을 못하면, 나리, 하느님의 가호로 이 고통에서 빨리 빠져나오셔서 머지않아 우리 둘시네아 공주님의 품으로 돌아가시기 바랍니다."

"기도는 그만하고," 돈 끼호떼가 말했다. "뭐든지 묻게나, 이미 말했듯이 내 정확하게 대답해주겠으니."

"그러길 바랍니다요." 쌴초가 말을 받았다. "정작 소인이 알고 싶은 건 나리께서 사실 그대로 글자 한 자 더 빼지도 보태지도 않고 모두 대답해주실까 하는 겁니다. 방랑기사라는 명패 아래 나리와 같이 무공을 닦는 세상의 모든 무사가 말하는, 그들에게 응당 기대해야 할 만한 진실이 나올 수 있을지……"

"내가 거짓없이 말하겠다고 하지 않았느냐," 돈 끼호떼가 말했다. "물어볼 게 있으면 어서 당장 물어보아라. 자꾸 그렇게 기도며 기원이며 주의며 하면서 뜸을 들이는 게 정말 지겹구나, 쌴초."

"소인 말은 주인님의 진심과 친절에 대해 확신하고 있다는 겁니다. 그래서 사정이 이리되어서 드리는 말씀인데, 존경스럽게 여쭙겠습니다만, 혹시 나리께서 이렇게 닭장에 갇혀 가시면서, 나리 생각으로는 마법에 걸렸다고 하시지만, 보통 우리 사람들이 하는 말로 작은 물이나 큰 물을 하고 싶은 마음이나 충동을 느끼지는 않으셨는지요?"

"나는 그 '작은 물 큰 물 한다'라는 말이 무슨 말인지 모르겠구나, 쌴초, 어디 똑똑히 설명 좀 하려무나, 내가 제대로 대답해주길 바라거든."

"아니 '큰 물 작은 물 한다'는 소리도 나리께서 모르시다니 말이 됩니까? 학교에서는 그걸로 아이들이 젖을 떼게 한다고 합니다. 소인의 말인즉슨, 그 피할 수 없는 짓을 하고 싶은 욕구를 느끼셨느냐 하는 뜻입니다."

"아, 그런 말이라면 내 알겠구먼, 쌴초! 그런 느낌은 여러번 느꼈지. 지금도 생각이 있어. 제발 이 위험에서 나 좀 구해주게나. 이 모든 게 다 깨끗한 것 같지는 않아!"

49장

싼초 빤사가 돈 끼호떼 나리와 나눈
점잖은 대화에 관하여

"아!" 싼초가 말했다. "이젠 알았습니다요, 이거야말로 소인이 진정으로 목숨을 걸고 알고자 했던 바입니다요. 이보십시오, 나리, 어떤 사람이 정상상태가 아닐 때 보통 사람들이 이런 말을 하는 걸 들어보셨나요? '그 친구에게 무슨 일이 있는지, 밥도 안 먹고 물도 안 마시고 잠도 안 자고, 무슨 말을 물어도 제대로 대답도 못하고, 아마 무슨 마법에 걸렸나봐?' 이렇게 말하는 걸 보면, 사람이 먹지도 마시지도 자지도 않고, 소인이 말하는 그런 자연스런 짓들도 안 한다면 사람들이 그건 마법에 걸린 거라고 한다는 결론이지요. 하지만 나리처럼 그런 느낌도 욕구도 확실하고, 물을 주면 마시고 밥이 있으면 먹고 물어보는 말에 무엇이든 대답을 잘하는 사람을 마법에 걸렸다고 하지는 않는다는 말이지요."

"자네 말이 맞네, 싼초." 돈 끼호떼가 말했다. "하나 세상에는 여러 방법의 마법이 존재한다고 하지 않았나. 세월이 흐르면서 마법도 이 방법에서 저 방법으로 바뀌었는지도 몰라. 그래서 전에는 그러지 않았지만 요즘은 나처럼 마법에 걸려도 할 짓은 다 하는 것이 유행인지도 모르지. 따라서 시대의 유행이라는 것을 문제 삼아 따지거나 결론을 내리려고 해서는 안되는 법이야. 내가 알기로 확실한 건 지금 내가 마법에 걸렸다는 걸세. 생각을 이렇게 하면 내 마음이 편하고 좋네. 만일 내가 마법에 걸리지 않았는데 비겁하고 나태한 모습으로 이렇게 닭장에 갇혀 있다고 생각하면 이거야말로 정말 큰일이지. 바로 지금 이 시각에도 극도의 곤궁에 처하여 나의 도움과 보호를 바라고 있을 수많은 궁핍한 사람들이나 수난자들에 대한 구원의 의무를 기피하다니……"

"어떻든지 간에," 싼초가 말을 받았다. "소인 생각에는, 더 확실하게 속 시원히 알아보려면 나리께서 한번 시험 삼아 이 감옥에서 나와보시는 게 좋을 듯하네요. 소인도 있는 힘을 다해 도와서 거기서 아주 꺼내드리려고 애쓰겠습니다요. 그래서 한번 나리의 그 좋은 로신안떼 위에 다시 탈 수 있을지 시험해봅시다요. 로신안떼도 우울한 표정으로 슬프게 걸어가는 걸 보니, 역시 마법에 걸리지 않았나 싶네요. 그렇게 하면 더욱 많은 모험을 찾아 우리 운수를 시험해볼 수 있지 않겠습니까. 만약 이 일이 잘못되더라도 닭장으로 되돌아갈 시간도 있어요. 소인이 착하고 성실한 기사의 하인으로서 약속드립니다만, 그럴 경우에는 나리와 함께 소인도 닭장 안에 갇히겠습니다. 나리께서 그토록 복이 없으시고 소인 또한 그토록 무식해서 말씀드린 대로 일이 잘 성공하지 못한다면 말씀입니다요."

"나는 기꺼이 자네가 하자는 대로 하겠네, 싼초 이 사람아." 돈끼호떼가 대답했다. "그리고 자네가 나의 석방을 실천에 옮길 기회가 왔다고 하면 뭐든지 자네가 하자는 대로 하겠네. 하지만 싼초, 자네가 내 불행의 진실을 잘 모르고 하는 짓인 것 같아 걱정이야."

이런 이야기를 하면서 방랑기사와 불행한 방랑기사 하인은 시간을 보냈고, 마침내 사람들이 도착하고 모두들 말에서 내려 신부며 법사 신부, 이발사가 기다리고 있는 곳으로 왔다. 소몰이꾼은 소들을 달구지에서 풀어 평화롭고 푸르디푸른 곳에서 마음대로 돌아다니도록 내버려두었다. 그곳이야말로 돈 끼호떼처럼 마법에 걸리지 않은 사람이든 기사의 하인처럼 제정신인 점잖은 사람이든 누구나 마음에 들어하는 즐거운 곳이었다. 싼초는 신부에게 자기 주인 나리를 그 닭장에서 잠시 나오도록 해주십사 요청했다. 나리를 나오지 못하게 하시면 닭장 안이 자기 주인처럼 점잖은 기사분이 타고 가시기엔 알맞지 않은, 별로 깨끗하지 못한 감옥이 될 수도 있다고 했다. 신부가 그 말을 알아듣고 청하는 바를 기꺼이 들어주겠노라고 했다. 그러나 주인 나리께서 일단 자유의 몸이 되면 제멋대로 행동하셔서 사람들이 못 보는 곳으로 달아날 수도 있는 게 걱정이라고 했다.

"그 도주 문제는 소인이 책임지겠습니다." 싼초가 대답했다.

"나도 그렇게 생각합니다." 법사 신부가 말했다. "게다가 나리께서 신사답게 우리가 허락하기 전에는 우리 있는 데서 멀리 떨어지지 않는다는 약속을 해주신다면 말이지요."

"내 약속하리다." 모든 이야기를 다 듣고 있던 돈 끼호떼가 대답했다. "더구나 나처럼 마법에 걸려버린 사람은 마법을 건 사람이 한 장소에서 이삼백년을 움직이지 못하게 할 수도 있는 법이어서, 자기 몸을 자유롭게 자기 맘대로 하지도 못하는 처지이옵니다. 만약 도망을 간다 하더라도 그대로 날아서 돌아오게 할 텐데요, 뭐."

그리고 그는 사정이 이러하니 자신을 풀어주어도 괜찮을 것 같고, 더구나 그렇게 하는 게 모든 사람에게도 좋을 듯하다고 했다. 만약 자신을 풀어주지 않을 경우 비켜가지 않으면 안될 정도로 지독한 냄새가 안에서 날 것이고, 그것을 견뎌내기는 어려울 거라고 위협했다.

법사는 묶여 있는 돈 끼호떼의 손을 잡고 굳은 약조를 받고 돈 끼호떼를 우리에서 석방해주었다. 닭장 밖으로 나오자 돈 끼호떼는 크게 기뻐하며 맨 먼저 몸을 쭉 펴고 기지개를 켠 다음 로신안 떼가 있는 곳으로 가서 손바닥으로 엉덩이를 탁탁 치면서 말했다.

"하느님과 말들의 귀감인 성모마리아님의 가호로, 우리는 바라는 바대로 둘이서 곧 다시 만나리라는 기대를 버리지 않았노라. 그대는 그대의 주인을 등에 업고, 나는 그대 위에서 하느님이 나를 세상에 내보내신 사명을 다하리라."

이렇게 말하면서 돈 끼호떼는 싼초와 함께 조금 떨어진 곳으로 갔는데, 그곳에서 돌아오면서 기분이 한결 나아져서 하인이 제안한 것들을 곧 실천에 옮겨야겠다는 마음이 더 커졌다.

그 모습을 보고 법사 신부는 돈 끼호떼의 기이하고 심각한 광기에 놀랐는데, 말을 하거나 대답을 할 때는 아주 훌륭한 지혜를 보여 더 놀랐다. 다만 다른 때도 말한 바 있듯이 기사도 이야기만 나오면 그는 발판을 잃고 허둥댔다. 그래서 동정심도 가고, 또 모두가 파란 풀밭에 앉아 법사의 음식 보따리를 기다리는 참이라 그에게 말했다.

"영감님, 영감님께서는 심심풀이로 그 몹쓸 기사소설들 좀 읽은 게 그토록 영향을 크게 미쳐서 자신이 마법에 걸려 끌려간다고 믿을 정도로 정신이 돌아버렸다는 말씀입니까? 세상에 진실이 있고 거짓말이 있는데, 진실과는 너무 거리가 먼 이런 종류의 일을 보고도 늘 그 모양이십니까? 어떻게 세상에 그 수많은 아마디스가 존재했다고 믿을 만큼 어리석은 인간의 머리가 있을 수 있단 말입니까? 유명한 많은 기사 떼거리들, 뜨라뻬손다의 황제, 이르까니아의 펠릭스마르떼, 귀부인의 좋은 말, 헤매고 다니는 많은 처녀, 많은 뱀, 반은 사람 반은 짐승인 많은 괴물, 많은 거인, 소리없이 일어나는 많은 모험, 무수한 종류의 마법, 많은 싸움, 기기묘묘한 많은 만남, 멋지고 훌륭한 옷들, 사랑에 빠진 많은 공주, 백작이 된 많은 하인, 우스꽝스러운 많은 난쟁이, 많은 편지, 많은 사랑의 말, 많은 용감한 여인, 끝으로 기사소설류의 책에 나오는 그 많고 많은 허무맹랑한 이야기들이 세상에 실제로 존재했단 말입니까? 나로서는 그런 책을 읽을 때 모든 게 다 거짓말이고 쓸데없는 것들이라는 생각을 하지 않고 읽으면 그래도 다소 재미를 느꼈다고 말할 수 있습니다. 그러나 일단 그게 다 거짓말이라는 사실이 생각나면 그중 아무리 좋은 책이라도 그대로 벽에다 내팽개쳐버리고 말지요. 가까이에 불이 있다면 그대로 불에 처넣고 말 겁니다. 모두가 인간의 상식에 부합하는 관계를 떠난 거짓과 사기라는 점에서 그런 벌을 받아도 싸지요. 그런 책들은 새로운 생활방식이나 새로운 이단자들을 창안해냄으로써 아무것도 모르는 일반 서민은 거기 나오는 그 많은 바보 같은 소리들을 사실인 줄 알고 그대로 믿게 만들 위험성이 있거든요. 심지어 그런 책들은 사정없이 거짓말을 해대는 통에, 실제 나리에게 일어난 일만 보아도 잘 알 수 있듯이 점잖고 훌륭한 양반들의 머리까지도 송두리째 흐리게 한다니까요. 나리의 혼돈도 이제 극단에 이르러, 이렇게 닭장에 가두거나 소가 이끄는 짐수레 위에 끌고 오지 않으면 안될 정도이지 않습니까. 마치 사자나 호랑이를 이곳저곳 데리고 다니면서 돈벌이로 사람들에게 보여주고 다니는 사람처럼 말입니다. 이보세요, 돈 끼호떼 나리, 제발 자기 신세를 마음 아파해서 점잖은 사람들 사이로 돌아오소서! 하늘이 내리신 그 많은 지혜를 이용할 줄 아셔야지요! 그대 머리의 그 훌륭한 재주를 다른 책 읽기에 사용하여 마음의 양식에도 이익이 되고 명예도 드높이도록 하시구려! 그리고 아직도 자신이 본능에 이끌려 기사도의 행적이 담긴 이야기를 읽고자 할 때는 성서 중에서 「판관기」를 읽어보소서. 거기에서 정말로 위대한 진실과 참되고 용감한 행적을 발견할 거요. 비리아또 같은 사람이 루시따니아를 가지고, 카이사르 같은 사람이 로마를 얻고, 한니발 같은 사람이 카르타고를 얻고, 알렉산드로스 대왕이 그리스를 얻지 않았소. 페르난 곤살레스 백작이 까르띠야를 얻고 시드 같은 사람이 발렌시아를 얻고, 곤살로 페르난데스 같은 사람은 안달루시아를 얻고, 디에고 가르시아 데 빠레데스라는 사람은 에스뜨레마두라를 얻고, 가르시 뻬레스 데 바르가스 같은 사람은 헤레스를 점령하고, 그라나다 전쟁의 장군 가르실라소 같은 사람은 똘레도를 얻고, 돈 마누엘 데 레온 같은 사람은 쎄비야를 점령했소. 그 용감한 행적들이 주는 교훈은 그 책을 읽는 가장 높은 천재들의 마음을 즐겁게 하고 가르치고 쾌감도 주며 감동을 줄 수 있지요. 이런 책을 읽는 것이, 사랑하는 돈 끼호떼 나리, 그대와 같이 지혜로운 분에게 적합한 독서가 될 것이오. 그리하면 나리께서는 역사에 해박한 지식을 갖게 될 것이며, 덕을 사랑하게 되고 선을 배울 것이며, 습관도 좋아지고 만용보다는 용기를 사랑하고 비겁하지 않고 대담하며, 또한 이 모든 것이 하느님의 명예를 드높이고 라 만차 지방의 이익과 명성을 위하는 것이 될 것이외다. 내 알기로 그 고장이 나리가 태어난 고향이요, 마음의 뿌리라니까요."

돈 끼호떼는 아주 열심히 법사의 설교를 듣고 있었는데, 그가 말을 다 끝내자 한동안 그 얼굴을 물끄러미 바라본 뒤에 이렇게 말했다.

"보아하니, 나리, 나리께서 말하는 논조가 세상에 방랑기사란 존재하지 않으며, 모든 기사소설은 다 사기고 거짓이고 나라에 전혀 도움이 안되는 해로운 것이라고 본인에게 인식시키고자 하시는 것 같군요. 그러니까 내가 그런 책들을 읽은 게 잘못이고, 그걸 또 그대로 믿는 건 더욱 잘못되었으며, 더군다나 그런 책을 모방하여 거기에서 배운 방랑기사라는 지극히 어려운 직업을 실행해보겠다고 나선 것은 정말 아주 잘못된 것이라고 말하셨지요? 이 세상에 아마디스 같은 기사는 골 지방에도 그리스에도 없고, 많은 책이 잔뜩 언급하고 있는 다른 모든 기사라는 것도 실제로는 존재한 적이 없는 사람들이라고 본인에게 반박하셨지요?"

"그렇습니다. 나리께서 말씀하신 그대로입니다, 글자 하나 틀리지 않군요." 법사가 말했다.

그러자 돈 끼호떼가 말을 이었다.

"또 나리는 덧붙여 말씀하시기를, 그런 유의 책들이 나에게 엄청난 피해를 주었다고 했지요. 본인의 정신을 돌게 했고 결국 닭장에 갇히게 했다고 말입니다. 따라서 내 잘못을 고치고 독서를 바꾸어 더 재미도 있고 배울 것도 많은 진짜 좋은 다른 책들을 읽어보는 게 좋을 거라 하셨지요."

"바로 그렇소." 법사가 말했다.

"하지만 본인 생각에는," 돈 끼호떼는 반박했다. "정신이 빠지고 마술에 취한 사람은 바로 나리인 것 같소이다. 세상이 모두 다 진실로 인정하는 명확한 사실에 대해서 그 많은 모독을 하려 하다니 말입니다. 세상에 나리처럼 기사도를 부정하는 사람은, 나리가 기사소설을 읽고 화가 날 때 그 책들에게 벌을 준다고 했듯이 그와 똑같은 벌을 나리 같은 사람에게도 내려야 했습니다. 아마디스가 세상에 없었고 이야기책들에 가득 실린 모든 모험기사들이 존재하지 않았다고 남들에게 이해시키려 하는 것보다는 차라리 하늘에 해가 뜨지 않고, 얼음은 차지 않으며, 땅에서는 아무것도 자라지 않는다고 설득하는 게 더 쉬울 겁니다. 샤를마뉴 대제 시절에 일어난 일로, 플로리뻬스 옹주와 구이 데 보르고냐, 그리고 만띠블레 다리와 피에라브라스의 사건[1]을 사실이 아니었다고 세상에 무슨 재주로 남을 설득할 수가 있단 말입니까? 정말이지 이런 이야기는 지금이 대낮이어서 밝은 것처럼 사실 그대로가 아닙니까? 그런 게 다 거짓이라면, 헥토르도, 아킬레우스도, 트로이 전쟁도, 프랑스의 열두 기사도, 지금까지 까마귀가 되어 날아다니고 있어 자기 왕국에서는 가끔씩 그 왕을 기다리는 사람들이 있다는 영국의 아서 왕[2]도 모두가 다 거짓이겠네요? 그렇다면 과리노 메스끼노의 이야기[3]와 최후의 만찬의 성배 찾는 이야기[4]도 모두 거짓이란 말입니까?

1 알깔라 데 에나레스에서 1589년에 출간된 『샤를마뉴 대제와 프랑스의 열두 기사 이야기』(*La historia del emperador Carlomagno y de los doce pares de Francia*)에 이런 이야기들이 나온다. 무어족 옹주인 플로리뻬스가 구이 데 보르고냐와 사랑에 빠진다. 그녀는 샤를마뉴 대제가 그들을 구하러 올 때까지 포로로 잡힌 열두 기사를 보호한다. '피에라브라스'는 12세기 프랑스 무훈서사시의 테마의 하나이며, 만띠블레 다리는 거인 갈라프레가 지키고 있어서 거기를 지나가려면 큰 수난을 겪어야 했다. 깔데론 데 라 바르까도 이 테마로 쓴 작품을 남겼다.
2 아서 왕이 까마귀가 되어 돌아온다는 영국 전설을 언급하고 있다.
3 아마 『고명한 기사 과리노 메스끼노의 실록』(*Crónica del noble caballero Guarino Mesquino*)을 말하는 것 같다.
4 최후의 만찬의 성배를 찾아온다는 아서 왕의 전설 이야기이다.

그리고 히네브라와 란사로떼의 사랑이나 뜨리스딴과 이세오 여왕[5]의 사랑도 다 거짓말로 지어낸 이야기란 말인가요? 대영제국에서 가장 술시중 잘하기로 이름난 낀따뇨나 부인[6]을 실제로 만난 기억이 있는 사람까지 있는데 그것도 거짓이란 말입니까? 이 이야기는 워낙 유명해서 내 기억으로는 친가 쪽 할머니 한분은 어디서든 수녀들이 쓰는 숭엄한 모자를 쓴 여자만 보면, '손주야, 저 여자는 꼭 낀따뇨나 부인같이 생겼어'라고 말씀하시곤 하셨습니다. 그로 미루어 추측하건대, 그 할머니가 그 부인을 만나보았든지 아니면 적어도 그 부인의 어떤 그림이라도 볼 기회가 있었던 걸로 보이거든요. 또한 뻬에르와 아름다운 마갈로나의 이야기[7]도 누가 사실이 아니라고 부정하겠습니까? 오늘날까지도 왕들의 무기 박물관에는 그 용감한 뻬에르가 공중으로 날아가려고 앉았던 목마를 운전하던 나무못이 있는데, 그것이 보통 짐수레의 운전대보다 좀 크지 않습니까? 그리고 그 나무못 옆에 바비에까의 안장이 있고, 론세스바예스에는 롤랑의 뿔이 있는데, 그 크기가 큰 대들보만 하지요. 그런 데서 얻은 결론인데요, 진짜 열두 기사들도 있었고, 뻬에르 같은 기사들도 있었고, 시드 같은 기사들도, 또다른 비슷한 기사들도 있었으며,

이들 사람들이 말하는 기사들은

---

5 각기 아서 왕의 왕비 기네비어와 랜슬럿, 트리스탄과 이졸데를 가리킨다.
6 란사로떼의 이야기에 나오는 부인으로, 이 인물을 그리는 로만세가 있을 정도로 유명하다.
7 프로방스 지방의 뻬에르와 귀부인 마갈로나의 유명한 이야기인데, 2권 40장에 다시 나온다.

자기의 모험을 찾아 길을 헤매지요.[8]

아니라면, 뽀르뚜갈의 용감한 방랑기사로 보르고냐에 갔던 주안 데 메를로[9]도 실제 인물이 아니라고 하겠는지 어디 말 좀 해보세요. 라스 시에서 일명 뻬에르 법사라고 부른 그 유명한 차르니 나리와 대결한 일이 있었지요. 그뒤 바실레아 시에서는 엔리께 데 레메스 딴 법사와 싸웠고, 이 두 싸움에서 승리하여 가장 영예로운 명성을 얻었지요. 그리고 에스빠냐의 용감한 기사들 뻬드로 바르바와 구띠에레 끼하다가, 본인으로 말할 것 같으면 바로 이분의 혈통에서 남자 쪽으로 내려오는 후손으로서, 보르고냐에서 끝내준 모험과 결투는 결국 싼 뽈로 백작의 아들들을 이긴 것이지요.[10] 그리고 또한 돈 페르난도 데 게바라[11]가 독일에 간 것이 모험을 찾아서 간 것이 아니라고 해보세요. 아우스뜨리아 공작 가문의 기사인 호르헤 나리와 싸우지 않았습니까? 통과의례로 유명한 쑤에로 데 끼뇨네스의 결투제의[12]가 어디 장난이었다고 말해보세요. 루이스 데 팔세

----

8 1권 9장에 나오는 노래와 이어지는 구절이다.
9 뽀르뚜갈 혈통의 까스띠야 기사로서 에스빠냐 국왕 환 2세를 섬겼다. 환 데 메나(Juan de Mena)의 『삼백편의 노래』(Las Trescientas)에 이 기사를 노래한 구절이 있다.
10 사촌지간이던 이 두 에스빠냐 기사 이야기는 『환 2세 실록』(Crónica de Juan II)의 255장을 가리키는데, 거기에 세르반떼스가 언급한 싼 뽈로의 의붓아들 뻬에르 이야기가 나온다.
11 『환 2세 실록』 263장에 언급된다.
12 쑤에로 데 끼뇨네스는 환 2세의 허락을 받고 오르비고 강 다리 옆에 나타나는 기사들에게 누가 오든지 창 삼백개를 부러뜨려놓겠다는 결투제의를 한다. 이것은 자신이 모시는 귀부인의 영예를 위한 제의였다. 모두 예순여덟명의 기사가 나타났으며 그중에는 에스빠냐인, 아라곤 사람, 뽀르뚜갈 사람, 프랑스인, 이딸리아인, 영국인 들이 있었다 한다.

스 법사가 까스띠야 기사인 돈 곤살로 데 구스만과 싸운 일[13]이라든지, 기타 에스빠냐 기사들이 국내나 외국에서 이룬 수많은 공적은 모두가 진실이고 진정한 것이었습니다. 내 다시 말하지만 이걸 부정할 만한 아무런 이유도 그럴듯한 담론도 있을 수 없지요."

법사는 돈 끼호떼가 참말과 거짓말을 잘 섞어서 말을 풀어가는 것을 보고 놀랐고, 또한 방랑기사에 관해선 기사도의 사실을 하나도 빠짐없이 모두 다 알고 있는 것을 보고 감탄했다. 그래서 이렇게 대답했다.

"돈 끼호떼 나리, 나리께서 하신 말씀에 어떤 점에서는 일리가 있다는 것을 제가 부정할 수는 없습니다. 특히 에스빠냐 방랑기사들에 관한 부분에서는 말입니다. 동시에 프랑스에 열두 기사가 존재했다는 문제에 대해서도 제가 양보하겠습니다. 그러나 뚜르삔[14] 대승정이 쓴 그 기사들의 행적에 대해서는 믿고 싶지 않습니다. 왜냐하면 사실상 그분들은 프랑스의 왕들에게 선택된 기사들이었거든요. 그 기사들을 특히 '빠레스', 즉 '짝들'이라고 부른 것은 용기나 품위, 가치에 있어서 모두 동급의 기사들이었기 때문이지요. 그들이 다 똑같지는 않았다 할지라도 적어도 똑같아야 한다는 뜻이었겠지요. 그것은 마치 요즘 말하는 싼띠아고나 깔라뜨라바 기사들이라고 할 때와 같은 일종의 종교적 단체와 같은 것이에요. 그런 이름있는 종교단체의 기사라고 하면 다들 잘나고 용감하고 덕망있는 기사일 것이라는, 혹은 그래야 되는 양반들이라는 생각이 들지 않나요? 지금 성 요한의 기사 혹은 알깐따라의 기사라 하듯이, 그 당시에는 열두 기사, '열두 빠르'라는 말을 썼어요. 왜냐하면 그런

....
13 『환 2세 실록』에 나오는 이야기이다.
14 샤를마뉴 대제에 대하여 라틴어로 실록을 썼다는 거짓 작가의 이름이다.

무사종교의 모범으로 선택된 열두 기사들은 모두가 똑같다고 생각되었기 때문입니다. 시드가 실존한 인물이라는 데는 의심할 나위가 없습니다. 베르나르도 델 까르삐오도 물론 실존했지요. 그들이 했다는 행적에 대해서는 내 생각에 아주 큰 공적도 있었다고 봅니다. 또다른 이야기로 나리께서 삐에르 백작의 것이라고 하는 나무못 문제, 왕들의 무기 박물관 바비에까의 안장 옆에 있다는 그 물건에 대해서는 제 잘못을 시인해야 되겠군요. 제가 참말로 무식하거나 시력이 정말 나빠서인지 그 안장은 보았으나 그 나무못은 보지 못했습니다. 더구나 나리 말대로라면 그렇게 크다고 하는데도 말입니다."

"거기에 그게 틀림없이 있지요." 돈 끼호떼가 말을 받았다. "더 자세히 말씀드리면, 곰팡이가 끼지 않도록 소가죽으로 만든 통에 씌워져 있다고 합니다."

"세상에는 별일이 다 있으니까," 법사가 말했다. "하지만 제 명예를 걸고 말씀드립니다만 저는 본 기억이 없습니다. 그러나 설령 그게 거기에 있었다고 양보를 하더라도 그것 때문에 그 많은 아마디스 기사들의 이야기를 꼭 믿어야 할 의무는 없지요. 물론 보통 사람들이 말하는 그 기사 떼거리들 이야기 말입니다. 더구나 나리처럼 훌륭한 지혜를 갖추고 재능도 참 뛰어난 점잖으신 분이 그런 엉터리 기사도 책들에 쓰인 그 많은 이상한 미친 이야기들을 진실이라 믿고 이해하려 하시다니 당치도 않사옵니다."

50장

돈 끼호떼와 법사가 벌인
점잖은 말다툼과 다른 사건들

"그 말 한번 잘했소이다!" 돈 끼호떼가 되받았다. "그 책들은 책임자들에게 보내져서 허가를 받고 국왕의 인준을 받은 책들이올시다. 중요한 사람이나 보통 사람, 가난한 사람이나 부자, 식자나 무식쟁이, 서민이나 귀족, 어떤 신분 어떤 계급을 막론하고 모든 사람이 다들 즐겁게 읽고 칭송하는 책들인데, 그것들이 다 거짓말이란 말입니까? 더구나 정말로 사실과 똑같이 갖출 것 다 갖추고, 어떤 기사들이 무슨 전공을 어떻게 쌓았다고 하루하루, 한점 한점 낱낱이 들추고, 그 아버지와 어머니, 고향과 친척들, 나이와 출생지까지 다 말하는데 그게 거짓이라고요? 나리께서는 입 좀 다무시고 그 쓸데없는 욕 좀 그만하시구려. 그리고 점잖은 사람이 취해야 할 행동을 충고해드릴 테니 내 말 좀 들으시오. 안 들으시겠다면 그 책들을 직접 읽어보시구려. 읽어보면 얼마나 재미있는지 알 거외다. 아니라면 대답해보세요, 세상에 이런 것을 보는 즐거움보다 더한 것이 있겠습니까? 예를 들어 생생하게, 여기 지금 우리 눈앞에 부글부글 끓고 있는 커다란 물고기 호수가 나타납니다. 그 호수로는 수많은 뱀이며 구렁이며 도마뱀과 다른 여러 종류의 사납고 공포스러운 동물들이 지나갑니다. 그리고 그 호수 한가운데서 한 슬픈 목소리가 새어나옵니다. '그대, 기사여, 그대가 누구이든지, 이 무시무시한 호수를 바라보고 있는 자여, 만일 그대가 이 검은 물 밑에 숨어 있는 보물을 얻고자 하거든 그대의 강력한 힘과 용기를 보여주소서. 바로 지금 이 검게 불타는 술통의 한중간으로 뛰어들라. 그러지 못하면 이 검은 암흑 밑에 누워 있는 일곱 요정의 일곱 성안에 감춰져 있는 그 황홀하고 신비한 것들을 그대는 볼 자격이 없으리니……' 공포에 떠는 그 목소리를 기사가 듣자마자 거기에 어떤 위험이 도사리고 있는지 생각지도 않고, 곰곰이 생각해볼 겨를도 없이 그 강력하고 무거운 갑옷도 벗지 못한 채 자신의 귀부인과 하느님의 가호를 빌며 부글거리는 호수 한가운데로 뛰어듭니다. 자신이 어디로 가는지 알지도 보지도 못하는 사이에 꽃이 활짝 핀 벌판에 도착하게 되는데 그곳은 세상에 낙원이 있다고 해도 비교가 되지 않으리만큼 아름답더라나요? 거기에서 하늘은 더욱 투명해 보이고, 해는 더욱 새로이 밝게 비치지요. 푸르고 잎이 무성한 나무들이 많은 평화로운 꽃밭이 눈앞에 펼쳐집니다. 그 푸르름이 보는 사람을 즐겁게 합니다. 얽히고설킨 나뭇가지 사이로 날아다니는 색색의 수많은 작은 새들의 자연 그대로의 달콤한 노랫소리는 우리를 즐겁게 합니다. 여기 시냇물이 하나 나타나는데, 그 신선한 물은 마치 액체 수정처럼 작은 모래와 하얀 조약돌 위로 흘러가고 그 모습이 마치 체로 친 금가루와 순연한 진주들 같지요. 이쪽에는 다양한 색깔의 반점이 있는 벽옥과 매끄러운 대리석으로 만들어진 인공 우물이 있고, 저쪽으로는 조잡한 자연성을 잘 정돈하고 다듬은 다른 샘이 보이는데, 거기에는 작은 조개껍데기와 희고 노랗게 똬리를 튼 달팽이집들이 불규칙한 대로 정돈되어 놓여 있고, 이 것들이 반짝이는 수정 조각이나 에메랄드처럼 생긴 것들과 섞여 다채로운 예술작품을 이루고 있지요. 따라서 예술이 자연을 모방하면서도 거기에서는 자연을 넘어서고 있지요. 이쪽으로는 갑자기 웅장한 성인지 화려한 왕궁인지가 드러나는데, 그 성벽들은 단단한 금덩어리로 만든 것들이며, 성루는 금강석으로, 대문은 석영으로 만들었지요. 마지막으로 그 성은 그토록 훌륭하게 꾸며졌고, 거기에 쓴 재료들만 보아도 금강석에 홍옥, 루비와 진주, 황금과 에메랄드이기에 그 공력이 훨씬 더 돋보이지요. 이걸 보고 난 뒤에, 아가씨 여러 명이 화려하고 멋진 의상을 차려입고 성문으로 나오는 걸 보면 더 보아서 무얼 합니까? 내가 지금 그 이야기책들에 쓰인 대로 당신들에게 다 이야기하자면 끝이 안 날 겁니다. 그다음에는 그 여자들 중에서 가장 지체 높아 보이는 공주 아가씨가 펄펄 끓는 호수 속으로 뛰어든 용감한 기사의 손을 잡고, 아름다운 성인지 궁전인지 그 안으로 말 한마디 없이 모시고 들어가지요. 그리고 태어난 알몸뚱이 그대로의 모습으로 옷을 벗게 한 뒤에 따뜻한 물로 목욕을 시키고, 그다음 향기로운 향유를 온몸에 바른 뒤에, 향수를 뿌려 냄새 좋은 보드랍고 섬세한 얇은 비단 속옷을 입히지요. 그러고는 다른 아가씨가 나와서 어깨 위에 망또를 걸쳐주는데, 그 망또로 말하면 적어도 보통 도시 하나를 다 살 수 있는 값이 나간다는 거예요. 더 말씀드릴까요? 거기서 이야기하는 걸 보면, 이것이 모두 끝나고 난 뒤 다른 방으로 모시는데 거기에는 식탁이 차려져 있고 그 음식들이 얼마나 고루고루 잘 차려져 있는지 놀라워서 숨이 막힐 지경이라나요? 손 씻을 물을 주는데 그 물도 모두 향기로운 꽃과 용연향으로부터 증류한 향수라는데, 어때요? 그리고 상아로 만든 의자에 앉게 하는 것은요? 황홀한 침묵 속에서 그 모든 아가씨가 음식을 가져다주는데 어떻겠어요? 가져오는 음식들이 전부 맛있게 요리된 것들이고 다 달라서, 어느 쪽으로 손을 가져가야 할지 식욕도 갈피를 못 잡는데 어떡합니까? 누가 노래하는지 어디서 나는 소린지 모르지만 식사하는 동안 음악 소리가 흐르고, 식사가 끝나고 상을 치운 뒤 기사는 의자에 비스듬히 기대어 아마도 여느 때처럼 이를 쑤시고 있는데 처음 본 여자들 중 누구보다도 예쁜 아가씨가 때아니게 방문으로 들어오는데, 이걸 어떡합니까? 그 아가씨는 기사 옆에 앉아서 그 성이 어떤 성이며, 자기는 어떻게 해서 그 성에서 마법에 걸려 있게 되었는지 자초지종을 이야기하는데 기사는 마음을 조이고, 그런 이야기를 읽는 독자들을 감동시키는데, 어떻습니까? 더이상 이 이야기를 길게 말씀드리고 싶지는 않습니다. 방랑기사 이야기라면 어느 책, 어느 부분을 읽어도 누구든 읽는 사람이 재미를 느끼고 감탄하게 된다는 것을, 이 정도로 말씀드리면 미루어 짐작하실 수 있을 테니까요. 그러하오니, 나리께서도 내 말을 듣고, 다시 말씀드리거니와, 이 책들을 직접 읽어보시라구요. 혹시 우울증이 있으시다면 그런 병이 추방될 것이고 혹시 성질이 나쁘시더라도 금방 좋아지실 겁니다. 내 경험으로 말씀드릴 것 같으면, 본인은 방랑기사가 되고 나서부터 용감하고, 정중하고, 자유롭고, 교양있고, 관대하고, 예의 바르고, 대담하고, 부드럽고, 참을성 있게 되었고, 수고로움이나 감옥, 마법까지 잘 견뎌내는 사람이 되었습니다. 본인이 얼마 전에 미치광이로서 이 닭장 속에 갇히게 되었습니다만, 내 계획으로는 며칠 안되면 내 이 팔뚝의 힘 하나로 어느 왕국의 왕 정도는 되어 있으리라고 봅니다. 하늘이 돕고 내가 운이 과히 나쁘지 않다면 말씀이지요. 거기에 가서야 비로소 본인은 지금 내 가슴에 품고 있는 감사의 마음과 자비를 펼쳐 보일 수 있겠지요. 진실로 말하옵니다만, 나리, 불쌍한 이 사람은 마음속에 최상의 자비심과 관대성을 간직하고 있는 자이오나 누구에게도 그 은덕을 펼쳐 보일 기회를 잡지 못하고 있사옵니다. 오직 소망으로만 간직하고 있는 감사의 마음은 행동으로 옮기지 않은 신앙처럼 죽은 것이나 다름없지요. 그러기에 운이 닿아서 본인에게 곧 황제가 될 기회가 베풀어지면, 나를 도와준 친구들에게 내 가슴을 풀어 정말 잘해주고, 특히 나의 하인, 이 불쌍한 싼초 빤사, 세상에서 가장 훌륭한 이 사람에게 오래전에 약속한 백작령 하나라도 주고 싶사옵니다. 그렇게 되지 않는다면 이 친구는 자기 나라를 통치할 능력도 없어지게 될지 모르니까요."

주인의 이 마지막 말을 듣자마자 싼초는 말했다.

"돈 끼호떼 나리, 힘 좀 써주세요, 제발, 나리께서 약속하시고 소인이 기다리고 기다리던 백작령을 제게 내려주셔야죠. 주시기만 하면 통치하는 능력은 모자라지 않을 것이라는 것을 약속드리겠구만요. 능력이 모자라면요, 소인이 듣기에는 그런 양반들의 영토를 빌려서 관리하면서 해마다 얼마 정도씩을 받는 그런 사람들이 세상에 있다고 들었다구요, 그러면 그 사람들이 통치를 책임지고 일하는 동안 그 양반은 두 다리 쭉 펴고 받아온 돈이나 쓰면서 아무 걱정 없이 산다는 거지요. 소인도 그렇게 하려고 합니다요. 소인도 한푼 한푼 일일이 따질 일은 없을 겁니다. 그 즉시 모든 것을 놓아두고 소인에게 돌아오는 돈으로 공작처럼 떵떵거리고 살 겁니다. 다른 사건들이야 남들 일이지요."

"그건, 싼초 이 사람아," 법사가 말했다. "돌아오는 그 돈으로 잘 살겠다는 문제인데, 정의로운 행정을 제대로 하려면 나라의 주인이 신경을 써야 하고, 여기에는 능력, 훌륭한 판단력, 그리고 중요한 게 백성들의 마음에 딱 맞는 정치를 펴겠다는 신념이 있어야 한다네. 처음부터 이 신념이 잘못되면 그 방법도 결과도 늘 빗나갈 테니까. 그래서 하느님도 점잖은 양반의 나쁜 짓은 도와준 일이 없어도 무지한 자의 좋은 소망은 늘 들어주신다 하지 않던가."

"소인은 그런 철학은 모르는구만요." 싼초가 대답했다. "다만 지가 아는 건 하루빨리 백작령만 가지면 통치는 소인이 알아서 하겠다는 것이지요. 소인도 남들처럼 버젓이 영혼도 있고, 육체도 있는데 사람마다 자기 땅의 주인이듯이 지도 지 나라의 왕이 되는 거야 당연한 이치지요. 일단 왕이 되면 원하는 대로 하는 거지요. 원하는 대로 하는 게 내 좋은 대로 하는 것이고, 내 좋은 대로 하는 게 기분 좋은 일 아니겠어요? 내가 기분 좋으면 더이상 바랄 게 뭐 있겠어요? 더이상 바랄 게 없으면, 끝난 거지요, 뭐. 나라를 줘보라고 하세요. 그러면 됐지요. 그리고 어느 소경이 다른 소경에게 했다는 소리처럼, 우리 한번 봅시다."

"자네가 말하는 그 철학이 나쁜 철학이 아닐세, 싼초. 하지만 어찌 되었든 그 백작령 문제에 대해서는 할 이야기가 많지."

그 말에 돈 끼호떼는 이렇게 말했다.

"나는 할 이야기가 많은지는 모르겠고, 본인은 오직 저 위대한 골 지방의 아마디스 기사가 행한 모범을 따를 뿐이오. 그 기사는 자기 하인에게 '육지가 있는 섬'의 백작이 되게 했지요. 그래서 본인도 양심의 가책 없이 살려면 싼초 빤사를 백작으로 만들어주어야 하는 것이오. 싼초야말로 지금까지 방랑기사가 데리고 다닌 부하 중에서 가장 훌륭한 부하이니까요."

법사는 돈 끼호떼가 그 엉터리 이야기들을 아주 그럴듯하게 꾸며대는 것을 보고 놀랐다. 특히 호수의 기사 모험을 묘사하는 방법이라든지, 그가 읽은 책들의 거짓스러움에 대한 사려 깊은 말들이 그에게는 참 인상적이었고, 마지막으로, 자기 주인이 준다고 약속한 그 백작령을 그렇게 믿고 열심히 기다리고 있는 싼초의 그 멍청함도 참으로 인상적이었다.

이때 음식을 싣고 온 노새를 데리러 객줏집에 갔던 법사의 하인들이 돌아왔다. 초원의 파란 잔디와 양탄자 하나를 식탁으로 삼고 나무 그늘에 앉아서 식사를 했는데, 아까 말했듯이 소 모는 사람은 그곳의 편안함을 좋아했던 것이다. 이렇게 식사를 하고 있는데, 때 아닌 시끄러운 괴성과 함께 방울 소리가 가까이 있는 가시덩굴과 짙은 떡갈나무 숲에서 들려왔고, 순간 그 덤불 사이에서 아름다운 염소 한마리가 뛰어오는 게 보였다. 털이 온통 검정과 하양과 잿빛으로 얼룩진 염소였는데, 그 염소를 뒤쫓아 소리소리 지르며 염소치기가 따라오고 있었다. 목동들이 늘 말하는 방식대로 짐승더러 거기 멈추라든가 돌아오라고 하는 말 같았다. 공포에 절어 떨면서 도망 온 염소는 자기를 도와달라는 듯이 사람들에게로 와서 머물렀고, 목동이 다가와서 염소의 뿔을 잡고는 마치 짐승이 말을 할 줄 알고 자기 말을 알아듣기나 하는 양 이렇게 말했다.

"이 들판을 돌아다니는 게 그리 좋니, 이 장난꾸러기 얼룩빼기, 얼룩빼기야! 어떻게 요즘은 이렇게 다리를 절고 다니니? 늑대들에게 놀란 거니, 얘야? 무슨 일인지 나한테 말 안할 테야? 하지만 네가 암컷이어서 조용히 있을 수가 없어 그러는 것이겠지! 네 신세나 너와 비슷한 모든 것들의 신세가 불쌍하구나! 돌아오너라, 돌아와,

얘야. 그리 만족스럽지는 않겠지만 네 우리 안에 있거나 네 친구들 하고 있어야 적어도 더 안전하지 않겠니? 다른 친구들을 인도하고 지켜주어야 할 네가 그렇게 정처없이 길을 잃고 헤매니 다른 친구들은 어디로 가란 말이냐?"

염소치기의 말이 듣는 사람들을 기쁘게 했는데 특히 법사는 기분이 좋아서 그에게 말했다.

"이 사람아, 거 제발 진정 좀 하고, 자꾸 그리 빨리 염소 떼 있는 데로 그애를 데려가려고 종주먹 대지 말게나. 그애도 자네 말처럼 암컷이니, 자기 본능을 따를 수밖에 없는 것이고, 자네가 아무리 막으려고 해도 어려울 게야. 여기 이 샌드위치 좀 먹고 물 좀 마시고 화 좀 가라앉히게나. 그동안 염소도 좀 쉬게."

이 말을 하면서 말린 토끼 등살에 칼끝을 꽂아 권했는데, 모든 게 한순간이었다. 염소치기는 고기를 받으면서 감사해하고 물을 마신 뒤 마음을 진정하고는 이윽고 말을 꺼냈다.

"이렇게 머리 좋은 짐승 새끼 하나와 제가 이야기하는 것을 보고, 혹시 저를 바보 같은 사람으로 여기실까 두렵습니다. 사실은 제가 내 염소에게 한 말은 신비한 데가 있습죠. 저는 촌놈입니다만요, 사람한테 대할 때는 어찌해야 하고 짐승한테 대할 때는 어찌해야 하는지를 모를 정도로 무식한 놈은 아니올시다."

"물론 나도 그렇게 생각하지요." 신부가 말했다. "내가 이미 경험으로 알고 있는 바로는 산이 공부한 사람을 만들며 목동들의 움막이 그 안에서 철학자를 기른다는 것이오."

"적어도, 나리," 염소치기가 말을 받았다. "목동들의 움막은 세상에 혼이 난 사람들을 받아들이지요. 이건 진짜 사실입니다. 그 진실을 손으로 만지듯이 아시려면, 청하시지도 않는데 불청객의 말 같사옵니다만, 화만 내시지 않는다면 진짜 실화 하나를 들려드리지요. 여러분, 잠깐만 제게 귀를 기울여주시면, 이분이 말씀하신—신부를 가리키면서—진실 하나는 제가 이야기로 말씀드리겠습니다."

이 말에 돈 끼호떼가 말을 받았다.

"지금 이야기하려는 사건이 무언지 이상야릇한 기사도의 모험 냄새가 나서 본인은 자청해서 아주 즐거운 마음으로 자네 이야기를 들을 걸세, 친구. 그리고 여기 이 모든 분이 다 잘 들을 걸세. 다들 아주 점잖은 분들이고 또한 신나고 재미있고 즐거운 이야기라면 좋아하시는 분들이니까. 내 생각에 틀림없이 자네의 이야기가 그럴 것 같고…… 그럼 시작하게나, 친구, 우리 모두 듣고 있네."

"소인은 빠지겠습니다." 싼초가 말했다. "소인은 저 시냇가에 갈 때는 이 도시락만 들고 가면 됩니다. 이거면 사흘 동안은 실컷 먹겠구만요. 소인이 우리 돈 끼호떼 나리께 들은 바로는 방랑기사의 하인이 되려면 먹을 것이 주어질 때 배가 터지도록 실컷 먹어야 된다는 거였어요. 왜냐하면, 기사는 흔히 아주 얽히고설킨 복잡한 숲 속으로 들어가는 일이 있는데, 그런 숲 속에서 나오려면 한 엿새는 길을 찾지 못하는 경우도 있다는 겁니다. 그럴 때 만약 배가 충분히 차 있지 않거나 배낭에 음식을 충분히 갖고 있지 않으면, 많은 경우 그런 일이 일어나는데요, 거기서 그대로 마른 산송장이 되어 죽게 되는 수밖에 없다는 거지요."

"아주 맞는 소리를 하는구나, 싼초." 돈 끼호떼가 말했다. "원하는 데로 가서 실컷 먹어라, 나는 배가 찼구나. 이제 나에겐 영혼에 간식을 좀 주는 게 필요할 뿐이지. 그래서 이 좋은 친구의 이야기를 들으면서 내 마음에 간식을 줄까 하네."

"우리 모두 영혼에 간식을 주도록 합시다." 법사가 말했다.

이윽고 염소치기에게 약속한 이야기를 시작하라고 졸랐다. 염소치기는 뿔을 잡고 있던 염소의 등을 두번 손바닥으로 치더니 말했다.

"곁에 누워 자거라, 이 얼룩빼기야, 우리 일로 다시 돌아가려면 시간은 아직 많이 남았다."

그 말을 염소가 알아들은 듯 주인이 앉자 염소도 그 곁에 아주 조용히 눕더니 주인의 얼굴을 쳐다보면서 하는 말을 열심히 듣겠다는 시늉을 했다. 염소치기는 이렇게 이야기를 시작했다.

51장

돈 끼호떼와 함께 가는 모든 사람들에게
염소치기가 들려준 이야기

"이 골짜기에서 세마장 되는 곳에 마을이 하나 있는데, 작지만 이 근방에서는 잘사는 마을에 속하지요. 그 마을에 아주 덕망 높은 농부가 하나 있었는데, 덕망이 높다는 것과 부자가 된다는 것은 거기서 거기이지만, 어떻든 그 어른은 자기가 얻은 많은 재산보다 그분이 갖춘 덕망 때문에 더욱 빛나는 분이었습니다. 하지만 그분 말대로라면 자신을 더욱 행복하게 하는 것이 하나 있었으니, 그것은 진짜로 엄청나게 예쁜 딸 하나가 있다는 것이었죠. 세상에서 보기 드문 얌전한 처녀인데다 우아하고 덕이 있어 그 아가씨를 알거나 본 사람은 어떻게 해서 하늘과 자연의 조화가 저렇게 한군데 빠진 데 없이 아름답고 훌륭하게 만들었을까 감탄할 정도였습니다. 어렸을 때부터 예쁘던 아이는 날이 갈수록 그 아름다움이 더해가서 열여섯살이 되자 정말 예쁘디예쁜 처녀가 되었습니다. 그녀가 아름답다는 소문은 그 동네 주변의 모든 마을로 퍼졌지요. 가까운 이

웃들의 이야기가 문제였겠어요? 그곳에서 조금 더 먼 다른 도시에까지 소문이 번져 왕들의 연회 장소에도 그녀가 아름답다는 소문이 퍼지고, 사람이면 사람마다 그 소문을 들었지요. 참 희한하게 예쁜 여자가 다 있다느니, 정말 성모마리아같이 생겼다느니, 세상 곳곳에서 일부러 보러 오는 사람들까지 생겼어요. 아버지는 그녀를 잘 지켜주었고, 그녀 또한 몸조심을 했지요. 자신이 스스로 조심하는 길 말고는 세상에 여자를 지켜줄 다른 어떤 자물쇠며 자물통이며 보초가 있을 수 있겠습니까? 그 아버지의 재산과 딸의 아름다움은 주변 마을 사람들이나 외지 사람들의 마음까지 움직였고, 다들 청혼을 해왔습니다. 그러나 아버지는 마치 훌륭한 보석을 간직해야 하는 임무를 맡은 사람처럼 어쩔 줄 몰라했고, 시도 때도 없이 들이닥치는 끝없이 많은 청혼자 중에 누구에게 딸을 주어야 할지 결정을 내릴 줄 몰랐어요. 저도 그런 생각으로 모여든 사람들 중 하나였는데, 그 아버지도 제가 누군 줄 알고 있었기에 사람들은 제가 꼭 성공할 거라며 대단히 큰 희망을 심어주었습니다. 그녀 아버지는 제가 같은 마을 태생으로 한창 번창하고 있는 혈통 좋은 집안 사람이며 재산도 아주 많고 두뇌도 적잖게 훌륭한 사람이라는 걸 알았으니까요. 그런데 저와 비슷한 조건을 갖춘 같은 동네의 다른 친구도 그녀에게 청혼을 했고, 이 문제 때문에 그 아버지의 마음이 저울대 위에 오르고 긴장하게 되었습니다. 그 아버지는 우리 둘 중 누구와 결혼해도 자기 딸은 좋을 것 같았기 때문입니다. 이 혼란을 해결하고자 그는 레안드라에게 물어보기로 결심했죠, 레안드라는 바로 저를 이렇게 처참한 지경으로 만든 그 아름다운 여인 이름이지요. 그 아버지 생각은 우리 둘이 다 똑같이 생각되니, 자기의 사랑하는 딸 마음대로 둘 중 하나를 고르는 것이 좋으리라는 거였습니다. 자식들을 결혼시키고자 할 때 모든 아버지가 본받아야 할 태도였지요. 제 말은 자식이 형편없는 일이나 나쁜 일을 하는 데 선택의 자유를 주라는 게 아니라 좋을 일을 권하고, 그 좋은 것 중에서 자기 마음에 따라 고르게 하라는 거지요. 저는 레안드라에게 무슨 일이 있었는지 모릅니다. 제가 아는 건, 단지 그 아버지가 딸의 나이가 적다는 것과 같은 일반적인 말들, 즉 그녀에게 억지로 시집가라 할 수도 없고 우리에게도 억지로 어쩌라 할 수는 없지 않느냐는 식의 말로 우리 둘을 기다리게 한 겁니다. 저의 상대는 안셀모라는 사람이고, 제 이름은 에우헤니오구요. 이렇게 말씀드리는 것은 이 비극 속의 이야기 주인공들의 이름이나 아시라고요. 결말은 아직 나지 않았지만, 보아하니 불행해질 것 같지요. 이때 우리 동네에 비센떼 데 라 로사¹라는 사람이 왔는데, 같은 동네의 한 가난한 농부의 아들이었지요. 그 비센떼라는 친구가 군인이었던 관계로 이딸리아의 여러 곳들을 다녀왔어요. 부대를 이끌고 우연히 우리 동네를 지나가던 대장 하나가 아직 열두살이던 그 아이를 데리고 갔고, 그로부터 십이년이 되어 그 아이는 울긋불긋 수천가지 색깔을 한 군복을 입고 돌아온 겁니다. 수정으로 된 수천개의 메달에다 아름다운 쇠목걸이를 가득 달고 말입니다. 오늘은 이런 화려한 정장을 입는가 했더니 내일은 또다른 옷을 입었는데, 옷들이 모두 무늬가 있는 가볍고 부피가 없는 아름다운 것이었습니다. 농사꾼들은 나름대로 짓궂은 데가 있긴 한데 시간이 한가하면 모두들 짓궂어지지요. 한 농사꾼이 그를 보고 그가 입은 옷과 보석 들을 하

---

1 초판본에는 이 사람 이름이 '로사'(Rosa)라는 성으로 두번 나오고, '로까'(Roca)라는 성으로 한번 나온다. 이후 판본들은 현재까지 '로까'라는 성을 많이 쓰고 있다.

나하나 헤아린 결과 옷은 총 세벌이며 색깔이 다 다르고 양말이며 리본도 각기 다르다는 것 알았습죠. 그러나 그가 리본이며 양말 들을 어찌나 잘 조합하여 독창적으로 만들어 입는지, 누가 일일이 헤아려보지 않으면 옷은 열벌 이상 입고 다니고 깃털 장식은 스무개 이상 달고 다니는 걸 보았다고 할 사람이 있을 법했습니다. 이 옷들에 대해 제가 지나치게 이야기를 늘어놓는 게 재미없다고 하실지 모르지만, 그것이 우리 이야기에 중요한 역할을 하거든요. 그는 우리 마을 광장에 있는 커다란 포플러나무 밑의 벤치에 앉아 있곤 했는데, 거기에서 우리에게 자신의 전공담을 들려주면 우리 모두는 그의 이야기에 미쳐 입을 딱 벌리고 다물 줄을 몰랐습니다. 온 지구에서 그가 가보지 않은 곳이 없고 싸워보지 않은 전투가 없었으며, 모로코나 투네시아에 있는 무어족보다 더 많은 무어족을 죽였고, 그의 말대로라면, 간떼 이 루나[2], 디에고 가르시아 데 빠레데스나 그가 주위섬기는 수천의 명장들이 싸운 결투보다 더 무시무시한 결투에도 참가했다고 했어요. 물론 모든 결투에서 자신은 피한 방울 흘리지 않고 다 승리로 이끌었다고 했지요. 한편 눈에 띄지는 않았지만 부상의 흔적이 있는 것 같았는데 그건 격전을 치르면서 충돌해서 생긴 것이거나 화승총에 맞은 것이라고 말했습니다. 그리고 마지막으로 거만하기 짝이 없는 엄숙한 태도로 그를 아는 사람이나 동급의 친구들을 '너'라고 불렀으며, 자기가 믿고 의지하는 아버지는 바로 자신의 팔이요, 혈통이요, 자신의 행동이라

----

2 원문에 간떼 이 루나(Gante y Luna)라는 장군이 언급되는데, 이 사람은 누군지 알 수가 없다. 마르띤 데 리께르의 추측에 따르면, 원고에 언급한 적이 있는 라소(García Laso)가 아닐까 한다. 그가 늘 가르시아 데 빠레데스(García de Paredes) 옆에 언급되곤 했으니까.

고 했습니다. 또한 군인으로서라면 왕 앞에서조차 꿀릴 게 없다고 했습죠. 이런 거만한 태도 외에도 덧붙여 말하기를 자기는 음악가 자질이 조금 있어 기타를 잘 긁어낼 줄 아는 정도인데 사람들은 자기가 기타에게 말을 시킬 정도라고 칭찬했답니다. 그러나 자기 자랑이 여기서 끝난 것은 아니었습니다. 자기는 또 시인 자질도 있다고 했습죠. 그래서 마을 아이들 축제 같은 게 있으면 한마장 반 정도 길게 쓴 노래를 짓기도 했다고 해요. 지금 설명해드리는 이 군인은 비센떼 데 라 로사라는 작자인데, 용맹스럽고 멋쟁이이고 음악가이고 시인인 이 사람이 여러번 레안드라의 눈에 띄었습니다, 광장이 보이는 그녀 집 창을 통해서 말이지요. 그의 화려한 의상의 멋진 겉모양이 그녀의 눈을 멀게 했고, 그가 쓴 노래는 그가 하나하나 직접 베껴서 이십부씩 나누어주었는데 그 노래도 그녀의 마음에 쏙 들었습니다. 그가 자기 입으로 떠벌린 무용담도 그녀의 귀에 들어왔고, 결국 귀신이 그렇게 점지해놓았는지 그 친구가 구애를 청하겠다는 오만한 생각이 들기 전에 그녀가 먼저 사랑에 빠져버린 것입니다. 사랑이라는 게 여인의 마음에 드는 사람이 있다면 모든 일이 쉽게 이루어지는 것이라서 레안드라와 비센떼는 쉽게 애인 사이가 되었고, 그 많은 구혼자 중 누군가가 그녀의 소망을 눈치채기 전에 이미 그녀는 그를 받아들여 어머니도 없는, 사랑하는 아버지의 집을 버리고 떠났습니다. 그 군인과 함께 마을에서 사라진 거지요. 그 청년은 자기가 벌인 그 많은 사업을 통틀어 이 청춘사업 하나로 가장 큰 성공을 거둔 셈이지요. 이 일은 온 동네 사람들뿐만 아니라 그 소식을 들은 주변의 모든 사람을 다 놀라게 했고, 저도 어쩔 줄 몰라했고, 안셀모도 멍해졌지요. 그녀의 아버지는 슬픔에 젖었고, 친척들은 망신스러워했지요. 검찰이 움직이고 자경단원들을 대기시켜 사방의 길들을 점령하고 숲들을 있는 대로 다 뒤졌지요. 그렇게 사흘째 되던 날, 산의 한 굴속에서 벌거숭이 속옷 차림으로 집에서 가져간 좋은 보석들이나 그 많은 돈을 다 빼앗긴 바람난 레안드라를 찾았습니다. 그 불쌍한 아버지 면전에 그녀를 데려가 일이 어찌하여 그리 잘못되었느냐고 물었더니, 그녀는 비센떼 데 라 로사가 자기를 속였다고 금방 털어놓았습니다. 남편이 되겠다는 약속을 하고는 아버지 집을 떠나라고 설득을 하면서 세상천지에서 가장 아름답고 놀기 좋은 도시로 그녀를 데려가겠다고 했답니다. 그곳이 나뽈리라고 했다지요. 그녀는 정신을 못 차리고 깜빡 속아서 그의 말을 믿고 아버지에게서 모든 걸 훔쳐 그녀가 없어진 바로 그날 밤 그에게 다 가져다주었다는 거예요. 그는 그녀를 험한 산으로 데리고 가서 사람들이 발견한 그 굴속에 그녀를 가두고 정조는 빼앗지 않았지만 그녀의 모든 것을 훔쳐갔으며, 그렇게 굴속에다 버려두고 혼자 떠났다지요. 그 사건을 듣고 모든 사람은 또다시 놀랐고, 그 청년이 그렇게 자제를 했다는 점은 우리 모두 믿기가 어려웠지만 그녀는 그게 사실이라고 몇번이고 다짐했습니다. 그것만이 위안받을 길 없는 그 아버지에게 유일한 위안이어서 그에게서 훔쳐간 재산은 헤아려볼 생각은 하지 않았지요. 자기 딸에게 한가지 보물은 남겨놓았으니까요, 한번 잃으면 다시 회복할 희망이 없는 그 보물 말입니다. 레안드라가 나타난 그날 아버지는 그녀를 데리고 우리 눈앞에서 사라졌는데, 그녀를 이 가까이에 있는 어느 골짜기의 수녀원에 감금해두려는 것이었습니다. 세월이 가서 자기 딸에 대한 나쁜 소문이 조금이라도 가시길 기다리자는 것이었지요. 레안드라가 아직 나이가 어려서 그런 잘못을 저질렀다고 용서하는 사람들도 있었는데, 그녀가 좋거나 나쁘거나 아무 상관이 없는 그런 사람들에게는 적어도 그렇게 생각되었지요. 그러나 그녀의 얌전함이나 높은 지혜를 잘 아는 사람들에게는 그 잘못이 순진해서라기보다는 그녀의 바람기나 여성 특유의 자유분방한 기질 때문으로 생각되었습니다. 여자의 기질이라는 게 대부분 정돈이 잘 안되고 분별없을 때가 많거든요. 레안드라가 감금당하자 안셀모는 눈이 멀어버렸는데, 적어도 무엇을 보아도 즐겁지 않은 그런 눈이 되었다는 말이지요. 제 눈도 빛이 없는 암흑 속에 갇히고 말아서 재미를 붙일 만한 어떤 일도 보이지 않았습니다. 레안드라가 없자 우리의 슬픔만 커갔고, 우리의 인내력도 바닥이 났습니다. 그 군인 녀석의 화려한 복장을 저주하고 레안드라 아버지가 조심성이 없었다는 점도 증오하다 마침내 안셀모와 저는 마을을 떠나서 이 골짜기로 오기로 뜻을 모았습니다. 안셀모는 자기가 갖고 있는 많은 양을 방목하고 저도 역시 가지고 있던 수많은 염소 떼를 키우는 거지요. 이렇게 나무들 사이에서 인생을 보내면서 우리들의 고민을 풀고, 둘이 함께 아름다운 레안드라를 더러는 칭송하고 더러는 비난하는 노래를 부르며 다니거나, 아니면 홀로 한숨지으며 하늘에 우리의 사랑을 하소연하기도 한답니다. 우리를 본떠서 레안드라의 수많은 다른 청혼자들이 우리와 똑같은 짓을 하러 이 험한 산중으로 들어왔지요. 그런 사람들 수가 하도 많아서 여기 이곳이 목가 천국 아르까디아[3]가 된 것 같아요. 모든 곳이 가축우리와 목동들로 가득 차고, 곳곳마다 아름다운 레안드라 이름을 부르는 소리가 안 들리는 곳이 없을 정도니까요. 어떤 사람은

---

3 펠로폰네소스의 한 지역으로, 르네상스 목가소설에 흔히 나오는 이상향이다. 싼나사로(Sannazaro)나 로뻬 데 베가도 『라 아르까디아』(*La Arcadia*)라는 목가소설을 썼다.

그녀를 욕하고, 바람둥이라느니 변덕쟁이라느니 부정한 것이라고 하기도 하고, 또 어떤 사람은 경솔한 여자, 쉬운 여자로 몰아붙이기도 하지요. 어떨 때는 그녀가 죄가 없다고 용서하기도 하고 어떨 때는 그녀를 벌하고 비난을 퍼붓기도 하고, 어떤 이가 그녀의 아름다움을 칭찬하면 다른 한 사람은 그런 자질을 부정하지요. 결국 모두가 그녀를 욕하고 모두가 그녀를 사랑하지요. 그 광기가 하도 많은 사람에게 퍼져나가서 어떤 사람은 그녀와 말 한번 해본 적이 없으면서도 그녀에게 버림받았다고 하소연하기까지 한답니다. 그녀는 누구에게 질투를 주어본 적도 없지만, 미칠 듯한 질투로 병들어 울고 다니는 사람까지 생겼습니다. 왜냐하면 이미 말씀드렸듯이 자기가 욕심을 내기 전에 이미 자기가 앓을 병을 알았기 때문이지요. 어느 바위틈, 어느 시냇가, 어느 나무 그늘을 가도 거기에는 공중에 대고 자기 불행을 하소연하는 목동이 꼭 자리를 차지하고 있는 것을 봅니다. 메아리가 있는 곳이면 어디든 레안드라의 이름이 몇번이고 메아리치지요. 산들도 레안드라를 부르고 시냇물도 레안드라를 부르고, 레안드라는 우리 모두를 마법에 빠뜨려 숨도 못 쉬게 하고 있어요. 희망 없는 기다림을 살며, 무엇이 두려운지도 모르면서 두려워하고 살지요. 이런 정신이 나간 친구들 사이에서 그래도 상태가 덜하고 정신이 더 있어 보이는 사람이 저의 경쟁자 안셀모인데요, 그는 불평할 게 많음에도 불구하고 오직 그녀가 없음만 안타까워하고 있어요. 세 줄짜리 라벨이라는 악기를 아주 잘 타는데요, 그 음악 소리에 맞추어 아주 그럴싸한 내용의 가사로 슬픔을 노래하지요. 저는 좀더 쉬운 다른 길을 가고 있습니다. 제 생각에는 그게 더 옳을 것 같아서요. 저는 여자들의 경솔함, 변덕, 이중성, 죽어버린 약속, 부서진 언약, 그리고 마침내 그녀들의 생각이나 의도를 표현하는 데 있어서 말을 하지 못함을 욕하곤 합니다. 이것이, 여러분들, 바로 제가 여기 왔을 때 이 염소에게 그런 말을 하게 된 이유요, 동기였습니다. 비록 제 재산 중에서 가장 좋은 애입니다만 암컷이니까 덜 중요하다고 보지요. 이것이 어르신네들에게 들려드리겠다고 약속한 이야기의 전부입니다. 이야기가 너무 지루했다 하더라도 제 마음이 소홀해서 그런 것은 아니옵니다. 가까이에 제 목장이 있고, 목장에 가면 신선한 우유와 아주 맛있는 치즈가 있고, 또 잘 익은, 보기도 좋고 맛도 좋은 여러가지 과일들이 있죠."

52장

돈 끼호떼가 염소치기와 벌인 싸움과
고행 수사들과의 이상한 모험,
그리고 땀 흘린 댓가로 모든 걸 잘 끝낸 이야기

염소치기의 이야기는 그 이야기를 들은 모든 사람을 즐겁게 해주었으며, 특히 법사는 이상하리만큼 큰 호기심을 가지고 그가 하는 이야기를 새겨들었다. 그의 말은 촌뜨기 염소치기의 생각이라기에는 거리가 있고, 오히려 점잖고 선비다운 티가 더 나서 산이 학덕있는 사람들을 키워낸다는 신부의 말이 맞다고 했다. 모두들 에우헤니오에게 잘해주었지만, 이때 가장 관대한 모습을 보인 것은 돈 끼호떼였으니 이렇게 말했다.

"마침 이야기가 나왔으니 하는 말인데, 염소치기 이 친구야, 지금 내가 어떤 모험을 시작할 만한 처지에 있다면, 자네가 그 행운을 잡을 수 있도록 바로 길을 나서서 틀림없이 억지로 붙잡혀 있는 레안드라를, 수도원장이나 그곳에 있는 많은 사람의 방해를 물리치고 기어이 수녀원에서 꺼내서 자네 손에 넘겨주고 자네 뜻과 마음대로 할 수 있도록 해주었을 거야. 물론, 자네도 아가씨에게 어떤

774

무례를 범해서도 안된다는 기사도의 법칙을 철저히 지켜야겠지만 말이야. 나는 지금도 짓궂은 마법사의 힘이 마음씨 좋은 다른 마법사의 힘을 이기지 못하게 해달라고 주 하느님께 빌고 있네만, 그때가 되면 내가 꼭 자네를 도와 은혜를 베풀 것을 약속하겠네. 의지할 데 없는 사람이나 궁지에 처한 사람을 도와주는 게 기사인 나의 의무이니까.”

염소치기는 돈 끼호떼를 바라보았고 그의 옷매무새나 얼굴 모습이 형편없는 것을 보고는 놀라서 옆에 있는 이발사에게 물었다.

“어르신네, 저런 몰골에 저런 식으로 말을 하는 이 사람은 도대체 누굽니까?”

“누구긴 누구야,” 이발사가 대답했다. “저 유명한 라 만차 지방의 기사 돈 끼호떼이시지. 남의 억울함을 풀어주고, 잘못된 일을 바로잡아주며, 처녀들을 보호해주고, 거인들을 놀라게 하며, 싸움에서는 승리하는 분이시지.”

“그 말씀은,” 염소치기가 말했다. “방랑기사 책에서 읽은 소리와 똑같은데요? 그런 기사들이 어르신께서 이분에 대해 말씀하시는 것을 다 한다고 나와 있지요. 제 짐작으로는, 어르신네께서 사람을 놀리시든지, 아니면 이 점잖은 나리께서 머리통이 텅 비었든지 둘 중 하나이겠군요.”

“너는 세상에 없는 망나니로구나.” 이때 돈 끼호떼가 말했다. “네가 모자란 놈이고 머리통이 빈 놈이다. 나야말로 너 같은 교활한 새끼와는 비교도 안될 만큼 머리가 찬 사람이다.”

이 말을 하면서 동시에 염소치기가 옆에 가지고 있던 빵을 빼앗아 염소치기의 온 얼굴을 정면으로 내리쳤는데 어찌나 세게 내리쳤던지 코를 납작하게 만들었다. 그러나 염소치기도 당하고만 살 사람이 아니어서, 정말로 자기를 해치려 하는 것 같자 양탄자고 식탁보고 식사를 하고 있던 사람들이고 상관하지 않고 바로 돈 끼호떼에게 덤벼들어 두 손으로 목을 움켜잡아 그 순간 싼초 빤사가 나타나지 않았으면 얼마 지나지 않아 질식시킬 뻔했다. 싼초는 등 뒤에서 염소치기를 잡아서 식탁 위로 함께 자빠졌는데, 접시가 깨지고 잔들이 부서지고 식탁에 있는 모든 것이 쏟아지고 흐트러졌다. 돈 끼호떼는 풀려나자 달려가서 염소치기 위에 올라탔고, 얼굴이 피투성이가 된 염소치기는 싼초의 발길질에 수없이 얻어맞다가 엉금엉금 기어서 식탁의 칼을 찾았는데 그걸로 피비린내 나는 복수전을 펼칠 작정이었으나 법사와 신부가 그를 막았다. 그러나 이발사 덕분에 염소치기는 자기 밑에다 돈 끼호떼를 깔아눕힐 수 있었고, 돈 끼호떼 얼굴에 얼마나 많은 주먹세례를 퍼부었는지 불쌍한 기사 얼굴에서도 그의 얼굴처럼 피가 빗물처럼 쏟아졌다.

법사와 신부는 우스워서 배가 터질 지경이었고, 포졸들은 재미있어서 팔짝팔짝 뛰었다. 개들이 개싸움할 때 소리 지르듯이 이쪽이나 저쪽이나 서로 고함을 쳐댔고, 오직 싼초만이 안절부절못하며 주인 나리를 도우려고 해도 법사의 하인이 싼초를 붙들고 있었기 때문에 빠져나올 수가 없었다.

서로 할퀴고 때리고 난리를 치는 두 사람만 빼고는 결국 모든 사람에겐 즐거운 잔치마당이었는데, 문득 아주 슬픈 트럼펫 소리가 들려왔다. 그들은 소리 나는 쪽으로 고개를 돌렸는데 그중에서도 그 소리를 듣고 가장 놀란 건 돈 끼호떼였다. 돈 끼호떼는 염소치기 밑에서 정말 어쩔 수 없이 절반쯤은 죽사발이 되어 깔려 있었지만 이렇게 말했다.

"야, 이 악마야, 악마가 아니고서야 이럴 수는 없지, 나를 붙들어

둘 만큼 힘과 용기를 가졌으니까. 어떻든 우리 더도 말고 꼭 한시간만 휴전 좀 하자꾸나. 우리 귀에 들리는 저 고통스러운 트럼펫 소리가 아마도 어떤 새로운 모험으로 나를 부르는 듯하구나."

염소치기도 이제 때릴 대로 때리고 맞을 대로 맞아 지친 상태라서 곧 돈 끼호떼를 놓아주었고, 돈 끼호떼는 벌떡 일어서자마자 소리가 나는 쪽으로 고개를 돌렸다. 뜻밖에 한 비탈길로 많은 남자들이 고행하는 사람들 모습으로 하얀 옷을 입고 내려오고 있었다.

사실은 그해, 구름들이 땅을 적셔주는 이슬을 거부하여 그 지방 곳곳에서 기우제며 행진이며 고행이 이어졌는데, 자비의 손을 펼쳐 비를 내려주십사 하고 하느님께 드리는 기도였다. 이런 목적으로 그 근처에 있는 한 마을 사람들이 그 골짜기 비탈길에 있는 어느 성스러운 암자를 찾아 행진하여 오는 길이었다.

그 수행자들의 이상한 의상을 보자 돈 끼호떼의 기억 속에 어디서 많이 본 것 같다는 느낌이 떠오르면서 이건 어떤 모험이라는 생각이 들었고, 이 모험에 뛰어드는 건 오직 방랑기사인 자기 혼자만의 일이라 생각했다. 이런 상상을 더욱 부채질한 건 상복으로 씌워서 들고 오는 성모상이 어떤 귀부인 아씨라는 생각이 들었고, 저 깡패들과 흉악무도한 악당들이 억지로 끌고 가는 아씨일 거라는 생각이 머리를 스치자 풀을 뜯고 있는 로신안떼에게 아주 가벼운 몸짓으로 달려가 안장틀에서 고삐를 풀고 방패를 꺼내 한순간에 말을 세우고, 싼초에게 칼을 달라 하고는 로신안떼 위에 올라타서 방패로 얼굴을 가리고 큰 소리로 거기에 있는 모든 사람에게 외쳤다.

"지금이야말로 그때이니라, 용감한 군대여, 세상에 방랑기사의 기사도를 수행하는 기사가 있다는 게 얼마나 중요한가를 알 때가 왔느니라. 다시 말하지만, 지금이야말로 그때이니라, 방랑기사가 존경할 만한 사람이라는 걸 알려면 포로로 잡혀가는 저 선량한 아씨를 어떻게 구출해내는지를 볼지니라."

이렇게 말하면서, 박차는 없었으므로 로신안떼의 엉덩이를 발로 조이자 로신안떼는 한번도 그렇게 빨리 뛰어본 적이 없는 속력으로 달려서 수행자들과 맞닥뜨리러 갔다. 신부와 법사, 이발사가 그를 멈추게 하려고 달려갔지만 잡을 수 없었다. 싼초가 고래고래 소리를 질렀지만 주인이 멈추지 않자 이렇게 소리쳤다.

"돈 끼호떼 나리, 어디를 가시는 거예요? 가슴속에 무슨 악마가 들었기에 우리의 가톨릭 신앙을 배신하는 짓을 하려고 하세요? 이걸 어째, 저건 수도사들 행진이라는 것을 좀 아세요. 그리고 저 받침대 위에 모시고 가는 저 아씨는 순결하신 동정녀 마리아의 성스러운 성상입니다요. 나리, 무슨 일을 저지르려고 하는지 좀 보세요. 이번에야말로 뭘 알고 하시는 짓은 아닌 것 같네요."

싼초는 쓸데없이 목만 아팠다. 주인 나리께서는 홑이불을 둘러쓴 그 작자들에게서 상복을 입은 아씨를 구해내야 한다고 작정을 하고 가는 터라서 아무 소리도 들리지 않았고 말소리를 들었다 할지라도 왕이 명령해도 돌아설 사람이 아니었다. 돈 끼호떼는 행진하는 사람들에게 가서 말을 멈추고는 이제 좀 진정해야겠다고 마음을 먹고 흐트러진 목쉰 소리로 말했다.

"어쩌면 선량한 구석이 없어서 얼굴들을 가리고 있는지 모를 그대들이여, 너희들은 본인이 하는 말을 귀담아 잘 들을지어다."

처음 멈춰선 사람들은 성상을 모시고 가는 자들이었다. 기도문을 옳고 가던 사제 넷 중 하나가 돈 끼호떼의 이상한 몰골과 빼쩍 마른 로신안떼, 그리고 돈 끼호떼에게서 발견한 우스꽝스러운 다른 상황들을 살펴본 뒤 이런 말로 대답했다.

"형제 나리, 우리에게 할 말이 있으면 빨리 하시지요. 이 형제들은 고행을 하고 가시는 길이라 무슨 소리를 들으려고 지체해서도 안되고 그럴 수도 없사외다. 단 두 마디로 끝나는 짧은 말이 아니라면요."

"내 한마디로 말하리다." 돈 끼호떼가 되받았다. "그건 이렇소, 지금 즉시 그 아름다운 아씨를 석방하시오. 아씨의 눈물과 슬픈 용모를 보아하니, 그대들이 여자를 억지로 끌고 가는 게 분명하며, 그대들이 그녀에게 심한 폭력을 저지른 것이오. 본인은 이런 억울한 일을 풀어주려고 세상에 태어난 사람이므로, 당연한 처사지만, 아씨를 소원대로 석방하지 않으면 한 발자국도 앞으로 나가는 걸 허락하지 않겠소."

이렇게 말하자 그 말을 들은 사람은 모두 돈 끼호떼가 좀 미친 사람이라고 생각하고 마음껏 웃음을 터뜨렸는데, 그 웃음소리가 돈 끼호떼의 분노에 폭약을 끼얹은 꼴이 되어 그는 말 한마디 하지 않고 칼을 꺼내들고 널빤지 위로 달려들었다. 널빤지를 들고 가던 사람 하나가 동료들에게 짐을 맡기고 돈 끼호떼를 상대하려고 잠깐 멈추면서 널빤지를 받치던 지팡이인지 받침대인지를 치켜들고 나섰지만 돈 끼호떼가 크게 휘두른 칼에 지팡이가 맞아 그대로 두 동강이 났다. 그는 손에 남은 작대기 조각으로 돈 끼호떼의 어깨 위를 세게 내리쳤는데 돈 끼호떼가 칼을 든 쪽으로 내리치는 바람에 그 시골 사람의 힘을 방패로 막아내지 못해 불쌍한 돈 끼호떼는 아주 형편없는 몰골로 땅에 쓰러지고 말았다.

그를 따라잡으려고 헐레벌떡 쫓아가던 싼초 빤사는 주인이 쓰러진 것을 보자, 때리는 그 사람을 향해 더이상 때리지 말라고 소리소리 지르며 그분은 마법에 걸린 불쌍한 기사이며 평생 누구에게도 나쁜 짓 한번 안한 사람이라고 했다. 그러나 그 시골 사람을 멈추게 한 건 싼초의 고함 소리가 아니었다. 그는 돈 끼호떼가 손발이 움직이는 기척이 없자 돈 끼호떼를 죽였다고 생각하고 황급히 허리띠에 옷자락을 걷어올리고는 고라니처럼 들판으로 달아나버렸다.

이때 돈 끼호떼와 함께 가던 사람 모두가 다가왔고, 그들이 달려오고 그들과 함께 자경단원들도 화승총을 들고 다가오자 행진을 하던 사람들도 무슨 나쁜 일이 일어날까 걱정하며 성상 주위로 모두 웅성거리며 몰려들었다. 세모난 두건을 위로 올리고, 채찍을 손에 들며, 사제들은 대형 촛대를 들고 덤벼드는 놈들이 있으면 최대한 방어하거나 혼을 내줄 결심으로 공격을 기다렸다. 그러나 예상한 것보다는 운이 좋아서, 그때 싼초가 주인의 몸뚱이 위로 몸을 던져 엎드려서는 주인이 죽은 것으로 알고 세상에서 가장 슬프면서도 우스꽝스러운 통곡을 터뜨린 게 사건의 전부였던 것이다.

신부는 행진을 하고 오던 쪽의 다른 신부가 아는 사람이었으니, 두 사람이 친분이 있다는 게 두 부대 사이에 일어난 공포를 가라앉혔다. 이쪽 신부가 저쪽 신부에게 두 마디로 돈 끼호떼가 어떤 사람인지를 알려주었고, 그는 모든 수행자 부대와 함께 그 불쌍한 기사가 정말로 죽었는지 살펴보러 가서 싼초 빤사가 눈물을 글썽거리며 말하는 소리를 들었다.

"오! 기사도의 꽃이시여, 그대의 지치고 지친 일생을 작대기 하나 맞고 마감하게 되었구려! 오! 그대, 가문의 영광이요, 온 라 만차 지방과 온 세상의 영예요, 광명이시여, 그대가 없는 세상은 불량배들의 천국이 될 것이니 그놈들은 이제 벌을 받을 어떤 두려움도 없이 흉악한 짓들을 저지를 것이외다! 모든 제왕 중에서도 가장 관대하셔서 겨우 팔개월 섬긴 댓가이지만[1] 바다로 에워싸인 훌륭한 섬 하나를 소인에게 주셨습니다! 오! 거만한 자들에게는 굽실거리고, 굽실거리는 자들에게는 오만방자하며,[2] 위험을 무릅쓰고 달려들고, 굴욕을 참으며, 이유도 없이 사랑에 빠지고, 선량한 사람들을 따르며, 나쁜 사람들을 때리는, 천박한 자들의 원수요, 결국 방랑기사이시니, 이것이 말할 수 있는 모든 것이로다!"

싼초가 울부짖고 소리치는 통에 돈 끼호떼가 되살아나서 처음 하는 소리가 이 말이었다.

"그대 없이 사는 이 몸은, 오, 사랑스러운 둘시네아여, 그보다 더 큰 곤경에 처해 있사옵니다. 싼초 이 사람아, 나 좀 도와서 마법에 걸린 짐수레 위에 태워주게나. 이 몸으로는 로신안떼 위에 얹혀갈 힘도 없구나. 내 이 어깨가 온통 조각조각 부서진 것 같아."

"물론 기꺼이 그리합죠, 나리." 싼초가 대답했다. "그리고 나리의 행복을 비는 이분들과 동행해서 우리 동네로 돌아갑시다요. 거기 가서 다시 떠날 명령을 내리셔야지요. 다시 나갈 때는 영예와 수확이 더 많을 겁니다."

"그 말이 맞구나, 싼초." 돈 끼호떼가 대답했다. "지금 흐르는 별의 흉한 기운은 그대로 지나가도록 내버려두는 게 덕이 큰 사람의 행동일 거야."

법사와 신부, 그리고 이발사는 말씀하신 대로 하는 게 아주 잘하는 거라고 말하고 싼초 빤사의 바보 같은 짓들을 보고 매우 재미있어하며 돈 끼호떼를 전에 오던 대로 짐수레 위에 태웠다. 행진하던 사람들은 다시 정렬을 하고 가던 길을 갔으며, 염소치기는 모두와 작별을 했다. 자경단원들이 더이상 따라가고 싶지 않아서 신부

1 실은 두번째 출행한 지 17일밖에 되지 않았다.
2 그 반대로 이야기한다는 것이 싼초의 무식 때문에 이렇게 말이 나온 것이다.

가 그들에게 빚진 수고비를 지불했다. 법사는 신부에게 돈 끼호떼의 미친기가 나았는지 아니면 계속 미쳐 지내는지 꼭 소식을 전하라고 하면서 인사를 하고 길을 떠났다. 마침내 모두들 헤어졌고, 신부와 이발사, 돈 끼호떼와 싼초, 그리고 착한 로신안떼만 남았으니, 로신안떼는 그 모든 것을 보고도 자기 주인처럼 인내심을 가지고 옆에 있었다.

짐수레꾼은 소들에게 멍에를 채우고 돈 끼호떼에게는 건초 더미 위에서 편히 있게 하고는 여느 때와 같이 느릿느릿 신부가 시키는 대로 길을 가 엿새 뒤에 돈 끼호떼의 마을에 도착했다. 한낮에 마을에 들어갔는데, 그날이 마침 일요일이어서 사람들이 모두 광장에 나와 있었다. 광장 한가운데로 돈 끼호떼의 짐수레가 지나가자 수레를 타고 온 사람을 보러 다가갔다가 한동네 사람인 걸 알고는 다들 놀라워했다. 소년 하나가 돈 끼호떼의 가정부와 조카딸에게 소식을 전하러 달려가서 주인 나리이자 아저씨가 삐쩍 마르고 노란 얼굴로 소가 끄는 짐수레를 타고 건초 더미 위에 누워서 오고 있다고 했다. 정작 마음이 아픈 건 집안의 그 선량한 두 여자가 내지르는 탄성 소리를 들을 때였으니, 각자 욕을 하며 다시 그 망할 놈의 기사도 책들에 저주를 퍼부었다. 이 모든 소란은 돈 끼호떼가 대문으로 들어오는 것을 보자 다시 시작되었다.

돈 끼호떼가 돌아왔다는 소식을 듣고 싼초 빤사의 아내가 달려왔는데, 그 아내는 싼초가 하인으로 돈 끼호떼를 따라 함께 간 것을 알고 있었다. 싼초를 보자 그녀가 처음 물어본 말이 당나귀는 건강하냐는 것이었고, 싼초는 당나귀가 주인 나리보다 더 건강하다고 했다.

"아이구, 하느님께 감사드려야 되겠네요." 그녀가 말을 받았다.

"덕분에 이렇게 무사하시니…… 그런데, 인제는 말 좀 해보구려, 기사님 하인질 하고 다니면서 재산은 얼마나 벌었수? 싸보이의 비단 치마라도 나한테 사왔수? 우리 자식들에게 구두짝이라도 사왔수?"

"그런 건 하나도 안 가져왔네." 싼초가 말했다. "이 사람아, 내가 가져온 건 더 긴 시간을 두고 더욱 생각해야 될 다른 것들이야."

"그러셨다니 참말로 기쁘네요." 아내가 말했다. "긴 시간을 두고 더욱 생각해야 될 것들이라니, 그것 좀 보여주어요. 여보, 나 지금 보고 싶어. 그래야 이 마음이 즐거워지지. 당신이 없는 동안 줄곧 슬픔과 불만 속에 살았다우."

"집에 가서 자네에게 보여줌세, 이 사람아." 싼초가 말했다. "그리고 지금은 그냥 가만히 있어. 하느님 덕으로 우리가 다시 모험을 찾아 여행을 떠나게 되면 자네 남편이 곧 백작이 되거나 어느 도서국의 통치자가 될 걸세. 그냥 대충 떠돌아다니는 그런 도서국이 아니고 세상에 있는 가장 멋진 도서국 말이야."

"제발 하늘이 도와서 그리되었으면 얼마나 좋겠수, 서방님. 꼭 그렇게 되어야 하지요. 그런데, 여보, 그 도서국이라고 하는 것이, 지가 잘 모르겠는디, 그게 뭐래유?"

"저런, 개 발에 편자지." 싼초가 말했다. "때가 되면 알게 될 거여, 이 사람아. 그리고 자네를 모든 신하가 '마님, 마님' 하고 부르는 걸 들으면 더욱 놀랄걸?"

"무슨 말을 하는 거요, 여보? 마님이니 도서국이니 신하니 그게 뭐요?" 화나 빤사가 물었다. 싼초의 아내 이름이 이러했는데, 이는 그녀가 친척이어서가 아니라 라 만차 지방에서는 부인 이름에 남편의 성을 따서 부르는 습관이 있었기 때문이다.[3]

"모든 걸 한꺼번에 빨리 알려고 너무 재촉하지 마, 화나. 내가 말하는 게 사실이라는 것만 알고 입 다물어. 이왕 말이 났으니 자네에게 들려주고 싶은 말은 모험을 찾아다니는 방랑기사의 하인으로서 영예로운 사람이 되는 것보다 더 즐거운 일은 세상에 없다는 사실이야. 사실 대부분의 모험이 원하는 것처럼 다 마음에 들게 성공하는 것은 아니야. 왜냐하면 백번 부딪치는 모험에서 아흔아홉번은 꼬이고 뒤틀려 수난을 당하기 마련이니까. 이건 내가 경험으로도 아는데, 어쩔 때는 담요말이를 당하기도 하고 또 어쩔 때는 두들겨맞기도 했으니까. 그러나 사건들을 기다린다는 것은 아름다운 일이야. 산을 가로지르고, 숲을 들여다보며, 바위를 딛고, 성들을 방문하고, 객줏집에서 갖은 대우를 받으며 빌어먹을 돈 몇푼이야 귀신이나 가져가라고, 돈 내는 법이 없이 사니 말이야."

이 모든 이야기가 싼초 빤사와 그의 아내 화나 사이에 오갔다. 그동안 돈 끼호떼의 조카딸과 가정부는 나리를 맞아 그의 옷을 벗기고 그의 옛 잠자리에 그를 눕혔다. 그는 눈을 이리저리 돌리며 그 여자들을 바라보았는데, 지금 자신이 어디에 와 있는지 아무래도 이해할 수가 없었다. 신부는 조카딸에게 아저씨에게 신경 써서 잘해드리라고 부탁하고 다시는 도망가는 일이 없도록 경계심을 늦추지 말라고 하면서 나리를 집에 데리고 오기까지 필요했던 작전도 이야기했다. 이때 두 여자는 다시 하늘 높이 소리를 질렀는데, 거기에서 또다시 기사도 책에 대한 욕이 나왔고 하늘에 빌기를 그 많은 거짓말과 엉터리 이야기를 지어낸 작가들을 깊은 구덩이 한가운데에 다 집어넣으라고 했다. 마지막으로 그녀들은 그들의 주

---

3 싼초 아내의 또다른 이름은 이 책 7장에 설명이 나온다.

인이자 아저씨의 건강이 좀 좋아지면 또다시 자기들만 남게 될 거라는 두려움 때문에 어찌할 바를 몰라했다. 그리고 그녀들의 예상은 그대로 맞았다.

그런데 이 이야기의 작가는 돈 끼호떼가 세번째 나갔을 때의 행적을 호기심을 가지고 열심히 찾아보았으나 적어도 진지한 글로 쓰인 그의 소식은 발견할 수가 없었다. 다만 라 만차 지방의 기록에 나온 유명한 이야기는 돈 끼호떼가 세번째로 집을 나와서 간 곳이 사라고사였다고 전하면서, 그 도시에서 벌어진 유명한 무술 시합에서 그의 용기와 좋은 지혜에 합당한 일들이 벌어졌다 한다. 그가 일생을 어떻게 마치고 끝냈는지 별로 알 길이 없었고, 아무도 알 수 없었으리라. 그런데 우연히 옛날 의사 한 사람이 행운을 주었으니, 그 의사가 간직하고 있는 납 상자에서 양피지가 발견된 것이다. 의사의 말에 따르면 다시 새로 지으려 한 옛 암자의 무너진 돌 더미 밑에서 상자를 발견했는데 그 안에 옛 글자로 쓰인 양피지가 있었다고 한다. 그 내용은 에스빠냐 시로 쓰인 것으로, 돈 끼호떼 자신의 많은 행적과 엘 또보소 지방의 둘시네아의 아름다움이나 로신안떼, 쌴초 빤사의 성실성, 그리고 돈 끼호떼 자신의 무덤에 관한 소식까지 여러가지 비문과 그의 습관과 일생에 대한 칭송이 실려 있었다.

거기에서 깨끗하게 빼내서 읽을 수 있는 시들이, 한번도 본 적 없는 새로운 이야기를 쓴 믿을 만한 작가가 여기 제시하는 것들이다. 작가는 이 이야기를 읽은 분들에게 부탁드릴 게 별로 없다. 라 만차의 모든 문서를 뒤지고 찾아서 이 이야기를 발표하느라고 엄청나게 힘들었던 댓가를 바라는 것은 아니고, 그보다는 세상에 사랑을 받으며 나돌아다니는 기사도의 책을 읽고 점잖은 분들이 믿

어주는 그만큼만 믿어달라는 것이다. 그렇게만 해주신다면 작가는
충분히 보상받은 걸로 알고 만족해할 것이다. 그리고 또다른 이야
기를 찾아나설 용기가 날 것이니, 그리 참된 이야기는 아닐지라도
적어도 상당히 독창적이고 재미있는 이야기를 발표하려고 말이다.

그 납 상자에서 발견된 양피지에 쓰인 첫 구절은 이러했다.

라 만차 고장에 있는 아르가마시야의 한림원 위원들이,[4]
용맹스러운 라 만차의 돈 끼호떼의 삶과 죽음에 임하여,
이렇게 기록하였더라.

아르가마시야의 한림원 위원 모니꽁고[5]가
돈 끼호떼의 무덤에 바치다

비문

끄리띠 섬의 하손[6]보다 더 많은 전리품으로
라 만차를 영광스럽게 뒤덮은 머리가 돈 영감,
좀더 넓었으면 좋았을 풍향계가
날카롭기만 하던 변덕쟁이 판단력,

---

4 라 만차의 아르가마시야에 한림원이 있었던 것도 아니며, 여기 나오는 한림원 위
원들의 이름도 모두 장난으로 만든 것들이다.
5 원문에 있는 'El Monicongo'란 이름은 원래 콩고 사람들을 가리키는 말이다. 그
저 우스꽝스러운 이름으로도 더러 쓰였던 것 같다.
6 크레타의 이아손을 가리킨다. 이아손은 그리스의 이름난 영웅들을 이끌고 큰 배
아르고호를 만들어 타고 황금 양털을 구하러 갔다는 신화 속의 영웅이다.

그의 팔뚝 힘의 위력이 곳곳에 펼쳐져
중국 까따이에서 이딸리아 가에따까지 이르렀으니,
거기에다 온 세상의 가장 소름 끼친 얌전한
뮤즈가 와서, 동판에 시구를 새기었나니,

그의 사랑과 용감무쌍함으로 말하면
모든 아마디스 기사들을 저 뒤로 물러서게 하고
갈라오르들도 완전히 무시할 정도였느라.

벨리아니스 기사들을 입 다물게 하며
로신안떼를 타고 방황했던 그분이
이 차가운 묘석 밑에 누워 있노라.

아르가마시야의 한림원 위원 심부름꾼의
엘 또보소의 둘시네아 칭송시

　　쏘네트

여기 이 소시지처럼 울퉁불퉁 뭉그러진 얼굴에
가슴이 크고 기력이 넘치는 자태를 한 여인이,
엘 또보소의 여왕, 둘시네아라는 분으로,
위대한 돈 끼호떼가 좋아했다는 그분이시다.

그녀 때문에 그 큰 산맥 씨에라 모레나의
이 자락 저 자락을 다 누비고 다녔고, 유명한
몬띠엘 평원이며 풀 많은 아란후에스 들판까지
발로 걸어 지치도록 헤매었더라.

모든 것은 로신안떼 죄다. 오, 가혹한 운세여!
이 라 만차의 귀부인은 이 불굴의
방랑기사를 만나, 그 젊은 나이에

죽어 떠나 아름다움을 멈추었고,
그 또한 비록 대리석에 쓰여 있지만,
사랑과 분노와 무상함을 벗어날 수는 없었나니.

변덕스럽고 아주 점잖은 아르가마시야의 한림원 위원이
라 만차의 돈 끼호떼의 말, 로신안떼를 칭송하며

쏘네트

전쟁의 신 마르스가 피투성이 발바닥으로
짓밟고 있는 금강석 옥좌에서,
라 만차의 기사가 열심히 깃발을
휘두른다, 이리저리 심심풀이 삼아.

부수고 까뭉개고 찍고 자르고 하던

좋은 칼과 갑옷을 걸어놓는다,
새로운 위업이여! 그러나 새로운 용사에게
예술은 새로운 방법을 만들어준다.

골 지방이 아마디스들을 자랑으로 삼았다면
그의 용감한 후손들을 위하여 그리스는
수천번 이겼고 그의 이름을 떨쳤나니

전쟁의 여신 벨로나가 주재하는 어전에서
오늘 돈 끼호떼에게 왕관을 씌운다, 그리고 그를
자랑으로 삼는 것은 그리스나 골이 아니라 위대한 라 만차니라.

그의 영광은 절대 망각이 흐려서는 안될지니,
로신안떼까지 그 씩씩하고 늠름함에는
브리야도로나 바야르도보다 나으니라.[7]

아르가마시야의 장난꾸러기 한림원 위원이 싼초 빤사에게

  쏘네트

싼초 빤사 이 사람, 몸은 작지만

---

7 오를란도의 명마와 레이날도스 데 몬딸반의 명마를 비교하고 있다. 이 쏘네트는 보통 쏘네트에다 마지막 3행을 더 붙이고 있는데, 이는 이딸리아 수사학에 나오는 '까우다또'(caudato)라는 것이다.

용기는 커서, 이상한 기적이라!
그대들에게 내가 맹세코 증명해드리나니
그는 세상에서 제일 소박하고 숨김없는 하인이니라.

자칫하면 백작이 될 뻔했지,
아직 당나귀를 사람 취급 하지 않는
인색한 세상의 모함과 모욕 들이
작당을 하고 싼초를 해치지 않았다면.

당나귀를 타고 당나귀처럼 ─ 말이 지나쳤다면 실례! ─
돌아다니셨지, 이 느릿느릿한 하인님께서
느릿느릿한 말 로신안떼를 쫓아, 주인을 쫓아.

오, 부질없는 사람들의 희망이여!
어떻게 휴식을 기대하고 지나게 하다가
마침내 어둠과 연기와 꿈속에 머무르게 하는가!

아르가마시야의 한림원 위원 까치디아블로[8]가
돈 끼호떼의 무덤에 바치다

---

8 '까치디아블로'(Cachidiablo)라는 말은 '악마, 귀신'이라는 뜻의 '디아블로'를 비
하한 명칭으로 '악마 나부랭이' 정도로 옮길 수 있다. 께베도도 그의 시에서 조
소적 의미로 쓴 일이 있다. 또한 일설에 따르면 아르헬의 어떤 해적 이름이라고
도 한다.

비문

여기 기사 한분이 누워 있나이다
로신안떼가 이 길 저 길로
태우고 다니며 고생고생시키고
걷지도 못하게 되었더이다.

기사 곁에 역시 한분 더 누워 계시나니
기사 하인 대접을 받고 산 사람 중
가장 성실한 하인, 바보
싼초 빤사올시다.

아르가마시야의 한림원 위원 띠끼또끄[9]가
엘 또보소의 둘시네아 무덤에 바치다

비문

여기 둘시네아가 쉬고 있노라,
살은 뚱뚱하게 쪘지만,
추하고 경악스러운 죽음의 신이
그녀를 재로 먼지로 화하게 하였도다.

---

9 '띠끼또끄'(Tiquitoc)라는 발성 자체가 희화적인데, 이 또한 웃기기 위한 가상의
인물이다.

혈통은 순수하였으며
귀부인다운 데가 있었더라,
위대한 돈 끼호떼의 사랑의
불꽃이었으며 온 마을의 영광이었더라.

이것들이 그중 읽을 수 있는 시구들이었고, 나머지는 좀먹은 글자들이라서 한 한림원 위원에게 맡겨 추측으로 밝혀내도록 했다. 소식에 따르면 많은 밤을 새워가며 노력을 기울인 결과로 그 내용을 밝혀냈는데, 돈 끼호떼가 세번째 모험을 떠나기를 희망하는 마음으로 그것들을 발표할 생각을 가지고 있다고 한다.

어쩌면 누군가 더 좋은 시로 노래하리니.
Forsi altro canteraá con miglior plectio.[10]

(2권으로 이어집니다)

---

10 아리오스또의 『성난 오를란도』에 나오는 구절이다(Canto XXX, 16연). 세르반떼스의 글에는 오자가 많은데, 원문은 이렇다. 'Forse altri canterà con miglior plettro.'

고전의 새로운 기준, 창비세계문학

오늘날 우리는 인간의 존엄과 개성이 매몰되어가는 시대를 살고 있다. 물질만능과 승자독식을 강요하는 자본주의가 전지구적으로 확산되면서 현대사회는 더 황폐해지고 삶의 질은 크게 훼손되었다. 경제성장만이 최고의 선으로 인정되고 상업주의에 물든 문화소비가 삶을 지배할수록 문학은 점점 더 변방으로 밀려나고 있다. 삶의 본질을 성찰하는 문학의 자리가 위축되는 세계에서는 가진 자와 못 가진 자 할 것 없이 모두가 불행할 수밖에 없다.

이 시대야말로 인간답게 산다는 것의 의미가 무엇인지 근본적인 화두를 다시 던지고 사유의 모험을 떠나야 할 때다. 우리는 그 여정에 반드시 필요한 벗과 스승이 다름 아닌 세계문학의 고전이라는 점을 강조한다. 고전에는 다양한 전통과 문화를 쌓아올린 공동체의 경험이 녹아들어 있고, 세계와 존재에 대한 탁월한 개인들의 치열한 탐색이 기록되어 있으며, 새로운 세상을 꿈꾸는 아름다운 도전과 눈물이 아로새겨 있기 때문이다. 이 무궁무진한 상상력의 보고이자 살아 있는 문화유산을 되새길 때만 개인의 일상에서 참다운 인간적 가치를 실현하고 근대적 삶의 의미와 한계를 성찰하는 지혜를 얻을 수 있을 것이다.

'창비세계문학'은 이러한 문제의식에서 출발한다. 세계문학의 참의미를 되새겨 '지금 여기'의 관점으로 우리의 정전을 재구성해야 할 필요성이 그 어느 때보다 절실하다. '정전'이란 본디 고정된 목록으로 존재하는 것이 아니라 그때그때 주어진 처소에서 새롭게 재구성됨으로써 생명을 이어가는 것이다. 우리는 먼저 전세계 문학들의 다양성과 차이를 존중하면서 국가와 민족, 언어의 경계를 넘어 보편적 가치에 기여할 수 있는 가능성에 주목하고자 한다. 근대를 깊이 성찰한 서양문학뿐 아니라 아시아와 라틴아메리카, 중동과 아프리카 등 비서구권 문학의 성취를 발굴하고 재평가하는 것 역시 세계문학의 지형도를 다시 그리려는 창비의 필수적인 작업이 될 것이다.

여러 전집들이 나와 있는 세계문학 시장에서 '창비세계문학'은 세계문학 독서의 새로운 기준이 되고자 한다. 참신하고 폭넓으면서도 엄정한 기획, 원작의 의도와 문체를 살려내는 적확하고 충실한 번역, 그리고 완성도 높은 책의 품질이 그 기초이다. 독서시장을 왜곡하는 값싼 유행과 상업주의에 맞서 문학정신을 굳건히 세우며, 안팎의 조언과 비판에 귀 기울이고 독자들과 꾸준히 소통하면서 진정 이 시대가 요구하는 세계문학이 무엇인지 되묻고 갱신해 나갈 것이다.

1966년 계간 『창작과비평』을 창간한 이래 한국문학을 풍성하게 하고 민족문학과 세계문학 담론을 주도해온 창비가 오직 좋은 책으로 독자와 함께해왔듯, '창비세계문학' 역시 그러한 항심을 지켜 나갈 것이다. '창비세계문학'이 다른 시공간에서 우리와 닮은 삶을 만나게 해주고, 가보지 못한 길을 걷게 하며, 그 길 끝에서 새로운 길을 열어주기를 소망한다. 또한 무한경쟁에 내몰린 젊은이와 청소년들에게 삶의 소중함과 기쁨을 일깨워주기를 바란다. 목록을 쌓아갈수록 '창비세계문학'이 독자들의 사랑으로 무르익고 그 감동이·세대를 넘나들며 이어진다면 더없는 보람이겠다.

2012년 가을
창비세계문학 기획위원회
김현균 서은혜 석영중 이욱연 임홍배 정혜용 한기욱

창비세계문학 3

기발한 시골 양반 라 만차의 돈 끼호떼 1

초판 발행 / 2005년 11월 25일
개정판 1쇄 발행 / 2012년 10월 5일
개정판 10쇄 발행 / 2022년 5월 6일

지은이 / 미겔 데 세르반떼스
옮긴이 / 민용태
펴낸이 / 강일우
책임편집 / 심하은
펴낸곳 / (주)창비
등록 / 1986년 8월 5일 제85호
주소 / 10881 경기도 파주시 회동길 184
전화 / 031-955-3333
팩시밀리 / 영업 031-955-3399 편집 031-955-3400
홈페이지 / www.changbi.com
전자우편 / lit@changbi.com

한국어판 ⓒ (주)창비 2012
ISBN 978-89-364-6403-5 03870